Über das Buch

Jenny, Rosie und Selin sind schon seit der Schulzeit die dicksten Freunde, und auch ihre Zwanziger haben sie auf die beste denkbare Art und Weise miteinander verbracht. Sie sind sich einig, dass gepflegte Besäufnisse und Fragen des korrekten Klamottenstils zu den wichtigeren Dingen im Leben gehören. Und natürlich das weite Feld der – bislang leider eher fehlgeschlagenen – Männerbekanntschaften. Eigentlich könnte das Leben immer so weitergehen, wenn sich da nicht der dreißigste Geburtstag bedrohlich näherte ...

Über die Autorin

Rowan Coleman lebt mit Ehemann und Kind in London. Sie ist Journalistin und Lektorin. KÜSSE KEINEN UNTER DREISSIG ist ihr erster Roman.

Rowan Coleman

Küsse keinen unter dreißig

Roman

Aus dem Englischen von
Christiane Winkler

BASTEI LÜBBE

BASTEI LÜBBE TASCHENBUCH
Band 15107

1. Auflage: März 2004

Bastei Lübbe Taschenbücher ist ein Imprint
der Verlagsgruppe Lübbe

Deutsche Erstausgabe

Titel der englischen Originalausgabe: *Growing Up Twice*
First published in the United Kingdom in 2002 by Century

Lektorat: Grusche Junker
Umschlaggestaltung: Tanja Østlyngen
Titelbild: ZEFA/M. Meyer
Satz: hanseatenSatz-bremen, Bremen
Druck und Verarbeitung: AIT Trondheim
Printed in Norway
ISBN 3-404-15107-0

In Liebe für Erol und Lily

Danksagung

Ich danke Kate Elton und Lizzy Kremer für ihre Hilfe, ihre Unterstützung, Inspiration und ihre Korrekturen sowie meinen Freundinnen Jenny Mathews und Rosie Woolley, die mir freundlicherweise ihre Namen zur Verfügung gestellt haben, als mir keine zu meinen Figuren einfallen wollten. Diese haben aber nichts mit ihren Namensvetterinnen gemein.

Ein besonderer Dank und all meine Liebe gelten Erol, für seine Unterstützung und seinen unerschütterlichen Glauben an mich, und keinesfalls zuletzt meiner Tochter Lily, die heranwuchs, während dieses Buch entstand und kurz nach seiner Vollendung geboren wurde. Sie hat das Erwachsenwerden wunderbar gemacht.

1. Kapitel

»Sagt mal ehrlich – habe ich etwa angefangen, zu schielen? Irgendwie habe ich in letzter Zeit das Gefühl, dass meine Augen sich nicht mehr synchron bewegen.«

Wir drei sitzen am Soho Square, es ist der letzte Samstagmorgen im August. In der Nacht zuvor sind wir durch die Clubs getingelt und haben anschließend in einem Café in der Nähe der Charing Cross Road, das rund um die Uhr geöffnet hat, Kaffee getrunken.

Ich bin mit Rosie und Selin unterwegs. Wir kennen uns schon aus der Grundschule und sind die besten Freundinnen, seit wir zum ersten Mal echte oder erfundene Geschichten über unseren ersten Kuss ausgetauscht und becherweise Cinzano Bianco getrunken haben. Das war vor etwa vierzehn Jahren, als wir bei Rosie übernachtet haben. Vor ungefähr acht Monaten haben wir in unserer Freundschaft ein neues Kapitel aufgeschlagen – weil wir nämlich zum ersten Mal seit zehn Jahren plötzlich alle gleichzeitig wieder Singles waren. Als wir das letzte Mal so oft im Park herumhingen, haben wir auf den Schaukeln sitzend Lambrusco getrunken und jedem einigermaßen gut aussehenden Kerl, der vorbeikam, Meatloafs »Dead Ringer for Love« entgegengegrölt.

»Sieh mich mal an. Nein, sieh mich *an*!«, sage ich zu Rosie und frage mich dabei, ob sie wirklich nicht mehr scharf sehen kann. »Alles in Ordnung mit deinen Augen, im Ernst; sie sind vielleicht etwas gerötet, aber sie scheinen einwandfrei zu funktionieren.« Entsetzen spiegelt sich auf

Rosies Gesicht, und eilig fischt sie ihr Make-up aus ihrer Tasche. Ich muss schmunzeln, denn ich weiß genau, dass sie auf keinen Fall mit geröteten Augen leben kann.

»Das kommt bestimmt von dem Red Bull, das ich getrunken habe, pures Gift. Wir sollten an »Watchdog« schreiben«, klagt sie, während sie ein komplettes Set Reinigungsmilch, -tonic und Feuchtigkeitscreme, Kosmetika von »Chanel« im Taschenformat, auf der Wiese ausbreitet.

»Ich glaube eher, dass der Kaffee schuld war, wir sollten lieber keinen mehr trinken, der ist reines Gift«, sagt Selin und schirmt dabei mit einer Hand ihre Augen ab, sodass diese im Schatten liegen. »Seht mal! Seht mich an, ich habe Delirium Tremens – ich zittere!« Ich nehme ihre Hand und untersuche sie.

»Sieht doch ganz normal aus«, sage ich. »Herrgott, ihr beiden seid echt paranoid.« Ich lasse mich mit ausgestreckten Armen zurück ins Gras fallen und mich von den Sonnenstrahlen wärmen. Selin liegt, auf ihre Ellenbogen gestützt, auf dem Bauch, während Rosie, die aussieht wie Doris Day beim Picknick, ihre benutzten Wattepads wieder in die Kühltüte packt, die sie genau für solche Fälle immer bei sich trägt. Sie fängt an, mit einem komischen dreieckigen Schwämmchen die Grundierung aufzutragen. Der Platz beginnt sich inzwischen zu füllen, da die Sonne immer höher steigt und immer mehr Opfer der vergangenen Nacht ans Licht befördert.

Insgeheim warten wir darauf, dass die Pubs öffnen, damit wir uns noch einen Schluck genehmigen, unseren Kater loswerden und so tun können, als würden wir tatsächlich in die »National Portrait Gallery« zu einer Fotoausstellung gehen. Letzte Nacht haben wir uns darauf geeinigt, heute ganz bestimmt hinzugehen, was wir übrigens schon die letzten vier Wochen hatten tun wollen. Diese

Woche ist die letzte Gelegenheit dazu, bevor die Ausstellung endgültig schließt. Natürlich wissen wir aber, dass wir uns da etwas vormachen.

An einem ähnlich schönen Morgen wie diesem hat Rosie festgestellt, dass der Soho Square der letzte Platz in London ist, wo es scheinbar noch einen unbegrenzten Vorrat an guter Luft gibt. Wir sitzen deshalb oft am Samstag um diese Zeit hier, atmen die frische Luft ein und quatschen. Und erholen uns von den Ausschweifungen der vergangenen Nacht.

An diesem Morgen beginnt es soeben erst, warm zu werden. Der Tau verflüchtigt sich, und wir strecken wie die Blümchen, die diesen Platz säumen, unsere Gesichter der Sonne entgegen.

»Diese Art zu leben ist ungesund. Wir müssen den Dingen ins Auge sehen. Wir sind zu alt für so was. So kann es einfach nicht weitergehen.« Selin setzt sich auf, fährt sich mit den Fingern durch das lockig gestylte Haar, ihr übliches Ausgeh-Outfit, und hält ihre Hände schützend vor die Augen. »Seht euch doch nur mal diese New-Metal-Kids da drüben an. Die denken wahrscheinlich, dass wir auf einem Rentnerausflug sind. Ich sollte jetzt eigentlich bereits eine Hypothek und einen Wagen haben. Also, in meinem Alter sollte ich wirklich schon ein Auto haben und nicht mehr mit irgendwelchen Teenagern, die sich permanent von ihrem Kater erholen, in einem Park herumlungern. Stattdessen sollte ich jetzt in einem Habitat-Bett meinen Caffè latte trinken, im ›Independent on Sunday‹ blättern und, tja, einen Mann haben, der wie der Typ aus der ›Gillette‹-Werbung aussieht und mir in meiner Einbauküche einen frischen Orangensaft presst.« Sie lacht, während sie ihre Forderungen gen Himmel richtet.

»Wozu brauchst du denn in London ein Auto?«, frage

ich erstaunt und übergehe dabei ihre anderen Fantastereien.

»Ich *will* ja gar kein Auto.« Selin klatscht mit ihren Handflächen auf das Gras, sodass Rosie einen kleinen Satz macht und dabei den Eyeliner verschmiert, den sie soeben auftragen will. Sie wirft Selin einen finsteren Blick zu, doch die ignoriert sie einfach. »Ich meine doch nur, dass ich eines besitzen *sollte*. Wenigstens sollte ich im Stande sein, mir ein Auto kaufen zu können.«

»Du kannst doch noch nicht einmal Auto *fahren*!« Ich glaube, ich weiß, worauf sie hinauswill, aber die Vergleiche, die sie anstellt, machen mir zu schaffen.

»Ich will doch nur sagen, dass ich in neun Monaten dreißig werde und immer noch kein Auto habe. Deshalb habe ich mir jetzt vorgenommen, ein Auto zu haben, und zwar ein rotes.«

»Seht mal, ich werde noch lange vor euch dreißig, und überhaupt dachten wir schon mit fünfzehn, dass wir in unserem Alter längst verheiratet wären, ein Haus, eine anständige Karriere und zwei Kinder hätten und bis an unser Lebensende immer dasselbe tun würden. Aber diesen Punkt haben wir eben noch nicht erreicht. Für uns fängt das Leben erst noch an. Das ist doch toll. Also lasst uns diese Zeit genießen, solange sie andauert.«

»Jawohl«, fügt Rosie hinzu, »außerdem war ich ja schon einmal verheiratet, und so toll, wie man sich das vorstellt, ist es auch wieder nicht. Vom Hochzeitskleid und den Geschenken natürlich einmal abgesehen. Übrigens, könnt ihr euch noch an den Abend vor der Hochzeit erinnern? Also der war echt klasse.« Rosie verschmiert ihren Lippenstift. Ihre Ehe hat nur sechs Monate gehalten, sechs ziemlich schreckliche Monate sogar. Trotzdem hat sie in ihrem Brautkleid einfach toll ausgesehen.

Selin seufzt auf eine bestimmte Art und Weise, wie sie es immer tut, wenn sie das Gefühl hat, dass Rosie und ich das Leben nicht ernst genug nehmen.

»Hm, na ja, mir macht vor allem dieses ›erst noch anfangen‹ Sorgen«, sagt sie. »Was ist, wenn das Leben für uns überhaupt ›erst‹ dann richtig beginnt, wenn wir achtzig sind und der einzige Kick für uns nur noch darin besteht, mit dem Treppenlift von der oberen Etage in die untere zu sausen? Oder noch schlimmer, was wäre, wenn wir drei unsere Häuser verkaufen würden – einmal angenommen, wir werden jemals so viel Geld verdienen, dass wir uns überhaupt ein eigenes Haus leisten können –, und in ein Altenheim gehen, uns dann anschauen und sagen würden: ›Was haben wir bloß aus unserem Leben gemacht?‹«

»Selin, ich glaube, du malst absichtlich immer alles schwarz«, sage ich. »Denk doch mal zur Abwechslung positiv – ›wenn ich lächle, lächelt die Welt mit mir‹.«

»Wenn ich lächle, bekomme ich nur neue Falten«, erwidert Selin, lächelt aber trotzdem.

»Und die kannst du dir wirklich nicht mehr leisten!«, ruft Rosie und duckt sich, um der zusammengeknüllten Chipstüte zu entgehen, mit der Selin auf ihren Kopf zielt. »Wie dem auch sei, gestern haben wir uns doch prächtig amüsiert, oder? Wir alten Hasen haben's doch noch immer drauf.« Und wieder kontrolliert sie ihren Lidstrich, bevor sie sich zurück ins Gras legt und ihren Handrücken schützend vor die Augen hält. Nach den letzten Monaten zu urteilen, wird Rosie die Dinge auch weiterhin positiv sehen, bis ihr Kater vollständig einsetzt – unumgänglich, von ihr aber immer beharrlich bis in die frühen Montagmorgenstunden hinausgeschoben.

»Du darfst dich gerne in ein und demselben Satz als ›alt‹ und ›Hase‹ bezeichnen, Schätzchen, aber lass mich bitte da raus«, sage ich, und plötzlich müssen wir hier auf der stillen, glitzernden Wiese lachen; ein mattes, herrlich befreiendes, unvermeidbares Lachen, verursacht durch zu viel Wodka und das Gefühl uralter Freundschaft.

»Hoppla.« Rosie rappelt sich mühsam auf ihre wackeligen Füße. »Ich hab jetzt genug von diesem geistreichen Geschwätz. Lasst uns 'ne Bloody Mary trinken gehen. Ich brauche etwas, um meinen empfindlichen Magen zu beruhigen.«

»Richtig, dann mal los, entweder es bringt uns um oder es macht uns stärker.« Selin steht auf, um ihr zu folgen, und sieht mich dabei an, und wir wechseln einen verständnisinnigen Blick, der besagt, ›man sollte sie jetzt besser nicht aus den Augen lassen‹. Ihre Schatten fallen auf mich, mir wird kalt.

»Wisst ihr was, Mädels, ich bleibe noch ein wenig hier und genieße die Kühle. Ich komme später nach«, sage ich und spüre, wie ich Gänsehaut auf meinen Armen bekomme. Allein schon der Gedanke an einen Pub mit seinem Gestank und Rauch ist mir unerträglich.

»Jetzt komm schon, warum gehst du denn nicht auf eine Bloody Mary mit in den Pub? Du willst doch nicht etwa die Reihe durchbrechen?«, fordert Rosie mich heraus.

»Ich möchte einfach gerne noch ein wenig hier bleiben und komme dann gleich nach, okay?«

»Okay, Federgewicht«, rufen sie im Chor und gehen lachend und wie immer Arm in Arm davon.

2. Kapitel

Ich liege auf dem Rücken im Gras und schaue durch die Gläser meiner Sonnenbrille in den Himmel. Ich habe den Sommer immer geliebt, aber nicht als Sonnenanbeterin, wie meine helle, sommersprossige Haut beweist, sondern, weil ich das Sonnenlicht liebe. Als Kind habe ich grundsätzlich immer nur Gedichte über das goldene Sommerlicht geschrieben, das durch die Blätter fällt und die Schatten tanzen lässt. Während ich noch in den wolkenlosen Himmel sehe, der sich über mir wölbt, und der Lärm der Großstadt mal leiser, mal lauter an mein Ohr dringt, überkommt mich eine unbestimmte Sehnsucht. Ein vages, wehmütiges Gefühl, das ich nicht näher beschreiben kann.

Die restliche Gesellschaft auf den Bänken und der Wiese um mich herum besteht aus einer ungewöhnlich harmonischen Gruppe von Pennern, Lesern des »Guardian«, einigen Retro-Grunge-Teenies, die aus Büchsen trinken, selbst gedrehte Zigaretten rauchen und sich auch sonst betont cool verhalten, und ungefähr sechs fast identischen Pärchen, die mit ihren Croissants und interaktiven Zungenspielchen beschäftigt sind. Nicht weit von mir entfernt liegt ein schwules Pärchen schweigend nebeneinander auf der Wiese und hält Händchen. Während ich sie so ansehe, überlege ich, wie warme Haut sich anfühlt.

»Alles in Ordnung?«, frage ich mich dann. Schon wieder überkommt mich dieses unheilvolle Gefühl, als ob das Schicksal irgendetwas mit mir im Schilde führen würde. Ich spüre ein Kribbeln auf der Haut, und meine Schläfen beginnen zu pochen. Mein Kater ist nun scheinbar im Anmarsch. Reglos liege ich da, spüre, wie mich Müdigkeit überkommt; genieße es aber, denn es ist ein untrügliches Zeichen dafür, dass ich noch quicklebendig bin und atme. Das unheilvolle Gefühl rührt wahrscheinlich von nichts anderem als der Überdosis von Giften in meinem Körper her; ich muss einfach aufhören, darin etwas Geheimnisvolles zu sehen.

»Hi, äh, hallo – Jenny? Erinnerst du dich an mich?« Ich habe Besuch. Prüfend sehe ich ihn durch meine Sonnenbrille an; ein Rotschopf aus der Retro-Grunge-Gang. Für einen biergetränkten Atem in meinem Gesicht ist es noch ein wenig früh.

»Du bist ja noch ein Teenager – und ein Rotschopf«, sage ich verächtlich zu ihm, als wäre das Grund genug für ihn, zu gehen. Doch er lacht bloß.

»Genau. Du erinnerst dich also an mich. Ich war auf der Party, die du und deine Freundin in Ladbroke Grove geschmissen habt. Wir gehörten zum harten Kern, der erst am Morgen verschwunden ist.« Er grinst von einem Ohr zum anderen.

Plötzlich kann ich mich an diesen Möchtegern-Draufgänger wieder erinnern. Es war *die* Party. Eine dieser Partys, die man nur einmal im Leben gibt und zu der jeder kommt, den man eingeladen hat, und auch fast jeder, den man nicht eingeladen hat. Wir hatten einen DJ und einen Spiegelball, dessen Licht jeden Zentimeter des Teppichs beleuchtete.

In der Küche war mir ein spanischer Lastwagenfahrer begegnet, auf der Treppe ein paar holländische Touristen, und dann waren da noch diese zwei Teenies um die sechzehn, die vermutlich auf ihrem ersten Ecstasy-Trip waren. Einer der beiden hatte die ganze Nacht wie ein Irrer durchgetanzt, während der andere nach zwanzig Minuten umgekippt und erst am Morgen wieder zu sich gekommen war, als nur noch seine Freundin, Rosie und ich übrig geblieben waren. Und genau dieser Junge stand jetzt vor mir. Wir hatten ihn nie beim Namen, sondern immer nur Rotschopf genannt. Er und seine Freundin hatten noch Tee bei uns getrunken, und wir hatten ihnen den Gefallen getan, über ihre Witze zu lachen, bis einem von den beiden einfiel, dass sie ja zu spät zum sonntäglichen Mittagessen kommen würden. Und so schnell wie sie gekommen waren, waren sie auch wieder verschwunden, ein bezaubernder, jugendlicher Spuk.

Später entdeckten wir, dass sie uns ihre Telefonnummern zurückgelassen hatten, wobei neben jeder Nummer in Klammern ein Name stand, der vermutlich angeben sollte, wen von uns beiden sie jeweils bevorzugten. Darüber mussten wir sogar noch mehr lachen und schmissen die Nummern in den Mülleimer. Der Rotschopf hatte meinen Namen neben seine Nummer geschrieben, und hier stand er nun. Jetzt war er zwar ein wenig älter, aber von Bartwuchs war immer noch keine Spur zu sehen.

»Wie geht's? Wohnst du noch immer in der Wohnung? Mann, die Party war echt cool.« Er lächelt und lässt sich neben mich ins Gras fallen. »Neue Turnschuhe? Wir haben uns gestern Nacht die Slipknots angehört, die sind echt krank! Magst du sie? Ich hab eine CD von ihnen, da sind zwei bisher unveröffentlichte Bonus-Tracks drauf.« Er zieht wie ein Kind, das »Show and Tell« spielt, eifrig die soeben erwähnte CD aus der Tasche und reicht sie mir. Ich habe keinen einzigen dieser Titel je gehört.

»Toll«, sage ich, ohne die CD eines Blickes zu würdigen, und lasse sie ins Gras fallen. »Was willst du eigentlich?« Ich setze mich auf und spüre, wie das Blut in meinem Kopf hämmert. Ich fühle mich momentan noch älter, als ich tatsächlich bin, und meine Augen tun weh.

»Wir gehen frühstücken. Ich dachte, dass du vielleicht Lust hättest, mit uns zu kommen, jetzt, wo deine Freundinnen gegangen sind.« Ich sehe ihn an und versuche krampfhaft, mich an seinen Namen zu erinnern; er ist ein ausgesprochen hübscher Kerl, mit kurzem stubbeligen Haar, einem süßen Lächeln und braunen Augen – unverzichtbar für die begehrtesten Rotschöpfe. Ich frage mich, was er vorhat.

»Hör mal, ich hab deinen Namen vergessen.« Ich bin ziemlich unhöflich zu ihm, trotzdem sitzt er mit einem breiten Grinsen da und freut sich wie ein Schneekönig.

»Echt cool. Ich heiße Michael, Mike. Also, was ist, möchtest du mit uns frühstücken kommen?« Er zeigt quer über die Wiese auf seine Kumpels. Zwei Jungs, einer mit glatt rasierten Schläfen und ein paar Dreadlocks im Anfangsstadium, der andere mit einem mickrigen Pferdeschwanz, die beide mit einer Schachtel Streichhölzer herumspielen. Daneben ein hübsches, schlankes Mädchen, das die Knie unter ein Fransenshirt gezogen hat und zu uns herüberschaut. Ich ziehe meine Schlussfolgerungen und frage in zuckersüßem Tonfall mit meinem schönsten und zugleich ersten Lächeln für ihn: »Ist das deine Freundin?«

»Ja, aber ihr macht das nichts aus, ich hab ihr schon gesagt, dass wir befreundet sind.« Er winkt kurz zu ihr hinüber, sie schaut missmutig zurück.

Ich ignoriere seine vollkommene Fehleinschätzung der Lage einfach und sage: »Okay, ich komm auf 'nen Kaffee mit.« Er kann kaum sein Erstaunen verbergen, als ich ihm meine Hand entgegenstrecke, um mir auf die Füße helfen zu lassen. Und er kann auch nichts anderes tun, als vor Erstaunen zusammenzuzucken, als ich ihm meinen Arm um die Schulter lege, während wir gemütlich zum Café hinüberschlendern. Ein zweites Gewitter zieht über das Gesicht des namenlosen Mädchens hinweg.

Es muss die Verlockung sein, einer sehr viel jüngeren und um einiges schlankeren Frau eins auszuwischen, die mich dazu veranlasst, mich über jegliches Gefühl von Loyalität einer Geschlechtsgenossin gegenüber einfach hinwegzusetzen. Darauf bin ich keineswegs stolz, aber um ehrlich zu sein, denke ich vielmehr daran, was ich den anderen erzählen kann, wenn ich sie im Pub treffe – ich werde mir einen Spaß mit ihnen machen. Ich war immer der Meinung, dass ich nie im Leben einer dieser eifersüchtigen alten Drachen, nie eine dieser Tussis werden würde, die mich beleidigt, über mich geschimpft und mich tyrannisiert haben, als *ich* noch schlank und wohl geformt war. Aber ... na ja. Ich denke, die Zeiten ändern sich eben.

3. Kapitel

Wir gehen in eines dieser mittlerweile schon ein wenig schäbig wirkenden, alteingesessenen, vornehmen Cafés, in denen sich Resopaltischplatten zu vergoldeten Barockspiegeln gesellen, und die Kids sitzen schweigend da und schauen etwas nervös drein. Vermutlich überlegen sie, ob ich derselben Generation wie ihre Mütter angehöre, und bei dem Gedanken daran sitze ich wie auf glühenden Kohlen. Zum Glück ist es gar nicht möglich. Ich frage mich, ob ich das nicht ins Gespräch mit einfließen lassen sollte, einfach um die Sache ein für alle Mal klarzustellen.

Michael stellt mir zuerst die Jungs vor: Jake und Andy.

»Und das hier ist meine Freundin.«

»Sarah«, sagt sie und sieht ihn dabei an, als wollte sie sagen: »Und? Habe ich etwa keinen Namen?« Ich mag sie, sie ist resolut.

Der Kaffee wird serviert, und alleine der Geruch tut meinem Magen gut. Michael schaut mich oft an, das gefällt mir. Sarah schaut mich ebenfalls oft an, und das gefällt mir auch. Jake und Andy versuchen inzwischen, die Untersetzer zu erwischen, die sie vom Tischrand schnippen – na ja, wenigstens sind sie so beschäftigt.

»Na, und was treibt ihr so?«, frage ich Michael. Ich spreche nur mit ihm und lehne mich dabei etwas weiter zu ihm hinüber; er riecht nach Gras. Er schenkt mir ein breites, entwaffnendes Lächeln. Ich wette, bevor sie miteinander gingen, hatte er Sarah auf dem Schulhof dasselbe Lächeln geschenkt. Seine Wimpern sind am Ansatz dunkel und wölben sich bis zu den goldfarbenen Spitzen hinauf. Plötzlich begreife ich, weshalb Sarah so besitzergreifend ist.

»Na ja, wir haben vor kurzem Prüfungen gehabt. Ich war total schlecht drauf – denke mal, dass sie schlecht ausgefallen sind.« Auf eine irgendwie typisch französische, nämlich sehr zuversichtliche und unbekümmerte Weise zuckt er mit den Schultern. »Die Sommerferien sind jetzt bald zu Ende. Haben ewig lang gedauert, oh Mann, es war klasse. Und in ein paar Wochen werde ich achtzehn, dann werde ich 'ne richtig tolle Party mit DJ und allem Drum und Dran schmeißen, so wie du eben. Du bist eingeladen.«

Sarah hat das Ende des Zugbandes ihres Tops im Mund und kaut darauf herum. Jetzt sieht sie ihn an. Er scheint sie absichtlich nicht anzusehen.

»Gerne.« Ich lege meine Hand auf sein Handgelenk und bemerke, dass er eine goldfarbene Haut und feine Härchen an den Unterarmen hat und seine Hände mit Kugelschreiber verschmiert sind. Sie erinnern mich an die Hände eines Gitarristen, den ich kannte.

»Ja, deine Mami hat ja gesagt, dass du ruhig auch Erwachsene einladen sollst«, sagt Sarah. Michael läuft so rot an, dass sich schließlich die Farbe seines Gesichtes mit der seiner Haare beißt. Ich glaube, dass ihm diese Äußerung peinlicher ist als mir, doch sie hat ihre Wirkung bei mir nicht verfehlt. Plötzlich sehe ich mich in einem der Spiegel und kann darin eine zerzauste, neunundzwanzig-, fast dreißigjährige Frau erkennen, die mit einem Kind flirtet, das noch keine achtzehn ist. Ein derart vernichtender Schlag einer Fremden versetzt mich in Panik. Ich muss zu den anderen. Ich muss zurück in meine Welt. Schlagartig ist mir die Lust zu diesem Ausflug vergangen.

»Hört zu, ich muss jetzt gehen. Ich habe mich mit meinen Freundinnen verabredet. Nett, euch getroffen zu haben.« Diese Lüge ist so ähnlich wie die andere, die ich oft benutze: »Ich melde mich nächste Woche bei dir.«

Ich gehe die Straße entlang und will gerade Rosie auf dem Handy anrufen, um zu erfahren, wo die beiden stecken, als ich bemerke, dass Michael neben mir geht. Ich bleibe stehen. Wenn *ich* in diesem Tempo so weit gerannt wäre, würde ich jetzt nach Luft schnappen. Er scheint jedoch nicht außer Atem zu sein.

»Leihst du mir kurz dein Handy?«, fragt er und nimmt es mir schon aus der Hand. Er wählt eine Nummer, und ein paar Minuten später höre ich, wie es aus seinen Combat-Hosen klingelt. Dann gibt er es mir wieder zurück.

»Jetzt hab ich deine Nummer und du meine«, sagt er ruhig. Wieder sieht er mich an, und mir wird plötzlich klar, dass er größer ist als ich und breite Schultern hat. Ich bekomme Lust, über sein in der Sonne glänzendes Haar zu streichen.

Er nimmt mein Gesicht in seine Hände und küsst mich. Plötzlich fährt ein Windhauch in den Baum, unter dem wir stehen, und die Blütenblätter regnen wie Schneeflocken herab. Das ist wie ein Déjà-vu – er erinnert mich an etwas, das ich verloren habe, etwas, das tief in meiner Erinnerung verborgen ist. Wir gehen auseinander, er macht einen Schritt zurück, sieht mich an und knabbert an seiner Unterlippe. Ich sage nichts.

»Ich ruf dich an«, sagt er entschlossen, dreht sich um und geht raschen Schrittes davon, ohne sich noch einmal umzudrehen. Ich bleibe noch einen Augenblick stehen und versuche mich zu sammeln; langsam ebbt die Sensibilisierung meiner Sinne ab. Ich habe das Gefühl, als würde mir das missfallen.

Als mein Handy klingelt, mache ich einen Satz. Irgendwie wünsche und erwarte ich, dass er es ist, doch Rosies

Name erscheint auf dem Display. Ich drücke auf »O.K.«, und alles ist wieder wie immer.

»Du wirst es nicht glauben«, sage ich.

4. Kapitel

Ich drücke auf die Aus-Taste meines Handys – zwei Sekunden bevor ich die Tür des Pubs aufstoße – und muss nicht lange nach den beiden suchen, denn zwei mindestens doppelte Bloody Marys kreischen freudig, als ich hereinkomme.

»Da ist sie ja!«, ruft Rosie. »Die Mrs Robinson des einundzwanzigsten Jahrhunderts!«

Selin wischt sich vor Lachen die Tränen aus den Augen, als ich mich zu ihnen an den Tisch setze. Es ist fast zwölf Uhr; nur wenige Leute sind im Pub, doch die, die da sind, gehören zu den pflichtbewussten, diesen typischen »Coach and Horses«-Gästen.

Mit langen Mänteln, langen Haaren oder kahl geschoren, mit Designerbrillen, Notizblock und Stift in der Tasche und mit Aktentasche und Filofax unterm Arm. Ob Dichter, Maler oder Leute vom Fernsehen, alle haben bereits zu viel Guinness getrunken oder sprechen dem Whisky mehr zu, als es ratsam ist, und missbilligen unser ausgeflipptes, betrunkenes Gelächter gründlich.

Das ist einer der Gründe, weshalb wir hierher kommen. Es ist noch gar nicht lange her, da hatte ich selbst mit einem dieser Typen eine Beziehung, drei Jahre lang. Ich kann mir vorstellen, dass ich ihn mit meiner ausgeflippten Art oft sehr geärgert habe. Owen war ein ernsthafter Typ. Er hatte immer einen Band von Proust bei sich und machte sich ständig Gedanken über den Tod. Es würde mich nicht wundern, wenn sich mir die Gelegenheit bieten würde, ihn in diesem Lokal, in dem wir auch unsere erste Verabredung hatten, noch einmal ärgern zu können. Doch während der letzten Monate, seit unsere Beziehung endgültig zu Ende ist, habe ich ihn noch nicht wieder gesehen. Ich bin immer mit denselben Leuten in dieselben Lokale gegangen, doch unsere Wege haben sich nie gekreuzt. Selin sagt, dass das Gottes Art ist, mich vor mir selbst zu beschützen, doch sie hat nie viel von unserer Verbindung gehalten. Im Grunde konnte niemand meiner Freunde ihn richtig leiden, und keiner seiner Freunde mochte mich.

»Bitte, bitte, bitte, erzähl es nochmal«, bettelt Selin. »Als du mit Rosie telefoniert hast, habe ich nur die Hälfte verstanden.« Ihre dunklen Augen glitzern, und sie schenkt mir ihr frechstes Lächeln.

»Na schön, her mit den Drinks!«, sage ich, lehne mich in meinen Stuhl zurück und lächle. Ich bin glücklich; vor nicht einmal zehn Minuten bin ich geküsst worden, und nun sitze ich hier mit meinen zwei besten Freundinnen, habe eine irre Geschichte zu erzählen und eine riesige Bloody Mary vor mir. Das Tageslicht kämpft sich seinen Weg durch die von Raureif überzogenen Fenster, prallt an den Gläsern und Flaschen ab und lässt die sich drehenden, auflösenden Rauchschwaden sichtbar werden. Der Geruch von Asche und abgestandenem Bier hat plötzlich etwas Angenehmes. Es geht doch nichts über eine gemächliche Alkohlzufuhr am helllichten Tag – man hat das prickelnde Gefühl, etwas Unerlaubtes zu tun.

»Er ist also sechzehn«, sagt Rosie genüsslich und lehnt sich mit ihrem Stuhl so weit zurück, dass dieser nur noch auf zwei Beinen steht – das hat sie schon in der letzten Bankreihe in der Schule immer getan –, und fächelt ihrem geröteten Gesicht mit einem Bierdeckel Luft zu.

»Eigentlich fast achtzehn«, erwidere ich, etwas verärgert darüber, dass sie mir die Show stiehlt.

»Ein Rotschopf«, fährt sie fort und legt dabei ihre Hand auf mein Handgelenk, als wollte sie mich von irgendetwas abhalten, doch in Wirklichkeit tut sie das nur, um nicht hintenüber zu kippen.

»Nein, nein«, werfe ich hastig ein. »Seine Haare sind eher hell rotbraun.« Selin sieht mich über den Rand ihres Glases an und hebt eine ihrer wunderbar geschwungenen Augenbrauen. Sie ist die Einzige von uns, die das kann. Als Teenies haben wir abends viel Zeit vor dem Spiegel verbracht, um das zu üben, aber nur sie hat es fertig gebracht. Seitdem stellt sie das ständig heraus.

»Aber er ist mager und hat Pickel.« Rosie trinkt den letzten Schluck ihres Drinks und schüttelt das Glas mit den verbliebenen Eiswürfeln mahnend unter meiner Nase. »Du bist dran.«

»Er hat zugelegt, seit du ihn das letzte Mal gesehen hast, außerdem ist seine Haut besser geworden. Herrgott, ich bin neunundzwanzig und bekomme immer noch Pickel«, sage ich gereizt und weiß, dass ich der Situation die ganze Komik nehme, indem ich ihn zu sehr verteidige. Der Tresen ist nur ein paar Schritte von uns entfernt, und wir unterhalten uns weiter, während ich aufstehe, um die neuen Drinks zu holen. Ein Mann mit einem langen, grauen Pferdeschwanz kehrt mir demonstrativ den Rücken zu und mokiert sich über uns.

»Ich kann mich gar nicht erinnern, ihn auf der Party gesehen zu haben. Warum hab ich ihn denn nicht gesehen?«, fragt Selin grübelnd.

»Weil er nach fünf Minuten auf Jens Bett ohnmächtig geworden ist und du zu sehr damit beschäftigt warst, mit diesem spanischen Lastwagenfahrer herumzumachen«, erinnert Rosie sie.

»Ach richtig, Raoul«, kichert sie leise wie zu sich selbst.

»Und dann stellte sich heraus, dass er aus Bromley kommt.« Ich kehre zum Tisch zurück und bringe alle drei Gläser auf einmal mit, ein Trick, den ich noch aus meiner Zeit als Kellnerin beherrsche.

»Du machst Witze! Er war wirklich überzeugend«, rufe ich erstaunt. »Sogar ein Rezept für Paella hat er mir gegeben! Moment mal, warum hast du uns damals denn nichts davon erzählt?«

»Er hat noch nicht einmal spanische Vorfahren. Ich weiß auch nicht, warum ich es nicht erzählt habe. So gut war die Geschichte nun auch wieder nicht.« Typisch Selin. Rosie und ich würden alles erzählen, aber Selin ist da ein wenig zurückhaltender. Wenn wir ausgehen, ist sie zwar immer für eine Knutscherei oder einen Tanz zu haben, doch sie lässt sich nur selten auf etwas Ernsteres ein, tauscht niemals Telefonnummern aus, macht nie irgendwelche Treffen ab und nimmt auch nie jemanden mit nach Hause. Das soll nicht heißen, dass sie sich nicht ebenfalls ausgetobt hätte – bestimmt ist sie keine Jungfrau mehr –, aber in den letzten Jahren hat sie sich irgendwann dazu entschlossen, etwas zurückhaltender und vorsichtiger zu werden. Es würde mich nicht wundern, wenn ihr durch Rosie und mich die Lust auf Männer gründlich vergangen ist. Sie hatte eine einzige lange Beziehung (mit einem Jungen aus ihrer Straße), und die beiden trennten sich nur deshalb, weil Selin das Gefühl hatte, noch zu jung zum Heiraten zu sein; sie sind heute immer noch gut befreundet. Selin erzählt nicht viel über ihr Privatleben, sie gibt auch niemals ihre Geheimnisse preis, so wie Rosie und ich das tun. Wenn man sie ausfragt, ist das so, als wollte man Blut aus einem Stein quetschen. Klar, manchmal beklagt sie sich über ihren Job, darüber, dass das Geld knapp ist oder dass sie gerne einen Freund hätte, doch grundsätzlich wirkt sie ziemlich gelassen und irgendwie ausgeglichen. Sie scheinen nicht dieselben Ängste zu plagen wie Rosie und mich. Zumindest nicht ihre eigenen Ängste, denn über die Jahre hat sie viel von unseren Ängsten mitgetragen.

»Hach, dieses Land! Man kann einfach niemandem mehr über den Weg trauen«, seufzt Rosie, wobei ich mir nicht sicher bin, wen sie damit meint.

»Zurück zu dem Jungen!« Sehr gut, Selin ist neugierig.

»Also gut: Er kam mir einfach hinterhergerannt, hat mich gepackt und geküsst. Mitten auf der Straße, einfach so. Irgendwie war das richtig süß. Ihr wisst schon, romantisch.« Ein leichtes, etwas verlegenes Lächeln umspielt meine Mundwinkel, gegen das ich machtlos bin.

»Romantisch!«, kreischen beide und halten einander in einer gespielt melodramatischen Umarmung fest.

»War es etwa nicht kitschig und sabberig?«, fragt Selin.

»Nein!«

»Zunge wie ein Rotor?«, forscht Rosie auf ihre typisch direkte Art.

»Wirklich nicht.«

»Stießen vielleicht eure Zähne und Nasen aneinander?«, fragt Selin eifrig.

»Nein, nichts dergleichen, es war richtig nett, er war gut. Ich meine, seht mal, wir hatten doch alle mit fünfzehn bereits unseren ersten Kuss hinter uns, stimmt's?«

»Ich war elf«, sagt Selin stolz.

»Ich neun«, wirft Rosie ein. »Mit Edward Stone, damals, im Kunstunterricht.«

»Also gut, ich bekam meinen ersten Kuss mit fünfzehn.«

»... elf Monaten und zwei Wochen. Ich kann mich noch genau daran erinnern, weil das an Cathy Barkers sechzehntem Geburtstag war und du zwei Wochen später Geburtstag hattest. Du bekamst deinen ersten Kuss von diesem Typen, der vor ein paar Jahren verrückt geworden ist«, grinst Rosie.

»Er hieß Sam Everson und ist überhaupt nicht verrückt geworden. Er hatte lediglich einen Nervenzusammenbruch, und das war außerdem Jahre später, als ich gar nichts mehr mit ihm zu tun hatte. Was ich damit sagen wollte, ist doch nur, dass selbst eine Spätentwicklerin wie ich schon mindestens drei Jahre intensive Erfahrung im Küssen hinter sich hat, bevor sie in sein Alter kommt. Und da ist man dann schon ziemlich gut. Also, unser Kuss war gelungen, romantisch und sogar ein wenig erotisch. Himmel, ich will doch nur sagen, dass ich seit Jahren nicht mehr so geküsst worden bin und es genossen habe.« Ich bin ein bisschen rot im Gesicht, und das Tabasco brennt in meinem Hals.

Rosie und Selin sehen mich an. Dann sehen sie sich gegenseitig an. Dann sehen sie wieder mich an. Selin verzieht den Mund und nimmt einen mütterlichen Tonfall an.

»Du fühlst dich von ihm angezogen«, stellt sie fest.

»Tu ich nicht! Ich habe nur gesagt, dass es nett war!« Ich verdrehe die Augen und wende den Blick zur nikotingefärbten Decke.

»Du magst ihn. Du magst ihn wirklich. Mein Gott, jetzt sag bloß nicht, dass du ihn anrufen wirst. Ich bin mir sicher, dass du das nicht tun wirst. Das wirst du doch nicht tun, oder?« Selin ist besorgt, und ich weiß auch, warum. Sie hat Rosie und mich schon so oft völlig unbeschwert von einer irrwitzigen und verheerenden Begegnung in die nächste schlittern sehen. Sie hat unzählige Male mit zwei Flaschen Wein und einer großen Tafel Schokolade vor unseren Haustüren gestanden. Als Rosie schließlich zu mir zog, kurz nachdem sie sich von ihrem Ex, Chris, getrennt und Owen mir endgültig zum letzten Mal den Laufpass gegeben hatte, hatte Selin nur trocken angemerkt, dass sie sich nun immerhin ein Busticket würde sparen können und unsere Nachbarschaft ihr Leid täte.

»Ich mag ihn überhaupt nicht!«, sage ich und meine es auch so. Wirklich nicht.

»Solltest du aber«, sagt Rosie. »Immerhin könntest du seine erste Frau sein. Du könntest ihm zeigen, wie man eine Frau verwöhnt.« Letzteres sagt sie mit einem gekünstelten französischen Akzent.

»Ich bezweifle, dass er dieses Wissen braucht, wenn man sich die Schlampe anschaut, mit der er geht«, sage ich ein wenig unfair und von plötzlichem Konkurrenzdenken getrieben. »Aber das spielt keine Rolle, denn ich werde ihn auf keinen Fall, auf gar keinen Fall anrufen. Sollte *er* mich anrufen, werde ich versuchen, äußerst sanft mit ihm umzugehen, damit ihm die Lust, eine Frau anzusprechen, nicht für den Rest seines Lebens vergeht.« Dabei sehe ich absichtlich Rosie an. »Und ich werde ihm sagen, dass ich ihn nicht wiedersehen kann, vielen Dank.«

»Außer er hat zwei gut aussehende Freunde.«

Mein Gott, Rosie.

5. Kapitel

Als ich heute Morgen meine Augen öffne, sehe ich zum ersten Mal seit Frühlingsanfang das elektrische Licht im Flur gelblich unter meiner Schlafzimmertür hindurchschimmern. Rosie ist bereits aufgestanden, der Herbst ist im Anmarsch. Durch meinen Vorhang kann ich ein Stück blauen Himmel sehen, doch der Schein der Glühbirne verursacht mir irgendwie ein Frösteln, ich drehe mich mit dem Rücken zum Fenster und ziehe mir die Bettdecke bis zum Kinn. Von hier aus kann ich das Telefon sehen.

Wie ich aus Erfahrung weiß, vergehen meistens drei Tage zwischen dem, an dem man die Telefonnummern getauscht hat, und dem, an dem man den Anruf erhält – streng genommen wäre das erst morgen. Eigentlich hätte ich gedacht, dass er mich aufgrund seiner jugendlichen, etwas ungestümen Art vielleicht früher anruft, aber vermutlich haben Männer heutzutage solche psychologischen Tricks einfach schon früher drauf. Ich nehme an, er wird mich morgen anrufen. Und falls er mich nicht anrufen sollte, ist mir das auch egal. In gewisser Weise würde es die Sache sogar vereinfachen. Nur dieses Warten nervt, vor allem dann, wenn man auf den Anruf von jemandem wartet, von dem man nicht angerufen werden möchte.

Mein Handy lasse ich jedenfalls an, aber natürlich nur, um die Sache hinter mich zu bringen. Ich meine, schließlich möchte ich nicht in die Lage kommen, ihn auch noch zurückrufen zu müssen, oder?

Es ist Montag. Ich nehme mal an, dass Rosie vor mir

aufgestanden ist, weil sie heute ihren freien Tag hat und ihn mit diesem Typen verbringen will, den sie bei der Arbeit kennen gelernt hat. Sie gehen Boot fahren. Eine originelle Idee für ein Rendezvous. Rosie liebt originelle Ideen. Ihr letztes Rendezvous mit einem neuen Mann fand bei einem Yogakurs statt. »Na ja, immerhin kann man auf diese Weise herausfinden, ob ihm etwas an dir liegt«, hatte sie geheimnisvoll verkündet. Doch scheinbar lag ihm nichts an ihr, denn mit ihrem Yoga-Rendezvous hat sie sich nur einmal getroffen.

Rosie ist diesbezüglich sehr abergläubisch, ihre Beziehung zu einem Mann endet immer abrupt, wenn sie ihn bei seinem richtigen Namen nennt, bevor sie sich nicht mindestens vier Mal mit ihm getroffen hat. Das ist auch der Grund, weshalb ich unzählige Männernamen niemals erfahren habe. Ihren Ex Chris nannte sie zum Beispiel immer »Fuchs«, als ich ihm die ersten Male begegnete, was ein eher fragwürdiger Spitzname ist, wie ich finde. »Eingebildeter, schleimiger Widerling« nannten Selin und ich ihn, wenn wir in Rosies Abwesenheit von ihm sprachen, bis wir die schockierende Nachricht erhielten, dass beide sich Hals über Kopf verlobt hatten. Danach dachten wir, dass es wohl besser sei, etwas netter von ihm zu sprechen.

Ich bin morgens immer schlecht gelaunt, diese Tageszeit deprimiert mich einfach. Für gewöhnlich bleibe ich immer eine Spur zu lange im Bett, sitze ein wenig zu lange am Frühstückstisch und verbringe etwas zu viel Zeit unter der Dusche. Ich finde nie etwas Sauberes oder Nettes zum Anziehen, und ich benötige mindestens zweieinhalb Tassen löslichen Kaffee, bevor ich den Tag überhaupt beginnen kann. Obwohl ich nichts gegen meinen Job habe, weil ich zum ersten Mal einen richtigen Lohn erhalte, die Leute nett sind und manchmal sogar auf mich hören, ist es beileibe kein Traumjob. Ich bin eher in die Sache hineingeschlittert, und normalerweise atme ich erst einmal tief durch, bevor ich morgens die Tür öffne, um das Haus zu verlassen, und sage mir: »Na schön, ein neuer Tag beginnt.«

Rosie kommt aus dem Badezimmer. Sie sieht schrecklich aus: Ihr blondes Haar ist verfilzt, die Wimperntusche unter ihren blutunterlaufenen Augen ist verschmiert, und ihr Gesicht weist eindeutig die Spuren einer ruhelosen Nacht auf.

»Ich fühle mich furchtbar.« Sie lässt sich gegen die Badezimmertür sinken. »Seit heute früh muss ich mich pausenlos übergeben.«

»Armer Liebling, hast du gestern noch den Pizza-Dienst kommen lassen?«, frage ich sie.

»Nein, Toast.« Wie schlecht es ihr geht, erkennt man daran, dass sie noch nicht einmal einen zusammenhängenden Satz formulieren kann.

»Gesoffen?«, frage ich vorsichtig, denn das war meine erste Vermutung. Während der letzten Wochen habe ich bereits mehrmals festgestellt, dass die Auswirkungen ihres Katers sie länger als früher ans Bad fesseln, doch wenn man sie auf ihre Trinkerei anspricht, reagiert sie immer äußerst empfindlich. Außerdem, für einen offenen Streit ist es noch zu früh.

»Nein, keinen Tropfen.« Sie reibt sich die Augen und streicht sich ihr für gewöhnlich seidenes Haar hinter das Ohr. »Ich fühl mich irgendwie komisch.« Ich folge ihr in ihr Zimmer, sie setzt sich auf ihr Bett.

»Möchtest du, dass ich diesen Dingsbums anrufe und ihm absage?«, biete ich an. Es wäre nicht das erste Mal. Einmal habe ich sogar jemandem erzählt, dass sie aus gesetzlichen Gründen über Nacht hätte emigrieren müssen.

»Hm, ja bitte.« Sie schlüpft in ihr Bett und zieht sich die Decke bis zum Kinn hoch.

»Jen?«

»Ja, Schatz?«

»Schwargulichdin«, murmelt sie.

»Wie bitte?«

Sie holt drei, vier Mal tief Luft, dann versucht sie, sich klarer auszudrücken. »Ich glaube, dass ich schwanger bin.«

Ein eisiger Schreck durchfährt mich, ich hole tief Luft und versuche, mich zu beruhigen. Typisch Rosie, vermutlich übertreibt sie mal wieder maßlos. Nur weil sie zu viel getrunken oder gegessen hat, kann sie doch unmöglich schwanger sein.

»Sei nicht albern, seit der Geschichte mit diesem verheirateten Mann hast du doch mit niemandem mehr geschlafen, oder? Und das ist doch auch schon Monate her.« Ich darf das sagen, weil wir wirklich alles voneinander wissen. Und wenn es irgendwann einmal wirklich etwas gegeben haben sollte, dass wir uns aus dem einen oder anderen Grund nicht sofort erzählt haben, haben wir schließlich immer das Eis gebrochen, indem wir uns gegenseitig einen Marsriegel kauften. Das ist mit der Zeit zu einem Symbol für wichtige Nachrichten geworden. Laut Selin lag der Grund für unsere ständige Gewichtszunahme in den letzten zehn Jahren ausschließlich an Rosies sprunghaftem und turbulentem Leben, was stimmt, denn die meisten Marsriegel-Neuigkeiten kamen von Rosie, daneben zugegeben auch beträchtliche von mir und jahrelang überhaupt keine von Selin. Und Rosie kann im Gegensatz zu uns sowieso essen, was ihr schmeckt, ohne auch nur ein Gramm zuzunehmen.

»Das ist schon meine zweite Regel, die ausfällt. Ich stehe kurz davor, auch noch die dritte zu verpassen«, tönt es unter der Decke hervor. Wenn zwei Mal die Regel ausbleibt, ist das eigentlich noch völlig in Ordnung. Ein Mädchen von der Arbeit hatte ein ganzes Jahr lang überhaupt keine Regel, das kann schon mal vorkommen.

»Ich glaube, du übertreibst, Rose. Ich meine, wann soll das denn passiert sein? Und mit wem?« Ich denke eher, dass es der Stress und eine Lebensweise ist, die sich mit dem natürlichen weiblichen Zyklus nicht ganz vereinbaren lässt.

»Chris!« Der Name entfährt ihr mit einem spitzen Schrei. Chris, ihr Exmann Chris?

»Aber Schatz, du wohnst doch schon seit acht Monaten hier. Chris hast du zum letzten Mal bei dieser schrecklichen Geschäftsparty getroffen, zu der er mit seiner neuen Flamme erschienen war. Du hast sogar noch erzählt, wie fett sie gewesen sei ... obwohl das vermutlich gar nicht stimmt, denn für dich sind ja alle fett, die nicht mehr in Kleidergröße achtunddreißig passen.«

Wieder kommt ein erstickter Ton unter der Decke hervor.

»Rosie? Nun komm schon, erzähl's mir.« Eine Hand schiebt sich unter der Decke hervor und fummelt auf dem Tischchen neben dem Bett zwischen zwei Gläsern mit abgestandenem Wasser, einer Reiseflasche zum Umschnallen aus Zinn, einer Aromatherapie-Kerze, ein paar ordentlich zusammengefalteten Lotteriescheinen und einer leeren Packung Kaugummi herum, bis sie den Tischrand erreicht und den Schubladenknopf findet. Sie öffnet die Schublade, die Hand verschwindet und taucht kurze Zeit später mit einem riesigen Marsriegel wieder auf.

»Oh, mein Gott«, sage ich schwach, packe ihn sofort aus und beiße hinein. Es ist Viertel vor acht. Das Ritual ist vollzogen, Rosie schlägt die Decke zurück und sieht mich an.

»An deiner Stelle würde ich lieber das Verfallsdatum kontrollieren. Ich wollte ihn dir schon vor Wochen geben.«

»Was ist passiert?«, frage ich, bin mir aber nicht sicher, ob ich es wirklich wissen will. Der Alarm von Rosies Radiowecker geht an, und plötzlich ist der Raum erfüllt von einer aufdringlichen, schrecklich nörgelnden Frauenstimme. Rosie streckt ihre Hand aus und dreht es leiser, lehnt sich zurück gegen die Wand und drückt wie ein Kind sein Spielzeug ihr zweites Kissen an die Brust. Sie reibt sich mit den Fingern die müden Augen und fängt an.

»Na ja, eigentlich ist alles so, wie ich es dir erzählt habe. Nur – kannst du dich noch erinnern, wie ich vor ein paar Wochen diese Kunden zu der lächerlichen Preisverleihung begleitet habe? Ich wusste, dass Chris auch dort sein würde, denn sein Team war ja für die ›beste kindgerechte Kampagne‹ nominiert worden. Das war auch der Grund, weshalb ich mir dieses neue Kleid und die Schuhe gekauft habe. Und diese Tasche. Und mir die Haare zurechtgemacht habe, nach dem Motto ›ha, schau mal, was du verloren hast, du Idiot‹. Natürlich war er da und hatte *sie* auch mitgebracht. Sie ist wirklich fett, glaub mir. Und falls sie tatsächlich nicht ganz so fett ist, hätte sie zumindest keinen so kurzen Rock tragen sollen. Wie auch immer, natürlich hat er mich angeguckt, wir haben uns ein paar Blicke zugeworfen, ich habe genüsslich ein paar Gläser Champagner geschlürft, schließlich war der ja kostenlos, und habe mit dem Yoga-Rendezvous geschwätzt. Da bin ich ihm also begegnet, weißt du noch? Na schön, dann bin ich irgendwann losgegangen, um mir sozusagen ›die Nase zu pudern‹ und ...« Sie hält inne und schlägt die Hand vor den Mund. Wir hatten nämlich als guten Vorsatz für das neue Jahr beschlossen, unseren Kokainkonsum einzustellen.

»... es war halt kostenlos, deshalb zählt es nicht richtig, außerdem sah es irgendwie so aus, als würde er mir nach unten folgen, und, na ja, und als ich rauskam, stand er da und wartete auf mich. Noch bevor ich mich versah, hat er mich zurück in die Damentoilette in den kleinen Umkleideraum gedrängt, und irgendwie haben wir dann ... na ja ... versehentlich Sex gehabt.« Sie schweigt und sieht mich an. Ich weiß nicht, was ich sagen soll. Auf der einen Seite denke ich, dass die vielen Monate, die wir damit verbracht haben, uns gegenseitig dabei zu helfen, über unsere Ex hinwegzukommen, scheinbar zu rein gar nichts nütze gewesen sind, und ärgere mich über sie. Andererseits habe ich das Bedürfnis, sie zu umarmen und ihr zu helfen, die Sache durchzustehen. Ich entscheide mich vorerst für die Umarmung und spare mir die Standpauke für später auf. Ich steige zu ihr ins Bett und nehme sie in den Arm.

»Du denkst jetzt sicher, dass ich eine schreckliche Schlampe bin, stimmt's?«, schnieft sie und legt ihren Kopf auf meine Schulter. Das Haar fällt ihr ins Gesicht, und an dem Zittern ihrer Schultern kann ich erkennen, dass sie versucht, die Tränen zurückzuhalten.

»Na ja, schon ein wenig, aber lass uns nicht jetzt darüber reden. Komm schon, Schatz, es ist alles okay. Du nimmst doch die Pille, also kannst du gar nicht schwanger sein, oder?«, sage ich sanft über ihren Kopf hinweg.

»Das habe ich auch gedacht. Aber am Morgen bevor es passiert ist, wurde mir nach dem Frühstück schlecht, weil ich in der Nacht zuvor ein paar Wodkas zu viel intus hatte, und ich musste mich übergeben. Ich habe gar nicht daran gedacht, dass das die Wirkung der Pille beeinträchtigen könnte. Zumindest nicht so lange, bis es zu spät war.« Gut, das war ein Rückschlag, aber kein endgültiger Beweis.

»Schon, aber du verwendest ja immer Kondome, das hatten wir uns doch gegenseitig versprochen, stimmt's?« Das war ungefähr 1992 einer unserer guten Vorsätze fürs neue Jahr gewesen, und soviel ich weiß, haben wir uns alle immer daran gehalten. Wenn ich durch die Pille nicht auf einmal wie einer dieser giftigen Kugelfische ausgesehen hätte und einen Tobsuchtsanfall bekommen hätte, der Attila bis auf die Tränen alle Ehre gemacht hätte, wäre es vermutlich schwieriger für mich gewesen, sie abzusetzen, doch da von einem erfolgreichen Mitglied der Gesellschaft erwartet wird, dass es drei von vier Wochen ohne Ausfälle »funktioniert«, und das auch bei meinem Job, der Kundenbetreuung, eine grundlegende Voraussetzung ist, beschloss ich irgendwann, die Pille abzusetzen und auf traditionelle Verhütungsmethoden umzusteigen. Owen hat sich immer sehr über den Verlust der Spontaneität, der Sensibilität und all das beschwert. Er hat es mir immer sehr schwer gemacht. Aber ich finde es einfach unfair, dass man als Mädchen immer gezwungen sein soll, entweder Chemie zu schlucken, mit Schwämmen oder Spermiziden zu hantieren, oder sich irgendwelche Drahtvorrichtungen oder abgewandelte Versionen eines Südwester-Hutes reinzuschieben. Ich meine, es ist doch unglaublich, was Männer alles anstellen, um sich vor der Verhütung zu drücken. Dabei braucht man als Mann doch nichts weiter zu tun, als sich eine hauchdünne Latexhaube über den Pimmel zu stülpen. Da kann man doch nur sagen: Tut's doch einfach und haltet die Klappe! Im Laufe der Jahre sind Rosie, Selin und ich uns nach unzähligen Diskussionen in unzähligen Bars darüber einig geworden. Also sorgt man eben dafür, dass sie sich ein Kondom überziehen, ist es nicht so?

Ist es nicht so?

»Nicht wenn du es mit deinem Exmann auf der Toilette treibst und dein Gesicht vornüberhängt, da tust du das nicht.« Na klar, so was vermasselt natürlich die ganze schöne Theorie.

Ich glaube trotzdem nicht, dass Rosie schwanger ist. Ein

Mädchen, das so viel trinkt wie sie und so wenig isst, das nur von Kaffee lebt und für das illegale Betäubungsmittel kein Fremdwort ist, kann gar nicht so fruchtbar sein. Meine Schwägerin hat zwei Jahre, bevor sie schwanger wurde, von Alkohol bis Chips so ziemlich alles vermieden. Außerdem haben Rosie und Chris es ja nur einmal getan. Egal aus welcher Perspektive man es betrachtet, wenn man erst einmal so alt ist wie wir, weiß man, dass es verdammt schwierig ist, schwanger zu werden. Aber nicht den Teenies weitersagen. Vermutlich ist bei Rosie nur die Sorge, dass ihre Tage zwei Mal ausgeblieben sind.

»Also hör zu, ich werde mich heute krankschreiben lassen«, sage ich. »Wir gehen zur Apotheke und holen dir einen Schwangerschaftstest. Dann wirst du schon sehen, dass alles in Ordnung ist, und danach gehen wir in den Pub. Keine Sorge, es ist gar nicht so einfach, schwanger zu werden, das kann man überall nachlesen. Und bei Mädchen in unserem Alter kann immer mal die Regel aussetzen; entweder wegen Stress oder zu viel Alkohol oder sonst irgendwas.«

»Danke! Ich hab dich lieb.« Sie hebt den Kopf und sieht mich an.

»Du machst dir schon irre lang Sorgen, stimmt's?«, sage ich sanft. »Warum hast du mir nicht früher etwas davon erzählt?«

»Ich dachte, du würdest mich umbringen. Vor allem, weil wir uns doch geschworen hatten, nie mehr zurückzublicken, egal was kommt. Außerdem musste ich mir darüber klar werden, was zu tun ist, falls ich doch ..., na du weißt schon ... Dingsbums. Bevor das alles Realität wird, musste ich es irgendwie erst einmal richtig in meinen Kopf bekommen. Ich habe außerdem befürchtet, dass du und Selin mich diesmal nicht verstehen würdet.« Ich steige aus dem Bett, setze mich auf die Bettkante und halte ihre Hand.

»Schau mal, wenn irgendjemand dich versteht, dann bin ich es. Du weißt doch, wie oft ich trotz aller Versprechungen an euch und mich selbst in den letzten drei Jahren zu Owen zurückgekehrt bin. Eine schmerzhafte Lektion, aber gut, ich glaube, manchmal macht man eben immer denselben Fehler, bis man es kapiert hat. Wird schon schief gehen, du wirst sehen. Ich bin sicher, dass du nicht schwanger bist.«

Ich stehe auf und strecke mich, doch Rosie verschwindet wieder unter ihrer Bettdecke.

»Wo ist dein Handy? Ich rufe diesen Dingsbums an und sag ihm ab.«

Sie gibt es mir, und ich klicke mich durch ihr Adressbuch.

»Unter welchem Namen steht er?«

»Bootsfahr-Typ«, ertönt die geisterhafte Antwort.

6. Kapitel

Als wir die Wohnung verlassen, haben sich schmutzige graue Wolken über die Bäume gesenkt und hängen nun bedrohlich nahe über den Dächern der georgianischen Häuser, die unsere Straße zu beiden Seiten säumen.

Unser Apartment befindet sich im letzten Stock eines architektonisch eher zweckmäßig angelegten Häuserblocks, genau am falschen Ende der Landbroke Grove, ein paar Meter von der Harrow Road entfernt, und im wahrsten Sinne des Wortes lediglich auf der richtigen Seite der Bahngleise, die genau hinter dem Gebäude vorbeiführen. Tagsüber donnern alle zwanzig Minuten, in der Nacht jede Stunde ein Zug vorbei, was viele meiner Gäste im Laufe der Jahre als unerträglich empfunden haben. Ich hingegen mag das tröstliche Geratter der Züge, durch das die Nacht manchmal weniger einsam erscheint. Vor allem Owen ging der Lärm furchtbar auf die Nerven, und auch aus diesem Grunde ist er ein Pluspunkt.

Ich wohne schon seit sieben Jahren hier, die meiste Zeit davon alleine, und konnte mir die Bude nur deshalb leisten, weil sie heruntergekommen, feucht, meistens reparaturbedürftig und ein herrlicher Tummelplatz für nicht näher identifizierbare Kakerlakenaktivitäten ist. Ich mag die Wohnung, weil sie nur fünfzehn Minuten zu Fuß von der Portobello Road entfernt ist, weil ich zwei Schlafzimmer habe, eine riesige kaputte Küche und ein Wohnzimmer mit klapprigen Ikea-Möbeln.

All die Jahre hat der Hausbesitzer nie die Miete erhöht,

und ich habe ihn im Gegenzug nie gebeten, den Kammerjäger kommen zu lassen, das undichte Dach oder den Herd reparieren zu lassen, damit mehr als nur eine Kochplatte funktioniert. Was den Haushalt betrifft, so sind Rosie und ich wirkliche Schlampen. Wir leben so lange froh und munter in Verhältnissen, die gerade noch als hygienisch bezeichnet werden können, bis unsere Unordnung einen kritischen Zustand erreicht und wir anfangen, die Sachen aufzuheben, sie zu waschen und die Kakerlaken aufzusaugen (die vermutlich vor Glück jauchzen, wenn sie in den krümeligen, flauschigen Staubsaugerbeutel kommen, den wir fast nie ausleeren und der für sie der Kakerlakenhimmel sein muss, da bin ich mir sicher), bis wir irgendwann wieder von vorn beginnen. Von diesem Chaos bleiben nur unsere Kleider, das Bad, unsere Kosmetikartikel und wir selbst verschont, denn das sind die einzigen Dinge, auf die wir täglich achten.

So sehr ich dieses Fleckchen hier auch liebe, habe ich hier auch meine schwierigsten und schlimmsten Zeiten verbracht, daneben aber auch meine schönste Zeit mit Owen. Einmal hatte ich mir überlegt, mit Sack und Pack in eine WG zu ziehen, so wie man das früher gemacht hat, um neue Freunde zu finden, doch irgendwie fühlte ich mich bei dem Gedanken daran so niedergeschlagen, dass ich nicht den Mut hatte, zahllose Testgespräche potenzieller Mitbewohnerinnen über mich ergehen zu lassen, bei denen man immer versuchen muss, so modisch zu wirken, dass es witzig, aber nicht zu überkandidelt wirkt, und so sauber, dass sie damit leben können, ohne gleich als Sauberkeitsfanatiker zu gelten. Und hübsch genug, dass man mit ihnen weggehen kann, aber nicht so hübsch, dass ihr Freund mit einem ins Bett gehen will, so in der Art eben.

Als Rosie zu mir zog, rettete sie mich vor der Entscheidung, ob ich meinen Lebensstil radikal verändern sollte, und um ehrlich zu sein, war ich erleichtert.

Damals war sie ziemlich schlecht drauf. Chris hatte ihr gerade eröffnet, dass er sie nicht liebte, und sie dachte, dass er sie wahrscheinlich auch nie geliebt hatte. Er hatte ihr gesagt, dass es ein großer Fehler gewesen sei, sie zu bitten, ihn zu heiraten, und er es nur getan hätte, um endlich die Streitereien zu beenden, ohne sich jedoch Gedanken über die Konsequenzen zu machen. Und er sagte ihr, dass er kurz nach ihrer Rückkehr aus den Flitterwochen eine Frau kennen gelernt hatte, von der er meinte, dass sie »diejenige welche« sei.

Im Rückblick denke ich, dass wir einander gerettet haben. Die Nacht, in der sie mit zwei Koffern und ohne einen Pfennig Geld für das Taxi mit tränenverschmierter Wimperntusche auf dem Gesicht auf meiner Türschwelle stand, war dieselbe Nacht, in der Owen mir eine Nachricht auf einem Post-it-Zettel hinterlassen hatte, als ich zum Abendessen bei ihm vorbeigekommen war. Er hatte sie an die Eingangstür geklebt.

»Bin weggegangen. Kann keine Tränen ertragen. Es ist vorbei«, hatte er auf den Zettel geschrieben, der lustig im Wind flatterte. Lange hatte ich dort im Regen gestanden, bevor ich mich umdrehte, zur Bushaltestelle ging und nach Hause fuhr. Ich glaube, dass ich mich während der drei Jahre mit ihm an das ständige Auf und Ab seiner Leidenschaft für mich, an seine Untreue, seine fast schon brutalen Trunkenheitsausbrüche, seine Gemütsschwankungen und die immer mehr schwindende Rücksichtnahme mir gegenüber viel zu sehr gewöhnt hatte. Noch am Nachmittag hatten wir telefoniert und uns über den gedünsteten Lachs *en croute* unterhalten, den er gerade vorbereitete, und die gute

Flasche Wein, die er im Kühlschrank kalt gestellt hatte. Wenn ich ehrlich bin, war das Einzige, was ich spürte, als ich zur U-Bahn trottete, eine Art müde Resignation, ein »schon wieder«.

An diesem Punkt erwartete ich immer zwei oder drei Wochen der Trennung, irgendwelche Nachrichten über ein anderes Mädchen, das er im Park oder in einem Museum aufgegabelt hatte, gefolgt von langen, ernsten Gesprächen und Erklärungen über unsere zwar unvollkommene, aber unwiderstehliche Liebe. Bevor wir uns versahen, hätten wir wieder am Anfang unseres gewohnten Kreislaufes gestanden. Perfekte, glückselige Leidenschaft.

Wenn ich so zurückblicke, kann ich nur noch schwer sagen, wie das Leben mit Owen war. Als wir uns kennen lernten, war ich völlig durchgedreht und lebte das Stadtleben bis an die Stadtgrenzen aus. In dieser Zeit studierte Selin, Rosie traf sich mit irgendeinem Typen, und ich ließ mich zwischen meinem Freund der zweiten und dem der dritten Generation und ein paar halbherzigen Männerbekanntschaften treiben. Oft hatte ich das seltsame Gefühl, dass ich gerade noch von der Schwerkraft auf der Erde festgehalten wurde, aber jeden Augenblick die Gefahr bestand, dass ich in einer Sternenwolke entschwinden und für immer den Kontakt zur Realität verlieren konnte.

Ich glaube, ich war auf der Suche nach Liebe, vor allem aber nach etwas bodenständig Kraftvollem, das mich auf der Erde hielt, einer Art unerschütterlicher Zuverlässigkeit. Ich hatte das Gefühl, dass mir genau das fehlte, seitdem mein Vater vor fünfzehn Jahren aus meinem Leben verschwunden war. Obwohl mich meine romantische Vorstellung von Selbstzerstörung durch Wodka und Küsse davor bewahrte, jeden Tag in der Woche zwischen fünf Uhr abends und neun Uhr früh vor lauter Langeweile fast verrückt zu werden, wartete ich eigentlich darauf, gerettet zu werden.

Owen ist acht Jahre älter als ich. Er wohnt in einer Mansarde in Clerkenwell, in die er eingezogen war, bevor das Viertel chic wurde, Fünf-Sterne-Restaurants, die heißesten Clubs und Cafés der Kette »Starbucks« aus dem Erdboden schossen. Damals war es noch eine bunte Mischung aus Fischhändlern und Secondhand-Buchläden. An den Wänden seiner Wohnung stehen schwere Regale mit den unterschiedlichsten Büchern. Er hat keinen Fernseher, nur ein kaputtes altes Radio, das immer auf »Radio Four« eingestellt ist. Er sieht aus wie eine lasterhafte Ausgabe von Leonardo Di Caprio – ungefähr zwanzig Jahre älter und nach einigen Kisten Irish Whiskey –, hat aschblondes Haar und schräg gestellte, grüne Augen.

Als ich ihm zum ersten Mal begegnete, machte er einen starken, sehr väterlichen Eindruck auf mich, und ich hatte das Gefühl, dass er mir so etwas wie einen Halt geben konnte. Er war völlig vernarrt in mich und sehr leidenschaftlich. Er gab mir das Gefühl, dass es außer mir keine andere Frau auf der Welt gab. Er überzeugte mich davon, dass ich wunderschön und klug sei und eine Tiefe besaß, in die nur er vordringen konnte. Er sagte, dass er jede Faser meines Seins besitzen wollte, und ich ließ es glücklich zu.

Ungefähr nach drei Monaten kam ich dann eines Abends in seine Wohnung und fand ihn still und vollkommen passiv vor. Verletzt und verwirrt drängte ich ihn, mir eine Erklärung für seine Gefühlskälte zu geben, bis er schließlich vor Wut explodierte und mir das Buch an den Kopf warf, in dem er gerade las. Er sagte mir, dass ich ihn langweile, dass er vom Leben mehr erwarte, dass es da eine andere, eine Französin gäbe, die ihn vor dem British Museum nach dem Weg gefragt hatte. Er sagte, dass sie lebhafter und interessanter sei, keinen so sinnlosen Job ohne jegliche Perspektive habe und keinen so leeren Schädel ohne einen einzigen sinnvollen Gedanken darin hätte wie ich. Er forderte mich auf, seine Wohnung zu verlassen. Als ich daraufhin heulte, bettelte und ihn bat, seine Meinung zu ändern, schmiss er mich gewaltsam hinaus und hinterließ dabei Spuren an meinen Handgelenken, die sehr lange nicht verheilten.

Wäre er nicht zu mir zurückgekehrt, wäre das langfristig vermutlich besser gewesen. Vielleicht wäre ich eine Zeit lang niedergeschlagen gewesen, wieder auf meinen nächtlichen Streifzügen durch die Bars und Clubs getingelt, doch mit der Zeit wäre ich in die nächste Geschichte geschlittert – diesmal vielleicht sogar die richtige.

Doch er kam leider zurück. Knapp zwei Monate später rief er mich auf der Arbeit an und bat mich um ein Treffen. Ich hielt die Luft an, als ich ihn wiedersah; ich wusste immer, dass er gut aussehend war. Wir tranken Kaffee und sprachen stundenlang über unsere Beziehung und darüber, wie sehr ich ihm fehlte, über seine Komplexe und Probleme. Und wir sprachen darüber, wie sehr er mich und mein Verständnis für ihn brauchte. Er sagte: »Ich glaube, dass ich dich so sehr liebe, dass es mir sogar schwer fällt, es vor mir selbst einzugestehen. Ich glaube, das ist der Grund, weshalb ich mich so verhalte. Herrgott, ich liebe dich doch. Noch nie hat es in meinem Leben jemanden gegeben, der mir so viel bedeutet wie du – du musst zu mir zurückkommen!« Er hatte mich mit nach Hause genommen, und als wir in jener Nacht zusammen schliefen, hatte ich das Gefühl, in dieser Sternenwolke die Kontrolle zu verlieren.

Sechs Monate später kreuzte jedoch das nächste Mädchen auf, und das Spiel begann von vorn. Drei Jahre lang glaubte ich tatsächlich, dass die Qual und dieser Missbrauch nebensächlich seien, solange es diese ersten paar Wochen gab, in denen wir wieder vereint und das Leben so wunderbar war, dass ich es kaum für möglich gehalten hätte.

Als Rosie in jener Nacht, in der ich den Post-it-Zettel gefunden hatte, vor meiner Haustür stand, hatte ich wieder dieses unheilvolle Gefühl. Irgendwie brachten ihre Anwesenheit und ihre Erlebnisse mit Chris mir die ganze Lage mit Owen zu Bewusstsein. Diesmal war es endgültig vorbei. Irgendetwas war anders; irgendetwas hatte den Kreislauf durchbrochen.

Zumindest glaubte ich, dass es so war.

Nur zehn Minuten, bevor Rosie an der Tür geklingelt hatte, hatte ich meine Wohnung betreten. Doch in jener Nacht hielten wir uns nicht lange mit dem Erzählen einzelner Details auf, sondern leerten einfach die Flasche Wodka, die ich auf dem Heimweg gekauft hatte, und danach die Flasche Gin, die Rosie mitgebracht hatte, und machten Versprechungen, weinten und lachten. Doch in den folgenden Wochen konnten wir von nichts anderem sprechen. Wir liefen einander mit Kaffee- oder Teetassen oder Weingläsern in der Hand von Zimmer zu Zimmer hinterher und versuchten, uns gegenseitig unser Leben zu erklären.

Ich setzte mich oft zu Rosie aufs Bett und versuchte zu begreifen, warum ich drei ganze Jahre und all die gebrochenen Versprechungen gebraucht hatte, um endlich einzusehen, was Owen mir angetan hatte. Ich ärgerte mich dabei über mich selbst genauso wie über Owen. Drei vergeudete Jahre. Rosie hingegen weckte mich mitten in der Nacht, um mir zu sagen, dass sie nicht schlafen konnte, weil sie immerfort an ihren Hochzeitstag und die Rede denken musste, die Chris gehalten hatte, und das Kärtchen, das er ihr am Abend vor der Hochzeit mit Blumen übersandte: »Für immer dein!« Wir kamen uns dumm vor, jede auf ihre Weise, doch wenigstens waren wir dabei zu zweit.

In dieser Zeit kam Selin oft vorbei und setzte sich, während wir uns aussprachen, still mit einem Glas Wein in der Hand dazu, nickte nur oder bot an, für einen kleinen Beitrag die türkische Mafia auf den Fall anzusetzen, worüber wir zugleich lachen und weinen mussten.

Nach und nach erreichten wir drei eine Art Gleichgewicht. Die Morgen wurden weniger schmerzlich, die Freitag- und Samstagabende wurden lustiger, und unsere jahrelange, immer sehr ehrliche Freundschaft zueinander erlebte eine neue Intensität, wie wir sie seit zehn Jahren, seit wir von zu Hause ausgezogen waren, um auf verschiedene Colleges zu gehen, nicht mehr erlebt hatten.

Kurz nachdem Rosie bei mir eingezogen war, fing sie an, mehr als gewöhnlich zu trinken, doch wir tranken alle ziemlich viel, also schienen mir Vorhaltungen nicht das richtige Mittel zu sein. Außerdem leugnete sie es vehement, wenn man darauf zu sprechen kam, was schließlich immer zu einem Streit führte. Selin arbeitete hingegen viel zu hart, weil sie immer noch bemüht war, ihrem Vater zu beweisen, dass sie für die Buchhaltungsfirma der Familie ein ebenso wertvoller Partner sein konnte wie ihr Bruder es gewesen wäre, wenn er sich nicht dazu entschlossen hätte, lieber ein mittelloser Künstler zu sein. Sie versuchte ständig, dies unter Beweis zu stellen, obwohl ihr Vater es schon vor Jahren begriffen hatte und so stolz auf sie war, wie ein Vater es nur sein konnte.

Ich gewöhnte mich schließlich daran, Owen nicht mehr zu sehen. Ich hörte auf, darauf zu hoffen, an jeder x-beliebigen Straßenecke auf ihn zu treffen oder seine Stimme zu hören, sobald das Telefon klingelte und ich den Hörer abnahm. Weder eine bestimmte Stimmlage von irgendjemandem noch ein Milchkarton oder irgendetwas anderes, das mich an ihn erinnerte, brachten mich mehr aus der Fassung, und langsam begann ich, mich freier zu fühlen. Die Dinge nahmen ihren Lauf und wurden ständig besser, und im Augenblick laufen sie sogar prächtig.

Rosie kann einfach nicht schwanger sein, habe ich Recht?

7. Kapitel

Während ich vor der Wohnung auf Rosie warte, fällt mir ein, dass wir drei in all den Jahren unserer Freundschaft noch nie einen Schwangerschaftstest haben kaufen müssen. Ich für meinen Teil bin sicher, dass ich unfruchtbar bin.

»Herrgott, ich fühle mich, als hätte mich irgendein Arschloch durchgeprügelt«, sagt Rosie laut, während sie in ihrem Kunstfellmantel und ihrer Fliegerbrille, die sie angesichts des wolkenverhangenen Himmels nicht wirklich braucht, aus der Tür stolpert. Ich muss lächeln, denn trotz ihrer Lage hat sie es noch hingekriegt, ihre Haare zu einem Haarknoten zu binden und etwas Lipgloss aufzulegen. Was immer der Morgen bringen wird, sie hat scheinbar beschlossen, dabei möglichst gut auszusehen.

»Wenn du willst, kannst du ruhig hier bleiben und ich gehe alleine«, biete ich ihr an und hole mein Handy aus der Manteltasche, um zu sehen, ob die Tasten gesperrt und die Batterie geladen ist.

»Nein, nein, komm schon, frische Luft und so. Erwartest du einen Anruf?«, fragt sie und deutet mit dem Kopf auf mein Handy.

»Willst du nach dem Schwangerschaftstest fragen, oder soll ich es tun?«, lenke ich elegant vom Thema ab.

»Oh, du, bitte! Ich kann ihn nicht fragen, er kennt mich.« Sie zündet sich eine Zigarette an.

»Na und, mich kennt er auch, wir sind doch beide immer zu ihm reingegangen, oder etwa nicht?« An langweiligen Samstagnachmittagen gehen wir oft in die kleine Drogerie an der Straßenecke und stöbern durch die Körbe mit Nagellack im Sonderangebot oder kaufen kindische Haarklammern in Schmetterlingsform oder fünf Armreifen für neunundneunzig Pence.

»Ja schon, aber er kennt mich in erster Linie deshalb, weil ich bei ihm immer mein Rezept für die Pille einlöse. Was glaubst du, was er denkt, wenn ich mir jetzt einen Schwangerschaftstest hole?« Rosie stellt den Kragen ihres Mantels auf und kuschelt ihr Kinn in das Fell.

»Aber mich kennt er auch, weil ich bei ihm meinen Inhalator gekauft habe. Er wird denken, dass ich Asthma habe und völlig verantwortungslos bin, was Sex betrifft!«, sage ich und frage mich gleichzeitig, warum mich das beunruhigen sollte. Wir bleiben vor dem Geschäft stehen und sehen hinein. Ich kann ein kleines Körbchen voller Nagellack zum halben Preis erkennen.

»Na komm schon, ich frage ihn auch«, sage ich, weil ich genau weiß, das es sowieso so kommen wird, und wir stoßen die Tür auf und gehen zum Ladentisch.

»Hallo, meine Damen, was kann ich heute für sie tun?« Mr Drogeriebesitzer ist immer äußerst freundlich und zuvorkommend, er liebt uns, weil wir ein Vermögen für seinen netten, aber völlig nutzlosen Kleinkram ausgeben.

»Wir brauchen einen Schwangerschaftstest für unsere Freundin Selin, die Sie sicherlich schon einmal mit uns hier gesehen haben«, sage ich schamlos. »Sie ist verheiratet, seit Jahren.«

»Nun ja, wie schön, Babys machen Freude.« Er dreht sich um und legt drei Schwangerschaftstests vor uns auf den Ladentisch. »Wollte sie denn irgendeine bestimmte Marke?« Ich schaue Rosie an, die soeben eine Schachtel mit falschen Nägeln unter die Lupe nimmt.

»Den billigsten?«, sage ich vorsichtig und frage mich gleichzeitig, wie viel Bargeld ich wohl dabeihabe.

Rosie wird munter. »Nein, nein. Sie wollte ganz bestimmt den teuersten. Welcher von denen ist der teuerste?« Rosies Lebensphilosophie lautet, ›man bekommt immer das, wofür man bezahlt‹. Wir kaufen also den teuersten Test, der wirklich verdammt teuer ist, in dem sich aber zwei Teststäbchen befinden, sodass Rosie sich gleich zweimal davon überzeugen kann, dass sie nicht hereingelegt worden ist. Ich kaufe außerdem noch die Nagelaufkleber und Rosie ein Paar falsche, silbern glänzende Wimpern und ein paar ansteckbare Glitzernägel. Dann erstehen wir beide noch einige herzförmige, dimantenglitzernde Tattoos. Als wir nach Hause kommen, ist eine Nachricht auf dem Anrufbeantworter. Mein Boss Georgina.

»Hallo, Jennifer. Ich wollte nur kurz anrufen und fragen, wie es dir geht. Ich nehme an, du bist im Bett und kannst das Telefon nicht hören. Ruf mich an, wenn du dich für eine heiße Zitrone aus dem Bett hievst und den AB abhörst, und sag mir dann Bescheid, ob du morgen zur Arbeit kommst.« Lieb von ihr, mir eine gebrauchsfertige Entschuldigung gleich mitzuliefern, denke ich und gehe in die Küche, um den Kessel aufzustellen.

»Na dann mal los!«, rufe ich Rosie zu, die, wie ich sehe, auf unserem schwarzen Samtsofa mit Schaumstofffüllung zusammengesunken ist. Sie zupft nervös an ihrem Pullover, wenn sie so weiter macht, wird sie die Ärmel bald abgetrennt haben.

»Hier steht drauf, dass man den Morgen abwarten sollte«, ruft sie in kläglichem Ton.

»Es ist Morgen.« Ich sehe mich in der Küche nach der Schachtel mit Teebeuteln um. Keine Ahnung, wo ich sie hingetan habe.

»Ja, wichtig ist aber der Morgenurin. Und ich war schon vor Ewigkeiten auf'm Klo. Vor Stunden. Sollten wir stattdessen nicht lieber ›This Morning‹ angucken?«, fragt sie hoffnungsvoll.

»Du weißt genau, dass das nicht mehr lange läuft. Steht das wirklich drauf?« Ich klinge schon wie ihre Mutter, nicht wie ihre beste Freundin.

»Ja! Ganz ehrlich. Lies den Beipackzettel, wenn du willst.« Sie ist im Begriff, bockig zu werden.

Diesmal werde ich aber nicht zulassen, dass Rosie einen ihrer typischen Wutanfälle bekommt. Ich finde die Teebeutel unterdessen im Kühlschrank.

»Also gut, musst du jetzt zufällig aufs Klo?«, frage ich streng.

»Ich könnte, glaube ich.« Ich kann förmlich hören, wie sie schmollt.

»Na schön, dann geh! Du kannst den anderen Streifen ja morgen früh benutzen, wenn du denkst, dass das nötig ist.« Ich bin mir nicht sicher, ob es tatsächlich so funktioniert, aber ich glaube, wenn es einen erwischt hat, hat es einen erwischt, ganz egal um welche Tageszeit man auf den Streifen pinkelt. Ich höre Rosie irgendetwas Abfälliges über mich murmeln, während sie den Flur zum Badezimmer entlangtrottet und die Tür hinter sich schließt. Ich hole Kochtöpfe und Teller aus dem Spülbecken, bis ich zwei Becher finde, die ich ausspüle. Danach lehne ich mich an den Küchentresen und warte, bis das Wasser im Kessel kocht. Was sollen wir bloß tun, wenn sie schwanger ist?

Ich kann mir Rosie gar nicht als Mutter vorstellen. Überhaupt kann ich mir Rosie nicht anders als in zehn Zentimeter hohen Stöckelschuhen mit Zigarette und Cocktailglas vorstellen. Falls sie tatsächlich irgendetwas Mütterliches an sich hat, dann habe ich das bis jetzt einfach noch nicht an ihr entdeckt. Das soll nicht heißen, dass sie nicht trotzdem eines Tages eine gute Mutter sein könnte. Ich meine, sie ist schließlich eine treue Seele und sehr nett. Sie ist amüsant und kann gut zuhören; sie hat ein warmes Herz und denkt von allen immer nur das Beste. Ich glaube, wir tragen alle in uns, eines Tages gute Mütter zu sein, ich dachte eben einfach nur, dass dieser Tag noch sehr weit entfernt ist und erst nach wohl überlegten Richtungswechseln und grundlegenden Änderungen unserer Lebensweise eintreten wird. Und allein der Gedanke, dass ein oberflächlicher Typ wie Chris Vater werden soll? Nein, nicht auszudenken. Kein Wunder, dass sich Rosie bei dem Gedanken in letzter Zeit noch verrückter verhalten hat als sonst.

Ich überlege, wie ich wohl am besten für sie da sein kann. Unvoreingenommen, unterstützend, praktisch, beschließe ich – zumindest so lange, bis ich Selin ans Telefon kriege und sie die Verantwortung übernimmt. Wir haben achthundertzwanzig Pfund als Notferiengroschen auf die Seite gelegt; es ist also für alles gesorgt, falls wir Geld brauchen sollten, um die Sache hinter uns zu bringen. Sollte sie dann doch nicht schwanger sein, nun, dann gehen wir eben auf zwei halbe Bitter ins »Duke of York« und stoßen auf die guten alten Zeiten an. Das Wasser im Kessel kocht nun, und ich gieße es auf den Teebeutel, die Milch und die beiden Zuckerwürfel in jedem Becher, die sonst keine von uns beiden nimmt, außer bei Notfällen.

Ich höre, wie die Badezimmertür aufgeht und Rosie den Flur entlanggelaufen kommt.

Ich drehe mich um und schaue sie an. Sie steht in der Tür und grinst von einem Ohr zum anderen mit Tränen in den Augen.

»Also, alles okay?«, frage ich und unklammere die beiden Becher mit dem Tee, als ginge es um das nackte Überleben.

»Ja, alles wunderbar!« Sie stürzt auf mich zu und umarmt mich stürmisch. Ich halte die beiden Teebecher weit von mir und versuche, nicht noch mehr Flüssigkeit auf dem klebrigen Boden zu verschütten.

»Na, Gott sei Dank, was hätten wir sonst bloß getan!«, sage ich und lache vor Erleichterung.

Rosie tritt einen Schritt zurück und legt ihre Hände auf meine Schultern. Ein strahlendes Lächeln liegt auf ihrem Gesicht. »Ab jetzt wird sich alles ändern. Das muss es auch.« Ich nehme an, dass das Testergebnis sie überwältigt hat.

»Na Rosie, du weißt ja, dieses Mal bist du gerade noch einmal davongekommen –«

»Ich meine«, unterbricht sie mich, von Gefühlen überwältigt, »ich bin schließlich auf dem besten Weg, Mami zu werden!« Wieder drückt sie mich an sich, und heißer Tee schwappt auf meinen Daumen. »Ich bekomme ein Baby!«

Ich höre, wie im anderen Zimmer mein Handy klingelt.

8. Kapitel

Wir sitzen beide nebeneinander auf dem schwarzen Samtsofa, halten unsere Teebecher in der Hand und starren auf die gegenüberliegende Wand.

»Du bist also tatsächlich schwanger? Du hast das Ergebnis nicht zufällig falsch abgelesen?«, frage ich sie. Ich bin von der Neuigkeit noch ganz benommen.

»Eindeutig. Der blaue Streifen, das ganze Drum und Dran.« Sie hat sich bereits eine Hand auf den Bauch gelegt. Ich kann es immer noch nicht fassen.

»Aber Rose, Liebling, bist du dir wirklich sicher? Ein Baby? Du als allein erziehende Mutter? Du willst es doch nicht etwa nur deshalb behalten, weil du denkst, dass Chris dann zu dir zurückkommt, oder?« Ich drehe mich zu ihr und sehe sie scharf an. Das wäre typisch Rosie.

»Nein! Um Gottes willen, nie im Leben. Dass mir dieser gottverdammte Bastard bloß nicht in die Nähe meines Babys kommt. Herrgott nochmal!« Sie hustet. Ich frage mich, wie lange Rosie wohl schon über die ganze Sache nachgedacht hat. Vielleicht wusste sie es ja schon, bevor sie den Test geholt hat. Es sieht so aus, als hätte sie bereits alles gut durchdacht.

»Ich verdiene gut, bekomme Mutterschaftsurlaub und einen Kinderbetreuungszuschuss vom Arbeitgeber, nicht zu vergessen die Vereinbarungen, die Chris und ich bei unserer Scheidung getroffen haben. Es wird schon gut gehen, du wirst sehen.«

Ich hingegen kann im Moment überhaupt noch nicht erkennen, wie das gut gehen soll, nicht im Geringsten. Ich lege meinen Kopf auf die Sofalehne und betrachte die Wasserflecken an der Zimmerdecke.

»Aber Rose – ein Baby! Dein Leben wird sich für immer verändern. Nichts wird mehr sein, wie es einmal war. Du musst erwachsen werden – und zwar richtig, nicht nur was Klamotten betrifft, die du dir nicht leisten kannst. Und was ist mit Chris? Wirst du es ihm erzählen? Und was ist mit zukünftigen potenziellen Freunden? Was mit den Samstagabenden?«

Rosie stellt ihren Becher Tee auf den Boden, zerquetscht dabei eine kleine Kakerlake und nimmt meine Hand. »Ich weiß, dass ich in den letzten Monaten ... ein wenig ... na ja, die Kontrolle verloren habe.«

»In den letzten *Jahren*«, unterbreche ich sie.

»Also gut, Jahren, aber vor allem in den letzten Monaten. Zu viel gesoffen, zu viele Drogen und so. Ich weiß, dass ich manchmal etwas schwierig war – ich habe mir ja selbst Sorgen um mich gemacht. Irgendwie hatte ich immer das Gefühl, als würde das alles nicht mir passieren: Hier zu leben war irgendwie wie Urlaub von meinem Leben zu haben. Aber vielleicht ist dieses Baby ... vielleicht ist dieses Baby ja meine Chance, mit all dem endgültig Schluss zu machen. Vielleicht komme ich ja durch dieses Baby wieder auf den richtigen Weg.« Sie tätschelt meine Hand. »Die Ferien sind vorbei.«

»Und all das hast du entschieden, während du auf dem Klo darauf gewartet hast, dass der Streifen blau wird?« Ich bin besorgt. Typisch für Rosie, diese grundlegenden Lebensentscheidungen in zwei Minuten zu fällen. Ich bin eher der Auffassung, dass lebenswichtige Entscheidungen, na ja, ein Leben lang andauern sollten. Solange man nichts verändert, ist die Wahrscheinlichkeit nämlich sehr gering, dass man mit den Konsequenzen leben muss. »Hier geht es um mehr als um dein eigenes Seelenheil. Hier geht es um einen richtigen Menschen, einen anderen Menschen, der für immer und ewig auf dich angewiesen sein wird«, sage ich ernst und verspüre angesichts des Tempos, in dem sich Rosies Leben zu verändern begonnen hat, ein Schwindelgefühl.

»Das weiß ich, das weiß ich wirklich. Jen, ich schwöre dir, dass ich nicht leichtfertig an die Sache herangehe! Ich schwöre dir, dass sich mein Leben dadurch verändern und ich eine gute Mutter sein werde! Ich weiß, dass ich das sein kann.« Wieder nimmt sie meine Hand. »Ich weiß, dass es nicht leicht sein wird. So naiv bin ich schließlich auch wieder nicht, aber ich weiß auch, dass ich es schaffen kann, dass ich diesem Baby ein schönes Leben schenken kann. Und das ist doch etwas sehr Wichtiges, was man aus seinem Leben machen kann, findest du nicht? Vielleicht das Wichtigste überhaupt.«

Ich sehe sie an und denke dabei *unvoreingenommen, unterstützend, praktisch.*

»Jetzt mal im Ernst. Wie konntest du das alles nur so schnell entscheiden? Du hast es geahnt und dir schon überlegt, dass du es behalten würdest, stimmt's?«, frage ich sie.

Rosie verändert ihre Sitzposition und holt tief Luft. »Ja, ich glaube schon. Ich kann es nicht richtig erklären, ich meine, das mit der Übelkeit ist neu, aber ich hatte schon seit Wochen das Gefühl ... na ja, das irgendetwas anders ist. Das kam ganz plötzlich.« Sie lacht. »Ich meine, es hört sich verdammt komisch an, aber ich verstehe überhaupt nicht, wie man überrascht sein kann, dass man schwanger ist! Eine Zeit lang habe ich versucht, nicht daran zu denken, doch im Grunde kann man es gar nicht ignorieren. Alles verändert sich.« Sie zieht ihre Beine bis zum Kinn hinauf und sieht mich über ihre Knie hinweg an. Ich beschließe, ruhig zu bleiben und sie reden zu lassen.

»In den letzten Wochen habe ich jede Nacht wach gelegen und mir Gedanken darüber gemacht, was ich wohl tun würde, wenn ich schwanger wäre. Am Anfang hatte ich ziemliche Panik davor und dachte, dass das gar nicht ginge. Zumindest nicht jetzt, und vor allem nicht von Chris. Ich meine, wie kann man auf so etwas wirklich vorbereitet sein? Ich hatte Angst und fühlte mich schrecklich. Um ehrlich zu sein, dachte ich, dass sich, wenn ich nur genug trinken und kräftig abfeiern würde, das Problem vielleicht von selbst erledigen könnte. Mein Gott, das klingt schrecklich, nicht wahr?« Ich schüttle den Kopf und ziehe wie sie meine Füße auf das Sofa. Rosie sieht aus wie ein kleines Mädchen.

»Das kling gar nicht schrecklich«, sage ich sanft. »Kein bisschen. Ich glaube, viele Leute reagieren so. Das ist ganz einfach der Schock.« Sie lächelt ein wenig und fährt fort.

»Eines Nachts habe ich dann gemerkt, dass ich anfing, mir Sorgen darüber zu machen, *nicht* schwanger zu sein, und darüber, dass das mit Chris nur eine weitere pathetische, erniedrigende oder völlig bedeutungslose Begegnung gewesen war. Ich dachte, oder besser gesagt hoffte, dass dieses Baby vielleicht der Grund sein könnte, weshalb ich ihm überhaupt begegnet bin. Wenn ich ehrlich bin, dann wurde dieses Baby schon lange vor dem positiven Testergebnis Wirklichkeit für mich. Dies ist mein Baby, meins! Es ist meine Chance, die Dinge zu einem guten Ende zu bringen – und ich werde sie nutzen!« Entschlossen hebt sie ihr Kinn ein wenig. »Ja, meine Entscheidung stand schon lange, bevor ich den Test geholt habe, fest. Worüber ich mir in letzter Zeit am meisten den Kopf zerbrochen habe, war, wie ich euch beiden das eigentlich erklären soll!« Sie lacht verlegen.

»Herrgott, darüber hättest du dir doch keine Sorgen machen müssen! Na gut, zumindest nicht bei mir.« Ich zögere und fahre dann fort: »Sieh mal, ich bin mir nicht sicher, ob ich die gleiche Entscheidung getroffen hätte, und ich weiß jetzt auch noch nicht, wie wir die Sache in den Griff bekommen sollen, aber wenn du es so willst, dann werde ich dich hundertprozentig darin unterstützen. Ich werde dir helfen, wo ich nur kann. Und Selin ebenfalls, das weiß ich. Sobald sie sich beruhigt hat, versteht sich.«

Wir strecken uns die Arme entgegen, umarmen uns und lehnen uns fest umschlungen im Sofa zurück.

»Kein Alk mehr, das weißt du. Du trinkst zu viel«, sage ich zu ihr.

»Ich weiß. Keinen Alk mehr. Keinen Tropfen.« Sie schüttelt nachdrücklich den Kopf.

»Und keine Medikamente mehr.« Ich denke an die letzten paar Wochenenden und die Rücksicht, die wir der fötalen Gesundheit haben angedeihen lassen, beschließe aber, es vorläufig nicht zu erwähnen.

»Klar«, stimmt sie zu.

»Die Kippen müssen auch verschwinden. Und zwar sofort.«

»Sofort.« Sie zieht eine Zigarettenschachtel aus der Jeans und reicht sie mir.

»Tee, Kaffee, Red Bull. All das musst du jetzt lassen.«

»Na ja, ich habe immer nur auf einen guten Grund für den Entzug gewartet.« Sie zuckt die Achseln und zieht die Enden ihrer Pulloverärmel über die Finger.

»Und für die nächste Zeit darfst du dich von deinen coolen »Versace«-Jeans verabschieden.«

»Oh Mist. Ich habe meine Meinung geändert.« Wir bekommen beide einen Lachanfall.

Ein seltsam unwirkliches Gefühl überkommt mich, als

ich die kleine unverwüstliche Kakerlake beobachte, die unter Rosies Teebecher hervorgekrochen kommt. Viele Dinge werden sich grundlegend verändern müssen, von denen wir im Augenblick vermutlich noch keine Ahnung haben. Ich frage mich, ob es von der Evolution tatsächlich vorgesehen ist, einfach ein neues Leben in die Welt zu setzen.

»Stell dir vor, ein Baby im Haus!«, sage ich und fühle mich irgendwie benommen, als wäre ich beschwipst. »Wir können ein Zimmer zum Kinderzimmer umfunktionieren und es streichen. Das wäre doch toll!«

»Genau, aber bitte nicht Babyrosa oder Blau, irgendwas Cooleres. Ich möchte ein cooles Baby!«, sagt Rosie, und ich nicke zustimmend.

Während wir mit einem doofen Grinsen auf dem Gesicht dasitzen, sehen wir der kleinen Kakerlake zu, wie sie über einen auf dem Boden liegenden Frühstücksteller krabbelt und unter dem Sofa verschwindet. Dann setzt Rosie sich plötzlich mit einem Ruck auf und greift nach den »Gelben Seiten«.

»Verdammt nochmal, wir müssen umziehen! Wir müssen sofort umziehen. Noch diese Woche – wir können doch in diesem Flohzirkus nicht länger wohnen bleiben, jetzt, wo ein Baby unterwegs ist!« Sie blättert in den Seiten, aber es scheint keine Rubrik für »Dreizimmerwohnungen zu vernünftigem Preis, gleich gegenüber, sofort frei« zu geben.

»Herrgott, ja, wir müssen umziehen«, faucht Rosie, die sich scheinbar auf einem Hygienetrip befindet, mich an. »Mit einem Baby brauchen wir auf jeden Fall mehr als eine Kochplatte. Ich nehme mal an, wir brauchen heißes Wasser und so Zeug. Aber hier in der Gegend werden wir uns nichts leisten können«, setzt sie sachlich hinzu.

Ich lehne mich etwas sprachlos zurück und denke darüber nach. Ich habe mich gerade erst mit dem Gedanken angefreundet, dass ihr Baby unser aller Leben verändern wird, aber dass sich mein Leben derart verändern würde, damit habe ich nicht gerechnet.

»Tatsächlich?« Ich stehe auf, blicke aus dem Fenster auf die Ladbroke Grove und denke an die zahllosen Nächte, in denen ich weintrunken mit Owen hier hinaufgeschlendert bin. Dieser Flohzirkus ist mein Zuhause!

»Wie wär's mit dem Südufer? Brixton oder Streatham?« Rosie hatte mit Chris dort gewohnt.

»Na ja, du weißt schon, der Süden ist nicht so ganz mein Ding«, sage ich, anstatt ihr begreiflich zu machen, dass wir uns damit in die unmittelbare Nachbarschaft des üblen Vaters ihres geliebten Kindes begeben würden. »Ich verstehe deinen Gesichtspunkt von wegen Natur und so, aber vielleicht können wir es ja zu Anfang mal mit Insektenspray versuchen?«

Rosie bemerkt die Unsicherheit in meiner Stimme.

»Jen, Liebling. Ich muss hier ausziehen, du weißt, warum.« Sie zeigt auf das schwarze Loch unter dem Sofa, in dem wer weiß wie viele Kakerlaken hocken und unseren lebensverändernden Zukunftsplänen lauschen.

»Ich, na ja, ich fände es schön, wenn du mitkommen würdest. Es könnte für uns beide ein neuer Anfang sein. Aber, na ja, du weißt schon, wenn du nicht möchtest, kann ich das verstehen ...« Sie verstummt und sieht mich voller Angst und Sorge an.

Ich sehe mich im Zimmer um, überall springen mich Dinge an, die mich an Owen erinnern. Diese Wohnung zu verlassen gehört eigentlich genau zu jenen einschneidenden Entscheidungen, für die ich mir Zeit lassen möchte. Diese Wohnung ist über so viele Jahre hinweg mein Zufluchtsort gewesen. Andererseits hat Rosie ganz plötzlich, innerhalb weniger Minuten und auf immer und ewig ihr Leben derart verändert, dass es nicht mehr wiederzuerkennen ist. Außerdem wäre es vielleicht gar nicht so schlecht, die Wohnung zu wechseln, im Grunde wäre das eine weitere Möglichkeit, mich von Owen zu distanzieren, mich solidarisch hinsichtlich Rosies Entschlossenheit, über Chris hinwegzukommen, zu verhalten, selbst wenn sie sein Baby trägt. Owen hat mir immer vorgeworfen, dass ich nicht impulsiv genug sei. Ich zögere noch einen Augenblick, dann überkommt mich wieder dieses Schwindelgefühl und ich entscheide mich. Ich werd's ihm zeigen!

»Also gut, ja. Los, dann lass uns verdammt nochmal umziehen!« Ich schließe mich Rosies Aufregung an. »Aber ich werde nicht in den Süden ziehen, so weit wirst du mich nicht bringen, okay?«

»Ha!« Rosie springt auf. »Ich hab's. Wir werden zurück nach Norden ziehen, wir gehen zurück nach Stoke Newington und wohnen in der Nähe von Selin! Da gibt es jetzt Cafés, einen Biomarkt und so.«

Stoke Newington. Keine U-Bahn, aber mit der Nummer dreiundsiebzig komme ich direkt zur Tottenham Court Road, die nur zwei Minuten Fußmarsch von meinem Büro entfernt ist. Und wir würden tatsächlich nach Hause zurückkehren, es wäre gar keine so große Veränderung. Rosie ist ein Genie.

»Na klar!«, stimme ich begeistert zu. »Dann würden wir drei in der Nähe wohnen, und außerdem – Mrs Selin liebt Babys. Ich wette, sie wird jederzeit babysitten.« Ich meine natürlich Selins Mama. Wenn wir von unseren Eltern sprechen, sagen wir immer Mrs Rosie, Mrs Jen, Mr und Mrs Selin. »Ich werd mir sofort eine Ausgabe von ›Loot‹ besorgen.« Und stehe schon im Mantel, als mich ein flaues Gefühl überkommt. Ich bleibe in der Tür stehen, drehe mich um und sehe Rosie an. Ich merke, dass sie gerade denselben Gedanken hatte wie ich.

»Wie sollen wir es bloß Selin erklären? Sie wird uns umbringen«, sage ich und vergesse für einen Augenblick, dass es diesmal gar nicht meine Schuld ist. »Und was ist mit deiner Mutter?«

»Wegen der mache ich mir keine Sorgen ...«, behauptet Rosie. Wir sehen einander noch einen Augenblick an, dann schließe ich die Haustür hinter mir. In schwierigen Zeiten ist Leugnen immer noch am sichersten.

Beim Zeitschriftenhändler kaufe ich eine Ausgabe der »Loot« – obwohl ich weiß, dass es um elf Uhr fünfundvierzig an einem Montagmorgen schon keinen großen Sinn mehr hat – und einen großen Riegel »Cadbury's«. Bevor ich ins Haus zurückkehre, ziehe ich mein Handy hervor und rufe die eingegangenen Anrufe ab. Ich überprüfe die letzte Nummer, die mir nichts sagt, und vergleiche sie mit der Nummer, die Michael mir gegeben hat. Sie sind jedoch nicht identisch. Ich höre meine Mailbox ab und finde heraus, dass es der Buchladen gewesen ist, der mir mitteilen wollte, dass meine Bestellung nun lieferbar ist.

Danach stehe ich noch einen Augenblick länger im Hauseingang und sehe zum pechschwarzen Himmel auf. Seltsam, wenn man bedenkt, dass er vor ein paar Tagen noch sonnig und blau war und man im T-Shirt herumlaufen konnte. Ich muss an die warmen Sonnenstrahlen auf meinem Gesicht denken, die ich gespürt habe, als er mein Kinn hob und mich küsste. Ein kleiner Knoten formt sich in meinem Magen. Für einen Augenblick schließe ich die Augen und denke an den Kuss. Auf meinen Lippen kribbelt es.

Das ist doch geistesgestört! Ich bin neunundzwanzig, er ist viel zu jung für mich, eine meiner besten Freundinnen ist schwanger, und noch dazu hat er mich bisher noch nicht einmal angerufen. Ich überlege, mein Handy auszuschalten. Schließlich stecke ich es einfach wieder zurück in meine Manteltasche und gehe hinein.

»Rosie, hol ein paar Kulis und mach dich bereit«, rufe ich, als ich zur Tür hereinkomme.

»Okay. Während du weg warst, kam übrigens ein Anruf für dich.«

»Michael?«, entfährt es mir, ohne dass ich etwas dagegen tun kann, obwohl ich ja weiß, dass er meine Festnetznummer gar nicht hat.

»Nein«, seufzt sie und verschränkt die Arme. »Owen.«

9. Kapitel

Rosie ist in die Küche gegangen, um noch einmal den Kessel aufzusetzen. Regen peitscht an die Fensterscheiben, ich lange mechanisch unter den dreibeinigen Tisch, der an der Wand lehnt, hole die Eimer darunter hervor und verteile sie im Zimmer. Solange es nicht schüttet, tropft normalerweise zwar nichts durch die Decke, aber man kann ja nie wissen.

Owen hat sich immer über meinen pseudoeinfachen Lebensstil lustig gemacht und mich »Bohemien« genannt. Ich habe dabei dann immer stolz gedacht: »Jawohl, genau so ist es. Ich bin ein Bohemien und daneben Leiterin der Kundenbetreuungsabteilung eines Hardware-Zubehör-Herstellers.« Doch sobald Owen dann wieder an seinem buchstäblich erfundenen Roman schrieb, von dem er, soviel ich weiß, bisher kein Wort zu Papier gebracht hat, degradierte er mich wieder zur banalen Bürokratenmaus und stufte meine Lebensweise nur noch als »typisch mittelmäßige untere Mittelschicht« ein. Sobald das passierte, wusste ich, dass er mir wegen einer Dichterin namens Alicia oder irgendeiner Lektoratsassistentin namens Hermione den Laufpass geben würde.

Natürlich habe ich nie im Traum daran gedacht, einen Job im Kundendienst anzunehmen. Nach der Universität wollte ich eine mutige Journalistin wie Kate werden, nur eben mit mehr Make-up und weniger dem Kugelhagel ausgesetzt. Sollte ich jemals damit aufhören, mich darüber zu wundern, warum es nicht so weit gekommen ist, kann ich mich ja immer noch mit dem Gedanken trösten, dass es überhaupt nur zwei oder drei Menschen vergönnt ist, so wie Kate zu sein, und dass nur ein paar Hundert Journalisten, vermutlich sind es sogar weniger, für die wirklich interessanten Zeitungen und Nachrichtenprogramme arbeiten. Bei dem Glück, das ich habe, hätte ich vermutlich am Ende über irgendeinen bösartigen Papagei namens Reggie berichten müssen, der sich als der geheimnisvolle Dieb von Damenunterhöschen in der Nachbarschaft entpuppt hatte, und dadurch wäre mein Leben auch nicht viel bedeutungsvoller geworden, als es jetzt ist.

Abgesehen von den schlechten Chancen, darf man aber auch mein Verhältnis zu persönlichem Engagement nicht vergessen. Während meiner gesamten Kindheit, aber auch als junge Erwachsene, hat meine Mutter mich stets ermutigt. »Du kannst es schaffen, aber die Konkurrenz ist hart und verlangt immensen persönlichen Einsatz – und selbst dann kann es sein, dass du es nicht schaffst. Wenn du aber glaubst, dass du etwas schaffen kannst, dann schaffst du es ja vielleicht auch«, hat sie immer gesagt, wenn ich ihr erzählt habe, dass ich Schauspielerin, Balletttänzerin, Sängerin, Kampfpilotin, Schriftstellerin und schließlich eben Journalistin werden wolle, Letzteres, nachdem ich einen Bericht von Kate über die augenblickliche Weltlage gelesen hatte, der mich emotional völlig mitgenommen hat. In der Nacht ging ich fest entschlossen ins Bett, erwachte aber am nächsten Morgen mit dem Gedanken, »hm, na ja – harte Arbeit, Einsatz, das könnte aber auch daneben gehen ...«. Irgendwie habe ich es trotzdem geschafft, meine Ambitionen zumindest bis zwei Wochen nach Studiumsabschluss aufrechtzuerhalten. Als ich dann schließlich vor der Entscheidung stand, meine Träume wahr werden zu lassen, wurde mir ein Aushilfsjob als Empfangsdame in einem Technologiepark angeboten.

»Rufst du ihn an?«, fragt Rosie und kommt mit frischem Tee aus der Küche. Sie ist vermutlich der einzige Mensch auf der Welt, der mich verstehen würde, wenn ich es täte.

»Nein«, sage ich. »Trotzdem ist es irgendwie schon komisch. Letztes Jahr um diese Zeit oder sogar noch vor sechs Monaten hätte ich es sofort getan. Aber ich werde ihn nicht anrufen. Nein! Ich will einfach nicht.«

»Du weißt aber, dass er dich immer wieder anrufen wird. Du weißt, wie das läuft: Blumen, Tränen, Briefe, Gedichte, Bücher – wie immer, wenn er dich zurückhaben will.« So kenne ich Rosie gar nicht. Wenn ich sie gefragt habe, was ich tun soll, dann hat sie in den vergangenen Jahren immer gesagt, »wenn du das alles noch einmal mitmachen möchtest, dann musst du das alles eben noch einmal mitmachen. Ich kann dich nicht davon abhalten«. Also habe ich immer sie und nicht Selin gefragt, denn Selin sagt meistens das, was ich nicht hören will.

»Ja, ich weiß«, sage ich. »Aber wir werden ja bald umziehen, also zum Teufel mit ihm.« Rosie setzt sich und rutscht nervös auf ihrem Platz hin und her. »Du wirst mich umbringen«, sagt sie und knabbert an ihrer Unterlippe herum.

»Noch was?«, frage ich und denke, dass sie gerade wohl nur das Thema wechseln will.

»Da ... da gibt es etwas, von dem wir dir nicht erzählt haben. Ich meine Selin und ich.«

»Was? Etwa wieder so eine Marsriegel-Geschichte?«, frage ich leise. Ein dumpfes Angstgefühl beschleicht mich.

»Na ja, eigentlich schon, aber bis jetzt hatte ich noch nicht die Gelegenheit, einen zu besorgen. Ich werde ihn auf die Liste setzen.« Sie lächelt nervös. »Es betrifft Owen. Selin hat über Josh etwas über ihn herausgekriegt.« Josh, der eigentlich Cosgun heißt, ist Selins älterer Bruder und ein Künstler. Da sein Name bei der Aussprache wie Joshgun klingt, nennen wir ihn alle einfach nur Josh.

»Was denn?«, frage ich voller Angst und fange an, mich zu ärgern.

»Als er sich das letzte Mal von dir getrennt hat, war das doch wegen diesem Mädchen, das Josh ein paar Mal in seiner Künstlergruppe getroffen hat. Sie ist Bildhauerin oder so. Wie dem auch sei, kurze Zeit später hat es ihr gereicht, und sie wollte nichts mehr mit ihm zu tun haben. Ich glaube, für Owen war das ein ziemlicher Schock, zumindest passte ihm das ganz und gar nicht. Ich meine, normalerweise gibt *er* doch jemandem den Laufpass, oder?«

Ich ziehe mich instinktiv ein wenig zurück, drehe ihr den Rücken zu und versuche, meine Gedanken zu sammeln. Irgendetwas in mir schmerzt immer noch, wenn im Bezug auf Owen von anderen Frauen die Rede ist. Irgendetwas in mir fürchtet sich davor, was Rosie mir wohl als Nächstes sagen wird.

»Warum erzählst du mir das *jetzt*?«, frage ich sie. Ich fühle mich verletzt, habe Angst und bin stinksauer.

»Süße, er hat sie einfach nicht mehr in Ruhe gelassen. Er ist ihr überallhin gefolgt. Hat sie zu jeder Zeit angerufen, ihr schreckliche E-Mails geschickt. Josh hat erzählt, dass er sogar gehört hat, dass Owen bei ihr eingebrochen ist und alles verwüstet hat. Gott sei Dank war sie nicht zu Hause. Sie konnte aber eine Verfügung gegen ihn erwirken, jetzt ist er wegen Einbruch und Hausfriedensbruch auf Kaution draußen.« Rosie blickt auf ihre Füße. »Wir haben dir nichts davon erzählt, weil es zwischen euch ja bereits aus war. Wir wollten einfach nicht, dass du dir wegen ihm auch noch Sorgen machst. Wir haben gedacht, dass du nicht unbedingt etwas davon erfahren müsstest.«

»Also gut, und warum erzählst du es mir dann jetzt? Ich

will es eigentlich gar nicht wissen.« Seltsamerweise überrascht mich diese Information kein bisschen, trotzdem hat sich ein unangenehmes Angstgefühl in meiner Magengegend breit gemacht. Irgendwie habe ich immer gewusst, dass Owen eines Tages irgendjemandem so etwas antun würde.

»Weil er dich wieder angerufen hat. Könnte doch sein, dass er dich wieder zurückhaben will. Vielleicht klingt das ja verrückt, aber irgendwie hatte ich gehofft, dass er mit diesem Mädchen zusammenbleiben würde. Jen, Owen ist wirklich ein Arschloch. Er hat dich jahrelang wie ein Stück Scheiße behandelt und denkt anscheinend immer noch, dass du ihm gehörst. Ich mache mir einfach Sorgen darüber, wie er reagieren wird, wenn er merkt, dass das nicht stimmt.«

Ich drehe mich um und gehe wütend auf Rosie zu. Ein paar Zentimeter vor ihrem Gesicht halte ich inne. »Er ist zwar ein Arschloch, aber er verfolgt und belästigt keine Personen, verdammt nochmal«, schreie ich, obwohl ich genau weiß, dass alle Beweise dagegen sprechen. Ich versuche, vernünftig nachzudenken: »Wahrscheinlich hatte er getrunken. Er hat schon immer dumme Sachen gemacht, wenn er betrunken war. Weißt du noch, wie er an der U-Bahn Haltestelle Tottenham Court Road den Fahrkartenfritzen verprügelt hat, weil der ihn mit seinem falschen Ticket nicht durchlassen wollte?« Meine Worte klingen hohl und prallen an den nackten Wänden ab.

»Ich habe ja gar nicht gesagt, dass er Leuten nachstellt«, lügt Rosie mir zuliebe. »Ich dachte mir nur, dass du das alles vielleicht wissen solltest, bevor du ihn zurückrufst, falls du ihn zurückrufst.«

»Verdammt nochmal, ich werde ihn nicht zurückrufen!«, schreie ich und habe bereits die Tür meines Schlafzimmers hinter mir zugeschlagen, noch bevor ich überhaupt begreifen kann, dass ich den Raum verlassen habe.

Während ich auf meinem Bett liege, spüre ich, dass mein Gesicht glüht und Tränen in meinen Augen brennen. Ich kann sie kaum noch zurückhalten. Doch ich bin fest entschlossen, nicht zu heulen.

»Alles klar?«, frage ich mich. Ich versuche, zu begreifen, weshalb ich mich so schlecht fühle und so verärgert bin. Der Grund ist nicht, weil Selin und Rosie etwas vor mir verheimlicht haben; auch ich hätte an ihrer Stelle diese Entscheidung getroffen. Es ist auch nicht wegen diesem anderen Mädchen, zumindest nicht nur. Schließlich wusste ich, als er mir den Post-it-Zettel hinterlassen hatte, dass es eine andere geben musste.

Es ist nur, weil ich weiß – und vermutlich immer gewusst habe –, dass Owen außer seinem selbstbesessenen Narzissmus noch eine weitere dunkle und bedrohliche Seite besitzt. Denn abgesehen von den romantischen Augenblicken, den leidenschaftlichen Nachmittagen und den immer wiederkehrenden tränenreichen Versöhnungen, habe ich immer Angst davor gehabt, was er wohl als Nächstes tun würde. Ich bin immer wieder zu ihm zurückgekehrt, wenn er mich darum gebeten hat, und habe ihn immer wieder verlassen, wenn er es wollte; in gewisser Weise habe ich ihm gehört. Doch das hat sich jetzt geändert. Ich habe es einfach nicht mehr nötig, mir das anzutun und zu ihm zurückzukehren. Ich möchte weder den Klang seiner Stimme hören noch sein Gesicht sehen. Was immer er diesem Mädchen angetan hat, es überrascht mich nicht. Irgendwann musste es so weit kommen, ich bin nur froh, dass ich noch früh genug aus der Sache rausgekommen bin, bevor ich so darin verwickelt werden konnte wie die andere.

Es klopft leise an meiner Tür.

»Tut mir Leid.« Rosie kommt herein und setzt sich auf mein Bett. »Wir hätten es dir sagen sollen. Josh war schon drauf und dran, es dir zu erzählen, aber wir haben ihn davon abgehalten. Er war total sauer auf uns, das kannst du mir glauben.« Lieber Josh, für uns ist er immer so etwas wie ein großer Bruder gewesen und hat auf uns aufgepasst, als wir noch klein waren. Ich habe Kopfschmerzen, und mein Magen ist wie zugeschnürt, doch ich weiß, dass ich das nicht an Rosie auslassen sollte.

»Nein, ich bin nicht sauer auf dich. Ich bin nur so verdammt wütend, dass Owen mich nach fast einem Jahr Trennung immer noch verfolgt. Vor allem gerade jetzt, wo ich doch dachte, endlich über ihn hinweggekommen zu sein.«

Rosie streicht mir das Haar aus dem Gesicht hinter meine Ohren. »Ja, ich weiß. Aber wir werden sowieso umziehen, dann weiß er nicht mehr, wo du wohnst, und auch sonst nichts mehr über dich.« Sie lässt sich neben mich aufs Bett fallen und schlägt die »Loot« auf. »Schau mal, ich habe hier angerufen, die Wohnung liegt bei Selin in der Nähe. Sie ist zwar ein wenig teurer als diese hier, aber zumindest hat sie ein ordentliches Dach und eine Zentralheizung. Heute Nachmittag ist der Besichtigungstermin. Scheinbar kommen auch noch zwei Pärchen und zwei andere Mädchen hin. Möchtest du dir die Wohnung anschauen?«

Ich nehme ihr die rosafarbene Zeitschrift aus der Hand und lese die Anzeige, als könnte ich mir so ein besseres Bild von der Wohnung machen, von der sie mir erzählt. Zwei Schlafzimmer, Einbauküche, Kühlschrank, Balkon, Gas, Bushaltestelle und Einkaufsmöglichkeiten in der Nähe. »Okay. Wir sollten so früh wie möglich hingehen, und nimm dein Scheckheft mit.«

Sie lächelt und nickt, geht dann und schließt die Tür hinter sich.

Ich sollte mich eigentlich mit ihr über das Baby unterhalten, anstatt hier drinnen Trübsal über einen längst verflossenen Ex zu blasen. Ein Zug rumpelt vorbei. Jetzt ist alles vorbei, denke ich mir. Jeder Augenblick, den ich mit Owen in diesem Zimmer verbracht habe. Jedes Buch, das er mir mit einer kleinen Widmung überreicht hat, jede Muschel, die er für mich gesammelt, und jedes Poster, das er für mich gekauft hat. Nichts ist mehr von Bedeutung. Nicht einmal die sieben Jahre, die ich in dieser Wohnung verbracht habe. Ich möchte einfach nur so weit wie möglich von allem weg, was irgendwie mit ihm zu tun hat. Ich will gehen. Am liebsten jetzt gleich. Noch bevor er wieder anruft.

10. Kapitel

Heute Morgen bin ich kurz nach sechs mit Rosie aufgestanden und habe ihr den Kopf gehalten, bis der Brechreiz nachgelassen hat. Zwischen den Übelkeitsanfällen gab sie zu, dass sie sich schon tagelang in diesem Zustand befunden hatte, bevor sie den Mut hatte, mir von ihrer Schwangerschaft zu erzählen. Wenn ich es mir recht überlege, dann stimmt das mit ihrem seltsamen Verhalten, das sie in der letzten Zeit an den Tag gelegt hat, überein. Voller Schuldbewusstsein, die Anzeichen nicht früher erkannt zu haben, ging ich nicht sofort zur Arbeit, sondern wartete, bis die Arztpraxis öffnete und ich anrufen konnte, um einen Termin für sie zu vereinbaren. Ich musste sagen, dass es sich um einen Notfall handelt, selbst wenn Rosie das ganz anders sah, denn hätten wir den nächsten freien Termin abgewartet, wäre Rosies Baby vermutlich schon in den Kindergarten gegangen, noch bevor überhaupt die Schwangerschaft bei ihr festgestellt worden wäre.

Bei der Wohnung, die wir besichtigten, hatten wir natürlich auch kein Glück. Statt der angegebenen zwei Schlafzimmer hatte die Wohnung nur eines und einen riesigen Einbauschrank, die angebliche Zentralheizung war nicht mehr als eine sehr zweifelhafte Gasheizung, und der Balkon hatte ein äußerst baufällig aussehendes Geländer, das anscheinend nur dazu dienen sollte, einen vor einem Sturz aus dem dritten Stock durch eine stilistisch völlig willkürlich angebrachte französisch anmutende Verandatür zu bewahren. Doch das alles war nicht so schlimm, denn wir beide hatten bei dieser Annonce sowieso völlig vergessen, dass wir durch die Geburt eines Babys zumindest eines Tages noch ein drittes Zimmer benötigen würden. Nachdem ich Rosie den Termin besorgt hatte, ging ich also wieder los und kaufte auf dem Weg zur Arbeit eine neue »Loot«.

Vergangene Nacht hatte ich Selin angerufen, aber sie hatte nur ihren Anrufbeantworter an und ihr Handy ausgeschaltet. Da wir dringend mit ihr reden mussten und wussten, dass sie nicht zu den Leuten gehörte, die unter der Woche viel ausgingen, rief ich ihre Eltern an, die nur zwei Straßen von ihr entfernt in den Green Lanes in einer Wohnung direkt über dem Familienunternehmen wohnten. Obwohl Selin schon vor drei Jahren offiziell von zu Hause ausgezogen war, verbrachte sie mindestens vier von sieben Abenden bei ihrer Familie.

»Hallo, Mrs Selin, hier ist Jenny Greenway«, sage ich artig, obwohl sie mich seit fast fünfzehn Jahren kennt und außer Rosie und mir sie niemand Mrs Selin nennt.

»Hallo, Jennifer, wie geht's dir, mein Schatz?« Selins Mum und Dad sind in den Sechzigerjahren aus der Türkei nach London gezogen, und ich finde es immer lustig, ihrem Sprachgemisch aus türkischem Akzent und Londoner Norddialekt zuzuhören.

»Ziemlich gut, danke. Ist Selin da?«

»Nein Schatz, sie ist mit ihrem Vater ausgegangen. Wusstest du das nicht? Sie gehen schon seit Wochen jeden Montagabend hier in der Straße Poolbillard spielen. In den vergangenen zwei Monaten hat Selin ihn sogar ab und zu geschlagen. Heute Abend geht's um die Wurst.« Ich wusste nichts davon und wunderte mich, dass Selin nichts davon erzählt hatte, zumal es ihr vermutlich sehr wichtig war, mit ihrem Vater ein gemeinsames Hobby auszuüben. Sie liebt ihren Vater. Meistens sind ihre Erzählungen mit Anekdoten und Geschichten über ihn gespickt. Und auch ich mag ihn sehr. Im Laufe der Jahre hat er mir bei verschiedenen Gelegenheiten meinen Vater ersetzt, indem er mir zum Beispiel dabei geholfen hat, Regale zu schleppen, als ich umgezogen bin, oder mich bei strömendem Regen zu einem Vorstellungsgespräch gefahren hat, weil die U-Bahn streikte. Bei dem Gedanken, dass Selin mit ihrem Vater Poolbillard spielt, muss ich lachen, gleichzeitig bin ich aber auch ein wenig eifersüchtig. Vielleicht bereitet sie sich aber auch nur darauf vor, für die Nachmittage gewappnet zu sein, wenn wir mal wieder auf die tolle Idee kommen, so viele Pfundstücke, wie wir auftreiben können, zwischen uns auf den Poolbillardtisch unseres Pubs zu legen, und die Männer zur Weißglut bringen, weil wir den ganzen Tag lang den Tisch besetzen.

»Ach, Rosie und ich haben nur gedacht, dass wir sie morgen vielleicht besuchen kommen, falls sie da ist, mehr nicht.« Rosie und ich haben einen Plan geschmiedet und überlegt, was wir ihr sagen werden, wenn wir sie sehen. Selin wird zwar sofort ahnen, dass etwas im Busch ist – schließlich sind wir seit über sechs Monaten nicht mehr bei ihr in Nordlondon gewesen – aber wir haben trotzdem beschlossen, dass dies der beste Weg ist.

»Morgen? Schön, wenn ihr kommen wollt, werde ich euch ein Abendessen machen. Dann habe ich wenigstens einen Vorwand, meinem Mädel mal etwas Ordentliches zu essen unterzuschieben. Außerdem leben eure Mütter so weit weg, Kinder, ihr könnt sicherlich auch mal ein ordentliches Essen vertragen.«

Ein vernünftiger Mensch würde niemals die Gelegenheit verpassen, sich an Mrs Selins Tisch zu setzen. Selbst auf das Risiko, meine Mutter vor den Kopf zu stoßen, muss ich sagen, dass Selins Mutter die beste Köchin der Welt ist. Trotzdem war ich der Meinung, dass Selins Elternhaus unter diesen Umständen nicht unbedingt der geeignete Ort wäre, um über das Baby, den Umzug und die Tatsache zu reden, dass Owen wieder aus der Versenkung aufgetaucht ist.

»Wir wollten Ihnen keine Umstände machen ...«, sage ich daher schwach, obwohl ich genau weiß, dass, seit ich Mrs Selin kenne, nichts, nichts, aber auch gar nichts ihr jemals Umstände gemacht hat.

»Sei nicht albern, die Kinder werden sich freuen, euch zu sehen, ich werde auch Cosgun einladen. Der Junge isst auch nie was Ordentliches. Außerdem nur unregelmäßig und wer weiß was für Zeug. Und er trinkt meiner Meinung nach zu viel, essen tut er jedenfalls nie viel. Immer ist er mit irgendwelchen Mädchen unterwegs, aber ...«

»Lassen Sie mich raten, essen tut er nie was?«, beende ich den Satz für sie und wundere mich über die scheinbar bei jeder Mutter auftretende Fürsorge, ihre Sprösslinge zwangsernähren zu wollen. Meine Mutter denkt beispielsweise, dass ich magersüchtig bin, wenn ich nicht zwei Stücke Kuchen zum Nachtisch esse, besitzt dann aber die Dreistigkeit, sich über mein Gewicht zu mokieren. Ich frage mich, ob auch Rosie zu einer dieser fanatischen »Füttermütter« werden wird. Wenn ich daran denke, wie sparsam sie ihren fettarmen Aufstrich auf ihr Knäckebrot streicht, würde es mich wundern, aber gut, das Geheimnis des Mutterwerdens ist bisher unerforschtes Territorium für uns. Der Gedanke, Josh wiederzusehen, war dagegen nett, obwohl ich überhaupt keine Lust auf Neuigkeiten hatte, die mich irgendwie an Owen erinnern würden.

»Na gut, warten Sie bitte einen Augenblick, ich frage

kurz Rosie ...« Ich lege meine Hand über den Hörer und rufe: »Rosie?«

»Ja?«, kommt ihre geisterhafte Stimme aus dem Schlafzimmer.

»Mrs Selin hat uns morgen zum Abendessen eingeladen. Okay?«

»Juhuuu, ja bitte!« Rosie ist natürlich nicht so zurückhaltend wie ich; wahrscheinlich kommt es ihr ja auch ganz gelegen, einen Grund zu haben, nicht gleich mit der Sprache herausrücken zu müssen. Außerdem ist eines klar – wir beide können ein ordentliches Essen wirklich gut gebrauchen.

»Rosie ist begeistert, sind Sie sicher, dass das für Sie in Ordnung geht?«

»Aber natürlich geht das in Ordnung, natürlich.«

»Sollten Sie nicht lieber erst noch mal Selin fragen?«

»Mach dir um Selin keine Sorgen, sie wird morgen hier auf euch warten, dann könnt ihr Mädels nach dem Abendessen ja noch was trinken gehen und über Jungs oder sonst was quatschen, wenn ihr das nicht unbedingt vor uns alten Käuzen tun wollt. Dann sehen wir uns also morgen um acht?«

»In Ordnung, und nochmals vielen Dank.«

»Kein Problem. Wie geht es deiner Mutter auf dem Land?« Meine Mutter ist vor ein paar Jahren mit meinem Bruder und seiner Familie aufs Land gleich hinter Watford gezogen. Ich nehme an, im Vergleich zu Nordlondon ist das so, als würde man auf dem Land wohnen.

»Ach, ganz gut, sie ist eine leidenschaftliche Großmutter«, sage ich höflich und frage mich, warum Frauen in einem gewissen Alter das Bedürfnis haben, länger zu telefonieren als unbedingt notwendig.

»Eigentlich müsste ich jetzt auch schon Großmutter sein.

Als ich in eurem Alter war, war ich bereits acht Jahre verheiratet.« Ich frage mich unwillkürlich, wie Rosies »junge« Mutter mit ihrem trendigen Haarschnitt und den »Calvin Klein«-Klamotten sich wohl als Großmutter fühlen wird. Das kann ich mir genauso schwer vorstellen, wie Rosie beim Windelwechseln.

»Ich weiß, aber schließlich gibt es nur einen Mr Selin, und den wollen Sie doch nicht etwa teilen, oder?«, sage ich, worauf sie kichert, bevor sie mir ein paar Küsse durch das Telefon schickt und sich verabschiedet.

Nachdem ich Rosie beim Arzt abgeliefert und mich in der U-Bahn mit einem mittlerweile druckergeschwärzten Daumen durch die »Loot« geblättert habe, bin ich nun wieder an meinem Arbeitsplatz in der Telefonzentrale des Kundendienst- und Verkaufscenters, habe meine Kopfhörer auf und nehme im Durchschnitt alle zwei Minuten Kundenanrufe entgegen. In regelmäßigen Abständen brülle ich dann aus meinem kleinen goldfischglasähnlichen Büro, dass es doch äußerst freundlich wäre, wenn sich auch mal jemand auf den Verkaufsetagen dazu bereit erklären würde, seine wichtige Analyse des vergangenen Fernsehabends zu unterbrechen und ein paar Anrufe entgegenzunehmen. Wir tragen hier alle Madonna-mäßige Kopfhörersets, deshalb klingeln hier auch keine Telefone, sondern man hört nur einen Piepston; alles um mich herum ist eine einzige Kakofonie monotoner Piepstöne, die momentan leider alle bei mir landen.

Das Gute an der ganzen Sache ist aber, dass ich gar keine Zeit habe, an Michael zu denken und daran, dass er sich noch immer nicht bei mir gemeldet hat. Na schön, letzte Nacht vor dem Einschlafen habe ich an seinen Kuss gedacht und mich gefragt, wohin das alles noch führen wird. Ich weiß, dass ich mich auf gefährlichem Terrain befinde. Ich meine, wir wissen doch alle, wie das läuft: Immer, wenn wir die Vorstellung unseres Traummannes auf jemanden beziehen, den wir kaum kennen, werden wir enttäuscht. Doch bei Michael wird das nicht geschehen, schließlich will ich ihn gar nicht richtig kennen lernen. Und wenn ich ihn ein wenig dazu benutze, um mich abzulenken, ist das schon okay. Zumindest so lange, bis er mich anruft, dann werde ich die ganze Sache natürlich beenden. Aber momentan ist es völlig in Ordnung, ein wenig von seiner Zärtlichkeit, der weichen Wärme seines Mundes und seinen schlanken Gitarristenfingern zu träumen.

Tag drei, und noch immer hat er nicht angerufen. Seit Samstag ist mein Handy an und geladen, obwohl ich eigentlich gar keine Ahnung habe, weshalb ich es mir überhaupt gekauft habe, denn außer Rosie und Selin und gelegentlich meinem Arbeitgeber ruft mich sonst niemand an. Als ich mir das kleinste Modell mit der glitzernden Hülle und *Disco Inferno* als Klingelton ausgesucht habe, hatte ich nur eine dunkle Ahnung davon, dass es mir bei einem Notfall einmal nützlich sein könnte. Eigentlich wollte ich es aber nur deshalb haben, weil Rosie ein rosafarbenes mit *Top Cat* als Klingelton und Selin eines mit holografischem Deckel hat, das so aussieht, als wäre es mit dreidimensionalen Herzen übersät. Tief drinnen sind wir nämlich immer noch die drei kleinen Teenies, die farbige Schuhbänder für die Turnschuhe tauschten und später unseren Müttern wegen lackledernen Stöckelschuhen von »Freeman, Hardy and Willis« in den Ohren lagen, wie unsere Freundinnen sie trugen. Wir sind eben immer noch nicht ganz erwachsen.

Heute thront mein Handy wie eine kleine glitzernde Kröte neben meinem Arbeitstelefon und glitzert provokativ unter den Neonröhren, die Tageslicht simulieren sollen. Ich sehe auf meinen Kalender, es ist der achtundzwanzigste August. Wann müssen denn Kinder heutzutage wieder zur Schule gehen?

Mein Arbeitsapparat gibt ein lang gezogenes Klingeln von sich, was bedeutet, dass es sich um einen internen Anruf handelt, und auf meinem Display sehe ich, dass es Georgie, meine Chefin, ist.

»Hallo, Georgie.« Ich bemühe mich, etwas angeschlagen zu klingen.

»Alles in Ordnung, Schatz? Wie geht's dir heute?« Als ich damals vor drei Jahren Georgie da Silvas Namen auf der Einladung zum Vorstellungsgespräch las, stellte ich mir eine Frau gehobener Klasse mit langem pferdeähnlichen Gesicht vor, weshalb ich meine falsche Perlenkette hervorgekramt und zum Anlass den Kragen meiner Bluse aufgestellt hatte. Als ich sie dann traf und feststellte, dass sie eher eine Prinzessin aus dem Londoner Eastend war, die sich mit alternativen fernöstlichen Newage-Heilmethoden beschäftigte, war ich erst einmal baff. Doch teilweise sind es gerade ihre recht kurzlebigen Experimente mit Kristallen, Feng Shui und all dem, die das Leben hier abwechslungsreich machen. Sie ist daneben wirklich ein netter Kerl, darum fühle ich mich auch gar nicht wohl dabei, wenn ich sie anlügen muss. So schlecht aber auch wieder nicht, als dass ich nicht damit leben könnte.

»Ja, viel besser. Ich glaube, ich hatte eine dieser Achtundvierzig-Stunden-Geschichten, weißt du.« Ich huste ziemlich realistisch, wie ich finde.

»Machen die Mädchen dir Probleme?« Sie meint das Team der Telefonzentrale, das ich – rein theoretisch zumindest – leite und zu dem eigentlich auch zwei Jungs gehören. Praktisch gesehen leite ich aber allerhöchstens den natürlichen Rhythmus ihres immer gleichen Arbeitsmusters: Tratsch bis zehn, höllischer Stress bis eins, Trödelei bis drei und dann so tun, als würde man Papiere abheften und ablegen, bis es Zeit ist, nach Hause zu gehen. Mir macht das gar nichts aus, schließlich ist mein Arbeitsmuster genau dasselbe. Solange die Anrufe entgegengenommen werden, ich keine Kundenbeschwerden erhalte und wir unser Ziel erreichen, kümmere ich mich nicht weiter darum. Man macht hier zwar nicht die steilste Karriere der Welt, aber wenigstens kann ich mir teure Schuhe leisten, die ein recht guter Ausgleich für die fehlende Selbstverwirklichung sind, der ich täglich ausgesetzt bin.

»Nein, ist 'ne gute Gruppe, ehrlich«, sage ich.

»Der Boden sieht schlimm aus, stimmt's?«, sagt sie.

Oh nein, bitte nicht schon wieder. Nichts in der Art, dass das Papier den *Chi*-Strom blockiert und negative Energien aufbaut.

»Findest du? Ich werde ihnen sagen, dass sie aufräumen sollen«, sage ich und denke dabei, dass ich keine Chance habe.

»Nein. Ich habe eine bessere Idee, ich möchte sie mit dir besprechen. Komm zu mir rüber, okay?« Und sie legt auf, ohne sich zu verabschieden, typisch Georgie!

Ich gehe aus meinem kleinen Büro und fange an, mich durch alte Fotokopierpapierschachteln voller, nun ja, altem Fotokopierpapier zu schlängeln, gehe an grünen Abfallsäcken, die sich neben der Recyclingtonne türmen, vorbei, bleibe kurz beim Faxgerät stehen, auf dessen Ablage sich die Bestellungen stapeln und bereits auf den Boden zu fallen beginnen.

»Carla«, ich drehe mich zu dem jüngsten Mitglied unseres Teams um, die vermutlich erst einmal fünf Jahre arbeiten muss, um überhaupt in irgendetwas gut zu sein, so wie ich in ihrem Alter, »kannst du bitte diese Faxe aufheben und verteilen?« Dann wende ich mich an alle.

»Meine Damen, Kevin, Brian, würdet ihr bitte versuchen, euch daran zu erinnern, dass wir hier Verkäufe abwickeln sollen? Wenn also Bestellungen per Fax eingehen, sollten wir diese so schnell wie möglich bearbeiten. Danke!« Es folgt ein allgemeines Gemurmel, einige stehen von ihren Schreibtischen auf und gehen zu Carla, um ihr beim Ordnen des Stapels zu helfen. Nun, eigentlich eher Kevin und Brian, denn Carla ist sehr hübsch, hat hochgesteckte, blonde, waxglänzende Locken und trägt einen sehr kurzen Rock, der ihre langen Beine betont. Manchmal wünschte ich mir, ich hätte mehr Einfluss, dann könnte ich auf einer Bekleidungsvorschrift bestehen.

Vor ein paar Jahren war ich zugegebenermaßen noch diejenige, die hinter ihrem Bildschirm saß und das Summen der Faxgeräte ignorierte. Ich hätte nie für möglich gehalten, einmal das Stadium zu erreichen, in dem ich zuversichtlich, leistungsfähig und erwachsen genug sein würde, um tagaus tagein ein Team zu leiten. Das fällt mir komischerweise in diesem Moment ein. Ein wenig beängstigend, wenn ich daran denke.

Georgie hat ihre Füße auf den Schreibtisch gelegt, und der Kristall, der über ihrem Stuhl hängt, glitzert in dem Sonnenlicht, das in meinem Büro nicht scheint. Georgie sieht gut aus, genau so wie ich einmal aussehen möchte, wenn ich so alt wie sie bin: schön auf eine reife Weise, mit hellen, von Lachfältchen umgebenen blauen Augen, die man nur sieht, wenn sie lächelt. Natürlich habe auch ich Lachfältchen; nur habe ich sie bisher nicht besonders schön gefunden.

»Ah, hallo Schatz ... herrje, du siehst aber blass aus.« Ich nicke Mitleid erregend und huste ein wenig. So etwas kränkt mich nicht. Ich gehöre zu den Menschen, die immer ein wenig blass wirken; das kommt von meinem hellen Teint und den dunklen Haaren.

»Du solltest ein paar Echinacea-Kapseln schlucken, damit kriegst du es schnell wieder in den Griff.« Mit diesen Worten schiebt sie mir ein paar bräunliche Kapseln hin, die ich dankbar lächelnd in die Tasche stecke, mit der Absicht, sie später zu beseitigen.

»Also. Was hältst du von Hypnose?«

»In welchem Zusammenhang meinst du das?« Ich weiß nicht, worauf sie hinauswill. Etwa die Weihnachtsfeier?

»Na du weißt schon, mit der man das Rauchen aufgibt, keine Angst mehr vor Spinnen hat und Gewicht verliert, so was eben.«

»Na ja, manchen Menschen scheint sie zu helfen«, stimme ich zu. Bei solchen Gelegenheiten ist es immer ratsam, unverbindlich zu bleiben, sonst hat sie einen, ehe man es sich versieht, für sechs Wochen bei irgendwelchen buddhistischen Nonnen angemeldet.

»Hypnose-Therapie. Ich überlege nämlich, euch alle da hinzuschicken.« Dabei streckt sie freudig die Arme zum nunmehr fast ordentlich aufgeräumten Büroboden aus. »Was hältst du davon?«

»Uns dort hinzuschicken?« Ich habe beinahe Angst davor, sie zu fragen.

»Ja, zu einer Reihe von Hypnose-Therapie-Sitzungen, damit ihr alle ein wenig ordentlicher werdet. Weißt du, die bewirken dann etwas in der Art, dass du dich, sobald du deine Ablage voller Papier vorfindest, gezwungen fühlst, sie zu ordnen. Wie findest du das?«, wiederholt sie.

Ich schweige einen Augenblick. Die Klimaanlage verströmt einen leichten Wind, und ich beobachte eine kleine Spinne, die eifrig zwischen den Blättern ihrer Geldpflanze ihr Netz spinnt.

»Weißt du, Georgie«, sage ich zögernd, »die Sache ist nur, dass es wahrscheinlich gegen das grundlegende Menschenrecht des freien Willen verstößt, Hypnose auf diese Weise anzuwenden – findest du nicht?«

Sie schaut enttäuscht drein. »Ich habe schon gedacht, dass es vielleicht etwas fragwürdig ist, aber, na ja, wenn es allen hilft, an sich zu arbeiten, dann wäre es doch gar keine so schlechte Idee, oder? In den nächsten Tagen wird uns ein Amerikaner besuchen, also dachte ich, es könnte nicht schaden, wenn wir einen guten Eindruck machen.«

»Ja schon, aber findest du nicht, dass diese ganze Denkweise auf etwas leicht megalomanisch und faschistisch Tyrannisches hindeutet?«

»Hm ... na, wenn du meinst. Wie wäre es denn mit einem frühmorgendlichen Yogakurs?«

»Toll«, sage ich, nur weil ich sie aufmuntern möchte, obwohl die Wahrscheinlichkeit, dass die Jüngeren früh genug zur Arbeit kommen, nicht sehr groß ist oder, dass die Älteren sich einen Dreck darum scheren, sehr groß ist.

»Wirklich?«, lächelt sie.

»Tolle Idee. Du kannst auf mich zählen.«

Wieder lächelt sie und fängt an, durch ihre Karteikarten zu blättern. »Ich werde jemanden ausfindig machen. Ach ja, Jen, Schatz, ich möchte, dass du das Team heute auf ein paar besondere Verkaufsprojekte vorbereitest. Wir werden morgen damit beginnen; um was es geht, steht auf diesen Papieren.« Sie übergibt mir unser neues Projekt.

Als ich zu meinem Schreibtisch zurückkehre, sehe ich Carla auf Kevins Schreibtisch sitzen und verschwörerisch, als wäre das der Schlüssel zum Flirt, ein Stück Papier in der Hand halten. Als sie mich kommen sieht, lächelt sie ihm zu und geht zurück zu ihrem Schreibtisch.

»Die Faxe sind erledigt, Jenny«, sagt sie, als ich vorbeigehe.

»Toll«, sage ich wie ein Boss. »Gut gemacht.« Ich gehe zu meinem Schreibtisch zurück und bin wieder einmal beeindruckt, dass überhaupt irgendjemand auf das hört, was ich sage.

11. Kapitel

Bei der Arbeit ist mal wieder alles drunter und drüber gegangen, darum komme ich erst eine Viertelstunde, bevor uns das Taxi abholen und zu Selins Eltern bringen soll, nach Hause. Rosie wartet schon zurückgelehnt auf dem schwarzen Samtsofa in einer schönen khakifarbenen Leinenhose von »Hobbs« auf mich und trägt ihr blondes Haar ordentlich zurückgekämmt und in einer länglichen Rolle aufgesteckt. Ihr Gesicht hat einen perfekt und natürlich aussehenden Pfirsichfarbton. Zu ihren Füßen stehen drei alte Teetassen, zwei kleine Teller mit Toastkrumen auf einem leeren Folienkarton, in dem irgendwann letzte Woche chinesisches Essen gewesen sein muss. Mir wird ein wenig schwer ums Herz, und ich bin froh, dass die Zeit kommen wird, in der wir endlich ein wenig sauberer sein müssen.

»Hallo«, sagt sie und starrt abwesend in den Fernseher.

»Hi, wie war's beim Arzt?« Ich weiß, dass ich für die geplante Dusche keine Zeit mehr haben werde, darum setze ich mich an den dreibeinigen Tisch und lege über das alte Make-up von heute Morgen neues. Rosie würde lieber Essensreste aus dem Mülleimer verzehren, als so etwas zu tun, und sieht mich angeekelt an.

»Du verklebst noch deine Poren, dann kann deine Haut gar nicht mehr atmen. Sie wird grau und bekommt Flecken. Und wenn du Flecken und Falten hast, dann komm bloß nicht zu mir und frag mich nach einer Wunderkur! Die Ärztin war übrigens sehr nett. Sie hat die Schwangerschaft bestätigt und mir eine Broschüre mitgegeben. Ich muss mir für den Ultraschall und alles andere noch Termine geben lassen. Kommst du dann mit?« Sie wedelt mit einem rosafarbenen Stück Papier in meine Richtung. Ich nicke nur stumm und verrenke mir fast den Hals, als ich versuche, die Bürste der Wimperntusche durch meine bereits getuschten Wimpern zu ziehen.

»Mein Gott, ich seh ja aus wie ein Transvestit«, sage ich, als ich mein Werk begutachte. Von dem Baby zu sprechen ist etwas noch nicht wirklich Reales. Erinnert mich eher an die Gespräche unserer Kindheit, in denen wir uns gegenseitig fragten, was wir werden wollten, wenn wir einmal groß sind.

»Hier, drei Nachrichten von Owen für dich. Eine nette, eine weinerliche, eine stocksaure.« Ich sehe auf die blinkende rote Nummer drei auf dem Anrufbeantworter und drücke ohne zu zögern die Löschtaste. Wir sehen beide dabei zu, wie der Apparat klickt und sich wieder in Ausgangsposition begibt. Ich hatte gehofft, er würde sich nicht mehr melden, angesichts dieser Nachrichten ein hoffnungsloser Wunsch, nehme ich an. Er gehört nicht zu den Männern, die gerne ignoriert werden. Heute, im Morgengrauen, war mir der Gedanke durch den Kopf gegangen, dass der beste Weg, ihn dazu zu bringen, mich in Ruhe zu lassen, wohl der gewesen wäre, mich mit ihm zu treffen. Doch sobald die ersten Sonnenstrahlen sich ihren Weg durch die Vorhänge meines Schlafzimmers gebahnt hatten, wusste ich, dass das absoluter Wahnsinn gewesen wäre. Das Beste war, ihn zu vergessen und vorwärts zu blicken. Seltsam nicht? Noch vor kurzem wäre ich verzweifelt den Flur auf und ab gelaufen und hätte gehofft, dass er mich wieder anruft.

Ich nehme den Kamm und fahre durch mein Haar, als

es an der Tür klingelt und wir beide aufspringen. Das war schon immer so, seitdem ich hier wohne.

»Das ist er, pünktlich wie immer.« Rosie winkt Kaled zu, dem Fahrer des Taxibüros auf der anderen Straßenseite. Sic hat für Geschäftszwecke ein Kundenkonto bei der Firma und hat auf all ihren Fahrten vor allem Kaled ins Herz geschlossen, nach dem sie seither immer verlangt. Er hat ihr sogar seine private Handynummer gegeben, die sie auch ohne zu zögern, sehr zum Leidwesen seiner Freundin und sehr zu seiner Freude verwendet. Die beiden sind in den letzten Monaten tatsächlich gute, wenn auch nur platonische Freunde geworden. Ich kontrolliere meine Handtasche, Schlüssel, Geldbörse, Inhalationsapparat, Scheckheft (man kann nie wissen) und das Handy, das immer noch an ist und inzwischen nur noch drei Batteriestriche anzeigt. Noch immer kein Anruf von Michael, und der vierte Tag neigt sich dem Ende zu.

Rosie setzt sich vorne im Taxi zu Kaled und erzählt zum hundertsten Mal von ihrem Baby, dem geplanten Umzug, Owen und allem, was ihr gerade in den Sinn kommt. Es ist schön, sie so entspannt und fröhlich zu sehen; die beiden verstehen sich wirklich gut. Ich glaube, sie werden einander ein wenig vermissen, oder wenigstens würden sie das, gäbe es da nicht die Einladung zu unserem Einweihungsfest für eine Wohnung, die wir noch gar nicht haben. Wirklich schade, dass Rosie nicht mit allen Männern in ihrem Leben eine solch unkomplizierte und offene Freundschaft haben kann. Aber diesem Ideal wird eben meistens niemand gerecht.

12. Kapitel

Das Ende der Green Lanes, an dem sich das Familienunternehmen und das Haus der Mehmets befindet, ist sehr belebt und verkehrsreich. Die vielen türkischen Restaurants und Cafés sind immer gefüllt, meistens mit Kaffee und Whisky trinkenden Männern, die sich dabei angeregt unterhalten.

Das Geschäft der Buchhaltungsfirma »Mehmet & Mehmet« hat venezianische Jalousien und ein braun und cremefarbenes Schild, das von hinten beleuchtet wird und auf das Selins Vater besonders stolz ist. Er hat es an dem Tag anbringen lassen, als Selin ihr Examen als Buchhalterin bestanden hat. Selin ist in diesem Haus aufgewachsen. Der Rest der Familie lebt immer noch in dem zweistöckigen Apartment aus der Zeit um die Jahrhundertwende in dem Gebäude, das Teil eines dunklen, reich verzierten, rot geklinkerten Häuserblocks mit Mauertürmchen und verzierten Balkonen ist, die jetzt unsicher über einer Reihe von Zeitungsläden, Minimärkten und Pizzerias thronen. Rosie und ich wechseln einen ernsten Blick, als wir die Klingel drücken, wir sind nervös.

»Hast du den Wein mitgebracht?«, frage ich.

»Ja, Rotwein, dann komme ich wenigstens nicht in Versuchung«, sagt sie – sie hasst Rotwein.

»Und hast du das andere Zeug bekommen?« Sie zwinkert mir zu und öffnet die blaue Tragetasche, um es mir zu zeigen. Wir sind vorbereitet.

Ayla, Selins wunderschöne, schlanke sechzehnjährige

kleine Schwester öffnet uns die Tür. Sie trägt ihr Haar in einem Knoten glatt nach hinten gekämmt, zu ihren Schläfen hängen zwei Locken herab. Die von der Familie geerbte olivfarbene Haut und die weichen braunen Augen machen sie zu einer wunderschönen jungen Frau.

»Alles klar?«, fragt sie mit einem breiten Lächeln und küsst jede von uns auf beide Wangen.

»Freust du dich auf das neue Schuljahr?«, frage ich lahm und hasse mich, weil ich bereits wie meine Tante Margie klinge. Als wir ihr die Treppe hinauf folgen, bemerke ich, dass sie praktisch keinen Hintern hat. Ich nehme an, sie würde mich für verrückt halten, wenn ich sie fragen würde, woher sie ihre Hüftjeans mit dem Silberschimmer hat. Von solchen Jeans kann ich mit meinen Hüften mittlerweile nämlich nur noch träumen.

»Ja, danke«, antwortet sie fröhlich. »Ich habe auch schon ein paar neue Freundinnen gefunden. Ziemlich viele Mädchen aus meiner Klasse haben außerdem Sommerjobs bei ›Sainsbury‹. Die sind echt cool.« Ich freue mich darüber. Als Kind war Ayla sehr schüchtern, und zu sehen, wie sie langsam aus ihrem Schneckenhaus herauskommt, je älter sie wird, ist eine Freude. Vergangenes Jahr hat sie die Schule wechseln müssen, weil sie aus irgendeinem unerfindlichen Grund die Zielscheibe von ein paar Schlägertypen geworden war. Trotz ihrer Bemühungen, das Problem zu lösen, und zahlreichen Gesprächen ihrer Eltern mit dem Schulleiter fand sich keine Lösung für das Problem. Ayla hatte eine schreckliche Zeit. Sie verlor an Gewicht, bekam Ausschlag und heulte die ganze Zeit, bis der Arzt es mit Prozac versuchte. Doch die einzige Lösung schien, sie an eine neue Schule versetzen zu lassen. Weil sie aber so schüchtern und zurückhaltend Fremden gegenüber ist, brauchte es seine Zeit, bis sie sich an die neue Schule gewöhnt hatte. Deshalb war ich wirklich froh, als sie endlich neue Freunde gefunden hatte und sogar ihre Prüfungen schaffte, obwohl alle davon ausgegangen waren, dass sie eine Klasse würde wiederholen müssen.

»Wie sieht's mit deinem Zeugnis aus? Selin hat erzählt, dass das ganz gut gelaufen ist.« Da haben wir's, ich bin doch tatsächlich vom Geist meiner Tante Marge besessen, und dabei ist sie noch nicht einmal tot.

»Ich hab 'ne neun gekriegt: vier A, vier B und eine C-Bewertung in Mathe. Dad möchte, dass ich Mathe wiederhole.« Sie sieht uns über die Schulter hinweg an und rollt mit den Augen.

»Neun?«, ruft Rosie begeistert. »Wie hast du es nur geschafft, neun zu bekommen? Du musst ein Genie sein. Das ist ja irre. Ich habe nur vier gekriegt.« Sie tippt mir auf die Schulter. »Und wie viele hast du gekriegt?«

»Ich habe fünf bekommen, aber zu meiner Zeit gab es noch die Mittlere Reife, da war das was anderes.«

»Ja, schwieriger«, sagt Rosie, und nun bin ich dran, über die Schulter zu schauen und mit den Augen zu rollen, obwohl, insgeheim hat sie ja Recht. »Rosie, der Abschluss der Sekundarstufe ist genauso schwierig«, sage ich laut.

»Ja, und außerdem vergesst bitte nicht, dass Selin neun O-Levels bei der Mittleren Reife bekommen hat und eine eins in Mathe, wie Dad mir immer vorkaut«, sagt Ayla unbeschwert und ohne jegliche Bösartigkeit. Verdammt, sie hat Recht. Rosie und ich waren damals faul und interessierten uns nur für Klamotten und Jungs. Selin war nicht faul und interessierte sich trotzdem für Klamotten und Jungs – neben Algebra. Das ist eine erfolgreiche Kombination.

Wir werden in das große warme Wohnzimmer geführt, an dessen Wänden noch echte Tapete aus den Siebzigerjahren klebt, die gerade wieder modern ist. Selin kommt aus der Küche und küsst uns beide. Sie hat ihr dichtes schwarzes Haar zu einem losen Knoten aufgesteckt, trägt ihre rote Lieblingsseidenbluse und sieht einfach großartig aus. Die elegante, rundliche Mrs Selin folgt ihr, küsst uns auf beide Wangen und bietet uns ein paar Hula Hoops auf einem kleinen Glastellerchen an. Und dann kommt auch schon das Nesthäkchen der Familie, Hakam – das Kind, das nach Aylas Geburt eine Überraschung war –, der gerade elf ist und zu uns herübergeschoben wird. Nach eindringlicher Aufforderung seiner Mutter kommt er zu uns, küsst uns beide und sieht dabei aus, als müsste er gleich kotzen.

»Warte nur«, sagt seine Mutter und fährt ihm durch die Haare. »In ein paar Jahren wirst du es kaum erwarten können, so schöne Frauen wie die beiden zu küssen, und dir wünschen, öfter die Gelegenheit dazu zu haben.« Alle lachen; Selin stößt Ayla in die Rippen, und beide zwinkern einander zu. Über Hakams Gesicht, der eines Tages vermutlich ein gut aussehender junger Mann sein wird, zieht sich ein leichter Rotschimmer, und er schmollt ein wenig. Ich muss kurz an Michael denken, der vor sieben Jahren gerade als Rotschopf bestimmt ebenfalls errötet wäre, wenn man ihn gezwungen hätte, Familienfreunde zu küssen. Vor sieben Jahren hatte ich meinen zweiten Job als die weltschlechteste persönliche Assistentin eines äußerst toleranten Chefs, der all seine Sachen selber tippte, weil ich nicht dazu in der Lage war. Zu der Zeit ging ich mit einem bärtigen Philosophiestudenten aus; ein irre komischer Typ.

»Also Mädels, setzt euch hin und trinkt ein Glas Wein. Ayla komm und hilf mir in der Küche.« Ayla seufzt, rollt wieder mit den Augen und folgt ihrer Mutter in die Küche. Hakam, der die Chance zur Flucht erkennt, rennt die Treppe hinauf zu seiner Playstation. Armes Kind. Der Jüngste in einem Haus voller überwiegend herrschsüchtiger Frauen zu sein ist bestimmt nicht einfach.

»Dad ist Wein holen gegangen«, lächelt Selin, lässt sich in einen Armsessel fallen und schwingt die Beine über die Armlehnen. »Also? Was verschafft mir die Ehre?« Sie weiß, dass irgendetwas Ungewöhnliches passiert sein muss, weil wir sie sonst fast nie besuchen kommen. Das heißt natürlich nicht, dass wir sie die ganze Zeit über nicht sehen. Aus irgendeinem Grund scheint es nur so überflüssig zu sein, an den Ort der Kindheit zurückzukehren, wenn es da draußen so viel anderes zu sehen und zu unternehmen gibt. Meine Mutter ist mit meinem älteren Bruder vor ein paar Jahren fortgezogen, als meine Nichte geboren wurde. Rosies Mutter ist mit einem Amerikaner nach Florida gegangen, den sie kennen gelernt hatte, als sie als Touristenführerin an der Tower Bridge gearbeitet hat. Rosies und meine Eltern haben sich in den Achtzigerjahren scheiden lassen, und keine von uns beiden kennt ihren Vater wirklich gut, obwohl Rosie zweimal im Jahr Tee mit ihm trinken geht und er ihr Geld gibt. Von meinem weiß ich, dass er – wie klischeehaft! – in Battersea mit seiner Ex-Sekretärin und nunmehr zweiten Frau lebt, die ungefähr sechs Jahre älter ist als ich. Er trägt Flieger-Lederjacken, fährt einen Sportwagen und glaubt fest daran, dass seine über den Kopf gekämmten Haare ihn weniger glatzköpfig erscheinen lassen. Trotz meiner Bemühungen, sicherzustellen, dass er stets eine Telefonnummer von mir hat, unter der er mich erreichen kann, hat er mich niemals angerufen. Und bei unseren wenigen, katastrophalen Treffen, die, seit er uns verlassen hat, stattgefunden haben, hat er sich offenbar nichts sehnlicher gewünscht, als irgendwo anders, in einem Leben zu sein, in dem er vergessen kann, dass er jemals vorher eine Familie gehabt hat. Lange habe ich geglaubt,

Brücken bauen zu können, doch mit der Zeit habe ich begriffen, dass er nichts davon wissen will. Ich habe mich danach immer wie eine nervende, klammernde Exfreundin gefühlt.

Doch heute Abend, auf dem Weg hierher, als ich unsere Schule wiedersehe und das Café, in dem wir immer nach der Schule Cola getrunken und gehofft haben, einen Blick auf die tollen Typen der Abschlussklasse werfen zu können, muss ich lächeln. Diese und andere Orte, wie beispielsweise die überdachte Bushaltestelle, an der ich leidenschaftlich und unter den Augen der armen Pendler meinen ersten Freund geküsst habe, und der Park, in dem wir heimlich unsere ersten Lambrusco-Flaschen köpften, waren ein so bedeutender Teil meines frühen Lebens, dass sie mir plötzlich wieder verlockend und beruhigend zugleich erscheinen. Irgendetwas verändert sich, wenn man älter wird, das Erinnern wird angenehmer und die Kindheit zu einem sicheren Hafen. Gerade in diesem Augenblick erscheint mir die Heimat weit weg zu sein. Von all den Dingen, die wir uns im Laufe der Jahre gegenseitig anvertraut haben, ist dies wohl die sensationellste Neuigkeit.

»Wir haben Wein mitgebracht.« Rosie reicht Selin die Tasche, und sie schaut hinein.

»Oh, Rotwein, nette Abwechslung zu dem, was du sonst trinkst …« Sie erstarrt vor Schreck und zieht eine Familienpackung Marsriegel aus unserer Spirituosen-Tasche. Sie sieht abwechselnd Rosie und mich an und sagt: »Wer?«

Rosie und ich zeigen gegenseitig aufeinander, wir stehen da wie zwei Verurteilte auf der Anklagebank.

»Moment mal«, sage ich hartherzig und unfair. »Deine ist viel schlimmer als meine.« Ich merke, dass Rosie ihre Meinung, Selin von der Neuigkeit zu erzählen, geändert hat. Ich sehe ihr an, dass sie gerade überlegt, das Land zu verlassen, ihren Namen zu ändern und sich einer plastischen Gesichtsoperation zu unterziehen, nur um zu vermeiden, Selin die Neuigkeit überbringen zu müssen. Und wenn man bedenkt, dass sie noch heute Morgen kein Problem damit hatte, ihre Mutter in Palm Beach anzurufen und ihr ohne jegliche Vorwarnung alles zu erzählen, wird vielleicht verständlich, wie viel uns dreien an der Meinung des anderen liegt. Das ist keinesfalls eine Übertreibung.

»Owen hat sich wieder gemeldet«, sagt Rosie gleichmütig, zuckt zu meiner Freude die Achseln, was so wirkt, als wäre diese Neuigkeit ohne Belang für uns, und versucht, mir durch das Hochziehen ihrer Augenbraue ein Zeichen zu geben. Ich habe das Gefühl, dass sie mir damit mitteilen will, dass sie die Mission aufgeben will. Aber irgendwann zwischen jetzt und nächstem Mai muss es schließlich passieren, deshalb werde ich sie jetzt nicht so davonkommen lassen.

»Sag bloß, du willst dich wieder mit ihm treffen?« Selin sieht Rosie an. »Hast du ihr erzählt, worüber wir gesprochen haben?«

Rosie nickt.

»Ja, davon hat sie mir erzählt, danke! Und danke, dass *ihr* darüber entscheidet, wofür ich reif genug bin und wofür nicht.« Ich bin immer noch verärgert darüber, auch wenn ich weiß, dass beide nur versucht haben, mich zu schützen, und dass Rosies Rechnung, mir so lange wie möglich nichts davon zu erzählen, aufgegangen ist.

»Ich werde mich nicht mehr mit ihm treffen. Schon bevor Rosie die Bombe hat platzen lassen, hatte ich das vor. Nein, jetzt komm schon Rosie, erzähl Selin die wirklichen Neuigkeiten.«

Rosie blickt gierig auf das Glas Wein in Selins Hand und sagt dann lächelnd, als sei ihr die beste Idee aller Zeiten gekommen: »Wir werden zurück nach Stokey ziehen, um von Owen wegzukommen.«

Selin lächelt breit, steht von ihrem Stuhl auf, umarmt uns beide gleichzeitig und verschüttet dabei ein wenig Wein auf meinen Schuh. Wenn die Leute doch bloß damit aufhören würden, mich immer zu drücken, wenn sie ein Glas oder einen Becher in der Hand halten.

»Das ist ja eine irre Neuigkeit! Das wird toll, wenn ihr wieder hier um die Ecke wohnt, hurra. Das ist eine gute Idee, toll gemacht, Rosie.« Rosie lächelt und nickt wie jemand, der die letzten Sekunden von Selins Anerkennung noch möglichst lange auskosten möchte.

»Rosie!«, sage ich hart.

»Was denn noch?«, fragt Selin resigniert. Alle drei stehen wir nun ernst wie Figuren eines Triptychons beieinander, wie Gäste auf einer missglückten Cocktailparty.

»Na ja, außerdem bin ich schwanger, glaube ich.« Rosie dreht sich um und holt ein Schulfoto von uns dreien vom Kaminsims, auf dem wir circa sechzehn sind, voll auf U2 standen und enge schwarze Jeans, imitierte Motorradjacken und fingerlose Handschuhe trugen. »Mein Gott, waren wir da noch schlank. Ach so, ich werde übrigens einen Wasser-Aerobic-Kurs für werdende Mütter im Sportzentrum besuchen.« Dem folgt ein kurzes Schweigen.

»Du bist schwanger?«, schreit Selin aus vollem Halse, genau in dem Moment, als ihr ältester Bruder Josh durch die Wohnzimmertür tritt.

»Schwanger? Wer?« Erstaunt sieht er sich um.

»Rosie«, sage ich schnell. Ein breites Lächeln erhellt sein Gesicht, und er erstickt Rosie fast mit einer Umarmung, die einem Bären alle Ehre machen würde. Das ist ganz typisch für ihn, dass er sofort so rührend besorgt und gar nicht verurteilend ist.

»Kommst du damit klar?« Er macht einen Schritt zurück und sieht Rosie fragend an.

»Ja.« Sie lächelt zu ihm auf. »Ich freue mich darüber und werde es behalten.« Rosie sieht mich an, ihr Blick fleht mich um Unterstützung an, also nicke ich zustimmend und weiß schon jetzt, dass alles, was Selin Rosie gegenüber sagen wird, nur ein Bruchteil dessen ist, was sie mir danach darüber sagen wird.

Während Selin noch sprachlos und mit offenem Mund dasteht und die Familienpackung Marsriegel an sich drückt, kommt ihre Mutter herein und reißt sie ihr aus den Händen.

»Aber Mädels, ihr werdet noch all eure Zähne verlieren«, sagt sie vorwurfsvoll. »Verderbt euch mit diesem Zeug nicht den Appetit.« Sie sieht Cosgun an, wie er Rosie umarmt. »Aha, mein ältester Sohn, komm her, mein Schatz.« Sie küsst ihn mehrere Male auf beide Wangen, nimmt ihm den Mantel ab und zwickt ihn dabei. »Die Voraussetzung, um wirklich ein echter Künstler zu sein, ist nicht, dass man dabei verhungert, weißt du. Warum isst du bloß nie etwas?«

»Mum, ich esse die ganze Zeit, ich bin eben einfach dünn, dafür kann ich nichts. Schneller Stoffwechsel – mach dir keine Sorgen um mich.« Er küsst sie auf das Haar.

»Er wohnt in einem besetzten Wohnhaus«, erzählt sie uns. »Er arbeitet als Gärtner bei jedem Wetter – das heißt, wenn er mal nicht dem Geruch von Malerfarbe ausgesetzt ist – und hat mehr Freundinnen gehabt als der schiefe Turm von Pisa.« Niemand von uns versteht, was sie damit meint, doch wir sagen nichts. »Und dann sagt er mir doch tatsächlich, dass ich mir keine Sorgen machen soll? Besorg dir erst einmal eine ordentliche Arbeit und eine nette Freundin, dann werde ich mir keine Sorgen mehr machen.

Also, Jennifer, trinkst du Wein?« Sie geht zu Rosie hinüber, küsst sie noch einmal und lächelt breit. »Rosalind, jetzt, wo du schwanger bist, sollte ich dir wohl besser einen Saft bringen.« Und fügt ein wenig rätselhaft hinzu: »Weißt du, auf See passieren schlimmere Dinge.« Sie tätschelt Selin den Arm, geht zurück in die Küche, kichert leise und lässt uns in verlegenem Schweigen zurück. So viel zu dem Vorhaben, es unter uns dreien zu bewahren.

»Ich habe gar nicht so viele Freundinnen«, murmelt Josh verlegen. »Ich hatte schon seit Ewigkeiten keine mehr.« Er trägt seine schwarzen Haare kurz geschoren. Komischerweise steht ihm das gut. Auf der Suche nach dem Künstler in sich hat er mehr verrückte Frisuren und Klamotten als ein durchschnittlicher Arbeitsclown ausprobiert. Eigentlich ist das Tollste daran, ihn als großen Ersatzbruder zu haben, dass ich ihn ständig wegen seinem neuesten *Künstler*-Outfit aufziehen kann. Ich schmunzle noch bei dem Gedanken an die Zeit, als er seine schwarzen Haare lang trug und sie mit Selins Haareisen glättete. Das war noch zu einer Zeit, als ein eyelinerner Blick von ihm genügt hatte, um mein Teenagerherz voller Verlangen schneller schlagen zu lassen – mein Gott, wie verliebt ich in ihn war. Heute kann ich ihn allerdings nicht mehr wegen seines Aussehens aufziehen, denn inzwischen sieht er ganz präsentabel aus, ja fast sogar sexy. Er setzt sich an den Tisch und sieht uns an.

Selin setzt sich wieder und trinkt ihren Rotwein aus. Sie lehnt sich nach vorne, stützt für einen Augenblick ihr Kinn auf die Hand und sieht auf den Grund ihres leeren Glases.

»Wann hast du es erfahren?«, fragt sie mich. Rosie hat sich mittlerweile auf das Sofa in der Ecke gesetzt und betrachtet voller Interesse ihre neuen falschen Nägel.

»Gestern«, antworte ich. »Wir haben versucht, dich anzurufen, aber du warst nicht da.«

»Wer ist der Vater?« Sie spricht immer noch mit mir. Ich habe keine Ahnung, ob sie verärgert ist oder nicht. Ich weiß nur, dass ich mich wie ein ungezogenes Schulmädchen fühle, das allein und schutzlos mitten im Zimmer steht und einer Befragung unterzogen wird.

»Chris«, sage ich ruhig. Selin schweigt einen Augenblick und setzt sich neben Rosie.

»Rosie«, sagt sie liebevoll. »Bist du sicher, dass du dieses Baby behalten möchtest? Hast du dir das genau überlegt?«

»Ja«, antwortet Rosie, und als sie ihren Kopf hebt, kann ich sehen, dass ihr Gesicht von Tränen überströmt ist. »Ich glaube, dass ich es schaffen kann. Das möchte ich wirklich. Hier drinnen ist doch ein Mensch.« Sie tätschelt ihren Bauch. »Ich möchte meinem Baby ein schönes, glückliches Leben schenken, und ich weiß, dass ich es schaffen kann. Ich weiß, dass es nicht gerade die idealste Voraussetzung ist, wenn der Vater des Kindes die Reife eines unterentwickelten Teletubbys hat und wahrscheinlich ebenso scharf auf das Baby ist wie darauf, im Kloster zu leben. Trotzdem bin ich froh, dass ich die Möglichkeit und die Unterstützung habe, das durchzustehen. Viele Leute haben das gar nicht. Mir ist das Schönste auf der Welt widerfahren. Ich habe euch beide, und wenn ihr mir dabei helft, werde ich, glaube ich, eine gute Mutter sein. Und selbst wenn ihr das nicht wollt, werde ich es verdammt nochmal trotzdem irgendwie hinkriegen.«

Plötzlich liegen wir uns alle mit Tränen in den Augen in den Armen. Josh beobachtet uns von der anderen Seite des Zimmers aus, und als unsere Blicke sich kurz kreuzen, lächelt er und nickt. Die Haustür knallt zu, und einen Augenblick später steht Mr Selin im Zimmer.

»Mein Gott, mein Haus ist ja voller weinender Frauen! Jetzt sagt bitte bloß nicht, dass das was mit den Hormonen zu tun hat. Ich bin ein Mann, ich kenne mich mit Hormonen aus.« Nachsichtig schüttelt er den Kopf, kommt zu uns herüber, drückt uns und küsst uns auf die Köpfe. Seine Freundlichkeit lässt uns nur noch mehr weinen.

13. Kapitel

Mrs Selin hat *Dolma* für uns gemacht, weil sie genau weiß, dass wir uns beschwert hätten, wenn sie es nicht gemacht hätte. Als Hauptgericht gibt es hingegen ein wunderbares Zitronenhuhn mit geröstetem Gemüse.

»Wir könnten euch helfen, hier eine Wohnung zu finden«, sagt Mr Selin. »Seli, wie wär's mit Mr Carlton? Vermietet der nicht ein paar Wohnungen?« Er lächelt, sodass sich Grübchen an seinem Kinn zeigen.

»Ja, hat er, ich werde ihn morgen anrufen. Vielleicht kann er euch ein gutes Angebot machen.«

»Und Adem, den könnten wir natürlich auch fragen«, sagt er. Ich weiß, dass sie uns bei der Wohnungssuche wirklich helfen können.

»Hm, na gut, ich kümmere mich darum. Gute Idee«, antwortet Selin und sieht prüfend auf ihren Teller, bevor sie ihrer Mutter einen Blick zuwirft, die daraufhin mit ihrer Gabel Mr Selins Handrücken berührt. Mr Selin zuckt die Achseln, schüttelt den Kopf, und das bizarre Pantomimespiel endet, ohne dass ich auch nur irgendetwas verstanden hätte. Eine komische Familie. Selin lächelt Rosie und mich an. Ich würde sie gerne über ihre Abende beim Poolbillard ausfragen, doch der richtige Moment dafür will sich einfach nicht bieten. Obwohl, nach den seltsamen Blicken zu urteilen, geht es uns ja vielleicht nichts an. Aber warum eigentlich nicht?

»Ich finde es echt cool, dass du schwanger bist«, sagt Ayla, was die Augenbrauen und vermutlich auch den Blutdruck ihres Vaters in die Höhe schnellen lässt.

»Mein Gott, keine Sorge Dad, ich habe nicht vor, schwanger zu werden, ich möchte doch auf die Uni, schon vergessen? Aber weißt du, wenn man ein bisschen älter ist, so wie Rosie, ist es schon cool. Hey Mann, wir leben im einundzwanzigsten Jahrhundert. Heutzutage braucht man keine Männer mehr.« Josh lehnt sich in seinem Stuhl zurück und lacht, dabei hebt er sein Kinn und schließt die Augen.

»Zumindest für eine Sache braucht ihr uns noch, oder etwa nicht?«, sagt er.

»Nein. Schon bald wird man in jedem Supermarkt Sperma kaufen können. In den Kühlregalen«, sagt sie mit einem süßen Lächeln, und der arme Hakan verschluckt sich fast an seiner Cola.

»Ach wirklich?« Josh steht der Schalk ins Gesicht geschrieben. »Weiß Jamie Bolton schon davon? Ich glaube, er sollte deine Sicht der Dinge kennen, bevor du mit ihm ausgehst.«

»Nein!« Sie kichert und bedeckt ihre Augen mit ihrer wundervoll manikürten Hand. »Hör auf, Josh! Sonst kriegst du mächtig Ärger!«

»Ohoo, wer ist denn Jamie Bolton?«, fragt Rosie. Ich glaube, sie ist froh, dass die Unerhaltung sich nach einer halben Ewigkeit einem anderen Thema zuwendet. Auch Selin beteiligt sich nun daran, ihre Schwester ein wenig aufzuziehen, mit demselben hänselnden Lächeln, das ihr Bruder aufgesetzt hat.

»Jamie arbeitet bei Woolworth in der Plattenabteilung«, sagt sie. »Ayla ist in ihn verknallt, stimmt's?« Ayla lacht gutmütig, ihre Augen funkeln vor Freude, und voller Anspannung und freudiger Erwartung errötet sie. »Nein! Ich bin überhaupt nicht in ihn verliebt!« Sie dreht sich um und sagt auf rührend verschwörerische Weise zu mir: »Obwohl er echt süß und ein total netter Junge ist, ehrlich. Und anständig.«

»Gut«, sage ich und spüre, wie wieder einmal Tante Marges Geist Besitz von mir ergreift, »wäre doch schrecklich, wenn er das nicht wäre.«

Später wird nach einem starken türkischen Kaffee, der selbst eine Rakete zum Abheben gebracht hätte, noch Eis und Baklava vom Bäcker an der Ecke serviert, Rosie und Selin kramen ein paar Schachteln mit alten Fotos hervor, Mr Selin ist inzwischen auf seinem Stuhl eingenickt und Ayla in ein Telefonat mit jemandem vertieft, der sie unaufhörlich zum Kichern bringt. Hakam, der sich nun endlich befreit fühlt, zieht sich eilig in sein Zimmer zurück. Da Mrs Selin wie immer jegliche Hilfe beim Aufräumen ablehnt, durchstöbere ich ihre Plattensammlung mit Unterhaltungsmusik und suche nach einem Titel von Dean Martin, den ich besonders mag. Josh sitzt mir gegenüber, dreht sich eine Zigarette, steht dann auf, geht zur Balkontür hinüber und wirft sie mit den Worten »das ist meine Letzte, heute hör ich auf!« hinaus.

»Hier draußen ist es wirklich mild«, ruft er durch die Gardinen zu mir herüber, also gehe ich zu ihm hinaus, um einen Blick auf die Welt dort draußen zu werfen.

Von hier aus hat man einen wunderbaren Blick über die Hintergärten und Hausdächer von Nordlondon. Die bräunlich grauen Häuser und überall angebrachten Antennen und Satellitenschüsseln schimmern zartrosa in der Dämmerung eines der letzten Sommerabende des Jahres. Der Verkehrslärm hat sich ein wenig gelegt, irgendwo in der Nähe spielen Kinder Fußball, und ein paar Häuser weiter scheint jemand zu grillen.

»Und wie kommst du mit der Sache zurecht?«, fragt Josh. Die Art, wie er mich anlächelt, lässt seine Grübchen trotz Bartstoppeln sichtbar werden und wieder denke ich, wie schön es doch gewesen ist, all die Jahre so etwas wie einen großen Bruder um mich gehabt zu haben. Als ich Josh zum ersten Mal begegnet bin, habe ich mich irrsinnig in ihn verknallt. Irgendwie witzig; heute lachen wir darüber. Meistens habe ich kein Wort herausgebracht und wurde immer rot, wenn ich ihn sah. Schon komisch, denn eigentlich ist er gar nicht mein Typ, aber wir sind später auch gute Freunde geworden.

»Rosie hat wirklich Glück, Freundinnen wie euch zu haben«, sagt er. »Bist du sicher, dass alles in Ordnung ist?« Immer ist er so nett und aufmerksam und fragt mich, wie es mir geht.

»Ja, mir geht's wirklich gut«, sage ich. »Wir haben auch Glück, dass wir Rosie haben.«

»Die beiden haben dir doch erzählt, was ich über Owen erfahren habe, oder?« Ich nicke und seufze, beiße mir auf die Lippen und sehe über die Nachbargärten hinweg.

»Na, ich bin froh, dass du darüber hinweg bist. Es hört sich so an, als sei er mittlerweile wohl ein wenig durchgedreht. Falls du irgendwann einmal jemanden brauchen solltest, der Owen klar macht, dass er dich in Ruhe lassen soll, kannst du jederzeit auf mich zählen, das weißt du.« Ich lächle ihn an und streichle seine Hand, mit der er sich am Balkongeländer abstützt. Ich kann mir noch nicht einmal vorstellen, das Josh einem Plüschtier etwas zuleide tut, geschweige denn, dass er jemanden wie Owen in die Flucht schlägt.

»Du bist echt süß, aber ich hoffe noch, dass sich die Sache von alleine erledigen wird. Ich möchte nicht, dass irgendjemand wegen ihm in Schwierigkeiten gerät. Ich komme mir so dumm vor.«

»Dumm? Weshalb?«

»Weil ich es rückblickend einfach nicht glauben kann, dass ich mit jemandem wie ihm etwas zu tun gehabt habe, ja ihn sogar geliebt habe. Ich hätte alles für Owen getan. Und oft habe ich das auch.«

»Du bist überhaupt nicht dumm. Ich habe euch zusammen gesehen, der Scheißkerl war ziemlich überzeugend. Selbst mich hat er die ersten Male mit seinem charmanten Intellektuellen-Getue überzeugt. Aber irgendwann habe ich es dann gemerkt.« Er lächelt mich an. »Du warst vermutlich nur ein ganz klein wenig dumm.« Ich lache und tippe ihm leicht auf die Brust.

»Scheißkerl. Was ist mit dir? Deine Mutter denkt, dass du der Casanova der Church Street bist. Ist denn irgendwer vor deinem Charme sicher?« Ich klimpere mit den Wimpern und schaue ihn unschuldig an.

»Oh, wenn du wüsstest …« Er verdreht die Augen und grinst. »Was ist mit Wanda?«, frage ich. Wanda war eine von allen umworbene Schönheit der Kunstschule – Josh und sie waren fast das ganze Jahr über in Stoke Newington das populärste Liebespaar gewesen.

»Irgendein Typ aus Schottland hat sie sich gekrallt. In meinem Bett.«

»Oh. Ich habe immer schon gewusst, dass sie eigentlich eine nichtsnutzige Schlampe ist«, scherze ich, sage das aber nicht nur Josh zuliebe. Ich habe sie und Owen nämlich irgendwann einmal sehr vertraulich miteinander plaudernd bei einer Party hinten im Garten entdeckt. »Aber du bist doch so ein netter Kerl, die Mädchen müssen dir ja scharenweise nachlaufen.«

Er kichert ein wenig und sagt: »Nein, du weißt doch – Mädchen mögen doch keine netten Jungs. Was ist denn mit dir? Hast du irgendjemanden getroffen, auf den du stehst?« Ich denke an Michael und seinen Kuss, die Sonnenstrahlen, die ich dabei auf meinem Körper gespürt habe, an die welken Blätter und das stumme Handy.

»Na ja, sagen wir mal so, es gibt da jemanden, der ein wenig in die Asche geblasen hat.«

»Wirklich? Meinst du, das mit diesem Jemand könnte etwas Ernstes werden?«, sagt er grinsend und stößt mir dabei scherzhaft den Ellenbogen in die Rippen.

»Hm, nein. Nein, wird es nicht, kann es gar nicht«, sage ich und kann mir dabei leider nicht verkneifen, dass ich ein wenig schuldbewusst klinge.

»Mein Gott, er ist doch nicht etwa verheiratet, oder?« Meine Güte, Josh muss wirklich denken, dass bei mir schon Hopfen und Malz verloren sind.

»Nein, nein. Die Sache ist ein wenig komplizierter.«

Er schweigt einen Augenblick, dann sieht er mich an und reibt sich verlegen den frisch geschorenen Hinterkopf. »Pass auf dich auf, in Ordnung? Schluss mit Erfahrungen à la Owen – versprochen? Ich meine, für mich gehörst du, gehört ihr alle zur Familie. Na ja, bei Seli ist das klar, aber du und Rosie, ihr gehört auch dazu. Ich möchte nicht, dass euch irgendjemand wehtut. Versprich es mir.«

»Versprochen«, sage ich und denke erleichtert, dass der Unterschied zwischen Owen und Michael nicht größer sein könnte.

Josh nickt beifällig und wechselt das Thema. »Ich habe in ein paar Wochen mit der Gruppe eine Ausstellung in Hoxton. Ihr könntet doch alle hinkommen. Sie wird von der Firma »Smirnoff« gesponsert, irgendjemand von »Time Out« wird auch da sein und darüber berichten.«

Ich muss über seinen Versuch, mich mit russischem Wodka zu bestechen, lachen.

»Sehr gerne. Außerdem weißt du ja, dass wir dich für den Umzug einspannen werden.«

»Kein Problem«, verspricht er. Wir gehen zurück ins Wohnzimmer, wo Rosie und Selin inzwischen ein paar Fotos von unserer ersten Reise nach Bournemouth hervorgekramt haben, auf denen wir sportlich und sonnenverbrannt mit einer Flasche »Thunderbird« abgebildet sind. Mrs Selin hat inzwischen Dean Martins »Sway« auf den Plattenteller gelegt und tanzt mit Selins Vater eine eher behelfsmäßige Rumba. Alles scheint in bester Ordnung.

Als wir uns verabschieden, begleitet Selin uns noch die Treppe hinunter und sagt: »Aber wir haben noch sehr viel zu besprechen, das wisst ihr. Wir müssen uns über verdammt viele Dinge Gedanken machen«.

»Ja, das denke ich auch«, sage ich und nicke entschlossen.

»Ich weiß«, sagt Rosie, »lasst uns doch Samstagabend ausgehen!«

Selin und ich sehen einander an.

»Herrgott nochmal, ich bin doch nicht krank, nur schwanger. Solange ich keinen Alkohol trinke, wird es dem Baby schon gut gehen. Und sobald ich mich irgendwie schlecht fühlen sollte, gehe ich eben einfach nach Hause.« Sie sieht mich an. »Wir könnten doch zu ›Starsky and Hutch‹ gehen.« Sie weiß genau, dass ich bei Discomusik aus den Siebzigern immer schwach werde.

»Gut, wir brauchen ja nicht lange zu bleiben, was meinst du?«, frage ich und sehe dabei Selin an, die resigniert den Kopf schüttelt.

»In Ordnung – aber nur, wenn wir nicht zu lange bleiben, ich bei euch übernachten kann und wir am Sonntag zusammen frühstücken gehen und die ganze Sache ausgiebig besprechen, okay?«, sagt Selin wie eine Mutter, die mit ihren störrischen Kindern einen Kompromiss auszuhandeln versucht.

»Okay«, sagen die störrischen Kinder wie aus einem Mund.

Als ich mich in Kaleds Taxi auf die Rückbank setze, ziehe ich mein Handy aus der Tasche. Ein kleiner Briefumschlag blinkt in der linken oberen Ecke meines Displays, der mir anzeigt, dass ich eine SMS bekommen habe. Das ist erst meine zweite SMS überhaupt. Sie muss von Ayla sein, die mir schon die erste geschickt hatte, gleich nachdem sie zu ihrem Geburtstag ein Handy geschenkt bekommen hatte. Ich öffne die Nachricht und lese: »Tut mr Ld, dss nt gmldet, htte Problm. Rfe bld an. Hbe an dch gdacht. Mike.«

Ich brauche einen Augenblick, um zu begreifen, was er da überhaupt geschrieben hat, und noch ein paar weitere Sekunden, um den Freudenschauer zu spüren, der mich nun überkommt: Ja, er hat mich tatsächlich angerufen, mir eine Nachricht geschickt!. Aber das heißt natürlich nicht, dass es mich interessieren würde. Ich will damit nur sagen, dass das der Beweis dafür ist, dass ich immer noch meinen alten Charme zu besitzen scheine. Wahrscheinlich sollte ich die SMS einfach ignorieren, aber irgendwie fühle ich mich ein wenig wie beschwipst und spüre, wie mein Magen zu flattern beginnt. Ich antworte: »Sprchn uns bld.d.xx.«

Ich denke einen Augenblick darüber nach, während mein Daumen die Sendetaste verlässt und danach auf die Löschtaste drückt. Was zum Teufel denke ich mir bloß dabei? Der Wein und die Aufregung müssen mir zu Kopf gestiegen sein.

Doch irgendwann, bevor wir zu Hause angekommen sind, träume ich schon wieder von seinen Küssen, von Küssen im Sonnenschein, vom Händchenhalten und dem Duft von Gras.

14. Kapitel

Es ist Samstagnachmittag, und ich bin gerade in der Dessous-Abteilung von »Selfridges«, als er mich erneut anruft.

Ich bin auf der Suche nach einem trägerlosen BH, der unter das pinkfarbene Barbie-Glitzertop passt, dass ich äußerst mutig vor ein paar Minuten beim »Top Shop« gekauft habe, nachdem ich mir erfolgreich den Weg durch die Massen von Kindfrauen gebahnt hatte, die in Horden einzukaufen und alle dieselbe Frisur und gleichen Kunstlederjacken zu tragen scheinen.

Während ich vom »Top Shop« zu »Selfridges« gehe, werden mir zwei Dinge klar: Erstens – junge Mädchen tragen heutzutage alle die gleiche Frisur, egal welcher Hautfarbe oder Religion sie angehören. Was meiner Auffassung nach ein Fortschritt hinsichtlich einer harmonischen Weltordnung ist, wobei mir einfällt, dass auch Selin und ich als Teenager manchmal die gleichen Klamotten hatten, beispielsweise trugen wir dieselben Taftröcke mit Goldstickerei. Das war 1987, meiner war rot und ihrer dunkelblau. »Vielleicht waren wir ja Vorreiterinnen«, denke ich bei mir. »Alle Macht den Kindfrauen!« Dabei überlege ich, dass damals, wenn ich zwischen fünfzehn und zwanzig schlauer gewesen wäre, ich mir in weiser Voraussicht wahrscheinlich hätte sagen können: »Genieße es. Du wirst nie wieder so schlank sein.« Aber diese Überlegung zählt eigentlich nicht zu den Dingen, die mir gerade klar geworden sind.

Der zweite grundlegende Sache, die ich soeben festgestellt hatte, war, dass mein Einkaufsverhalten genau mein

Alter und meine finanzielle Situation widerspiegelt. Mein einhundertster Kauf eines Glitzerbaumwolltops, gefolgt vom vielleicht vierzigsten Besuch bei »Selfridges« wegen der dazu passenden Unterwäsche beweist das. Mein Glitzerleben verlangt offensichtlich nach immer teurerer und nachdrücklicherer Unterstützung, um es – im wahrsten Sinne des Wortes – weiterfunkeln zu lassen. Und auf der Suche nach einer technisch so perfekten Unterwäsche, gehe ich schließlich zu »Rigby&Peller«.

Die Verkäuferin starrt auf meine Brüste. »Sehen sie, er«, sagt sie und meint damit den Büstenhalter, den ich mir um die Taille schiebe, »ist nur dazu da, die Brüste dort zu unterstützen, wo sie sich bereits befinden.«

»Ach ja?«, stottere ich und überlege, wie ich wohl am höflichsten und emotionslosesten zu ihr sagen könnte: »Verpiss dich, du dumme Schlampe, du hast überhaupt keine Titten, also was weißt du schon von großen Brüsten. Rein gar nichts! Vermutlich siehst du das Leben durch eine rosarote Brille, da wirst du dich aber noch umschauen, mein Fräulein ...« Aber ich bringe es nicht fertig, stattdessen ziehe ich meinen Bauch noch mehr ein.

Keiner meiner Freunde hat jemals verstanden, weshalb ich mich immer über die Größe meiner Brüste beklagt habe, darum habe ich es auch längst aufgegeben, es ihnen zu erklären. Eines ist jedenfalls sicher – wenn die Natur einem schöne, große Brüste geschenkt hat, ist das keinesfalls schlecht. Nur wenn man mit der Zeit den leisen Verdacht hegt, dass alle Männer, die jemals auf einen scharf waren, das nur wegen der Brüste waren, oder wenn heutzutage behauptet wird, dass der weibliche Intelligenzquotient in genau dem Maße abnimmt, in dem der Brustumfang zunimmt, kommt man schon ins Grübeln. Oder wenn der Chef anstatt mit der Angestellten direkt mit ihren Titten zu sprechen scheint, oder wenn man das ganze Jahr über sein Bestes tut, um sie zu stützen, und sie es trotzdem nicht für nötig halten, sich wie Plastikbrüste zu verhalten. Tatsache ist leider, dass man zu keiner Jahreszeit, an keinem Ort und zu keiner Zeit auf der Straße gehen kann, ohne dass irgendein Idiot sie selbst unter zwei Pullis und einem Wintermantel bemerkt und sich sagt: »Tolle Titten.« Und dass man nicht die knappen kleinen BHs wie die der Freundinnen tragen kann. Dann denkt man sich wirklich, »was zum Teufel soll der Vorteil daran sein?« Na klar, die paar hundert Männer, die allein wegen der großen Titten auf einen stehen.

Doch immer, wenn ich versucht habe, mit meinen Freunden darüber zu sprechen, hieß es nur, »ach, halt doch die Klappe, du findest sie doch auch toll, du Sexbombe«. Und ich musste ihnen sogar Recht geben und die Klappe halten.

»Ach ja? Warum sollte man ihn dann wohl tragen?«, lächle ich die Verkäuferin an.

»Sie können ihn ja kaufen, mit nach Hause nehmen und ihn wieder zurückbringen, wenn er ihnen nicht gefällt?«, schlägt sie hilfsbereit vor. In diesem Augenblick klingelt mein Handy. Ich hole es aus der Tasche, die Nummer kommt mir nicht bekannt vor.

»Tut mir Leid, ich habe auf diesen Anruf gewartet – das ist sozusagen ein Notfall ...« Und ich ziehe vor ihrer Nase den Vorhang der Umkleidekabine zu.

»Hallo?«

»Oh, hallo, Jenny, ich bin's.« Es ist Michael, das höre ich sofort.

»Wer bitte?«

»Michael, Mike, wir haben uns letzte Woche im Park getroffen.«

Ich denke an die Zeit, die ich damit verbracht habe, mir eine freundliche und gleichzeitig bestimmte Antwort zurechtzulegen, weshalb ich ihn nicht wiedersehen möchte und kann, und mir ausgemalt habe, wie er darüber hinwegkommen und eines Tages darüber lachen würde. Die ganze Woche über hatte ich darauf gewartet, das loszuwerden, doch er hatte nicht angerufen. Und jetzt, nach meiner kaum entzifferbaren SMS, ruft er mich völlig gelassen an. Bestimmte männliche Verhaltensmuster müssen wohl angeboren sein: Es nicht zu Stande zu bringen, in einem angemessenen Zeitraum anzurufen, und das zwanghafte Verlangen, mit allen möglichen Sachen (inklusive Limo-Dosen) an jedem beliebigen Platz (inklusive Büro) herumzuschießen, um nur zwei zu nennen.

»Ach, du bist es, hallo.« Meine Stimme klingt gleichgültig, obwohl ich zugeben muss, dass ich doch ein wenig nervös bin.

»Ja, tut mir Leid, dass ich mich nicht früher gemeldet habe«, sagt er entschuldigend.

»Ich habe gar nicht erwartet, dass du mich anrufst.«

»Hm, na ja, du weißt schon, nach dem Kuss und so.«

Unschuldige Jugend. »Hör zu, ich bin mit meiner ... in der Stadt, ich bin in der Stadt und dachte, dass du vielleicht Lust hättest, dich heute Abend mit mir zu treffen und etwas trinken zu gehen.«

»Ich kann nicht, Mike, ich habe schon was vor«, sage ich von oben herab. »Normalerweise habe ich an einem Samstagnachmittag um vier Uhr immer schon etwas für Samstagabend vor.«

Warum sage ich ihm nicht einfach, dass wir uns nicht wiedersehen können, weil er noch ein Kind ist? Wobei ich ihm natürlich äußerst sanft, aber nachdrücklich einen Korb verpassen müsste. Ich könnte so tun, als sei ich selbst enttäuscht und ärgerlich deswegen, dann gerät er nicht so in Verlegenheit.

»Oh, alles klar, wo bist du gerade?« Im Gegensatz zu mir legt er keinerlei Zartgefühl an den Tag.

»In einer Umkleidekabine in der Dessous-Abteilung von ›Selfridges‹«, sage ich und hoffe, ihn nervös zu machen.

»Cool!« Er lacht. »Ich bin gerade an der U-Bahn Haltestelle Bond Street, ich komme kurz vorbei, wir könnten dann schnell irgendwohin gehen. Auf ’nen Drink, meine ich.« Und wieder lacht er. Er ist wirklich erst um die achtzehn.

»Also gut, aber lass mir noch zwanzig Minuten Zeit, okay?« Es ist vermutlich auch netter, es ihm von Angesicht zu Angesicht zu sagen. Das Älterwerden hat mich tatsächlich um einiges einfühlsamer werden lassen.

»Okay, also dann in zwanzig Minuten in der Strumpfwarenabteilung.« Und schon legt er auf.

Stumpfwarenabteilung?

15. Kapitel

Ich sehe mich im Spiegel an. Wahrscheinlich geht das gar nicht, dass ich ihm sanft, aber nachdrücklich einen Korb verpasse, so wie ich aussehe. Ich bin völlig ungeschminkt und habe auch kein Make-up dabei. Meine Haare wollte ich erst heute Nachmittag waschen, und ich trage meine bequemen, aber schon von weitem muffig aussehenden Turnschuhe. Ich bin überzeugt davon, dass er sich nach Jahren, wenn er sich an diese Sache erinnert und lacht, lieber an eine kultivierte und schicke Frau erinnert, als an eine in ausgelatschten Nike-Slippern.

Die junge Verkäuferin aus der Dessous-Abteilung hat gewonnen. Ich reiße das Etikett von dem soeben gekauften BH ab, hole mein neues Top aus der Tasche und ziehe es darüber. Kritisch begutachte ich mein Profil, suche meinen Rücken auf Schönheitsfehler ab und beschließe, meine Jacke anzulassen, doch ich fühle mich ein wenig besser.

Gott sei Dank ist die Schlange an der Kasse erträglich. Ich reiche dem Mädchen das Etikett.

»Ich behalt ihn gleich an.«

»Okay, das macht 24.99, bitte.« Sie lächelt. Ich sehe sie an und im Weggehen bleibe ich noch einmal kurz stehen, um meinen BH heraufzuziehen.

Und nun: nächste Station, Schuhe und Stiefel.

Mit Designern kenne ich mich nicht so gut aus, deshalb kaufe ich meine Klamotten und Schuhe meistens bei »Selfridges«. Ich weiß nämlich nie genau, wer in und wer out ist, wer gerade hip ist und wer nicht. Und wenn ich mich dann doch einmal dazu entschließe, etwas von einem Designer zu kaufen, von dem ich gehört habe, hat das nie den erwünschten Effekt, denn wenn ich von ihnen höre, sind sie meistens schon wieder aus der Mode. Wie dem auch sei, ich bin fest davon überzeugt, dass man unter Kleidergröße zweiundvierzig tragen muss, um auch nur annähernd in irgendetwas zu passen, das mit »S« oder »M« oder mit »Eins« und »Zwei« ausgezeichnet ist. Doch seit 1996 habe ich nichts mehr unter Kleidergröße zweiundvierzig tragen können, also kaufe ich meine Klamotten nur noch da, wo die Größenauszeichnungen stimmen und es weite Hosen gibt. Doch zumindest mit Schuhen befinde ich mich auf sicherem Boden – solange sie nicht auf Kniehöhe geschnitten sind, denn wir wissen ja, dass solche Schuhe für Frauen ohne Waden gemacht sind. Da ich aber nur noch fünfzehn Minuten Zeit habe, will ich mich gar nicht erst damit aufhalten.

Ich entdecke einen rubinrot schimmernden Stöckelschuh im Krokodillederlook und mit Reißverschluss, der bis zum Knöchel reicht. Ich nehme ihn und gehe damit zur Verkäuferin.

»Wie viel kostet der?«

»139.99 Pfund.« Sie ist gerade dabei, Slipper für die Abendgarderobe aufzubauen.

»Aha ..., haben sie vielleicht auch irgendetwas um die achtzig Pfund?«

Endlich habe ich ihre Aufmerksamkeit erregt. Sie mustert mich kurz von Kopf bis Fuß und holt dann, ohne ein Wort zu sagen, ein Paar locklederne, spitz geschnittene Omaschuhe mit Schnürsenkeln und einem plumpen Absatz hervor. Wie gesagt, ich kenne mich zwar nicht gut aus mit Trends, aber irgendetwas sagt mir trotzdem, dass die Schuhe überhaupt nicht cool sind. Außerdem gefallen sie mir nicht.

Ich glaube, die Zeit ist reif, die Sache rationell zu betrachten. Ich habe noch zehn Minuten, bevor ich mich mit einem achtzehnjährigen Jungen treffe, für den ich nett aussehen möchte, damit er sich später, nachdem ich mit ihm Schluss gemacht habe, an eine glamouröse und unerreichbare ältere Frau erinnert und sich das, was alles mit ihr hätte passieren können, ausmalt. Aber – um das zu erreichen, soll ich im Ernst achtzig Pfund in ein Paar Schuhe investieren, die mir nicht gefallen und in denen ich nach zehn Minuten auf keinen Fall werde laufen können? Also mal im Ernst, was sind da schon weitere fünfzig Pfund für ein Paar Schuhe, die mir wirklich gefallen und in denen ich ebenfalls nach zehn Minuten nicht werde laufen können? Im Grunde ist es nur eine Frage des Geldes, wenigstens ein Paar Schuhe zu finden, die mir gefallen. Ich reiche der Verkäuferin die nach Krokodilleder aussehenden Schuhe und hoffe, dass es kein echtes Krokodilleder ist, beschließe aber, es nicht noch einmal zu kontrollieren.

»Ich nehme die hier, Größe achtunddreißig. Ich ziehe sie gleich an, ich brauche keinen Karton, hier ist meine Karte«, platze ich heraus, noch bevor ich es mir anders überlegen kann. Fünf Minuten später wackle ich ängstlich zur Rolltreppe.

Als Nächstes zur Kosmetikabteilung, »Clarins«-Stand. Genialer Plan, kurz vor der Ausführung.

»Hallo, ich bin nicht sicher, ob ich die richtige Grundierung verwende, ich würde es bitte gerne noch einmal überprüfen lassen«, lächle ich offenherzig die Dame namens Denise an.

»Tut mit Leid, aber unsere Make-up-Beraterin ist schon nach Hause gegangen. Morgen ist sie wieder da, möchten Sie sich vormerken lassen?«, informiert sie mich, während sie eifrig den Lippenstiftständer auffüllt.

»Nach Hause gegangen? Nun, könnten Sie das nicht vielleicht übernehmen?«, bettele ich.

»Tut mir Leid, aber ich bin dafür noch nicht ausgebildet. Bisher habe ich nur Lippenstift und Rouge aufgelegt. Ich habe noch nicht einmal mit dem Augen-Make-up begonnen.«

»Verstehe, können sie mir vielleicht einfach irgendetwas geben, dann mache ich es selbst?«, höre ich mich am Rande der Verzweiflung sagen.

Sie lehnt sich zurück und sieht mich an. »Sie haben unerwartet eine Verabredung, stimmt's?«, sagt sie, verschränkt ihre Arme und verzieht ihre perfekt geschminkten Lippen zu einem Strich.

»Na gut, Sie haben Recht. Stimmt. In nicht einmal zehn Minuten ... kommt das etwa häufiger vor?« Ich bin schockiert, aber nur deshalb, weil ich dachte, die wohl beste Idee seit Jahren gehabt zu haben, mit der ich später angeben wollte.

»Ständig. Sie werden sich wundern, aber am Samstag stehen hier alle Schlange und wissen auf einmal nicht mehr, welche Grundierung sie verwenden sollen, welches Rouge zu ihnen passt, bla, bla, bla. Jede Ausrede ist recht. Aber zwei Käufe managen wir normalerweise schon«, sagt sie und sieht mich dabei bedeutungsvoll an. Also schön, wie wär's mit noch mal fünfzig Pfund?

»Okay, ich kaufe die Wimperntusche und den Lippenstift, aber bitte, bitte, bitte, helfen Sie mir mit ein wenig Grundierung aus!«, bettle ich und hebe meine Hände in einer theatralischen Geste, die pure Not ausdrücken soll. Doch es scheint zu funktionieren, denn sie lächelt mich mitleidvoll an und gibt nach.

»Also gut, das ist ein Angebot. Möchten Sie, dass ich Ihnen das Rouge auflege?« Sieben Minuten später bin ich fertig.

»Danke, Denise, Sie sind wirklich klasse.« Ich will mich gerade auf den Weg zur Strumpfwarenabteilung machen, als sie mich zurückruft. Sie kramt aus ihrer Handtasche eine Bürste und eine Flasche Trockenshampoo von »Batiste« hervor.

»Nehmen Sie es nicht persönlich, aber ... nach dem ganzen Aufwand?« Das ist einer jener Augenblicke, in denen sich Frauen über alle Grenzen hinweg schwesterlich die Hand reichen.

Wir pflichten einander in stillem Gruß bei, und zwei Minuten später habe ich mit frisch gebürsteten Haaren und einem Hauch Parfüm aus dem »Chanel«-Tester mein Werk vollendet. Die ganze Prozedur hat mich exakt zwanzig Minuten und mehr als zweihundert Pfund gekostet. Zehn Pfund die Minute. Nicht schlecht.

Ich bin fertig. Jetzt kann ich mich endlich mit ihm treffen. Bei den Strumpfwaren. Jetzt.

Strumpfwaren?

16. Kapitel

Er ist der einzige große, rothaarige Junge in der Strumpfwarenabteilung und darum auch leicht zu erkennen. Während ich auf ihn zugehe, überlege ich, dass meine Füße sich nun endlich an die neuen Schuhe gewöhnt haben.

»Hallo!«, sage ich und lächle ihn an. Er hält in jeder Hand eine Packung Seidenstrümpfe.

»Hallo! Wow!« Er beugt sich zu mir und küsst mich auf die Wange. »Du siehst richtig hübsch aus.« Und während er das sagt, wird er rot. Voller Erfolg! Er sieht kurz an meinem Top herunter und dann wieder auf seine Strumpfhosen. Er riecht nach frischem, frühherbstlichen Abend und Londoner Regen.

»Welche Stärke? Was ist der Unterschied zwischen vierzig und siebzig?« In der Absurdität dieser Frage schwingt gleichzeitig eine bezaubernde Unbekümmertheit mit.

»Bist du etwa Transvestit?«, frage ich. Ich meine, wäre er einer, hätte ich einen weiteren Grund, ihm auf sanfte Art den Laufpass zu geben. Das wäre das erste Mal, dass ich es wegen so etwas täte.

»Nein, hey, wo denkst du hin! Scheiße, ich bin doch nicht schwul oder so. Mann!« Und er lacht ein nettes, herzliches und ungezwungenes Lachen. »Nein, ich war mit meiner Mutter hier und habe das ganze Zeug für das neue Semester gekauft, und ... oh Scheiße, das ist gar nicht cool, na ja, wie auch immer, sie hat vergessen, Seidenstrumpfhosen zu kaufen, also habe ich ihr angeboten, welche für sie mitzubringen. ›Opaque‹ hat sie gesagt, aber von diesen ganzen verschiedenen Stärken und so hat sie kein Wort gesagt.« Wieder lacht er, wobei sich neben seinen Mundwinkeln zwei kleine Grübchen formen. Na schön, er ist also weder ein Transvestit noch schwul, aber er hat gerade mit seiner Mutter Schulzeug eingekauft. Denk daran, Jen.

»Nimm Stärke siebzig, damit kannst du nichts falsch machen. Komm, lass uns gehen, ich habe für heute genug von diesem Laden.« Während wir hinausgehen, sehe ich Denise, deren Augenbrauen so weit in die Höhe schnellen, dass sie fast den Ansatz ihrer mit Gel zurückgekämmten Haare berühren.

Das Erste, was er tut, ist, mich an der Hand zu nehmen, was mich völlig aus dem Gleichgewicht bringt. Keine Ahnung, wie ich darauf reagieren soll, deshalb überlege ich, wie groß wohl die Wahrscheinlichkeit ist, dass wir jemandem begegnen, den ich kenne. Ich komme aber zu dem Schluss, dass sie relativ gering ist. Dann stelle ich mir für den Bruchteil einer Sekunde vor, wie irrsinnig peinlich es wäre, mit einem Rotschopf im Schlepptau auf Owen zu treffen, ihn mitten auf der Oxford Street stehen zu lassen, hektisch in eine Seitenstraße abzubiegen und dabei panisch nach Luft zu schnappen.

»Hast du schon überlegt, wo wir hingehen sollen? Ich dachte, dass du vielleicht gerne nach Soho ins »Coach and Horses« gehen würdest.« Er lässt meine Hand los und legt seinen Arm um meine Schulter. Mir scheint, dass meine Art, ihm den Laufpass zu geben, vielleicht doch etwas zu liebevoll ist. Aber irgendwie fröstelt es mich in meinem Top, außerdem ist es schön, die Wärme eines anderen neben sich zu spüren, vor allem, wenn derjenige groß ist. Ein großes männliches Wesen mit schönen Händen.

»Nein, bitte nicht dahin, hier in der Nähe gibt es ein wirklich nettes Plätzchen«, sage ich und hoffe, dass es tatsächlich eines gibt. »Es heißt ... hm, na … es heißt ...« Wir biegen in eine Straße ein, in der ich noch nie gewesen bin. »›Ye Olde Parson's Nose‹.«

»Oh, gut«, sagt er, als wir uns der Pseudo–Tudor-Fassade nähern.

»Du stehst auf alte, vergammelte Pubs, stimmt's?« Ironischerweise ist es so, dass er dabei nicht ganz Unrecht hat. Als es mir finanziell nicht so gut ging, habe ich in vielen Bars gearbeitet, und die meisten davon waren so heruntergekommen wie diese hier. Schäbige Pubs sind zwar oft netter, trotzdem kenne ich niemanden, der dorthin gehen würde, und das ist zweifellos ein Pluspunkt, wenn man sich auf einer Abfuhrmission befindet. Als wir uns der Bar nähern, überkommt mich einen Augenblick lang Panik, man könnte ihn nach dem Ausweis fragen. Er sieht älter als achtzehn aus. Ich frage mich, ob ich jünger als neunundzwanzig aussehe.

»Ich hätte gern ein ›Stella‹.« Er scheint mit dem Personal an der Bar keinerlei Schwierigkeiten zu haben. »Was möchtest du?«

»Ein großes Glas Gin Tonic bitte, mit Eis und Lime, wenn's geht, ansonsten mit Zitrone.« Der Barkeeper nickt, und es sieht aus, als würde Mike heimlich nachrechnen, wie viel Kleingeld er dabeihat. Gut, er soll ruhig wissen, dass es teuer ist, mit einer älteren Frau auszugehen. Vor allem mit einer älteren Frau, die Schmetterlinge im Bauch hat und nicht genau weiß, was sie tun soll, die immer noch an den letzten Kuss denkt und die einen riesigen Gin Tonic braucht, um das hier überhaupt durchzustehen.

»Sollen wir uns setzen?«, fragt er. Ich folge ihm in eine kleine Nische in der Ecke. Er geht beiseite und gibt mir mit einer Geste zu verstehen, dass ich mich zuerst setzen soll. Anstatt sich mir gegenüber zu setzen, rutscht er danach neben mich. Das ist aus zweierlei Gründen schlecht. Erstens scheint er sehr viel mehr Rendezvouserfahrung zu haben, als ich gedacht habe, und zweitens werde ich innerhalb von drei Minuten, nachdem ich meinen Drink ausgetrunken habe, aufs Klo müssen und ihn dann bitten, mich vorbeizulassen. Von der Stelle, an der wir sitzen, kann man die Bar sehen, und ich kann keinen anderen Gast im Lokal entdecken. Ich glaube, dieses Lokal habe ich schon einmal in einem deutschen Pornofilm gesehen.

Er sieht auf seine Hände hinab, wobei sein Pony ihm über die Augen fällt, dann lächelt er mich von der Seite an. »Ich hätte nicht gedacht, dass du dich heute mit mir treffen würdest. Ich meine, du hast keine meiner Nachrichten beantwortet«, sagt er und dreht sich ein wenig, um mich anzusehen. Die ganze Sache wäre sehr viel einfacher, wenn er bloß nicht mein Typ wäre. Im Grunde sind Rothaarige nicht mein Typ, aber die Sommersonne hat sein Haar gebleicht und ihm einen goldenen Schimmer verliehen, außerdem finde ich den leicht mandelfarbenen Ton seiner braunen Augen äußerst beunruhigend, vielleicht sogar noch mehr als die Art, wie er sachte an seiner Unterlippe knabbert, mit der er mich noch vor kurzem so liebevoll geküsst hat.

»Ich habe einfach gedacht, dass das das Beste wäre«, sage ich ehrlich. So ist es. Ich muss es tun. Ich bin weiß Gott ein zu alter Hase, um nicht zu wissen, welchen Schwierigkeiten und welch innerem Chaos ich mich aussetzen werde, wenn ich jetzt das Falsche sage oder tue. Ich öffne den Mund, um etwas zu sagen, doch er kommt mir zuvor.

»Es ist so – als ich dich das erste Mal getroffen habe, fand ich dich irre cool, und du warst sehr nett zu uns, du sahst toll aus, obwohl man dir angesehen hat, dass du von der vergangenen Nacht noch richtig fertig warst. Na ja, und ich war echt sauer, weil du mit diesem Kerl verschwunden bist, offensichtlich einem Vollidioten.« Soweit muss ich ihm Recht geben. Mit ›diesem Kerl‹ habe ich mir nach Owen (nach Korb Nummer sechs) die Zeit vertrieben, er ist ein Freund von Josh und heißt Danny, sehr gut aussehend, aber ein totaler Blödmann. Der Grund, weshalb zwischen Josh und mir ein paar Wochen Funkstille herrschte.

»Und als ich dich dann im Park wiedergesehen habe, auch wenn das erst ein Jahr später war, hab ich irgendwie gedacht, na ja, du weißt schon, dass das eine Fügung sein muss. Außerdem bist du so verdammt sexy. Ich habe noch nie eine Frau kennen gelernt, die so sexy ist wie du. Du sahst toll aus, auch wenn du vielleicht einen kleinen Kater hattest. Nach unserem Kuss konnte ich dann nicht mehr aufhören, an dich zu denken, deshalb habe ich letzte Woche mit Sarah Schluss gemacht, weil sie immer wieder auf dir herumgehackt hat, jetzt spricht ihre Mutter nicht mehr mit meiner. Ich habe Ewigkeiten gebraucht, um den Mut aufzubringen, dich anzurufen, nachdem du auf keine meiner Nachrichten reagiert hast. Als ich dann mit dir gesprochen habe, hatte ich Angst, dass du sauer auf mich bist, aber als ich dich dann – so wunderschön – im Aufzug gesehen habe, habe ich mir gedacht, dass du mich ja vielleicht doch kennen lernen willst. Ich weiß, dass du ein bisschen älter bist als ich, vielleicht zweiundzwanzig oder so, und wahrscheinlich denkst du auch, dass ich irgendwie ein Außenseiter bin, aber ich finde, dass unser Kuss toll war, und hoffe, dass auch du das gespürt hast. Na ja, und deshalb möchte ich dich fragen, ob du mit mir gehen willst?«

Während seiner Rede war er bis unter die Haarspitzen dunkelrot angelaufen, und hätte ich in diesem Augenblick in den Spiegel geschaut, hätte sicherlich auch ich entdecken können, dass meine Backen rot waren. Ich kann mich nicht mehr erinnern, wann mir jemand das letzte Mal so etwas gesagt hat, im Gegenteil, ich glaube, dass mir noch nie irgendjemand so etwas gesagt hat, etwas, das ich auch noch geglaubt habe. Diese ganze Romantik beginnt mir zu Kopf zu steigen, ich muss dringend wieder auf den Boden kommen. Er glaubt, dass ich zweiundzwanzig bin!

»Mike, hör mal, ich mag dich wirklich. Ich finde dich attraktiv, und wir haben zwar noch nicht sehr viel Zeit miteinander verbracht, doch die wenige habe ich wirklich genossen. Aber wir können uns nicht wiedersehen. Ich bin nicht zweiundzwanzig, sondern neunundzwanzig. Ich bin zu alt für dich.«

Das wäre geschafft. Ich hab's gesagt. Ich habe das Richtige getan. Ich scheine doch aus all den impulsiven Beziehungen, die mich nach ihrem Ende wochen-, monate- ja sogar jahrelang in einen fürchterlichen Zustand versetzt haben, weil ich von ihnen abhängig war, gelernt zu haben. Ich kann nicht mit jemandem gehen, der um so vieles jünger ist als ich. Obwohl es verlockend ist, weil Mike wirklich sehr attraktiv, ehrlich und ausgesprochen sexy ist, kann ich das einfach nicht machen.

»Du bist nicht neunundzwanzig. Das ist nicht wahr!« Er sieht mich an und schüttelt den Kopf.

»Doch, und bald werde ich dreißig. Jetzt fühlst du dich schon gleich ganz anders, stimmt's?« Obwohl ich inständig hoffe, dass dem nicht so ist.

Er lehnt sich zurück und sieht zur Decke. »Nein. Alles, was ich dir gesagt habe, hat nichts mit deinem Alter zu tun. Ich stehe immer noch dazu. Und du bist eigentlich auch nicht zu alt für mich, stimmt's? Ich bin einfach zu jung für dich, hab ich Recht?« Seine Stimme hat einen ärgerlichen, leicht verletzten Unterton angenommen, und seine langen

Finger umklammern die Armlehnen des Stuhls, sodass seine Knöchel ganz weiß werden.

»Ich kann einfach nicht aufhören, an dich zu denken«, sagt er, als ob das Grund genug für mich wäre, alle Bedenken über Bord zu werfen.

Das Erschreckende an der Sache ist, dass es sogar stimmen könnte. Wann hatte bitte das letzte Mal jemand solche Gefühle für mich? Ein großer Gin auf leeren Magen – sowie das Gefühl, seine Knie an meinen zu spüren, und das Prickeln, neben jemandem zu sitzen, der mich begehrt – lässt mich leichtsinnig werden. Ich sollte aufstehen und auf der Stelle gehen. Ich habe getan, was ich mir vorgenommen hatte, ich verhalte mich verantwortungsvoll und vermeide eine Situation, die zum Scheitern verurteilt ist. Ich kann nicht mit ihm gehen, auf gar keinen Fall –, doch plötzlich weiß ich, dass ich auf dem besten Wege bin, etwas mir Wohlbekanntes zu sagen, das ich schon bald bereuen werde.

»Sieh mal, zwischen uns kann es keine Beziehung geben. Das wird nicht passieren. Aber ich glaube, du stehst auf verrückte Dinge, also habe ich beschlossen, heute Abend mit dir ins Bett zu gehen. Aber nur diese eine Nacht. Okay?«, sage ich schnell.

Er errötet noch mehr und verschränkt schnell die Beine.

»Zur Hölle«, sagt er. »Also gut.«

17. Kapitel

Wir sitzen seit einer Viertelstunde auf der Rückbank eines schwarzen Taxis und haben bis jetzt erst die Hälfte der Oxford Street hinter uns gelassen.

Noch haben wir kein Wort miteinander gesprochen. Ich sehe aus meinem Fenster und er aus seinem. Wir haben unsere Arme über die großen Ledersitze ausgestreckt, und unsere Finger stehen kurz davor, einander zu berühren. Ich sehe ihn an und lächle. Er sieht mich an und lächelt.

»Tut mir Leid, ich hatte eigentlich nicht vor, keinen Pieps mehr von mir zu geben«, sagt er. Ich lächle noch mehr und streichle seine Hand; sie ist eiskalt. Eiskalt ist wahrscheinlich nicht gerade die richtige Temperatur, die sorglose und Fantasie erfüllende sexuelle Hingabe demonstriert, aber wie meine Oma immer so schön sagte, »kaltes Händchen, warmes Herz« oder so ähnlich.

Das ist nicht das erste Mal, dass ich mich in der Absicht, mich auf jemanden einzulassen, auf die Rückbank eines Taxis setze. Aber es ist das erste Mal, dass das Objekt meiner Begierde und ich uns nicht in einer Ecke des Taxis ausziehen und dabei den Fahrer unterhalten oder peinlich berührt zurücklassen, je nachdem, was es gerade für ein Typ ist.

Michael dreht sich ein wenig zu mir und sieht mich an. Ich lächle so angestrengt, dass ich schon befürchte, so auszusehen, als wäre ich verrückt, oder dass ich ihn gar verschrecke. Mein Gesicht schmerzt. Ich hätte mir noch einen Gin genehmigen sollen, um mich zu entspannen, während ich darauf gewartet habe, dass er vom Klo zurückkommt. Er hat eine ganze Weile dort drinnen verbracht – vermutlich, um sich zurechtzumachen, oder was auch immer. Bevor er dann, immer noch rot im Gesicht und ein wenig nervös, zurückgekommen ist, hätte ich mir mit Leichtigkeit noch zwei doppelte auf Eis genehmigen können. Einfach einen nach dem anderen, wie ich es immer mache, wenn ich mir keinen Cocktail leisten kann.

Ich war damals noch ziemlich jung, als ich als Aushilfskellnerin gearbeitet habe, und obwohl es keinen Beweis für einen Zusammenhang zwischen der Anzahl der doppelten Drinks, die ich heruntergespült, und den Saufbolden, die ich abgeschleppt habe, gibt, so haben sie sich doch die Waage gehalten. Michael zählt nicht zu diesen Ausrutschern. Michael gehört eher zu den Jungs, für die ich früher alles getan hätte, nur um mit ihnen auszugehen. Wenn ich daran denke, dann ist er gar nicht der erste Achtzehnjährige, den ich geküsst habe, nur dass ich zu der Zeit eben selbst gerade mal achtzehn war.

»Wie sieht's mit, na du weißt schon ..., mit Kondomen aus?«, fragt er. Ein kindisches Kichern entfährt mir, bis ich den Blick des Taxifahrers im Rückspiegel bemerke und schuldbewusst beiseite schaue. Er gehört offensichtlich zu den Typen, die nicht unterhalten werden wollen.

»Ich glaube, ich habe eines dabei. Falls es das Verfallsdatum noch nicht überschritten hat!« Ich lache aus vollem Halse, doch Michael nickt nur feierlich. Ich wünschte, er würde aufhören, so verdammt reif zu wirken, und nicht alles so ernst nehmen. Ich frage mich, ob er in ein paar Jahren, wenn er wieder mit einer Frau auf der Rückbank eines Taxis sitzt, von der er nichts weiter als einen One-Night-Stand will, über die heutige Nacht nachdenkt. Die Nacht, in der er zum ersten Mal Sex hatte.

Nicht, dass mir jetzt plötzlich in den Sinn gekommen wäre, dass er noch Jungfrau sein könnte – immer, wenn ich in den letzten Tagen an ihn gedacht habe, habe ich auch an diese Möglichkeit gedacht –, aber erst jetzt dämmert mir plötzlich, dass das tatsächlich ein Problem sein könnte. Vielleicht nicht für ihn, aber für mich. Eigentlich habe ich nie gewollt, dass Angelegenheiten wie diese das Taxistadium überhaupt nur erreichen. Ich habe nie geplant, Gedanken dieser Art, wie man sie kurz vor dem Einschlafen hat, in die Tat umzusetzen, außerdem habe ich schon während dieser Fantasien immer ein flaues Gefühl im Magen gehabt. Ich beuge mich vor und schiebe die Glasscheibe zur Fahrerkabine zu, damit der Taxifahrer uns nicht hören kann.

»Michael, bitte nimm es mir nicht übel«, sage ich, bevor ich die peinlichste aller Fragen, die ich neben ›ist das der erigierte Zustand?‹ jemals gestellt habe, stelle, »aber, na ja, bist du noch Jungfrau?« Ich bringe es in einem Rutsch heraus, weiche dabei seinem Blick aus und tue so, als hätte jemand anderes ihm eine derart persönliche Frage gestellt. Ich hoffe inständig, dass das Glas schalldicht ist.

»Jungfrau?«, stottert er. »Nein! Na ja, zumindest nicht ganz. Ich meine, Sarah und ich waren wirklich verdammt nah dran, das kannst du mir glauben. Wir haben es zwar nicht richtig getan, aber es war nicht so, dass ich total unproduktiv gewesen wäre. Na gut, also ja, ich bin noch Jungfrau.« Er sieht mich an und versucht, meine Reaktion abzuschätzen. Ich sehe ihn ebenfalls an und versuche, seine Reaktion einzuschätzen. Ich überlege mir, wie sehr die Mädels darüber lachen würden, wenn sie jemals von der Geschichte erfahren sollten, aber sie werden nie davon erfahren. Selbst mitten in einer der surrealsten Taxifahrten meines Leben – und davon hatte ich schon einige – weiß ich, welche Geheimnisse ich für mich behalten muss, und dieses hier gehört dazu. Also lächle ich ihn einfach nur fasziniert und mit einem leicht manischen Grinsen an, das sich anfühlt, als hätte es meine Ohrläppchen durchtrennt.

»Jedenfalls ist sie gekommen«, sagt er ängstlich zu mir.

Ich wende mich ab, sehe aus dem Fenster und hole tief Luft. Tränen steigen mir in die Augen, und mein Gesicht glüht derart, dass man ein Spiegelei darauf braten könnte. Sobald das hier vorbei ist, muss ich mir ein paar neue Freunde suchen, denen ich das erzählen kann. Einigermaßen gefasst wende ich mich ihm wieder zu.

»Vielleicht ist das ja jetzt gar nicht der richtige Augenblick für dich«, sage ich sanft. Der leicht berauschende Effekt des wenigen Gins hat nachgelassen, und die Tatsache, dass er noch Jungfrau ist, hat der ganzen Idee irgendwie ihren Reiz genommen.

Ich gehöre eben nicht zu den Leuten, die gerne entjungfern. Meines Wissens habe ich noch nie zuvor mit jemandem etwas gehabt, der noch Jungfrau war. Ich bin mir gar nicht sicher, ob ich dazu in der Lage bin, das ist schließlich 'ne große Sache. Ich werde mich in diesem Fall zu gewissen Dingen verpflichtet fühlen, das weiß ich genau; die meiste Zeit habe ich als Teenager damit verbracht, dicke Bücher zu lesen, in denen von vollbusigen jungfräulichen Bürgermeistertöchtern oder Novizinnen und dunkelhäutigen, auf charmante Weise frechen Piraten oder Straßenräubern die Rede war. Und das Ganze dann bei Kerzenlicht, in einem Himmelbett, bei Vollmond oder am windgepeitschten, menschenleeren Strand.

Zuerst muss dabei der Widerstand gebrochen werden. Dann werden die Kleider entfernt (vorzugsweise gewaltsam). Danach die Hände eingesetzt. Ermutigungen zugeflüstert. Und dann lässt man sich auf der brennenden See der Leidenschaft treiben. Ich bin mir nicht sicher, dass ich über das verfüge, was man dazu braucht.

Ich selbst bin in einem Einzelbett in einem besetzten Haus in St. Albans entjungfert worden. Ich bin dabei zwar nicht an den ultimativ richtigen, sondern eher an einen coolen Hey-Mann-alles-klar-Typen geraten, aber es war trotzdem sehr romantisch, so wie eine von Apfelwein und Pommes gestärkte Leidenschaft eben sein kann, es war richtig nett. Ich wollte es einfach hinter mich bringen. Selin, Rosie und ich hatten uns gegenseitig erzählt, dass wir es mit sechzehn hinter uns gebracht hatten. Ich hatte ihnen damals weisgemacht, dass ich mein erstes Mal mit einem zwanzigjährigen Italiener auf unserem Friedhof erlebt hatte, aber in Wirklichkeit war ich schon achtzehn, als ich es endlich hinter mich brachte. Wo wären wir wohl ohne den Druck, den Gleichaltrige aufeinander ausüben? Bei nichtrauchenden und abstinenten dreißigjährigen Jungfrauen wahrscheinlich.

Eigentlich ist mir so etwas vorher doch schon einmal passiert, vor ungefähr fünf Jahren. Ich bin damals zusammen mit einem alten Bekannten, den ich noch aus der Abschlussklasse des Colleges kannte und in den ich heimlich verliebt war, zu einer Dachterrassenparty in der Old Street gegangen. Was allerdings völlig aussichtslos war, weil er nämlich leider nicht heimlich in mich verliebt war und ich den starken Verdacht hegte, dass er mich für ein wenig zu flatterhaft hielt. Die Tatsache, dass ich mit ihm des Öfteren auf Partys ging, mich betrank und dann mit einer nicht näher definierbaren Anzahl seiner Freunde herummachte, trug wahrscheinlich nicht gerade dazu bei, etwas an dieser Einschätzung zu ändern, aber man weiß ja, wie das ist.

Man verliert eben völlig den Verstand, wenn man hoffnungslos verliebt ist.

Wie auch immer, ich bin also zu dieser Dachterrassenparty gegangen. Das war an einem Sommerabend, die Sonne befand sich zu dem Zeitpunkt gerade auf Höhe der Häuser und schien hell und warm auf die Terrasse. Ich kann mich noch daran erinnern, dass ich blinzeln und die Hand vor die Augen halten musste, um zu sehen, mit wem ich überhaupt sprach. Mein Freund, der, in den ich, der aber nicht in mich verliebt war, war nirgendwo aufzutreiben, und die Kombination aus Sonne und zwei Wodkas on the rocks hatten auf mich eine derart Schwindel erregende Wirkung, dass mir plötzlich schlecht wurde.

Ohne Vorwarnung griff dann plötzlich eine eiskalte Hand nach meiner, führte mich aus dem Sonnenlicht heraus und in einen kühlen, dunklen Raum, der wie ein Fahrradschuppen aussah. Und das auf dem Dach. Ziemlich seltsam, aber ich war derartig betrunken, dass ich nicht weiter darüber nachgedacht habe. Mein Retter war außerdem ein hübscher Kerl mit einem gewinnenden Lächeln. Er reichte mir ein Glas Wasser, und bevor ich noch richtig realisieren konnte, dass es sich um einen weiteren Wodka mit Tonic handelte, küssten wir uns bereits. Der älteste Trick der Welt, aber da mein Freund sowieso nicht in mich verliebt war und daher nicht zu haben, kümmerte es mich nicht weiter. Außerdem dachte ich, ich könnte ihm damit beweisen, wie beliebt ich war, dann würde er mich sicher eines Tages fragen, ob ich mit ihm gehen möchte, und mich später heiraten.

Mein Retter war ziemlich witzig und gar kein schlechter Tänzer, also ging ich mit ihm nach Hause. Ich kann mich noch erinnern, dass er mit einem tollen männlichen Model zusammenwohnte, das halb nackt auf dem Sofa lag und wie eine Athene-Statue aussah, als wir hereinkamen. Er sah mich an und fiel fast vom Sofa. Zuerst dachte ich noch, dass er sich über mein sonnenverbranntes Gesicht mit der verschmierten Wimpertusche wunderte, doch später begriff ich, dass es wohl irgendetwas mit seinem Mieter zu tun haben musste, der sonst vermutlich nie ein Mädchen mit nach Hause brachte. Über Nacht.

Alles lief eigentlich ziemlich gut. Ich sagte ihm, dass ich nicht schon in der ersten Nacht Sex wollte, etwas, das ich immer sage, wenn ich nicht weiß, wie die Lage ist, und meistens bleibe ich dann auch dabei. Wie die meisten, willigte auch er ein, doch man weiß genau, dass die nächsten acht Stunden darauf verwandt werden, einen umzustimmen.

Sollten Sie sich jetzt wundern, kann ich nur sagen – jawohl, so etwas hat mir in der Vergangenheit schon einmal Schwierigkeiten gemacht, und – ja, ich hatte Gott sei Dank immer Glück mit den Kerlen, die ich abgeschleppt habe. Keiner von ihnen hat sich später als wütender Psychopath entpuppt – jedenfalls als kein mörderischer. Ich gebe aber zu, dass ich, wenn beispielsweise Ayla auf dieselbe Schiene geraten würde, auf der ich mich die meiste Zeit während meiner Zwanziger getummelt habe, sie auf der Stelle stoppen und zu ihr sagen würde: »Sei doch nicht dumm, damit verletzt du dich nur selbst.« Aber das kann einem eigentlich niemand sagen, oder? Man muss es schon selbst herausfinden.

Alle Alarmglocken klingelten damals bei mir, als ich sah, dass er ein Poster von Celine Dion über seinem Bett und ein Modellflugzeug an einem Baumwollfaden über seinem Computertisch hängen hatte, aber Jungs sind nun mal eben einfach seltsam. Wir verstanden uns gut, machten miteinander rum, kicherten, machten wieder miteinander rum, schliefen und quatschten bis circa fünf Uhr morgens, bis mir auffiel, dass er noch nicht einmal versucht hatte, mich zum Sex zu überreden. Ich war ein wenig beleidigt, machte mir Sorgen und sagte mir, dass ich ihn eigentlich genügend mochte, um mit ihm Sex zu haben, darum rollte ich mich auf ihn und flüsterte mit meiner besten rau-verführerischen Stimme (die glücklicherweise genau meiner dehydrierten und übernächtigten Stimme entsprach): »Ich möchte, dass du mit mir schläfst.« Der arme Kerl erschrak fast zu Tode. Als er mir dann sagte, dass er noch Jungfrau sei, war's das.

Ich glaube, dass es für einen Mann dagegen sogar noch ein Ansporn ist, wenn er herausfindet, dass man selbst noch Jungfrau ist. Rosie und ich haben unsere Jungfräulichkeit – natürlich aus rein wissenschaftlichen Gründen – ein paar Mal sozusagen wiederhergestellt, deshalb weiß ich, dass es stimmt. Wenn man aber als Mädchen herausfindet, dass der Mann im Bett völlig unerfahren ist, ist das total abturnend. Bei mir ist das zumindest so. Ich kann es auch nicht erklären. Plötzlich kommt da eine Angst hoch, dass man der Sache nicht gewachsen sein und dass man irgendwie versagen könnte oder dass es schrecklich werden könnte. Und man denkt unwillkürlich, dass es doch schließlich der Mann sein müsste, der die Initiative ergreifen und das Gröbste erledigen sollte. Tut mir Leid für alle die, die sich in den vergangenen hundert Jahren für die Gleichberechtigung zwischen den Geschlechtern eingesetzt haben, aber hier geht es um mehr als nur um gerechte Bezahlung und das Wahlrecht für Frauen. Es geht um Sex. Was wünscht man sich denn im Grunde seines Herzens von einem neuen Partner? Auf dem Rücken zu liegen, den Bauch einzuziehen und möglichst hübsch auszusehen? Oder sich in potenziell erniedrigenden, akrobatischen Verrenkungen zu ergehen, bei denen die

Schwerkraft zu einer äußerst bösen Angelegenheit werden kann? Ich weiß ziemlich genau, was ich wählen würde.

»Weißt du was?«, habe ich dann schließlich gegen fünf Uhr morgens zu dem Kerl gesagt. »Ich komme zu spät zur Kirche. Ich sollte jetzt besser gehen.« Und innerhalb von einer Viertelstunde war ich aus dem Gebäude verschwunden, begriff, dass ich mich irgendwo in Forest Hill befand und verbrachte die meiste Zeit meiner Rückkehr nach Hause damit, mich zu fragen, wie ich es wohl anstellen konnte, meinen Freund, in den ich heimlich verliebt war, davon zu überzeugen, dass ich im Grunde gar kein solches Flittchen war. Es ist mir nie gelungen. Heute ist er mit einer Grundschullehrerin verheiratet.

Und hier sitze ich nun, fünf Jahre später, in einem Taxi in der Edgware Road wieder mit einer Jungfrau, noch dazu mit einem Jungen, der um Jahre jünger ist als ich. Der all die Hoffnungen und Erwartungen hat, die auch ich habe. Der eine romantische Vorstellung von *mir* hat. Ein sensibler, ziemlich unschuldiger Junge, der noch Jungfrau ist und sich ganz in meine Hände begibt. Das kann ich nicht. Ich sollte es nicht außer Kontrolle geraten lassen.

Als ich mich zu Michael umdrehe, um ihm zu sagen, dass es so nicht funktionieren kann, dass ich einfach nicht die Richtige dafür bin und nicht die, an die er sich in den kommenden Jahren erinnern sollte, rutscht er entschlossen zu mir herüber, nimmt mich in die Arme und küsst mich auf eine Weise, die so völlig anders ist als der Kuss am Soho Square, dass sich um mich herum alles dreht, mein Herz wie wild zu klopfen beginnt und ich im wahrsten Sinne des Wortes in Ohnmacht falle.

»Mein Gott, ich begehre dich so«, flüstert er mit tiefer Stimme. Ohne zu zögern, ziehe ich ihn zu mir herunter und lasse mich erneut von ihm küssen.

Wir brauchen noch circa zehn Minuten mit dem Taxi, bis wir bei meiner Wohnung ankommen, und ich muss mir langsam wirklich überlegen, was zu tun ist.

18. Kapitel

Während ich den Taxifahrer bezahle, küsst Michael mich am Hals. Als ich den Schlüssel in das Schlüsselloch stecke, fährt er mit seiner Hand unter mein Top und streicht mit seinen Fingern sanft meinen Rücken entlang. Dann erreichen wir die Eingangshalle, und er drückt mich an die Wand, streicht meine Haare beiseite, um meinen Nacken zu entblößen, und küsst ihn. Meine Güte.

Wir halten einen Augenblick lang inne, und nur unser erregter Atem ist zu hören. Mike knabbert an seiner Unterlippe und sieht mich aufmerksam an. Ich bin kurz davor, die Fassung zu verlieren, und habe das Bedürfnis nach einer kurzen Pause. Sanft drücke ich ihn von mir weg und schlüpfe unter seinem Arm durch.

»Warte«, sage ich und fächle mir mit einer Hand Luft ins Gesicht. »Ich hole uns Wein und sage kurz den Mädels Bescheid, dass ich nicht mitkomme. Setz dich.« Ich weise ihm den Weg zum Wohnzimmer und atme tief durch. Während ich in die Küche gehe, habe ich das starke Gefühl, dass sich ein neues Abenteuer anzubahnen beginnt. Könnte sein, dass ich eine fatale Entscheidung getroffen habe. Es ist mir aber egal.

Ich rufe Selin auf dem Handy an, aber sie geht nicht ran, ich hinterlasse ihr also eine Nachricht, dass ich Kopfschmerzen habe, ins Bett gegangen bin und sie sich um mich keine Sorgen zu machen brauchen; ich werde mich morgen mit ihnen treffen. Im Kühlschrank sehe ich nach der halben Flasche Wein von gestern. Sie steht nicht im

Kühlschrank, sondern dort, wo eigentlich die Teebeutel hingehören, wenn diese nicht gerade im Kühlschrank sind. Der Wein ist natürlich warm, die Teebeutel schön gekühlt; alles scheint sich in diesen wunderbar chaotischen Abend einzufügen.

Rosie und ich sind solche leidenschaftlichen Cocktailtrinker, dass wir immer Eiswürfel in unserem Gefrierfach haben, das inzwischen so vereist ist, dass jetzt nur noch Platz für zwei Eiswürfelbehälter ist. Schließlich finde ich einen halb vollen Gummibehälter mit Eiswürfeln in Delfinform.

Ich leere sie in zwei kleine Becher, die noch von einer unserer Partys stammen, gieße den Wein darüber und probiere ihn. Er schmeckt ekelhaft. Ich kippe die Hälfte meines Weines hinunter, gehe dann ins Nebenzimmer und fülle ihn wieder nach. Ich bin ziemlich nervös und voller freudiger Erwartung.

Michael sitzt auf dem Sofa, hat seine langen Beine von sich gestreckt, seine Augen geschlossen und den Kopf zurückgelegt. Er raucht einen Joint. Ich versuche, mein Entsetzen zu verbergen, und widerstehe dem Verlangen, ihn auszuschimpfen. Stattdessen schmiege ich mich in seine Armbeuge. Das fängt ja gut an. Heute sind achtzehnjährige Jungs offensichtlich viel reifer als noch zu meiner Zeit.

Ich reiche ihm den Wein. Er lächelt auf seine liebenswürdig ruhige Art und bietet mir seinen Joint an. Wieder überkommt mich dieses Gefühl der Verlegenheit, das ich schon immer hatte, wenn ich einen Joint abgelehnt habe, aber ich weiß, dass ich davon wahrscheinlich nur einen Asthmaanfall bekommen und damit diesen heiklen Augenblick ruinieren würde.

Er legt den Joint auf einem Unterteller ab, der seit ein paar Tagen neben dem Sofa steht, und nimmt mir den Wein ab. Ob er ihm schmeckt oder nicht, lässt er sich nicht anmerken, stattdessen nimmt er zwei kräftige Schlucke aus seinem Becher. Wir sehen einander für ein paar Sekunden an, und er fährt mir dabei mit der Spitze seines langen Fingers die Wange entlang. Schließlich stellen wir beide unsere Becher auf den Boden.

»Du bist wunderschön«, flüstert er und fährt mit seinen Fingern durch mein Haar. »Du bist so unglaublich schön.« Wenn ich so etwas höre, glaube ich meistens nicht daran, aber bei Michael ist das etwas anderes. Ich glaube ihm, und das ist mehr als genug.

Wieder küssen wir uns, ich ziehe ihm sein T-Shirt über den Kopf und fahre mit meinen Fingern über seinen muskulösen, unbehaarten Oberkörper. Seine Haut fühlt sich weich an und schimmert golden wie die Farben eines Sommermorgens. Er rutscht ein Stück von mir weg, um Atem zu schöpfen, und seine Hände zittern, als er mir das Top über meine bereitwillig ausgestreckten Arme und über den Kopf zieht. Er starrt mich an, und ich schließe unter seinen forschenden Händen die Augen.

Ich spüre, wie seine Fingerspitzen meinen Hals entlang und über die Rundungen meiner Brustwarzen fahren, dann küsst er mich wieder. Ich krümme meinen Rücken, greife nach hinten, öffne meinen BH und lasse ihn mit geschlossenen Augen auf den Boden gleiten.

Erst streicht er mit seinen Händen und dann mit den Lippen über meine Brüste, ich öffne die Augen, sehe ihm dabei zu und fühle mich, wie ich mich schon lange nicht mehr gefühlt habe: verehrt, begehrt und bereit, diesen Augenblick in vollen Zügen zu genießen. Ich würde Michael am liebsten verschlingen.

Plötzlich läuft ein Schauder durch seinen Körper, und er gibt einen leisen, keuchenden Laut von sich. Sein Kopf liegt noch immer an meinem Hals, doch auf einmal wird er merkwürdig still. Einen Moment lang liege ich ruhig da und weiß nicht genau, was ich tun soll. Ich warte ab und fahre mit meinen Fingern durch sein Haar.

»Michael?«, flüstere ich. Oh mein Gott, ich hoffe, er ist nicht in Ohnmacht gefallen. »Michael?«

Er hebt seinen Kopf und sieht mich mit einem vor Entsetzen und Scham versteinerten Gesicht an. Plötzlich rappelt er sich auf, schwingt sich auf die andere Sofaseite und vergräbt sein Gesicht in den Händen.

»Verdammte Scheiße, verdammt nochmal. Ich ...« Er sieht aus, als wäre er krank.

»Ich ... bin einfach gekommen«, murmelt er. »Scheiße, wie peinlich.«

Sein Verlangen nach mir ist also zu groß gewesen. Herrgott, welch eine Erleichterung. Halb nackt und mit dem Gefühl, als hätte ich einen plötzlichen Verlust erlitten, versuche ich zu begreifen, was soeben passiert ist. Er ist also – in seiner Hose wohlgemerkt – gekommen. Ich bemühe mich, nicht darüber zu lachen, da er sich jedoch scheinbar zu sehr schämt, mich anzusehen, gestatte ich mir ein mildes Lächeln. Es ist gar nicht so einfach, nicht in Selbstgefälligkeit darüber zu schwelgen, wie sehr ich ihn erregt haben muss. Armer Kerl, immerhin darf man nicht vergessen, dass er noch nicht einmal achtzehn ist. Na gut, vergessen wir das. Ich versuche, mich nicht darüber zu ärgern, dass ich nicht gekommen bin, und überlege, was ich ihm sagen könnte, damit er sich besser fühlt.

Ich bücke mich und greife nach den erstbesten Kleidungsstücken, die mir in die Finger kommen, dabei ziehe ich sein T-Shirt über den Kopf. Ein wenig besser bekleidet beuge ich mich nun zu ihm, streiche ihm das Haar aus dem Gesicht und küsse ihn auf die Stirn. Er entzieht sich meiner Berührung.

»Michael, mach dir bitte keine Sorgen. So etwas kann passieren. Es ist alles in Ordnung«, sage ich, obwohl ich mich nicht entsinnen kann, dass mir so etwas auch nur ein einziges Mal vorher passiert wäre, geschweige denn, dass ich je davon gehört hätte. Ich meine, es kann schon mal passieren, dass man während des Sex zu schnell kommt, klar, aber doch nicht davor.

»Gar nichts ist in Ordnung. Ich hatte doch nur diese eine Gelegenheit, um dir zu beweisen, wie gut wir zusammenpassen würden, und ich habe sie vertan. Verdammt nochmal, wie ein bescheuerter kleiner Junge.«

Na schön, sage ich mir, in vieler Hinsicht bist du auch ein bescheuerter kleiner Junge, aber einer, den ich mag.

»Du hast gar nichts vertan!«, flüstere ich spontan und reiße mit einem Schlag die Barrieren nieder, die ich selbst errichtet hatte und wonach es einzig und allein um einmaligen Sex ging, und sonst nichts. »Ich wette, wenn wir noch ein wenig Wein trinken, in mein Zimmer gehen, ein bisschen Musik hören, Barry White zum Beispiel, dann können wir da wieder anfangen, wo wir aufgehört haben.« Ich stehe total auf Barry White, trotzdem werde ich es mir nie verzeihen, im Zusammenhang mit Sex ausgerechnet seinen Namen ausgesprochen zu haben. Niemals.

»Ehrlich?« Die Tränen in Michaels schönen braunen Augen rühren mich, und plötzlich werde ich von einer unerwarteten Zärtlichkeit für ihn erfasst. Sobald mich solche Gefühle überkommen, suche ich normalerweise das Weite, aber alles an Michael ist noch so frisch und unberührt. Ich möchte ihn wirklich nicht verletzen.

»Ehrlich«, sage ich mit Nachdruck, und als ich ihn in die Arme nehme, höre ich unten die Haustüre zuschlagen.

»Oh nein«, flüstere ich und drücke dabei seinen Arm etwas zu fest. Er zuckt zusammen und löst sich von mir.

»Was ist los?« An seinen Augen kann ich ablesen, dass er fürchtet, ich könnte meine Meinung geändert haben, doch ich habe jetzt keine Zeit, ihn zu beruhigen.

»Das sind Rosie und Selin. Sie sind zurück!« Panik erfasst meine Stimme, sodass ich nur noch hohe, ein wenig schrille Töne von mir geben kann. Ich hüpfe vom Sofa und ziehe Michael schnell zum Flur hinüber. »Verdammte Scheiße. Komm, schnell, geh in mein Zimmer. Es ist das zweite von links. Geh rein, rühr dich nicht von der Stelle und halt den Mund.« Ich stopfe ihm sein Zeug in den Arm und zeige in die richtige Richtung.

»Aber, warum denn?«

Ja richtig, ich hatte total vergessen, ihm einzubläuen, dass niemals irgendjemand etwas von unserem Verhältnis erfahren darf.

»Weil ich den beiden erzählt habe, dass ich Kopfschmerzen habe!« Ich lüge, um sein ganzes Elend nicht noch schlimmer zu machen.

»Aber ...?« Fragend und schmollend geht er rückwärts den Flur entlang.

»Nun geh schon«, flüstere ich so eindringlich, wie ich kann. Als ich höre, wie er die Schlafzimmertür hinter sich schließt, hüpfe ich zurück aufs Sofa, und während sich bereits die Eingangstür öffnet, stopfe ich mein Glitzertop und den BH hinter das Sofa und schmeiße die Jointkippe hinterher. Ich nehme sein Weinglas, trinke es aus, lasse es unter den Tisch rollen und lege mich rücklings aufs Sofa. In meinem Kopf dreht sich alles, und mein Magen protestiert, doch der Vorteil daran ist, dass ich mich tatsächlich so miserabel fühle, dass ich mich bei meiner spärlichen Schauspielkunst gar nicht besonders werde anstrengen müssen, um Kopfschmerzen vorzutäuschen.

»Hallo!«, rufen beide, als sie hereinkommen. Rosie lässt

sich neben mich auf das Sofa fallen, und Selin wirft ihre Beine über die Armlehne unseres einzigen Sessels.

»Ihr seid ja schon früh zurück«, sage ich und sehe dabei auf die Zeitanzeige des Videorecorders. Noch nicht einmal neun Uhr.

»Na ja, wir waren in einer Bar, aber von dem Geruch dort ist mir schlecht geworden«, sagt Rosie, immer noch ungläubig. »Stell dir das mal vor! Ich hatte noch nicht einmal Lust auf eine Kippe. Mutter Natur ist wirklich etwas Wunderbares. Aber für ein eisgekühltes Glas Sancerre würde ich dagegen alles geben.«

Sie sieht auf den letzten Rest Wein in meinem Plastikbecher, und ich sage: »Versuch das mal, dann vergeht dir endgültig die Lust darauf.«

Selin hängt inzwischen ihren Mantel ordentlich über die Lehne ihres Sessels, setzt sich neben mich auf das Sofa und zieht ihre Schuhe aus, bevor sie sich im Schneidersitz niederlässt. Sie fährt mit der Schilderung des Abends fort.

»Nachdem du schon spät dran warst, habe ich die Nachrichten in meiner Mailbox abgerufen und gelesen, dass es dir nicht gut geht. Wie fühlst du dich jetzt?«

Ich lächle schwach und seufze »ach, geht schon«.

»Außerdem erschien uns ›Lost in Music‹ nicht besonders verlockend, *so* ein Musikklassiker des zwanzigsten Jahrhunderts ist es dann nun auch wieder nicht«, fügt Rosie hinzu. »Ich bin außerdem unglaublich fertig. Vermutlich habe ich mich überschätzt.« Sie nickt wie zu sich selbst und tätschelt nachdenklich ihren Bauch.

Selin fährt fort: »Deshalb haben wir einfach beschlossen, nach Hause zu gehen und dir ein wenig Gesellschaft zu leisten. Wir haben überlegt, dass wir beim Heimservice was bestellen könnten.« Sie tätschelt liebevoll meinen Arm und lächelt mich freundschaftlich an, sodass ich mich sofort schuldig fühle, ohne jedoch spontan all meine Sünden gestehen zu wollen. Ich werde es ihnen irgendwann sagen, ganz bestimmt.

»Ich will mir irgendwas Gesundes bestellen«, sagt Rosie, noch voller guter Vorsätze. »Aber du darfst es dir aussuchen, Jen, schließlich geht es dir ja schlecht.«

»Erstens«, sage ich und wünsche mir, sie wären nicht so nett zu mir, »waren die ›Sister Sledge‹ einfach genial, und zwar jede von ihnen, und zweitens – können wir uns was Chinesisches bestellen?« Wie zum Teufel bekomme ich bloß Michael aus der Wohnung, ohne dass sie etwas davon bemerken?

Rosie sieht mich an und runzelt die Stirn. »Seit wann surfst du?«

Ich sehe an mir herunter und bemerke, dass ich immer noch Michaels »O'Neill«-T-Shirt trage. »Ach, das gehört irgendeinem Kerl, den ich mal aufgegabelt habe«, sage ich verdächtig schnell, so, dass sie mich eigentlich durchschauen müssten. »Ich habe es in meiner Kommode gefunden und gedacht, darin könnte man rumgammeln, wenn man krank ist.«

Rosie, die grundsätzlich nur in »Nike«-Klamotten rumhängt, rümpft die Nase. Wie immer ist es Selin, die die Situation schließlich unter Kontrolle bringt, indem sie vom Sofa aufsteht, den Fernseher anmacht und sich durch die Menüs der verschiedenen Lieferservices blättert, die auf dem Videorecorder liegen. Das ist *die* Gelegenheit.

»Ich geh nur mal kurz aufs Klo«, sage ich wie nebenbei.

»Mmmmm«, antworten beide gleichzeitig und sehen dabei fasziniert den letzten Minuten der Sendung »Casualty« zu. Ich verlasse den Raum und stoße im Flur versehentlich über einen Ziegelstein, der als Türstopper dient. Ich gehe geradewegs in mein Schlafzimmer. Alles ist dunkel. Er ist nicht da. Weder im Bett noch darunter. Auch im Schrank keine Spur von ihm. Vermutlich ist er gegangen. Er wird sich rausgeschlichen haben. Ich setze mich auf mein Bett, seufze erleichtert und ziehe mir sein T-Shirt über die Knie.

Moment mal. Wenn das stimmen würde, dann würde er draußen oben ohne herumlaufen. Scheiße. Er muss in Rosies Zimmer sein.

Ich renne nach nebenan und zische: »Du Schwachkopf, was hast du hier drin verloren?« Er sieht mich beleidigt an.

»Du hast gesagt, die zweite von links!« Jetzt schmollt er wirklich.

»Nein, habe ich nicht!«

»Doch.«

Mein Gott, dafür ist doch jetzt keine Zeit.

»Habe ich nicht!« Ich unterbreche mich. »Wie auch immer. Du musst jetzt gehen.« Ich ziehe sein T-Shirt aus und reiche es ihm, noch bevor ich daran denke, dass ich darunter ja nackt bin.

»Verdammte Scheiße«, sagt er und kann mir dabei nicht in die Augen sehen. Ich greife nach Rosies Bademantel und ziehe ihn eilig an.

»Dafür ist jetzt keine Zeit«, flüstere ich. »Komm schon, zieh dich an. Ich bring dich raus.« Er zieht sein T-Shirt über, macht einen Schritt auf mich zu, zwingt mich, ihn anzusehen, und wieder fühle ich mich in seiner Gegenwart wie ein Mädchen statt wie eine Mutter.

»Hab ich es mir jetzt endgültig mit dir vertan?«, fragt er und zieht mich am Bademantelgürtel näher zu sich heran. Ich habe keine Möglichkeit, ihm darauf zu antworten, denn er schiebt bereits seine Hände unter den Bademantel und streichelt über meine Brustwarzen. Ich halte seine Hände fest, um nachdenken zu können. Ja, hier möchte ich mich noch einmal wiederfinden. Nein, nicht in Rosies Zimmer, sondern in seinen Armen. Auf jeden Fall. Ich schiebe seine Arme fort.

»Du hast dir überhaupt nichts vertan. Heute Abend, das war ein guter Anfang. Vielleicht sollten wir es einfach an einem anderen Abend noch einmal versuchen, wenn wir garantiert alleine sind. Wir könnten uns ja vielleicht verabreden. Es muss ja nichts passieren«, sage ich, obwohl ich nicht so recht weiß, was wir sonst miteinander anfangen sollten.

»So als wärest du meine Freundin?«, fragt er mit so hoffnungsvoller Miene, dass ich Lust habe, ihm eine herunterzuhauen. Stattdessen lege ich meine Hände sanft auf seine Wangen.

»Ja, aber ich möchte momentan noch niemandem etwas davon sagen, okay? Es sollte vorerst unser kleines Geheimnis bleiben.« Während ich das sage, spüre ich ein leichtes Unbehagen in mir aufsteigen, und während ich ihn zur Haustüre dränge, erinnere ich mich daran, dass er gerade mal alt genug ist, um für sein Vaterland zu sterben.

»Ich bring nur schnell den Müll runter, er stinkt!«, rufe ich ins Wohnzimmer und stelle mir dabei die gehobenen Augenbrauen und fragenden Blicke der Mädels vor. Ich schiebe Michael aus der Tür und gehe mit ihm die Treppe hinunter. Er murmelt irgendwas davon, dass er nicht zusammen mit stinkendem Müll in einem Atemzug genannt werden möchte.

Dann bleibt er im Schatten des Vordaches stehen und flüstert: »Dann darf ich dich also anrufen?«

»Ja, sonst rufe ich dich an«, sage ich schnell. »Wir telefonieren, aber geh jetzt bitte nach Hause.«

»Und was ist mit heute Abend?« Er zieht sein langes T-Shirt nervös über die Hüften und sieht auf die Spitzen seiner Turnschuhe.

»Mach dir darüber keine Gedanken, es war richtig schön. Wirklich. Kommst du irgendwie nach Hause?«, frage ich und klopfe auf der Suche nach Geld die Taschen meiner Jeans ab.

»Ja, das geht schon in Ordnung. Mum hat mir heute Morgen ein Rückfahrtticket besorgt.« Er beugt sich zu mir und küsst mich zum Abschied, dann schaue ich ihm nach, wie er die Straße hinunterrennt.

Erst als ich wieder die Treppe nach oben gehe, merke ich, wie betrunken ich überhaupt bin. Wie viel von dem, was ich in diesem Augenblick fühle, ist wohl allein der Wirkung des billigen, warmen Weißweins zuzuschreiben, der sich in meinem Magen bemerkbar macht, und wie viel des prickelnden Kribbelns der bedingungslosen Bewunderung oder sogar Michael selbst? Werden Rosie und Selin bemerken, dass ich gar nicht den Müll runtergetragen habe, sondern dass er immer noch stinkend aus dem Mülleimer in der Küche quillt?

Ich schließe die Wohnungstür, ziehe Rosies Bademantel aus, meinen Pyjama und meinen Morgenmantel an und gehe wieder zurück ins Wohnzimmer.

Während Rosie mir das Menü des Chinesen an der Ecke gibt und Selin wieder einmal »Dirty Dancing« in den Videorecorder legt, lehne ich mich betrunken und zufrieden im Sofa zurück.

Genau in diesem Augenblick ist es mir völlig egal, was meine Beweggründe sind, ich will einfach nur den Augenblick genießen. Ja, ja, ich weiß, dass das irgendwann mit Tränen enden wird, aber heute Abend will ich es einfach nur genießen. Morgen werde ich gründlich darüber nachdenken und das Richtige tun. Versprochen.

19. Kapitel

Heute Morgen bin ich aufgewacht und habe mir gewünscht, Sängerin zu sein. Und zwar kein halb nackter, in Richtung Spanielwelpe aufgestylter Teenagerstar, sondern eher eine der Sängerinnen, die in einem verrauchten, altmodischen Nachtclub oder Jazzcafé mit einem roten, knöchellangen, samtenen Kleid, das den Rücken bis zur Hüfte freigibt, und Handschuhen, die bis zum Ellenbogen hinaufreichen, auftreten. Ich würde aus voller Kehle »Cry Me a River« oder »Smoke Get in Your Eyes« oder irgendeinen anderen Klassiker aus den Sechzigerjahren schmettern und mit zurückgelegtem Kopf, bloßgelegtem Hals und fest geschlossenen Augen jedes einzelne Wort bis in meine Fingerspitzen spüren und den ganzen Saal in meinen Bann ziehen.

Der einzige Nachteil daran, nicht mehr alleine zu leben, ist, dass meine imaginäre Karriere als Sängerin stark beschnitten worden ist. Immer wieder erwische ich mich dabei, wie ich singe, während ich unter der Dusche stehe, den Teekessel aufsetze oder die Vorhänge zuziehe, die Fenster im Wohnzimmer schließe oder mit Ginger, Doris oder Julie das Tanzbein schwinge, je nachdem, was am Samstagnachmittag gerade auf BBC 2 läuft. Doch wenn Rosie mich dabei erwischen würde, würde sie mich erbarmungslos veräppeln und mit einer Liste von bizarren Personen ankommen, die ich bei »Stars in Their Eyes« interpretieren sollte. Früher war ich es gewöhnt, während des Spülens irre laut »Lady Marmelade« hören zu können –

oder zumindest so laut, dass ich meine eigene Stimme nicht mehr verstehen konnte –, wurde mit dem Abwasch aber niemals fertig, weil ich immerzu damit beschäftigt war, durch die Küche zu hopsen, den Schrubber als Mikrofon zu missbrauchen, mir Seifenschaum wie Diamanten in mein Haar zu setzen und dabei Ringelblumen in meinen Händen zu halten.

Wir alle haben unsere heimlichen Fantasien, die davon handeln, berühmt zu sein, oder etwa nicht? In einem anderen Leben, mit einer anderen Stimme (und einem amerikanischen Pass), hätte ich vermutlich sentimentale Liebeslieder gesungen, wäre eine Jazz-Nymphe, eine geheimnisvolle Motown-Sängerin oder Disco-Königin geworden. Aber Anfang der Achtzigerjahre hat die Musik für mich irgendwie an Charme verloren, deshalb interessiere ich mich auch schon lange nicht mehr für die Charts.

Sicher wäre es traurig gewesen, wenn ich bei meiner Vorliebe für die Musik nach 1900 und vor 1980 ausgerechnet mit achtzehn stecken geblieben wäre, als der Punk aufkam, denn das hätte bedeutet, dass ich musikalisch sozusagen irgendwo in meiner Jugend stehen geblieben und unfähig gewesen wäre, mich mit meiner eigenen Generation auseinander zu setzen. Doch ich war erst acht, als mein Bruder und ich aufhörten, uns »Top of the Pops« anzuschauen, stattdessen eigene Versionen von »Rockin' Robin« kreierten, über die Frisuren lästerten und nach jedem Stück in den Top Twenty laut ›Scheiße!‹ schrien. Damals kaufte mein Bruder sich einen Parka und fing auf seinem Weg, ein eingefleischter »Smiths«-Fan zu werden, als Erstes an zu rauchen, während ich mich vehement dagegen sträubte, meine limonengrüne Nylonschlaghose mit Gummizug in der Taille abzulegen, selbst als sie bereits gute zwei Zentimeter über meinen roten Schuhe hingen. Traurig bin ich also nicht, ich bin eben eher eine rückwärts orientierte Funky-Klassikerin, genau wie mein Lieblingsnachtclub in der Stadt. Sängerin in einem Jazzclub gehört übrigens zu den Dingen, die ich unbedingt vor Vollendung meines dreißigsten Geburtstags sein wollte, so wie ich Journalistin werden und Auto fahren lernen wollte. Aber man kann schließlich nicht alles machen, oder? Manchmal sogar nichts davon.

Es gab mal eine Zeit, da teilte Rosie meine heimliche Leidenschaft fürs Singen.

Zu der Zeit hatten wir beide uns dazu entschlossen, einen Wagen zu mieten und zwecks Selbstfindung übers Land zu fahren. Uns selbst fanden wir zwar nicht, dafür aber eine alte Kassette mit Country- und Western-Songs im Kassettenrecorder des Autos. Da wir keine andere Wahl hatten, als sie zu spielen (haben sie schon mal die Radiosender auf dem Land gehört?), rasten wir das ganze Wochenende die Landstraßen rauf und runter und grölten aus vollem Halse »Leanne Rimes«. Je mehr wir uns jedoch London näherten, desto mehr verlor das Land seinen Reiz.

Wir haben nie mehr darüber gesprochen.

Und einmal haben Selin und ich bei einer Karaoke-Veranstaltung »Stand by Your Man« gesungen, nur dass Selin noch vor dem Ende der Strophe ihre Würde wiederfand, mich einfach stehen und es mich schwierig finden ließ, eine Frau zu sein. Doch am Ende jubelte das Publikum, und niemand lachte, darum war es in meinen Augen schließlich doch ganz lustig.

Von meinem Bett aus kann ich den Feuchtigkeitsfleck sehen, der sich während der vergangenen zwei Jahren langsam chrysanthemenartig über meinem Kopf ausgebreitet und zu blühen begonnen hat, und die alten braun-orange geblümten Vorhänge, die meine Mutter mir beim Einzug als Notlösung überlassen hatte und die ich irgendwie nie ausgewechselt habe. Ich schaue auf mein 12,99 Pfund teures Bücherregal von IKEA, das jetzt verstaubt und leer dasteht, seit ich meine Bücher in fünf Kisten von »Sainsbury« verpackt habe, und die vier schwarzen Müllsäcke voller Klamotten, die in einer Ecke aufgetürmt stehen.

Es ist eine Woche vergangen, seit es zwischen mir und Michael auf dem Sofa beinahe zu etwas gekommen wäre, eine Woche, seit Selin uns verkündet hat, dass sie eine Wohnung für uns hätte, die uns vermutlich gefallen könnte, und eine Woche, seit Rosie und ich uns das schier unmögliche Ziel gesetzt haben, die Wohnung so auf Vordermann zu bringen, dass ich meine Kaution zurückbekomme.

Selin hatte uns letzten Sonntag in einem Café in der Portobello Road von der neuen Wohnung erzählt. Wir drei waren die einzigen in dem Lokal voller Caffelatte-Trinker, die tatsächlich etwas aßen. Kein Wunder also, dass uns die Kellnerin schier vergötterte, obwohl sie selbst so aussah, als hätte sie einen guten Pfannkuchen und ein paar Stücke Kuchen vertragen können.

»Hm, übrigens, ich glaube, ich habe eine Wohnung für euch gefunden«, sagte Selin, den Mund voller Waffeln, Sahne und Ahornsirup, plötzlich zu uns. Die scheinbare Gleichgültigkeit, mit der sie die Neuigkeit in die Unterhaltung hatte einfließen lassen, lässt mich jetzt noch schmunzeln. Denn in Wirklichkeit hatte sie vermutlich die ganze Nacht und den folgenden Morgen voller Ungeduld darauf gewartet, uns endlich mitteilen zu können, dass sie uns wieder einmal gerettet hat. So wie wir das auch immer von ihr erwarten. Rosie und ich waren am wenigsten von ihrem Erfolg überrascht und auch nicht annähernd genügend dankbar.

»Im Ernst, wie das?«, fragte Rosie und fächelte sich dabei demonstrativ den Rauch aus ihrem Gesicht, der von den schmächtigen Typen in Secondhandlederklamotten herüberwehte, die am Nebentisch saßen. Die erwiderten daraufhin natürlich nur höhnisch, Exraucher seien die Schlimmsten.

Selins Freude darüber, uns eine Wohnung beschafft zu haben, zauberte Farbe auf ihre Wangen und Glanz in ihre Augen; sie erschien uns in diesem Moment außergewöhnlich hübsch. Fast wie ein Teenager, der zum ersten Mal verliebt ist. Sie ist der einzige Mensch, den ich kenne, der gerne organisiert und dies auch ausgesprochen gut kann.

»Der Typ, von dem mein Vater neulich gesprochen hat, den kenne ich auch ein bisschen. Der ist ziemlich cool und grundehrlich. Außerdem ist es eine nette Wohnung, gleich bei der Burma Road, zehn Minuten von mir entfernt, kostet nicht viel und hat zwei Schlaf- und daneben noch ein winziges Zimmer. Was haltet ihr davon?«

»Das klingt großartig. Kannst du uns seine Nummer geben, damit wir uns die Wohnung anschauen können?«, fragte ich sie.

Der Triumph breitete sich daraufhin wie ein Sonnenaufgang auf Selins Gesicht aus. »Nicht nötig«, versicherte sie uns, griff in ihre Tasche und zog einen Schlüsselbund hervor. »Wir können gleich nach dem Mittagessen hingehen.«

Ungefähr zwanzig Minuten später kreuzte dann Kaled auf, obwohl er seinen freien Tag hatte, und während wir durch die Stadt fuhren, erzählte er Rosie, dass er seine Tussi rausgeschmissen hätte, weil sie ihm ständig auf die Nerven gegangen wäre, Rosie pflichtete ihm bei, dass das nach seinen Schilderungen wohl das Beste wäre. Kaled fragte Rosie daraufhin, ob sie nicht Lust hätte, ihn zu einer dieser Underground Garagenpartys zu begleiten, bei der er DJ wäre, doch Rosie sagte, dass sie zwar liebend gerne mitgehen würde, aber es wegen dem Baby nicht ginge. Kaled fragte sie dann noch, was denn dann mit dieser tollen Bar in Brixton sei, und versprach ihr, sich um sie zu kümmern, falls sie es sich noch überlegen sollte. Nach Rosies Hinterkopf zu urteilen, war sie sehr in Versuchung, doch mit der Schwangerschaft hat Rosie sich sehr verändert, deshalb antwortete sie nur: »Die Sache ist ehrlich gesagt die, Kaled, dass das Einzige, wonach mir im Moment wirklich ist, Hamburger essen und kotzen ist.«

»Genau wie Elvis«, bemerkte Kaled daraufhin trocken, woraufhin sie kichern musste. »Okay, kein Problem, dann eben ein anderes Mal, ja?«

»Ja«, stimmte Rosie zu, just in dem Moment, als wir in die Burma Straße eingebogen waren.

Die Wohnung gefiel uns sofort. Sie war sauber, geräumig, hatte einen dieser Spiegel im Eingangsbereich, in dem man schlanker aussieht, als man in Wirklichkeit ist, doch das Beste an ihr war, dass sie eine L-förmige Küche aus den Sechzigerjahren mit leuchtend orangefarbenen Einbauschränken und geblümten Arbeitsplatten von »Formica« hatte. Wir stellten sofort den Scheck für die Kaution aus. Aus irgendeinem Grund hatte der geheimnisvolle Hausbesitzer Selin damit beauftragt, den Vertrag für ihn auszuhandeln, was ich ziemlich seltsam fand, doch da er Kunde bei ihr war, hatte das vermutlich irgendwelche buchhalterischen Gründe. Wie auch immer, wir wussten, dass Selin uns nie übers Ohr hauen würde, also unterschrieben wir – und haben nun eine neue Wohnung.

Noch am selben Abend rief ich dann meinen Vermieter Mr Bilton an. Er brauchte ein paar Minuten, um zu begreifen, wer ich überhaupt war, doch als ich ihm sagte, ich wolle in einer Woche ausziehen, war er nicht allzu sauer. Wie sich herausstellte, hätte er uns sowieso bald hinausgeschmissen und die Wohnung an eine Wohnungsgesellschaft verkauft.

Seitdem ist nun eine Woche vergangen, und ich stehe nun kurz davor, mich von den letzten sieben Jahren mit ihren wechselhaften Erlebnissen, den paar Dutzend Kakerlaken und braun geblümten Vorhängen zu trennen.

Mein neues Zimmer hat bereits Vorhänge, und zwar welche, die aussehen, als seien sie von Habitat. Das sind sie zwar nicht, aber zumindest sehen sie so aus.

Josh wird gleich mit einem Freund und dessen Kleinlaster vorbeikommen und uns mit den schweren Möbeln behilflich sein. Selin ist dagegen schon hier, weil sie hier übernachtet hat, und ist vermutlich schon dabei, verschiedene Kisten mit dem Marker zu beschriften, den sie extra dafür aus dem Büro mitgebracht hat.

Ich nehme mal an, dass ich jetzt eigentlich sentimental, ja sogar traurig werden sollte. Schließlich habe ich hier auch schöne Zeiten verbracht. Doch jede Erinnerung an einen glücklichen Augenblick ist gleichzeitig leider auch von etwas Unangenehmem überschattet, das ich mit Owen erlebt habe. Alles Heitere, das ich hier erlebt habe, ist von Tränen überschattet; ich glaube, ich hätte hier noch hundert Jahre wohnen müssen, um alle schlechten Erinnerungen zu vertreiben – nicht auszudenken, wie sich in dieser Zeit die Kakerlaken vermehrt hätten. Eigentlich bin ich richtig froh, dass ich durch Rosies Schwangerschaft dazu gezwungen worden bin, etwas daran zu verändern. Manchmal denke ich, dass sich wohl wenig ändern würde, wenn mein Leben alleine in meiner Hand läge.

Rosie kommt gerade ohne anzuklopfen herein, sie trägt nur Jeans und einen BH und zeigt demonstrativ auf ihre Brüste.

»Sieh dir das an! Sieh mal!« Sie krabbelt auf mein Bett,

kniet sich mit leicht nach hinten gewölbten Schultern, zurückgeworfenen Haaren und herausgedrückter Brust vor mich hin, als wollte sie für ein Foto auf Seite drei posieren. Ich kneife mich erst einmal, um zu überprüfen, ob ich auch nicht träume. Ich bin mir allerdings ziemlich sicher, dass ich mich nicht wieder in einer ähnlich peinlichen Situation wie 1993 befinde, als wir beide völlig betrunken und mit Drogen zugedröhnt waren und uns auf so etwas wie einen Lesbentrip begeben haben. Das und unsere Country- und Western-Episode sind die einzigen Dinge, über die wir niemals sprechen.

»Ich hab sie schon immer toll gefunden, Rose«, sage ich, stütze mich auf meine Ellenbogen und versuche, mir mit den Fingern eine Haarsträhne aus dem Gesicht zu streichen. »Und warum zeigst du sie mir?«

Sie verdreht die Augen, als hätte ich etwas so Offensichtliches wie ihren zweiten Kopf oder so nicht bemerkt. »Weil sie größer geworden sind! Sieh mal! Die sind riesig.« Sie hüpft vom Bett, geht zum Spiegel, sieht sich prüfend im Profil an, bewundert ihr Dekolleté, dreht sich um und lächelt mich an.

»Ha! Schatz, die Stadt hat ein neues Dekolleté!« Wir müssen beide lachen, aber um ehrlich zu sein, sehen sie für mich noch genau wie vorher aus. Rosie beugt sich zu mir und packt meine Handgelenke, um mich aus dem Bett zu ziehen.

»Komm, lass uns ein paar neue Tops kaufen, schnell, bevor ich das Titten-und–Bauch-Stadium erreicht habe!« Ich setze mich im Bett auf und ziehe zum letzten Mal die braunen Vorhänge beiseite.

»Das könnten wir schon tun, aber sollten wir vorher nicht lieber noch umziehen? Ich glaube, es wäre nicht sehr nett von uns, das alles Seli zu überlassen.« Ich beuge mich über den Bettrand nach unten, wühle unter dem Bett herum und hohle vier Becher hervor, einer davon voller toter Kakerlaken. Als ich wieder auftauche, schaut Rosie beleidigt drein. Ich glaube, sie hatte tatsächlich vergessen, dass wir heute umziehen müssen. In meiner muntersten Stimmlage, die ich mir während meiner zweiwöchigen Tätigkeit als Führerin einer kirchlichen Mädchengruppe antrainiert habe, bevor man mich hinausschmiss, weil ich die Kirchenvorhänge in Brand gesetzt hatte, fahre ich fort: »Wir haben noch nicht mal abgewaschen.«

Rosie schmollt. Ich finde es bezaubernd, wie Rosie bei allem und jedem schmollen kann – egal welchem Geschlecht jemand angehört, welche sexuellen Vorlieben jemand hat oder ob es sich um langjährige Freunde handelt, sie ist so sehr von ihrem Charme überzeugt, das sie vor keinem Halt macht. Nur dass das bei mir nicht zieht. Zumindest nicht heute.

»Aber sie sehen doch toll aus, oder?«, wiederholt sie mit kindlicher Stimme.

»Selbst Pamela Anderson wäre stolz darauf«, sage ich und küsse sie im Vorbeigehen auf die Wange. Ich lasse sie noch ein paar Sekunden lang in Selbstbewunderung versunken vor meinem Spiegel stehen. Was um Himmels willen wird wohl mit meinen Brüsten passieren, wenn ich einmal schwanger werde? Ich wage gar nicht daran zu denken.

»Worauf stolz?«, fragt Selin, als sie in der Tür erscheint.

»Auf meine neuen Brüste, Dummerchen!«, sagt Rosie und stellt sich wieder in Positur.

Selin sieht amüsiert auf ihren Brustkorb. »Na klar, wie konnte ich nur so blind sein? Aber jetzt mal los ihr zwei! Ich will schließlich nicht alles alleine erledigen, ihr könntet euch wenigstens zum Schein ein wenig Mühe geben.«

»Okay«, seufzen wir wie aus einem Mund.

Als es an der Tür klingelt, zucke ich, wie ich es in den letzten sieben Jahren jedes Mal getan habe, zusammen. Während ich die Treppe zur Tür hinunterhüpfe, denke ich an unsere schöne neue Klingel in unserer schönen neuen Wohnung, die mit ihrem freundlichen ›Ding Dong‹ an den Big Ben erinnert und nicht nach der letzten tödlichen Ladung Stroms, die durch einen elektrischen Stuhl in Missouri oder irgendeinem anderen Staat, in dem Menschen geröstet werden, geschickt wird, klingt.

Meine gute Laune verfliegt jedoch endgültig, als ich die Tür öffne.

Danny steht vor der Tür.

Danny, der besagte Freund von Josh, mit dem ich bei dieser famosen Party geschlafen habe. Genau der Danny. Danny, von dem Michael so treffend behauptet hatte, dass er eine Tunte ist. Genau der Danny.

Für den Bruchteil einer Sekunde schicke ich einen mörderischen Blick über seine Schulter zu Josh hinüber, Josh zuckt daraufhin jedoch nur die Achseln und mault: »Er hat einen Kleinlaster.« Zumindest hoffe ich, dass er das gemault hat. Ich schlucke also meinen Stolz herunter, lächle und sage: »Na gut, wir haben es getan, na und? Schließlich sind wir alle erwachsen.«

»Hi, Baby.« Dannys langsames Möchtegern-sexy-Lächeln breitet sich auf seinem hübschen Gesicht aus, und er mustert mich von Kopf bis Fuß. Danny gehört zu den Typen, die wirklich irre gut aussehen. Er ist einer der Kerle, von denen man nie annimmt, dass man ihnen gefallen könnte, wie eines dieser Levis-Models, die so aussehen, als hätte sie der Himmel ausschließlich für ihr natürliches Gegenstück – für eine schlanke, elfenhafte Frau – vorgesehen. Und genau das ist seine Geheimwaffe.

Wenn Danny einem seine Aufmerksamkeit widmet und Komplimente macht, ist man so überrascht, dass man sogar anfängt, sie zu glauben. Und wenn er dann Gedichte rezitiert und anfängt, über Kunst zu diskutieren, beginnt man zu glauben, dass er nicht einfach nur ein geistloser Schönling ist, sondern dass mehr in ihm steckt und er tatsächlich in einen verliebt sein und man mit ihm über den Ex hinwegkommen könnte und er noch dazu fantastisch aussieht. Man trinkt, tanzt, lacht und schläft mit ihm. Meisten ist der Sex mit solchen Typen jedoch furchtbar (in diesem Fall handelte es sich sogar um den kleinsten Pimmel, den ich je gesehen habe, im Ernst), sie rufen einen nicht mehr an, und obwohl man nach solch einer Erfahrung lieber mit Hannibal Lecter knutschen würde, selbst wenn dieser gerade Appetit hat, ist man trotzdem stinksauer und enttäuscht.

Gut, aber nicht dieses Mal.

Keine Chance, du Idiot, denke ich bei mir. Ich bin nüchtern, ich bin äußerst beschäftigt und habe einen heimlichen achtzehnjährigen Liebhaber, der einen, was die Bestückung betrifft, glatt vom Hocker reißt. Zumindest bin ich mir ziemlich sicher, dass er das wird, sobald wir seine Übererregbarkeit in den Griff bekommen haben.

Seltsam, aber wahr, Gleichgültigkeit scheint einen zur interessantesten Sache der Welt zu machen. In diesem Moment, in dem ich Danny signalisiere, dass ich nichts weiter als eine entfernt zurückliegende Episode mit ihm verbinde, die ich heute höchstens bereue, weiß ich, dass er sich für den Rest des heutigen Tages höllisch für mich abplagen wird.

Während ich die beiden die Treppe hinaufführe, flüstert Josh mir etwas ins Ohr: »Tut mir Leid, er war der letzte Ausweg, ehrlich. Der andere Typ, der kommen wollte, ist zu einem Folkfestival nach Surrey gefahren.« Er sieht mich mit einem Lächeln an, das ich für gewöhnlich als gewinnendes Lächeln bezeichnen würde. Aber man kann eben nicht alle für sich gewinnen. Ich schürze meine Lippen und folge Danny die Treppe hinauf.

Als Rosie Danny sieht, lacht sie erst einmal wie eine Irre, krümmt sich und kann es sich kaum verkneifen, auf seinen Unterleib zu zeigen. Als sie sieht, dass auch ich lachen muss, lacht sie sogar noch lauter. Selin bedeckt ihren Mund mit ihren langen schlanken Fingern und sieht Hilfe suchend zur Decke, wobei ihre bebenden Schultern verraten, dass sie sich kaum noch beherrschen kann. Und ich weiß auch, warum. Weil ich den beiden davon erzählt habe, wie bestückt (beziehungsweise nicht bestückt) Danny ist und wie gerne ausgerechnet er während des Sex Dinge wie ›wart's nur ab, Baby, meine Liebesrakete wird dich ins All befördern‹ von sich gibt. Was das Ganze im Rückblick aufgrund seines wirklich klitzekleinen Anhangs noch lächerlicher wirken lässt. Sagen wir so: Ich bin mir noch nicht einmal sicher, dass wir überhaupt abgehoben sind. Ich unterdrücke ein Kichern, Danny sieht fragend zu Josh, und Josh – der die Geschichte hoffentlich nicht von Selin gehört hat – zuckt nur mit den Achseln und tippt sich mit dem Finger an die Stirn: »Rein psychisch, Frauen eben.«

»Tut mir Leid«, sagt Rosie mit Augen voller Tränen. »Ich bin etwas durcheinander. Die Hormone, weißt du. Übrigens, danke für deine Hilfe ... Danny.« Und schon geht es wieder los.

Selin schüttelt den Kopf. »Tut mir Leid. Wenn sie lacht, muss auch ich lachen. In der Hinsicht bin ich wie ein Schaf. Sozusagen ein Herdentier. Völlig abhängig.« Selin stottert.

Ich sehe beide an.

»Trotzdem, Dan«, sagt Rosie, »jetzt, wo du da bist, wissen wir wenigstens, dass du die Angelegenheit im Raketentempo erledigen wirst!«

Josh sieht völlig verwirrt Rosie und Selin an, die inzwischen vor Lachen an der Küchenspüle zusammengesunken sind, sich gegenseitig auf den Rücken klopfen und sich die Tränen aus den Augen wischen. Denen werde ich's zeigen. Später.

»Merkwürdig«, sagt Danny derart selbstsicher und schüttelt seine zu einem Pferdeschwanz nach hinten gebundene blonde Dreads, dass es den Eindruck macht, er werde niemals darauf kommen, dass die beiden ihn nach Strich und Faden verarschen. Er schlendert zu mir herüber und legt seinen Arm um meine Schultern.

»Also, sollen wir mit deinem Zimmer anfangen?« Er hebt eine – wahrscheinlich gezupfte – Augenbraue, ich hebe beide und zügle meine Verachtung in Hinblick auf den Kleinlaster, den wir so bitter nötig haben.

»Kein Problem, ist alles schon in Kisten verpackt und steht im Wohnzimmer.« Ich schüttle seinen Arm von meinen Schultern, als wäre er ein lästiges Insekt, und stolziere wie Mae West in das nächste Zimmer. Josh sieht mich an und schüttelt den Kopf, während Danny mir wie ein Hündchen folgt. Ich hab schon immer gewusst, dass er eines ist.

Das wird noch ein langer Tag werden.

20. Kapitel

In ihrer neuen Rolle als Schwangere trägt und hebt Rosie fast gar nichts mehr, sondern delegiert und dirigiert, eine Rolle, die perfekt auf sie zugeschnitten ist. Selin beschriftet dagegen alle Kartons, säubert und wischt. Da wir nicht allzu viel Zeugs haben und die Jungs ihre Arbeit wirklich gut machen, informiere ich alle, dass ich jetzt Mr Bilton anrufe und nachfrage, wo er denn bleibt, und ziehe mich mitsamt meinem Handy in mein Zimmer zurück. Ohne die spärlichen Möbel, die das Ganze erst zu meinem Zimmer gemacht haben, sieht der Raum schäbig und nackt aus. Einen Moment lang denke ich an die wichtigsten Augenblicke, die ich hier verbracht habe, und ein Seufzer entfährt mir.

Ich rufe Michael an. Schon nach zwei Klingelzeichen hebt er ab.

»Jenny, hallo«, sagt er erwartungsvoll. Im Laufe der Woche hatten wir uns ein paar SMS geschickt, doch seit dem Fiasko auf dem Sofa ist das hier unser erstes persönliches Gespräch. Es gehört nicht viel dazu, zu begreifen, dass er sich genau wie ich dieses Gespräch herbeigesehnt hat, wenn auch vielleicht aus unterschiedlichen Gründen. Die Intimität eines persönlichen Gesprächs nach ein paar süßen, aber kurzen Textnachrichten ist doch etwas völlig anderes. In einer Welt der elektronischen Kommunikation ist das gute alte Telefongespräch immer noch ein Zeichen für Zuneigung und Achtung. Schließlich ruft man nur die Leute an, die man mag und achtet.

»Hallo«, antworte ich. »Wo bist du gerade?«, eröffne ich

wie jeder andere Handybesitzer der Welt mein Gespräch. Ich sitze auf dem Rand meines inzwischen matratzenlosen Bettes und lege mich dann zurück. Schließlich erinnert mich hier drinnen nichts an Michael, so weit sind wir gar nicht gekommen.

»Hallo?«, wiederholt er noch einmal. »Äh ... ich spiele gerade mit ein paar Freunden im Park Fußball.« Seine Stimme geht am Ende des Satzes ein wenig nach oben, was sich so anhört, als würde er mich fragen, wo er ist. Mir fallen seine gleichmäßigen Atemzüge auf, und ich versuche im Hintergrund das Geräusch schreiender Jungs auszumachen, doch es ist nichts zu hören. Warum lügt er mich an? Ich überlege, ihn unter Druck zu setzen, lasse es dann aber sein. Ich möchte nichts über Michael wissen, was mein Verhältnis zu ihm beeinträchtigen könnte. Ich möchte, dass er mein gold- (okay, rotgold-) haariger, stürmischer Traum bleibt. Daher will ich ihm einfach glauben, dass er im Park mit seinen Freunden Fußball spielt.

»Ach ja? Und, gewinnt ihr?«

Schweigen.

»Eigentlich spiele ich nicht Fußball, ich gehe nur mit unserem Hund am Fluss spazieren ... Ich habe die letzte Stunde hier gesessen und mir überlegt, ob ich dich anrufen soll. Ich wollte dabei aber nicht traurig klingen.«

Wann immer ich mich frage, was ich überhaupt mit diesem Jungen anfangen soll, den ich dreimal gesehen, bei zwei verschiedenen Gelegenheiten geküsst und es dabei irgendwie geschafft habe, in eine Art Verhältnis mit ihm zu schlittern, er appelliert an mein Herz und zeigt es mir. Der Knoten in meinem Bauch löst sich in Wärme auf, und das Vormittagslicht auf meinem Gesicht scheint meine Haut zu streicheln. Es gefällt mir, dass er traurig am Flussufer entlanggelaufen ist und mich nun doch nicht angelogen hat.

Und ich finde es schön, dass er über diesen Anruf offenbar genauso lange nachgedacht hat wie ich.

»Ich ziehe gerade um. Irgendwie ist das komisch«, sage ich in dem Verlangen, mit jemand Vertrautem über die seltsame Distanziertheit und Gefühlskälte zu sprechen, die ich an diesem Tag empfinde.

»Ach ja? Ich bin noch nie umgezogen.« Ich versuche, mir das Haus vorzustellen, in dem er seine ersten Schritte gemacht hat, vor dem er auf seinem ersten Fahrrad gefahren und in dem er mit seiner ersten Freundin die Treppen hinaufgeschlichen ist, um sie zu verführen. Das wievielte Mädchen ich wohl bin, frage ich mich?

»Ach Mensch, Schule ist echt Scheiße«, fährt er fort und ignoriert damit dieses für mich wichtige Gesprächsthema – da ich doch nach Jahren zum ersten Mal wieder umziehe –, und verpasst somit die Gelegenheit, wie ein richtiger Partner mit mir darüber zu reden. Ich zucke die Achseln und lächle, während ich ihm zuhöre.

»In ein paar Wochen habe ich Geburtstag. Du kommst doch, oder?«

Das hört sich derart absurd an, dass ich erst einmal »klar, natürlich komme ich« sage. Ich werde mir bis dahin schon noch eine Entschuldigung einfallen lassen.

»Klasse ... also, wann sehen wir uns?« Er senkt ein wenig seine Stimme, vermutlich damit der Hund oder irgendwelche Enten im Park nicht mitbekommen, wie sentimental er ist. »Du fehlst mir«, flüstert er verlegen.

Ich fahre mit der Hand unter mein T-Shirt und über meinen Bauch. Mir kommt ein aufregender Gedanke, aber irgendwie habe ich das Gefühl, dass Michael nicht viel von Telefonsex halten würde, außerdem befinde ich mich mitten in einem Umzug. Ich seufze tief. »Du fehlst mir auch. Gar nicht so einfach, stimmt's? Du weißt schon. Allein zu sein.« Ein Knacken erfüllt wieder einmal für einen Augenblick die Stille. Er atmet schwer, ich kann förmlich sehen, wie er auf die Füße springt.

»Ich habe *die* Idee!«, sagt er aufgeregt. »Du kannst ja herkommen!« Bei dem Gedanken an seine Mutter, die mir Tee serviert und mich nach meinem Abitur befragt, muss ich laut auflachen.

»Michael, du wohnst doch noch bei deinen Eltern«, spreche ich aus, was eigentlich klar ist.

»Ja, aber sie sind das ganze Wochenende über weg. Ihre Silberhochzeit feiern. Du könntest übers Wochenende herkommen.« Ich denke darüber nach. Das wäre verrückt. So was kann eigentlich gar nicht gut gehen. Trotzdem wäre es schon irgendwie toll, mit ihm zusammen zu sein, noch dazu an einem Ort, wo mich niemand kennt und uns keiner stört. In seinem Elternhaus, in dem seine erste Plattensammlung entstanden ist und in dem er oft auf seinem Bett gelegen und sich gefragt hat, was für ein Mensch aus ihm werden soll. Warum nicht hingehen, wo alles begonnen hat und er der Mensch geworden ist, der er heute ist? Was kann schon passieren? Nein, die Idee ist einfach zu dumm.

»Okay, einverstanden«, sage ich trotzdem lachend. Wo habe ich bloß die Fähigkeit her, mir bis zuletzt derartig etwas vorzumachen? Michael jubelt am anderen Ende. Ich höre seinen Hund bellen, und irgendwo im Hintergrund spielen Kinder.

»Zu dem Abend neulich wollte ich noch sagen ...«, fängt er an.

Ich unterbreche ihn. »Michael, alles okay, ehrlich. Es war großartig.« Bei dem Gedanken daran muss ich kichern. »Es war zwar irgendwie komisch, als die Mädels zurückgekommen sind, aber ich fand es wirklich toll. Du warst einfach ...« Ich weiß auch nicht, wie ich es ausdrücken soll. »Großartig« oder »wunderbar« passt nicht so recht, »sexy« scheint mir ein wenig übertrieben und »süß« oder »liebenswert« klingt zu gönnerhaft.

»Es hat ... einfach Spaß gemacht«, sage ich schließlich etwas lahm und hoffe, dass ich nicht so klinge, als fände ich seinen Enthusiasmus lächerlich.

»Ich wollte nur, dass du weißt, dass, äh ...« Er hustet. »Ich wollte nur, dass du weißt, äh, na ja, dass, wenn ich dich wieder für mich alleine habe, die Dinge diesmal anders laufen werden.« Bei dem beharrlichen und wild entschlossenen Ton in seiner Stimme muss ich wieder nachsichtig lächeln. Bei jedem anderen Mann wäre mir die Sache spätestens jetzt gründlich vergangen. Dieses wohl bekannte Gefühl von Ekel und Abscheu, das sich aus unerfindlichen Gründen immer erst dann einstellt, wenn man bereits mit einem Individuum intim geworden ist, das sich im kalten Tageslicht und der durch den Kater geschärften Wahrnehmung als genau die Person herausstellt, mit der man eigentlich niemals hatte schlafen wollen, selbst wenn sie das letzte lebende Exemplar der Welt wäre. Und noch viel schlimmer ist, dass die meisten danach denken, dass man jetzt mit ihnen geht. Das heißt, man kommt in die peinliche Lage, ihnen Dinge wie »ich bin in jemand anderen verliebt« (erste Möglichkeit) oder »ich habe momentan keine Lust auf etwas Ernstes« (zweite Möglichkeit) oder, wenn es mal ganz schlimm kommt, »ich würde nicht im Traum daran denken, mit einem Psychopathen wie dir auszugehen, außer unter dem Einfluss von starkem Lagerbier oder Vollmond« (dritte Möglichkeit) sagen zu müssen. Einmal habe ich sogar versucht, den Spieß umzudrehen und einem dieser Ekelkandidaten gesagt, dass ich mir eine Beziehung voller Liebe und Treue und viele Kinder wünsche, und zwar am besten gleich nach der Hochzeit. Er ist wahrscheinlich der einzige Mann gewesen, dem ich jemals begegnet bin, der leider genau dieses wollte. Ein Albtraum, also blieb mir am Ende nur noch Möglichkeit drei.

Aber Michael ist anders. Strahlend, unschuldig, unbekümmert. Bei Michael kommen alle Gefühle wieder in mir hoch, die ich damals beim Flaschendrehen hatte, all die Augenblicke, in denen ich voller Erwartung mit zusammengepressten Lippen versucht habe, mir das Lachen zu verkneifen, während irgendein armer Kerl sich am Verschluss meines BHs zu schaffen gemacht hat. Michael ist wie der letzte Augenblick vor dem ersten Kuss unter dem orangefarbenen Schein einer Straßenlaterne, zu einer Zeit, in der ich noch geglaubt habe, dass der Himmel voller Sterne ist. Er verkörpert all das, was auch mich ausgemacht hat, bevor ich Owen begegnet bin. Aber was ich besonders liebe, ist, ihm dabei zuzusehen, wie er seinen Weg findet. Meine Stimme verrät mein Lächeln.

»Ich kann es kaum erwarten«, sage ich. In dem Schweigen am anderen Ende wird das Lächeln scheinbar erwidert.

»Hör zu, ich muss jetzt gehen«, sage ich. Wir beide lächeln noch einen Augenblick.

»Okay, soll ich dich im Laufe der Woche anrufen, damit wir alles ausmachen können?«

»Ja, bis bald«, sage ich sanft.

»Viel Glück beim Umzug. Bis bald«, sagt er und legt auf.

Ich strecke mich auf dem blanken, harten Bett aus und versuche, mir sein Schlafzimmer vorzustellen. Michael hat irgendetwas an sich, das mich zwar nicht unbedingt speziell an Owen erinnert, das beide aber gemeinsam haben. Owen ist äußerst charismatisch, vielleicht ist es das. Einer der Gründe, weshalb ich mich am Anfang so sehr in ihn verliebt habe, war sein, im wahrsten Sinne des Wortes, natürlicher Charme, der zugleich betören und verzaubern konnte. Zu Beginn unserer Beziehung fühlte ich mich daher trotz seiner besitzergreifenden Liebe noch warm und geborgen. Seine romantische, sanfte Art und sein untrügliches Gespür, zu wissen, was gut für mich war, hat mich lange Zeit davor bewahrt, mein eigenes Schicksal in die Hand zu nehmen und mir Gedanken darüber machen zu müssen; zum ersten Mal, seit mein Vater uns verlassen hatte, gab es wieder jemanden, der mir die Entscheidungen abnahm.

Bei Michael ist das etwas anderes, eigentlich ist es so ziemlich das Gegenteil. Ich schließe die Augen und stelle ihn mir bei Sonnenschein im Park oder wie damals in der Dunkelheit von Rosies Zimmer vor. Es ist die Art, wie er mich ansieht. Auch Owen hat mich mit diesem Verlangen, dieser Erregung angesehen. Nur dass Owen mich ständig auf die Folter spannte und ich mir nie sicher sein konnte, ob er mir am nächsten Tag noch wohl gesonnen oder jegliche Zuneigung bereits wieder verflogen war. Bei Michael wusste ich, dass er mich bei jedem Treffen auf diese besondere Weise anschauen würde.

»Jen!«, ruft Rosie ungeduldig im Flur nach mir. »Was zum Teufel machst du denn da drin?«

»Ich rufe Mr Bilton an!«, antworte ich. »Was denkst du denn?« Plötzlich höre ich ihre Stimme direkt vor meiner Tür und setzte mich mit einem Ruck auf. Sie macht die Tür auf.

»Also, er ist schon da, du musst ihn nicht mehr anrufen.«

»Ach ja? Ich habe wahrscheinlich die falsche Nummer. Ich hab mich schon gewundert, weshalb ich ihn nicht erreichen konnte«, lüge ich und folge ihr aus dem Zimmer, um mit Mr Bilton zu sprechen. Unter normalen Umständen wäre das jetzt recht knapp gewesen, aber inzwischen habe ich bei Rosies Schwangerschaft einen weiteren Nebeneffekt entdeckt, nämlich dass ihr Kurzzeitgedächtnis gerade mal einem Goldfisch Konkurrenz machen könnte. Und falls sie doch Verdacht geschöpft haben sollte, dann wird dieser sich jetzt wohl schon in ihrer Welt voller Babyträume in den Schwaden von Hormonen, die sie unentwegt nach Sardellen verlangen lassen, und durch die sehr viel interessanteren, weil reellen Gedanken über ihr zukünftiges Leben, verflüchtigt haben. Erstaunlich, wenn ich es bedenke.

Mr Bilton ist sehr groß, sehr dick und trägt einen sehr alten, sehr stinkenden, sehr braunen Pullover, der jetzt sicherlich brauner als seine ursprüngliche Farbe ist. Mr Bilton ist vermutlich waschechter Londoner, aber irgendetwas veranlasst ihn (vielleicht hat er ja zu viele Folgen von »Coronation Street« und »Emmerdale« geschaut), uns »Mädels« zu nennen und ganze Satzteile zu verschlucken. Irgendwie macht er den schrecklichen Eindruck, als käme er aus dem Norden und als wäre es ihm nie gelungen, danach zur Normalität zurückzukehren, oder aber er lebt schon so lange in London, dass er inzwischen vorwiegend Cockney spricht. Wie dem aber auch sei, bei den wenigen Malen, die wir miteinander zu tun gehabt haben, haben mich diese Tatsache und seine Körperhygiene schier zum Ausflippen gebracht.

Ich folge ihm durch die Wohnung und versuche, meine Würganfälle zu unterdrücken, die ich bekomme, sobald ein Hauch von kaltem Rauch, Schweiß oder Frittieröl in meine Richtung weht.

»Untervermieten war verboten.« Er nickt in Rosies Richtung, die mit gerümpfter Nase in der Wohnzimmertür lehnt.

»Rosie? Sie ist nur eine gute Freundin, die mir beim Umzug hilft.« Ich halte die Luft an und lächle ihn dabei so süß ich nur kann an. Er brummt aus allen Winkeln seines massigen Körpers.

»Tisch is' kaputt«. Er deutet auf den dreibeinigen Tisch.

»Ja, aber der war schon so, als ich eingezogen bin. Sie wollten ihn reparieren lassen. Sehen sie, hier ist die Inventarliste.« Ich halte ihm einen beliebigen Papierzettel unter die Nase und hoffe, dass er keinen Blick darauf wirft. Ein grollendes Geräusch aus seinen Gedärmen hallt durch die leeren Räume.

Wir beenden unseren Rundgang, und er zeigt auf die bügeleisenförmige Brandstelle am Boden (schuldig), die kaputten Griffe an den Küchenschränken (schuldig) und das schwarze, Blasen werfende Durcheinander von geschmolzenem Linoleum im Badezimmer (unschuldig, das war Rosie, ich habe keine Ahnung, wie sie es angestellt hat). Zum Glück checkt er den Herd nicht, und die Kakerlaken scheinen sich in einer Art Abschiedsgeste versteckt zu halten. Er senkt seinen Kopf, wobei sein Kinn in noch mehr Kinn verschwindet, und sieht mich aus seinen kleinen, blutunterlaufenen Augen an.

»Du kriegst zweihundert zurück, keinen Penny mehr, feilschen zwecklos, Mädel, mehr kriegst du nicht aus mir heraus, verstanden?« Ich nicke ungläubig und nehme das etwas stinkende Geld entgegen.

Ich übergebe ihm den Schlüssel und stoße vorsichtig die Haustür auf, während die anderen die letzten paar Sachen hinaustragen. Entschlossenen Schrittes geht er die Straße entlang und eilt geradewegs in den nächsten Pub.

»Du kannst ihn doch nicht einfach so ungeschoren davonkommen lassen!«, sagt Rosie empört.

»Diese Wohnung war bereits ein einziges Dreckloch, als du eingezogen bist!« Ich stecke das Geld in die Tasche meiner Jeans.

»Hör zu, Rosie, mal ganz unter uns beiden und dem Linoleumboden – ich bin froh, dass ich überhaupt etwas herausbekommen habe. Ich dachte schon, er würde mich dafür verantwortlich machen!« Rosie verdreht genervt die Augen über mein mangelndes Verhandlungsgeschick, während ich schon nach der letzten Kiste greife und sie nach draußen trage.

Alles steht bereits im Kleinlaster, Rosie und Josh werfen einen letzten Blick unter die Betten, Selin versucht, mit dem Staubsauger noch irgendwelchen imaginären Schmutz aufzusaugen, und Danny sitzt auf dem Fahrersitz und bemüht sich, einen bestimmten Sender im Radio einzustellen. Er hat mir bereits den Platz neben sich angeboten. Ich habe mich aber dank Rosies Zustand herausreden können.

Ich sehe mich ein letztes Mal als Anwohnerin der Ladbroke Grove um und warte darauf, jeden Augenblick sentimental zu werden.

Darum denke ich auch im ersten Moment, dass ich träume, als ich Owens Stimme höre.

»Jenny?« Da ist er wieder, der falsche Fuffziger, der seine Herkunft – Birmingham – jedoch nicht völlig verleugnen kann. Owen ist hier. Mein Magen sinkt bis in die Knie.

Ich atme tief durch und drehe mich Hilfe suchend nach der offenen Haustüre um. Selin, Rosie und Josh müssten in ein paar Minuten unten sein. Dann sehe ich Owen an.

»Hallo, Owen. Was willst du?«, frage ich langsam. Die Anziehungskraft, die seine blauen Augen schon immer auf mich ausgeübt haben, ist nahezu unwiderstehlich.

Danny scheint den Sender gefunden zu haben, denn plötzlich brüllt eine Stimme los und übertönt den vorbeifließenden Verkehr, sodass Owen und ich gerade noch einander und diesen ohrenbetäubenden Rap hören können.

Irgendein ausgemergelter, weißer Junge rühmt sich darin, seine kleine Schwester vergewaltigt und getötet zu haben.

»Was geht hier vor sich?« Owen deutet auf den Kleinlaster. Obwohl er immer noch lächelt und seine Stimme ganz normal klingt, sagt mir mein Instinkt, dass ich ihm besser nichts von meinem Umzug sagen sollte. Er hat immer noch irgendetwas an sich, das meinen Magen zum Flattern bringt und mein Herz schneller schlagen lässt. Der immer lauter werdende Bass aus Dannys Kleinlaster hämmert in meinem Kopf. Owen geht einen Schritt auf mich zu. Ich gehe einen Schritt zurück.

»Owen, warum bist du gekommen?« Ich lege meinen Kopf zur Seite, lächle ihn an und versuche, dabei so entspannt wie möglich zu wirken. Irgendwie ist der Lärm um uns herum zu einer undurchdringlichen Wand geworden.

»Was denkst du wohl?« Sein freundlicher Ton beunruhigt mich eher. »Du hast auf meine Anrufe nicht geantwortet. Warum?« Er lächelt immer noch, vielleicht mit ein wenig zusammengepressten Lippen, aber er lächelt noch.

Danny hat seine Meinung in Bezug auf den Rap offenbar geändert, und einen Augenblick lang ist die Luft von ohrenbetäubenden Störgeräuschen erfüllt, bevor die bedrohliche Stimme irgendeines Indie-Pop-Stars auf- und abwogt und sich über das Wetter beschwert. Während Danny weitersucht, dröhnen Stimmenfetzen und Melodien zu uns herüber, die die Luft um mich herum in Bewegung zu halten scheinen und sich mit geräuschlosen Augenblicken abwechseln. Mein Ärger über Danny und sein verdammtes Radio sowie Owen und sein verdammt selbstgefälliges Lächeln bringen schließlich mein Hirn zum Brodeln, und ich bin im Begriff, auch noch den Rest meiner Haltung zu verlieren. Selbst der kleinste Rest romantischer Gefühle, die ich Owen gegenüber noch irgendwie gehegt haben mochte, verflüchtigt sich wie Nebel, und plötzlich wird mir bewusst, dass ich einfach nur möchte, dass Owen verschwindet.

»Owen, wir haben uns getrennt. Du hast mir den Laufpass gegeben. Warum hätte ich also auf deine Anrufe antworten sollen?« Der angespannte, unsicher wirkende Ton in meiner Stimme ärgert mich.

Er streicht sich sein weiches, blondes Haar aus dem Gesicht und gluckst. Ganz richtig, er *gluckst.*

»Ich kann ja verstehen, dass du sauer auf mich bist«, sagt er herablassend. »Ich habe dich verletzt. Aber du weißt ja, dass ich immer wieder zu dir zurückkomme. Die anderen Mädchen bedeuten mir nichts. Im Gegenteil, sie sind jedes Mal nur ein weiterer Beweis dafür, wie sehr ich dich liebe.« Seine Stimme wird weicher, und er kommt etwas näher. »Ich glaube, diesmal habe ich die Lektion wirklich gelernt, Jenny. Das war das letzte Mal, ich schwör's dir.«

Während ich der Litanei seiner abgedroschenen Phrasen lausche, spüre ich Ärger in mir aufsteigen, den ich nun fast nicht mehr unterdrücken kann, doch mein Instinkt rät mir, nicht die Fassung zu verlieren. Ich rede also weiter in gemäßigtem Ton auf ihn ein.

»Das letzte Mal, Owen? Das letzte Mal war bereits das letzte Mal.«

Ungläubig schüttelt er den Kopf und lacht wieder, diesmal ist es fast ein Kichern.

»Okay, okay, du möchtest also nicht mehr mit mir zusammen sein«, sagt er, und man kann hören, dass er selbst kein Wort davon glaubt. »Können wir dann nicht wenigstens Freunde sein? Wir waren doch zu lange zusammen, um einfach alles über Bord zu werfen.«

Ich kann nichts gegen das höhnische Lachen tun, das meinem Mund entfährt.

»Freunde? Nach allem, was ich mit dir durchgemacht habe, willst du, dass wir Freunde bleiben?« Seine Gesichtszüge verhärten sich, als er meine Worte hört, und wieder spähe ich über meine Schulter in der Hoffnung, endlich Rosie oder Josh zu sehen, doch dann sage ich: »Owen, geh einfach!«

Ein neuer Radiosender ist eingestellt, und für einen Augenblick wird die Ladbroke Grove von »Hit Me Baby, One More Time« erfüllt. Die Lautstärke hat sich verringert, doch das verdammte Ding ist nach wie vor an.

Rosies Stimme erklingt von der Treppe, noch bevor sie selbst erscheint.

»Gut, das war's, wir können gehen!« Als sie auf die Straße tritt, sagt sie: »Herrgott nochmal, wer spielt denn diese schreckliche ...«, dann sieht sie Owen, »... Musik?«

»Wohin könnt ihr gehen?«, wiederholt er und sieht mich dabei an.

»Nirgendwohin«, antworte ich.

Rosie kommt zu mir und hängt sich bei mir ein. »Owen«, sagt sie ausdruckslos.

»Rosalind«, antwortet er im gleichen Ton und verwendet dabei absichtlich ihren vollen Namen, den sie nicht ausstehen kann. Ich spüre, wie sich ihr die Haare aufstellen.

Lieb wie sie ist, stellt sie sich schützend vor mich. »Hör mal, Owen, es ist besser, du verschwindest einfach von hier. Jen zieht um, und du kannst sowieso rein gar nichts dagegen tun.«

Das Geheimnis ist gelüftet. Bei solchen Gelegenheiten wünschte ich, die körperliche Verbundenheit, die wir drei füreinander empfinden, könnte Wirklichkeit werden, man würde sich dann stärker fühlen.

»Umziehen?« Owens Stimme wird spitz. »Wie kannst du umziehen, ohne mir etwas davon zu sagen?«

Rosie spricht für mich. »Warum hätte sie dir etwas davon sagen sollen?«, faucht sie, während ihre Augen sich verdunkeln und man das Gefühl hat, sie werde im nächsten Moment die Zähne fletschen.

»Weil ich wissen will, wo sie steckt, du verdammte Schlampe!«

Wie immer lässt seine verbale Gewalt mich verstummen. Ich starre ihn an und versuche, die Tränen zurückzuhalten.

Die Haustür fällt ins Schloss, und plötzlich stehen Selin und Josh neben mir.

»Was geht hier vor? Owen, was hast du hier zu suchen?«, fragt Josh in drohendem Ton und bringt damit sofort die Situation unter Kontrolle. Trotz seines Ärgers weicht Owen einen Schritt zurück.

»Das geht dich gar nichts an«, zischt Owen stinksauer. Josh hat sich inzwischen vor Rosie und mich gestellt, macht einen Schritt nach vorne und sieht auf Owen hinab.

»Da irrst du dich aber gewaltig. Das geht mich sehr wohl etwas an, sie ist *meine* Freundin, und sie will *dich* hier nicht sehen, genauso wenig wie ich. Warum verpisst du dich also nicht einfach?« Wenn ich so eine Szene im Fernsehen gesehen hätte, Owen und Josh, einander Auge in Auge gegenüberstehend und bereit, sich für mich zu prügeln, hätte ich vermutlich einfach nur gelacht. Ich habe Josh aber noch nie so wütend gesehen. Ich habe Josh überhaupt noch nie wütend gesehen. Ich überlege, ob ich versuchen soll, die Lage zu entschärfen, doch dann bleibe ich einfach nur wie hypnotisiert stehen. Ich habe einen solchen Blick schon vorher einmal bei Owen gesehen. Er macht mir Angst.

Plötzlich verebbt die Musik, und der Straßenlärm ist wieder zu hören. Danny klettert aus dem Wagen und erscheint ebenfalls auf der Bildfläche. Er schlendert zu uns herüber, und sein »hey, braucht ihr Hilfe?« klingt zwar so unverbindlich, dass sowohl Josh als auch Owen damit hätten gemeint sein können, doch in weniger als einer Sekunde wird er zum besten Freund. Owen gibt auf und macht auf dem Absatz kehrt.

»Ich melde mich wieder«, ruft er, während seine Mantelenden im Wind schwingen und er eilig die Straße entlangmarschiert. Ich will mich bei Josh und Danny bedanken und Rosie sagen, wie sehr ich sie für ihren Einsatz liebe, doch noch bevor ich ein Wort herausbringen kann, breche ich in Tränen aus und Rosie und Selin umarmen mich.

Danny zündet sich eine selbst gedrehte Zigarette an und lehnt sich gegen den Kleinlaster.

»Nervöser Typ«, sagt er verächtlich.

21. Kapitel

Im Wohnzimmer unserer neuen Wohnung stapeln sich Kisten und Müllsäcke. Wir haben den Fernseher angeschlossen, den Teekessel aufgesetzt und sitzen alle mit *Fish and Chips* am Boden, obwohl das Zimmer über ein schönes Sofa verfügt. Selin, Josh und Danny sind noch immer da.

Unsere Auseinandersetzung mit Owen scheint nun Lichtjahre entfernt, wie ein Traum, der allmählich verblasst und den ich schon beinahe vergessen habe. Und den ich tatsächlich bereits völlig vergessen hätte, wenn alle Beteiligten damit aufhören würden, ständig davon zu sprechen.

»Und dann hab ich ihm gesagt, er soll verschwinden«, sagt Josh stolz, als hätten wir das nicht mit unseren eigenen Ohren gehört.

Selin zerbeißt krachend ein paar Chips, sie ist immer noch wütend. »Gott sei Dank, dass Josh dabei war, stimmt's, Jen?«, wiederholt sie zum dritten Mal.

»Ja«, sage ich ruhig. »Gott sei Dank.«

Keine Ahnung, weshalb ich sauer bin, schließlich bin ich froh, dass Josh da gewesen ist, aber sein ständiges Herumgehacke auf Owen und seine Schimpftiraden darüber, wie verrückt und gefährlich Owen ist und dass wer weiß was hätte passieren können, wenn nicht er, Josh, da gewesen wäre, um mich zu retten, fängt an, mir auf die Nerven zu gehen. Josh in seiner neuen Rolle als Ritter ohne Furcht und Tadel geht mir mächtig auf den Wecker. Ich meine, eine so große Affäre war es schließlich auch wieder nicht. Die Situation schien zwar zeitweise ein wenig zu entgleiten, aber im Grunde hatte Owen nichts weiter getan, als wieder einmal auf dem hohen Ross zu sitzen. Ich bin mir ziemlich sicher, dass Owen irgendwann von sich aus gegangen wäre, wenn Rosie nicht erschienen und die Katze aus dem Sack gelassen hätte. Und wegen Joshs Heldentaten dreht sich der restliche Tag jetzt nur noch um diese kleine Auseinandersetzung. Dabei sollte der heutige Tag für mich eigentlich einen Neubeginn markieren. Und jetzt würde ich ihn am liebsten schon nur noch vergessen.

Ich wechsle das Thema.

»Ich fahre am nächsten Wochenende weg«, sage ich. Rosie löst ihren Blick von »Blind Date« und schaut mich erstaunt an.

»Ach ja? Davon hast du noch gar nichts gesagt. Wohin fährst du denn?« Ich denke, sie wird sich ein wenig darüber ärgern, dass ich sie schon an unserem zweiten Wochenende in der neuen Wohnung alleine lasse.

»Ich fahre ein paar Tage zu meiner Mutter«, lüge ich. »Ich habe das Gefühl, dass ich einfach mal raus aus London und weg von dem ganzen Rummel hier muss«, sage ich ehrlich.

»Richtig, sie muss mal ein bisschen raus, damit sie Owen, diese alte Fotze, aus dem Kopf bekommt«, albert Selin herum.

»Selin!«, protestiert Rosie und presst ihre Hände zuerst auf die Ohren, dann auf ihren Bauch und dann in schneller Folge wieder zurück auf die Ohren. »Sag so was doch nicht!«

»Was? ›Owen‹?«, fragt Selin scheinheilig und zwinkert mir zu. Selin hat selten ein so loses Mundwerk, aber wenn, muss ich garantiert jedes Mal lachen.

»Nein! Du darfst das ›F‹-Wort nicht sagen. Es schadet Frauen«, sagt Rosie empört. Josh sitzt mit offenem Mund da, und Danny schaut etwas verlegen drein. Das ist genau, was ich jetzt brauche – ein paar obszöne Ausdrücke, um den Abend zu retten. Vielleicht weiß Selin ja, wie ich mich fühle.

»Ich finde, Mädchen sollten so etwas sagen dürfen.« Selin fängt an, die Sache auszudiskutieren. »Man stumpft doch auch ab. Ich meine, schließlich sagen wir alle pausenlos ›Scheiße‹, und keiner schert sich drum.«

»Das ist nicht dasselbe«, protestiert Rosie, und ich zwinkere Selin zu.

»In Ordnung, Rosie, beruhige dich. Ich kenn da einen Witz«, sage ich und verkneife mir ein Kichern. Rosie lächelt mich an und gibt ihre neue mütterliche Selbstgefälligkeit für einen Augenblick lang auf.

»Warum trägt Rupert, der Bär, karierte Hosen?«

Selin, die den Witz schon kennt, erstickt fast an einem Chip.

»Keine Ahnung«, flötet Rosie mit jovialem Krankenschwesterton. »Warum?«

»Weil er eine Fotze ist!«, brülle ich mit der Hemmungslosigkeit eines Fischweibes, und all der Stress und die Anspannung des Tages lösen sich in einem hilflosen Lachkrampf auf. Selin und ich sehen einander an, und keine von beiden kann aufhören, zu lachen. Schließlich lacht auch Rosie mit. Josh und Danny wechseln stumme besorgte Blicke.

»Trotzdem darfst du so etwas über Rupert, den Bären, nicht sagen. Nicht über Rupert!«, sagt Rosie und wischt sich die Tränen aus den Augen.

Selin, deren Augen nach dem fünfzehnminütigen Telefonat, das sie auf ihrem Handy in der Küche geführt hat, besonders unternehmungslustig zu funkeln scheinen, krümmt sich mittlerweile auf dem Boden und hält sich den Bauch vor Lachen.

»Lasst uns noch irgendein Schimpfwort sagen«, japst sie. »Das ist wie in alten Schulzeiten.«

Aber uns fällt kein anderes Wort ein, über das wir derart hätten lachen können.

Nicht einmal Cunnilingus.

22. *Kapitel*

Ich gehöre zu den Leuten, die Bahnhöfe, Züge und Zugreisen lieben, sogar noch mehr, als irgendwo anzukommen.

Ich mag vor allem Waterloo Station mit den hellen und weiträumigen Gewölben. Ich liebe den Geruch von Kaffee und Hamburgern, die zielstrebig dahineilende Menschenmenge, die sich wie ein einziger Körper fort- und umeinander drängt, und ich mag die seltsamen Geschäfte, in denen neben Schlüpfern auch Krawatten angeboten werden, eben genau das, was man braucht, wenn man auf Reisen geht. Auf solchen Bahnhöfen, auf denen ich immer mindestens dreißig Minuten zu früh eintreffe und es nie eilig habe, fühle ich mich meistens wie ein Gespenst. Ich schlendere dann verträumt und unsichtbar, ohne Stress und Sorgen durch die Menge und beobachte die Leute, die mich in ihrer Hektik nicht bemerken.

Heute, an einem Samstagmorgen, fühle ich mich glücklich und ganz mit mir im Einklang, denn ich bin drauf und dran, die Grenzen der Innenstadt zu verlassen und Michael auf dem Land zu besuchen, na ja, in Twickenham, was in meinem Stadtführer aber bereits als ländliche Gegend gilt.

Eigentlich sollte ich ja von quälender Vorahnung geplagt sein, die sich normalerweise immer in meinem Hinterkopf breit macht, wenn ich daran denke, was Michael und ich vorhaben, doch selbst das hat aufgehört. Stattdessen bin ich glücklich und zufrieden, was aber vor allem mit diesem Bahnhof zusammenhängt, da bin ich mir sicher.

Ich frage mich, ob es noch andere Menschen gibt, auf die öffentliche Bahnhöfe eine so beruhigende Wirkung haben? Vielleicht könnte ich ja eine Gruppentherapie ins Leben rufen und Massen von unzufriedenen Frauen, die in unglücklichen Beziehungen gefangen sind, bei der Arbeit geknechtet und vom Misserfolg hart gebeutelt werden, durch die friedlichen Gewölbe von Londons Hauptbahnhöfen führen, die ihnen innere Stärke verleihen. Bahnhöfe haben auf mich schon immer eine bessere Wirkung als Jacuzzi, Ausnüchterungszellen oder eine halbe Flasche Wodka – vielleicht ist das ja das Zeichen für einen Neubeginn. Selbst wenn dieser Beginn der Beginn einer kurzen Reise zu meinem baldigen Teenie-Liebhaber ist.

Verdammt, die quälende Vorahnung hat mich wieder eingeholt. Immer, wenn ich an Teenager denke, ist sie wieder da.

Endlich steht der Zug, auf den ich warte, bereit, ich gehe also an der ersten Klasse vorbei und finde ein leeres Abteil. Heute ist ein sonniger Septembertag, ich nehme einen Fensterplatz ein, dessen Veloursamtsitz von der Sonne angewärmt worden ist. Ich sehe aus dem Fenster auf die Tafel mit den Abfahrtszeiten, um sicher zu sein, dass ich auch in den richtigen Zug gestiegen bin. Das tue ich immer, seitdem ich einmal in einen durchgehenden Zug nach Birmingham gestiegen bin, obwohl ich eigentlich meine Mutter in Watford besuchen wollte.

In ungefähr einer halben Stunde müsste ich in Twickenham sein. Michael wird mich am Bahnhof abholen. Obwohl ich vorher noch nie in Twickenham gewesen bin, stelle ich mir den Bahnhof dort eher ländlich und mit Blumenkörben voller Herbstblumen, die von Eisenornamenten im viktorianischen Stil herabhängen, vor. Ich denke, der Bahnsteig wird fast menschenleer sein, nur Michaels magere Gestalt mit dem von der Sonne gebleichten, rotblonden Haar wird anmutig gegen eine rote Ziegelsteinwand gelehnt dort stehen. Nach dem was ich mir in meiner Fantasie weiterhin ausmale, trage ich beim Verlassen des Zuges auf einmal ein paar rote Schuhe und einen dazu passenden Hut. Bei seiner Abfahrt wird der Zug eine nette Rauchwolke hinterlassen, die uns noch für einen Augenblick länger trennt, bevor wir uns endlich in den Armen liegen und uns küssen – selbstverständlich ohne Zungenküsse und meistens auch nur die Wangen aneinander reibend, wie man das aus alten Schwarzweißfilmen kennt. Na ja, genau das passiert, wenn die Fantasie mit einem durchgeht.

Das schmutzige, schrottplatzähnliche Niemandsland, das es an jeder Großstadtgrenze zu geben scheint, zieht an mir vorüber, und meine Gedanken wenden sich wieder der Wirklichkeit zu. An diesem Wochenende – wie das wohl sein wird, wenn wir zum ersten Mal viel Zeit, also mehr als nur ein paar Stunden, miteinander verbringen können (egal, darüber kann ich mir später auch noch Gedanken machen) – werden Michael und ich schließlich voraussichtlich Sex miteinander haben.

Die Sache ist die, dass ich es das letzte Mal, als ich ihn sozusagen in Fleisch und Blut vor mir hatte, wirklich mit ihm hatte tun wollen, ganz ehrlich. Er war mir gegenüber im Pub so rührend und im Taxi dann so sexy gewesen. Außerdem hatte ich ein wenig Gin und ein halbes Glas von diesem schrecklichen Wein getrunken und stand danach bereit in den Startlöchern. Seit dieser schrecklichen Begegnung mit Danny – ein wirklich enttäuschender Zwischenfall – habe ich keinen Sex mehr gehabt. Mit Danny war es zudem diese Art von Sex, bei der man denkt, dass es ein Spiegel in Körpergröße und eine Schachtel Kleenex genauso getan hätten, das ärgert einen und ist belastend. Michael hingegen ist so beeindruckt von mir gewesen, dass ich all seine Bewunderung in mich aufgesogen hätte. Es ist schon eine ganze Weile her, seitdem ich mich das letzte Mal so selbstsicher gefühlt habe. Doch um ehrlich zu sein, war ich auch ein wenig froh, dass nichts wirklich Konkretes zwischen uns passiert war und ich keine Grenzen überschritten hatte, als ich damals die Haustür hinter ihm geschlossen hatte und wieder aus unserer kleinen Seifenblase getreten war.

Soll ich Ihnen mal was sagen? Ich kann mir keinen dreißigjährigen Mann vorstellen, der bei der Frage, ob er nun mit einem achtzehnjährigen, willigen Mädchen Sex haben soll oder nicht, von Gewissensbissen geplagt wird. Ich mache mir einfach zu viele Gedanken.

Die nächste Station ist Twickenham, und ich *will* Sex mit ihm, verdammt nochmal. Wahrscheinlich jedenfalls. Mal davon ausgegangen, dass er es nicht wieder vermasselt, bevor wir überhaupt zur Sache kommen.

23. Kapitel

Der Bahnhof in Twickenham ist überhaupt nicht so, wie ich es mir vorgestellt habe, sondern eher ein Nachkriegsbau mit ein paar halb vertrockneten Blumen in ehemaligen Mülleimern, die noch aus der Zeit stammen, bevor Mülleimer auf Bahnhöfen verboten wurden.

Michael steht nicht am Bahnsteig, und es scheint mehrere Ausgänge zu geben. Ich folge den Schildern und den Leuten, bis ich draußen vor einem Taxistand stehe. Ich knöpfe meine kirschrote Lederjacke im Jeanslook zu, um mein etwas zu nacktes Dekolleté vor der plötzlichen Windböe zu schützen, die gerade durch meine Jeans fährt. Von Michael keine Spur.

Wirklich ärgerlich. Ich habe meine Reise extra so geplant, dass mein Zug genau fünfzehn Minuten nach der verabredeten Zeit hier ankommen würde, aber in der Menschenmenge kann ich nun nirgends einen roten Haarschopf erkennen. Jetzt ist er also zwanzig Minuten zu spät. Ich finde Leute, die sich verspäten, einfach unhöflich.

Ich könnte ihn anrufen, will aber nicht allzu erwartungsvoll klingen. Ich werde einfach noch zehn Minuten auf ihn warten und dann den nächsten Zug zurück nach Waterloo nehmen. Ich werde es als ein Zeichen werten, dass all dies nie hätte passieren dürfen und mich auf eine tröstliche Ankunft an meinem Lieblingsbahnhof und einen Aufenthalt in meinem Lieblings-McDonald's vorbereiten. Diese Aussicht scheint mir plötzlich ziemlich verlockend.

Nur dass er ausgerechnet jetzt auf mich zugelaufen

kommt, die Taschen seiner Combats flattern dabei im Wind. Ich frage mich, ob er außer dieser Hose eigentlich noch irgendwelche anderen Hosen besitzt. Oder hat er etwa mehr als ein Paar von dieser Sorte?

»Hallo!«, sagt er mit großen lachenden Augen und kommt ein paar Millimeter vor meinem Gesicht zum Stehen. »Mein Gott, tut mir echt Leid, ich bin viel zu spät dran. Ich hab eine Ewigkeit auf den Bus warten müssen, außerdem ist die Batterie in meinem Handy leer, also habe ich dich noch nicht einmal anrufen können. Tut mir echt furchtbar Leid.« Er greift etwas verlegen nach meinem Unterarm und drückt mir mit kalten Lippen einen Kuss auf die Wange. Beruhigend tätschle ich seinen Rücken und blicke in seine braunen Augen.

»Ich habe nur ein paar Minuten gewartet. Mein Zug hatte Verspätung.« Ich habe den Eindruck, dass all die Intimität, die das letzte Mal zwischen uns entstanden war, schon wieder verflogen ist. Wir berühren einander etwas unbeholfen. Als er mich fortführt, ergreift er meine Hand von der falschen Seite, wir müssen beide lachen, lassen unsere Hände wieder los und nehmen uns verlegen erneut bei der Hand. Es ist schon lange her, seit irgendjemand in der Öffentlichkeit meine Hand halten wollte.

»Die Bushaltestelle ist da drüben«, sagt er, ich folge ihm und erwäge insgeheim, uns ein Taxi zu spendieren, entscheide mich dann aber dagegen. Als wir die Haltestelle erreichen, setzt er sich auf eine der dunklen Bänke und weist auf seine Knie. Ich denke an das Gewicht meines Hinterteils und seine schmalen Schenkel. Für mich gibt es nichts Schlimmeres, also lehne ich ab. Seine kaum wahrnehmbar gerunzelten Augenbrauen geben mir zu verstehen, dass er ein wenig gekränkt ist, aber wer weiß, was passiert wäre, wenn ich mich tatsächlich auf seine Knie gesetzt hätte.

»Also, was hast du für uns dieses Wochenende Tolles geplant?«, frage ich und ziehe dabei wider besseres Wissen eindrucksvoll meine Augenbrauen in die Höhe. Seine Augenbrauen entspannen sich, er lacht und schüttelt den Kopf.

»Ich habe gedacht, wir könnten heute Abend in meinen Lieblingspub gehen und Pool spielen, meine Freunde werden auch kommen. Vielleicht ist auch Sarah da, aber ich glaub schon, dass es für sie okay sein wird. Hoffe ich zumindest, es ist ja schon ein Monat vergangen.«

Ich nicke beifällig und denke nur ›arme Sarah‹, doch dann überlege ich, dass ich nicht die geringste Lust habe, mit seinen Freunden, deren Unterhaltung sich scheinbar auf das Schnippen von Bierdeckeln beschränkt, in den Pub zu gehen, Münzen in eine Jukebox zu werfen, um irgendwelche Titel zu hören, die ich nicht kenne, und dann beim Pool den letzten Heller auf den Tisch zu werfen, um zu sehen, ob sie noch genug für eine weitere Runde haben. Mir sträuben sich derart die Haare, dass ich am liebsten umgekehrt und zum Bahnhof zurückgelaufen wäre. Doch genau in dem Augenblick umschließen Michaels schlanke Finger meine Hände, er zieht mich fest an sich und legt seine Arme um meine Hüften.

»Ich bin so froh, dass du hier bist«, sagt er leise, küsst mich sanft und verscheucht mit der Wärme seines Körpers die Kälte.

Ich beschließe, zu bleiben.

24. Kapitel

Das Haus, in dem Michael wohnt, entspricht nicht ganz der vorstädtischen Doppelhaushälfte, die ich mir vorgestellt hatte. Die Straße, in der er wohnt, ist ruhig und von Bäumen gesäumt, am Straßenrand parken nur vereinzelte Autos – vermutlich die Autos der Jugendlichen. Die Autos der Erwachsenen stehen hingegen paarweise und fein säuberlich Seite an Seite geparkt in großzügig angelegten Einfahrten.

Während wir die Straße entlanglaufen, gibt Michael seine Lieblingsszene aus »Star Wars« zum Besten, doch der aufmerksamere Teil von mir ist den großen Souterrainküchen mit Stahlabzugshauben über glänzend weißen Arbeitsflächen und dem Einblick in ein Wohnzimmer zugewendet, in dem ganz sicher niemand wohnt und das Vorhänge und Sofas aus ein und demselben Material hat.

Keine Ahnung, warum mich diese so völlig andere Art zu leben fasziniert. Vielleicht, weil man dort, wo ich aufgewachsen bin, solch große Häuser wie diese in den Sechzigerjahren ausnahmslos zu Apartmenthäusern umgewandelt hat. Vielleicht aber auch, weil niemand in meiner Familie je ein Auto besessen hat, nachdem mein Vater uns verlassen hatte, und es mir deshalb auch mit siebzehn nicht vergönnt war, mein eigenes Auto zu haben, das ich am Straßenrand hätte parken können. Höchstwahrscheinlich ist es aber einfach nur deshalb, weil ich neugierig bin und unheimlichen Respekt vor den Leuten habe, die tatsächlich

Rasenmäher besitzen, auf denen man fahren kann, oder die zu »John Lewis« gehen, um die zu ihren Sofas passende Einrichtung zu kaufen.

Vor allem aber beeindruckt es mich, dass gewisse Leute scheinbar einen Swimmingpool in ihrem Garten haben, obwohl sie nicht in Amerika leben, jedenfalls nach dem Lieferwagen für Schwimmbadfilter zu urteilen, der ein Stück weiter oben aus einer Toreinfahrt herausfährt.

Michael, der zwei Schritte vor mir hergeht, dreht sich gerade zu mir um und sagt, indem er sich auf mich zubewegt, »und dann, genau dann, geht Darth Vader ...«. Er legt seine Hände trichterförmig an seinen Mund, um den geeigneten Soundeffekt zu produzieren: »›Du wirst schwächer, alter Mann. Zuerst war ich der Schüler, doch jetzt bin ich der Meister. Ha, ha, ha, ha, ha!‹« Er lässt seine Hände herabgleiten und läuft nun wieder mit mir auf gleicher Höhe. »Und dann wird Obe Wan Kenobe getötet, doch das macht ihn nur noch mächtiger, als er zu Lebzeiten eh schon war – das ist echt cool!«

Das sind genau die Dinge, bei denen ich mich frage, wie viel intellektuelle Stimulation ich von einem Achtzehnjährigen eigentlich erwarten kann. Andererseits habe ich genau dieselben Monologe über Filme wie »Star Wars« oder »Withnail and I«, »Monty Python«, »The Young Ones«, »Blackadder« und neuestens »Buffy« von so vielen Männern unterschiedlichsten Alters und kulturellen Hintergrunds gehört, dass ich nicht alles nur auf Unreife schieben kann. Na ja, zumindest nicht auf altersbedingte Unreife. Michael fährt fort.

»Dieser Moment in »Star Wars« ist total typisch. »Star Wars, Episode I« hat mir irgendwie schon gefallen, aber ich bin auch der Meinung, dass George Lucas nicht selbst hätte Regie führen sollen, weil ... Scheiße, die Schwimmbadleute sind früher gekommen. Ich muss mal kurz nachsehen, was sie so gemacht haben. Warte.«

Er hüpft davon und dem Kleinlaster hinterher, der gerade auf die Straße fährt. Ich sehe, wie er irgendetwas unterschreibt und dem Laster einen kurzen Gruß hinterherschickt, als der an mir vorbeifährt. Michael steht in der Einfahrt des Hauses und wartet, bis ich die paar Schritte zu ihm gelaufen bin.

Das Haus, in dem er wohnt, ist keine Doppelhaushälfte, sondern eine echte Villa, zumindest soweit ich das beurteilen kann. Auf einem richtigen Grundstück, mit richtigem Swimmingpool (der nun von den Herbstblättern gereinigt worden ist) und einer nach hinten hinaus gehenden, sommerhausartigen Gartenlaube. Ich meine, irgendwie dachte ich, dass er ganz gut zurechtkäme, mir wäre aber niemals in den Sinn gekommen, dass er aus einem richtig reichen Haus sein könnte.

Drinnen nimmt Michael mir die Jacke ab, hängt sie in einen doppeltürigen Wandschrank in der Eingangshalle und führt mich in eine riesige Küche, in deren Mitte ein viereckiges Regal mit einer Arbeitsfläche steht, die nur dazu zu dienen scheint, ein (gut gefülltes) Weinregal zu verdecken. In der Mitte der Arbeitsplatte steht eine dunkelblaue Glasvase mit sehr teuren, fast echt wirkenden Sonnenblumen aus Seide. Trotz der zahlreichen Küchenschränke, hinter denen sich vermutlich unter anderem Kühlschrank, Waschmaschine und Spülmaschine verbergen, hängt noch ein großes eisernes Dings, eine Art Regal voller Messingpfannen und -töpfe von der Decke herab, die meines Erachtens nur zur Zierde dienen. Des Weiteren hängen überall bündelweise getrocknete Kräuter herum, darunter ein großer Bund meines Erzfeindes – getrockneter Lavendel, der bestimmt einen Asthmaanfall bei mir hervorrufen würde, wenn ich ihm zu nahe käme. Ich hole vorsichtshalber mein Inhaliergerät aus der Tasche und gehe zu einer Frühstücksbar zurück, die an einer Wand entlang bis zur Verandatür läuft, durch die man auf einen Innenhof blicken kann, der hinunter zum Pool führt, in dessen Nähe auch die Gartenlaube steht, die den Blick auf einen scheinbar geheimen Garten verstellt.

Ich muss irgendwie ein Snob sein, denn ich fühle mich bei der ganzen Sache ausgesprochen unwohl, ein wenig wie Eliza Dolittle. Das Einzige, was mich rettet, ist die Tatsache, dass Michael ganz offensichtlich so erregt ist, eine willige Sexpartnerin in diesem leeren Haus zu haben, dass er nur noch Stuss redet.

»Also sage ich, wenn man Sigourney Weaver in »Alien, die Wiedergeburt« klonen kann, kann man auch »Terminator III« drehen! Kaffee?« Er hält einen glänzenden Becher hoch.

»Ja, gerne«, antworte ich. »Du wohnst wirklich in einem unglaublichen Haus!« Er sieht sich um, als wäre er plötzlich in eine andere Galaxie befördert worden.

»Wirklich? Ich nehme an, wenn man hier aufwächst, gewöhnt man sich dran.« Sein gleichgültiger Ton wurmt mich.

»Mann, Mike, ihr habt einen Swimmingpool! Niemand sonst, den ich kenne, hat einen Swimmingpool!«

Er lächelt und legt sorgfältig einen Filter in eine Kaffeemaschine, für die Rosie alles gegeben hätte.

»Du hast mich noch nie Mike genannt. Das gefällt mir. Besser als Michael.« Er gibt drei Messlöffel voll aromatischen Kaffees hinein, gießt zuerst Mineralwasser in einen Messbecher und von diesem in den Filtertank. Es lebe leicht löslicher Kaffee.

»Ich glaube, uns geht's schon besser als anderen Leuten,

ich gehe aber trotzdem auf eine öffentliche Schule, und mein Vater wählt Labour. Wir sind keine Faschisten oder so.«

»Das habe ich auch nicht gesagt, *Mike*«, sage ich und bin keine Spur daran interessiert, mich mit einem Zwölftklässler über Politik zu unterhalten.

»Ich hab ja nicht gesagt, dass du das hast, *Jen*«, antwortet er mit Gekicher. Er scheint sich etwas entspannt zu haben. Als der Kaffee in der Kanne zu blubbern beginnt, kommt er zu mir an die Frühstücksbar und zieht einen Barhocker heran.

»Wirst du mich jetzt öfter besuchen kommen?«, fragt er in schockierendem und völlig unangemessenem rauen Kleinstadt-Nachtclub-Ton. »Jen, Jennifer, Jenny, Jen?«

Ohne auf eine Antwort zu warten, beugt er sich zu mir, küsst meine lächelnden Lippen und öffnet diese sanft mit seiner Zunge. Für sein Alter kann er wirklich großartig küssen. Er fährt währenddessen mit seinen Händen von meinen Knien bis zu meinen Oberschenkeln hinauf, während ich meine Hände im Schoß gefaltet halte. Regungslos sitze ich da und lasse mich von der Wärme seines Kusses durchfluten, bis die Kaffeemaschine drei knappe Becher gefiltert hat und leise vor sich hin siedet. Ich löse mich von ihm und sage: »Schwarz und ohne Zucker, bitte.«

Er öffnet die Augen, lächelt mich an und hüpft vergnügt von seinem Hocker.

Gleich nach dem Verlust der Jungfräulichkeit ist eines der traurigen Dinge im Leben, dass man fast nie wieder einfach nur um des Küssens willen küsst, sondern es meistens als Vorspiel zum Sex einsetzt. So wie auch dieser Kuss, nehme ich an.

»Komm, lass uns nach oben gehen«, sagt er und reicht mir den Kaffee. Mein Magen zieht sich zusammen und vollführt Purzelbäume. Ich bin hier offenbar diejenige, die sich wie achtzehn fühlt. Gut, ich bin natürlich sowieso diejenige, die sich permanent wie eine Achtzehnjährige fühlt, ha, ha.

Sein Zimmer ist weder im ersten noch im zweiten Stock. Stattdessen zieht er am Ende des zweiten Treppenabsatzes an einem Seil und lässt auf diese Weise eine robust aussehende Kiefernholztreppe von der Decke herabklappen.

»Dachgeschosswohnung«, lacht er, geht beiseite und nimmt mir den Kaffee ab. »Nach dir.«

Ich bin keineswegs scharf auf die Kombination steile, gefährlich aussehende Treppe plus hohe Absätze, seit ich in King's Cross mal auf meinen Schienbeinen die Rolltreppe hinuntergefallen bin und mir lange, parallel laufende Kerben im Bein zugezogen habe, die eine Ewigkeit nicht abgeheilt sind und mir das Aussehen einer Dompteurin verliehen hatten, die erst kürzlich einem Tigerangriff ausgesetzt worden war. Trotzdem steige ich ohne Widerrede behutsam die Treppe nach oben und stehe in dem größten Teenie-Zimmer, das ich je gesehen habe.

Es erstreckt sich über die gesamte Breite und Länge des Hauses und hat zu beiden Seiten Giebel- und Dachfenster, durch die das Licht hereinflutet. Der Boden besteht aus echten gewachsten Holzplanken, im Zimmer steht ein Bettsofa sowie ein Fernseher und eine Stereoanlage, auf der sich stapelweise CDs und Videos wild durcheinander türmen, und auf der gegenüberliegenden Seite des Raumes befindet sich eine Tür, die zu seinem Schlafzimmer führt. Sogar eine kleine Kocheinheit und ein Kühlschrank sind da. Teppiche bedecken einen Teil des Bodens, und statt Heavy-Metal-Postern hängen ordentlich gerahmte Picassodrucke nebeneinander an den terracottafarbenen Wänden.

»Wahnsinn, Mike«, flüstere ich ergriffen und verwende seinen neuen Pseudokosenamen.

»Das hier ist ja größer als meine ganze Wohnung!«

»Genau«, lacht er, »meine Eltern haben beschlossen, dass ich meine eigenen Räumlichkeiten brauche, seit ich der New-Metal-Szene angehöre. Wenn ich ausziehe, kann man das hier als Gästezimmer verwenden.« Zusätzlich zu anderen sechs oder sieben anderen, denke ich.

»Musik?«, fragt er, lässt sich auf den Boden fallen und fängt an, seine CDs durchzusehen. »Was möchtest du hören?«

»Bitte nicht Slipknot«, sage ich anzüglich, und er lacht.

»Ich hab überhaupt keine Discomusic.« Wir haben uns noch nie über Musik unterhalten, keine Ahnung, wie er damals auf meinen Geschmack gekommen ist.

»Wie wär's mit David Grey?«, fragt er. »Letzte Woche habe ich die Scheibe ›White Ladder‹ gekauft, irgendwie erinnert sie mich an dich.«

Ich lächle ihn an, obwohl ich nicht den blassesten Schimmer habe, wie David Grey sich anhört. »Geht klar.«

Angenehme Klänge erfüllen den Raum, ich stehe immer noch da, sehe mich um und trinke brav meinen Kaffee, während er anfängt, seine CDs in kleinen Türmen aufzustapeln. Ich sehe ihm dabei zu, bis er plötzlich aufsteht, zu seinem Bettsofa hinübergeht und es auseinander klappt. Seine Freimütigkeit schockiert mich, und wieder fängt mein Magen an zu flattern.

Er liegt auf der Matratze und streift seine Turnschuhe ab, ohne dabei die Schuhbänder zu öffnen, sodass seine Mutter sicher geweint hätte, wenn sie ihm dabei zugesehen hätte. Obwohl, wahrscheinlich hätte seine Mutter eher über das dreißigjährige Mädchen geweint, das hier in diesem Zimmer steht, also lassen wir das lieber.

Er streckt seine Hand nach mir aus.

Verlegen stelle ich meinen Kaffee auf den Boden, mache den Reißverschluss meiner Stiefel auf und lege mich dann steif neben ihn.

Er stützt sich auf die Ellenbogen und sieht mich an.

»Bist du bereit?«, fragt er unverblümt. Mir bleibt fast die Luft weg, und für eine Sekunde habe ich das Gefühl, mich in der Absurdität der Situation zu verlieren.

»Bist *du* denn bereit?«, frage ich zurück. Er sieht auf seine Hände, wirft mir dann einen Blick durch seine Wimpern hindurch zu und schenkt mir ein herzerweichend süßes Lächeln. Er nickt.

»Ohhh Babylon«, singt David Grey.

Langsam knöpft Michael mein Top auf und schiebt es mit seinen Handflächen über meine Schultern. »Du bist echt scharf«, sagt er, muss aber über sich selbst lachen, während er es sagt, und bringt auch mich zum Kichern. Das Lachen scheint mich von meiner Nervosität zu befreien, darum setze ich mich auf, ziehe mir das Top aus und werfe es auf den Boden. Michael sieht mich an, zieht sein T-Shirt über den Kopf und lässt es auf den Boden fallen, der Beginn seines eigenen Kleiderhaufens.

»Jetzt bist du wieder dran«, sagt er und sieht mir dabei zu, wie ich aufstehe und meine Jeans aufknöpfe. Es gibt wohl keine besonders erotische oder elegante Art, auf die man Jeans ausziehen kann, aber ich stelle mich ganz gut dabei an und denke daran, am Schluss noch nach den Socken zu greifen.

»Jetzt du«, sage ich. Er stellt sich vor mich hin, lässt mit einer lässigen Handbewegung seine Combats herunter, streift sie ab und behält dabei seine Socken an. Er nickt mir zu und hebt eine Augenbraue.

Merkwürdigerweise scheint es die natürlichste Sache der

Welt für ihn zu sein, sich in Gegenwart eines anderen auszuziehen. Ich bin wirklich heilfroh, dass wir nicht aneinander herumfummeln und verzweifelt versuchen, Haken und Reißverschlüsse zu öffnen.

Ich greife hinter meinen Rücken, öffne meinen BH und versuche, nicht daran zu denken, wie meine Brüste ohne ihre gewohnte Stütze aussehen. Ich lasse die Träger von den Schultern gleiten, streife den BH ab, lasse ihn auf den Boden und mit Unbehagen auch meine Hände zur Seite fallen.

Beide beugen wir uns gleichzeitig hinunter, um die restliche Unterwäsche abzulegen, und sehen uns dann noch einen Augenblick über das Bettsofa hinweg an.

Während wir beide auf dem Bett knien, greift er nach meiner Hand, führt sie an seine Lippen und küsst jeden einzelnen meiner Finger. Ich lege meinen Kopf zurück, schließe die Augen und kann nicht aufhören zu lächeln, während er meine Hand herumdreht, meine Handfläche küsst und sich dann langsam an meinem Arm zu mir hinaufarbeitet. Aus Angst, die ganze Prozedur könnte noch Stunden dauern, schlinge ich dann genau diesen Arm um seinen Hals und ziehe ihn an mich. Der Schock über die plötzliche Berührung unserer Körper lässt ihn aufstöhnen, und ich bin von der Kraft seines großen, schlanken Körpers überwältigt, als er mich umarmt, seine Hände in meinen Nacken legt und mich an sich zieht, während wir uns küssen.

Er legt mich vorsichtig auf den Rücken und lehnt sich, auf seine Arme gestützt, über mich, während seine Augen über meinen Oberkörper streifen. Während er mit seinem Bein meine Beine spreizt, nimmt er meine Brüste in die Hände, betrachtet sie und flüstert: »Du bist so wunderschön.«

Ich sehe ihm zu, wie er sich über mich beugt, um meine Brustwarzen zu küssen, und leicht daran zu saugen und zu lecken beginnt, bis mein Magen sich vor Verlangen und Lust zusammenzieht. Das hatte ich nicht erwartet.

Ich spüre, wie seine Hand sich ihren Weg zwischen meine Oberschenkel bahnt, doch ich rutsche ein wenig beiseite, um sie an seinem Weg zu hindern. So sehr ich auch möchte, dass dies mit mir geschieht, darf ich doch nicht die Kontrolle verlieren und schüttle daher den Kopf, denn ich weiß außerdem, dass ihm eine zu große Verzögerung und ständiges Achtgeben auf das, was ich fühle, seinen Moment verderben würde. Ich fühle mich schon genügend angetörnt, und das ist alles, was ich brauche, um dorthin zu gelangen, wo er mich haben will. Ich rolle ihn auf den Rücken, und er grinst erfreut, als ich über ihn hinweggreife, um das Kondom zu holen, das er irgendwann auf das Bett gelegt hat. Während ich seine Beine spreize, streife ich es so vorsichtig wie nur möglich über, um nicht frühzeitig irgendetwas loszutreten. Sein Lächeln erlischt, und seine Augen sehen mich eindringlich an. Seine Halsmuskeln spannen sich, ich sehe Verlangen und Erwartung in sein Gesicht geschrieben.

Ich beuge mich über ihn und küsse ihn, lehne mich noch ein wenig weiter nach vorne, um ihn meine Brüste küssen zu lassen, dann senke ich mich langsam auf ihn herab und bin erfreut darüber, wie er mich ausfüllt. Er seufzt und schließt die Augen, konzentriert sich, runzelt die Augenbrauen und streckt dann seine Hände aus, um nach meinen Armen zu greifen.

Er öffnet halb die Augen, und wir sehen uns an, während ich mich langsam zu bewegen beginne. Nur ein paar Augenblicke, ein paar Sekunden sind, glaube ich, vergangen, bevor er schaudernd zum Orgasmus kommt, nach mir greift und mich fest umklammert hält. Obwohl ich in dieser kurzen Zeit gar nicht hätte kommen können, fühle ich mich wie die erotischste Frau der Welt. Ich habe es geschafft, ich hatte eine Jungfrau und denke, dass er der Meinung sein wird, dass es ganz gut gelaufen ist.

Ich lege eine Weile meinen Kopf in seine Halsbeuge, während seine Finger liebevoll meinen Rücken entlang fahren, dann rolle ich von ihm herunter und lege mich an seine Seite. Er sieht mich an.

»Verdammte Scheiße«, sagt er. Ich antworte nicht, sondern drehe mich auf den Rücken, lächle wie die Sphinx und strecke mich.

»Herrgott, ich meine, verdammte Scheiße. Mist, tut mir Leid, das ging alles viel zu schnell, tut mir wirklich Leid.«

Ich nehme seine Hand und streichle sie.

»Es war schön«, sage ich verträumt.

»Wirklich?«

»Ja«, sage ich und meine es auch so.

Er rollt sich auf mich und sagt: »Würde es dir etwas ausmachen, wenn wir es noch einmal tun würden?«

25. Kapitel

Wenn man so will, dann leben wir alle von einem Klischee zum nächsten.

Es muss gegen vier Uhr nachmittags sein, eine Dämmerung, die den Winter ankündigt, hat eingesetzt. Michael schläft tief und fest, hat sein süßes Gesicht halb im Kissen vergraben und seinen Arm über den Kopf gelegt. Er sieht jetzt tatsächlich sehr jung aus, aber das tun wir schließlich alle, wenn wir schlafen.

Ich hingegen bin seit dem letzten Mal hellwach, liege neben ihm und sehe zur Decke. Es stört mich nicht, dass er schläft, ich bin sogar froh darüber. Zumindest kann ich mir so eine kleine Pause gönnen.

Ich glaube, dass der Grund, weshalb Jungs nach Befriedigung ihrer fleischlichen Gelüste einschlafen, während Mädchen noch wach bleiben, sich alle möglichen Gedanken machen und nervös mit den Fingern trommeln, noch auf die Zeiten zurückgeht, als wir die Männer für gewöhnlich im Stil der Schwarzen Witwe um die Ecke brachten, wenn wir befriedigt waren, und sie dann zum Tee verspeisten. Nicht dass ich psychotisch veranlagt wäre, ich halte diese Hypothese nur irgendwie für cooler und interessanter als die herkömmlichen Gründe, wie beispielsweise quälende Fragen à la:

1. Was denkt er jetzt nach dem Sex über mich?
2. War ich gut?
3. Haben meine Oberschenkel ihn abgeschreckt?
4. Ob er jetzt mit seiner Freundin Schluss macht?

Und in meinem Fall:

5. Ich bin zwar nicht gekommen, aber wenn ich irgendetwas dagegen unternehme, werde ich ihn vermutlich wecken und vor Scham sterben.

Ich nehme es ihm nicht übel, dass er mich nicht auf einem brennenden See hat treiben lassen oder so was. Ich meine, das war sein erstes Mal beziehungsweise sein zweites und drittes. Tatsache ist, dass ich gar nicht wollte, dass er sich in erster Linie um meine Befriedigung kümmert, dann wäre mir die Sache nämlich deutlich schwerer gefallen. Ich finde es großartig, dass er mich so begehrt, und bin mir sicher, dass er mich irgendwann zum Orgasmus bringen wird, nur wird er vermutlich nicht dabei sein, wenn das passiert.

Owen hat nie nach dem Sex geschlafen. Er las ein Buch. Oder, besser gesagt, er ist aus dem Bett gestiegen, zu seinem Ohrensessel gegangen und hat dort ein Buch gelesen. Manchmal stand er sogar direkt, nachdem wir fertig waren auf, ohne ein Wort zu sagen.

Wenn wir eine Weile getrennt waren, konnte er danach gar nicht genug von mir bekommen, und die postkoitalen Liebkosungen konnten sogar Stunden dauern. Doch nach ein paar Wochen begann ich meistens zu spüren, dass dieser Teil unserer Beziehung sich sofort in nichts auflösen würde, wenn ich nicht die richtige Unterwäsche tragen und die richtigen Purzelbäume machen würde. Und selbst dann hatte ich das Gefühl, ihn förmlich dazu überreden zu müssen, mit mir ins Bett zu gehen. Am Ende hat er mich sogar so weit gebracht, dass ich glaubte, mindestens einmal täglich Sex mit ihm haben zu müssen, weil er mich sonst verlassen hätte. Owen hat mich wirklich immer genau dahin gebracht, wo er mich hinhaben wollte. Er brachte mich dazu, alles für ihn zu tun, damit sein Interesse an mir erhalten blieb, und verließ mich dann doch.

Ich unterdrücke die widerliche Welle von Ärger und Bitterkeit, die bei solchen Gedanken immer in mir hochzusteigen beginnt, und sehe stattdessen auf den schlafenden Michael. Er lächelt im Schlaf. Einen Augenblick lang frage ich mich, ob er von Sarah und den schlanken Oberschenkeln einer Achtzehnjährigen träumt, doch dann lache ich über mich selbst, steige aus dem Bett und ziehe mich an. Als Erstes sehe ich mir seinen Kleiderschrank an. T-Shirts und Sweatshirts liegen stapelweise achtlos in eine Ecke geschmissen, nur zwei Hemden hängen im Schrank. Eines davon ist ein elegantes, blütenweißes Hemd, das andere ein ziemlich schreckliches, schwarzes Satinhemd mit Rüschen an den Ärmeln. Dieser Junge ist ein heimlicher Gothic-Fan. Vorsichtig wühle ich in dem Wäschestapel und hole noch zwei Paar Combats hervor. Er besitzt also mehr als eine.

Ich gehe in sein Badezimmer und lächle beim Anblick seines Rasierzeugs; denn ich habe nicht den geringsten Flaum an ihm entdecken können. Auf seinem Badezimmerbord steht eine unangebrochene Flasche von Calvin Kleins »One«. Ich denke mal, dass Sarah sie ihm letztes Jahr zu Weihnachten geschenkt hat, der Duft aber nicht so ganz zu ihm passt. Vielleicht auch seine Mum, die nicht kapiert hat, dass niemand mehr Calvin Kleins »One« verwendet. Ich nehme die Flasche und sprühe mich kurz damit ein. Mal wieder typisch, ich habe erst entdeckt, dass ich den Geruch mag, als Rosie mir ihre halb volle Flasche geschenkt hat. Natürlich erst, nachdem er schon eine Ewigkeit out war.

Ich sehe mir seine CDs an, kann aber nichts mir Bekanntes oder etwas, was ich gerne hören würde, finden, nur eine Aufnahme von Nirvana, »Never Mind«.

»Kurt!«, flüstere ich ergriffen, als wäre ich auf einen verflossenen Liebhaber gestoßen. Schöner Kurt Cobain. Das einzige Mal, das ich total auf aktuelle Musik stand, war Anfang der Neunzigerjahre während meines Studiums an der Uni. Ich spülte damals gerade im »Spiders«, dem billigsten und heruntergekommensten Club von Hull, für fünfzig Pence einen Wodka herunter, als plötzlich der Song »Smell Like Teen Spirit« die Tanzfläche erfüllte, alle Köpfe hin und her zu schwingen begannen, Füße trampelten und die Hände in Nabel zur Schau stellender Hingabe hinter den Hälsen verschränkt wurden. Ich stand darauf und auf alles andere, was Nirvana danach veröffentlicht hat. Na gut, jeder Song glich irgendwie dem anderen, aber ich mochte Kurts Stimme, den Klang echter Gitarren und seinen Eyeliner.

Ich kann mich noch genau an den Tag erinnern, als Kurt sich umgebracht hat.

Rosie und ich trafen uns an diesem Tag um elf Uhr morgens mit unseren Arbeitslosenschecks, die man in einem Turnus von vierzehn Tagen beantragen konnte, im »The Sussex« in der Nähe des Leicester Square, tranken bis elf Uhr abends, hoben dabei jedes Mal unsere Gläser, prosteten uns zu und riefen einander zu: »Mach dir nichts draus!«

Es könnte sein, dass es genau an diesem Abend war, dass wir uns plötzlich in der Tottenham Hale wiederfanden, ohne recht zu wissen, wie wir dort hingekommen waren. Ein ernüchternder Gedanke, vor allem, wenn ich daran denke, dass ich inzwischen schon fast drei Jahre älter bin, als Kurt war, als er starb.

Damals war ich zweiundzwanzig, und Michael muss, mal

überlegen, so um die, trallala, na ja, zehn gewesen sein. Zehn! Er war zehn Jahre alt, als Rosie und ich im »The Sussex« auf Kurt anstießen. Zehn.

Was hab ich hier bloß verloren? Was hab ich in dem Zimmer dieses Jungen verloren, mit dem ich rein gar nichts gemeinsam habe, den ich kaum kenne und mit dem ich zufällig Sex hatte? Was, zum Teufel? Klar, ich mag ihn, aber das geht doch nicht. Ich weiß, dass es auf Dauer nicht geht, weder für ihn noch für mich. Schließlich wird er mich ja nicht heiraten wollen, oder? Ich möchte jetzt gar nicht heiraten, doch allein der Gedanke daran, dass mit ihm überhaupt keine Möglichkeit dazu bestünde, ängstigt mich. Außerdem werde ich bald dreißig, und was ist, wenn ich irgendwann einmal Kinder haben möchte? Nur weil Michael mich an mein Leben vor Owen erinnert, ich meine, nur deshalb ist das doch noch lange kein Grund, all dies hier zu veranstalten. Wenn es in Ordnung wäre und ich glücklich wäre, hätte ich doch den Mädels davon erzählt und nicht mit ihm im Dachgeschoss seines Elternhauses heimlich eine Nummer geschoben. Es ist falsch, falsch, falsch.

Ich werde gehen.

Ich greife nach meiner Tasche, stopfe meinen Slip hinein, den ich noch nicht wieder angezogen habe, und laufe zum Fenster, um die Lage zu peilen. Ein hellblauer Landrover fährt soeben die Einfahrt hinauf. Muss wohl sehr nützlich sein, bei all dem unwegsamen Gelände hier. Aber ist schon in Ordnung, sie werden klingeln, herausfinden, dass niemand zu Hause ist, und wieder abzischen. Ich hoffe nur, dass man die Klingel nicht bis hier oben hört.

Ein großer, etwas feminin wirkender Mann steigt aus dem Wagen und geht zum Kofferraum. Als er ihn öffnet, hüpft ein kastanienroter Setter heraus und springt ihm vor den Füßen herum, während er das Gepäck auslädt. Falls ich bis jetzt noch nichts geahnt habe, so fangen spätestens jetzt alle Alarmglocken an zu klingeln, weil ich nämlich soeben eine rothaarige Frau mittleren Alters mit einem meergrünen Pashmina-Schal aus dem Auto steigen sehe.

Ich lasse mich auf den Rand von Michaels Bettsofa fallen und frage mich, weshalb seine Eltern ausgerechnet jetzt zurückgekommen sind?

26. Kapitel

Als Michael mein Gewicht auf seiner Seite des Bettes spürt, schlingt er schlaftrunken seinen Arm um meine Hüfte.

»Mmmm, Baby, komm zurück ins Bett«, sagt er, ganz ohne den ironisch scherzhaften Ton, in dem dieser Satz normalerweise gebraucht wird. Ich stoße seine Hand weg.

»Michael, wie lange wollten deine Eltern wegbleiben?«, frage ich ihn streng mit einer Art Lehrerinnenstimme. Er setzt sich auf, blinzelt und reibt sich den Schlaf aus den Augen.

»Beruhig dich, okay? Morgen Abend, hab ich dir doch gesagt.« Er verdreht ein wenig genervt die Augen.

»Ach ja, und warum stehen sie dann jetzt unten vor dem Haus?«, frage ich und höre selbst, dass meine Stimme einen leicht hysterischen Ton annimmt. Michael lächelt mich an, als sei ich völlig verrückt geworden, bemerkt jedoch meinen ernsten Gesichtsausdruck, hüpft nackt aus dem Bett und läuft zum Fenster.

»Oh Scheiße«, ruft er voller Inbrunst, als er den Wagen sieht. »Aber alles in Ordnung, du kannst so lange hier oben bleiben, bis sie ins Bett gegangen sind, dann schmuggle ich dich raus.« Überraschenderweise bin ich beleidigt. Eigentlich hatte ich gedacht, dass Michael angesichts seiner Ergebenheit für mich vorschlagen würde, hinunterzugehen, mich seinen Eltern vorzustellen und einen Tee mit ihnen zu trinken. Natürlich würde ich darauf antworten: »Sei nicht albern, ich werde hier oben warten, bis sie ins Bett gegangen sind, dann kannst du mich hinausschmuggeln.«

Irgendwie schockiert es mich, erkennen zu müssen, dass er unsere Beziehung offenbar genauso gern geheim halten möchte wie ich.

»So lange werde ich nicht warten!«, fauche ich, nur um ihm zu widersprechen. »Es ist noch früh, ich müsste ja Stunden hier oben ausharren. Ich will, dass du mich jetzt hier herausbringst!« Mein gereizter Ton überrascht ihn. Doch noch bevor wir irgendetwas aushecken können, hören wir bereits seine Mutter die Treppe hinaufrufen.

»Mikey? Schatz, bist du da?« Ich sehe ihn an und wiederhole halb fassungslos, halb amüsiert: *»Mikey?«* Er sieht mich missbilligend an und zieht sich hastig an.

»Mikey? Schatz? Rate mal, was dein Vater gemacht hat!« Die Stimme klingt heiter und humorvoll und ist bereits ein Stockwerk näher gekommen.

»Ich wette, ich kann es«, flüstere ich säuerlich. Michael schafft es gerade noch, sein T-Shirt über den Kopf zu ziehen und das Bettsofa zuzuklappen, als ein roter Haarschopf im Flur auftaucht. Mir fällt dabei ein postmodernes Theaterstück ein, das von irgendeinem Iren geschrieben worden ist.

»Ach, du bist hier?« Sie lächelt breit und versucht, ihre Augen an das dämmrige, herbstliche Nachmittagslicht zu gewöhnen. »Warum sitzt du denn hier im Dunkeln? Hallo«, sagt sie freundlich und nickt mir zu.

»Wir haben gerade einen Film angeschaut, Mum. Äh, das ist Holly, aus der Theatergruppe, ich hab dir doch von ihr erzählt.«

Erstens, wer um alles in der Welt ist bitte Holly, und warum hat er von ihr erzählt? Zweitens, warum nennt er mich Holly? Warum kann ich nicht ganz einfach Jenny aus der Theatergruppe sein? Und drittens, wie alt soll denn, bitte schön, diese Holly sein. Ist sie etwa seine Nachhilfelehrerin? Die Mutter eines Schulkameraden etwa? Und viertens – *Theatergruppe?*

Michaels Mutter, die nun oben bei uns im Raum steht, knipst die Deckenbeleuchtung an. Ich fahre mir mit den Händen durch die Haare und bete zu Gott und »Clinique«, dass sich das Geld gelohnt hat, das ich in ihre Antifaltencreme investiert habe.

»Hallo Holly, ich habe ja schon so viel von dir gehört. Michael hat erzählt, dass du ein wunderbares Improvisationstalent hast.«

Ach wirklich?

»Hallo, Mrs ... äh ... Mrs ...« Mist. Ich kenne Michaels Nachnamen nicht.

»Ach, nenn mich doch einfach Fran. Alle Freundinnen von Michael tun das.« Alle? Nun, wir wollen schließlich nicht mit der Tradition brechen, nicht wahr?

»Warum seid ihr denn wieder zurückgekommen? Heute ist doch euer Hochzeitstag«, sagt Michael und reicht mir gleichzeitig auffordernd meine Jacke. Ich ignoriere ihn einfach.

»Wegen deinem Vater! Er ist ein richtiger Dussel, wirklich! Er hat das Hotel versehentlich für das nächste Wochenende gebucht. Stell dir das mal vor! Wir standen an der Hotelrezeption, und das Fräulein sagte zu uns, ›tut mir Leid, Mr und Mrs Parrott, aber sie stehen nicht auf meiner Liste‹, und dein Vater hat dann losgedonnert, wie er das bei solchen Gelegenheiten immer tut, woraufhin sie nur gesagt hat – sie war wirklich äußerst freundlich und wohl erzogen –, ›ich werde mal bei den Buchungen für nächste Woche nachsehen‹, und da hatten wir sie! Ich wusste gleich, dass ich die Buchung lieber selbst hätte vornehmen sollen. Ach, es ist so unglaublich schwierig, ein gutes Hotel zu finden, in dem auch Haustiere willkommen sind.« Sie und Michael verdrehen beide, offensichtlich in stillem Einverständnis, die Augen.

Es ist wahrhaftig ein Nachmittag der Enthüllungen: Zuerst einmal erfahre ich, dass der Mann, mit dem ich soeben geschlafen habe, Michael, *Mickey,* Parrott heißt. Dann erfahre ich, dass er Freundinnen – Plural bitte – gehabt hat und anscheinend ständig von irgendeiner Teenagerschlampe namens Holly schwärmt. Des Weiteren lerne ich eine Frau kennen, die es mit Humor nimmt, dass ihre Silberhochzeit soeben total ruiniert worden ist. Vergleicht man das mit dem Eheleben meiner eigenen Eltern, an das ich mich noch vage erinnern kann, erklärt das wohl, weshalb ich das alles so erstaunlich finde.

Mrs Mikey tätschelt meinen Arm und sagt: »Komm mit nach unten, Holly, Liebes, dann stelle ich dir meinen schrecklichen Ehemann vor. Wir könnten alle gemeinsam eine Tasse Tee trinken.«

»Danke, Mrs Parrott, ich meine Fran, aber eigentlich muss ich jetzt nach Hause. Meine Mutter erwartet mich.« Michael neben mir nickt bekräftigend, während das Biest in mir denkt, »zum Teufel, was soll's«, und ich sage: »Aber eine Tasse Tee könnte nicht schaden.«

Sobald ich auf ihrem weinroten Sofa sitze (das genau zu den mit Schabracken verzierten Vorhängen passt) und den Kopf des Setterhundes Charlie in meinem Schoß habe, bedaure ich es, Michael aufgezogen zu haben.

Immerhin haben sie mich nicht ins Verhör genommen und losgeschrien: »Ha, du Schwindlerin! Das sieht doch jeder, dass du fast schon eine Frau mittleren Alters bist!«

Nein, es ist schlimmer.

Zuerst zeigt Mrs Mikey mir ein silbergerahmtes Hochzeitsfoto von ihr und ihrem Mann aus dem Jahre 1977. Sie sehen darauf richtig süß und discomäßig aus, typisch für diese Zeit. Mrs Parrot sieht genau aus wie Michael, und ich lächle mit echter Zuneigung. Das bestärkt sie. Als Nächstes bringt sie mir dann das Hochzeitsfoto ihrer Tochter, Michaels älterer Schwester, noch etwas, das ich über ihn nicht wusste. Ich überlege, was ich überhaupt über ihn weiß.

Candice, oder Candy, wie sie offenbar in der Familie genannt wird, hat mit zweiundzwanzig geheiratet (mit zweiundzwanzig!). Sie hat dieselben roten Haare wie ihre Mutter und ihr Bruder, doch ihr Hochzeitsfoto ist ganz anders als das ihrer Eltern – schrecklich in Pose gestellt und auf kitschig verschwommene Art fotografiert, was immer danach aussieht, als wäre die Linse fettig gewesen. Das Schlimmste aber ist ein Foto von Michael mit fünfzehn, schlaksig, noch pickeliger, mit hochgezogenen Schultern und diesem Glanz auf der Haut, nach dem Motto, »müffelnder Teenager, der zu viel masturbiert«. Das war erst vor drei Jahren.

Währenddessen sitzt Michael verlegen in der Ecke und steht nur hin und wieder auf, um Kekse herumzureichen oder auf Bitte seiner Eltern eine CD mit walisischen Chorgesängen einzulegen; ganz der pflichtbewusste Sohn.

Schließlich ergreife ich die Gelegenheit, um mich zu verabschieden, und sage: »Also, danke für den Tee, Fran, aber ich muss jetzt wirklich gehen. Meine Mutter dreht sonst durch!« Sie lächelt mich an, man sieht, dass sie denkt, dass ich ein nettes Mädchen bin, und einen Augenblick lang kommen mir Schuldgefühle, weil ich an meine eigene Mutter denken muss, die ich schon seit einer Ewigkeit nicht mehr besucht habe.

»Michael, hole doch bitte Hollys Mantel, ja?« Er muss ihn oben gelassen haben, denn ohne ein Wort zu sagen verlässt er den Raum, rennt nach oben und nimmt dabei zwei Stufen gleichzeitig, während das rhythmische Stampfen seiner Füße langsam irgendwo unter dem Dachboden verebbt.

Mr Parrott, der bis dahin nur genickt oder über Frans Anekdoten gelacht hatte, beginnt nun seinerseits, mich in ein Gespräch zu verwickeln. »Also, Holly, weißt du schon, auf welche Universität du gehen möchtest?« Ich mag seine Stimme, sie hat einen tiefen, väterlichen Klang. Ich mag väterliche Männer, ich weiß auch nicht, warum, wahrscheinlich weil ich selbst ohne Vater aufgewachsen bin.

»Hull«, sage ich schnell. Immerhin ist das die Universität, die ich besucht habe. Na ja, eigentlich heißt die ja Humberside Polytechnic, aber heutzutage sind sowieso alle gleich, oder?

»Hull? Du scheinst dir da ja ziemlich sicher zu sein. Als Candy kurz davorstand, zur Universität zu gehen, konnte sie sich bis zum letzten Moment nicht entscheiden.« Nun ja, ich denke, Candy hatte im Gegensatz zu mir mehr als eine Auswahlmöglichkeit.

»Oh ja«, sage ich und fühle mich wie in einer Zeitmaschine, mit deren Hilfe ich plötzlich die seltene Chance bekomme, in meine Zukunft schauen zu können, und jede Einzelheit bereits festgelegt ist. »Ich werde ganz sicher auf die Hull gehen.«

»Und was willst du nach dem College machen? Irgendwas mit Theater, nehme ich mal an.«

Ich überlege, einfach zu sagen, dass ich stattdessen leitende Kundenberaterin für einen Hardware-Konzern werden möchte. Aber seien wir doch mal ehrlich – eigentlich war das doch gar nicht mein Traum, als ich voller Hoffnungen den Zug nach Hull bestieg und mich darauf freute, drei Jahre lang Geisteswissenschaften studieren zu können, was immer das auch würde heißen mögen. Ich weiß nur noch, dass ich fest vorhatte, mir irgendwie während dieser drei Jahre all die sagenhaften Fähigkeiten anzueignen, die man als Journalist braucht, ohne auch nur im Geringsten zu ahnen, was das mit sich bringen würde. Nach meinem Abschluss habe ich dann erwartet, von irgendjemandem entdeckt zu werden und meine Karriere zunächst als Lokalreporterin der »Humberside Today« oder so zu beginnen, bevor mein Stern endgültig bei »News at Ten« aufgegangen wäre. Ich habe nie damit gerechnet, dass hunderte von bereits erfahrenen Journalisten ebenfalls Arbeit suchten und bereit waren, sogar die News der lokalen Presse zu durchforsten oder in den Norden zu gehen, und ich noch schlechtere Chancen als sie hatte, irgendwann mal an einen Job zu kommen. Das erkennen zu müssen war ein riesiger Schock für mich.

»Journalismus«, sage ich. »Das würde ich gerne machen.« Ich bin überrascht, wie wehmütig meine Stimme klingt, während ich das sage.

»Oh ja, Journalismus, sehr gut. Ein netter kleiner Job bei einer lokalen Zeitung. Solide Branche. Na dann, viel Erfolg.« Er hat ein nettes Lächeln und Michaels offene Augen. Von seinem Hochzeitsfoto zu schließen, muss er einmal schwarze Haare gehabt und sehr gut ausgesehen haben. Diese durch und durch väterliche Art, in der er mit mir spricht, gefällt mir, und in irgendeiner Weise finde ich es sogar ziemlich sexy. Man kann schließlich nie wissen, vielleicht in zehn Jahren ...? War nur ein Witz, da ist er wieder, dieser Vater-Fetisch. Man will eben immer das, was man nicht haben kann.

Endlich kommt meine Jacke, und ich verabschiede mich von Mr und Mrs Parrott.

Michael begleitet mich schweigend nach draußen bis zum Ende der Einfahrt. Es ist inzwischen dunkel geworden, und mir ist kalt.

»Wo ist die Bushaltestelle?«, frage ich ihn und schaue suchend die von Bäumen gesäumte Straße entlang. Er zeigt nach rechts. »Bis zum Ende der Straße, dann nach rechts über die Straße. Linie 246.«

»Okay«, sage ich kurz und küsse ihn flüchtig auf die Wange.

Er greift nach meinem Handgelenk. »Jetzt bist du sauer auf mich, stimmt's?«

»Nein, nein, bin ich nicht«, sage ich, klinge dabei aber ganz offensichtlich sauer.

»Sieh mal ...«, versucht er zu erklären, doch ich unterbreche ihn.

»Das Ganze war einfach eine saublöde Idee, das ist alles. Wir sehen uns.« Mit diesen Worten gehe ich zielstrebig nach links die Straße hinunter. Bleibe stehen, drehe mich um und gehe zielstrebig in der entgegengesetzten Richtung an ihm vorbei.

»Es war wirklich fantastisch«, ruft er mir lahm hinterher.

Törichterweise denke ich natürlich, dass er mir hinterherrennen wird, doch als ich zwei Drittel des Weges hinter mich gebracht habe, weiß ich, dass er es nicht tun wird. Warum tun Männer das im echten Leben bloß nie?

Jetzt wäre es an der Zeit, innezuhalten und mich ernsthaft zu fragen, was ich denn bloß um Himmels willen von dieser Beziehung erwartet habe. Sie verstehen sicher, warum ich so eifersüchtig und so sauer auf ihn geworden bin. Wenn man bedenkt, dass ich für meinen Teil nur vorhatte, einen kurzen Abstecher zurück zu den guten alten Tagen zu machen, ist es wirklich ziemlich unfair von mir, so überzureagieren. Vermutlich ist es das Gleiche, als wenn man einen gut aussehenden Mann trifft, der womöglich gerade von seiner wunderschönen Freundin allein gelassen worden ist, die ein Jahr lang ohne ihn auf Reisen gegangen ist.

Also jemand, der ganz offensichtlich nicht an einer dauerhaften Beziehung interessiert ist. Jemand, mit dem man sich darauf einigt, dass man nur gelegentlichen Sex, aber keinerlei Verpflichtungen und Probleme haben möchte. Und was tut man dann? Man verliebt sich prompt in ihn. Kein Wunder, dass der Arme etwas verärgert ist, wenn man ihn stündlich anruft, ihm in Restaurants nachläuft oder bei der eigenen Geburtstagsparty in Tränen ausbricht, weil er mit einem anderen Mädchen herummacht, das noch dazu die Erzrivalin ist, die man nur eingeladen hat, damit sie sieht, was für einen gut aussehenden Freund man hat. Solche Dinge kommen vor; ich habe zumindest schon davon gehört.

Damit will ich nur sagen, dass man leicht in eine Situation geraten kann, in der man etwas anderes sagt, als man wirklich denkt. Na ja, bezogen auf Michael ist das vielleicht doch ein wenig zu pathetisch gedacht.

Aber ich werde jetzt nicht damit beginnen, darüber nachzudenken. Morgen.

27. Kapitel

Alles verändert sich. Seit meiner Rückkehr aus Twickenham stelle ich das überall um mich herum fest. Und zwar meine ich keine kleinen, fast unmerklichen, sondern richtig umwälzende Veränderungen. Zum ersten Mal in meinem Leben habe ich das Gefühl, dass ich älter werde, oder nein, vielleicht ist das doch etwas zu drastisch ausgedrückt. Sagen wir mal: Ich spüre, wie die Zeit vergeht.

Nach zehn Jahren mit dem ständigen Geruch von unerledigtem Abwasch und nasser Wäsche in der Nase sind Rosie und ich nun auf den Geschmack von Haushalts- oder, besser gesagt, von Küchengeräten gekommen. Rosie hat damit angefangen, indem sie eines Tages mit einem orangefarbenen Bodum-Kessel und einem Kaffee-Service passend zu unserer Küche ankam. Am selben Tag habe ich dann später sechs Kaffeebecher im Stil der Fifties angeschleppt, die ich während meiner Mittagspause beim Shoppen erstanden hatte, in der ich eigentlich Unterwäsche kaufen wollte. Schwarze Unterwäsche, weil die weiße beim Waschen grundsätzlich grau wird.

Und dann habe ich am Mittwoch nach meinem Besuch in Twickenham plötzlich bemerkt, dass ich eine halbe Stunde früher als gewöhnlich aufgestanden bin, um frischen Kaffee zu kochen, der sich jetzt auf wundersame Weise in unserem Küchenregal befindet.

Als ich den Kaffee in den Filter gelöffelt hatte, folgte mir auch schon Rosie frisch geduscht in die Küche, holte frisch gebackenes Brot hervor und machte uns dazu ein paar

Rühreier. Wir saßen zusammen an dem kleinen Küchentisch und frühstückten in angenehmer Stille, spülten danach die Teller und Becher ab und stellten sie auf das Abtropfbrett. Jeden Abend, seit wir hier wohnen, hat eine von uns abgewaschen. Und man braucht noch nicht einmal viel Zeit dazu, wenn man es täglich tut.

Keine von uns beiden hat je ein Wort darüber verloren, sondern wir haben es einfach mit der Erleichterung zweier Kinder hingenommen, die in einem Spiegelkabinett eines Vergnügungsparks herumgeirrt sind und plötzlich wieder ihr wahres Spiegelbild sehen.

Außerdem verändert Rosie sich täglich. Zwölf Wochen sind inzwischen vergangen, doch gewisse Veränderungen scheint nur sie festzustellen, wie zum Beispiel, dass sie jetzt angeblich unbedingt Stützstrümpfe braucht, obwohl der Anblick ihrer Hüften und ihres Bauches immer noch jede Durchschnittsfrau sofort nach einem Slimfast-Diätprodukt würde greifen lassen. Oder wie ihre Pilgerfahrten zu »Mothercare«, um ein paar Hosen zu kaufen, die sie ihrer Ansicht nach unbedingt braucht, obwohl sie ihr um die Mitte herum wie ein Kängurubeutel schlabbern und ihr halb über den Hintern herunterrutschen, wenn sie läuft.

Und noch etwas anderes hat sich verändert – seitdem wir in der neuen Wohnung sind, wird Rosie nicht mehr schlecht. Sie sieht zwar immer noch ein wenig blass aus, so, als bekäme sie nicht genügend Schlaf oder zu wenig zu essen, aber im Großen und Ganzen gehen wir davon aus, dass das Schlimmste nun wohl überstanden ist. Doch dafür fängt sie jetzt ständig an zu weinen. Das erste Mal heulte sie unvermittelt bei einem Appell des Tierschutzbundes im Fernsehen los. Na ja, da sie beschlossen hat, die Schwangerschaft ohne Verabreichung zusätzlicher Hormone zu überstehen, machten wir uns keine weiteren Gedanken.

Doch inzwischen heult sie bei jeder Gelegenheit. Bei den Nachrichten, bei »EastEnders«, bei Filmvorschauen, bei jedem Buch (sie liest gerade Harry Potter) und beim Tod ihrer ältesten Topfpflanze. Vielleicht hätte diese tatsächlich eine sentimentale Reaktion verdient, doch sie hatte die Pflanze schließlich erst ein paar Tage zuvor gekauft.

Diese willkürlich auftretenden Heulkrämpfe haben jedoch noch eine tiefere Bedeutung. Die Rosie, die ich kannte, flatterte stets ruhelos suchend von einem Tag zum nächsten. Irgendwie scheint diese Rosie nun sesshafter geworden zu sein, und unter den Tränenflecken und weiten Hosen kann man erkennen, dass sie ganz auf sich selbst konzentriert und vollkommen glücklich in ihrem Glauben lebt, dass sie sich schon irgendwie durchbringen wird.

Klar, gewisse Dinge ändern sich nie. Nachdem wir lasen, was während der Geburt theoretisch schief gehen kann, bekamen wir beide derartig Angst, dass wir das Schwangerschaftsbuch, das Selin für Rosie gekauft hatte, unter einem Stapel von Büchern, einem Türstopper und Rosies Topfpflanze versteckten.

»Ich hatte ja keine Ahnung«, sagte Rosie entsetzt.

»Ich auch nicht«, pflichtete ich ihr bei, und wir beide erschauderten.

Was Selin betrifft, so hat sie begonnen, nun, wie soll ich sagen, richtig aufzublühen. Die immer schon wunderschöne, große Selin mit den rabenschwarzen Haaren. Normalerweise ist Selin aber ein sehr feiner, zurückhaltender Mensch, doch plötzlich hat sie etwas Strahlendes an sich, ihr Lächeln scheint anders geworden zu sein und ihre Stimme einen anderen Tonfall angenommen zu haben.

»Selin, du bist so anders«, sagte ich eines Tages zu ihr, während Rosie bei einer Veranstaltung war und wir zwei Flaschen wirklich guten Weins leerten.

»Nein, überhaupt nicht«, lachte sie, schüttelte ihr Haar, das ihr in einer glänzenden schwarzen Welle auf den Rücken fiel, und schien sich ganz offensichtlich zu freuen, obwohl sie es abstritt.

»Doch, du bist anders. Du hast irgendwie so was ... Gesetztes bekommen. Was dir übrigens gut steht.«

Sie schaute mich daraufhin lange nachdenklich an, streckte dann ihre Arme nach mir aus und drückte mich an sich. »Ich bin einfach glücklich. Du und Rosie wohnt jetzt in meiner Nähe. Der schreckliche Owen ist verschwunden. Ich komme wirklich gut mit meinem Vater klar und habe ein paar neue Kunden akquiriert. Ich habe einfach das Gefühl, beruflich vorwärts zu kommen und, na ja, Jen, da wäre noch ...«

»Oh, mein Gott, *jeder* kommt irgendwie vorwärts, nur ich nicht!«, schrie ich voller dramatischen Selbstmitleids. »Was wäre da noch?«

»Ach, nichts, vergiss es. Ich bin einfach nur glücklich«, sagte sie, und wir beließen es dabei, obwohl ich mich einen Augenblick lang gefragt hatte, ob Selin uns wohl etwas voraushatte, was das Erwachsenwerden und den Sinn des Leben betraf und ob ihre neu errungene Lebensfreude angesichts ihres tagaus tagein doch immer gleich bleibenden Lebens bedeutete, dass sie anfing, Rosie und mich hinter sich zu lassen. Uns, die wir doch immer noch völlig im Chaos steckten und der Auffassung waren, dass sich eines Tages schon irgendwie ein Weg für uns ebnen würde. Vielleicht hat Selin ja in ihrem Leben als Single mit dem Rückhalt ihrer Familie diesen paradiesischen Zustand des Glücklichseins und In-sich-Ruhens erreicht, von dem in so vielen Büchern und Zeitschriften immer die Rede ist. Wenn das wirklich der Fall ist und das stimmt, was einem in dem Fall immer prophezeit wird, dann wird sie ab jetzt von unzähligen beziehungswilligen Männern belagert werden. Also, bitte immer an das Mantra denken: »Ich bin mit meinem Leben zufrieden, ich bin mit meinem Leben zufrieden, ich bin mit meinem Leben zufrieden.« Das bin ich übrigens wirklich.

Selbst Josh hat sich verändert. Zuerst einmal schaut er pausenlos bei uns vorbei. Seit zu der Zeit, als er und Selin noch zu Hause wohnten und wir im Schrank in seiner Unterwäsche nach Pornoheften wühlten, habe ich ihn nicht mehr so viel um mich gehabt. Damals haben wir stundenlang mit den Händen vor dem Mund kichernd auf Selins Bett gesessen und mit ausgeschnittenen Buchstaben Erpresserbriefe zusammengestückelt, in denen wir ihm androhten, alles seiner Mutter zu erzählen. Drei Mal hat uns das so viel Geld eingebracht, dass wir nach Wood Green ins McDonald's gehen und mit den Sechstklässlern flirten konnten. Doch irgendwann hat er ein Schloss an seiner Tür angebracht, und wir mussten zu unserer üblichen Cola Light im Café zurückkehren.

Nicht, dass es mir etwas ausmachen würde, ihn anzutreffen, wenn ich von der Arbeit komme, im Gegenteil, ich finde es nett, ihn zu sehen, und freue mich oft sogar schon darauf. Ich finde es schön, wenn er mit einem Video oder einer Pizza vorbeikommt und wir drei vor dem Fernseher herumhängen. Die Sache ist nur die, dass ich nicht verstehen kann, was ihn dazu bringt. Ich meine, na gut, wir sind seit kurzem Nachbarn und offiziell sind wir alle nicht liiert, aber er hat einen Haufen Freunde in Stokey, und so viel Zeit hat man ja nun auch wieder nicht. Obwohl wir ihn im Laufe der Jahre eigentlich immer recht oft gesehen haben, war das doch meistens bei irgendeiner Veranstaltung in Begleitung von Selin, bei der wir uns alle getroffen haben, und ich hatte nie das Gefühl, dass er Lust gehabt hätte, den

Freundinnen seiner kleinen Schwester einen Besuch abzustatten. Tatsache ist, dass wir ihn inzwischen öfter zu sehen bekommen als Selin, die ständig mit etwas anderem beschäftigt zu sein scheint.

Manchmal frage ich mich, ob er vielleicht eine kleine Schwäche für Rosie hat. Die meisten Leute haben das. Außerdem spricht Josh pausenlos davon, dass auch er eines Tages Kinder haben möchte. Falls er tatsächlich eine Schwäche für Rosie hat, glaube ich aber nicht, dass Rosie das bisher kapiert hat, und vermutlich ist das auch besser so. Ich liebe Rosie und habe Josh sehr gern, trotzdem kann ich mir die beiden einfach nicht als Paar vorstellen, ich weiß auch nicht genau, warum.

Doch zurück zu mir. Immer dieselbe schleppende Routine bei der Arbeit. Neun Tage sind seit meinem Besuch in Twickenham vergangen, aber von Michael habe ich bisher nichts wieder gehört. Ich hatte sogar drei Tage lang mein Handy ausgeschaltet, weil ich nicht mit ihm reden wollte, doch als ich es wieder angeschaltet habe, waren keine Nachrichten in meiner Mailbox. Keine Ahnung, warum ich mich eigentlich so angestellt habe, keine Ahnung, weshalb er nicht angerufen hat, keine Ahnung, ob ich mich bei ihm melden soll. Doch der Gedanke an seine Berührung, an bestimmte Gesten, die er macht, oder an seine eigentlich völlig überflüssige Aftershave Lotion kommt plötzlich in mir hoch, und ich bin erstaunt, wie sehr er mir fehlt.

28. Kapitel

Mittlerweile ist etwas geschehen, was meinen Arbeitsplatz interessanter gemacht hat – na gut, er ist sogar *richtig* interessant geworden. Wir haben jemand Neuen im Büro: Jackson aus New York City. Ich muss mir angewöhnen, immer New York City zu sagen, denn wann immer jemand von uns so etwas wie »wow, New York, muss echt cool sein, dort zu leben« sagt, erwidert er: »Na ja, der Staat New York ist ganz schön, aber New York City ist viel cooler.«

Ich habe mir schon überlegt, dass ich, falls irgendwas passiert, im Zweifelsfall immer zu seinen Gunsten entscheiden werde, weil er neu ist und weil auch ich mich manchmal wie ein Vollidiot verhalte, wenn ich nervös bin.

Er ist scheinbar Georgies amerikanisches Gegenstück in NYC, was sie regelmäßig in Rage bringt. Erstens, weil er erst um die fünfundzwanzig ist, und zweitens, und das ist noch schlimmer, weil er Vizepräsident oder Vize von irgendwas anderem ist. Georgie sagt immer ironisch, dass da drüben von der Poststelle aufwärts alle Vizepräsidenten sind. Ich weiß nicht recht, ob *sie* im Zweifelsfall zu seinen Gunsten entscheiden würde.

Außerdem ist er viel zu prüde für sie, abgesehen davon, dass er klasse aussieht, so im Stil der Achtziger, mit langen Haaren und hochgekrempelten Hemdsärmeln. Eine Art Rob Lowe, mit durchdringend blauen Augen und breitem texanischen Dialekt, eben wie im Film »St. Elmo's Fire«.

Er ist hier, um Ideen mit uns auszutauschen. Die Zentrale wünscht, dass zwecks einer besseren transatlantischen

Zusammenarbeit Grenzen abgebaut werden, und hofft, dass uns das zu erfolgreicheren Regenmachern macht.

Wie sie das machen wollen? Da kann ich auch nur raten.

Ich weiß nur, dass er einen Monat lang hier bleiben wird und dass Georgies persönliche Assistentin, die geduldige Alice, ihr bereits heute Morgen mehr Tassen Kräutertee gebracht hat, als Georgie für gewöhnlich an zwei Tagen trinkt. Bei ihrem vierten Gang in Georgies Büro an diesem Morgen hält Alice im Vorbeigehen kurz die Teepackung hoch. »Toleranz Tee« steht drauf.

Zehn Tage – und immer noch habe ich nichts von Michael gehört, trotzdem glaube ich, dass er überlegt, wie er am besten mit mir in Verbindung treten kann. Er muss mich ein paar Mal hier auf der Arbeit angerufen haben, da bin ich mir ziemlich sicher. Jedes Mal, wenn ich den Hörer abgenommen habe und er meine Stimme gehört hat, hat er aufgelegt. Entweder war es Michael, oder meine Telefonleitung war plötzlich mit irgendeiner automatischen Sendewiederholung irgendeines Fax gekoppelt. Das ist mir vor ein paar Jahren schon mal passiert, es würde mich also nicht wundern. Damals war es ein Mädchen aus der Buchhaltung, Lizette, die nicht sehr begeistert davon war, dass ich aufgrund meiner gescheiterten Beziehung zu Owen (damals Laufpass Nummer zwei) etwas mit ihrem Freund angefangen hatte. Na gut, damals *war* er noch ihr Verlobter, aber ich war damals auch noch anders, viel verrückter. Heute bin ich sehr viel verantwortungsbewusster und respektiere die Beziehungen anderer. Lizette arbeitet immer noch hier, doch kurz nach unserem kleinen Intermezzo ging ihr Verlobter zwecks Selbstfindung nach Mexico, fand stattdessen aber einen Job in einer Strandbar in Cancún und heiratete ein Mädchen von dort. Lizette hat mir das nie verziehen.

Nachdem ein wenig Zeit nach dem peinlichen Zwischenfall von Twickenham vergangen ist, sehe ich immer wieder Michael vor mir, wie er neben mir in seinem Dachgeschosszimmer schläft. Ich hätte einfach nie gedacht, dass er unserem Verhältnis gegenüber irgendwelche Vorbehalte hat. Ich hätte nie gedacht, dass er die Beziehung zu mir geheim halten will. Er schien so begeistert davon zu sein, dass ich zu seiner Party komme und im Pub seine Freunde kennen lerne. Vielleicht habe ich es auch einfach nur falsch verstanden, vielleicht wollte er mich beschützen und meine Gefühle respektieren. Wenn ich ehrlich bin – hätte er nicht diese Holly erwähnt, hätte ich vermutlich den ganzen Heimweg über den Vorfall gelacht.

Ich seufze, schaue mit leerem Blick auf die Excel-Datei vor mir und versuche die Energie aufzubringen, die Sache ernst zu nehmen. Auch das ist ein Vermächtnis von Owen. Mir sind schon zu viele Frauennamen an den Kopf geschleudert worden, sodass ich mich jedes Mal auf das Schlimmste gefasst mache, wenn wieder eine neue Frau auftaucht. Irgendwann wird diese Angst und die Verbitterung von mir abfallen, und ich kann wieder normal damit umgehen. Ich kann mir nur einfach nicht vorstellen, wann das sein soll.

Plötzlich klingelt mein Handy in der Kurzversion von *Disco Inferno,* und zwar genau in dem Augenblick, als auch mein Geschäftsapparat um Aufmerksamkeit bittet. Äußerst professionell greife ich zuerst nach meiner Tasche und wühle frenetisch ein paar Sekunden lang nach meinem Handy. Als ich es hervorziehe, sehe ich Michaels Namen auf dem Display. In dem Augenblick, als ich auf ›O.K.‹ drücke, um dranzugehen, verstummen beide Apparate. Mein Handy muss wohl auf die Mailbox umgeschaltet haben, und der Geschäftsapparat muss sich wohl irgendwo in der geheimnisvollen Welt der Kundenakquise verloren haben, mit anderen Worten, er wurde vermutlich an jemand anderen im Büro weitergeleitet.

Mein Geschäftsapparat erwacht erneut zum Leben.

»Hallo, UK Sales, was kann ich für Sie tun?«

Schweigen, trotzdem habe ich das Gefühl, dass jemand am anderen Ende der Leitung ist. Wenn ich meinen Kopfhörer ans Ohr presse, glaube ich, Verkehrslärm hören zu können.

»Hallooooo«, rufe ich eindringlich. »Falls das Ihr Faxgerät ist, das hier ist keine Faxnummer!« Ich drücke den Knopf, um die Verbindung abzubrechen, und frage mich, ob die Leute mich wohl aus ihrem Fax schreien hören können, wenn sie sich zufällig in der Nähe des Gerätes aufhalten.

Ich versuche immer noch, die Sache irgendwie zu kapieren, als Jackson ganz wie Michael Jackson in mein Büro gleitet – richtig, *gleitet* – und meine Handymelodie summt.

Er lächelt mich mit seinen außergewöhnlich weißen Zähnen an und setzt sich.

»Hey!«, sagt er fröhlich. Ich habe genug Fernsehen geschaut, um zu wissen, dass das die amerikanische Version von ›Hallo‹ ist.

»Hallo«, sage ich in meinem besten Lady-Di-Tonfall. Er lehnt sich in seinem Stuhl so weit es geht zurück, verschränkt seine Arme auf der Brust und richtet seine blauen Augen unter der weichen Stirnlocke auf mich. So eine weiche Stirnlocke bei einem Kerl hat schon was.

»Mann, ich liebe diesen Titel«, sagt er mit einem verschmitzten Augenzwinkern. Ich glaube, seine Zähne schimmern so wie in der Werbung; es könnte natürlich auch das Neonlicht sein, trotzdem bin ich mir ziemlich sicher, dass sie schimmern. Na ja, ich weiß schon, dass nicht alle Amerikaner aussehen wie die Statisten bei »Ally McBeal«, denn schließlich habe ich Jerry Springer und Unmengen von amerikanischen Touristen mit ihren Gürteltaschen und dazu passenden, bis obenhin zugezogenen Anoraks um Viertel nach acht, *morgens* wohlgemerkt, in der U-Bahn lachen sehen. Doch der hier sieht wirklich so aus.

Ich hätte Lust, ihn zu fragen, was er mit seinen Zähnen machen lässt und ob er getönte Kontaktlinsen trägt, stattdessen sage ich nur: »*Disco Inferno?* Echt? Magst du überhaupt gerne Discomusik oder speziell diesen Titel?«

Heutzutage muss man schon vorsichtig sein, wenn man zum ersten Mal einem vermeintlichen Discofreak begegnet, denn oft entpuppen sich Hoffnungsträger als Leute, die sich für eine Herrenparty eine Afro-Perücke zulegen, und wenn sie vom Bee Gees Song »More Than A Woman« sprechen, meinen sie damit die Version von Westlife. Zumindest glaube ich, dass sie von Westlife ist, sie könnte aber genauso gut von A1 sein.

»Discomusic? Finde ich toll. Wo kann ein Typ in dieser Stadt denn eine anständige Disco finden?« Er ist wahrscheinlich schwul, aber wenn ich überlege, dass ich vermutlich die Einzige auf der Welt war, die sich über George Michaels Outing gewundert hat, bin ich nicht unbedingt die Richtige, um so etwas zu beurteilen. Ein heterosexueller, gut aussehender, reicher Amerikaner, der Discomusik liebt. Seit John Travolta hat es so etwas nicht mehr gegeben, im Ernst.

»Na ja, ich kenne ein paar Clubs, wenn du willst, können wir irgendwann zusammen hingehen?«, sage ich beiläufig. Ich möchte nicht, dass er denkt, dass er mir gefällt, nur für den Fall. Gut, eigentlich möchte ich noch nicht mal, dass er denkt, dass er mir irgendwann einmal gefallen könnte, denn das tut er nicht. Nicht besonders jedenfalls.

»Wirklich? Danke, das wäre toll. Sieht so aus, als würde ich noch eine ganze Weile hier verbringen, wäre also nett, sich mal mit jemanden treffen zu können.«

»Ist mir ein Vergnügen«, sage ich, wobei mein Lächeln ungefähr so schnell auf meinem Gesicht auftaucht wie eine Tsunami-Welle.

»Hör mal«, er lehnt sich etwas näher an mich heran und gibt mir ein Zeichen, mich bis auf Zentimeter seiner spitzen Nase zu nähern. Da wären wir, jetzt wird er mich gleich nach einem Schwulenclub fragen. »Ich wollte mich nur entschuldigen, dass ich mich wie ein Wichser verhalten habe, als ich hier angekommen bin. Das waren die Nerven.«

»Ein Wichser!«, schreie ich so laut, dass Kevin kichernd zu mir herübersieht. »So ein Unsinn. Keiner hat gedacht, dass du dich wie ein Wichser aufgeführt hast!«, sage ich ehrlich. Nein, wir haben eher gedacht, dass du dich wie ein Idiot verhältst.

»Vielleicht kann ich ja für Freitag was arrangieren, okay?« Nicht, dass ich plötzlich keinen Gedanken mehr an Michael verschwenden würde. Ich möchte einfach nur Rosie und Selin meinen hübschen neuen Freund vorführen.

»Das ist wirklich nett von dir.« Er steht auf und geht zur Tür.

»Keine Ursache«, sage ich »Ich finde es immer toll, einen neuen Discofan kennen zu lernen.« Einen Augenblick lang sitze ich noch, in nostalgische Gedanken an die Musik der Siebziger und mein 3-D-Poster von Rob Lowe versunken, da, an das ich mich manchmal immer noch kuschle. Doch langsam entschwindet auch dieses Gefühl wieder, und ich muss an Michael denken. Ich rufe seine Nachricht ab.

»Ich bin's. Michael. Wollte nur mal hallo sagen. Hab

nicht angerufen, weil ich dachte, na ja, dass du das nicht willst. Ich möchte nur mit dir reden. Okay? Bitte ruf mich zurück.«

Der Klang seiner Stimme lässt die Erinnerung an den sanften Druck seiner Hände auf meinem Rücken sofort wieder in mir aufsteigen. Ich rufe ihn zurück; er geht sofort ans Telefon.

»Äh, hallo!«, sage ich. Er scheint überrascht.

»Tut mir Leid«, sage ich sofort. Ich möchte ihn einfach nur sehen.

»Dir tut es Leid? *Mir* tut es Leid. Ich habe mich wie ein Schwein benommen.«

»Ich schätze, ich war einfach nur ein wenig eifersüchtig auf diese Holly. Das war dumm, tut mir Leid.«

»Du hast keinen Grund, eifersüchtig zu sein. Holly ist nur eine gute Freundin. Ich habe bloß ihren Namen erwähnt, weil meine Mutter die meisten Leute kennt, mit denen ich herumhänge. Ich wollte einfach nicht, dass sie dir unangenehme Fragen stellt. Aber das war dumm von mir. Ich war gerade erst aufgewacht, weißt du noch? Und du hast mich an diesem Nachmittag ganz schön um den Verstand und andere Dinge gebracht.« Er kichert leise und zweideutig, und ich spüre ein leises Kribbeln bei dem Gedanken daran. Er denkt anscheinend, dass ich eine Bombe im Bett bin.

»Ich hatte eine schöne Zeit«, sage ich langsam, »vor dem Zwischenfall mit den Eltern.«

»Mein Gott, ich doch auch. Sag mal, kann ich dich bald wiedersehen?« Seine Stimme ist so angespannt und nett, und ich bin so entzückt darüber, dass er es nicht für selbstverständlich hält, dass mein Anruf automatisch mit einem potenziellen Wiedersehen gleichzusetzen ist.

»Ja, ich würde dich gerne wiedersehen. Ich weiß aber

noch nicht, wann«, antworte ich, denn ich gehe mal davon aus, dass, wann immer wir uns wiedersehen werden, irgendein Bett mit im Spiel sein wird, und ohne irgendwelche Komplikationen Zugang zu einem Bett zu finden erscheint mir mittlerweile ziemlich schwierig.

»Lass uns ins Kino gehen«, sagt er plötzlich.

»Ins Kino?« Ich bin ziemlich überrascht.

»Genau, wie bei einem echten Rendezvous. Wir gehen uns irgendwo im West End einen Film anschauen, anschließend stellen wir uns eine Stunde für ein »Häagan Dazs«-Eis an, und dann bringe ich dich zum Bus. Wie findest du das? Für mich ist das alles mehr als nur Sex, weißt du?«

Einen Augenblick lang sage ich gar nichts. Ich bedeute ihm mehr als nur Sex. Ich weiß nicht recht, wie ich das verstehen soll. Vielleicht denkt er am Ende gar, dass ich gar keine Sexgöttin bin. Vielleicht will er auch nicht mehr mit mir ins Bett gehen, weil er mich jetzt als Mensch zu schätzen begonnen hat.

»Ich mag dich wirklich«, sagt er in die Stille hinein. Ein Rendezvous. Ich habe schon seit Ewigkeiten kein Rendezvous mehr gehabt. Seit ... ich kann mich selbst nicht mehr daran erinnern, wann ich das letzte Mal zu einem Rendezvous gegangen bin. Bei Owen gab es keine Rendezvous.

»Das fände ich toll«, sage ich. »Wie wär's mit morgen? Wir könnten uns um halb sieben vor dem »Hippodrom« treffen, du darfst den Film aussuchen.« Ich habe morgen frei, damit ich Rosie ins Krankenhaus begleiten kann, deshalb weiß ich, dass ich nicht bis spät im Büro werde sitzen müssen.

Mein Geschäftsapparat beginnt wieder zu klingeln.

»Okay, cool. Also, bis dann«, sagt er glücklich.

»Okay, ich sollte jetzt wohl besser auflegen«, sage ich, genervt von dem Geklingel meines Kopfhörers.

»Jenny?«

»Ja?«, sage ich etwas gereizt.

»Ich glaube, ich liebe dich.« Er legt auf. Seine Worte klingen in meinen Ohren nach, als ich den Anruf am anderen Apparat entgegennehme.

»Hallo, was kann ich für Sie tun?«, frage ich automatisch.

Stille.

»Michael?«, frage ich dumm.

Verdammtes Faxgerät. Die Leitung wird unterbrochen.

29. Kapitel

Seit ich in meinem neuen Schlafzimmer aufwache, sind die Morgen zu einem wahren Genuss geworden. Der heutige Tag scheint ein wenig düster zu sein, und der orange Schimmer der Straßenbeleuchtung, die beruhigenderweise nur wenige Meter von meinem Fenster entfernt ist, scheint immer noch hell durch meine weißen voileähnlichen Vorhänge. Ich strecke meine Beine aus und drücke meine Zehen gegen das aus Kiefernholz geschnitzte Fußende meines Bettgestells. Wenn ich mich aufsetze, kann ich mich in der verspiegelten Schrankwand sehen, die der Länge nach an der Zimmerwand entlangläuft.

Also gut, die Schrankwand ist vom Billiganbieter MFI, das Kiefernbett ist mit tiefen Buntstiftschnitzern eines der kreativen Kinder irgendeines Vormieters verziert und hat Zahnabdrücke am Kopfende, aber in der frühen Morgenstunde und unter dem wohligen Sonnenaufgang der Straßenlaterne bin ich glücklich, endlich eine Art Lebensstil gefunden zu haben. Selbst wenn dieser Secondhand und verwohnte Möbel bedeutet.

Heute hat Rosie ihre erste Ultraschalluntersuchung. Selin, die sich nie lange freinehmen kann, hat vor, gleich nach der Untersuchung wieder zurück ins Büro zu gehen, doch Rosie und ich planen, uns ein Taxi zur Oxford Street zu nehmen, dort noch ein paar Umstandskleider zu kaufen, die Rosie jetzt noch gar nicht braucht, und mittagessen zu gehen. Ich habe es inzwischen aufgegeben, ihr zu versichern, dass sie noch gar keinen richtigen Bauch hat, denn dann fängt sie jedes Mal an zu heulen. Zum ersten Mal befinde ich mich also als Freundin eines weiblichen Wesens in der Lage, diesem versichern zu müssen, dass es fett aussieht.

Als ich aufstehe, ist Rosie bereits in der Küche und trägt ihren neuen weißen Pyjama mit den kleinen rosa Rosenknospen, die links, rechts und in der Mitte blühen. Sie stellt ein Glas Erdbeermarmelade und die Frühstücksteller auf den Tisch und legt zwei Messer daneben. Gestern habe ich eine Butterschale gekauft, die ich zufällig in der Auslage von »Marie Curie« entdeckt hatte, als ich von der Arbeit kam, und die nun in all ihrer stählernen Pracht in der Mitte unserer orange-weißen Tischdecke thront, die Rosie irgendwann gekauft haben muss. Wir beide sind richtige Frühstückfans geworden. Aber nicht irgendeines Frühstücks, sondern von dem im Doris-Day-Stil.

»Tee?«, fragt Rosie. Sie wirkt selbst für ihre Verhältnisse ein wenig still. Vielleicht ist sie nervös.

»Gerne«, antworte ich. »Eigentlich wollte ich ja Frühstück für dich machen, schließlich ist heute der Ultraschalltag und so.«

»Jen ...?« Da ist wieder der Tonfall, den ich schon tausendmal gehört habe. Sie stellt eine bauchige weiße Teekanne auf den Tisch und setzt sich. Ich bin so tief beeindruckt von der neuen Teekanne, dass es eine Weile dauert, bis ich die dicke Träne bemerke, die an einer ihrer Wangen herunterkullert.

»Was ist los, Zuckererbse?«, sage ich sanft. Ich erwarte etwas in der Art, dass sie völlig aus der Fassung geraten ist, weil sie heute Morgen lieber Himbeermarmelade gehabt hätte.

»Ich mache mir wegen des Ultraschalls Sorgen«, sagt sie und wischt sich mit dem Handballen die Träne fort.

»Wird schon alles gut gehen, du Dummchen«, sage ich und bemühe dabei genau den Satz, der mich jedes Mal zur Weißglut bringt, wenn andere ihn zu mir sagen.

»Aber was ist, wenn es nicht gut geht, schließlich habe ich am Anfang ziemlich viel getrunken und geraucht, stimmt's? Ich weiß nicht einmal mehr, wann ich zum letzten Mal etwas geschluckt habe. Ich meine, ich kann mich gar nicht mehr daran erinnern, ob ich in der Zeit Drogen genommen habe, als ich noch nichts von meiner Schwangerschaft wusste, oder nicht. Ich hätte es ... Ich hätte es ... besser umbringen sollen!« Sie bricht in Tränen aus und reibt sich mit ihren Fingerknöcheln wild über die Augen, während ihr Körper von Schluchzern geschüttelt wird. Sie ist von einer solch tiefen Trauer geplagt, dass ich begreife, dass es sich um mehr als eine einfache Stimmungsschwankung handelt. Ich ziehe meinen Stuhl näher an sie heran und lege meine Arme um sie. Zwei Scheiben Toast springen aus dem Toaster, wobei die eine wegflutscht und auf dem Küchentresen landet.

»Nun komm schon, Rosie-Posie, es wird alles gut gehen. Da bin ich mir ganz sicher.« Ich überlege, was ich ihr sagen könnte, um sie zu beruhigen. »Denk doch mal an all die Kinder von irgendwelchen Rock Stars. Die sind alle völlig gesund. Und ich wette, die waren alle auf Sauftour, bis sie herausgefunden haben, dass sie schwanger sind.«

Rosie schluchzt nur noch heftiger und verbirgt ihr Gesicht in ihren Armen.

»Die haben sich alle vor der Geburt behandeln lassen, das hab ich in »Hello« gelesen!« Ich habe Rosie schon oft heulen sehen, manchmal waren es stille Tränen, manchmal betrübte oder ärgerliche und manchmal auch lachende, wenn sie merkte, dass sie grundlos weinte, aber ich habe sie noch niemals vorher so hemmungslos und verzweifelt weinen sehen. Ich frage mich, wann Selin endlich hier ist.

»Ist ja gut, alles okay. Was sehen wir, wenn wir aus der Haustür gehen?« Mir ist eine Idee gekommen.

»Pizza Gogo«, schnieft sie.

»Nein, ich meine, wenn wir die Straße hinunterschauen, was sehen wir da? Wir sehen Mütter mit Babys, stimmt's?« *Das* war meine Idee, ab jetzt muss ich improvisieren.

»Ja? Na und?« Ihr tränenüberströmtes Gesicht taucht aus einem Nest von Haaren und Armen auf.

»Lauter gesunde und muntere Babys. Gut, ich wette, dass nicht alle diese Mütter ihr Baby geplant haben, und ich wette sogar, dass viele ein paar Wochen lang gar nicht wussten, dass sie schwanger sind und ganz normal weitergelebt haben. Und was ist dabei herausgekommen? Lauter gesunde, wunderbare Babys. So wie deines eins sein wird.« Das hört sich zwar nur sehr dürftig an, aber vielleicht funktioniert es ja.

»Glaubst du wirklich?«, fragt sie heiser, aber bereits mit halbem Lächeln.

»Ja natürlich, da bin ich mir sicher, und der Arzt wird dasselbe sagen. Da wette ich mit dir.«

»Okay.« Sie setzt sich auf, schenkt uns Tee ein und greift dann hinter sich auf den Küchentresen nach der Scheibe Toast. Es war also doch nur eine Stimmungsschwankung. Eines Tages werde ich bei diesen Dingen schon noch den richtigen Dreh herausbekommen.

»Es wird irgendwie komisch werden, stimmt's?«, sagt sie, während sie ihren Toast mit Butter beschmiert. »Ich meine, egal wie oft ich mir Gedanken darüber gemacht und alles geplant habe, es erscheint mir trotzdem so, als würde es irgendwie jemand anderem passieren. Aber heute werde ich das Baby sehen. Heute wird es Wirklichkeit werden.« Wir sehen uns einen Augenblick lang an und versuchen uns vorzustellen, wie es ihr Leben, ja in gewisser Weise unser aller Leben verändern wird, sobald sie – oder eine von uns – ein Baby hat. Es ist ebenso unvorstellbar, als wollte man versuchen, die Größe des Universums zu erfassen. Wir scheinen beide nicht in der Lage zu sein, mit dieser Art von Realität umgehen zu können.

»Also gut, ich glaube, wir sollten uns langsam auf den Weg machen«, sagt Rosie und macht unseren Träumereien ein Ende. »Ich muss mich noch duschen und dann etwas zum Anziehen finden, in dem ich, na du weißt schon, verantwortungsbewusst aussehe. Wie soll ich die Haare tragen, aufgesteckt oder offen? Was meinst du?« Jetzt strahlt sie richtig.

»Offen ist besser, du möchtest doch nicht, dass dich irgendwelche Haarnadeln stechen, wenn du auf der Liege liegst, oder?«, lächle ich. »Ich werde mich jetzt anziehen, Selin muss jeden Augenblick hier sein, und du weißt ja, wie sie uns anfauchen wird, wenn wir nicht fertig sind.«

Das ist natürlich der Wink mit dem Holzpfahl an Rosie, sich mit dem Anziehen etwas zu beeilen, denn Rosie wird nie rechtzeitig fertig. Doch das lässt sie völlig kalt, darum lasse ich sie sitzen, während sie sich in aller Ruhe Marmelade auf ihr Toastbrot schmiert und nachdenklich auf ein gelbes Bild mit blauen Finken in einem blühenden Baum schaut, das der Hausbesitzer über den Tisch gehängt hat.

Ich habe gerade meinen Lippenstift aufgetragen, als es an der Tür klingelt und ich, ohne die Sprechanlage zu benutzen, den Türöffner drücke und die Haustür einen Spaltbreit offen lasse. Rosie ist nicht mehr in der Küche. Eine kurze Nachforschung ergibt, dass sie nun unter der Dusche steht.

»Rosie, wir müssen in zwanzig Minuten los«, rufe ich durch die Tür.

»Okay!«, ertönt es heiter.

»Hallo!« Der tiefe Klang einer Männerstimme lässt mich aufspringen, bis ich erkenne, dass es Josh ist. Selins Kopf blickt über seine Schulter und grinst mich an. Es überrascht mich nicht, dass auch er mitgekommen ist. Schon die ganze letzte Zeit über ist er irgendwie immer hier gewesen. Das letzte Mal vor ungefähr ein paar Tagen, als er mit zwei Flaschen gutem und teurem Wein (beide haben über sechs Pfund gekostet, ich habe die Preisschilder kontrolliert) aufgetaucht ist. Rosie war fort, also hat er mir den ganzen Abend Gesellschaft geleistet. Man muss ihm wirklich zugute halten, dass er nicht gleich wieder mit irgendeiner Entschuldigung verschwunden ist, sondern ganz im Gegenteil, wir hatten sogar einen richtig netten Abend. Wir hatten ein wenig zu viel getrunken und uns dabei den nächsten ultimativen Song für den Grand-Prix ausgedacht, Titel: »Hoop-a-loo, I Love You (And World Peace)«. Am Ende hab ich ihn sogar rausschmeißen müssen, weil ich am nächsten Tag früh zur Arbeit musste.

Selin sieht ungeduldig auf ihre Uhr. »Wo bleibt die Mama? Lass mich raten, unter der Dusche?«, sagt sie und ruft durch die Badezimmertür. »Mach vorwärts!«

»Okay!«, schallt es fröhlich zurück. Die Dusche rinnt weiter.

»Möchtest du Tee?«

Selin lehnt ab, doch Josh möchte welchen, also führe ich ihn in die Küche.

»Diese Küche ist ein echtes Kunstwerk«, lacht er. »Du solltest sie für den Turner Preis anmelden, als Antithese zu Tracy Emin.« Aus irgendeinem Grund beleidigt mich sein Kommentar, darum tätschle ich verteidigend den blanken Küchentresen.

»Warum bist du eigentlich hier?«, frage ich in einem etwas herausfordernderen Ton, als mir lieb ist.

»Na ja, ich habe meinen Wagen aus der Werkstatt geholt und heute nichts zu tun, deshalb hab ich mir gedacht, dass ich euch fahren könnte. Ich meine, wenn ihr wollt.«

Ich mustere ihn von Kopf bis Fuß. »Also gut, danke«, sage ich unfreundlich und reiche ihm den Tee. Dieses Ich-bin-ein-netter-Junge-Gehabe ist ja wirklich rührend, aber manchmal etwas zu viel des Guten.

Dass wir zu viert in der Klinik für Schwangere warten, treibt so manche Augenbraue in die Höhe, und Josh überlegt, ob die anderen werdenden Mütter wohl denken, dass er eine Art Deckhengst mit drei Frauen ist.

»Das hättest du wohl gerne«, sage ich neckend zu ihm, und erfreulicherweise wird er rot.

Als die Hebamme schließlich Rosies Namen aufruft und wir alle gleichzeitig aufstehen, sieht sie uns der Reihe nach streng an und sagt: »Das hier ist ein ganz gewöhnliches Untersuchungszimmer, kein Fußballstadion.« Doch dann bricht sie in ein freundliches, ansteckendes Gelächter aus, während wir nervös lächeln. »Na kommen Sie schon, Sie können alle mit hineinkommen, wenn Sie wollen. Normalerweise lasse ich nur den Vater mit hinein. Sind Sie der Vater?« Sie zeigt auf Josh, der schuldbewusst den Kopf schüttelt.

»Verstehe, na dann, ach zum Teufel«, sagt sie vergnügt. »Unterstützung ist während der Schwangerschaft sowohl für die Mutter als auch für das Baby äußerst wichtig, egal von wem sie kommt.« Wir gehen der Reihe nach in das Zimmer, und sie erzählt uns, dass sie Fehmi heißt, seit dreißig Jahren sowohl hier als auch in Afrika als Hebamme gearbeitet hat und jedes der Babys liebt.

»Ich sage Ihnen mal was – wir lachen diese Babys einfach aus dem Bauch heraus«, sagt sie zu Rosie, und ich merke, wie sich deren angespannte Gesichtszüge langsam zu lockern beginnen. Nach ein paar Fragen intimerer Natur, bei denen Josh sich sichtlich unwohl fühlt, schickt sie uns in die Ultraschallabteilung, in der das Wartezimmer ruhig und fast leer ist, abgesehen von ein paar jungen Pärchen, die schweigend Händchen halten. Ich glaube, wir haben Glück, alle hier sind gut gelaunt. Die Ultraschallspezialistin lacht, als wir sie fragen, ob wir mitkommen dürfen, und sagt, dass wir willkommen sind, wenn wir still sind und nichts umwerfen.

Zuerst sieht es wie ein Satellitenbild von einem Unwetter aus. Dann ist in der Mitte ein zaghafter, pulsierender Schlag zu erkennen, und man begreift, dass das der Herzschlag des Babys ist. Danach zeigt uns die Ultraschallspezialistin den Kopf, bei dem man bereits ein winziges Profil erkennen kann. Aber vielleicht bilden wir uns das auch bloß ein. Das Beste aber ist, als Rosie husten muss, denn da hüpft das Baby wie ein verrückt gewordener Hard-House-Fan auf und ab.

Rosie greift nach meiner Hand, und ohne ihren Blick vom Monitor abwenden zu können, flüstert sie ergriffen: »Sieh doch nur, sieh, das ist mein Baby. Hallo Baby.« Das Staunen in ihrem Gesicht spiegelt sich auf all unseren Gesichtern wider.

Die Ultraschallspezialistin sagt, dass alles in Ordnung ist, und wir nehmen das Ultraschallbild mit. Rosies Untersuchung ist gut gelaufen, ihr Ultraschall ist gut gelaufen, alles ist in bester Ordnung. Als wir im Krankenhauscafé sitzen, muss Rosie wieder weinen, doch diesmal lacht sie gleichzeitig.

»Ich bin *wirklich* schwanger«, sagt sie. »Ich werde *Mutter*!«

30. Kapitel

Wie gewöhnlich wälzen sich die Menschenmassen von Touristen am Leicester Square an mir vorbei, während ich wieder einmal auf Michael warte. Unter normalen Umständen wäre mir die Tatsache, dass ich bereits das zweite Mal hintereinander – dieses Mal bereits seit einer Viertelstunde und umgeben von blonden, Pferdeschwanz schwingenden Austauschstudentinnen, die Heidi oder so heißen – auf ihn warten muss, bereits auf die Nerven gegangen. Das dämmrige Tageslicht hat begonnen, der leuchtenden Neonpracht des Platzes zu weichen, und es ist kühl geworden. Hinsichtlich der Übergangsgarderobe zwischen Sommer und Herbst habe ich immer noch nicht den richtigen Bogen heraus, meine Schuhe drücken an den Zehen, und die so genannte vielseitig kombinierbare weiße Bluse, die ich partout keine Nummer größer als die nehmen wollte, von der ich ausging, dass sie eher meiner Größe entsprechen würde, klafft über meinem Busen auf – weil man ja grundsätzlich nur Bekleidung für flachbrüstige Frauen macht, als wären wir alle ein Klon von Kate Moss.

Aber man kann auch wirklich nicht behaupten, dass dieses Treffen unter normalen Umständen stattfindet, denn heute ist etwas passiert, das mich aus der Fassung gebracht hat, etwas, worüber ich mir zwar vermutlich keine Sorgen zu machen brauche, es aber doch tue. Es ist etwas passiert, was mich rein gar nichts angeht, trotzdem werde ich vermutlich unweigerlich mit hineingezogen werden.

Nach dem Ultraschall war alles prima gelaufen, wir waren alle gut gelaunt, und Josh hat Selin wie vereinbart wieder zurück zur Arbeit gebracht, obwohl er natürlich versucht hat, uns zu überreden, uns in die Stadt bringen zu dürfen.

»Mach dich doch nicht lächerlich«, sagte ich. »Wir nehmen uns ein Taxi.« Seine plötzliche Höflichkeit fing an, mir auf die Nerven zu gehen. Rosie wollte Kaled anrufen, doch ich konnte sie schließlich davon überzeugen, dass es nicht fair gewesen wäre, ihn durch die ganze Stadt fahren zu lassen, wenn wir genauso gut ein Taxi auf der gegenüberliegenden Straßenseite hätten nehmen können.

»Er würde aber doch bestimmt gerne das Ultraschallbild sehen!«, protestierte sie, bevor sie es schließlich einsah.

Rosie wird jetzt immer ziemlich schnell müde, doch eine breite Straße voller Geschäfte scheint sie auf eine Art und Weise zu neuem Leben zu erwecken, wie es zehn Stunden Schlaf und ein großer Becher entkoffeinierter Kaffee nicht vermögen würden.

Wir waren von einem Umstandsmodengeschäft zum nächsten gelaufen und hatten dabei Artikel wie Schlaf-BHs, Schwangerschaftstangas und, ganz besonders beängstigend, Brustwarzenschoner und Brustpumpen entdeckt. Wir haben uns so oft die übliche Palette von Blümchen- und Leinenkleidern bis zu weiten Schlaghosen angesehen, dass ich mich gar nicht mehr daran erinnern kann. Doch beim dritten Set Jeansshorts erkannte ich plötzlich, dass Rosie verzweifelt nach Designerklamotten Ausschau hielt.

»Warum macht DKNY bloß keine Umstandsmode?«, seufzte sie und sank auf einer Plattform bei »Marks & Spencers« nieder, auf der eine mit Schaumstoff gefüllte Gummischwangere stand.

»Na ja, das könnten sie wirklich. Aber wir waren ja noch nicht bei ›Selfridges‹«, sagte ich aufmunternd.

»Das hier ist alles so, na ja, eben mamahaft«, beschwerte sie sich. »Madonna hat während all ihrer Schwangerschaften nie mamahaft ausgesehen.« Ihre perlmuttrosa geschminkten Lippen formten dazu einen Schmollmund. »Ich brauche jetzt erst einmal etwas zu trinken und ein großes Stück Kuchen.«

»Ich glaube, mamahaft ist genau der Punkt«, sagte ich zu ihr, hatte sie bei der Hand genommen, aus dem Geschäft und die Oxford Street entlanggeführt, wobei wir an Browns und Karen Millen vorbeikamen und sorgsam unsere Blicke von einem rosa-pinkfarbenen, mit vielen Volants abgesetzten und mit Seide und Pailletten bestickten Kleid abwandten.

Wenn ich in einer etwas ausgelasseneren Stimmung gewesen wäre, hätte ich vermutlich gesagt, dass so etwas wie eine Sirene oder ein innerer Kompass uns in genau nördlicher Richtung weitergehen ließ, jedenfalls war es all das zusammen, was uns schließlich zu einer himmlischen Boutique namens »Formes« hinleitete, die eine in Paris gefertigte Kollektion für schwangere Frauen führte.

»Paris«, schnaufte Rosie, und noch bevor ich mahnend so etwas wie »achtzig Pfund für ein T-Shirt« sagen konnte, hatte man mich bereits mit einer Tasse Cappuccino auf einen Stuhl gedrückt, während zwei Verkäuferinnen Rosie unzählige Kleider brachten, die ihr Herz höher schlagen ließen. Ich gehöre zu den Mädchen, die das Gefühl haben, eine Verkäuferin zu enttäuschen, wenn sie nichts kaufen, nachdem sie so hilfsbereit gewesen ist, doch Rosie tat niemand anderem als sich selbst einen Gefallen, als sie fünfundvierzig Minuten und vierhundertzwanzig Pfund später mit rotem Kopf und triumphierend als stolze Besitzerin von nicht weniger als vier Wachspapiertüten an gedrehten Kordeln baumelnd das Geschäft verließ.

»Jetzt brauchen wir wirklich etwas zu trinken«, sagte sie, darum liefen wir geradewegs zum nächsten Café und kicherten wie zwei Schulmädchen, die gerade aus der Achterbahn gestiegen waren. Wer sagt denn, dass man immer von oben herunter oder schnell fahren muss, um einen Adrenalinstoß zu erhalten?

»Jawohl«, pflichtete ich ihr bei und dachte dabei an ein großes Glas Gin Tonic.

»Nicht *du,* du und ich! Wir.« Sie tätschelte dabei ihren Bauch. »Ich und mein kleines Baby hier drinnen. Ich frage mich, wie lange es noch dauern wird, bis ich seine Bewegungen spüren kann. Erinnere mich daran, dass ich im Buch nachsehe, wenn ich nach Hause komme.« Ich nickte und lächelte. Jetzt, nachdem sie die Ultraschalluntersuchung hinter sich und ihr Baby gesehen hatte, schien die Schwangerschaft sie von innen her geradezu zu erleuchten.

Es war also alles in bester Ordnung, bis wir in dieses Café spazierten.

Ich habe ihn zuerst gesehen. Oder besser gesagt, eigentlich habe ich zuerst die Frau gesehen. Wenn ich aber ganz ehrlich sein soll, dann sah ich zuerst ihre zwischen den Tischen über den Gang ausgestreckten Beine, dann ihren maßgeschneiderten Anzug und erst dann ihren Hinterkopf, ein Kunstwerk im Retro-Stil der Achtzigerjahre mit einer Samtschleife. Ich habe sie einen Augenblick auf mich wirken lassen und dann ihr gegenüber Chris sitzen sehen.

Rosies Exmann und der Vater ihres Kindes: Chris. Seine Haare hingen eine Spur zu lang über den Kragen, sein ausgeprägtes Kinn schien von einem ersten Hängebackenansatz niedergedrückt zu werden, und seine Augen, bei denen Rosie früher in Ohnmacht gefallen war, schienen sich hinter herabhängende Augenlider zurückgezogen zu haben. Trotzdem war er es, ganz ohne Zweifel.

In der Zwischenzeit hatte Rosie einen Fensterplatz ergattert, in ihre Einkaufstüten gespäht und überlegt, ob sie die verschlossenen Pakete im Inneren wohl öffnen sollte, um ihren Kauf noch einmal zu begutachten, während ich auf ein kleines braunes Tablett zwei große Stücke Karottenkuchen, einen Milchkaffee für mich und einen Orangensaft für Rosie gestellt hatte.

Es wäre unmöglich gewesen, sie aus dem Café zu schleusen, ohne dass sie ihn gesehen hätte, wir konnten aber genauso wenig sitzen bleiben, ohne dass sie wusste, dass ich ihn gesehen habe. Ich musste ihr sagen, dass er hier war. Zögernd ging ich also den weiten Weg zu unserem Tisch und ließ mich auf den Stuhl ihr gegenüber fallen.

»Rosie, krieg jetzt bitte keine Panik, aber ...« Bevor ich noch den Satz zu Ende sprechen konnte, ertönte bereits unverkennbar seine Stimme durch das Café, und innerhalb weniger Sekunden war er an unserem Tisch.

»Rosie!«

Sie sah auf und wurde weiß im Gesicht, schluckte und lächelte nervös, und erst in diesem Augenblick begriff ich, dass sie noch keinesfalls über ihn hinweggekommen war, obwohl sie das immer behauptet hatte. Ihr Blick glitt von seinem Gesicht über seine Schulter zu der Frau, mit der er zusammengesessen hatte, und dann wieder zurück zu ihm.

»Chris!«, sagte sie dann mutig. »Wie nett, dich hier zu treffen.«

Er schob einen Stuhl an unseren Tisch, drehte ihn – darauf hätte ich vorher wetten können – mit der Lehne zu sich und stützte sich mit den Armen darauf.

»Genau wie dich, mein Schatz, genau wie dich. Mein Gott, ich hab dich seit ...«, er schnippte mit den Fingern, als wollte er seinem Gedächtnis ein wenig auf die Sprünge helfen, »... nicht mehr gesehen.«

»Seit der Feier bei ›Vickers&Walsley‹«, beendete Rosie den Satz für ihn. Er schien sich wieder zu erinnern, warf seinen Kopf in den Nacken und lachte.

»Herrje, das war vielleicht eine ›Wiedervereinigung‹.« Er blinzelte ihr zu, und zu meinem Entsetzen lächelte sie kokett zurück und klimperte mit den Wimpern.

»Wie geht's Melanie?«, fragte ich, vielleicht ein wenig grausam. Melanie war die so genannte ›Liebe seines Lebens‹. Die Frau, die er kurz nach seiner Hochzeit mit Rosie getroffen hatte und ohne die er angeblich nicht hatte leben können.

»Na ja, du weißt schon. Es hat nicht funktioniert«, murmelte er, rutschte ein wenig auf seinem Stuhl hin und her und grinste verlegen.

Rosie war empört, weil sie nun mit eigenen Augen sah, dass Chris ihr Leben wegen einer, scheinbar doch unbedeutenden, Affäre geopfert hatte.

»Wir sollten jetzt wohl lieber gehen«, schnaubte sie, stand auf und begann ihre Taschen zusammenzusuchen.

Chris schien jedoch richtig erpicht darauf zu sein, sie zum Bleiben zu überreden.

»Oh mein Gott, wie ich sehe, warst du mal wieder einkaufen wie eine Wahnsinnige! Wie viel hast du denn diesmal ausgegeben? Wie üblich, stimmt's?«, sagte er gönnerhaft, doch als er eine der Taschen näher inspizierte, gefror ihm das Grinsen auf dem Gesicht. »Umstandsmoden? Paris? Wer ist denn schwanger?«

Rosie war blass geworden und zurück auf ihren Stuhl gesunken.

»Ich!«, sagte ich tapfer, doch Chris wandte seinen Blick nicht mehr von Rosie ab.

»Ich«, sagt Rosie leise.

»Du bist schwanger? In welchem Monat? Von wem?«

Der kurze Schock auf seinem Gesicht wandelte sich schnell in ein besitzergreifendes Getue, gemischt mit etwas Eifersucht, das Rosie in Wut versetzte.

»Ja, ich bin *schwanger.* In der vierzehnten Woche. Wer der Vater ist? Lass mich überlegen, das letzte Mal, dass ich Sex hatte, war, glaube ich, auf der Toilette bei einem Geschäftsessen. Oh, ich glaube fast, du müsstest der Vater sein.« Ihre grünen Augen funkelten vor Wut, sie war den Tränen nahe, und ihre Fingerknöchel wurden weiß, als sie sich am Tisch festklammerte. Chris stand nun auf, drehte seinen Stuhl richtig herum und setzte sich wieder.

»Bist du sicher, dass es mein Kind ist?«, hatte er, ganz ohne die Arroganz, die ich eigentlich erwartet hatte, geflüstert.

»Ja, ich *bin* mir sicher«, zischte Rosie. »Es gibt Leute, die verlieben sich einfach nicht so leicht wie andere. Seit dir hat es niemand anderen gegeben.«

Zu seinen Gunsten muss man sagen, dass er nicht anfing, sich mit ihr zu streiten, sondern einfach nur dasaß und auf seine Hände starrte. Dann fragte er leise: »Warum hast du mir denn nichts davon gesagt?« Dabei war seine Stimme freundlich und ruhig.

»Lass mal überlegen ... vielleicht habe ich gedacht, dass ein Mann, der seine Frau kurz nach der Hochzeit verlässt, nicht gerade einen tollen Vater abgeben würde?«

Er rieb sich mit der Hand über die Stirn und kniff sich dann nachdenklich in die Augenbraue.

»Rosie, ich wollte sowieso mit dir darüber reden und versuchen, es dir zu erklären. Das hatte ich wirklich vor, und jetzt ist das passiert ... Wir müssen reden. Lass uns keine Zeit mehr verlieren.«

Während dieses ganzen Wortwechsels hätte ich natürlich mehr als jeder der Fundamentalisten, die ihre Reden am

Hyde Park Corner schwingen, zu sagen gehabt, aber irgendwie schaffte ich es, meinen Mund zu halten. Gerade so eben.

»Hör zu, wir müssen das richtig ausdiskutieren. Und zwar allein«, und dabei hatte er mich angesehen.

»Ich werde nirgendwo hingehen!«, protestierte ich standhaft. Rosie sah einen Augenblick lang aus dem Fenster, atmete ein paar Mal tief durch, um sich zu beruhigen und die Tränen herunterzuschlucken, dann drehte sie sich wieder zu mir um und sah mich an.

»Jen, er hat Recht. Ist schon in Ordnung.«

Ich warf ihr einen viel sagenden Blick zu, aber anscheinend nicht viel sagend genug für sie, als dass sie das Richtige herauslesen würde, etwas wie »tu das nicht, er wird dir wehtun«. Und falls sie es doch gelesen hatte, ignorierte sie es einfach.

»Jen, ich habe das Unvermeidbare nur hinausgeschoben. Chris und ich müssen ein paar Vereinbarungen treffen. Und wenn auch nur zum Wohle des Babys.«

Und was ist mit *deinem* eigenen, dachte ich bitter. Ich glaube, dass wir uns alle etwas vorgemacht haben, als wir davon ausgingen, dass Chris es niemals würde herausfinden können. Rosie wollte die Ultraschalluntersuchung abwarten, bevor sie es irgendjemandem bei der Arbeit erzählte, doch sobald das passiert wäre, hätte sich die Nachricht wie ein Lauffeuer verbreitet, und es wäre nur eine Frage der Zeit gewesen, bis auch Chris von dem Baby erfahren und angefangen hätte, Fragen zu stellen.

Plötzlich war Chris aufgestanden und zurück zu seinem Tisch gegangen. Nach einer kurzen und heftigen Diskussion mit der langbeinigen Frau kehrte er zurück, während sie beleidigt und schnaubend das Café verließ. Es gibt doch immer wieder Lichtblicke.

»Komm.« Er hielt Rosie seine Hand hin.

»Bist du sicher?«, fragte ich sie eindringlich und sah sie dabei an.

»Ja. Wir müssen es hinter uns bringen«, sagte Rosie daraufhin, und während ich ihnen dabei zusah, wie sie das Lokal verließen, wurde mir das Herz schwer.

Ich trank meinen Kaffee aus, dann ihren Orangensaft, und rief Selin auf der Arbeit an.

Sie hörte mir schweigend zu, bis ich ihr alles erzählt hatte, was passiert war.

Ich konnte mir Selin genau vorstellen – mit dem Telefon unter das Kinn geklemmt, die gedrehte Kordel bis zum Äußersten gespannt, während sie unruhig im Büro auf und ab ging.

»Ich sollte auf sie warten, bis sie nach Hause kommt. Eigentlich wollte ich mich mit Mi... einem Arbeitskollegen heute Abend treffen und ins Kino gehen, aber ich glaube, das kann ich vergessen.« Ich dachte dabei an Michael, der bereits im Zug sitzen musste, und mein Herz war noch ein wenig schwerer geworden.

»Nein, das ist nicht nötig. Du solltest nicht alles für eine von Rosies Eskapaden aufgeben. Ich werde nach der Arbeit zu euch rübergehen. Ich habe ja einen Ersatzschlüssel. Sollte sie vor dir zurück sein, werde ich sie in Empfang nehmen, wenn nicht, können wir uns immer noch gemeinsam Gedanken darüber machen, wenn du zu Hause bist, okay?«

Ich lächelte. »Okay, du bist ein Schatz. Dank dir.«

»Kein Problem, Süße. Ich seh dich dann später.«

Und hier stehe ich also und warte bereits volle zwanzig Minuten darauf, dass Michaels Rotschopf in der Menschenmenge auftaucht, um irgendwie mein Gefühl der Hoffnungslosigkeit abzuschütteln.

Endlich taucht er neben mir auf, fasst mich sanft an den Schultern und küsst mich fest auf den Mund. Seine Lippen sind kalt und trocken.

»Ich kann dir nicht sagen, weshalb ich zu spät komme, sonst machst du bestimmt mit mir Schluss.« Bei seinem unbeschwerten Gelächter, das mir so vertraut erscheint, muss ich einfach lächeln, und der Ärger der letzten zwanzig Minuten ist verpufft.

»Komm schon, du kannst es mir erzählen. Mein Bedarf an emotional aufgeladenen Konfliktsituationen ist für heute gedeckt. Ich werde mir nicht mehr die Mühe machen, dich umzubringen. Vielleicht nach dem Film.«

Er schwingt seinen Arm um meine Schultern, und sein Atem kitzelt meinen Hals, als seine Lippen leicht mein Ohr streifen.

»Arrest«, flüstert er.

31. Kapitel

Der Film, den Michael ausgesucht hat, ist nicht unbedingt der, den ich als Erstes ausgewählt hätte. Ich hatte mir eher einen aufwändigen Science-Fiction-Film mit Special Effects für eine Milliarde Dollar und vielleicht noch Keanu Reeves erwartet. Stattdessen sehe ich einen Film über zwei amerikanische Teenager, die versuchen, mit so vielen Schulmädchen wie nur möglich Sex zu haben. Natürlich alles Mädchen mit unwahrscheinlich wohl geformten Brüsten, die sich nicht scheuen, diese beim geringsten Anlass und daneben nur noch mit einem Stringtanga bekleidet zur Schau zu stellen. Es scheint sich permanent derselbe Gag zu wiederholen, in dem Sperma vorkommt, und schließlich sieht es so aus, als würde der amerikanische Teenager B hereingelegt und müsste Sex mit einer Ziege haben.

Schon das wäre nicht mein Fall gewesen, doch zu wissen, dass noch dazu irgendwann Johnny Depp als schrulliger, liebeskranker italienischer Dichter kurz über die Leinwand huschen wird, macht das Ganze unerträglich.

Michael hat seine Hand auf meinen Oberschenkel gelegt und fährt mit dem Zeigefinger gedankenverloren unablässig die Naht meiner Jeans entlang, vor und zurück, vor und zurück. Sein Kinn ist in seine Hand gestützt, und bei jeder Pointe wirft er mit einem tiefen, rauen Gelächter seinen Kopf zurück, sodass ich mir ein Lächeln nicht verkneifen kann. Während all meiner Rendezvous, und das waren nicht wenige, ist es mir leider nie gelungen, eines davon knutschend auf den Hinterbänken eines Kinos zu verbringen. Ich nehme an, dass ich unbewusst davon ausgegangen bin, dass dies das erste dieser Art wird, stattdessen sitzen wir in der Mitte des Kinos, und Michael hat seine Hand auf meinen Oberschenkel gelegt – das wird wohl das Einzige sein, was ich heute von ihm bekommen werde. Um mich zu trösten, schaue ich mir aus dem Augenwinkel sein Profil an, die Umrisse und die Schatten auf seinem Gesicht, die unter dem reflektierten Licht des Hollywoodmachwerks flackern und sich verändern.

Die letzten Wochen mit ihm und ohne ihn waren äußerst ungewöhnlich und beunruhigend zugleich gewesen, denke ich. Scheinbar steigt Michaels Sonne aber in meinem Leben immer höher, je kälter und dunkler die Jahreszeit wird, und die Erinnerungen an Owen scheinen in immer weitere Ferne zu rücken.

Das ist genau die Ablenkung, nach der ich gesucht habe – aber, was jetzt?

Ein weiterer amerikanischer Teenager schlittert gerade durch einen schleimigen Kotzfleck, der aus irgendeinem Grund (aber strategisch günstig) vor der von einem amerikanischen Schulmädchen besetzten Duschkabine platziert worden ist, und rast kopfüber in den Dampf. Weitere Brust zur Schau stellende Kapriolen folgen. Michaels Mund kräuselt sich zu einem anzüglichen und anerkennenden Teenager-Blick, doch als er meine Blicke auf sich spürt, wendet er mir sein Gesicht zu und sieht mich verlegen an.

»Wie findest du den Film?«, flüstert er, nimmt seine Hand von meinem Oberschenkel und legt sie mir auf die Schulter.

»Ganz lustig. Und du?«, flüstere ich zurück und rechne ihm hoch an, dass er freiwillig seinen Blick von dem halbnackten Mädchen abgewandt hat. Seine Finger schlüpfen in meinen Blusenkragen und legen sich um meinen Hals.

»Er ist ganz okay«, stimmt er zu, beugt sich näher zu mir herüber und sieht auf meinen Mund.

»Inzwischen finde ich ihn aber etwas langweilig, eigentlich ist es immer ein und derselbe Gag.«

Er überbrückt die letzten Millimeter zwischen unseren Lippen und legt zu meinem Entzücken seine freie Hand auf meine linke Brust. Bevor ich mich meiner ersten Kinoknutscherei hingebe, drehe ich mich nach den Leuten hinter mir um (die Sitze sind leer) und frage mich kurz, ob dieses plötzliche Interesse an mir wohl davon kommt, dass er all diese nackten Mädchen im Film gesehen hat. Ich beschließe, kein Wort darüber zu verlieren, sondern lasse mich stattdessen ein wenig weiter in meinen Sitz sinken und unterdrücke ein Kichern, als Michaels Hand an der Innenseite meines Hemdes emporfährt und seine Finger sich ihren Weg in meinen mit einem Hauch von Spitze besetzten BH bahnen.

Das Letzte, was ich sehe, bevor ich endgültig meine Augen schließe, ist ein amerikanischer Teenager, der hereingelegt worden ist und Sex mit einer Ziege hat.

Nach zwanzig Minuten Knutscherei sind wir beide ein wenig verwirrt und benommen, als das Licht angeht und wir feststellen, dass der Film aus ist. Wir gehen durch die Doppeltüren nach draußen, nehmen den Lift nach unten schweigend mit zerzausten Haaren und geröteten Gesichtern, wobei sich in meinem Fall ein kleines, triumphierendes Lächeln auf meine Lippen gestohlen hat. Denn das gehörte auch zu einem der Dinge, die ich auf meiner Liste abhaken wollte, bevor ich dreißig werde. Jetzt fehlt nur noch ›Führerschein machen‹ und ›Jazzsängerin werden‹, und bis dahin sind noch sechs Wochen Zeit. Das ist zu schaffen. Ach ja, und dann war da noch das berufliche Ding. Na ja, man kann nicht alles haben.

Sobald wir draußen in der kühlen Luft stehen, drängt Michael mich an eine Hauswand und küsst mich verlangend. Ich spüre, wie erregt er ist. Wir gehen auseinander und starren uns einen Augenblick lang an. Vielleicht denkt er genau wie ich, dass wir bei unseren nächsten Treffen vielleicht doch besser wieder ein Bett mit einplanen sollten.

»Zeit für ein Eis?«, fragt er, ich nicke und folge ihm Hand in Hand wie eine alte Freundin zu »Häagan Dazs«. Wir finden keine allzu lange Schlange vor, können uns bald setzen und werden bereits nach kurzer Zeit bedient. Michael hält über den Tisch hinweg meine Hand, was mich tierisch genervt hätte, wenn ich nicht eine so schöne Zeit mit ihm verbracht hätte, denn so habe ich nur eine Hand frei, um mit meinem Löffel hinter den letzten Pecannüssen im Eisbecher herzujagen. Doch ich mag die Berührung seiner Finger, also lasse ich ihn gewähren.

»Morgen ist Donnerstag, du weiß ja, dass ich da Geburtstag habe«, sagt er langsam. Sollte ich das genaue Datum seines Geburtstages je gewusst haben, so habe ich es vergessen, ich wusste nur, dass er bald sein musste. Da wären wir also wieder, er wird mich jetzt fragen, ob ich zu seiner Party komme, und diesmal muss ich einen Weg finden, um es ihm definitiv auszuschlagen. Kein Hinhalten mehr.

»Ach ja, was das betrifft ...«, fange ich mutig an.

»Es ist nur ...«, unterbricht er mich.

»Ich wollte sagen ...«, fahre ich, unsicherer, fort.

»Ich glaube, dass es keine so gute Idee ist, wenn du kommst.«

»Ich glaube, dass es keine so gute Idee ist, wenn ich komme«, beenden wir wie aus einem Munde den Satz. Wir müssen lachen, husten und schweigen dann.

»Ich hätte *schon* gerne, dass du kommst«, sagt er und hält

immer noch meine Hand umklammert. »Es ist eben nur so, dass meine Mutter da sein wird, und jetzt, wo ich ihr erzählt habe, dass du Holly bist, und jeder andere auf der Party weiß, dass das nicht stimmt ... wäre das vielleicht ein wenig riskant, weißt du. Außerdem würde es dir sowieso nicht gefallen, wir hören garantiert keine Discomusik, außer der DJ spielt es für irgendeinen Rapper in eine Schleife ab.«

Eine Mischung aus Erleichterung und Ärger macht sich in meiner Magengrube breit, es ist doch immer dieselbe Geschichte: Ich möchte zwar nicht zu seiner Party gehen, ich möchte aber auch nicht, dass er nicht möchte, dass ich komme. Ich nehme an, dass ich mich damit abfinden muss, wenn ich mir weiterhin eine Ablenkung von Owen verspreche. Trotz Händchenhalten und Kinoknutscherei haben wir uns schließlich nur ein paar Mal gesehen; weder er noch ich schulden einander etwas.

»Nein, ist schon okay. Ehrlich gesagt wollte ich sowieso nicht kommen«, sage ich ein wenig unverblümter als geplant.

»Die Party ist am Freitag, danach habe ich das ganze Wochenende frei. Ich habe gedacht, dass wir uns vielleicht treffen und was unternehmen könnten?«

»Du meinst, ein Hotelzimmer mieten?«, schlage ich etwas zynisch vor. Er wird rot, das war gemein. Ich beuge mich über den Tisch zu ihm hinüber, nehme sein Gesicht in meine Hände und küsse ihn sanft. »Ja, wir werden dieses Wochenende etwas unternehmen, etwas Besonderes speziell zu deinem Geburtstag, okay?« Obwohl, das mit dem Hotelzimmer wäre eigentlich gar keine so schlechte Idee, ich werde mal nachsehen, wie viel ich auf dem Konto habe, wenn ich nach Hause komme.

Der Kellner hängt an unserem Tisch herum und lauert

darauf, dass wir endlich gehen, um irgendeine andere unglückliche Naschkatze aus der Schlange in die Wärme zu bringen, aber ich habe noch keine Lust, zu gehen. Darum bestelle ich noch einen Kaffee.

»Ich war heute mit Rosie beim Shopping«, erzähle ich Michael, der sein Interesse daran mit einem unmerklichen Zucken der Augenbrauen bekundet.

»Dabei sind wir auf ihren Ex gestoßen.«

»Ex. Oh Scheiße.« Er nickt, sieht mich gelassen an und wartet, dass ich das Thema wechsle.

»Ex-Mann«, betone ich und vergesse dabei, dass er vermutlich selbst eine ganze Reihe von Exfreundinnen in der Gegend von Twickenham hat, die bereit wären, ihn hinter jeder Ecke zu überfallen, zumindest, wenn man seiner Mutter Glauben schenkt.

»Ehemann? Ganz schön krass.« Wieder nickt er und zieht diesmal in ehrlicher Anteilnahme seine Augenbrauen zusammen. Wenigstens bemüht er sich, das spricht für ihn.

»Tja, und er hat herausgefunden, dass Rosie schwanger ist«

»Rosie ist schwanger! Wahnsinn!« Sein Schock darüber macht mir klar, dass wir uns bei all unseren Treffen darüber gar nicht unterhalten haben.

»Ja, von ihm. Aber das ist eine lange Geschichte. Wie auch immer, er hat es herausgefunden, und deshalb sind die beiden miteinander fortgegangen, um es ›auszudiskutieren‹. Ich mache mir ein wenig Sorgen um sie, deshalb sollte ich nach dem Kaffee wohl besser gehen. Nur für den Fall.«

Ich setze die Tasse mit dem lauwarmen Cappuccino ab, wedle mit meiner Kundenkarte dem Kellner zu und warte auf die Rechnung.

»Ja, ist völlig in Ordnung, mach dir keine Sorgen«, beteuert Michael. »Ich muss sowieso nach Hause. Ich muss schließlich morgen zur Schule!« Er kichert, während ich ihn anlächle und mich dabei gleichzeitig nach mitlauschenden Sozialarbeitern oder freiwilligen Mitarbeitern des Kindernotrufes umsehe.

»Aber, es ist doch bestimmt gut, wenn Rosie mit ihrem Ex darüber spricht, oder? Na ja, schließlich ist er der Vater des Babys und so. Ich meine, wenn sie die Angelegenheit regeln, ist das doch gut für sie, oder nicht?«, fragt er.

»Ja gut, mit jedem anderen Typen vielleicht schon. Aber du weißt ja nicht, was für ein absoluter Scheißkerl Chris ist.«

Michael schüttelt den Kopf, und während wir das Lokal verlassen, steckt er mir eine Fünf-Pfund-Note zu.

»Für mein Eis«, sagt er. Nur eine kleine Geste, aber offensichtlich bedeutet es ihm viel, für sich selbst zu zahlen. Ich frage mich, ob ich ihn meine Kinokarte hätte zahlen lassen sollen. Vermutlich ist das ein Monat Taschengeld für ihn.

»Was meinst du mit ›Scheißkerl‹?«, fragt er beim Hinausgehen.

»Das ist eine lange Geschichte«, antworte ich. »Kurz gesagt – nach ein paar Wochen Ehe hat er sie wegen einer anderen verlassen. Jetzt will er plötzlich wieder in ihr Leben zurückkehren, und für wie lange, bitte? Männer haben die Eigenschaft, einen immer dann sitzen zu lassen, wenn man am verwundbarsten ist«, sage ich bitter und denke dabei an Owen. Eines weiß ich bestimmt, Chris ist nicht viel besser als Owen, und wenn ich es geschafft habe, von Owen loszukommen, müsste Rosie es auch schaffen, von Chris loszukommen. Irgendwie ist es so, als hätten wir diesbezüglich eine Art Vereinbarung getroffen, und wenn sie sich jetzt nicht daran hält, stehe ich alleine da draußen in der Hölle, wundere mich über meine Entscheidungen und bin vielleicht die Einzige, die wirklich in der Scheiße steckt, obwohl ich dachte, eine Verbündete zu haben. Aber einmal ganz abgesehen davon, sollten Rosie und Chris tatsächlich wieder zusammenkommen, wären das wirklich schlechte Neuigkeiten in mehr als einer Hinsicht.

»Ich würde dich nicht sitzen lassen, wenn du verletzlich bist«, beteuert Michael rührend und nimmt mich bei der Hand. »Aber wenn Rosie und dieser komische Chris sich noch so mögen, dass sie ein Baby zeugen, dann haben sie ja vielleicht noch Gefühle füreinander. Weißt du, vielleicht können sie die Sache ja klären, glaubst du nicht?«

»Nein«, sage ich düster, und wir wechseln das Thema.

Wir gehen durch Chinatown, und der Geruch dort lässt mich wünschen, ich hätte mich statt für den kurzen Eistraum für ein richtiges Abendessen entschieden. Wir bummeln durch Soho und an den ganzen Rikschas vorbei, die auf Kundschaft warten, und dabei kommt mir der verlockende Gedanke an einen doppelten Brandy. Hand in Hand gehen wir durch die kühle Nacht die Charing Cross Road zur Tottenham Court Road entlang, bis wir die Bushaltestelle der Linie dreiundsiebzig erreichen. Wie immer warten dort viele Touristen, Betrunkene, Pärchen und Pendler, die sich dicht an den Straßenrand gedrängt anrempeln, um ganz vorne stehen zu können und es so schneller in den längst überfälligen Bus zu schaffen, der jeden Augenblick um die Ecke biegen muss.

»Du brauchst hier nicht mit mir zu warten, du hast es ja viel weiter nach Hause als ich, außerdem musst du morgen zur Schule, stimmt's?«

Er lächelt und stellt sich hinter mich, schlingt seine Arme um mich und stützt sein Kinn auf meinen Kopf. »Ich werde warten«, sagt er sanft.

Schon kurze Zeit später kommen sogar drei Busse der Linie dreiundsiebzig im Convoy angefahren, sodass mir noch genügend Zeit bleibt, Michael noch einmal ausgiebig zu küssen, bevor ich auf den letzten Bus aufspringe.

»Was ist mit dem Wochenende?«, ruft er mir nach.

»Ich melde mich, sobald mir was eingefallen ist«, rufe ich über meine Schulter zurück. Ich lasse mich in der Nähe des Ausgangs auf einen Sitzplatz am Fenster fallen und winke ihm zu, als der Bus losfährt.

Ich mache mein Handy an, doch es ist keine Nachricht in der Mailbox. Ich rufe zu Hause an, Selin geht an den Apparat, also noch immer keine Spur von Rosie.

Ich lehne mich in meinem Sitz zurück, schaue zu, wie die Stadt unter dem Schein der Straßenlaternen und des Mondlichts an mir vorbeizieht, und fühle die Wärme von Michaels Kuss immer noch auf meinen Lippen kribbeln.

32. Kapitel

Als ich die Wohnung betrete, sehe ich am anderen Ende des Flurs Selin im Wohnzimmer auf unserem blauen Sofa sitzen. Sie hat ihre langen Beine unter das Kinn gezogen und zappt durch die Fernsehkanäle.

»Irgendein Lebenszeichen?«, rufe ich den Gang entlang, doch noch bevor sie antworten kann, kommt Rosie mit einem Kaffeebecher in der Hand aus der Küche.

»Hier bin ich! Du kannst den Suchtrupp zurückpfeifen!« Sie hält mir ihren Becher entgegen. »Möchtest du einen?«

»Nein danke, ich bleibe sonst die ganze Nacht wach, bei dem vielen Kaffee, den ich getrunken habe. Ich dachte, du wolltest dich in dieser Hinsicht auch etwas einschränken. Alles in Ordnung mit dir?« Ich strecke meine Hand aus, um sie am Arm zu berühren, doch sie entzieht sich mir.

»Der ist gar nicht für mich, sondern für Selin. Du brauchst mir nicht zu sagen, wie ich auf mein Baby zu achten habe, vielen Dank.« Selin nimmt schweigend den Becher Kaffee entgegen, den sie offensichtlich nicht erwartet hatte, und wirft mir einen warnenden Blick zu. Rosie lässt sich zurück in den Sessel fallen und atmet stoßweise durch den Mund aus, sodass sich ihre Stirnfransen kräuseln. Sie sieht müde aus, Schatten haben sich auf ihre helle Haut gelegt, und ihr sonst so perfektes Make-up ist offensichtlich mehrfach von Tränen verschmiert worden. Vermutlich sollte ich es besser sein lassen – wäre ich an ihrer Stelle gewesen, hätte ich auch gewollt, dass mich alle in Frieden lassen –, stattdessen frage ich: »Und? Wie war's mit Chris?«

»Gut«, ist Rosies knappe Antwort. Selin schüttelt warnend den Kopf in meine Richtung, aber irgendwie denke ich, dass monatelange gegenseitige Elendstherapie mich jetzt dazu berechtigt, etwas nachzubohren.

»Was heißt gut? Hast du in Bezug auf das Baby irgendetwas erreicht? Geld oder so etwas?«

»Wisst ihr was? Ihr beide geht mir manchmal wirklich tierisch auf die Nerven! Ich bin durchaus imstande, gewisse Entscheidungen alleine zu treffen, wisst ihr. Ihr müsst nicht jeden Schritt überwachen, den ich tue. Und dabei meine ich vor allem *dich.*« Theatralisch zeigt sie auf mich. »Immer habe ich das Gefühl, einen Leibwächter um mich zu haben, sobald du um mich herum bist. Hast du vielleicht Angst, dass ich mich umbringe, oder was?« Sie wirft die Zeitschrift, in der sie gerade geblättert hatte, wütend an den Fernseher und stößt dabei das neueste Opfer unserer Versuche, Zimmerpflanzen zu züchten, auf den Boden.

Ich bin inzwischen an ihre Launen gewöhnt, aber es ist schon eine ganze Weile her, seitdem ich sie zuletzt so aufgebracht gesehen habe. Das letzte Mal war wohl tatsächlich die Sache mit Chris.

»Wir machen uns doch bloß Sorgen, Rose, das ist alles«, sagt Selin ruhig. »Schließlich waren wir dabei, als er dich verletzt hat, weißt du noch? Wir machen uns einfach nur Sorgen, wir lieben dich doch. Aber wenn du nicht willst, musst du nicht darüber reden.« Wieder wirft Selin mir einen warnenden Blick zu, der besagt, dass ich meinen Mund halten soll oder dass sie sonst keinerlei Garantie übernimmt für das, was Rosie tut.

»Tut mir Leid, Schatz«, murmle ich unaufrichtig. Immerhin war es mein Bett, in das sie aufgrund der Nachwehen ihrer Beziehung fast jede Nacht gekrochen kam. Ich habe wirklich nicht den ganzen Schlaf eingebüßt, damit sie sich jetzt einfach so aus dem Staub macht und plötzlich mit dem Verursacher des ganzen Elends wieder auf glückliche Familie macht. Rosie seufzt, wirft ihren Kopf in den Nacken und sieht zur Decke.

»Er glaubt, dass wir es schaffen könnten«, sagt sie tonlos.

Wut und Ungläubigkeit steigen in mir auf, doch Selin packt mich am Handgelenk, und ihre dunklen Augen bringen mich zum Schweigen. Nur unter Protest halte ich meinen Mund.

»Er sagt, dass das Baby wichtiger als unsere kleinen Unstimmigkeiten ist und dass es eine heile Familie verdient hat. Er sagt, dass er während unserer Trennung Zeit zum Nachdenken gehabt und begriffen hat, wie sehr er mich vermisst hat. Er hat gesagt, dass er seit dem Abend ... na ja, ihr wisst schon welcher, all seinen Mut zusammennehmen wollte, um wieder mit mir in Kontakt zu treten.«

»Kleine Unstimmigkeiten! So, so, und diese flotte Biene im Café hat ihm wohl dabei geholfen, Mut zu sammeln, hab ich Recht?«, platze ich heraus, bevor Selins eiserner Griff an meinem Handgelenk mich vor Schmerz verstummen lässt.

»Hör mal, ich bin doch nicht total bescheuert. Ich weiß genau, was für ein Wichser er ist. Oder gewesen ist. Aber mit dem Baby hat er Recht. Ich meine, Jen, wie oft hast du mir erzählt, wie sehr es dich verletzt hat, dass dein Vater dich verlassen hat, und wie sehr du eine Vaterfigur vermisst hast? Na gut, bei mir war es nicht anders. Aber vielleicht habe ich ja nicht das Recht, meinem Baby die Chance zu nehmen, beide Elternteile zu haben. Und außerdem scheint er ... sich irgendwie verändert zu haben. Du hast heute nicht mit ihm gesprochen. Er hat vieles gesagt, was Sinn macht.« Rosie schiebt sich ein Kissen unter das Kinn und starrt ausdruckslos in den Fernseher.

Ich sitze in stiller Wut da; nach fast zwanzig Jahren ohne Vater ist mir noch nie in den Sinn gekommen, dass es vielleicht besser ist, keinen Vater als einen schlechten Vater zu haben. Und ich kann doch nicht einfach mir nichts dir nichts meine Meinung ändern, oder? Immer wieder habe ich mir den Kopf darüber zerbrochen, wie anders mein Leben doch in unzähligen kleinen, aber sehr wichtigen Dingen verlaufen wäre, wenn mein Vater wenigstens während meiner Teenagerzeit bei mir gewesen wäre. Wenn er mich an meinem ersten Universitätstag nach Hull gebracht hätte, statt mich verängstigt und alleine mit zwei Rucksäcken im Zug sitzen zu lassen; oder wenn er den Stecker an meiner Lampe in meinem Schlafzimmer ausgewechselt hätte, statt mich in die Verlegenheit zu bringen, den Vater einer Freundin darum bitten zu müssen. Trotzdem bin ich nach wie vor davon überzeugt, dass es viel schlimmer ist, eine Zeit lang einen Vater um sich zu haben und ihn dann plötzlich zu verlieren. Ich denke, das ist schlimmer, als ihn niemals kennen gelernt zu haben. Hätte ich meinen Vater niemals kennen gelernt, hätte ich ihn auch nicht vermisst. Und wenn Rosie ihrem Baby einen Vater gibt, der sich jeden Augenblick wieder verdrücken kann, dann wird auch für dieses Baby eine schlimme Zeit kommen, oder etwa nicht?

»Aber du musst ja nicht gleich wieder mit ihm zusammen sein, um zu gewährleisten, dass er am Leben deines Babys teilhat, oder?«, sagt Selin ruhig. Gutes Argument, genau das wollte ich auch sagen.

»Ach nein? Du weißt so gut wie ich, dass Jens und mein Vater sich nie die Mühe gemacht haben, sich um uns zu kümmern, sobald sie einmal fort waren.« Da muss ich ihr Recht geben. Ich glaube, ich bin sechs oder sieben äußerst peinliche Wochenenden zu ihm nach Brent Cross hinausgefahren, war dann aber zu der Überzeugung gelangt, dass ich es nicht mehr ertragen konnte, und mein Vater hat scheinbar auch nicht das Bedürfnis gehabt, mich zu überreden, wiederzukommen. Kurz darauf rief er nicht mehr an, und schließlich kamen auch keine Geburtstagkarten mehr. Als ich um die achtzehn war, meldete ich mich wieder bei ihm und versuchte erneut, eine Art Beziehung herzustellen. Das Ganze endete mit einem fürchterlichen Streit in einem chinesischen Restaurant. Er hatte *mich* beschuldigt, mir nicht die Mühe gemacht zu haben, mich bei ihm zu melden, und es zugelassen zu haben, dass wir uns entfremdeten. »Aber *du* bist doch der Vater«, habe ich damals zu ihm gesagt. »*Du* warst erwachsen. *Du* hast mich verlassen.«

Das Problem ist, dass Chris und mein Vater, soweit ich das beurteilen kann, vieles gemeinsam haben. Sie sind genau derselbe Typ von Mann. Irgendwann wird Chris Rosie unweigerlich wieder sitzen lassen, nur diesmal auch ihr Baby. Vielleicht wäre es für beide besser, sich diesem Schmerz erst gar nicht auszusetzen.

»So, und was hast du jetzt vor?«, frage ich streitlustig.

»Nun, er möchte, dass ich darüber nachdenke. Er hat mich gefragt, ob ich das Wochenende über in sein Cottage fahren will. Ich werde *alleine* dort sein«, betont sie und lässt damit jeglichen Protest bereits im Ansatz verstummen. »Er wird in London bleiben. Er hat sich einfach nur gedacht, dass der Platz und die gute Luft mir gut tun könnten, und das stimmt. Ich werde Samstagmorgen losfahren.« Sie dreht sich im Sessel herum, sieht uns an und legt ihren Kopf auf die Arme.

»Keine Vorhaltungen, Mädels, okay? Zumindest nicht so lange, bis wir, Chris und ich, die Sache geklärt haben.«

»Keine Vorhaltungen«, verspricht Selin, während ich meine Lippen in stummer Meuterei zusammenpresse, mich aber zurückhalte und Selin einen qualvollen Blick zuwerfe. Vermutlich gibt es sowieso nichts, was ich sagen könnte, um Rosie ihre Meinung ändern zu lassen. Aber noch gebe ich mich nicht geschlagen.

»Kopf hoch, ach übrigens, ich hab euch die hier mitgebracht.« Sie wirft uns zwei extragroße Marsriegel zu und dreht sich wieder zum Fernseher um.

»Den Rest hab ich gegessen.«

Nachdem Rosie, überwältigt von der bleiernen Müdigkeit, die einen nach einem Tag voller emotionaler Belastung überkommt, ins Bett geht, sitzen Selin und ich noch eine Weile gemeinsam auf dem Sofa und hören zu, wie sie sich im Bad zu schaffen macht, ein Glas Wasser aus der Küche holt und sich dann in ihr Zimmer zurückzieht. Träge sehen wir noch ein paar Minuten lang fern, bis wir hören, wie Rosie das Licht ausknipst.

»Was hältst du davon?«, frage ich sofort in übertriebenem Flüsterton, woraufhin Selin ihre berühmte Augenbraue hebt und mich kopfschüttelnd ansieht.

»Ich denke, wir sollten sie nicht allzu sehr stressen. Wenn sie sich schon mit Chris auseinander setzen muss, dann sollten wenigstens wir nicht noch mit Vorträgen kommen, die sie nicht hören will, und Meinungen, denen sie sowieso keine Beachtung schenkt. Sie wird schon zu der richtigen Entscheidung kommen. Zu *ihrer*. Damit rechne ich fest. Vergiss nicht, was die Hebamme in Bezug auf Unterstützung gesagt hat. Rosie braucht unsere volle Unterstützung.« Sie lehnt sich ein wenig zu mir herüber, und ich sehe, dass sie ein herzförmiges Medaillon mit ihren eingravierten Initialen um den Hals trägt. Ein Geschenk von ihrem liebenden Vater, nehme ich an.

»Hübsch«, sage ich, nicke mit dem Kopf in Richtung ihres Halses und sehe erstaunt, wie Selin sofort ihre Hand um das Medaillon schließt.

»Äh, danke, ein Geschenk«, sagt sie schnell. »Wie hat er denn eigentlich auf dich gewirkt? Ich meine – Chris? Hattest du den Eindruck, dass er sich verändert hat?« Ich merke, dass sie ablenken will und ganz offensichtlich verlegen ist, und denke, wie rührend es doch von ihr ist, sich Sorgen darüber zu machen, dass ich mich getroffen fühlen könnte. Sie weiß genau, wie sehr ich mir gewünscht hätte, einen Vater wie den ihren zu haben. Meine Gedanken kehren zu Chris zurück.

»Na ja, er zeigt einen leichten Ansatz zu Hängebacken, aber abgesehen davon – die Neuigkeiten schienen ihn wirklich umgehauen zu haben. Ich weiß auch nicht, der Typ scheint irgendwie ein verkappter notorischer Romantiker zu sein.« Ich habe keine Ahnung, ob das die richtige Bezeichnung ist, aber da ich am College Geisteswissenschaften studiert habe und Selin Mathematik, darf ich alle Wörter benutzen, die mir so in den Sinn kommen, und sie nimmt sie mir ab. Dasselbe darf sie bei mir mit der Quadratwurzel von allem Möglichen tun, was sie vermutlich auch tut.

»Was ich damit sagen will, ist«, fahre ich fort, »dass er sich im Handumdrehen in eine Frau nach der anderen verliebt, und jedes Mal ist sie scheinbar ›diejenige welche‹! Er ist verliebt in das Verliebtsein. Vielleicht kann er sich ja in der gleichen Weise dafür begeistern, Vater zu werden.«

Selin lehnt sich zurück und sieht auf ihre rosa-perlmuttfarbenen Fingernägel. »Glaubst du nicht, dass es mit dem eigenen Kind noch etwas anders läuft?«

»Du wirst dich wundern«, verspreche ich düster. »Aber Themawechsel: Wir sind also dieses Wochenende alleine. Am Freitag gehen wir mit Jackson in die Disco, und danach fährt Rosie aufs Land Was würdest du denn gerne unternehmen?«

»Äh, eigentlich wollte ich gerade darauf zu sprechen kommen, Süße. Ich schaffe es am Freitag nicht. Ich hab da nämlich schon was vor.« Selin hat die Angewohnheit, ihren Mund an einer Seite nach unten zu ziehen, wenn sie verlegen ist, was sie dann immer wie einen netten kleinen Frosch aussehen lässt.

»Du schaffst es nicht? Du hast schon was vor? Was denn?«, frage ich erstaunt. Selin hat eigentlich niemals etwas vor, außer es handelt sich um etwas mit uns.

»Familienfest – du weißt ja, wie das ist.« Sie verdreht die Augen und macht dabei ein Froschgesicht.

»Oh, so was also. Na schön. Mal wieder irgendeine Verlobung, stimmt's?« Hier in unserer Gegend scheint es jeden Samstag irgendeine türkische Hochzeit zu geben, und meistens ist Selin entweder mit der Braut oder dem Bräutigam verwandt oder bekannt. Doch bevor die mit Bändern herausgeputzten Wagen die Green Lanes herauf- und herunterfahren und die mit verschleierten Augen porträtierte Braut in den örtlichen Fotostudios ausgehängt wird, wird ein rauschendes und sehr beeindruckendes Verlobungsfest gefeiert. Ich habe Selin auf ein paar dieser Feste begleitet, sie sind wirklich lustig.

»Ja, so was in der Art. Du kannst ja mitkommen, wenn du willst. Aber, na ja, ich glaube nicht, dass du Jackson absagen möchtest, oder?«, sagt sie sanft. Ich bin mir sicher, dass sie denkt, dass er mir gefällt.

»Ist schon gut. Was ist mit dem restlichen Wochenende?«, frage ich und hoffe dabei so halb, dass sie nicht hier sein wird und herausfindet, was ich vorhabe.

»Keine Chance, Schatz. Familienangelegenheiten, okay?«

»Verstehe, okay. Ich bin also ohne Freundinnen«, sage ich, und zwei Sekunden lang tut es mir Leid.

»Tut mir wirklich Leid, Süße«, sagt sie und tätschelt meinen Arm. Doch noch bevor sie das letzte Wort ausspricht, sehe ich natürlich bereits Michael vor meinem geistigen Auge ein ganzes Wochenende – inklusive einer ganzen Nacht – lang in meinem Bett verbringen.

Es hätte nicht besser kommen können.

33. Kapitel

Wie immer ist es am Freitagmorgen leichter, mit der Gewissheit aufzustehen, dass meine Arbeitskollegen und ich den Tag damit verbringen werden, die Zeit bis um halb sechs Uhr totzuschlagen, damit endlich das Wochenende beginnen kann.

Carla wird wie gewöhnlich in ihrer Mittagspause einen kurzen Abstecher zu »Miss Selfridge« machen, mit zwanzigminütiger Verspätung an ihren Schreibtisch zurückkehren und die Jungs damit quälen, sie Blicke auf ihren neuesten Disco-Bikini-Fummel werfen zu lassen, den sie sich für das Wochenend-Clubbing gekauft hat. Damit der letzte Rest der Woche noch schneller vergeht, wird sie sich anschließend auf Jackson stürzen, bevor der nach circa zehn Minuten seine guten Manieren verliert, sich zur Kaffeemaschine rettet und lieber an dieser herumhantiert, als ihre schrecklich magerbeinige Selbstüberschätzung zu ertragen.

Kevin und Brian werden Carla einladen, mit ihnen auszugehen, und sie wird entweder Brian oder Kevin einen Korb geben, je nachdem, wer gerade an der Reihe ist. Carla wird dann den restlichen Nachmittag am Telefon verbringen und entweder mit ihrer Freundin Kelly oder Trisha über ihre Frisur diskutieren. Die Jungs werden gleich um Viertel vor sechs in den Pub an der nächsten Ecke stürmen, dort bis Lokalschluss bleiben und sich jedes Mal gegenseitig aufmunternd in die Seiten stoßen, sobald ein einigermaßen gut aussehendes Mädchen vorbeikommt, ohne den Mut aufzubringen, sie anzusprechen. Schließlich wird irgendein armer Taxifahrer den zweifelhaften Gewinn davontragen, sie irgendwohin in die vierte Zone zurückbringen zu dürfen, und sich verdammt glücklich schätzen, wenn er nicht irgendwo noch Kotze aufwischen muss. Sie werden die Stufen zu ihren Elternhäusern hinaufstolpern und verzweifelt darauf hoffen, dabei Mama und Papa nicht zu wecken, und sich auf das Frühstück von Mama mit irgendwelchen fettigen gebratenen Genüssen freuen. Wenn ihre Mütter Glück haben, wird keiner von ihnen in der Nacht versehentlich die Badewanne als Klo nutzen, wie Kevin das letztes Silvester passiert ist.

Georgie wird eine halbe Stunde früher das Büro verlassen, falls sie nicht sogar gleich zu Hause arbeitet, was am Freitag oft vorkommt. An diesem speziellen Freitag werden Jackson und ich uns nach Feierabend auf der Toilette umziehen (natürlich getrennt, versteht sich), ein paar Drinks im Pub nebenan nehmen (und mitleidig eine Weile Kevin und Brian beobachten), uns dann mit Rosie zu ein paar »Sea Breezes« und »Cosmopolitans« treffen und danach in die Disco gehen. Und anschließend habe ich dann noch das ganze Wochenende mit meinem ledigen, sportlichen Liebhaber, an dem wir daran arbeiten können, seine sexuelle Ausdauer zu steigern, wobei ich nicht vorhabe, ihn dabei anzutreiben.

Ha, Carla, du Biest, diesmal werde ich dich mit all deinem aufgesetzten Lolita-Charme schlagen.

»Ich habe Carla, Kev und Bri gefragt, ob sie heute Abend nicht mitkommen wollen. Ich hoffe, das macht dir nichts aus«, ist das Erste, was Jackson sagt, als er einen großen Milchkaffee von dem Inder unten an der Straße auf meinen Schreibtisch stellt. Wie vorhergesehen hat Georgie mir eine Nachricht hinterlassen, in der sie mir mitteilt, dass sie heute zu Hause arbeiten wird, und Jackson hat seine

Krawatte ausgezogen und gewährt mir einen tiefen Einblick auf seinen faszinierend langen, gleichmäßig gebräunten Hals. Ich bin stinksauer.

»Ob mir das was ausmacht? Nein! Überhaupt nicht, wie nett, ein Abend mit Kollegen.« Verdammte Scheiße. Ich denke an mein Glitzertop, das schmachtend in meiner Kleidertasche wartet und hundertprozentig prüde und uncool im Vergleich zu dem schimmernden Teilchen wirken wird, in das Carla ihr nicht vorhandenes Hinterteil zwängen wird. Jackson setzt sich auf meinen Besucherstuhl und schnippt den Pappdeckel von seinem Kaffee herunter.

»Ich meine, eigentlich sind sie nicht so ganz meine Kragenweite, wie ihr hier in England sagen würdet, aber Carla hat sich praktisch selbst eingeladen, und da habe ich mir gedacht, es ist besser, wenn ich die Jungs auch frage, denn dann können wir sie später abhängen, wenn es zu schrecklich wird.« Oder er hat die beiden gefragt, damit er *mich* abhängen kann, wenn ich zu schrecklich werde.

»Klar, kein Problem.« Ich lächle ihn an, nippe an meinem Milchkaffee und führe Smalltalk, bis er wieder geht. Verdammte Scheiße.

Ich rufe Rosie an, um mich bei ihr zu beklagen, aber sie ist bei einem Geschäftsessen – dabei ist es noch nicht einmal zehn Uhr vormittags! Ich rufe Selin an, um mich bei ihr zu beschweren, aber erstaunlicherweise hat sie einen freien Tag und ist shoppen gegangen. Dabei hat Selin *niemals* frei. Ich darf nicht vergessen, sie danach zu fragen.

Da alle Möglichkeiten, mich auszuheulen, blockiert sind, öffne ich widerwillig zum Schein eine Kalkulationstabelle auf meinem Computer und verbringe den Morgen damit, im Internet nach Billigflügen zu surfen, die ich sowieso niemals buchen werde, und alle zwei Minuten Anrufe entgegenzunehmen. Das Faxgerät hat mich schon eine ganze

Weile nicht mehr angerufen, und als ich die Vermittlung anrief, um zu bitten, der Sache doch auf den Grund zu gehen, sagten sie nur, dass es vermutlich ein Defekt in meinem Kopfhörer wäre, und gaben mir einen neuen. Es muss also mein eigener Atem oder dessen Echos gewesen sein, was ich über den Kopfhörer gehört habe.

Der Tag vergeht nur langsam, und als irgendwann ein kleines Signal an meinem PC klingelt, um mir mitzuteilen, dass ich eine E-Mail erhalten habe, hoffe ich inständig, dass sie nicht von Lizette ist, die auf der Jagd nach all den Rechnungen ist, die ich in den vergangenen drei Monaten noch nicht abgehakt habe, sondern von einem der Mädels oder sogar von Jackson. Dass es irgendetwas ist, das mir fünf Minuten Ablenkung von diesen nervigen Typen im Verkauf verschafft.

Ich sehe nach und entdecke, dass ich eine dieser anonymen Grußkarten erhalten habe, die man von irgendwelchen Internetseiten aus verschicken kann. In der Nachricht befindet sich ein Hinweis auf einen Link, der mich zu der Website führt, auf der die Karte auf mich wartet. Ich lächle unwillkürlich, denke dabei an Michael und öffne die Karte mit einem Doppelklick. Während ich darauf warte, dass sie sich öffnet, schlägt die Sanduhr auf meinem Bildschirm Purzelbäume, und ich presse meinen Finger ungeduldig auf die Tastatur.

Endlich öffnet sich der Link auf ein riesiges rotes pulsierendes Herz, aus dem viele kleinere Herzen sprudeln, die über meinem Bildschirm schweben und dann am Rand meines Monitors abzuprallen scheinen. Eine Musak-Version von »Heaven Must be Missing an Angel« plärrt aus meinen schrottreifen Boxen, während ich gebannt dabei zusehe, wie die Textnachricht in dicken fetten Blasenbuchstaben aus dem Herz schwebt. »Ich beobachte dich«, erkenne ich, bevor jeder einzelne Buchstabe sich aufbläst und zerplatzt. Dann beginnt die Animation von vorn.

Ich bin überrascht. Das Ganze ist nicht wirklich romantisch, sondern eher ein wenig unheimlich. Ich schaue durch das Büro in die Richtung, wo Jackson sitzt, er bemerkt meinen Blick, winkt mir zu und lächelt. Ha, ha! Also gar nicht Michael, sondern tatsächlich Jackson. Na ja, diese Entwicklung verspricht interessant zu werden und macht die Aussicht auf den kommenden Abend etwas erträglicher. Natürlich könnte es aber auch ein rein freundschaftlicher Streich sein, der gar nicht anzüglich gemeint ist, doch meiner Erfahrung nach tut ein Mann nie irgendetwas Ungewöhnliches ohne irgendwelche Hintergedanken.

Als wir im Taxi sitzen, erzählt Carla pausenlos von ihren Haarproblemen, und ihre langen Beine in hautfarbenen Seidenstrümpfen scheinen dabei fast das ganze Taxi einzunehmen. Ich verschränke schüchtern meine in Jeans gehüllten Beine, kann es mir aber nicht verkneifen, einen bewundernden Blick auf meine im Kaufrausch erstandenen Schuhe zu werfen. Mir ist völlig klar, dass jede ausschweifendere Fußaktivität, die länger als zehn Minuten dauert, mich praktisch zum Krüppel machen wird, aber nichtsdestotrotz liebe ich sie. Sie sind elegant, cool, sexy und einfach hip. Carlas silberne Plateauschuhe, die gerade eindeutigen Kontakt mit Jacksons Halbschuhen aufnehmen, wirken hingegen protzig und billig. Schuhe und Hunde sagen eine Menge über ihre Besitzer aus, mehr brauche ich zu diesem Thema wohl nicht mehr zu sagen. Jackson zieht eine seiner Augenbrauen in die Höhe und sieht mich dabei an, was mich wieder an das Geheimnis der Grußkarte erinnert und zu einem zarten Lächeln veranlasst.

Eigentlich sollte mich Carlas invasionsartige Teilnahme an meinen nächtlichen Streifzügen nicht weiter ärgern, schließlich bin ich erwachsen. Ich sollte wirklich nicht eifersüchtig auf sie sein, nur weil sie jünger und schlanker ist als ich und ganz offensichtlich unter ihrem Kleid keinen BH trägt. Ich sollte vielmehr auf meine Reife vertrauen und darauf, dass die Aura der Reife und Erfahrung, die mich umgibt, es viel interessanter macht, in *meine* blauen Augen zu sehen – und nicht etwa meine ersten Lachfältchen, die ich vor kurzem entdecken musste. Tatsache ist, dass ich glücklich bin, im Gegensatz zu dieser derart naiven und oberflächlichen dünnen Tussi, mit der man sich außer über sie selbst und die Enthaarung ihrer Beine über nichts anderes unterhalten kann, die Größe zu besitzen, stolz auf mein Alter zu sein. Ich fühle mich nicht im Entferntesten von ihr und ihrem Jugendkult eingeschüchtert.

Diese eingebildete, magersüchtige dumme Kuh!

Wir treffen uns mit Rosie im »Langley's« in der Nähe des Covent Garden, gerade rechtzeitig für einen Cocktail zur Happy Hour. Das »Langley's« ist eines meiner Lieblingslokale, nicht nur, weil es vor etwa sechs, sieben Monaten *das* Lokal schlechthin war (ich denke, das war es ohnehin, ich kam einfach nur zum ersten Mal im Sommer hierher), sondern weil ich seine metallene Retro-Atmosphäre liebe.

Ich habe die vage Vermutung, dass Jackson und ich nach drei oder vier ermäßigten »Cosmos« vermutlich verdammt gut auf der Tanzfläche zurechtkommen werden, so in der Art von »Saturday Night Fever«. Ich will ja nicht damit angeben, wie gut ich Discotänze beherrsche, aber ich muss zugeben, dass es oft den Eindruck macht, als wäre ich ziemlich gut darin, jedenfalls starren mich die Leute immer an, wenn ich zum Beispiel zu »Yes Sir, I Can Boogie« mein Tanzbein schwinge.

Rosie ist zu spät dran, deshalb biete ich an, für Jackson und mich die ersten Drinks an der Bar zu bestellen, und überlasse es Kevin und Brian, zu wetteifern, wer Carla einen Drink spendieren darf. Als Jackson und ich uns ein wenig von ihnen entfernen, bemerke ich, wie Carlas hungrige kleine Augen uns durch die Menge folgen. Keine Chance, Carla-Schätzchen!

Die Bar ist überfüllt, dort stehen Geschäftsmänner im Anzug dicht gedrängt mit Frauen im »Diesel«-Outfit, die offensichtlich der Medienbranche angehören, oder solchen, die gerne Models geworden wären, wenn das Schicksal sie bloß mit einer etwas größeren und schlankeren Figur und einem besseren Aussehen bedacht hätte, die aber doch immerhin tapfer ihren sexy Pamela-Anderson-Schmollmund zur Schau tragen.

Doch all diesen Leuten gegenüber habe ich etwas voraus: Ich habe eine Geheimwaffe, mit der es mir ganz sicher gelingt, vor ihnen bedient zu werden, obwohl einige bereits zehn Minuten lang anstehen. Wie das gehen soll? Ganz einfach: Ich werde mir den Weg bis zum Ende der Bar bahnen, und zwar, indem ich die Männer mit meiner besten Waffe, dem »Dekolleté-Schock«, entwaffne und resoluten Frauen mit gut platzierten Ellenbogenstößen in die Rippen begegne. Sobald ich das Ziel erreicht habe, stelle ich mich mit beiden Füßen auf die Fußstütze, die am unteren Ende des Tresens entlangläuft, lehne mich so weit wie möglich nach vorne und gewähre noch einen tieferen Einblick in mein Dekolleté.

Falls ich nicht wirklich Pech habe und die Bar nur mit männerbesessenen Frauen oder Schwulen besetzt ist, werde ich sofort bedient. Und auch der heutige Abend ist keine Ausnahme. Ein junger Kerl, der sich scheinbar bereits aus meinem Bannkreis gelöst hat, murmelt leise »mal wieder typisch« vor sich hin, doch ich habe bereits einen Vorsprung, gebe meinen Bon an der Bar ab und bahne mir sogleich wieder den Weg zurück zu unserem äußerst begehrten Tisch, bevor er es noch geschafft hat, an das Ende der Bar zu gelangen.

Ich weiß genau, dass das nicht fair ist. Im Grunde ist das Nötigung und vermutlich politisch schrecklich unkorrekt, aber irgendwann während der Entwicklung unserer Weltgeschichte hat sich die Evolution nun mal dazu entschlossen, Männer bei der Ansicht eines halb entblößten Busens zu völligen Idioten werden zu lassen, und ich sehe es als meine Pflicht an, das Beste daraus zu machen.

»Sauberer Trick«, flüstert mir Jackson anerkennend ins Ohr, während wir uns den Weg zurück bahnen.

»Glück gehabt«, sage ich mit einem Grinsen über meine Schulter hinweg, doch ich freue mich, dass auch er offensichtlich nicht blind für meine Reize ist.

Als wir den Tisch erreichen, sitzt Carla alleine da, weil sie ihre Günstlinge zu einem langen und undankbaren Kampf an die Bar entsandt hat. Ich befördere meinen Strohhalm mit der Zunge in den Mund und lächle sie an, bevor ich einen tiefen Schluck nehme. Jackson rutscht mit seinem Stuhl ein wenig näher an meinen heran, damit wir reden können, und ich sauge etwas kräftiger an meinem Strohhalm und lasse mich seitwärts in meinen Stuhl sinken, sodass wir Schulter an Schulter, die Köpfe einander zugeneigt, dasitzen.

Nach diesem Drink, oder vielleicht sogar dem nächsten, werde ich mir überlegen, was für Absichten ich bei Jackson verfolge. Michael befindet sich in diesem Moment vermutlich irgendwo in einer gemieteten Pfadfinderhütte in Twickenham und trinkt mit einer Schar von Schulmädchen Cider, doch irgendwie scheint seine Präsenz in meinem Kopf unterbrochen und sein bevorstehender Besuch für mich in weite Ferne gerückt zu sein. Meine Gedanken schweifen kurz zu einem Achtzehnjährigen, den ich vor vielen Jahren einmal besucht habe, und die Erinnerung daran veranlasst mich, meine bereits jetzt schon spärlichen Gedanken an Michael und seine Party noch weiter von mir zu schieben. In Windeseile scheint sich mein Glas bereits zur Hälfte geleert zu haben.

Als Jackson mit einer neuen Runde von der Bar zurückkehrt, lächeln wir beide entzückt: Wer immer für die Musik zuständig ist, hat »D.I.S.C.O.« aufgelegt. Der metallene Tisch, an dem wir sitzen, brummt, und ich beginne, mit meinem Fuß im passenden Rhythmus zu wippen und leise den Text vor mich hinzusingen, während der Wodka Brandy meine Kehle hinunterfließt und mich für kurze Zeit alles um mich herum vergessen lässt. Die Anspannung des Tages fängt an, sich zu lösen, und je weiter dieser Abend voll viel versprechender Möglichkeiten voranschreitet, desto unheilvoller ist das Gefühl, das in mir aufsteigt. Irgendetwas wird heute Nacht geschehen.

Es ist zu laut, um sich normal unterhalten zu können, darum beugt sich Jackson näher zu mir und beginnt mir von seiner Wohnung in New York City und seinem Hund Trooper zu erzählen, den er leider auf der Ranch seiner Eltern in Texas lassen musste. Ich hole noch ein paar Drinks, und während er in Erinnerungen schwelgt, legt er seinen Kopf ein wenig in den Nacken und sieht mit seinen hellblauen Augen an die Decke, als schaue er sich auf einer weit entfernten Leinwand einen Film an. Während ich ihm dabei zusehe, frage ich mich, ob sich hier gerade, rein theoretisch natürlich, etwas zwischen uns anbahnt, und wenn ja, wie ich mich dann verhalten werde. Ich meine, diese ganze E-Mail-Geschichte muss doch von Jackson sein, wer käme denn sonst noch infrage? Außerdem ist Jackson wirklich süß, obwohl das nicht heißen soll, dass ich Michael schon vergessen hätte, im Gegenteil. Eine kurze Affäre mit einem Kollegen aus Übersee? Etwas Dümmeres kann ich mir gar nicht vorstellen, obwohl ...?

Und dann passiert Folgendes: Stellen Sie sich vor, Sie wären ein elisabethanischer Dichter und hätten eine Idee zu einer Geschichte, die Ihnen schon länger im Kopf herumschwirrt und die von zwei italienischen Teenagern handelt, die unsterblich ineinander verliebt sind. Nach ein paar Seiten netter Dichtkunst und aufregender Kampfszenen endet die Geschichte für die beiden jungen Leute tragischerweise tödlich. Eines Tages nun, während Sie auf Ihrem morgendlichen Spaziergang sind und bevor Sie es sich noch gemütlich machen und die Geschichte zu Pergament bringen können, kommen sie an einem Romeo-und-Julia-Plakat vorbei und denken sich: »Oh, das hat wohl keinen Sinn mehr, Shakespeare hat schon wieder ein Meisterwerk geschrieben.«

Oder lassen Sie es mich so formulieren: Nehmen wir einmal an, Sie wären im achtzehnten Jahrhundert Komponist am österreichischen Hofe und hätten zehn Jahre damit zugebracht, Ihr ganzes Herzblut in eine Komposition zu stecken, um endlich beim Kaiser von sich reden zu machen. Genau in dem Augenblick, in dem Sie denken, es endlich geschafft zu haben, kommt ein siebzehnjähriger Bengel namens Mozart dahergelaufen und haut den Kaiser mit einer kompletten Symphonie vom Stuhl. Sehen Sie, da können Sie dann nur noch nach Hause gehen und Ihr Cembalo verpfänden.

Sie verstehen nicht, worauf ich hinauswill? Okay, nehmen wir an, Sie hätten einen Blick auf einen jungen Mann geworfen, bei dem Sie sich selber zwar nicht ganz sicher sind, von dem Sie aber annehmen, dass er Sie schon ein wenig mag. Und die Aussicht auf eine anschließende Knutscherei oder mehr ist Ihnen keinesfalls unangenehm, selbst wenn Sie noch nicht wissen, ob Sie sich das wünschen sollen. Sie sind stolz, soeben das magere, blutjunge, halb nackte Ding bezwungen zu haben, als Ihre beste und zudem schwangere Freundin nach entsprechender Verspätung einen filmstarreifen Auftritt hinlegt, den selbst Grace Kelly nicht hätte überbieten können. Innerhalb weniger Sekunden verlieren Sie für immer seine sexuelle Aufmerksamkeit und werden zurück in die Rolle der guten, aber weniger attraktiven Bekannten gedrängt.

Im Prinzip ist es genau dasselbe.

Verstehen Sie mich jetzt nicht falsch: Ich bin nicht sauer, verwirrt oder vielleicht eifersüchtig, denn das wäre dasselbe, als wenn man sich über den Sonnenaufgang ärgern würde oder beleidigt wäre, weil schon wieder Flut ist. Es ist wie eine Gesetzmäßigkeit, mit der man sich abfinden muss: Rosie betritt glücklich strahlend und sorgenfrei das Lokal und leuchtet wie der hellste Stern am Himmel; alle Blicke sind auf sie geheftet, und nach dem zu urteilen, wie Jacksons Kinnlade herabfällt, sich nur äußerst langsam wieder an die alte Position zurückbewegt und wie er dann anschließend sein gewinnendstes Lächeln zur Schau trägt, ist Jackson keine Ausnahme. Rosie muss wohl diesen Kunden an Bord gezogen haben, mit dem sie vier Stunden lang beim Mittagessen war, denn sie sieht so strahlend aus, als hätte sie ihr ganzes Dilemma mit Chris einfach verdrängt. Aber wenn mich jemand im Vortäuschen falscher Tatsachen übertrifft, so ist es Rosie.

Im Laufe der Jahre haben Selin und ich uns oft darüber kaputtgelacht. Nicht dass Rosie mehr Freunde oder mehr Chancen gehabt hätte als wir oder dass sie sich irgendjemanden geschnappt hätte, auf den wir beide standen. (Okay, sie hat früher mal mit Josh herumgeknutscht, als ich so auf ihn stand, was mich eine ganze Woche lang gehörig geärgert hat, aber sie hatte es nur getan, weil ich vorgegeben hatte, überhaupt nicht mehr auf ihn zu stehen – obwohl das nicht stimmte. Ich habe sie damals geohrfeigt, doch anschließend haben wir darüber gelacht und uns beide von ihm fern gehalten. Ich glaube jedoch nicht, dass er das gemerkt hat, er war zu sehr damit beschäftigt, uns aus dem Weg zu gehen.)

Viele Männer haben sich auch von Selins exotischer, langbeiniger Anmut und ihren blitzenden dunklen Augen betören lassen und waren dafür blind für Rosies oder meine Reize. Und ich hatte wiederum meinen gerechten Anteil an Männern, die auf Kurven, Locken und das Aussehen einer Porzellanpuppe standen. Doch während Selin und ich das Glück haben, uns je nach Jahreszeit, Kleidung oder dem jeweiligen Monatsabschnitt als attraktiv, gut aussehend, charmant, sexy und großartig bezeichnen zu können, sieht Rosie tatsächlich fast immer wunderschön aus, und Jackson ist ganz offensichtlich hingerissen.

Rosie beugt sich zu mir, küsst mich und umgibt mich mit einem Hauch von Chanels »Allure«. Ich hatte gehofft, dass sie mir ihre halb volle Flasche überlassen würde, doch scheinbar ist dieses Parfüm ein zeitloser Klassiker, den ich mir selbst kaufen muss. Ich nehme meine Tasche von dem Stuhl, den ich für sie freigehalten hatte, und sie lässt sich graziös darauf gleiten.

»Hallo, Schatz. Mein Gott, was für ein fantastischer Tag, ich habe ein unglaubliches Geschäft abgeschlossen. Weihnachtsbonus, hier bin ich!« Sie streift ihre taillierte schwarze Lederjacke ab und lächelt Jackson an, den sie gerade zum ersten Mal sieht.

»Gut gemacht«, lächle ich. »Jackson, das ist meine Mitbewohnerin Rosie. Rosie, das ist Jackson, er ist für kurze Zeit aus New York City hier.« Jackson erhebt sich ein wenig, beugt sich zu Rosie und nimmt ihre Hand, besitzt aber zum Glück so viel guten Geschmack und Stil, sie nicht zu küssen.

»Hey«, sagt er, ohne seinen Blick von ihr zu wenden.

»Hallo«, antwortet Rosie mit ihrer vornehmsten Lady-Di-Stimme. Komisch, dass er immer diese Antwort bekommt, selbst Carla hat angefangen »hallo« zu ihm zu sagen. Während sich die beiden noch einen Augenblick länger als unbedingt notwendig ansehen, schaue ich zu Carla hinüber, und wir beide wechseln zum ersten Mal einmütig einen Wie-gewonnen-so-zerronnen-Blick und ein bitteres Lächeln.

»Wie geht es dir?«, frage ich Rosie. Sie trägt ein Top zu einer der Hosen, die wir gemeinsam bei »Formes« gekauft haben. Das Top ist aus orangefarbener und roter Seide, wölbt sich leicht über ihrem Bauch und besitzt eine Art Gürtel im Zwanzigerjahre-Stil, der sich um ihre immer noch schmalen Hüften schmiegt.

»Ziemlich gut, werde es heute aber sicher nicht mehr in den Club schaffen.«

»Jammerschade«, sagt Jackson inbrünstig.

»Ja, na ja, ich bin schwanger, weißt du, deshalb muss ich mich ein wenig schonen.«

Nichts regt sich in Jacksons Gesichtsausdruck, trotzdem scheinen seine Gesichtszüge auf irgendeine Weise in sich zusammenzufallen.

»Verstehe, hast du den Vater zu Hause gelassen?«, fragt er.

»Nein, der Vater und ich sind geschieden.« Fasziniert beobachte ich diesen Wortwechsel. Ich hätte erwartet, dass Rosie in Aussicht auf einen abendlichen Flirt kein Wort über ihre Schwangerschaft verliert. Und sie hat noch niemals in meiner Gegenwart bereits in den ersten Sekunden eines Treffens jemandem gegenüber ihre Scheidung erwähnt. Normalerweise wartet sie damit bis zum zweiten oder dritten Rendezvous. Noch faszinierender ist jedoch, dass die Nachricht über Rosies Scheidung Jacksons hübsches Gesicht unmerklich, aber doch offensichtlich erhellt, genau wie ihn die vorherige Nachricht enttäuscht hatte. Das Baby hält ihn also scheinbar nicht ab. Das bedeutet entweder, dass er ein netter Junge oder dass er ein mieser Schuft ist. Und das heißt gleichzeitig, dass seine Grußkarte entweder eine billige, nicht ernst zu nehmende Anmache war oder aber tatsächlich als eine freundschaftliche Geste ohne jeden Hintergedanken gewertet werden muss. Als er vorschlägt, zur Bar zu gehen, um für Rosie eine wodkafreie »Sea Breeze« und für uns noch zwei »Cosmos« zu holen, drehe ich mich zu Rosie um und sage augenzwinkernd: »Du verdammte Schlampe.«

Sie lacht, wirft den Kopf in den Nacken und lächelt dabei wie eine Katze, die Sahne geschleckt hat. »Er gefällt dir, stimmt's?«, fragt sie mich zuckersüß.

»Also gut, jaaaaaaa! Anschauen darfst du ihn, aber bitte nicht so, als wolltest du gleich mit ihm abzischen.« Na ja, höchstens flirten ist erlaubt.

»Ganz schön lecker, das Kerlchen, stimmt's?«, und Rosie leckt sich die Lippen. »Mmmmm, ein echter Achtzigerjahre-Typ.« Und fortan wird er unter diesem Namen in Rosies Liste geführt werden.

»Gibt's denn keine Regeln für das Anmachen von Männern, wenn man schwanger ist?«, necke ich sie.

»Keine Ahnung, vielleicht steht ja etwas darüber in diesem fürchterlichen Buch. Wir sollten es unter dem Türstopper und dem Bücherstapel hervorholen, wenn wir nach Hause kommen.«

Da ich es als gute Freundin einfach nicht lassen kann, Rosie Ratschläge zu erteilen, sage ich: »Hör mal, er wird bald nach New York zurückkehren, also pass einfach nur auf dich auf, okay? Sieh zu, dass du nicht zu Schaden kommst! Du hast momentan schon genug am Hals. Was, wenn du wieder anfängst, loszuheulen, nur weil die Crunchy Nuts ausgegangen sind«, sage ich und spiele dabei auf das Thema Chris an. Aber sie weiß schon, was ich meine. Wir beide sehen zu, wie Jackson mit drei Gläsern zurückkehrt, wobei auch er seinen gerechten Anteil an den sich umdrehenden Köpfen abbekommt.

»Weißt du was?«, flüstert sie mir sanft ins Ohr. »Ich habe das Gefühl, dass Jackson und ich uns gut verstehen werden.«

Gegen zehn Uhr kündigt Rosie an, dass sie den Heimweg antreten will, und Jackson bietet ihr an, sie zum Taxi zu begleiten. Während ich auf ihn warte, sehe ich mich nach den anderen um. Carla ist nirgends zu sehen, und Kevin und Brian stehen verstohlen in der Nähe einer Gruppe von Mädchen, die offensichtlich beschlossen haben, sie trotz ihres aufgesetzten Gelächters, ihrer gegenseitigen anfeuernden Rippenstöße und der maßlosen Trinkerei überhaupt nicht zu beachten. Arme Mrs Kevin und Mrs Brian; ich will mir gar nicht erst vorstellen, wie ihr Badezimmer später aussehen wird.

Mit »Cosmos« abgefüllt, lasse ich meinen Fuß weiter zum Rhythmus irgendeines schrecklichen Hits wippen, in dem irgendeine quietschende Göre immer und immer wieder dieselben Sätze wiederholt. Es mag daran liegen, dass ich bereits ein wenig beschwipst bin, oder daran, dass ihre

Aussprache etwas zu wünschen übrig lässt, trotzdem bin ich mir ziemlich sicher, dass sie immer wieder »Fick mich in den Arsch!« schreit. Das ist das Traurige an der Musik von heute – keine Melodie, keine echten Instrumente mehr, sondern alles zusammengemischt, und die Texte kann man auch kaum noch verstehen. Ich frage mich, ob es nicht irgendeinen wirksamen Austreibungsritus gibt, der mich endgültig von Tante Marges Geist befreit? Oder vielleicht ist es ja sogar noch schlimmer? Vielleicht bin ich ja mittlerweile zu einer Tante Margie geworden. Gott steh mir bei.

Die Verantwortung, unseren Vierertisch vor der Belagerung Fremder zu schützen, lastet schwer auf meinen Schultern, darum tue ich mein Bestes, um so eingeschnappt und bedrohlich wie möglich auszusehen. Irgendein Junge, der offensichtlich aus Kevins oder Brians Flirtschule stammt, zwinkert mir ein paar Schritte entfernt zu. Ich funkle ihn zornig an.

Wie die heftige Reaktion auf einen »Tequila Slammer« überkommt mich plötzlich das Gefühl, dass ich Michael sehr vermisse. Er vollführt vermutlich gerade mit seinen Freunden irgendeinen Singtanz, den er zu der Musik einer Band namens »Soggy Wafer« oder so erfunden hat. Oder noch schlimmer: Sarah hat endlich ihre Haare gewaschen und klimpert ihn auffordernd mit den Wimpern hinter ihrer Dose »Top Deck« an. Immerhin ist er nicht mehr Jungfrau, stimmt's? Vermutlich will er sich jetzt alleine auf Skalpjagd machen und seine Zeit nicht mit mir Langweilerin verbringen, die ständig alten Zeiten hinterhertrauert. Genau in diesem Augenblick könnte doch das unaufhaltsame Rad des Schicksals eine leere Flasche »Thunderbird« langsam drehend vor ihm zum Stillstand kommen lassen, um ihn als denjenigen auszuwählen, der mit Holly knutschen muss – dem Mädchen, das so gut improvisieren kann.

Ich schließe die Augen und spüre die Welt unter mir entgleiten. Könnte sein, dass ich einen Cocktail zu viel getrunken habe. Das einzige Problem, das man hat, wenn man Spirituosen trinkt und sich dann hinsetzt, ist, dass man nie genau weiß, ob man danach wieder aufstehen sollte. Ich öffne ein Auge, um den Tisch anzusehen. Er scheint noch recht fest dazustehen, wenn auch ein wenig verschwommen. Ich zähle die leeren hohen Gläser auf dem Tisch, teile sie durch drei und zucke zusammen. Man sollte ein Gesetz gegen alkoholische Getränke mit Ribena-Geschmack erlassen. Ich bin jetzt, nach deren Genuss, nicht nur viel zu fertig, um noch tanzen zu können, sondern auch eifersüchtig, weil besessen von der Vorstellung eines völlig bedeutungslosen Techtelmechtels. Wieder eine gescheiterte Affäre; darin habe ich weiß Gott genug Erfahrung. Er darf mich nicht so durcheinander bringen.

Meine Lust auf Michael ist ungefähr vergleichbar mit der Lust, die man auf einen Marsriegel verspürt, wenn man ein Wochenende auf einer Schlankheitsfarm verbracht hat. Man möchte offensichtlich immer das haben, was man nicht haben kann. (Obwohl ich sagen muss, dass ich, egal wo ich mich befinde, bei Marsriegeln grundsätzlich dieses Gefühl habe.)

Ich konzentriere mich auf die Erinnerung an Michaels Zärtlichkeit, als wir uns das letzte Mal gesehen haben, seine langen leidenschaftlichen Küsse im Kino und seine begeisterte und glückliche Stimme am Telefon, als ich ihn eingeladen habe, morgen Früh zu mir zu kommen.

Verdammt, er kommt ja morgen Früh! So wie ich aussehe, habe ich allerdings keine Chance. Wenn ich jetzt sofort nach Hause fahre, zwei Paracetamol nehme, mindestens einen Liter Wasser trinke und daran denke, meine Augen abzuschminken, könnte ich es gerade noch schaffen, bis er kommt. Alles andere wäre reiner Selbstmord.

Jackson kehrt nach einer verdächtig langen Zeit, in der er mit Rosie zusammen angeblich ein Taxi gesucht hat, mit einem Hauch von »Allure« zum Tisch zurück.

»Na dann, Tanzkönigin, lass uns tanzen«, sagt er gut gelaunt und streckt seine Hand nach mir aus.

Ich scheine plötzlich die Art von seltsamem kleinen Kurzgedächtnis zu haben, die ein Goldfisch besitzt, und für den Bruchteil einer Sekunde vergesse ich, dass er soeben die Treppe heruntergekommen ist und nun vor mir steht. Ich schaue ihn an, als würde ich ihn zum ersten Mal sehen, und erinnere mich erst wieder daran, dass er bereits seit zehn Sekunden vor mir steht, nachdem ich ausgerufen habe: »Jackson! Gott sei Dank, dass du da bist! Bring mich zu einem Taxi, ich kann nicht mehr laufen.« Und dem folgt ein: »Hi, Jackson, weißt du, ich glaube, ich sollte nach Hause gehen. Bin etwas angesäuselt.« Obwohl ich langsam und akzentuiert spreche und mich darauf konzentriere, dass mir nicht irrtümlich ein »bitte bring mich nach Hause und fick mich«, herausrutscht, scheine ich zu lallen.

»Oh, Baby.« Jackson lacht und hilft mir auf die Beine. Meine Absätze rutschen wie Bambifüße seitlich weg. Wir versuchen es noch einmal und wanken langsam zu den Treppen, die mir wie der Mount Everest erscheinen, die ich jedoch überwinden muss, um zum Ausgang zu gelangen. Als wir endlich draußen stehen, bleibe ich einen Augenblick in der falschen Hoffnung stehen, dass ich mich nach ein paar tiefen Zügen verschmutzter Nachtluft besser fühle.

»Musst du dich übergeben, Schatz?«, fragt Jackson und

hält meine Stirn. In irgendeinem Winkel meines Hirns, das noch nicht von Ribenas üblem Zwillingsbruder heimgesucht worden ist, dämmert mir, dass ich mich vermutlich so unglaublich schämen werde, wenn ich ihn das nächste Mal sehe, dass ich rot anlaufen und stottern werde. Lieber Gott, bitte mach, dass ich das schnell vergesse und dass er nett genug ist, um nicht hinter meinem Rücken darüber zu lachen.

»Nein, nein«, sage ich und versuche mehr oder weniger gerade zu stehen. »Es geht mir gut, wirklich.« Ich hebe mein Kinn und wanke zur Bordsteinkante.

»Taxi!«, schreie ich, mitten auf der taxileeren Straße. »Scheiß Taxi, wo bist du?«

Zu meinem Glück hat Jackson sich beim Trinken unter Kontrolle, und nur seiner Fürsorge und Organisation ist es zu verdanken, dass es irgendeinem Fahrer sein Geld wert war, mich auf die Rückbank seines Taxis zu lassen.

Jackson gehört zu den Typen, die auf Nummer sicher gehen, dass man nicht in irgendeinen gerade vorbeifahrenden Mondeo steigt, sondern die nach einem zugelassenen Taxi Ausschau halten. Jackson gehört zu den Typen, die einem auf die Rückbank helfen und dem Fahrer die gestammelte Adresse übersetzen. Und Jackson reicht dem Fahrer einen Zehner und einen Fünfer und bittet ihn, sich zu versichern, dass ich auch wirklich heil ins Haus komme. Der Fahrer schwört, und Jackson gibt ihm dafür noch einmal einen Fünfer. All dem sehe ich wie aus einer entfernten Galaxie oder vielleicht auch nur durch Jacksons verschleierten Blick bei seiner Erinnerung an diesen Vorfall zu, wenn er Rosie beim nächsten Treffen davon erzählt. Ich darf nicht vergessen, sie später danach auszufragen.

Eine Weile sehe ich, in meinen Sitz versunken, den vorbeiziehenden orangefarbenen Straßenlichtern und dem Blinken des roten Türlichtes im Auto zu, und dann, na ja, dann schließe ich einfach für ein paar Minuten meine Augen.

34. Kapitel

»Jenny? Jen, Liebling? Jen?«

Die Tatsache, dass mein Kopf scheinbar verkehrt herum sitzt, meine Augen mit Sekundenkleber zusammengeklebt zu sein scheinen und die Wüste Arizonas offensichtlich in meinen Mund verlagert worden ist, beweist mir, dass ich mich an keine der drei Regeln gehalten habe, die ich sonst immer streng einhalte, um nicht zu der Gemeinde der lebenden Toten zu gehöre, nachdem ich ausgegangen bin. Langsam setze ich mich auf. Das Bett knackt dabei wie der Deckel eines Transportkoffers.

Ich konzentriere meinen Blick auf Rosie, die sich ein Grinsen verkneift und mir von weitem eine verlockende Tasse Kaffee zeigt.

»Bäh, win ga nar?«, versuche ich zu sagen, bevor ich merke, dass irgendjemand während der Nacht meine Zunge in meinem Mund festgeklebt haben muss – ebenfalls mit Sekundenkleber. Ich greife nach einem Glas Wasser, das schon seit voriger Nacht hier steht, und kippe es hinunter. Rosie setzt sich auf meine Bettkante und kann sich ein höhnisches Schnauben nicht verkneifen.

»Du warst gestern Abend ja ganz schön fertig.«

»Ich? Echt? Warst du denn noch nicht im Bett?«, sage ich und gewinne langsam wieder einigermaßen die Kontrolle über meine Stimmbänder. »Gib mir den verdammten Kaffee, okay?«

Sie reicht mir die Tasse und lässt sich, ohne Rücksicht auf meine persönliche Sicherheit, wieder zurück auf mein

Bett fallen, wenn man bedenkt, dass ich eine Tasse glühend heißen Kaffees in den Händen halte und die Koordination zwischen Hand und Blick noch nicht so ganz funktioniert. Ich rücke so weit wie möglich von ihr weg, verziehe mich in den Schutz des Kopfendes meines Bettes und ärgere mich über ihren frischen Teint und ihre blitzenden Augen, in denen nicht die Spur eines Katers zu erkennen ist. Eines möchte ich gern wissen: Was bitte ist die Quittung für unverantwortlichen Sex, der mit einer Schwangerschaft endet? Denn falls sie eine Horde attraktiver Männer ist, die an meinen Lippen hängen, und ich mich nie wieder wegen einer Alkoholvergiftung beschissen fühlen muss, dann stell ich mich gerne in die Reihe. Bin dabei.

»Ich war noch nicht im Bett, weil du ungefähr zehn Minuten nach mir eingetrudelt bist. Es war noch nicht mal elf! Du hast es nicht geschafft, deinen Schlüssel in die Haustür zu stecken, und konntest dich nicht mehr an die Nummer unserer Wohnung erinnern, deshalb hast du alle möglichen Leute herausgeklingelt, bis du am Ende mich dranhattest. Dann ist es mir vorgekommen, als würdest du ewig brauchen, um die Treppe heraufzukommen, und erst als ich nachsehen gegangen bin, hab ich kapiert, warum – du kamst hochgekrabbelt. Zu deinem Pech haben das auch zwei unserer Nachbarn mitgekriegt. Wie auch immer, als du endlich in der Wohnung warst, hast du mir dein Einverständnis gegeben, Jackson zu heiraten, und gesagt, dass Chris ein Arschloch ist, bevor du so, wie du jetzt bist, in Ohnmacht gefallen bist. Ich habe dir aus Gründen der persönlichen Körperhygiene dein Top und deine Jeans ausgezogen.«

Ich spähe unter meine Bettdecke und sehe, dass ich von den Socken bis zu meiner Unterwäsche noch alles vom gestrigen Abend anhabe. Ich hasse es, wenn Rosie die Erwachsenere von uns beiden ist, weil sie das immer gleich so unglaublich raushängen lässt.

»Du hast mich also deshalb so früh aufgeweckt, damit du deine Selbstzufriedenheit auch noch lange genug genießen kannst, bevor du gehst?«

Rosie lacht, aber etwas zu laut für meine Begriffe.

»Nein, Schatz, weil die letzte halbe Stunde lang dein Handy alle fünf Minuten geklingelt hat und du jetzt ungefähr neunzig SMS hast. Ich wollte sie lesen, aber dann habe ich mir gedacht, dass es vermutlich netter wäre, dir das Handy zu bringen und neben dir zu sitzen, während du sie liest. Hast du einen geheimen Freund, Lady?«

»Das wär 'ne tolle Idee«, murmle ich griesgrämig genug, um mit schlechtem Benehmen davonzukommen. Ich schaue auf mein Handy und sehe, dass ich zwölf Nachrichten habe. Ich nehme an, die Hälfte davon stammt von meinem Nachrichtenservice, der mir mitteilt, dass ich eine Nachricht habe. Ich öffne die erste. Sie kommt nicht von Michaels gewöhnlicher Nummer, muss aber von ihm sein. »Seh dich bald«, ist alles, was da steht, allerdings voll ausgeschrieben und nicht in diesen verdammten Kürzeln, die der Jugend von heute so geläufig sind. Michael muss sich wohl meiner völligen Unfähigkeit, diese zu entziffern, erbarmt haben. Oder aber er versucht, mit seiner Fähigkeit, auch normal buchstabieren zu können, Eindruck auf mich zu machen. Ich rufe meine Nachrichten ab, und Michaels Stimme knistert in meinem Ohr.

»Hallo, ich bin's. Es ist halb zehn, ich bin auf dem Weg zum Bahnhof. Ich schätze, ich werde gegen elf bei dir sein, okay? Ruf mich an, falls die Luft nicht rein sein sollte. Du hast mir gestern gefehlt. Bis gleich, tschüs!« Ich ertappe mich dabei, wie ich sentimental lächle, während Rosie aufmerksam meine Mimik studiert. Ich beschließe, die restlichen Nachrichten nicht abzuhören, weil ich mir ziemlich sicher bin, dass es sich um nichts anderes als um die Kettenreaktion meines kleinen intelligenten Handys handelt, das mir mitzuteilen versucht hat, dass ich eine Nachricht erhalten habe. Ich schalte es aus.

»Wie viel Uhr ist es?«, frage ich nochmal, diesmal aber in richtige Worte gefasst.

»Gleich zehn. Warum? Musst du irgendwohin?« Sie denkt wohl, dass sie mich überrumpeln kann, nur weil ich gestern Nacht fast meine ganzen Gehirnzellen abgetötet habe.

»Nein, aber musst du nicht zum Zug?«

»Nein, Klugscheißerchen, Josh hat angeboten, mich zu fahren. Er hat gesagt, dass mir zu allem Überfluss jetzt eine stressige Bahnfahrt gerade noch fehlen würde. Er ist *wirklich* ein netter Kerl, weißt du.« Sie betont das, als würde ich Josh nicht mindestens genau so lange kennen wie sie und wüsste nicht, wie nett er ist. Der gute alte Josh, so nett und hilfsbereit, ohne ersichtlichen Grund, nein, natürlich nicht – deshalb, weil er nett ist. Ich bin sauer.

»Josh! Ha! Kann schon sein, dass er nett ist, aber niemand ist grundlos so nett. Bist du immer noch nicht hinter sein wahres Motiv gekommen? Hast du dich nie gefragt, warum er plötzlich ständig wegen irgendwas hier aufkreuzt?«

Rosie fällt vor Aufregung beinahe vom Bett.

»Natürlich habe ich das, und *du*?« Sie lacht ungläubig. Ich finde, dass sie ein wenig zu hart mit ihm ist, schließlich darf man ihn nicht auslachen, nur weil er in sie verliebt ist.

Ich will gerade mit ihr schimpfen, als es an der Tür klingelt. Ich stelle die Tasse mit dem Kaffee ab und verkrieche mich unter der Decke.

»Wir werden das besprechen, wenn ich zurück bin«, sagt Rosie streng. Einen Augenblick später höre ich Joshs tiefe Stimme im Flur, der Rosies Angebot für einen Kaffee annimmt. Ich entschließe mich dazu, aufzustehen und mich ihnen zu stellen. Zuerst muss ich prüfen, in welchem Zustand mein Gesicht ist – schließlich habe ich nur noch eine Stunde Zeit –, und dann muss ich sichergehen, dass sie so schnell wie möglich von hier verschwinden, wenn ich nicht möchte, dass irgendetwas schief läuft. Ich greife unter das Bett und ziehe meinen Pyjama hervor, benutze ein Babyreinigungstuch, um den Großteil meines Make-ups zu entfernen, und fahre mit einer Bürste durch so viel Haar, wie meine Schmerzgrenze zulässt. Dann schlurfe ich in die Küche. Josh hat sich wieder den Kopf kahl rasiert, der dadurch sehr attraktiv wirkt. Ich unterdrücke das Verlangen, ihn zu berühren, und setze mich neben ihn an den Tisch.

»Na, 'ne gute Nacht gehabt?«, fragt er mit seinem typisch trockenen Lächeln.

»Mmmmm. Einigermaßen. Und du? Bist du auch zu der Familienfeier gegangen, oder hast du dich irgendwie loseisen können?«

Plötzlich sieht er unglaublich schuldbewusst aus.

»Äh, ja, ich bin hingegangen«, sagt er.

»Ha! Du hast mit jemandem geknutscht, stimmt's?« Ich kann der Versuchung einfach nicht widerstehen, ihn vor Rosies Augen zu veräppeln, die natürlich fest davon überzeugt ist, ihn um ihren kleinen Finger gewickelt zu haben. Doch gleichzeitig erschreckt mich seine Untreue auch. Josh! Unser Josh knutscht bei jeder Gelegenheit mit irgendwelchen Frauen herum, obwohl er doch in Rosie verliebt ist. Das ist wirklich untypisch für ihn.

»Ich? Nein! Ich ... na ja, ich bin einfach nur hingegangen, das ist alles.« Seine dunkle Haut hat einen rosigen Schimmer angenommen, und ich lehne mich triumphierend zurück. Ich versuche zu begreifen, weshalb ich so sauer auf ihn bin; ich habe zwar beschlossen, dass er und Rosie nicht zusammenpassen, das bedeutet aber noch lange nicht, dass er sich deshalb andere Möglichkeiten offen halten darf. Josh ist schließlich nicht dazu da, andere Mädchen abzuknutschen. Er ist dazu da, einfach nur Josh zu sein, der Typ in meinem Leben, der eben nicht mit anderen Mädchen herumknutscht. Er soll verdammt nochmal neutral sein. Entweder ist es das, was mich sauer macht, oder mein verwirrter Geist hat die Fähigkeit verloren, kognitiv zu arbeiten. Das klingt gut, ich entscheide mich für diese Variante.

Rosie schüttelt hinter seinem Rücken den Kopf und schaut dabei in meine Richtung. Heute Morgen übertrifft sie sich mal wieder mit ihrer selbstgefälligen, sachlichen Haltung.

»Also gut, ich gehe jetzt und hole meinen Koffer. Josh, bist du bereit? Ich finde es wirklich nett von dir, dass du mich hinbringst. Du bist wirklich ein netter Kerl.« Und dabei sieht sie mich eindringlich an, während Josh ein wenig die Achseln zuckt und mit selbstbewusster Miene auf seinen Kaffee blickt.

»Schöner Pyjama«, sagt er in die Stille hinein. Ich rühre in meinem Kaffee. Aus irgendeinem kater- und hormonbedingten Grund schmolle ich.

»Hast du eigentlich immer noch vor, zur Eröffnung meiner Ausstellung zu kommen? Jetzt ist es nicht mehr allzu lange hin – ich bin schon richtig nervös, ob ich auch fertig werde. Ich denke, sie wird ganz gut.«

»Ja, vermutlich«, murmle ich ohne jegliches Interesse.

»Ich habe mit überhaupt niemandem geknutscht, ehrlich

nicht.« Irgendwie scheint er zu denken, seinen Standpunkt mir gegenüber noch einmal deutlich machen zu müssen, und irgendetwas in seiner Stimme veranlasst mich, es ihm zu glauben.

»Josh, du Dummkopf, ist mir doch egal, ob du geknutscht hast oder nicht!« Mein Schmollen ist plötzlich so schnell verflogen, wie es gekommen war, und als die dumpfe Schwere meines Katers einen Augenblick nachlässt, gebe ich meinem Verlangen nach, über den Tisch hinweg seinen Kopf zu streicheln. Wir lächeln einander ein paar Sekunden lang etwas blöde an, bevor Rosie wieder in der Tür steht.

»Also dann, lass uns gehen.« Josh stellt seine Kaffeetasse hin und nimmt ihr den Koffer ab.

»Wirst du zurechtkommen?«, frage ich sie und erinnere mich daran, wenigstens für fünf Minuten eine gute Freundin zu sein.

»Was schätzt du? In einem luxuriösen ›Landhaus‹ mit sechs Schlafzimmern und einem Kühlschrank voller Leckereien und Satellitenfernsehen? Ich denke schon.«

»Also gut, ruf mich an, wenn du mich brauchst. Und triff bitte keine voreiligen Entscheidungen, bevor du nicht mit mir oder Selin gesprochen hast, okay?« Hätte ich sie nicht um jeden Preis vor Michaels Ankunft aus dem Haus haben wollen, hätte ich ihr vermutlich noch hundert und einen Vortrag darüber gehalten, weshalb Chris' Gastfreundschaft das Einzige ist, was sie von ihm annehmen sollte, doch das muss jetzt bis zu ihrer Rückkehr warten.

»Versprochen.« Sie verdreht die Augen, und wir umarmen uns. Als ich die Tür hinter ihnen schließe, fällt mir erst auf, dass ich sie gar nicht nach Jackson gefragt habe. Und da ich gerade von ihm spreche – ich hoffe bloß, dass ich ihn letzte Nacht nicht etwa angemacht habe – das wäre echt peinlich.

Ich sehe auf die Uhr an der Wand. Es ist zweiundzwanzig Minuten nach zehn. Ich sollte mich wohl lieber beeilen.

35. Kapitel

Es ist bereits zweiundzwanzig Minuten nach elf, als es endlich an der Tür klingelt, und ausnahmsweise bin ich Michael nicht böse, dass er zu spät kommt. Ich bin gerade erst aus der Dusche gestiegen, aus meinen nassen Haaren tröpfelt das Wasser an meinem Rücken herab, und das große Handtuch, das ich mir umgebunden habe, ist ziemlich feucht.

»Hallo?« Ich glaube, ich sollte lieber nachsehen, ob es tatsächlich Michael und nicht etwa Rosie ist, die noch einmal zurückgekehrt ist, weil sie einen ihrer wirklich riesigen Schwangerschaftsschlüpfer vergessen hat.

»Alles klar? Ich bin's.« Ich drücke auf den Türöffner, klinke die Tür ein, renne zum Flurspiegel und kontrolliere eilig mein Gesicht. Es liegen zwar noch Schatten darauf, aber mir scheinen sie nicht allzu auffällig zu sein. Ich sehe außergewöhnlich blass aus, aber vielleicht harmoniert das ja mit dem brünetten präraffaelischen Charme, den ich seiner Meinung nach angeblich habe. Ich greife nach dem zweiten Handtuch auf der Heizung und rubble kurz meine Haare ab, als er höflich an die Wohnungstür klopft, bevor er hereinkommt.

»Hallo miteinander«, sagt er lässig im Leslie-Philip-Stil und mustert mich von Kopf bis Fuß.

»Hi, tut mir Leid wegen meinem Aufzug hier. Bin etwas zu spät aufgestanden.« Ich gehe auf ihn zu und versuche ihn zu küssen, während ich immer noch mein Handtuch festhalte. Seine Kleider fühlen sich durch die Baumwolle des Handtuchs rau an.

»Hör mal, du brauchst dich bei mir niemals dafür zu entschuldigen, praktisch nackt zu sein. Im Gegenteil, eigentlich solltest du verdammt traurig darüber sein, überhaupt etwas anzuhaben.« Mit einem verführerischen Lächeln greift er nach meinen Handgelenken und schiebt meine Arme nach oben, sodass das Handtuch zu Boden fällt.

»Du Schwein«, kann ich gerade noch hervorbringen, bevor er mich erneut von oben bis unten mustert, mich mit Blicken verschlingt, mich gegen die Flurmauer drückt, meine beiden Handgelenke mit einer Hand festhält und mit der anderen auf Entdeckungsreise geht. Das Gefühl seiner kalten Hand und seiner Kleider, die über meinen Körper streichen, lassen mich an nichts anderes mehr denken.

»Schlafzimmer«, flüstere ich ihm ins Ohr, und er führt mich in mein Zimmer.

Er drückt mich auf mein Bett und schaut mich an, dann sehe ich ihm dabei zu, wie er sich auszieht. Draußen braust der Verkehr die Green Lanes entlang, ein paar Kinder brüllen einander an, und irgendjemand hat sein Auto mit laufendem türkischen Radiosender vor dem Haus geparkt. Als all seine Kleider in einem Haufen auf dem Boden liegen, steigt er auf mich und schiebt mit seinen Knien meine Beine auseinander.

»Später«, flüstert er, »werde ich Stunden damit zubringen, all meine Fantasien über dich in die Tat umzusetzen. Doch im Augenblick scheint mir das hier am besten zu sein.« Ich biege ihm meinen Rücken entgegen und seufze, als er in mich eindringt. Wir bewegen uns rasch miteinander, meine Finger vergraben sich in seinen Rücken, und bevor ich noch richtig begreifen kann, was los ist, komme ich mit einem schnellen, explosionsartigen Lustausbruch noch vor ihm zum Orgasmus. Einen Augenblick später ist es auch bei ihm so weit, und er vergräbt sein Gesicht in meinem feuchten Haar.

Einen Moment lang schweigen wir. Draußen vor dem Fenster sehe ich den weißen Wolkenfetzen zu, die langsam über den blauen Himmel ziehen. Ich höre die Uhr im Flur ticken und die Zentralheizung angehen.

Michael hebt seinen Kopf und sieht mich an. »Ich habe das Gefühl, als könnte ich nie genug von dir kriegen«, sagt er.

»Das war anders«, sage ich, ich bin mir nie sicher, was ich sagen soll, wenn er so romantisch wird. »Ich meine ..., es war toll.«

Er lächelt auf mich herab und rollt sich auf die Seite.

»Aber ich bin doch einfach ohne Vorspiel so drauflosgegangen.« Manchmal würde ich mir wünschen, dass er nicht alles immer einfach so ausspricht.

»Das Vorspiel spielt überhaupt keine Rolle, wenn man bereits angetörnt ist. Du hast es eben geschafft, mich in wenigen Sekunden anzutörnen. Das heißt aber nicht, dass ich dir erlasse, deine Versprechungen von gerade auf jedem Zentimeter meines Körpers einzulösen, ja? Ende der Unterrichtsstunde für heute.«

Als er mit seinen Händen leicht über meine Brüste zu streichen beginnt, vertieft sich sein Lächeln.

»Okay. Zuerst möchte ich es hiermit versuchen.«

Irgendwo hinter den Wolken wandert die Sonne über den Himmel und verwandelt den Morgen in Nachmittag. Schließlich beginnt die Dämmerung das Tageslicht zu vertreiben, und wir liegen schweigend nebeneinander und dösen vor uns hin.

»Wie war deine Party?«, frage ich ihn schließlich.

»Ganz okay. Cool. Acht Leute haben gekotzt. Mama und

Papa haben mir ein Auto geschenkt. Alles, was ich jetzt noch brauche, ist zu lernen, wie man es fährt.«

»Cool«, sage ich und versuche mich daran zu erinnern, ob es auch bei meinen Teenagerpartys irgendwelche Kotzzwischenfälle gegeben hat. Michaels Gesicht ist nur wenige Zentimeter von meinem entfernt, und an seinem Blick kann ich erkennen, dass er keine Lust mehr hat, sich über Kotze und Ähnliches zu unterhalten.

»Sag mal, kannst du dich noch an unser Telefongespräch erinnern, in dem ich dir gesagt habe, dass ich dich liebe?«

Ich blinzle angestrengt mit den Augen, um wach zu werden, und kaue ein wenig nervös auf meiner Unterlippe herum. »Hast du das gesagt? Ich kann mich nicht daran erinnern. Wahrscheinlich war ich ein wenig in Eile.« Ich hatte gehofft, dass er es nicht mehr erwähnen würde. Er stützt sich auf seine Ellenbogen, und sein Lächeln ist so süß und scheu, dass ich ihn einfach nur am Sprechen hindern möchte, doch meine Finger sind nicht schnell genug.

»Es stimmt, weißt du. Ich liebe dich! Ich bin mir vergangene Nacht bei der Party darüber klar geworden, aber vor allem, als ich dich heute Morgen gesehen habe. Du bist großartig Ich liebe dich und möchte, dass jeder von uns erfährt. Ich möchte, dass du morgen noch einmal zu mir kommst und ich dich meiner Mutter und meinem Vater als die vorstellen kann, die du wirklich bist. Meine Freundin.«

Na ja, vermutlich ist das jetzt nicht der richtige Augenblick, um mich an die verschiedenen Momente in meinem Leben zu erinnern, in denen ich dasselbe oder etwas Ähnliches zu Männern gesagt habe und sie mit demselben ohrenbetäubenden Schweigen geantwortet haben, das ich jetzt Michael antue, oder darüber nachzudenken, wie ich mich am besten aus der Affäre ziehen könnte, vielleicht indem ich so etwas sage wie: »Du brauchst gar nichts zu sagen. Du musst nicht sagen, dass du mich liebst. Ich liebe dich und will, dass du es weißt, ohne dich verpflichtet fühlen zu müssen.«

Genau wie Michael es gerade getan hat!

»Aber ich ...«, ich setze mich auf, sehe ihn an und denke daran, wie sehr er mir gestern in der Bar gefehlt hatte, wie sehr ich ihn vom ersten Augenblick an begehrt habe, als ich ihn heute Morgen sah, und wie sehr ich ihn gerade jetzt brauche, damit er wieder die aus mir macht, die ich war, bevor Owen mich so zugerichtet hat.

»Ich liebe dich auch!«, sage ich. Aber nicht, weil das wirklich stimmt, sondern weil ich ihn nicht auch so verletzen möchte, wie all die Männer mich verletzt haben.

Michael legt seinen Kopf an meinen Hals, ich sehe seinen Kopf und seine starken Finger und spüre jedes einzelne der elf Jahre, die uns trennen.

Ein glücklicher Zufall unterbricht das Schweigen, als es plötzlich an der Tür klingelt. Ein wenig zu eilig, als es nach einem solch gegenseitigen Bekenntnis angebracht gewesen wäre, hüpfe ich aus dem Bett. Zwar habe ich keine große Lust, ausgerechnet jetzt jemanden zu sehen, aber nach der Spannung und dem Pathos des Moments kann ich gut eine Pause vertragen.

»Ja, bitte?«, frage ich gespannt in die Sprechanlage.

»Hi? Jen? Hier ist Ayla.« Ihre Stimme klingt sehr jung und über drei Stockwerke entfernt.

»Ayla! Hallo.« Ich bin überrascht, seit unserem Abendessen bei Mrs Selin habe ich sie nicht mehr gesehen.

»Äh, kann ich raufkommen?«

»Na klar kannst du raufkommen, tut mir Leid.« Ich drücke auf den Türöffner, rase zurück in mein Zimmer, schlüpfe in ein paar Jeans und ziehe einen BH und ein Top an.

»Selins kleine Schwester«, kläre ich Michael auf, bevor ich aus dem Schlafzimmer renne und die Tür hinter mir zuziehe.

»Hallo«, sage ich noch einmal unnötigerweise, als ich ihr die Tür öffne. In ihren Nike Airmax ist sie um einiges größer als ich. Sie beugt sich zu mir herab und küsst mich auf die Wange, wobei sie sich eine glänzende Haarsträhne hinter ihr mehrfach gepiercte Ohr streicht.

»Das ist aber eine nette Überraschung, möchtest du einen Kaffee?« Ich führe sie in die Küche und nehme den Kessel, um Wasser hineinzufüllen.

»Nein, danke.« Sie rümpft die Nase. »Hast du vielleicht Saft oder Cola da?« Ich schaue in den Kühlschrank, finde einen von Rosies biologischen Apfelsäften und schenke ihr ein Glas ein.

»Schön habt ihr es hier«, sagt sie und sieht sich um. »Muss toll sein, eine eigene Wohnung zu haben.« Während sie spricht, nickt sie beharrlich und in stiller Nachdenklichkeit mit dem Kopf. Ich mache mir eine Tasse löslichen Kaffee und setze mich neben sie.

Genau in dem Moment, als ich mich zu fragen beginne, wie groß wohl die Wahrscheinlichkeit ist, dass Michael seine Anwesenheit kundtut und seine neue Strategie in die Tat umsetzt und unsere Beziehung outet, kommt er in die Küche spaziert. Wenigstens besitzt er den Takt, dies im angezogenen Zustand zu tun.

»Hallo, ich bin Michael, Jennys ... Cousin.« Ich begreife nicht ganz, ob diese Verleugnung unserer Liebe in letzter Minute ein genereller Rückzieher ist oder ob er einfach bloß noch einmal den Stand seiner Liebe zu mir überdenkt, weil er einem hübschen Mädchen gegenübersteht, das altersmäßig sehr viel besser zu ihm passen würde. Danach zu urteilen, wie lange er sie prüfend angesehen hat, käme Letzteres zumindest infrage.

»Darf ich vorstellen, Ayla, Selins Schwester. Wir quatschen gerade über Frauenkram, stimmt's, Ayla?«, sage ich energisch. Ayla steht wieder auf, die unerwartete Anwesenheit eines unbekannten, gut aussehenden Jungen bringt ihre Wangen zum Glühen.

»Tut mir Leid, Jenny, ich gehe jetzt wohl lieber wieder. Ich wusste nicht, dass du Besuch hast«, sagt sie, doch ich strecke meinen Arm nach ihr aus und drücke sie freundlich, aber bestimmt wieder auf ihren Stuhl.

»Blödsinn. Michael ist nur kurz vorbeigekommen. Michael, nun komm schon, geh Fernsehen schauen.« Er nickt und verlässt die Küche. »Siehst du«, übermittle ich ihm, wie ich hoffe, telepathisch: »Jetzt rede ich sogar schon wie deine Mutter, vielleicht sogar schlimmer, als deine Mutter es tut, und du denkst, dass du mich liebst!«

»Also dann, wir sehen uns«, sagt er lässig zu Ayla, schenkt ihr eines seiner speziellen Schulhof-Lächeln und ignoriert meine telepathische Botschaft anscheinend völlig. Einen Augenblick später hören wir den Titelsong zu der Sendung »Blind Date« aus dem Gerät schallen, kurz darauf den von »The Generation Game« und dann wieder »Blind Date«.

»Dein ›Cousin‹ ist echt süß«, sagt Ayla mit einem lausbubenhaften Grinsen; keine Ahnung, ob sie das sarkastisch meint oder nicht. Ich schließe lieber eventuelle Untertöne aus, immerhin ist sie erst sechzehn.

»Echt? Ich kenn ihn schon seit Kindesbeinen an, weißt du, deshalb habe ich mir über sein Aussehen noch gar keine Gedanken gemacht.« Zum ersten Mal bin ich froh, dass Michael nicht männlicher ist, das hat mir wenigstens einen

Ausschlag wegen Bartstoppeln erspart. Rasch wechsle ich das Thema.

»Und? Wie läuft's mit diesem Typen, diesem Dingsbums da?«

»Jamie? Er hat mich gefragt, ob ich mit ihm ausgehen will!« Ihre Stimme hebt sich am Satzende ein wenig, und ein Lächeln huscht über ihr ernstes Gesicht.

»Cool!«, sage ich aufrichtig beeindruckt.

»Schon, aber ich kann nicht mit ihm ausgehen.« Ihr Gesicht wird wieder ernst. »Tamsin hat gesagt, dass sie mir beide Beine bricht, wenn ich mit ihm ausgehe.«

»Tamsin? Ist Tamsin nicht die Freundin, mit der und deren Familie du den Urlaub im Sommer auf Ibiza verbracht hast?« Ich kenne den zittrigen Ton in ihrer Stimme. Schon früher hat Ayla so genannte »Freundinnen« gehabt, die später auf sie losgegangen sind.

»Ja. Aber seit Schulbeginn hat sich irgendwie alles geändert.« Sie lässt ihren Kopf hängen und gibt dabei einen Blick auf ihren perfekten, mühevoll angefertigten Zickzackscheitel frei.

»Das ist doch bloß ein Witz, oder?«, frage ich hoffnungsvoll. Wenn sie wieder in eine solche Geschichte verwickelt werden sollte, könnte das ihr Vertrauen auf immer erschüttern.

»Nein.« Sie hebt ihr Gesicht und sieht mich mit ihren wundervoll geformten Augen voller Tränen an.

»Ich bin in riesigen Schwierigkeiten, Jen«, flüstert sie, und die erste dicke Träne kullert über ihre Backe.

»Oh, Liebling«, sage ich entsetzt, schiebe meinen Stuhl näher an den ihren heran und lege meinen Arm um ihre Schultern. Ich überlege, was es sein könnte, Schwangerschaft im Teenageralter, Drogenabhängigkeit, Ladendiebstahl?

»Es geht um Tamsin und die anderen Mädchen. Sie h... hassen mich.« Schluchzend bricht sie in Tränen aus und vergräbt ihren Kopf in den Armen. Ich reiche ihr ein Stück Papier von der Küchenrolle.

»Ich bin mir sicher, dass es gar nicht so schlimm ist, wenn ihr euch ab und zu mal ein wenig streitet. Wahrscheinlich sind sie einfach nur sauer, weil alle Jungs auf dich stehen und du keine Pickel kriegst. Nie. Stimmt's?« Ich habe mich immer gefragt, was für Gene die Mehmet-Familie wohl hat, dass jegliche Form von Jugendakne oder Ähnlichem spurlos an ihnen vorbeigegangen ist und sie noch nicht einmal gelegentliche Ausschläge bekommen, zu denen ich von Zeit zu Zeit neige – außerdem habe ich bereits sechs graue Haare auf dem Kopf.

»Es ist viel schlimmer.« Wieder sieht sie mich an und holt tief Luft. »Als ich sie zum ersten Mal getroffen habe, da waren sie, na ja, nett zu mir und so, und Tamsin und Aisha und die anderen sind echt die Coolsten aus unserem Jahrgang. Ich war also echt froh, als sie mich gefragt haben, ob ich was mit ihnen machen will. Die anderen Mädchen mögen sie nicht so, aber ich hab eben einfach nur gedacht, na ja, dass die eben eifersüchtig sind.« Ich nicke, während sie spricht, und sehe dabei eine ähnliche Szene aus meiner Schulzeit vor Augen, eine mit teuren Turnschuhen.

»Wie auch immer, nach einer Weile haben sie angefangen, die Jüngeren zu ärgern, sie zu verarschen und so. Dann gingen sie dazu über, ihnen das Essensgeld abzupressen und ihnen zu drohen, sie zu verprügeln, wenn sie nicht zahlten. Ich hab mich auch daran beteiligt. Ich war dabei. Wir haben dann das Geld für Lippenstifte und so was ausgegeben. Aber rauchen tu ich nicht!«, fügt sie eilig hinzu, wie um zu versuchen, das restliche Geständnis abzumildern.

»Ayla!«, brülle ich und kann mein Entsetzen kaum verbergen. Genau dieses Verhalten hat schon so viele Jahre ihrer Schullaufbahn kaputtgemacht. Ich kann gar nicht glauben, dass ein so freundliches Wesen wie sie anderen so etwas antun kann. Doch nicht die kleine Ayla, die Gary Barlow heiraten wollte, wenn sie groß ist, und hinter uns hertrottete und entweder unter unserer Liebe oder phasenbedingten Abneigung für ihre kindliche Anhänglichkeit litt.

»Ja, ich weiß. Das ist das Schlimmste, was man tun kann, stimmt's? Aber sie sind doch meine Freundinnen, weißt du. Meine einzigen Freundinnen.«

Ich sage nichts und höre ihr zu.

»Na ja, und da war dann dieses Mädchen Lucy aus unserem Jahrgang, sie ist echt nett und so, aber halt ziemlich schwerhörig, sie trägt ein Hörgerät und spricht etwas komisch, weißt du, und hat ein wenig Übergewicht, nicht sehr viel, nur ein bisschen. Na ja, und da haben sie eben angefangen, sie jeden Tag fertig zu machen. Sie haben sie beschimpft, Sachen über sie auf die Klotüren gekritzelt und das Gerücht verbreitet, dass sie eine Schlampe ist. Dass sie jedem Jungen für ein Pfund einen bläst. Am Anfang habe ich noch gedacht, dass sie einfach nur schmutzige Lügen verbreiten, aber gestern war ich dabei, als sie Lucy im Park eingeholt haben. Sie haben so lange auf sie eingeschlagen, bis sie geblutet hat. Ich bin nicht wie sie. Ich hab ihnen gesagt, dass ich genug von ihnen habe. Daraufhin hat Tamsin gesagt, dass ich eine eingebildete Kuh bin, und hat mich eine Schlampe genannt. Sie hat gesagt, dass ich die Nächste wäre, wenn ich irgendjemandem etwas erzählen würde. Ich habe Lucy dann nach Hause gebracht. Sie hat versprochen, dass sie es niemandem erzählen wird.«

»Du musst es jemandem erzählen«, sage ich bestimmt.

»Du kannst nicht einfach danebenstehen und zusehen, wie das auch noch jemand anderem passiert.«

Sie schüttelt den Kopf. »Ja schon, aber die tragen Messer bei sich, Jen, und Tamsin ist echt krass drauf. Ich kenne doch sonst niemanden. Niemand in der Schule möchte jetzt noch mit mir befreundet sein. Außerdem hat Tamsin gesagt, dass sie mir etwas antun wird, wenn ich etwas sage.«

Mein Blut gerät in Wallung, wenn ich an die aufgeblasene kleine Nutte mit ihrem Taschenmesser denke, die versucht, damit auf Kinder wie Ayla loszugehen. Für Kinder wie Tamsin gibt es keine Entschuldigung – ihre Eltern arbeiten, sie wohnen in einer schönen Doppelhaushälfte im viktorianischen Stil in der Lordship Lane und fahren jedes Jahr in eine Ferienwohnung auf Ibiza.

»Ayla, warum hast du deinen Eltern oder Selin nichts davon erzählt?« Es rührt mich, dass sie ausgerechnet zu mir gekommen ist, obwohl ihre Familie immer zusammenhält.

»Die würden mich umbringen! Nach allem, was sie in der alten Schule und mit den Ärzten und so mit mir durchgemacht haben. Kannst du dir vorstellen, wie bestürzt sie wären, wenn sie herausfinden würden, was ich getan habe? Außerdem haben sie im Augenblick echt viel zu tun, und Selin sehe ich kaum noch, mit allem, was die so um die Ohren hat. Und Josh würde es sowieso nicht nachvollziehen können.«

Ich kann mir einfach nicht vorstellen, dass Mr und Mrs Selin keine Zeit dafür haben, wichtige Dinge mit ihren Kindern zu besprechen, wo sie in der Vergangenheit doch sogar die Zeit hatten, mit *mir* wichtige Dinge zu besprechen. Aber ich kann mir gut vorstellen, wie schockiert sie wären, wenn sie die Geschichte hier erfahren würden. Ich kann verstehen, wie schwierig es für Ayla ist, sich durchzuringen, mit ihnen darüber zu sprechen.

»Irgendwann musst du es ihnen sagen, Ayla«, bitte ich sie eindringlich, denn ich kann mich doch nicht in diese Geschichte hineinziehen lassen und es gemeinsam mit ihr vor ihrer Familie verheimlichen.

»Ich weiß. Ich weiß schon, was ich zu tun habe. Aber ich habe mir gedacht, dass ich es vielleicht in Ordnung bringen kann, bevor ich es ihnen erzähle, vielleicht sind sie dann nicht gar so sauer auf mich?«

Ich verkneife mir ein Lächeln und nicke. »Geh zur Schulleiterin und steh das mit Tamsin und den Mädchen durch. Wenn sie Messer bei sich tragen, werden sie mit Sicherheit von der Schule fliegen.«

»Ausgeschlossen. Außerdem glaube ich nicht, dass das etwas an ihrer Meinung über mich ändern würde.«

»Hör mal, Ayla, entschuldige, dass ich das so unverblümt sage, aber Mädchen in deinem Alter nehmen einfach den Mund oft ein wenig zu voll. Selbst Mädchen in meinem Alter nehmen den Mund oft noch ein wenig zu voll. Sie werden dir schon nichts tun, nicht, wenn du ihnen zeigst, wie stark du bist. Und ich wette, dass Jamie auch dann noch dein Freund sein möchte, oder nicht?« Ich gebe ihr freundschaftlich mit meinem Ellenbogen einen Stoß in die Rippen. Ein zartes Lächeln glättet die harten Linien um ihren Mund.

»Okay. Jen?«

»Was ist, Liebling?«

»Würdest du mitkommen, ich meine am Montagmorgen? Wenn ich mit der Schulleiterin spreche?«

»Natürlich«, sage ich, ohne genau zu wissen, wie ich meine erneute Abwesenheit bei der Arbeit rechtfertigen soll. »Und am Nachmittag werde ich mich dann ein wenig früher von der Arbeit verkrümeln und vor der Schule auf dich warten, OK? Dann gehen wir zusammen zu deinen Eltern und erzählen ihnen alles. Uns beide können sie ja schließlich nicht umbringen.«

»Super, danke.« Sie tupft sich vorsichtig mit dem Küchenpapier die Nasenspitze ab. Wenn ich mich recht entsinne, ist es gar nicht so einfach, sechzehn zu sein. Man sieht wie fünfundzwanzig aus, aber innen drin ist man noch wie zwölf. Ich habe immer gedacht, dass ich mich seit meinem achtzehnten Geburtstag innerlich nicht sehr verändert hätte, doch wenn ich sie so ansehe, begreife ich, dass ich mich sehr wohl, ja sogar tausend Mal verändert habe, wie eine Raupe, die sich unentwegt einspinnt und wieder entpuppt. Vielleicht sollte ich meinen alltäglichen Trott wieder einmal ändern. Ja, vielleicht verändere ich mich ja gerade in diesem Augenblick.

Ich sehe Ayla nach, wie sie die Treppe hinuntergeht, winke ihr noch ein letztes Mal zu, als sie den nächsten Treppenabsatz erreicht, und mache dann die Tür hinter mir zu. Ich gehe den Flur entlang, stoße die Wohnzimmertür auf und sehe Michael an, der sich in voller Länge auf dem Sofa ausgestreckt hat.

»Also gut, *Cousin Mikey*. Ich verhungere fast. Besorg uns *Fish and Chips*.«

36. Kapitel

Sobald ich meine Augen öffne, bin ich sofort hellwach, obwohl es Sonntagmorgen ist und mein Wecker anzeigt, dass es gerade kurz nach sieben ist. Ich würde mir gerne das nächste Mal, wenn sie wieder weltbewegende Entdeckungen in dem Laboratorium mitten in der Wüste von Arizona machen, von einem großen, bärtigen Astrophysiker oder Biochemiker erklären lassen, warum man ausgerechnet am Wochenende frühmorgens immer so hellwach ist.

Ich rolle mich zu Michael rüber und betrachte seinen Rücken. Seine breiten Schultern und die leichte Wärme, die von seinem Körper ausgeht, erweisen sich als äußerst verführerisch, darum kuschle ich mich von hinten an ihn heran, lege meinen einen Arm um seinen Oberkörper und drücke meine Knie in seine Kniekehlen. Er reckt sich ein wenig, eine Hand greift nach meinem Oberschenkel und drückt ihn, bevor er wieder in den Schlaf gleitet. Eines ist jedenfalls sicher, wenn man achtzehn ist: Man leidet nie unter Schlaflosigkeit.

An diesem Wochenende haben Michael und ich die Möglichkeit gehabt, uns richtig nahe zu kommen. Wir hatten Zeit und Raum genug, um miteinander vertraut zu werden. Wir haben uns über Musik (er ist ein aussichtsloser Fall), Bücher (er liest eigentlich keine richtigen Bücher, hat aber eine Vorliebe für Bildergeschichten) und Fußball unterhalten (er ist Chelsea-Fan und würde gerne wie Zola spielen, ich ein Fan von Arsenal und hätte gerne Tony Adams als Vater gehabt), und nach einer kurzen (sehr kurzen) Diskussion über Sex als Machtmittel im Kampf der Geschlechter, verarschte ich ihn damit, dass er eine Schwulenphobie hätte.

»Schwulenphobie?«, antwortete er darauf entsetzt. »Vor den Homos hab ich überhaupt keine Angst!« Dann haben wir beide gelacht, aber ich bin mir nicht ganz sicher, ob er es ernst gemeint hat.

Und dann sprachen wir kurz über unsere Zukunft. Ich fragte Michael, was er einmal werden wolle. Ein Rockstar. Und er fragte mich, warum ich seinem Vater erzählt hätte, dass ich Journalistin werden will.

»Weil ich das eines Tages werde«, antwortete ich erstaunt.

»Meinst du nicht, dass du dir damit schon ein wenig zu viel Zeit gelassen hast?«, fragte er belustigt.

Ich hatte daraufhin das Thema gewechselt.

Letzte Nacht, nachdem ich in der Küche ein Glas Preiselbeersaft getrunken habe, fragte er mich dann, mit wie vielen Männern ich schon geschlafen hätte.

»Das sag ich dir nicht!«, erwiderte ich, entsetzt über diese Frage.

»Warum denn nicht?«, fragte er grinsend, aber in vollem Ernst.

»Weil ... Nun, hast du noch nie einen dieser Filme gesehen oder eines der Bücher gelesen, in denen ein Typ ein Mädchen dazu überredet, ihm zu sagen, mit wie vielen Männern es geschlafen hat, und danach eifersüchtig geworden ist, sich sexuell unzulänglich gefühlt und sie insgeheim für eine Schlampe gehalten hat?« Eigentlich habe ich nie einen dieser Filme anschauen oder eines dieser Bücher darüber lesen müssen, um zu dieser Erkenntnis zu gelangen. Ich bin selbst schon oft genug in diese Falle getappt. Selbst Owen, dessen eingekerbte Strichliste auf dem Bettpfosten während unserer Beziehung ständig wuchs, hat einen Wutanfall bekommen, als ich es ihm schließlich erzählt habe.

»Dann müssen es wohl ziemlich viele gewesen sein, stimmt's?« Und wieder hatte er diesen scherzhaften, aber doch etwas gereizten Unterton.

»Da sieh mal einer an! Es waren nicht viele, aber mehr als deine, okay? Die Zahl befindet sich noch nicht im zweistelligen Bereich, ja? Ende der Durchsage.« Natürlich liegt sie im zweistelligen Bereich, aber ehrlich gesagt, geht ihn das gar nichts an. In Wirklichkeit sind es ungefähr vierzehn, mal davon ausgegangen, dass ich niemanden vergessen habe (und ehrlich gesagt hätten es ein paar verdient, vergessen zu werden). Vierzehn Männer, mit denen ich richtig Sex gehabt habe. Wie viele ich geküsst habe? Nun, das könnte sogar in den dreistelligen Bereich gehen, ich habe schon immer leidenschaftlich gerne geküsst. Vierzehn Mal Geschlechtsverkehr ist keine so irrsinnig hohe Zahl, wenn man bedenkt, dass ich bereits vor zwölf Jahren damit angefangen habe. Prozentrechnung war zwar noch nie meine Stärke, aber das macht weniger als zwei Männer pro Jahr. Mädchen sind einfach hübscher als Jungs, für sie ist es einfacher, Sex zu haben, also ist es meiner Erfahrung nach auch völlig egal, was für ein Mädchen man ist, denn sobald man mehr als einen Sexpartner gehabt hat, hat man vermutlich mit mehr Leuten gebumst als der aktuelle Freund. Die goldene Regel lautet: Sage ihm niemals die Wahrheit.

Am Ende habe ich Michael dann durch Oralsex auf andere Gedanken gebracht, was ihn scheinbar äußerst beglückt haben muss, danach sind wir eingeschlafen.

Heute Morgen, nachdem jeder Zentimeter meines Körpers vor Schmerz »Warum schläfst du nicht? Du warst fast die ganze Nacht wach, du wirst Ringe unter den Augen haben!« schreit, ist alles, woran ich denken kann, die Frage, wohin uns das wohl führen wird.

Nach all den Enthüllungen und Entdeckungen und all dem Sex, der jedes Mal ein wenig anders – etwas emotionaler und schließlich ausgesprochen fantastisch – gewesen ist, kann ich immer noch nicht genau erklären, was ich für ihn empfinde. Jedenfalls nicht Ekel. Ich begehre ihn immer noch und bin immer noch glücklich, in die Wärme seines Körpers einzutauchen, und verspüre auch nicht den Drang, irgendein frühmorgendliches Fußballspiel mit Fünfermannschaft zu erfinden, nur um in den Park zu gehen. (Ich mach keine Witze, früher hat das funktioniert. Bei der Aussicht auf ein Fußballspiel kann man Jungs zu fast allem überreden. Das ist quasi ein metaphysischer Oralverkehr.)

Eigentlich stellt sich eher die Frage, was ich von ihm will. Als alles anfing, wollte ich zunächst nur einen kurzen Fick mit einem Teenager, dann wollte ich seine Bewunderung und mich in deren Ruhm sonnen. Jetzt, nachdem ich ihn kennen gelernt habe, hat sich das geändert. Er ist so süß und unerfahren. Er ist weder zynisch noch gemein. Er ist aufgeschlossen und emotional noch sehr entwicklungsfähig, körperlich vermutlich ebenso. In gewisser Weise fühle ich mich wie ein alternder Vampir, der versucht, krampfhaft etwas Jugend aufzusaugen. Ich werde sicherlich eine der Partnerinnen sein, die er nie vergessen wird, einfach, weil ich die erste war (und ziemlich gut im Oralsex bin). Ich möchte ihn nicht vollkommen verderben für das nächste Mädchen, das er haben wird. Ich mag Michael, aber ehrlich gesagt führt diese Geschichte nirgendwohin. Das habe ich immer schon gewusst. Ich wusste bereits, dass dies eines Tages in Tränen enden würde, als ich mich darauf eingelassen habe, ihn vom »Ye Old Parson's Nose«

mitzunehmen. Die Frage ist nur, wessen Tränen es sein werden.

Trotzdem bin ich nicht in Michael verliebt – ich liebe das, was er verkörpert, und das, was er für mich tun kann. Ich wäre wirklich gerne in ihn verliebt und würde mich nicht scheuen, unseren Bekannten mutig von unserer Beziehung zu erzählen und ihrer Skepsis »Na und? Das ist eben Liebe!« zu erwidern. Vielleicht liegt es ja daran, dass noch nicht genügend Zeit seit der Trennung von Owen vergangen ist und ich für die Liebe meines Lebens offensichtlich noch nicht bereit bin. Doch insgeheim weiß ich, dass das nicht stimmt. Ich weiß genau, dass man sich bereits wenige Sekunden nach Ende einer Beziehung wieder neu verlieben kann, wenn man will und auf den Richtigen trifft. Ich weiß, dass all die Monate, die man sich Zeit gibt, um über einen Menschen hinwegzukommen, nichts weiter als eine Entschuldigung dafür sind, dass man auf den Richtigen wartet, und das kann manchmal eben ein ganzes Jahr oder auch nur zwei Tage dauern. Michael und ich haben eine nette Beziehung, eine, die Spaß macht, aber er ist nicht der *Richtige*. Bleibt also die Frage, warum ich etwas beenden soll, was mich glücklich macht, nur weil es nicht richtig ist, obwohl es das ja immerhin fast ist.

Michael streckt sich wieder, seine Muskeln straffen und dehnen sich, bevor er sich umdreht, mich ansieht, seinen Arm um meine Hüfte legt und mich, so eng er kann, an seine Brust zieht. Auch er ist, was die morgendliche Erektion angeht, keine Ausnahme.

»Wie viel Uhr ist es?« Seine Stimme klingt rau und verschlafen.

»Gegen sieben«, antworte ich und streiche ihm eine Haarsträhne aus dem Gesicht.

»Sieben! Ich bin noch nie so früh aufgewacht. Das muss

wohl an der unwiderstehlichen Anziehungskraft einer nackten Frau in meinem Bett liegen.« Seine Hand gleitet an meinem Rücken herab, und wir küssen uns.

Na schön. Jetzt scheint wohl nicht gerade der richtige Moment zu sein, sich über irgendein Ende Gedanken zu machen.

37. Kapitel

Michael ist also immer noch mein Freund. Nachdem er den verbleibenden Morgen so süß und nett war, habe ich beschlossen, dass die Tatsache, dass wir beide glücklich sind, Grund genug ist, um erst einmal weiterzumachen. Doch dann erfolgt Rosies Anruf vom Bahnhof, und dieser hat auf mich die Wirkung, als bekäme ich plötzlich einen bis zum Rand gefüllten Kübel eiskalter Realität in mein Gesicht geschüttet, und ich begleite Michael schließlich bis zur Tür.

Kaum ist er weg, bricht auch schon eine glückliche Erschöpfung über mich herein. Ich lasse mich mit dem Gesicht voran auf das Sofa fallen und verbringe die letzte Stunde damit, im Halbschlaf durch die Zusammenfassung von »EastEnders« zu driften.

»Hallo!«, ruft Rosie den Gang entlang, als sie die Tür aufsperrt.

»Mmmm«, murmle ich zurück und habe nicht die Kraft, mein Gesicht vollends aus dem Kissen zu heben, in das ich es gebettet habe. Geschäftig kommt sie ins Zimmer, wirft ihre Tasche in eine Ecke, stellt sich vor den Fernseher und sieht mich prüfend an.

»Mein Gott. Hast du etwa das ganze Wochenende über gebumst?« Ich unterdrücke ein Gähnen und zwinge mich in eine aufrechte Position. Ich weiß, dass Leugnen angesichts meiner zerzausten Haare, der Ringe unter meinen Augen und meines geschwollenen Mundes voller Blutergüsse durch das viele Küssen ziemlich heikel wäre.

»Ja«, sage ich beiläufig.

»Verdammte Scheiße! Mit wem? Etwa mit Jackson?« Ihre Stimme zittert zwar nicht, aber ich ahne sehr wohl, dass es ihr missfallen würde, wenn dem so wäre.

»Nein, nein. Mit einem Typen, den ich vor einer Ewigkeit bei einer Party kennen gelernt habe. Wir haben uns einfach getroffen, na ja, und dann kam eben eins zum anderen. Aber äußerst befriedigend, muss ich sagen.«

Rosie bahnt sich mit den Ellbogen einen Weg zu mir auf dem Sofa. »Und? Wirst du ihn wiedersehen?«

»Nein, wahrscheinlich nicht.« Doch es ist mir jetzt einfach zu anstrengend, mich ohne Schlaf mit dieser Halbwahrheit auseinander zu setzen.

»Warum nicht? Man sieht dir an, dass du viel für dein Geld gekriegt hast.«

»Ach, ich glaube eben einfach, dass ich ihn nicht wiedersehen sollte. Wie dem auch sei, was ist mit dir? Bist du zu irgendeinem weltbewegenden Ergebnis wegen deinem schrecklichen Ex gekommen?«

»Nun, er hat ein wirklich hübsches Haus auf dem Land und viel Geld«, seufzt sie wehmütig.

»Na, das ist wohl Grund genug, zu ihm zurückzukehren.« Ich schüttle sarkastisch meinen Kopf über ihre Bemerkung, während ich noch unter meinem Jetlag, verursacht durch zu viel Sex, leide.

»Aber wenn man bedenkt, wie sehr er mich verletzt hat, sagt mir mein gesunder Menschenverstand, dass ich nie mit ihm glücklich sein würde. Ich empfinde zwar immer noch etwas für ihn, doch selbst wenn dem bei ihm auch so wäre, weiß ich, dass du Recht hast – es kann niemals funktionieren!«, sagt sie, ohne dass sie davon überzeugt zu sein scheint.

Ich lege meine Hand tröstend auf ihre Schulter und tätschle sie ein paar Mal teilnahmslos.

»Gut gemacht. Gutes Mädchen.« Ich tätschle sie wieder.

»Ja, aber hier geht es nicht nur um mein Glück. Es geht auch um das Baby. Um das Glück des Babys. Früher haben die Leute wegen der Kinder geheiratet und sind durch dick und dünn miteinander gegangen. Und dann die arrangierten Hochzeiten, die Leute kannten sich oftmals noch nicht einmal besonders gut, stimmt's? Liebe kann wachsen. Vielleicht hat Chris sich ja geändert, und wir können es schaffen.«

Ich blinzle sie an und brauche einen Augenblick, um zu begreifen, was sie gerade gesagt hat.

»Willst du etwa damit sagen, dass du zu dem schleimigen, kinnlosen Wiesel zurückkehren willst?« Nur über meine Leiche.

»Nein, Jen. Darüber habe ich noch keine Entscheidung getroffen. Du weißt ja, dass man solche Entscheidungen nicht einfach an einem Wochenende treffen kann. Ich muss noch intensiver darüber nachdenken. Und bitte – Chris ist kein schleimiges, kinnloses Wiesel, außerdem solltest du nach all den Jahren inzwischen wissen, dass, je schlechter du über die Männer in meinem Leben redest, ich sie umso mehr begehre. Du treibst mich damit ja geradezu zurück in seine Arme.« Wir lächeln und albern herum, während wir diese Unterhaltung führen, doch wir wissen beide, wie ernst es uns dabei ist. Schließlich nehme ich Rosies Hand und sage, so freundlich ich kann: »Rose, zu Chris zurückzukehren wäre das Schlimmste, was du machen könntest, du wirst es mit Sicherheit eines Tages bereuen.«

»Wirst du dann trotzdem meine Freundin bleiben?«, fragt sie direkt und erwartet die Antwort, die wir uns stets darauf gegeben haben. Doch aus Müdigkeit oder vielleicht auch weil ich mich über mich selbst ärgere, habe ich diesmal keine Lust, die Dinge schönzureden.

»Ich liebe dich, Rosie, aber ich weiß nicht, ob ich diese ganze Qual noch einmal mit dir durchstehen kann.« Ich weiß selbst nicht genau, was ich damit meine, und ehrlich gesagt bin ich selbst ziemlich schockiert, als ich mich das laut aussprechen höre.

»Du verlangst also von mir, dass ich mich zwischen dir und dem Vater meines Babys entscheide?« Tränen steigen ihr in die Augen.

Ich schüttle den Kopf. »Nein, nein. Sieh mal, mich nimmt das Ganze doch auch sehr mit. Ich weiß auch keine Patentlösung, aber ich weiß, dass man in einer echten Freundschaft irgendwann aufhören muss, immer über die Fehler des anderen hinwegzusehen. Ich muss dir einfach sagen, was ich denke, eben weil ich dich liebe.«

Rosie nickt, sieht aber verwirrt und verletzt aus. »Verstehe, na ja, ich kann das irgendwie verstehen«, sagt sie sanft. Ich fühle mich gemein, doch ausnahmsweise bin ich diesmal entschlossen, meiner Überzeugung treu zu bleiben. Rosie fährt fort: »Es ist nur, na ja, hätte ich wirklich dasselbe tun sollen, als du das zweite, dritte oder vierte Mal zu Owen zurückgekehrt bist, anstatt dir meine volle Unterstützung zukommen zu lassen und zu dir zu halten, egal was kommen mochte?« Sie seufzt schwer und steht vom Sofa auf. »Ich muss ins Bett«, sagt sie, und als die Tür ihres Zimmers ins Schloss fällt, wird auch die Entfernung zwischen uns ein klein wenig größer.

38. Kapitel

Die Uhr an der Wand mir gegenüber tickt vernehmlich. Wenn man sie lange genug anstarrt, spielt das Gehirn den Augen einen Streich und lässt einen glauben, dass sich der kleine Uhrzeiger für einen kurzen Augenblick rückwärts bewegt. Man sollte tatsächlich die Zeit zurückdrehen, man müsste es sogar, denn alles, was in den letzten Stunden passiert ist, ist falsch. Ist ein einziger Fehler.

Irgendjemand muss ihn korrigieren.

Alles fing an diesem Morgen ganz normal, wie gewöhnlich an. In der Nacht hatte es geregnet, doch jetzt schien wieder die Sonne. Als ich aus meinem Fenster sah, konnte ich sehen, wie sich der blaue Himmel in der nassen Straßenoberfläche reflektierte Die Blätter an den Bäumen, die das Ende der Straße säumen, haben begonnen, herabzufallen und sich in den Furchen der Wurzeln zu sammeln. Ich kann mich noch an jedes einzelne dieser Details erinnern.

Rosie und ich vollzogen unser Frühstücksritual, reichten uns schweigend die Kaffeebecher, Toastscheiben und Marmeladengläser und vermieden vorsichtig, über Chris zu sprechen. Ich verbrachte zehn Minuten über meiner dampfenden Tasse und dachte darüber nach, wie ich die Situation entschärfen konnte, doch während ich noch überlegte, was ich sagen konnte, war Rosie bereits in der Dusche verschwunden und die Türklingel kündigte Aylas Ankunft an. Ich ließ sie heraufkommen, und sie setzte sich schweigend an mein Bettende, während ich mir die Haare bürstete und mein Morgen-Make-up auflegte; Grundierung, Wimperntusche, Lipgloss. Ich hatte beschlossen, etwas später zur Arbeit zu kommen und dem Bus die Schuld dafür in die Schuhe zu schieben, was kein Problem ist, wenn man in einer Gegend wie Hackney wohnt, in der es keine U-Bahn-Linie gibt. Georgie hat in den letzten fünfzehn Jahren bestimmt keine öffentlichen Verkehrsmittel mehr benutzt, also wusste ich, dass sie mich nicht durchschauen würde. Ich hatte mir noch nicht überlegt, wie ich es einrichten konnte, früher von der Arbeit wegzugehen, um Ayla von der Schule abzuholen, aber ich hatte beschlossen, erst dann darüber nachzudenken, wenn es so weit war.

Ayla saß schweigend auf meinem Bett und sah mich an. Ich war schlecht gelaunt; der Streit mit Rosie hatte mich mitgenommen. Ich war nicht unfreundlich zu ihr, aber vermutlich ein wenig mürrisch. Könnte sein, dass sie sich unwohl fühlte, weil sie dachte, dass *sie* mich verärgert hätte.

Sobald wir auf der Straße waren und ich sah, was für ein schöner Morgen es war, fühlte ich mich besser. Wir besprachen, was wir der Schulleiterin sagen wollten.

»Also, ich glaube, du solltest ganz ehrlich sein. Es wäre nicht gut, wenn du so tätest, als wärest du ein Unschuldslämmchen, oder?«, sagte ich streng. Ich wollte ihr einfach nur zeigen, wie ernst so etwas werden konnte, falls es außer Kontrolle geriet.

»Ich weiß. Tut mir Leid«, sagte sie und entschuldigte sich bei mir, um mir zu zeigen, wie sehr sie das alles bedauerte.

Als wir uns der Schule näherten, begannen Horden von Kindern in unsere Richtung zu schwärmen, laut quatschend in Zweier- und Dreiergruppen an uns vorbeizuschlurfen oder auf Mofas und Skateboards an uns vorbeizudüsen. Teenagerpärchen schlenderten Hand in Hand dahin, blieben hier und da stehen und küssten sich verbissen mit offenen Mündern in leidenschaftslosem Enthusiasmus. Wie immer fluchten viele Kids und unterhielten sich in einem seltsamen Slang aus Nord-Londoner und New Yorker Dialekt. Mir tat es für Ayla Leid, dass sie nicht dazugehörte.

Als wir über den Spielplatz zum Haupteingang gingen, drang eine schrille Stimme quer über den Asphalt an unser Ohr.

»Hey da! Schlampe! Ich habe dich genau im Auge.« Ich drehte mich um und sah Tamsin mit mürrischem Gesichtsausdruck an ein Geländer gelehnt dastehen, ihre Speichellecker standen wie Wachposten neben ihr. Ich sah sie an, bis sie verlegen genug wurde, um den Saum ihres Rockes zurechtzuzupfen, uns den Rücken zuzukehren und über ihre Schulter »fette Hure« zu murmeln. Trotz meines gut sitzenden Anzuges und meiner noch nicht einmal dreißig Jahre trafen mich diese Worte, und wie immer auf Spielplätzen fühlte ich mich eingeschüchtert.

Mit einer Hand auf Aylas Schulter ging ich mit ihr die mir einst so bekannten Gänge entlang, bis wir zum Büro der Schulleiterin kamen.

»Wir möchten bitte mit Mrs Edgerton sprechen. Es ist dringend«, sagte ich streng zu derselben Sekretärin, die früher immer mich streng angesehen hatte, wenn ich wegen irgendeines kleinen Vergehens zusammengekauert auf einem der Plastikstühle vor ihrem Schreibtisch saß, und die immer zu viel Make-up und ihre Haare streng zurückgekämmt trug. Ich hatte den Eindruck, dass sie genauso aussah wie früher; warum werden Leute im Lehrbereich wohl niemals älter? Vielleicht war es mein Anzug und mein konservatives Make-up, jedenfalls erkannte sie mich nicht, fragte nicht weiter und versuchte auch nicht, mich hinzuhalten. Sie warf einen Blick auf Aylas leichenblasses Gesicht und ging in das Büro der Schulleiterin. Einen Moment später wurden wir in das Büro gebeten, in orangefarben bezogene, leichte Stühle gedrückt und hielten beide eine Tasse löslichen Kaffees in der Hand, den jedoch keine von uns wollte.

»Also, Ayla, worum geht es?«, fragte Mrs Edgerton.

Es war schon fast zehn Uhr, als ich wieder ging. Ayla hatte man in die Klasse zurückgeschickt, Schüler mussten befragt, Eltern angerufen und Dinge geregelt werden.

»Sie wissen ja, dass man sie bedroht hat?«, betonte ich noch einmal am Schluss, als ich Aylas entsetzten Blick sah, als sie erfuhr, dass sie zurück in den Unterricht müsse. »Es könnte heute recht schwierig für sie werden.«

»Wir werden ihre Lehrer von der Situation in Kenntnis setzen, Ms Greenway. Aber wir sind hier schließlich in Stoke Newington und nicht in Bosnien. Auf dem Schulgelände wird Ayla nichts passieren. Darauf gebe ich Ihnen mein Wort.« Ich sah in ihr sensibles, intelligentes Gesicht und nahm sie beim Wort. Sie erklärte sich damit einverstanden, Aylas Eltern erst später anzurufen, um Ayla die Möglichkeit zu geben, nach der Schule erst einmal selbst mit ihnen zu sprechen.

»Aber morgen früh werde ich sie als Erstes anrufen, hast du mich verstanden, Ayla?«

»Ja, Miss«, murmelte sie und sah bei der Aussicht auf eine Konfrontation mit ihrer Familie sehr unglücklich aus. Ich musste lächeln.

Danach hatte ich es eilig. Ich musste einen Bus erwischen und zur Arbeit kommen, bevor meine Ausrede über die öffentlichen Verkehrsmittel nicht mehr haltbar gewesen wäre. Ich hielt mich daher keinen Augenblick länger mit Ayla auf und versicherte mich auch nicht nochmal, ob wirklich alles in Ordnung war.

»Wir sehen uns dann später, Kindchen, gegen halb vier, okay?« Ich wuschelte ihr auf eine Art durch die Haare, die sie wirklich hätte ärgern müssen. »Kopf hoch! Nichts ist so schlimm, wie es aussieht.«

»Ja, halb vier.« Sie blieb stehen und kreuzte die Beine, wie sie das als Kind immer getan hatte, wenn irgendetwas nicht in Ordnung war. »Vielen Dank nochmal«, sagte sie und küsste mich auf beide Backen, drehte sich um und ging zu ihrer Klasse. Ich weiß noch, dass mir auffiel, wie groß sie war, und ich daran dachte, wie blutjung sie doch eigentlich noch trotz ihrer gezupften Augenbrauen, ihrer zurückgegelten Haare und der scheinbar erwachsenen Gesten war.

Georgie und Jackson waren beide nicht im Büro, als ich endlich eintraf. Sie waren zusammen bei einem Seminar über E-Marketing, über das man mich, soweit ich mich erinnern konnte, auch informiert hatte, und sollten den ganzen Tag nicht mehr ins Büro kommen. Ich hatte drei Nachrichten von Georgie auf meinem Geschäftstelefon, in denen sie mir Anweisungen gab, und weitere sieben, in denen irgendjemand nach einer kurzen Pause einfach aufgelegt hatte. Ich vermutete, dass Georgie den ganzen Morgen versucht hatte, mich anzurufen, und es irgendwann aufgegeben hatte, mich mit weiteren Nachrichten zu belästigen. Georgie ist zwar nicht wie Gordon Gecko, trotzdem hatte ich das ungute Gefühl, ertappt worden zu sein und Ärger zu bekommen. Ich rief sie auf dem Handy an, obwohl ich wusste, dass es nicht eingeschaltet sein würde, und entschuldigte mich noch einmal, dass ich zu spät gekommen war.

Und dann geschah das Schlimmste, was ich mir hätte vorstellen können, wirklich.

Nach Freitagnacht hatte ich keinen weiteren Flirtversuch von Jackson mehr erwartet, doch als ich meine E-Mails überprüfte, sah ich eine faszinierende Anzahl kleiner, ungelesener Briefumschläge, die sich in meinem Postordner stapelten. Insgesamt zweiundzwanzig Nachrichten, elf davon waren anonym und eine von derselben Website wie die Nachricht am Freitag. Zuerst vermutete ich dahinter einen Virus, doch unsere IT-Abteilung kontrollierte die Mails und gab mir Bescheid, dass sie von einem heimlichen Verehrer kämen. Ich öffnete eine nach der anderen. Jede Mail öffnete sich mit derselben ausgeflippten Animation und dem plumpen, kindergartenähnlichen Text wie die erste, doch jede hatte eine andere Überschrift:

Kann nicht aufhören an dich zu denken.
Du bist die Einzige für mich.
Habe dich am Freitag gesehen.
Sei das ganze Jahr mein Schatz am Valentinstag.
Beantworte meine Anrufe.
Ich möchte dich ficken.
Werde dich bald sehen.
Warte auf mich.
Du bist in meinen Träumen.
Wir sollten zusammen sein.

Und die letzte Nachricht war die einzige, die sich wiederholte:

Werde dich bald sehen!

Endlich klickte es; diese Nachrichten kamen sicherlich nicht von Jackson. Sie konnten auch auf keinen Fall von Michael sein, denn er hatte meine E-Mail-Adresse nicht, und selbst wenn er sie gehabt hätte, wäre das nicht sein Stil gewesen.

Herausfordernd wirkende Ankündigungen, die das Ziel hatten, Aufmerksamkeit zu erregen, egomanische Weigerungen, die Vergangenheit hinter sich zu lassen. Owen hat mir in der Vergangenheit nie E-Mails geschickt, aber ich nahm an, dass es gar nicht so schwierig sei, an meine Adresse zu kommen, und instinktiv wusste ich plötzlich, dass die E-Mails von Owen stammten. Das hätte ihm gefallen – zu wissen, dass er mich mit diesen unerwarteten Nachrichten völlig überrascht hatte. Ich stellte mir seine plötzliche Verwandlung vom technikfeindlichen, Füller benutzenden Schreiberling zum Internet-Café-Freak vor. Dass sie von Owen kamen, der stets versuchte, sich in das Leben anderer Leute einzuschleichen, und trotzdem immer Distanz bewahren wollte, ergab wirklich einen Sinn. Das Internet war nun sein Himmelreich und ein neuer Weg, mich trotz unserer begrabenen Beziehung zu erreichen.

Sogleich kullerten dicke, stumme Tränen auf meinen Schreibtisch, und ich musste meinen Kopf vom Fenster weg und an die einzige Wand drehen, die sich in meinem Büro befindet. Mein Gott, mir war es anscheinend nie vergönnt, einen endgültigen Schlussstrich zu ziehen. Schweren Herzens rief ich die SMS auf meinem Handy ab, die seit Samstagmorgen sehnsuchtsvoll in meiner Mailbox warteten. Wieder Owen, da war ich mir ziemlich sicher. Man brauchte wirklich keine besonders große Vorstellungskraft, um ihn auch mit den ständigen Phantomanrufen am Geschäftstelefon in Verbindung zu bringen, obwohl es nicht unbedingt sein Stil war, gar nichts zu sagen zu haben. Für Owen war es etwas völlig Neues, Technologie einzusetzen, um mir den Hof zu machen, und es war typisch für ihn, sorgfältig darauf zu achten, dass auch jede

Textnachricht korrekt geschrieben war. Früher hätten seine Annäherungsversuche mich in freudige Erwartung versetzt, ich wäre außer mir gewesen und Hals über Kopf wieder in unsere verdammte Affäre geschlittert, die gerade scheinbar einmal wieder auf ein Hoch zulief. Diesmal fühlte ich mich aber einfach nur erschöpft und dankte Gott, dass er nicht wusste, wo ich wohne. Alles, was ich tun konnte, war, abzuwarten, bis er schließlich von alleine aufgeben würde.

Ich rief also erneut die IT-Abteilung an und ließ mir mein E-Mailprogramm so einrichten, dass jede neue Mail von diesem Absender automatisch gelöscht werden würde. Würde er mir irgendetwas von einem anderen Absender aus zuschicken, wäre ich natürlich gezwungen, die Sache zu wiederholen. Ich wollte Selin anrufen, hatte aber Angst, Ayla zu verraten, denn es wäre nur gerecht, ihr das Reden zu überlassen, dem armen Kind. Rosie konnte ich auch nicht anrufen, weil wir immer noch nicht wieder miteinander sprachen, und auch Michael konnte ich nicht anrufen, er hatte eine Doppelstunde Physik. Der restliche Tag verging nur langsam, mein Körper litt unter der Anspannung und dem Ärger. Nach all der Zeit also immer noch unter Owens Knute.

Gegen zwei Uhr wusste ich, dass ich meine Arbeit bald beenden und einen Grund finden musste, um das Büro früher verlassen zu können, doch sobald ich angefangen hatte, meine Sachen wegzuräumen, erhielt ich einen Anruf von Georgie. Sie bat mich, nachzusehen, ob eine dringende Bestellung schon per Fax rausgegangen war, oder sicherzustellen, dass sie noch vor Büroschluss hinausgehen würde. Dabei handelte es sich leider auch noch um einen neuen Kunden und eine große Bestellung. Über die Tatsache, dass ich zu spät gekommen war, verlor sie kein

Wort, schien aber mir gegenüber merklich zurückhaltend, was vermuten ließ, dass sie die nächsten Tage ziemlich kühl zu mir sein würde, bis ich erneut bewies, dass ich keine faule Socke war. Mist, ich hatte gerade vorgehabt, so schnell wie möglich aus der Tür zu verschwinden, doch im Grunde war ich immer noch der Überzeugung, dass das wirkliche Leben wichtiger als der Job ist. Die Bestellung lag nicht auf dem Faxgerät. Ich rief den Kunden an, der mir mitteilte, dass die Bestellung vor einer halben Stunde rausgegangen war. Ich kontrollierte den Inhalt jeder Postablage und forschte dann überall, wo ich glaubte, dass es noch sein könnte, nach, bis ich das Fax in einem Papierkorb für Recyclepapier inmitten von Sendeberichten liegen sah, die die Maschine automatisch massenweise ausspuckte.

»Bitte kontrolliert das hier immer, bevor ihr es wegwerft«, schrie ich, was ganz untypisch für mich war. Die Leute hoben ihre Augenbrauen und leise »Ooohs« kamen hinter den Bildschirmen hervor. Gut zu wissen, dass sie mich derart respektierten.

Es war bereits nach drei, als ich endlich das Büro verließ. Ich würde zu spät kommen, um Ayla von der Schule abzuholen. Als ich das Gebäude verließ, sah ich zuerst aufmerksam die Straße hinauf und hinunter, bevor ich zur Bushaltestelle ging, einfach nur für den Fall, dass Owen da sein könnte. Wirklich albern.

Der Bus kam angefahren, und von seinen schlingernden Bewegungen wurde mir schlecht. Der Mann, der neben mir saß, klebte an seinem Handy, und sein geistloses Geschwätz über ein Mädchen, das er vorgab, Samstagnacht gevögelt zu haben, und die verschiedensten Arten, wie er sie Samstagnacht gevögelt hatte, trugen nicht gerade dazu bei, meine Stimmung zu verbessern. Die arme Kuh saß wahrscheinlich irgendwo neben einem Telefon und wartete sehnsüchtig darauf, dass ihr zukünftiger Ehemann sie anrief.

Ein weiterer Regensturm hatte die Luft geklärt, und als ich aus dem Bus stieg und zur Newington Green ging, hatte ich bereits fünfzehn Minuten Verspätung, war aber noch weitere fünfzehn Minuten vom Schultor entfernt. Dreißig Minuten zu spät und eigentlich hatte ich sogar vorgehabt, früher zu kommen und vor dem Schultor auf sie zu warten. Ich hoffte, dass sie die Sache vielleicht doch ein wenig zu sehr dramatisiert hatte und die kurze Strecke nach Hause problemlos alleine zurücklegen konnte, aber ich hatte versprochen, sie abzuholen, also war das Mindeste, was ich für sie tun konnte, zu versuchen, sie auf halber Strecke einzuholen.

Ich lief, so schnell ich das in meinen Arbeitsschuhen konnte, dabei taten mir bei jedem Schritt die Zehen weh.

Als ich am Fenster der Firma Mehmet vorbeikam, spähte ich verstohlen durch die Jalousien hinein. Sowohl Selin als auch ihr Vater waren da und hatten ihre Köpfe über ihre Schreibtische gebeugt. Selin hatte gerade den Telefonhörer am Ohr und lächelte. Es sah nicht so aus, als wäre Ayla bereits zu Hause, oder falls doch, dann war sie geradewegs nach oben in ihr Zimmer gegangen, um nicht mit ihrem Vater reden zu müssen, vermutlich um sich erst einmal zu überlegen, was sie sagen sollte.

Doch dann sah ich sie plötzlich an der Ecke zwischen Clissold Park und Green Lanes stehen. Entweder hatte sie nicht auf mich gewartet oder keine andere Wahl gehabt. Zumindest stand sie jetzt gegen das Parkgeländer gedrückt da, Tamsins Gesicht nur Millimeter von ihrem entfernt. Diese stach mit ihrem rechten Zeigefinger auf Ayla ein, während sie mit der anderen Hand Ayla am Kragen ihrer

Motorradjacke gepackt hatte. Ayla hatte sie also nicht unterschätzt, es konnte tatsächlich so schlimm kommen, wie sie es vermutet hatte. Ich beschleunigte meine Schritte, doch die Straße war so befahren, dass der Verkehr mich daran hinderte, die Straße so schnell, wie ich gerne gewollt hätte, zu überqueren. Um Tamsin einzuschüchtern und sie dazu zu bringen, von Ayla abzulassen, rief ich laut über die befahrene Straße hinweg deren Namen.

»Ayla!«

Wieder bewegt sich der Uhrzeiger an der Uhr ein Stückchen weiter nach vorne, und einen Augenblick lasse ich meine Augen über die pfirsichfarbene, in Tupftechnik bemalte Wand und das geschmacklose Früchte-Fries gleiten, das an dieser entlangläuft. Meine Augen werden wieder von dem kleinen Uhrzeiger angezogen, der zögernd vorangeht. Doch keine noch so große Konzentration kann ihn nun mehr zurückbewegen.

»Ayla!«, schrie ich über die belebte Straße.

Die Köpfe der kleinen Gruppe drehten sich nun zu mir, und Erleichterung erhellte Aylas Gesicht. Sie nutzte den Augenblick, stieß Tamsin von sich, riss sich von den anderen los und rannte, mit dem Blick auf mich geheftet, los.

Sie rannte über die Green Lanes auf mich zu, kontrollierte mit einem Blick die Ampel, die gerade umgeschaltet hatte, und sah dann mich wieder an. Ein Lastwagenfahrer fuhr über rot. Auf der gegenüberliegenden Straßenseite fing ein Terrier an zu bellen, der vor einem Zeitungsladen angebunden war. Soweit ich mich erinnern kann, sah ich seine Besitzerin aus dem Geschäft kommen, um ihn zu beruhigen, und sich dann zu Tode erschrocken die Hände über die Augen legen, bevor ich selbst begriff, was um mich herum passiert war.

Der Nachmittag war plötzlich erfüllt von einem Meer

aus Geräuschen, und es herrschte ein einziges Chaos: Der Lastwagen war über die Straße geschlittert und in einen parkenden Wagen gekracht, seine Hupe stieß unablässig einen langen, durchdringenden Ton aus. Autobremsen quietschten, Türen wurden zugeschlagen, Leute kamen aus den Geschäften gerannt oder lehnten sich aus den Fenstern. Tamsin und ihre Freundinnen liefen eilig in den Park. Während dieses kurzen Augenblickes, in dem alles passierte, wurde Aylas Körper furchtbar verkrümmt durch die Luft gewirbelt. Einen Augenblick später schlug sie mit dem Kopf auf dem Rinnstein vor meinen Füßen auf und blieb mit dem Körper ausgestreckt auf der Straße liegen.

Erst nach ein paar Sekunden begriff ich, was passiert war, wurde mir klar, dass der Lastwagen sie überfahren hatte und sie blutend zu meinen Füßen lag.

Ich kniete mich neben sie.

»Ayla? Ayla?«, wiederholte ich immer wieder fassungslos. Ihre braunen Augen waren immer noch auf meine gerichtet, sahen mich aber nicht mehr an. Ich kramte in meiner Tasche nach dem Handy, doch irgendjemand in der Menschenmenge rief mir zu: »Alles in Ordnung, sie sind schon unterwegs.«

»Sind sie sicher?«, fragte ich tonlos.

»Ja, ganz sicher, fünf Minuten haben sie gesagt.«

Ich wusste nur eins – niemand durfte versuchen, sie zu bewegen, darum legte ich meinen Mantel über ihre Schultern. Währenddessen rief ich immer wieder verzweifelt: »Ihre Eltern, ihre Eltern ...« Irgendjemand musste es ihnen gesagt haben, denn plötzlich standen Selin und ihre Eltern neben mir.

»Oh, mein armes Kind«, flüsterte Mr Selin, als er im Rinnstein auf die Knie sank. Selins Mutter stieß mich aus dem Weg und griff nach der Hand ihrer Tochter, flüsterte ihr zu, sie möge doch aufwachen, und wiegte sich in ihrem Kummer leicht auf ihren Absätzen.

Ich sah zu Selin auf, unsere Blicke trafen sich. Ungläubig und voller Entsetzen stand sie mit weit aufgerissenen Augen da.

»Sie ... sie ist einfach auf die Straße gerannt«, flüsterte ich und war unfähig, die Kontrolle über meine Stimme wiederzuerlangen. Selin nickte still, drehte mir den Rücken zu, legte die Arme um ihre Mutter und wiegte sie sanft vor und zurück. Ich hatte das Gefühl, mich wie ein unsichtbarer Geist in dem Albtraum von jemand anderem zu befinden. Ab da schien sich alles um mich herum in einen schrecklichen Albtraum zu verwandeln.

Die Krankenwagen kamen. Nur am Rande bekam ich mit, dass der Lastwagenfahrer in einem von ihnen zügig abtransportiert wurde. Die Polizei kam, sperrte die Straße ab und fing an, Fragen zu stellen. Ich weiß noch, dass ich in dem Moment daran dachte, dass sie nun die Busse würden umleiten müssen. Etwas weiter oben an der Straße hatten die Autofahrer, die nicht wussten, weshalb es zu dieser Verzögerung gekommen war, ärgerlich zu hupen begonnen.

Wir alle waren vom Rinnstein zurückgetreten, während die Rettungskräfte sich um Ayla kümmerten. Behutsam, schnell und leise bereiteten sie sie für die Fahrt vor und gaben sich dabei gegenseitig kurze Anweisungen, ohne sich dabei anzusehen.

»Das ist meine Tochter«, hatte Aylas Mutter gesagt, und der Rettungssanitäter nickte nur und ließ sie mit in den Krankenwagen steigen. Selin und ihr Vater sahen einander an und wussten nicht, was sie tun sollten, bis ein Polizeibeamter ihnen anbot, sie ins Krankenhaus zu fahren.

»Möchten Sie, dass ich Hakam hole?«, fragte ich, als sie

ins Auto stiegen. Selins Vater sah mich an, als hätte er mich in dem Moment zum ersten Mal gesehen.

»Jenny? Was machst du denn hier?« Plötzlich ergriff ein panisches Gefühl der Schuld meinen Magen. *Ich habe über die Straße hinweg nach ihr gerufen, sie wollte zu mir laufen.*

»Ich ... ich wollte mich mit Ayla treffen, wir ... ich wollte mich mit ihr treffen«, beendete ich lahm den Satz. Mr Selin sah sich um, als befände er sich in einer ihm unbekannten Welt, ich glaube nicht, dass er mich wirklich hörte. Einen Moment sah er mich noch einmal an und nahm meine Hand.

»Mach dir um Hakam keine Sorgen. Er ist bei seiner Großmutter und im Augenblick gut aufgehoben. Wir lassen ihn vorerst dort«, sagte Mr Selin. Er zog mich an sich heran. »Jenny, such Josh, erzähl es ihm und bring ihn her, bitte!«

Ich nickte und war erleichtert, dass ich mit einer Aufgabe betraut wurde. »Natürlich, sofort. Ich werde ihn holen. Überlassen Sie das mir.« Ich schaute noch einen Augenblick in ihre fahlen, stillen Gesichter, bis der Wagen losfuhr.

Das besetzte Grundstück, auf dem Josh wohnt, liegt ungefähr zwanzig Minuten zu Fuß von seinem Elternhaus entfernt. Anfangs hatte ich mich eiligen Schrittes auf den Weg gemacht, doch schon bald bemerkte ich, dass ich rannte und mir die Brust zu zerspringen drohte, mein Kopf pochte und meine Füße höllisch schmerzten, immer wenn ich sie auf den Boden setzte. Schließlich war ich gezwungen, stehen zu bleiben und nach Luft zu schnappen, mein Magen drehte sich. Passanten vermieden es sorgfältig, mich anzusehen. Ich griff in meine Tasche, holte mein Inhaliergerät heraus, nahm in schneller Reihenfolge die doppelte meiner üblichen Dosis und atmete tief durch.

Es war nicht mehr weit, ich hätte auch normal gehen

können, es hätte keinen großen Unterschied gemacht, doch ich wusste, dass ich das nicht konnte.

Ich zog meine Schuhe aus, packte sie in meine Tasche und fing wieder an zu rennen. Fünf Minuten später, außer Atem und mit zerrissenen Strumpfhosen klingelte ich an dem Haus, in dem Josh wohnte, und nahm erst dann meinen Finger vom Klingelknopf, als mir geöffnet wurde. Ein Mädchen, das ich nicht kannte, öffnete, und ich drängte mich an ihr vorbei in den Eingang.

»Josh«, röchelte ich und sah mich nach irgendeinem Zeichen von ihm um.

»Moment mal«, sagte sie entrüstet, »wer zum Teufel bist du überhaupt?« Ich ignorierte sie einfach und stürmte ins Wohnzimmer. Danny saß vor dem Fernseher und sah sich »Ready Steady Cook« an.

»Wo ist Josh?«, fragte ich ihn und schnappte verzweifelt nach Luft, mein Kopf dröhnte, und meine Stirn war mit kaltem Schweiß bedeckt. Ich konnte ihn nirgends sehen, es war mir gar nicht in den Sinn gekommen, dass er vielleicht nicht da sein könnte. »Wo ist Josh, ich muss ihn unbedingt sehen«, wiederholte ich besorgt.

Dan sah mich forschend an »Er ist oben und arbeitet. Was ist denn los? Ist irgendetwas passiert?«

Ich nahm mir nicht die Mühe, ihm zu antworten, sondern rannte die Treppe hinauf.

»Josh!«, rief ich, schon bevor ich oben ankam. Er wartete an der Tür seines Zimmers auf mich, und als er mich sah, ging er wieder in dieses zurück und setzte sich auf sein Bett. Die Wände dort waren mit Kohlezeichnungen bedeckt, und ein Bild, an dem er gerade arbeitete, lehnte auf einer Staffelei am Fenster.

»Mein Gott, Jen.« Er sah mich an und umarmte mich. »Verdammte Scheiße, Schatz, was ist denn mit dir passiert?« Er nahm mein Gesicht in beide Hände und sagte: »Hat Owen dir das etwa angetan?«

Ich schüttelte meinen Kopf und befreite mich aus seiner Umarmung. »Nein, nein. Es ist wegen dir, ich komme zu dir.«

Verwirrt und betroffen stand er auf. »Zu mir?«, sagte er mit einem schmerzlichen Ton voller Vorahnung in der Stimme.

Einen Augenblick lang herrschte Schweigen, ich breitete hilflos meine Hände vor ihm aus und konnte kaum ertragen, was ich ihm zu sagen hatte.

»Josh, es geht um Ayla, sie ... hat einen Unfall gehabt.« Während ich ihm dabei zusah, wie er mein Erscheinen nun aus einer anderen Perspektive zu sehen begann, sein Gesicht sich in Falten legte und dann wieder glättete, barst meine Brust schier vor Mitleid für ihn.

»Ist sie okay?«, fragte er heiser und blinzelte dabei stark mit den Augenlidern.

»Sie ist schwer verletzt, sie wurde ins Krankenhaus gebracht, es ist ungefähr vor einer halben Stunde passiert. Ich bin gekommen, um dir Bescheid zu sagen. So schnell ich konnte. Um dich hinzubringen.« Für einen Moment zog er mich noch einmal in einer engen, heftigen und verängstigten Umarmung an sich, für einen Augenblick lang standen wir schweigend und aneinander geschmiegt da und versuchten, uns gegenseitig Kraft zu geben und uns die Ausmaße dieses schrecklichen Nachmittags zu Bewusstsein zu bringen.

»Komm.« Er rannte die Treppen hinunter, und ich folgte ihm.

Dan und das unbekannte Mädchen standen verwirrt im Flur, als wir aus der Tür und zu seinem alten Cabriolet rannten.

Der Weg zum Krankenhaus schien eine Ewigkeit zu dauern. Wir fuhren schweigend, während Joshs Kiefer verzweifelt gegen die Tränen und die Angst anzukämpfen versuchte. Ich hatte meine Schuhe wieder angezogen und konzentrierte mich auf den Schmerz meiner Füße. Ich versuchte, nicht an Aylas Blick zu denken, der auf mich anstatt auf den Verkehr gerichtet war, als sie den sicheren Gehsteig verlassen hatte.

Im Krankenhaus wurde uns ein Platz in dem Zimmer für Familienangehörige zugewiesen. Selin und ihre Eltern warteten noch immer dort.

Als sich die Tür öffnete, waren alle aufgesprungen, Josh lief auf sie zu, und die ganze Familie umarmte sich.

Ich setzte mich in einen Stuhl in die Ecke und begann, auf die Uhr zu starren.

39. Kapitel

Das war vor nunmehr fast drei Stunden. Seitdem habe ich schweigend hier in der Ecke gesessen und das Gefühl gehabt, dass ich eigentlich nicht hier sein sollte, aber auch nicht einfach so gehen konnte und auch nicht gehen wollte. Mr und Mrs Selin sprechen leise Türkisch miteinander. Josh sitzt schweigend da und hält seinen Kopf in beide Hände gestützt. Selin sitzt neben ihm und hat ihre Arme um ihn gelegt, starrt apathisch aus einem Fenster mit Blick auf eine Ziegelwand. Wir alle zucken ein wenig zusammen, als sie aufsteht.

»Ich hole einen Kaffee, möchte irgendjemand Kaffee?« Ihre Familie starrt sie nur mit leeren Blicken an.

»Ich hole für alle einen.« Selin blickt sich um und sieht überrascht und verwirrt aus, weil ich immer noch hier bin. »Jen, würdest du mir helfen?« Ich nicke und stehe auf, um ihr aus dem Raum zu folgen.

»Seli, Schatz«, bittet ihr Vater. »Ruf Nene an und sag ihr, was passiert ist. Bitte sie, noch eine Weile auf Hakam aufzupassen. Versuche, sie nicht allzu sehr in Unruhe zu versetzen, denn er sollte nicht alles wissen. Jetzt noch nicht.«

Selin hält für einen Moment dem Blick ihres Vaters stand, schluckt schwer, als sie über diese schier unmögliche Aufgabe nachdenkt, und blinzelt dann ein wenig, um die Tränen zurückzukämpfen. »Ja, Dad, in Ordnung.«

Ich folge ihr aus dem Raum.

»Wie fühlst du dich?«, frage ich sie. Sie kann mir nicht in die Augen sehen, ich weiß, dass sie Angst hat, die Kontrolle zu verlieren und sie nicht wiederzuerlangen, wenn sie mich jetzt ansieht. Mein Instinkt sagt es mir, obwohl ich mich an keine einzige Gelegenheit erinnern kann, bei der Selin schon mal die Kontrolle verloren hätte.

»Ich bin okay. Mir geht's gut, wichtig ist, wie es Ayla geht. Das ist alles, was mich beunruhigt. Die Ärzte haben noch nichts Konkretes gesagt, seit wir hier sind. Sie sagten, dass es kritisch ist und wir uns auf das Schlimmste gefasst machen sollten. Sie waren bis jetzt noch nicht bei uns.«

Endlich kann sie sich dazu durchringen, mich, wenn auch mit einem fragenden Blick, anzusehen. »Was ist passiert, Jen, warum warst du dort?« Ich bin scheinbar völlig damit beschäftigt, ein Zwanzigpencestück in einen Kaffeeautomaten zu werfen und dabei zuzusehen, wie eine beigefarbene Flüssigkeit in einen Plastikbecher blubbert. Dabei versuche ich krampfhaft, einen Plan zu entwerfen und in Worte zu fassen, was passiert ist, ohne das dumpfe Gefühl von Angst, das sich in meiner Brust festgesetzt hat, und die Gewissheit, dass alles einzig und allein meine Schuld ist, zu sehr in mir hochkommen zu lassen. Diesmal bin ich diejenige, die Selin nicht in die Augen sehen kann.

»Ich wollte sie nach der Schule abholen. Aber ich war zu spät dran. Sie war schon auf dem Heimweg, als ich sie auf der anderen Straßenseite entdeckt habe.«

»Aber warum? Ich meine, warum wolltest du dich mit ihr treffen?« Ich sage nichts, reiche ihr den Becher mit Kaffee, stelle einen zweiten in den Automaten, werfe erneut zwei Geldmünzen ein und beobachte noch einmal kurz denselben Vorgang. Ein Hund bellt, irgendjemand schreit, Reifen kommen quietschend zum Stillstand, Aylas dunkle Augen sehen mich an, ohne mich zu erkennen. Wie konnte bloß eine so lächerliche Auseinandersetzung unter Teenagern, ein wenig Ärger an der Schule, ein paar schlaflose

Nächte ...? Wie konnte bloß etwas, das ich hätte unter Kontrolle haben müssen, zu so einer Katastrophe führen? Zum ersten Mal in meinem Leben war ich die Erwachsene, auf die sich jemand verlassen hatte. Ich hatte versagt, und zu welchem Preis? Als ich meine eigenen Worte höre, merke ich erst, wie schrecklich gewöhnlich und profan meine Erklärung erscheint.

»Sie hatte ein wenig Ärger mit ein paar Mädchen in der Schule. Sie wollte nicht, dass ihr euch Sorgen macht, nach allem, was ihr in der anderen Schule schon passiert war. Sie wollte versuchen, es aus eigener Kraft in den Griff zu bekommen, bevor sie euch davon erzählt. Ich war nur zu ihrer moralischen Unterstützung dabei.« Für ein klein wenig moralische Unterstützung, denke ich bei mir.

»Ich kam zu spät«, wiederhole ich lahm. Ohne es auszusprechen, versuche ich Selin zu sagen, dass es meine Schuld war.

»Hat sie etwa wieder Ärger mit irgendwelchen Schlägertypen bekommen? Wurde sie wieder von Schlägertypen belästigt? Haben Schlägertypen all das angerichtet?« Ich sehe, wie in Selin die unterschiedlichsten Gefühle hochkriechen und sich schließlich in Wut verwandeln, und versuche schnell, sie zu beruhigen.

»Nein, nein. Die Sache ist ein wenig komplizierter. Sie war wohl in der falschen Clique und hat ein wenig Ärger bekommen. Sie hat das Richtige getan. Die Schulleiterin wollte ... wird deine Eltern morgen anrufen, um die Sache mit ihnen zu besprechen. Ayla hat sich für ein anderes Mädchen eingesetzt. Sie ist sehr mutig gewesen.« Ich merke, dass ich unbewusst schon in der Vergangenheit rede. Ich reiche Selin einen weiteren Plastikbecher und wiederhole die Prozedur, inzwischen ist mir von dem Geruch nach künstlichem Aroma schlecht.

»Ja schon, aber was ist dann passiert? Ich meine, wie ist es zu dem Unfall gekommen?«

Ich versuche zu überlegen, wie ich es ihr am besten beschreiben kann, ohne dass es so sinnlos klingt, wie es tatsächlich der Fall war.

»Ich bin zu spät gekommen. Als ich sie dann sah, gingen die Mädchen ... die Mädchen, die sich von ihr verpfiffen fühlten, gerade auf sie los. Ich wollte zu ihr gehen ... ich ... ich wollte, dass sie wissen, dass Ayla nicht alleine ist.« Ich schweige einen Augenblick und mache mich auf Selins Reaktion gefasst. »Ich habe ihren Namen gerufen, Selin. Sie hat mich gesehen und Panik bekommen, nehme ich an. Sie ist einfach über die Straße gerannt. Das war ein Fehler, wirklich dumm. Eigentlich hätte alles gut gehen müssen, weil die Ampel gerade umgeschaltet hatte, aber sie hat nicht abgewartet, bis der Verkehr zum Stillstand gekommen ist. Die Ampel war bereits auf Rot umgesprungen, als der Lastwagenfahrer über die Kreuzung gefahren ist.« Mit den beiden letzten Bechern voll lauwarmer Flüssigkeit in meinen Händen sehe ich sie erneut an und zucke ein wenig, bevor ich ihr in die Augen sehe.

»*Das* ist passiert«, sage ich und bereite mich darauf vor, alle Schuld auf mich nehmen zu müssen. Doch sie nickt nur mit einem Gesicht, das wie eine dunkeläugige starre Maske wirkt. Sie hat gehört, was ich gesagt habe, es aber wohl nicht wirklich verstanden. *Ich habe Aylas Namen gerufen.*

»Hör zu, ich glaube, ich bin nicht imstande, mit Nene zu sprechen, ohne, na, du weißt schon, die Kontrolle zu verlieren.« Ihre Stimme klingt angespannt und ein wenig gekünstelt. Obwohl sie spricht, versucht sie offenbar immer noch, hinter ihrem von Tränen glasigen Blick die Puzzlestücke zusammenzusetzen.

»Gib mir die Nummer, ich ruf sie an. Sie kennt mich ja. Ich werde ihr sagen, dass sie sich keine Sorgen zu machen braucht«, sage ich beruhigend. Ich werde sie anlügen, denke ich, als ich zur Telefonzelle gehe.

Wenig später, als ich wieder zurück in das Besuchszimmer gehe, erzählt Selin gerade, was ich ihr erzählt habe. Josh lächelt mich abwesend an, als ich ihm seinen Kaffee reiche, den ich immer noch in der Hand halte. Als ich Selins Vater den Becher reiche, drückt er flüchtig meine Hand.

Ich bin zu spät gekommen, will ich ihm sagen. *Ich bin zu spät gekommen.* Doch die Familie sieht mich nicht an, sie verlangen weder Erklärungen noch Gründe. Sie sehen bloß einander an, kommunizieren auf diese Weise in stiller Solidarität, während der kleine Uhrzeiger sich ruckweise vorwärts bewegt. Ich setze mich wieder auf meinen Stuhl am anderen Ende des Raumes und beobachte sein endloses Fortschreiten.

Es ist schon komisch, wie schnell sich eine irreale Situation in eine reale verwandeln kann. Dieser Raum war für uns während des Wartens zu unserer eigenen Welt geworden. Darum sind wir alle auch ziemlich überrascht, als schließlich die Ärztin das Zimmer betritt. Es scheint, als hätten wir vergessen, weshalb wir hier sind.

Wir stehen auf.

Die Ärztin nimmt Haltung an, und in dem Augenblick wissen wir, dass sie schlechte Nachrichten für uns hat.

»Mr und Mrs Mehmet, als Ayla eingeliefert wurde, hatte sie schwere Kopfverletzungen. Weitere Untersuchungen haben ergeben, dass sie auch schwer wiegende innere Verletzungen davongetragen hat, die zu einem großen Blutverlust geführt haben. Das Fahrzeug, das sie erfasst hat, ist sehr schnell gefahren. Wir haben alles versucht, um sie zu retten. Es tut mir wirklich furchtbar Leid, Ihnen sagen zu müssen, dass Ihre Tochter vor wenigen Minuten auf dem Operationstisch verstorben ist. Wir konnten nichts mehr für sie tun.«

Sprachlos sehen die Familienmitglieder einander an, strecken ihre Hände aus, verschränken die Finger ineinander, doch niemand sagt ein Wort.

Die Ärztin räuspert sich.

»Falls das für Sie irgendwie von Trost ist, Ayla hätte mit Sicherheit einen Gehirnschaden davongetragen, wenn sie die Operation überlebt hätte.«

»Trost?«, schreit Selin sie an. »Glauben Sie nicht, dass wir unsere Schwester lieber in jedem erdenklichen Zustand zurückgehabt hätten, als sie dort oben alleine und schließlich tot unter Menschen liegen zu lassen, die sie noch nicht einmal kennen? Denen das völlig egal ist?« Josh nimmt sie beruhigend in die Arme, und sie fängt an zu weinen; bald sind auch die Schluchzer ihrer Mutter zu hören.

Die Ärztin versucht es noch einmal.

»Es tut mir wirklich sehr Leid. Sie können sie jetzt sehen, wenn Sie wollen. Ich werde Sie zu ihr führen.«

Die Mehmets verlassen hintereinander das Zimmer und lassen mich alleine zurück.

»Sie haben alles beobachtet, nicht wahr?«, fragt die Ärztin mich, kurz bevor sie die Tür hinter sich schließt.

»Ja«, sage ich ruhig.

»Die Polizei möchte mit Ihnen sprechen, kann ich sie hereinschicken?«

»Ja«, antworte ich. »Frau Doktor, was ist mit dem Lastwagenfahrer? Ist er schwer verletzt?« Sie sieht weg und schüttelt den Kopf.

»Nein. Eine kleine Wunde am Kopf, leichte Gehirnerschütterung. Wir werden ihn morgen wieder nach Hause schicken. Er hatte keinen Alkohol getrunken«, fügt sie noch hinzu und schließt dann die Tür.

Die Vernehmung durch die Polizei dauert länger, als ich jetzt verkraften kann, darum bitten sie mich, morgen auf das Revier zu kommen und noch eine Aussage zu machen.

Als ich aus dem gedämpften Licht des Wartezimmers für Angehörige in das harte Neonlicht der Unfallchirurgie trete, muss ich blinzeln. Nirgends jemand, den ich kenne. Ich dachte mir schon, dass sie nach Hause gefahren sind. Der Schmerz in meinen Füßen setzt wieder ein, als die betäubende Wirkung des Schocks langsam nachlässt. Ich suche in meiner Tasche nach etwas Kleingeld für den Bus, doch als ich nach draußen humpele, sehe ich Josh in der kalten Abendluft stehen und eine Zigarette rauchen.

»Ich dachte, du rauchst nicht mehr?«, sage ich mit einem schwachen Lächeln.

»Tu ich auch nicht. Ich hab sie von dem Typen da drüben geschnorrt.« Er nickt mit dem Kopf in die Richtung eines Mannes mit Gipsverbänden an beiden Beinen, der offenbar auf einer Bank gestrandet ist und niemanden hat, der ihn abholt. Der Mann sieht mich an, zuckt etwas hilflos mit den Achseln und lacht scheinbar über seine eigene Notlage.

»Sind sie ... sind sie immer noch da?«, frage ich, weil ich mich mit Dingen wie Totenschein und Leichenschauhaus nicht auskenne.

»Nein, sie sind nach Hause gefahren. Ich hab auf dich gewartet, um dich mitzunehmen. Du müsstest sonst hier draußen weiß Gott wie lange auf den nächsten Bus warten.« Er sieht zum Himmel, als würde er die Sterne betrachten, die, umgeben von den Lichtern der Stadt, kaum zu sehen sind.

»Josh, das hättest du nicht tun müssen. Du solltest jetzt

zu Hause sein«, sage ich, obwohl ich dankbar bin, dass ich nicht alleine nach Hause fahren muss. Er antwortet nicht, sondern geht mit zwei schnellen Schritten vor mir zu seinem Auto.

Jetzt, da es niemanden zu besuchen, niemanden zu retten gilt, scheint die Autofahrt sehr rasch vorbeizugehen, und schon bald stehen wir vor meiner Wohnung, und ich sehe zu den dunklen Fenstern empor.

»Sieht aus, als sei Rosie nicht da«, sage ich. Noch ein Mensch, der nichts von allem weiß. »Mein Gott, Rosie! Sie wird sich furchtbar aufregen.« Als ich zu ihm zurücksehe, starrt er auf das Lenkrad.

»Oh, Josh, es tut mir so Leid. Danke, dass du mich gefahren hast.«

Er nickt, sieht mich kurz an, und das Licht der Straßenlaternen spiegelt sich in seinen stillen Tränen. Bevor ich die Autotüre öffne, greife ich kurz nach seinem Handgelenk. Ich warte noch, bis das Geklapper seines alten Wagens im nächtlichen Verkehr untergegangen ist, dann stecke ich meinen Schlüssel in die Tür. Kurz bevor ich hineingehe, werfe ich noch einmal einen schnellen Blick zu den Sternen in die Nacht hinaus, doch sie sind immer noch kaum zu sehen.

40. Kapitel

Als ich die Wohnung betrete, blinkt der Anrufbeantworter und zeigt an, dass er eine Nachricht enthält. Misstrauisch drücke ich den Knopf und erwarte fast eine Nachricht von Owen, obwohl ich weiß, dass er meine Privatnummer nicht hat.

»Jen, hier ist Rosie. Ich komme heute Nacht nicht zurück, mach dir aber keine Sorgen um mich, mir geht es gut. Mein Handy ist an, falls du mir irgendetwas zu sagen hast.« Ihre Stimme hat einen leicht befehlenden und gleichzeitig beleidigten Ton, doch ich kenne Rosie inzwischen lange genug, um zu wissen, dass sie die Dinge genau wie ich gerne ins Reine bringen möchte. Ich weiß nicht, wie ich ihr erzählen soll, was heute passiert ist. Ich denke an die E-Mails und SMS von Owen, und das Herz wird mir noch schwerer. Meine Mutter hat mir immer gesagt, dass alles Schlimme auf einmal kommt. Was wohl als Nächstes kommen wird, frage ich mich. Und wie zum Teufel kann ich eigentlich so verdammt oberflächlich sein und Aylas Tod mit irgendeinem idiotischen Spruch in Verbindung bringen?

Ich wähle Rosies Nummer und warte das leise Klicken ab, das die Verbindung anzeigt. Das Handy klingelt sehr lange, bevor sie drangeht.

»Hallo«, sagt sie kurz angebunden, und zum ersten Mal wünsche ich mir, Handys würden einem nicht die Möglichkeit geben, einen schon darauf vorzubereiten, wer anruft. Rosie ist jedoch auf den falschen Anruf vorbereitet, und der Vorsprung, den ich durch mein Wissen ihr gegenüber habe, schmerzt mich.

»Hallo.« Während ich antworte, fällt mir auf, dass meine Stimme rau und spröde klingt.

»Oh, du bist also doch zu Hause?« Rosie muss auf mich gewartet haben, um die Dinge ins Reine zu bringen.

»Rosie, es ist etwas passiert.« Der Ton in meiner Stimme besänftigt sie sofort.

»Was ist passiert?«

Ich erzähle ihr alles so kurz wie möglich. Als ich fertig bin, folgt ein kurzes Schweigen durch die Leitung.

»Ich komme sofort nach Hause«, sagt sie. Ich kann den Ton in ihrer Stimme nicht richtig deuten.

»Wo bist du?« Ich gehe natürlich davon aus, dass sie bei Chris ist.

»Bei Jackson im Hotel«, sagt sie gedankenverloren.

»Oh. Gut.« Ich will nur, dass sie nach Hause kommt.

»Ich komme sofort nach Hause, okay?«

»Okay.«

»Ich nehme mir ein Taxi, in circa zwanzig Minuten bin ich da, okay?«

»Okay.«

Sie legt auf, und ich stelle den Fernseher an. Mir kommt es vor, als könne ich heute rein gar nichts mehr fühlen, als hätten die Ereignisse des Tages jegliches Gefühl in mir getötet. Ich bin einfach nur schrecklich müde, und in meinem Kopf hämmert es.

Ich wache auf, als endlich die Tür ins Schloss fällt. Rosie rennt den Flur entlang, um mich zu begrüßen.

»Da bin ich«, sagt sie und hält meine Hand.

Diesmal, während ich ihr die ganze Sache noch einmal erzähle, sitzen wir mit unseren Gesichtern einander zugewandt auf dem Sofa. Rosie sieht mich über den Rand ihres

Bechers an, einiges ihrer Mimik wird vom aufsteigenden Rauch ihres Kamillentees verdeckt. Ich bin es Leid, die Geschichte immer und immer wieder erzählen zu müssen, dennoch brauche ich dringend jemanden, der auf das reagiert, was mir passiert ist. Ich habe das Bedürfnis, dass Rosie die Dinge sieht wie ich.

»Sie hat dich also gesehen und ist auf die Straße gerannt?«, fragt Rosie mich noch einmal. Ich nicke.

»Aber es ist doch der Lastwagenfahrer gewesen, der die verdammte rote Ampel überfahren hat, oder? Diese Arschlöcher machen das immer. Wie oft habe ich das schon gesagt? Die Leute fahren in der Stadt wie die Verrückten.«

»Aber wenn ich pünktlich gewesen wäre, hätte ich sie an der Schule abgeholt. Dann säßen wir jetzt alle bei Mrs Selin und würden Ayla Vorträge darüber halten, wie man sich als Erwachsene zu benehmen hat. Stattdessen bin ich zu spät gekommen. Und Ayla ist tot. Ich verstehe das einfach nicht. Wie kann so etwas Banales wie die Zeit, die ich auf der Suche nach einem Fax verschwendet habe, den Tod eines Menschen verursachen?«

Rosie schüttelt ernst den Kopf und stellt ihren Becher ab. »Du darfst dir nicht die Schuld daran geben. Bitte denk noch nicht einmal daran.«

Obwohl es mich erleichtert, sie sagen zu hören, was ich eigentlich hören will, überrascht mich der Ärger in ihrer Stimme.

»Aber wenn ich rechtzeitig da gewesen wäre«, fahre ich, gierig nach noch mehr Bestätigung, fort.

»Wenn du rechtzeitig da gewesen wärest, wenn der Bus nicht im Verkehr stecken geblieben wäre, wenn Ayla nicht von diesen Scheißtussis aufgemischt worden wäre, wenn sie die Schule nicht gewechselt hätte, wenn, wenn, wenn.

Du kannst dir keine Schuld daran geben. Es war ein Unfall, eine Aneinanderreihung von Umständen, die in einer Tragödie geendet sind. Sich selbst die Schuld daran zu geben ist viel zu einfach gedacht.« Ihre Gesichtszüge sind vor Trauer und Ärger wie versteinert, sie ist sauer auf mich, aber nicht wegen Aylas Tod. Sie denkt wohl, dass ich mich zum Mittelpunkt dieser Tragödie machen will. Vielleicht hat sie ja Recht, und ich bin nicht schuld an Aylas Tod, vielleicht ist es aber auch so, dass die Sinnlosigkeit dieser Tragödie für einen fast noch schwerer zu verkraften ist, als wenn man sich die Schuld daran geben kann.

Ich lehne mich zurück, lege meinen Kopf nach hinten und sehe an die Decke.

»Du hast Recht«, sage ich plötzlich voller Angst. »Aber es ist so unglaublich furchtbar.« Endlich brechen wir beide in Tränen aus. Wir umarmen einander, um uns gegenseitig wegen der Grausamkeit des Lebens zu trösten, wir weinen zusammen, halten uns fest an den Händen, bis wir zu erschöpft sind, um noch weiter zu weinen.

Schließlich sage ich: »Rosie, was gestern betrifft – was ich gesagt habe ...« Sie unterbricht mich. »Ist schon in Ordnung, wirklich. Ich kenne jetzt deine Meinung. Du warst ehrlich. Aber im Augenblick ist das nicht wichtig, findest du nicht?« Sie löst ihre Hände aus meinen und reibt sich das Gesicht.

»Nein, aber ...«, ich versuche fortzufahren, denn ich will und brauche das Gleichgewicht unserer Freundschaft.

»Vergiss es einfach, okay?«, sagt Rosie sichtlich irritiert. »Ich werde jetzt ins Bett gehen. Ich bin völlig erschöpft.« Ich sehe in ihr verhärmtes Gesicht und schweige. Kurz bevor sie den Raum verlässt, dreht sie sich noch einmal zu mir um und sagt: »Arme Seli, wie wird sie bloß je damit leben können?«

Wir sehen einander noch einen Augenblick lang an, und ich schüttle den Kopf.

»Ich weiß es nicht, ich weiß es einfach nicht«, sage ich, so sanft ich nur kann, aber sie antwortet nicht, sondern verschwindet in ihrem Schlafzimmer. Sie muss am Boden zerstört sein.

Ich sitze noch einen Augenblick länger alleine da und halte nach weiteren Zeichen der Veränderung Ausschau. Alles scheint wie immer, aber das sollte es nicht. Alles ist wie immer, trotzdem spüre ich, dass sich auch die letzten Fäden von Kontinuität zu lösen beginnen.

41. Kapitel

Der beginnende Oktober hat endgültig die letzten Reste des Sommers vertrieben. Das flüchtige Blau des Himmels und die letzte Septemberwärme sind nun endgültig einem tief verhangenen, nassen Herbsthimmel gewichen.

Uns allen kommt das gerade recht, denn seit Aylas Tod haben wir unser alltägliches Leben wie ferngesteuerte Roboter verrichtet.

Rosie und ich sind nicht zum Begräbnis gegangen. Ehrlich gesagt fühlten wir uns beide bei dem Gedanken, in die Moschee zu gehen, nicht besonders wohl, außerdem dachte Rosie, dass das Begräbnis wohl zu viel für sie werden würde. Ich beschloss daher, bei ihr zu bleiben und die Sandwichs vorzubereiten. Ich machte mir selbst damit vor, dass das eine genauso gute Möglichkeit wäre, der Familie beizustehen, doch tief in meinem Herzen wusste ich, dass ich einfach feige war. Ich hatte nicht nur Angst vor den ungewohnten Örtlichkeiten, sondern auch, der Familie dabei zusehen zu müssen, wie sie das Leid ertragen musste, mit ansehen zu müssen, wie ihre eigene Tochter zu Grabe getragen wurde. Ich bin immer noch davon überzeugt, dass nichts passiert wäre, wenn ich rechtzeitig da gewesen wäre.

Loyalität der Familie Mehmet gegenüber bedeutete auch, dass ich mich nicht zu meiner Mutter nach Watford flüchten konnte, wie ich es gerne getan hätte. Ich wählte allerdings die für mich erträglichste Variante, indem ich mit Rosie zusammen bei ihnen erschien, bevor sie losgingen, und den Tag damit verbrachte, den Anweisungen zur Essensvorbereitung einer Nachbarin und Freundin der Familie zu folgen, während wir alle darauf warteten, dass sie zurückkamen.

Ich bin bis jetzt nur zwei Mal in meinem Leben auf einer Beerdigung gewesen. Das war bei denen meiner Großeltern, die schon sehr alt gewesen waren, und obwohl es hart zu ertragen war, so war es doch immerhin kein Schock gewesen. Muslimische Beerdigungen gehen sehr viel schneller vonstatten, und deshalb standen Rosie und ich bereits zwei Tage nach Aylas Tod erwartungsvoll in der Küchentür und sahen zu, wie die Familienmitglieder einer nach dem anderen zurück ins Haus trotteten. Ich hatte eine ganze Parade von Freunden, Bekannten und Angehörigen erwartet, stattdessen war es nur die Familie, ein Freund von Selins Vater und ein paar eng befreundete Nachbarn. Wir hatten viel zu viel Essen vorbereitet. Aus meiner begrenzten Erfahrung mit Begräbnissen wusste ich, dass die Nachmittage für gewöhnlich zuerst unter Gemurmel und mit herumgereichten Teetassen begannen, dann in freundliches, familiäres Geschwätz mündeten und schließlich mit Gelächter endeten. Doch diesmal erschien selbst ein geflüstertes Gespräch zu aufdringlich.

Die Familienmitglieder saßen oder standen, waren bleich im Gesicht und standen noch sichtlich unter Schock. Seit Aylas Tod hatte ich es kaum zu Wege gebracht, mit Selin zu sprechen, doch an diesem Tag erkannte ich plötzlich, dass ich in der ganzen letzten Zeit überhaupt nicht mehr richtig mit Selin gesprochen hatte, um beispielsweise herauszufinden, was seit Monaten mit ihr los war. Immer wenn wir zusammen waren und nicht gerade tanzten oder tranken, kamen unsere Unterhaltungen unweigerlich auf mein oder Rosies Leben zu sprechen. Immer und immer wieder hatte Selin uns gezeigt, wo es langging. Mir schien fast, dass sie uns immer fremder wurde, je besser sich ihre Freundschaft zu uns erwies.

Aber sie jetzt zum ersten Mal nach dem Krankenhaus schweigend in einer Ecke Hand in Hand mit Mr Selins Freund sitzen zu sehen, ihr Kinn in die Hand gestützt, ihre Augen starr auf den Verkehr unten auf der Straße gerichtet, der Blick des Mannes an ihrer Seite aufmerksam auf ihr, war, als sähe man eine Fremde. Die noch vor kurzem so mutige und wunderschöne Selin schien nun kraftlos und zu einer fast durchsichtigen Porzellanpuppe geworden zu sein, ihre Haut schien gespannt und blass, und jeder Winkel ihres Gesichtes war vom Schmerz gezeichnet. Ich überlegte kurz, sie vor diesem so überaus aufmerksamen Mann zu retten, doch abgesehen davon, wusste ich nicht, wie ich sie hätte trösten können. Das hatte ich in den letzen zwei Tagen immer wieder zu mir selbst und auch schon zu Rosie gesagt. Ich hatte immer noch das Gefühl, dass es meine Schuld war, wenn sie sich nun leer und allein und dazu noch der Aufmerksamkeit irgendeines alten Mannes ausgesetzt fühlen musste.

Hakam eilte, sobald er konnte, nach oben. Mr Selin trocknete und wischte sich abwechselnd die Tränen aus dem einen, dann aus dem anderen Auge und nippte an seinem Whisky, Mrs Selin war in die Küche gegangen und wusch alle Teller und das Besteck ab, die wir schon vorher abgewaschen hatten, und fing an, Berge von Essen in Tiefkühlbehälter und Tupperware zu verpacken.

»Die Kinder können das für die Pause mitnehmen«, sagte sie erklärend zu mir, als sie gerade die Teller noch einmal abtrocknete. »Ich meine, Hakam kann es mitnehmen.« Sie vergrub ihr Gesicht hinter der Tür der Tiefkühltruhe, und ich ging zurück ins Wohnzimmer und setzte mich an den Tisch, an dem wir vor ein paar Wochen noch mit Ayla gesessen und über Jamie Bolton gelacht hatten. Ich fragte mich, wo er wohl genau in diesem Augenblick war. Als ich mich auf der Suche nach Rosie umsah, bemerkte ich, dass sie sich zu Selin und dem Fremden ans Fenster gesetzt hatte, doch Selin bewegte sich nicht von der Stelle, schien Rosie gar nicht wahrzunehmen. Unsere Blicke trafen sich, sie zuckte mit den Achseln und schüttelte den Kopf. Ich biss mir auf die Lippen und machte mich auf die Suche nach Josh.

Sein Anblick, wie er in der Kälte zusammengekauert in seinem besten Hemd und mit einer Krawatte seines Vaters auf dem Balkon stand, traf mich härter, als ich erwartet hatte. Seine breiten Schultern waren in sich zusammengefallen, und obwohl er sauber rasiert war, wirkte er keineswegs frisch, und ich konnte unter seinen rot umrandeten Augen die Schatten schlafloser Nächte liegen sehen. Ich zögerte einen Augenblick und fragte mich, ob ich seine Gedanken unterbrechen sollte und mutig genug war, ihn anzusprechen, doch noch bevor ich wieder gehen konnte, entdeckte er mich und bot mir einen Zug aus seiner Zigarette an.

»Ich rauche nicht«, lächelte ich schwach. »Und du doch auch nicht, weißt du noch?« Er erwiderte mein Lächeln mit zusammengepressten Lippen.

»Anscheinend rauche ich doch wieder.« Und dabei nahm er einen letzten, tiefen Zug und warf die Zigarette über den Balkon in den Hintergarten irgendwelcher Nachbarn.

Ich ging auf ihn zu, lehnte mich an die Balkonbrüstung und sah auf die braungraue Silhouette der Stadt. Die Abenddämmerung hatte soeben den Himmel überzogen und begann sich nun langsam über die Hausdächer und Schornsteine zu senken.

»Wie geht es dir?«, fragte ich und wünschte mir gleichzeitig, es gäbe noch irgendetwas anderes, was man in solchen Situationen sagen konnte.

Er sah mich einen Augenblick lang an und wandte seinen Blick dann wieder dem Horizont zu. »Sie war meine kleine Schwester, weißt du. Mein kleines Mädchen. Das Schlimmste, was ich mir je für sie vorstellen konnte, war, dass sie von einem Intermezzo mit irgendeinem pickeligen Jungen im Fahrradschuppen schwanger geworden wäre, obwohl das nicht ihr Stil war. Und das Schönste, was ich mir für sie wünschte, war, dass sie ihr College macht, Freiheit, Liebe und eine Zukunft hat. Sie war so wunderschön, nicht wahr? Ich wäre bereit gewesen, all ihre Verehrer in die Flucht zu jagen. Hatte aber nie eine Chance, weil Selin sie schon loswurde, bevor ich überhaupt zur Stelle war. Ayla war irgendwie anders, irgendwie feiner ... zerbrechlicher.«

Ich sah Josh von der Seite im dämmernden Licht an und spürte die Härte jedes einzelnen Schatten auf seinem Gesicht, sodass mir fast der Atem stockte.

»Josh, ich weiß einfach nicht, was ich sagen soll«, rezitierte ich lahm wie aus einem Drehbuch.

Er schüttelte den Kopf und legte seinen Arm um mich, ich schlang meinen Arm um seine Hüfte, und wir standen schweigend da, bis schließlich das letzte Licht am Himmel verlöscht und wohltuende Stille eingekehrt war.

»Komm. Wir sollten jetzt besser hineingehen«, sagte er zu mir, und das plötzliche Fehlen seiner Wärme ließ mich erschauern. Er sah mich noch einen Augenblick lang an, bevor er die Balkontüren zum Wohnzimmer auseinander zog.

»Du warst wirklich eine große Unterstützung, eine gute Freundin, Jenny, ich möchte, dass du weißt, dass wir alle das sehr zu schätzen wissen.« Ich sah auf seinen Rücken, während wir in die Wärme zurückkehrten, und ich fühlte mich schrecklich. Ich war in keinster Weise eine Freundin gewesen, jedermann schätzte mich falsch ein.

In der Hoffnung, das ein wenig revidieren zu können, ging ich zu Selin hinüber, die dasaß, als hätte sie sich die ganze Zeit über kein einziges Mal von der Stelle gerührt. Rosie war währenddessen irgendwo anders hingegangen.

»Seli?«, flüsterte ich ihren Kosenamen, und sie drehte langsam ihren Kopf zu mir und sah mich an.

»Jen, hallo, komm her.« Ich ging zu ihr, sie umarmte mich lange und bedeckte dabei mein Gesicht mit ihrem duftenden Haar. Ihre Schultern wirkten steif und zerbrechlich unter ihrer Bluse.

»Geht's dir gut?«, fragte sie mich.

»Mir? Ich bin okay und du? Wir haben noch gar nicht die Gelegenheit gehabt, richtig miteinander zu sprechen, stimmt's?« Dabei sah ich bewusst den Mann neben ihr an. Er war schlank und hoch gewachsen, hatte kurze graue Haare und sehr dunkle Augen, doch er lächelte mich an und nickte einfach nur.

»Oh, es ist nur, ich weiß einfach gar nicht, was ich sagen soll, trotzdem, danke, dass du da bist. Für mich und Josh bedeutet das sehr viel. Für Mum und Dad auch. Und für Hakam.« Sie lächelte schwach. Ich seufzte und drückte ihre Hand.

»Selin, ich wollte dir nur sagen, na ja, vielleicht hätte es ja nichts daran geändert, aber es tut mir so unendlich Leid, dass ich Ayla nicht pünktlich von der Schule abholen konnte.«

Selin hatte mich einen Augenblick lang verwirrt angesehen und dann, wie um einen klaren Kopf zu bekommen, diesen kräftig geschüttelt, und schließlich hatte sich ein angespanntes Lächeln auf ihre Lippen gelegt.

»Sei nicht albern, das war einfach ein völlig sinnloser Unfall. Niemand hat Schuld daran. Na ja, *du* jedenfalls nicht.« Wieder drückte sie meine Hand, doch der beherrschte Ton in ihrer Stimme erstaunte mich – wer weiß, ob sie selbst ganz von ihren Worten überzeugt war. Plötzlich fühlte ich mich wie ein Eindringling.

»Nun, wir sollten jetzt wohl besser gehen, ich habe das Gefühl, dass du ein wenig Zeit mit deiner Familie verbringen solltest.« Wieder sah ich den Mann an, doch er lächelte nur und nickte.

Selin seufzte wieder, und jeglicher Ärger schien sich in Erschöpfung aufzulösen. »Vielleicht hast du ja Recht, trotzdem – danke, dass du gekommen bist. Wo ist Rosie?«

»Hier«, sagte sie und stand bereits mit unseren beiden Jacken über dem Arm hinter uns. »Ich glaube, Jen hat Recht mit der Familie und so, wir sollten jetzt wohl lieber gehen.«

Selin nickte, erhob sich von ihrem Fensterplatz und begleitete uns hinunter zur Haustür.

»Vergiss nicht, du kannst uns jederzeit anrufen, wenn du uns brauchst. Zu jeder Zeit«, sagte ich eindringlich zu ihr. Sie lächelte und umarmte uns beide noch einmal.

»Okay, wir sehen uns. Oh, außerdem hat Josh in ein paar Wochen seine Ausstellung. Er wollte sie schon platzen lassen, und Papa und ich haben Ewigkeiten dazu gebraucht, um ihn davon zu überzeugen, es nicht zu tun. Ayla wäre stinksauer gewesen, sie hat immer zu ihm gesagt, dass er sich beeilen und ein richtiger Künstler werden sollte, statt herumzuhängen und Gärtner zu spielen. Das war ihr nämlich peinlich.« Sie lächelte bei dem Gedanken daran. »Wir sollten alle da sein und ihn unterstützen, okay?«

»Natürlich«, sagte ich. Selin trippelte einen Augenblick

lang unbehaglich von einem Fuß auf den anderen, dann nahm sie Rosies und meine Hand.

»Hört zu, ich muss mit euch reden. Ich muss euch etwas sagen. Ich wollte es euch eigentlich schon am Montag sagen, aber ... aber ...« Sie konnte ihren Satz nicht beenden. Wieder umarmten wir uns.

»Beruhige dich, es ist schon okay. Du kannst es uns erzählen, wenn du so weit bist, ja? Falls du uns brauchen solltest, egal wann, wir werden beide für dich da sein.« Rosie strich Selin die Haare aus der Stirn und wischte ihr mit dem Daumen sanft die Tränen aus dem Gesicht.

»Danke. Es tut gut, das zu hören, aber ich glaube, ich muss jetzt erst mal bei meinen Leuten bleiben.« Sie lächelte und ging wieder die Treppe hinauf. »Es hat mir viel bedeutet, euch beide hier zu haben. Ich melde mich.«

Rosie und ich gingen schweigend durch den feuchten und nebeligen Abend nach Hause. Wir waren jetzt zwar nicht mehr ärgerlich aufeinander, fühlten uns aber auch nicht wirklich wohl miteinander. Aylas Tod war für uns beide ein bequemer Weg, uns über unsere Auseinandersetzung und die dringende Notwendigkeit, sie zu besprechen, Gedanken zu machen.

In den vergangenen Stunden haben wir uns dann schweigend den Film »Harry und Sally« angeschaut, beide Teetassen in der Hand gehalten, die Beine von uns gestreckt und waren zu erschöpft, unsere Kleider von dem Begräbnis abzulegen. Rosies plötzliche Bewegung auf dem Sofa erschreckt mich.

»Möchtest du noch einen?«, fragt sie und streckt ihre Hand nach meinem Becher aus.

»Ja, danke«, sage ich und denke dann an meine Manieren. »Warte. Ich mache ihn, du musst ja völlig erschlagen sein.«

»Nein, nein, ich mache ihn schon.« Sie wirft einen Blick in meinen Becher. »Also dir sollte man wirklich keine volle Tasse Tee einschenken, du trinkst sie niemals aus, du lässt immer ein paar Zentimeter auf dem Tassenboden zurück.«

Ich lache; sie hat mich immer damit aufgezogen. »Du weißt ja, dass ich ihn nicht mag, wenn er kalt geworden ist«, sage ich wie üblich.

»Du musst eine Asbestkehle haben«, antwortet sie wie sonst auch. Ich verstehe, dass die Vertrautheit dieses Wortwechsels Waffenstillstand zwischen uns bedeutet. Ich entspanne mich ein wenig und spüre erst jetzt, wie die Anstrengungen des Tages mir in den Knochen sitzen.

»Ach übrigens, ich wollte dir noch was erzählen«, ruft Rosie aus der Küche herüber. »Nächste Woche kommt meine Mutter für ein paar Tage mit Hubby her, die beiden werden in seinem Landhaus wohnen, du weißt schon, diesem Bungalow in Godalming. Wie dem auch sei, das ist die einzige Gelegenheit, sie zu sehen. Ich glaube, die sollte ich wahrnehmen, ich werde also Freitagabend und Samstag fort sein und erst Samstagabend wiederkommen. Am Sonntag kommen nämlich seine Verwandten. Glaubst du, es wäre okay? Ich meine, Selin alleine zu lassen?«

Ich hatte eigentlich gehofft, dass wir drei eine schöne Zeit zusammen hätten verbringen können, aber ich nehme an, das Leben geht weiter.

»Na ja, schließlich lebt deine Mutter ja nicht um die Ecke, also denke ich, dass du sie besuchen solltest. Selin wird das schon verstehen, außerdem glaube ich, dass deine Mutter ganz scharf darauf ist, mit dir über das Baby zu sprechen.«

»Du machst wohl Witze? Meine Mutter und ›Oma werden‹ passt überhaupt nicht zusammen. Übrigens, wer war eigentlich der Typ, der immer bei Selin herumhockte?« Rosie kommt aus der Küche zurück und kräuselt die Nase bei dem Gedanken an ihn. »Sah aus wie ein richtiger Lustmolch.«

Ich nicke zustimmend; sie hat meine Tasse nur zu drei Vierteln gefüllt. »Ich weiß, aber Selin ist einfach zu höflich, um irgendjemandem zu sagen, dass er sie in Ruhe lassen soll. Außerdem wird sie heute nicht gerade in der Stimmung für Auseinandersetzungen gewesen sein.«

Rosie nickt und lässt sich aufs Sofa fallen.

»Was glaubst du, wie sie damit zurechtkommt?«, frage ich Rosie.

»Ich weiß es nicht, bei Selin kann man das schwer sagen, stimmt's? Sie ist wie ein Fels in der Brandung, das war sie schon immer. Ich meine, man sieht, dass sie am Boden zerstört ist, dass steht ihr nicht nur ins Gesicht geschrieben, aber irgendwie denke ich, wenn sie wenigstens zusammenbrechen, heulen oder hysterische Anfälle kriegen würde, wäre es leichter, ihr zu helfen. Ich zum Beispiel breche doch pausenlos zusammen, deshalb bin ich in dieser Hinsicht auch leichter zu handhaben.« Wir lächeln uns zögernd an und versuchen, die Situation nicht auf die leichte Schulter zu nehmen, sind aber versucht, die Spannung zwischen uns mit einem Gekicher zu entschärfen.

Rosie fährt fort: »Das ist genau wie damals, als sie sich von Max getrennt hat, wann war das nochmal? Vor gut sieben Jahren. Ich meine, schließlich sind sie während der ganzen Zeit an der Uni zusammen gewesen, oder? Ihr Vater und sein Vater waren sehr gut befreundet, beide Buchhalter, und Selin und er schienen wie geschaffen für einander zu sein, weißt du, auf eine bestimmte Art und Weise. Doch dann macht er ihr einen Heiratsantrag, und das war's. Einfach vorbei. Keine Dramen, keine endlosen Nächte voller Tränen bei dir, keine Wodka-Gelage bei mir, kein Herumgebumse mit anderen Männern, um es ihm heimzuzahlen und sich dann noch beschissener zu fühlen. Weißt du noch? Sie hat uns einfach eines Abends die Nachricht überbracht, während wir beide uns in der klassischen Nachbeziehungsphase befanden und total betrunken diese beiden Typen abgeschleppt haben, die wie eine schlechte Kopie von »Take That« aussahen – und noch dazu bekam ich Gary Barlow, verdammte Scheiße. Sie hingegen ging einfach vor Mitternacht völlig nüchtern und alleine nach Hause. Und kam am nächsten Tag noch bei dir vorbei und hat uns Frühstück gemacht.«

Ich nicke bei der Erinnerung an Selins einzige ernsthafte Gefühlswallung, die wir bis zu dieser Woche an ihr beobachtet hatten. »Ja schon, aber vielleicht hat sie ihn ja auch nie richtig geliebt und war erleichtert, als es endlich vorbei war. Sie trägt ihre Gefühle eben nicht so zur Schau, oder? Aber jetzt, ich meine, sie hat Ayla vergöttert, das haben wir alle. Das hier ist etwas anderes.« Ich versuche, mir vorzustellen, was in ihr vorgehen muss, ahne aber, dass ich es nur annähernd nachzuempfinden vermag.

»Natürlich ist es das. Aber bei Selin weiß man nie wirklich, was sie will, was sie denkt, wie sie zurechtkommt.«

Wir sitzen noch einen Augenblick länger schweigend da, dann sage ich plötzlich: »Findest du nicht, dass wir das in Erfahrung bringen sollten?«

Doch wir sehen den Film zu Ende, ohne dass eine von uns die Frage beantwortet.

42. Kapitel

Ich vergleiche diesen Freitag mit dem letzten Freitagmorgen und denke darüber nach, wie viel sich in einer Woche ändern kann. Heute muss ich ins Büro zurück. Eigentlich müsste ich gar nicht, denn Georgie hat mir versichert, dass ich die ganze Woche freinehmen könnte, doch zum ersten Mal erscheint mir die Aussicht auf einen banalen Bürojob verlockender als eine Entdeckungsreise durch die Welt des morgendlichen Fernsehens. Unter normalen Umständen bin ich dafür auch immer mit einer guten Portion Ironie, Trägheit und Gleichgültigkeit gewappnet, doch in den vergangenen zwei Tagen hat mich das banale In-den-Schlaf-Gelulle des Fernsehens nur noch mehr an Ayla, Selin, Josh und Michael denken lassen.

Es ist gar nicht so leicht für mich, mich zu entscheiden, ob ich in meinem Wohnzimmer oder im Büro über die Dinge nachdenken soll, doch im Büro lenken mich wenigstens Jacksons und Carlas unaufhörliches Schwatzen ab. Wenn ich daran denke, dass die Aufregung über irgendein Fax und mein verzweifelter Versuch, wieder in Georgies Gunst zu gelangen, verhindert haben, dass ich rechtzeitig zu Ayla kam, überkommen mich immer noch Wut und Erschöpfung. Etwas derart Unbedeutendes darf einfach nicht für den Tod eines Menschen mitverantwortlich sein. Wenn dieses Fax mit der Bestellung nicht durchgekommen, sondern einfach im Müll gelandet wäre, hätte niemand sterben müssen. Ich vermute zwar, dass Georgie sich maßlos darüber aufgeregt und sicherlich so getan hätte, als wäre jemand gestorben, aber es wäre eben niemand wirklich dabei umgekommen. Hätte ich dieses Fax als das behandelt, was es war, nämlich als ein dummes, unwichtiges Stück Papier mit dem Zweck, Geld zu scheffeln, hätte jemand am Leben bleiben können. Jemand, der mir wichtig war. Mit dieser Ironie des Schicksals, dieser unglücklichen Verknüpfung von Zufällen wie die, die den Boten Romeo verpassen lässt, der Julia anschließend tot in der Kapelle auffindet, hätte ich lieber keine Bekanntschaft gemacht.

Ich habe ein paar Mal versucht, Selin zu erreichen, doch jedes Mal ging ihr Anrufbeantworter dran, und ich fühlte mich unwohl bei dem Gedanken, zu Hause bei ihrer Familie anzurufen. Ich wollte nicht stören.

Und Michael. Nach knapp einer Woche habe ich erst gestern zum ersten Mal kurz mit ihm gesprochen und denke, dass ich ihn morgen Früh sehen werde. Ich befand mich auf dem Rückweg vom Polizeirevier, hatte gerade eine umfassende Aussage abgelegt und ging, dicht gefolgt von einem verärgerten Besoffenen, der obszöne Dinge murmelte, die Stoke Newington High Street entlang. Ich hatte mich gerade bei »Woolworth« in Sicherheit gebracht und verbrachte ein paar Minuten damit, nach der coolen neuen Barbie Ausschau zu halten, die meine Nichte unbedingt zu Weihnachten haben wollte, als mein Handy klingelte. Ich ging sofort dran, weil ich zum ersten Mal in meinem Leben möglichst rasch den Klingelton von »Disco Inferno« zum Schweigen bringen wollte. Nur kurz schoss mir der Gedanke durch den Kopf, dass es auch Owen sein konnte, trotzdem sagte ich bereits »Hallo?«, bevor der Gedanke richtig bei mir angekommen war.

»Ich bin's, wie geht es dir?« Es war Michael; sofort ärgerte ich mich über seine süße, fröhliche Stimme. »Ich wollte einfach nur mal hallo sagen. Wir haben seit dem

Wochenende nicht mehr miteinander gesprochen?« Er beendete den Satz, als handelte es sich dabei um eine Frage. Er wollte doch tatsächlich wissen, weshalb ich mich nicht bei ihm gemeldet habe.

»Nicht besonders gut. Kannst du dich an Ayla erinnern? Das Mädchen, das bei mir vorbeigekommen ist? Sie ... äh, sie ist gestorben.« Die Tatsache, dass ich ihm erst ein paar Tage nach dem Vorfall davon berichtete, zeigte mir plötzlich ganz deutlich die Licht- und Schattenseiten unserer Beziehung.

Seinen Freund hätte man unter solchen Umständen sofort angerufen und von ihm erwartet, dass er herbeigeeilt käme, um über die Sache zu reden, einen zu trösten und für einen da zu sein. Es ist allerdings schon sehr lange her, seit ich einen »richtigen« Partner hatte, der langweilige Philosophiestudent, von dem ich schon erzählt habe, wäre zum Beispiel mit einer Flasche Rotwein gekommen und hätte sich mit mir über Existentialismus unterhalten wollen, so etwas eben. Für einen Augenblick vermisste ich wehmütig seine stumpfe Vorhersagbarkeit und sogar seinen Bart. Mir wurde klar, dass ich mich noch nicht einmal von Michael hatte ablenken lassen wollen, obwohl er die beste Ablenkung weit und breit war.

»Sie ist gestorben? Du verarschst mich doch nicht, oder?« Er lachte. Ich wusste, dass es ein nervöses Lachen war, trotzdem war es genau das Falsche. Mir stellten sich die Haare auf.

»Nein, ich verarsche dich überhaupt nicht, und da gibt es auch nichts zu lachen. Sie ist tot. Sie ist am Montag überfahren worden. Um genau zu sein, vor meinen Augen.« Mir fiel auf, dass ich zu schreien begonnen hatte, mit einer tränenerstickten Stimme, und die Leute mich anstarrten. Ich legte die Barbie zur Seite, an die ich mich geklammert hatte, und verließ eilig das Geschäft. In der Leitung aus Twickenham knackte es.

»Scheiße«, sagte er schließlich. »Aber sie war doch erst … siebzehn?«

»Sechzehn«, sagte ich, wandte mich von der Billigpreis-Kulisse der High Street ab und der Bohemien-Café-Gesellschaft der Church Street zu.

»Scheiße, ich bin nur zwei Jahre älter als sie. Scheiße.«

Ich seufzte ungeduldig, während ich darauf wartete, dass Michael endlich das volle Ausmaß der Sterblichkeit begriff, und blieb dann wütend abrupt vor dem Schaufenster eines Immobilienmaklers stehen.

»Michael, ich muss jetzt wirklich gehen, okay? Ich bin gerade auf dem Weg ins Polizeirevier, um eine Aussage zu machen«, log ich.

»Hör mal, soll ich heute Abend bei dir vorbeikommen? Möchtest du darüber reden? Ich könnte die Schule schwänzen, wir könnten irgendwohin gehen und versuchen, die Sache zu vergessen.«

Ich musste schlucken. Ich wollte die Sache nicht einfach vergessen, dachte aber auch an das letzte Mal, als ich Michael gesehen hatte, und wie nett es gewesen wäre, in unserer kleinen Luftblase noch einmal eine solche Zeit mit ihm zu verbringen. Aber eben nicht mit Rosie im Nebenzimmer.

»Nein, ich glaube, momentan ist das keine so gute Idee. Aber am Wochenende kommt Rosies Mutter, sie wird also am Samstag nicht da sein. Komm doch schon morgens bei mir vorbei, dann können wir den ganzen Tag gemeinsam verbringen. Aber du musst gehen, bevor sie wieder zurückkommt.« Ich sagte das schnell dahin und fühlte mich schuldig, weil ich eine Verabredung traf, obwohl ich mich vermutlich um Selin hätte kümmern und nachsehen sollen, ob sie Gesellschaft brauchte, jetzt, wo Rosie das Wochenende mit ihrer Mutter in Surrey verbrachte. Doch ich hatte die Einladung bereits ausgesprochen, noch bevor mir bewusst wurde, was ich gesagt hatte. Ehrlich gesagt, wusste ich gar nicht, was es mir bringen sollte, Michael zu sehen, andererseits würde es die Sache auch nicht verschlimmern.

»Ja, klar, ich werde dich im Handumdrehen auf andere Gedanken bringen«, sagte er zufrieden und mit einer Taktlosigkeit, die, wie ich wusste, nicht böse gemeint war.

»Ich glaube nicht, dass das so einfach sein wird, Michael«, sagte ich in ungewollt scharfem Ton. »Ein Mensch, den ich fast mein ganzes Leben lang gekannt habe, ist gerade gestorben; eine wirklich gute Freundin – zwei wirklich gute Freundinnen – haben eine Schwester verloren. Ich muss das erst mal verpacken. Das ist eine Angelegenheit für Erwachsene. Wir sehen uns dann am Samstag, geh jetzt lieber Fußball spielen oder so.« Ich machte das Handy aus und rannte voller Wut die letzten zwanzig Minuten nach Hause. Ich wusste, dass ich meinen Ärger an ihm ausgelassen hatte, obwohl er das nicht verdient hatte, doch ich empfand eine geradezu widerwärtige Genugtuung dabei, einmal nicht selber der Mülleimer zu sein, und ein recht zweifelhaftes Gefühl des Triumphes, dass er trotz meiner Grausamkeit am Samstagmorgen scharf wie Nachbars Lumpi vor mir stehen würde.

Seitdem war mein Telefon ausgestellt. Auch und vor allem um weiteren Nachrichten von Owen aus dem Weg zu gehen. Ich habe das Gefühl, dass ich mich vielleicht irgendwo hinsetzen und mal über die Sache mit Owen nachdenken sollte, über das, was er im Schilde führen könnte, doch ich habe momentan keinen Nerv dafür. Außerdem weigert sich etwas in mir einfach, sich mit Owens geheimnisvollen Machenschaften zu beschäftigen, denn schließlich ist es genau das, was er will. Ich verdränge es einfach. Irgendwann wird er es aufgeben und an einem anderen armen Mädchen in einer Bar, einem Club oder einer Bücherei Gefallen finden und mich in Ruhe lassen. Trotz seiner Selbsttäuschung kann nicht einmal Owen so etwas lange durchziehen.

Als ich das Büro betrete, scheint alles noch still zu sein, und mir wird klar, dass ich um fast eine halbe Stunde zu früh dran bin. So etwas hätte ich unter normalen Umständen noch nicht einmal absichtlich zu Wege gebracht, denn normalerweise plane ich meine Abfahrt von zu Hause so, dass ich am Ende mit nicht mehr als zehnminütiger Verspätung ins Büro komme, vielleicht auch etwas mehr, je nachdem, ob der Bus selber Verspätung hatte. Ich verbringe einen Augenblick damit, auf telepathischer Ebene mit den restlichen Drohnen der Stadt Zwiesprache zu halten und zu ergründen, wie viele von ihnen wohl richtig scharf auf ihre Arbeit sind und wie viele so wie ich ihre Tätigkeit als eine Möglichkeit ansehen, die Zeit totzuschlagen, bis am Abend das wirkliche Leben beginnt. Hm, Zeit totschlagen. Vermutlich kann man gar nicht davon reden, weil man gar nicht weiß, wie viel man noch davon hat. Aus irgendeinem Grund steigt wieder die Erinnerung an Joshs trostlosen Gesichtsausdruck nach Aylas Begräbnis in mir hoch.

Ich starre auf die Arbeit, die sich über die Woche auf meinem Schreibtisch angesammelt hat, und überlege, wie wohl ein papierfreies Büro wäre, als ich die farbigen und unleserlich bekritzelten Post-it-Zettel um meinen Bildschirmrand kleben sehe.

Ayla hat eine Vorbliebe für Schreibwaren gehabt.

Ich weiß auch nicht, warum ich plötzlich darauf komme.

Als sie elf oder zwölf war, sammelte sie schönes Briefpapier und Kärtchen, parfümierte Radiergummis und dazu passende Bleistift- und Anspitzer-Sets.

Hier müsste irgendwo auch noch das dreifarbige Tipp-Ex-Set herumstehen, das sie unbedingt haben wollte und das ich vor ein paar Jahren hier für sie abgezweigt habe. Ich bin jedoch nie dazu gekommen, es ihr zu geben, bevor diese Phase beendet war und ihr sehnlichster Wunsch ein Nabel-Piercing wurde.

Irgendetwas veranlasst mich, in meiner Schreibtischschublade nach dem Tipp-Ex zu suchen. Ich finde dabei eine alte Zahnbürste, einen einzelnen Ohrring und ein halb volles Döschen Glitzerlidschatten, dessen Rest sich über den Inhalt der Schublade ergossen hat. Unter der Neonbeleuchtung des Büros sieht es geradezu festlich aus. Ganz hinten finde ich schließlich das Tipp-Ex-Set und darunter etwas, das ich schon vergessen hatte. Das Antragsformular für den Journalistenkurs, den ich immer besuchen wollte, ohne je dazu zu kommen.

Ich ziehe es aus der Schublade und blase sanft den Glitzerpuder fort. Ich muss an Aylas erwartungsvollen Blick denken, den sie immer hatte, wenn sie zu Beginn eines neuen Semesters ihr Etui mit den Stiften einpackte. Ich könnte den Antrag doch einfach mal ausfüllen, oder? Ihn losschicken und abwarten, was passiert.

Außerdem liefert mir das einen weiteren Grund, die aufgestaute Arbeit noch ein wenig länger zu ignorieren.

Nachdem ich das Formular ausgefüllt und in die Büropost gesteckt habe, frage ich mich, ob sich durch mein letztes Telefonat mit Michael die Kräfte innerhalb unserer Beziehung noch weiter verlagert haben und ob es vielleicht genau das war, was ich erreichen wollte, als ich so unfreundlich zu ihm war. Dabei fallen mir wieder die zahllosen Gemeinheiten ein, die Owen mir im Laufe der Jahre an den Kopf geworfen hat. Zum ersten Mal habe ich das Gefühl, ihn ein wenig zu verstehen, seine Motivation zu begreifen, die ihn lieber andere Menschen als sich selbst verletzen lässt, um selbst nicht die Kontrolle zu verlieren. Bei dem Gedanken an Owen frage ich mich unwillkürlich, welche erbaulichen Nachrichten wohl heute Morgen in meiner Mailbox auf mich warten und wie viele stumme Anrufe ich wohl werde entgegennehmen müssen. Ich denke an Aylas sechzehn Lebensjahre und meine dreißig und fasse einen Entschluss. Sobald diese schlimme Zeit überwunden, die Lücke so gut es geht geschlossen ist, werde ich alles ändern. Sobald sich alles wieder im Lot befindet, werde ich wieder zurück ans College gehen oder sonst irgendetwas Sinnvolles tun. Mein Geburtstag ist schon in ein paar Wochen. Bevor der nächste vor der Tür steht, möchte ich zumindest ein wenig persönlichen Erfolg verbuchen können, verdammt nochmal.

Jackson kommt als Zweiter nach mir zur Arbeit, steuert direkt auf mein Büro und meinen Besucherstuhl zu, setzt sich und kippelt auf zwei Stuhlbeinen nach hinten, eine Gewohnheit, die er vermutlich von Rosie übernommen hat. Ich muss lächeln.

»Hey«, sagt er in einem für ihn ungewöhnlich trüben Ton.

»Hey«, antworte ich mit der falschen Betonung einer Engländerin, die versucht, Amerikanisch zu sprechen.

»Wie geht's dir?« Während wir miteinander plaudern, mache ich mich daran, meine morgendliche Routinearbeit zu erledigen. Ich werfe zuallererst meinen PC an, der mit dem Tempo einer Schildkröte arbeitet, öffne die internen Hausumschläge mit Rechnungen und die externen Rundschreiben, in denen mir Leibwächter oder ermäßigte Büroeinrichtungen angeboten werden. Geistesabwesend schmeiße ich alles weg, was ich für Werbung halte.

»Ach, gar nicht so schlecht. Na ja, im Grunde eigentlich schrecklich.« Ich lächle ihn erschöpft an, und er lächelt sehr süß zurück, diesmal ohne sein übliches Zahnpasta-Lächeln einzusetzen.

»Ja, auch Rosie scheint die Sache ziemlich mitzunehmen.«

Ich fische noch im letzten Moment eine Rechnung aus meinem Mülleimer und tausche sie gegen den Werbezettel aus, der mir Wasserkühler anbietet und der irrtümlich in dem dunklen und nur selten kontrollierten Universum meines Ablageordners gelandet war.

»So, was ist jetzt mit dir und Rosie?«, frage ich in der vergeblichen Hoffnung, er könnte mir das erzählen, was sie mir nicht erzählt hat.

»Gar nichts. Wir sind nur Freunde. Natürlich bin ich hoffnungslos in sie verliebt«, sagt er leichthin, »aber sie ist viel zu sehr mit dem Baby beschäftigt, ganz zu schweigen von dem reuigen Exmann. Außerdem gehe ich in knapp einem Monat sowieso nach New York zurück. Wir können also nur Freunde sein.« Er nickt, aber in seinem hübschen Gesicht spiegelt sich Resignation wider, und irgendwo unter seiner Bräune kann ich Schatten echter Trauer erkennen. Ich habe mich inzwischen so an Jackson gewöhnt, dass ich gar nicht glauben kann, dass er wieder zurückgehen wird.

»In knapp einem Monat schon? Die Zeit hier ist aber schnell vorbeigegangen. Du wirst doch aber regelmäßig wieder zurückkommen, oder? Und solange du nicht versucht hast, sie davon abzuhalten, zu Chris zurückzukehren, kannst du auch nicht wissen, wie es ausgehen würde«, sage ich hoffnungsvoll und sehe dabei der Sanduhr auf meinem

PC zu, die mir anzeigt, wie lange es dauert, meinen Posteingang zu öffnen.

»Na ja, ich werde mein Bestes tun, man weiß ja nie, was noch passieren kann.« Er kippelt mit dem Stuhl wieder nach vorne, sodass dieser auf allen vier Stuhlbeinen landet, und steht auf. »Würdest du später mit mir zum Mittagessen gehen?«, fragt er mich über die Schulter hinweg, als er geht.

»Mittagessen, ja, gerne.«

Mein unglaublich langsamer, unglaublich lauter, unglaublich alter PC ist endlich mit einem Summen fertig und öffnet meinen Posteingang. Sechsunddreißig neue E-Mails. Ich gehe sie schnell durch: Ein paar sind von Georgie, ein paar von Jackson, ein paar witzige mit Attachement von Selin, die sie am Montag, nur wenige Stunden vor Aylas Tod geschickt hat. Alle anderen sind gewöhnliche Erinnerungsmails meiner Kollegen aus dem Gebäude. Nichts weist darauf hin, dass etwas von Owen dabei ist. Ich seufze erleichtert.

Vielleicht ist er ja immer noch irgendwo da draußen in einem Internetcafé und versucht mir ellenlange, düstere, alliterationsschwangere Briefe zu schicken, als gäbe es kein Morgen mehr, doch sie tauchen nicht in meiner Mailbox auf, also existieren sie auch nicht. Ich werde einfach nicht mehr an ihn denken.

Die Erleichterung macht mir Mut, darum stelle ich mein Handy wieder an. Gespannt warte ich, ob es klingelt, um mir anzukündigen, dass ich Nachrichten habe, doch es bleibt stumm. Eine SMS ist darauf. Ich beiße mir auf die Lippen, als ich sie öffne, sie ist von Michael.

»Tut mr Ld, bte rf an, Mike.« Ich schaue einen Augenblick lang verwirrt darauf. Wahrscheinlich sollte ich ihn anrufen und ihn beruhigen und unsere Verabredung für morgen Früh bestätigen, stattdessen lösche ich die Nachricht. Ich werde mich später darum kümmern. Momentan fühle ich mich in Hochstimmung und will diese auskosten. Owen hat endlich etwas Besseres zu tun; um ihn muss ich mir also keine Gedanken mehr machen.

Der Nachmittag vergeht nur langsam, und die wenige Arbeit hat mich erschöpft, ich sehne mich nach einer ruhigen Nacht.

»Also dann, tschüss«, rufe ich Jackson zu, als ich pünktlich um fünf Uhr das Büro verlasse.

»Ja, tschüss, bis Montag dann«, ruft er zurück.

»Yippie«, erwidere ich mürrisch, als ich aus der Tür gehe.

Die Bushaltestelle ist bereits in Sichtweite, als ich eine fremde Hand schwer auf meiner Schulter spüre. Geschockt wirble ich herum und stoße mit aller Kraft den Arm beiseite. Das Herz schlägt mir bis zum Hals, ich presse meine Tasche an die Brust und denke einen Moment lang voller Panik »Owen« und »mach doch keinen Scheiß«. Doch dann blicke ich in Michaels Augen.

»Verdammt nochmal, du Volltrottel, du hast mich total erschreckt«, schreie ich ihn hysterisch an. Niemand um uns herum bleibt stehen oder zuckt auch nur mit der Wimper. Ein Glück, dass er mich nicht ermorden will.

»Tut mir Leid, tut mir wirklich Leid. Ich habe nach dir gerufen, aber du scheinst mich nicht gehört zu hören.« Michael geht ein Stück von mir weg und hebt beschwichtigend seine Hände, um mich zu beruhigen. Ich sehe ihn ungläubig an, dann gestatte ich ihm, mich zu umarmen, und bin froh, mein Gesicht einen Augenblick lang an seinen Schultern vergraben und seinen warmen Duft einatmen zu können. Schließlich sinkt mein Blutdruck wieder, und Müdigkeit überkommt mich.

»Michael, was machst du hier? Ich hab dir doch gesagt, dass wir uns morgen sehen«, sage ich und sehe ihn dabei sein Gesicht schmerzlich verziehen. Mein Bus biegt um die Ecke, genervt lasse ich ihn hupen und an mir vorbeifahren.

»Ich musste dich einfach persönlich treffen und herausfinden, ob du immer noch sauer auf mich bist. Ob mit uns ... na, du weißt schon. Alles okay ist.« Ich schließe die Augen und atme tief durch. Er hat mich wirklich erschreckt. Ich wusste gar nicht, dass man mich so leicht erschrecken kann.

»Sag, können wir nicht irgendwo hingehen und einfach nur reden?«, fragt er. Ich sehe zum regenverhangenen Himmel auf. Eigentlich gibt es keinen Grund, weshalb er heute Abend nicht mit mir nach Hause fahren könnte. Bis ich zu Hause bin, wird Rosie bereits fort sein, doch aus irgendeinem Grund reizt mich der Gedanke, mit ihm den Abend zu verbringen, überhaupt nicht.

»Nein, weißt du, ich habe heute Abend schon etwas vor. Geh nach Hause. Wir sehen uns morgen.« Staunend höre ich meine herablassenden und abweisenden Worte. Was ist bloß heute mit mir los?

»Ich habe mich lächerlich gemacht, stimmt's?«, sagt er missmutig. Mitleid und Reue strömen durch meine Brust, und ich schlinge meine Arme um seine Hüften. Sein erleichterter und dankbarer Blick lässt mich zusammenzucken.

»Keineswegs, wir haben nur schon etwas für morgen abgemacht, und ich habe heute bereits etwas vor. Außerdem hat mich diese Woche ziemlich gestresst, weißt du. Ich bin nicht gerade in Bestform.« Ich stelle mich auf die Zehenspitzen und küsse ihn sanft auf den Mund.

Als wir uns trennen, sieht er mich mit einem rätselhaften Lächeln an. »Für mich bist du immer in Bestform«, sagt er.

Ich lächle zurück und wünschte mir, er hätte ein wenig mehr Selbstbewusstsein. Der nächste Dreiundsiebziger-Bus kommt angefahren, und ich gehe in der Hoffnung auf ihn zu, meinen Kampf um einen Sitzplatz zu gewinnen.

»Hör mal, ich muss den hier nehmen. Wir sehen uns dann morgen, okay? Gegen zehn, oder so?«

»Okay, bis morgen, ich liebe dich.«

Ich lächle ihn über die Schulter an, sehe mich aber nicht noch einmal um, als ich in den Bus steige, und winke ihm auch nicht zu, als der Bus losfährt.

43. Kapitel

Die Wohnung ist leer und dunkel, als ich nach Hause komme, und einen Augenblick lang wünschte ich mir, Michael wäre doch mitgekommen.

Rosie hat mir einen Zettel hinterlassen, auf dem steht, dass sie Samstag gegen sieben Uhr wieder zurück sein wird und mich bittet, nicht all ihre Kekse aufzuessen. Ich lächle, als ich die Packung aus dem Brotkorb nehme und mir einen genehmige. Das Verhältnis zwischen Rosie und mir ist seit dem Begräbnis wieder ein wenig besser geworden, aber noch nicht so, wie es früher einmal war. Seit ich ihr klipp und klar gesagt habe, was ich von Chris und der ganzen Angelegenheit halte, haben wir nicht mehr darüber gesprochen. Normalerweise war das eines der Dinge, über die wir uns früher so lange unterhalten konnten, bis wir zu einem gemeinsamen Schluss kamen. Doch eines ist klar – welche Entscheidung sie auch immer treffen wird, sie wird sie ohne meine Hilfe treffen, und erst nachdem die Entscheidung gefallen ist, werden wir herausfinden, wo unsere Freundschaft steht. Ich verstehe nur nicht, warum sie Chris nicht so sieht, wie ich ihn sehe.

Ich rufe den Pizzaservice »Gogo« an und bestelle mir eine große vegetarische Pizza mit dünnem Boden und viel gesundem Gemüse (das heißt vorwiegend Mais). Ich amüsiere mich damit, aus dem Wohnzimmerfenster zu schauen, um zu sehen, wie der Pizzalieferant den Anruf entgegennimmt, feststellt, dass ihn gerade seine faulste Kundin anruft, und dann zum Fenster raufschaut und winkt.

»Kommst du runter und holst sie dir? Bitte, denk an meine armen Beine!«, witzelt er, während er meine Bestellung aufnimmt.

»Nein, nein, in eurer Broschüre steht, dass ihr im Umkreis von fünf Kilometern liefert, da steht nichts davon drin, dass ihr innerhalb von hundert Metern nicht liefert.«

Er lacht und sagt, dass die Pizza in ungefähr einer Viertelstunde fertig ist.

»Gut, also dann, bis in einer halben Stunde«, antworte ich und lege auf.

Als Nächstes rufe ich Selin in der Hoffnung an, sie zu Hause anzutreffen und fragen zu können, ob sie sich die Pizza mit mir teilen will. Ihr Telefon klingelt lange, bis endlich ihr Anrufbeantworter drangeht. Ich nehme an, sie filtert damit die wenigen Anrufe heraus, die sie im Augenblick entgegennehmen möchte.

»Selin? Hier ist Jen. Bist du da? Geh doch dran, wenn du da bist! Ich bin jetzt zu Hause und wollte fragen, wie es dir geht. Ich habe es in den vergangenen zwei Tagen nicht geschafft, dich ans Telefon zu kriegen, und morgen bin ich nicht da. Ich wollte also nur mal nachfragen, ob alles in Ordnung ist.« Dann lege ich auf und sehe einen Augenblick lang das Telefon an. Auch Rosie ist es nicht gelungen, sie ans Telefon zu bekommen. Ich versuche es auf Selins Handy, doch es ist ausgeschaltet.

Der Familienbetrieb ist die ganze Woche über geschlossen geblieben, doch noch immer kann ich mich nicht dazu durchringen, bei ihren Eltern anzurufen. Ich gehe davon aus, dass Selin uns anrufen wird, wenn sie uns braucht. Wir haben ihr gesagt, dass sie das darf. Aus einer Laune heraus rufe ich Josh auf seinem Handy an.

»Jen«, sagt er bereits nach ein paar Klingelzeichen.

»Hallo, wo bist du?«, frage ich routinemäßig.

»Äh, ich gehe gerade im Clissold Park spazieren. Mum hat mich gerade abgefüttert. Ich geh jetzt nach Hause und versuche, ein Nickerchen zu machen. Ich war die ganze letzte Nacht und fast den ganzen Tag wach. Um nachzudenken, weißt du. Und um zu versuchen, ein bisschen zu arbeiten.«

»Na klar, natürlich. Hör mal, Josh, ich hab es nicht geschafft, Selin ans Telefon zu kriegen. War sie auch bei deiner Mutter? Geht es ihr gut?« Einen Augenblick höre ich Joshs Atemzügen zu.

»Äh, ja, sie ist dort.« Etwas in seiner Stimme verrät mir, dass er mir irgendwas verschweigt. Ich bin sicher, dass Selin mir die Schuld an dem Unfall gibt.

»Glaubst du, ich sollte sie dort anrufen? Ich will nicht aufdringlich sein«, sage ich und versuche zu begreifen, was er gerade denkt.

»Heute Abend ist glaube ich kein so günstiger Zeitpunkt. Hör mal, mach dir keine Sorgen um sie, sie hat jemanden, der sich um sie kümmert. Wenn sie so weit ist, wird sie dich schon anrufen. Du kennst ja Selin.«

Ich fühle mich irgendwie abgewiesen und tue mir Leid.

»Ich nehme mal an, dass du nicht noch ein paar Stunden aufbleiben und mir bei meiner vegetarischen Pizza helfen möchtest, oder?«, frage ich hoffnungsvoll.

»Nach einem Essen bei meiner Mutter? Du machst wohl Witze? Sie kocht immer noch für ... für sechs.« Er beendet ruhig den Satz, und ich bereue, so unsensibel gewesen zu sein.

»Josh, es tut mir Leid«, sage ich. »Pass auf dich auf und ruf mich wieder an, okay?« Wieder folgen ein paar Sekunden voller Schweigen.

»Ich könnte ein wenig Wein mitbringen und dir dabei zusehen, wie du dich vollfrisst«, sagt er plötzlich, und mir wird sofort leichter ums Herz. Mir war noch gar nicht klar geworden, wie sehr ich mir gewünscht hatte, heute Abend nicht alleine zu sein, obwohl ich Michaels angenehme Gesellschaft ausgeschlagen hatte.

»Das wäre schön, bist du sicher?«, frage ich und versuche, meine Stimme nicht allzu erleichtert klingen zu lassen.

»Ich bin mir sicher. Ich geh schnell ins »Venus 21« und bin gleich bei dir, okay?«

»Okay«, sage ich und lächle selbstvergessen.

Die Pizza kommt, und ich schiebe sie in den Ofen, während ich auf Josh warte. Als ich mich kurz im Spiegel betrachte, gehe ich schnell ins Bad, wische die Wimperntusche unter meinen Augen fort und bürste mir die Haare aus dem Gesicht. Vor einer Pizza scheint das zwar zwecklos, dennoch putze ich mir die Zähne und lege ein wenig von Rosies Parfüm auf.

Fünf Minuten später taucht er mit zwei Flaschen Wein, einem Zweitagebart und tiefen Ringen unter den Augen, die seine Wangenknochen noch mehr hervorstehen lassen, auf.

»Scheiße, du hast wirklich überhaupt kein Auge zugetan, stimmt's?«, platze ich unüberlegt heraus. Er lacht amüsiert.

»Wie immer direkt und ohne Umschweife. Das ist mein Mädchen.«

Schließlich setzen wir uns mit zwei Gläsern Wein, Billie Holiday im CD-Player und der Pizza vor uns aufs Sofa.

»Das ist schön«, sage ich. »Ich meine, es ist schon eine Ewigkeit her, seitdem wir etwas zusammen gemacht haben.« Was nicht ganz stimmt, denn in letzter Zeit sind wir sogar ziemlich viel zusammen gewesen, doch alles, was vor Aylas Tod liegt, scheint nun Lichtjahre entfernt.

»Na ja, ich konnte dich ja immer nur dann erwischen, wenn du gerade nichts mit Owen hattest«, erwidert er trocken.

»Und ich konnte dich immer nur dann erwischen, wenn du gerade einmal nicht von irgendwelchen verführerischen Jung-Künstlerinnen mit hennafarbenen Haaren und ihren Kunstwerken aus Pappmaché umgeben warst«, kontere ich.

»Damit ist jetzt Schluss, denn Frauen, die sich von glitschigem Papier und Kleber antörnen lassen, kann man sowieso nicht über den Weg trauen. Vermutlich werde ich mich demnächst bei meinen romantischen Entdeckungsreisen auf Maschendraht und Gips konzentrieren.«

Ich ziehe meine Augenbrauen in die Höhe.

»Ach ja? Na schön, ich habe Owen aufgegeben, und bis das nächste Maschendraht-und-Gips-Luder aktuell wird, könnten wir dies hier ja mal ab und zu wiederholen.«

»Das wäre nett«, lächelt er. »Bis der nächste verkorkste Typ daherkommt.«

Wir lachen beide über uns selbst, nehmen einen großen Schluck aus unseren Gläsern und sehen uns dabei in die Augen. Ich fülle die Gläser wieder auf. Wir sind uns stillschweigend darüber einig, dass wir uns betrinken wollen. Josh ist übermüdet, und ich habe heute nicht viel gegessen, also sollte es nicht allzu lange dauern. Das bedeutet, dass ich morgen einen Rotweinkater habe, wenn Michael kommt. Nicht schlecht.

»Wie kommst du zurecht?«, frage ich ihn wieder. »Dumme Frage, nicht wahr?« Der Wein blubbert in meinem leeren Magen.

»Dumm? Nein. Ich komme ziemlich schlecht zurecht.« Er trinkt noch einen Schluck Wein, leert dabei die Hälfte seines Glases in einem Zug aus und füllt es wieder nach. Ich überlege, was ich tun, was ich sagen kann. Einfach nicht von Ayla zu sprechen geht auch nicht, gleichzeitig habe ich aber auch das Gefühl, dass ich ihn, übernächtigt wie er ist, auch nicht einfach in eine trunkene sentimentale Bewusstlosigkeit versinken lassen sollte. Wenn ich schon nichts für Selin tun kann, so kann ich doch wenigstens versuchen, auf meine eigene bescheidene Art Josh zu retten.

Plötzlich steigt eine alte Erinnerung wieder in mir hoch.

»Kannst du dich noch daran erinnern, als du einmal dieses Mädchen – wie hieß sie doch gleich? – auf deinem Zimmer hattest? Du musst um die zwanzig gewesen sein, denn wir waren in der sechsten Klasse und Ayla gerade drei. Ich habe mit den anderen gewettet, dass du sie vögeln wolltest, aber wie auch immer – Ayla konnte gerade richtig sprechen, deshalb brachten wir sie dazu, in dein Zimmer zu rennen und laut zu rufen: »Josh tut es! Josh tut es!« Deine Mutter kam die Treppen heraufgerannt, hat dich bei den Ohren gepackt und dich aus deinem Zimmer gezerrt. Und das arme Mädchen – wie hieß sie denn nur? – rannte wie von der Tarantel gestochen aus dem Zimmer. Mein Gott, darüber habe ich wochenlang gelacht.«

Josh wirft seinen Kopf in den Nacken, lacht und nickt bei der Erinnerung daran. »Janine Whitman hieß sie. Nach diesem Vorfall hat sie sich strikt geweigert, sich noch einmal mit mir zu treffen, also vielen Dank nochmal. Sie hätte schließlich die Richtige sein können, weißt du«, sagt er mit einem gespielt vorwurfvollen Blick.

»Glaube mir, das war nicht Janine Whitman«, sage ich voller Überzeugung.

»Nein, ich glaube auch nicht, dass sie es war.« Er lächelt bei dem Gedanken an etwas anderes, das ihm wieder eingefallen ist, und ich bin froh darüber, dass ich ihn so weit gebracht habe.

»Und weißt du noch, als Ayla Mums ganzes Parfüm über den herumstreunenden Hund schüttete, den sie mit nach Hause gebracht hatte? Oder als sie neun war und beschlossen hatte, Nonne zu werden? Dad hätte beinahe eine Embolie gekriegt!« Wieder müssen wir lachen und erinnern uns gegenseitig daran, wie sie eines Nachmittags zur Teezeit mit einem Geschirrtuchschleier und einem Umhang aus Bettlaken angetrottet kam.

»Dein armer Vater wollte schon seine Sachen packen und wieder zurück in die Türkei gehen!«, lächle ich.

»Sie war ein so nettes Mädchen«, sagt Josh, und langsam schwindet das Lachen und die Freude wieder aus seiner Stimme. Ich greife nach seiner Hand. Er umklammert meine Finger, sieht mich aber dabei nicht an.

»Jen, alles scheint so willkürlich, so sinnlos zu sein.« Tränen drohen seine Stimme zu ersticken.

»Ich weiß«, sage ich, »ich weiß.« Ich rutsche auf dem Sofa ein wenig näher an ihn heran. Er umarmt mich und vergräbt sein Gesicht an meinem Hals. Kurze Zeit später spüre ich, wie seine Schultern zu zittern beginnen und seine Tränen meine Bluse durchnässen. Minuten verstreichen, erst langsam beruhigt er sich wieder. Als er seinen Kopf hebt, dreht er sein Gesicht von mir ab und lässt seine Arme herabfallen. Es scheint, als könne er das alles kaum verkraften.

Ich kuschle mich in seine Armbeuge, mein Rücken wendet sich der Wärme seiner Brust zu, ich nehme seinen schlaffen Arm und lege ihn mir über die Schultern.

»Möchtest du lieber über etwas anderes sprechen?«, frage ich nach einer kurzen Pause.

»Nein, es tut gut, über sie zu sprechen, sich an sie zu erinnern und zu lachen. Mum kann es augenblicklich nicht einmal ertragen, ihren Namen auszusprechen. Das ganze Haus ist so still und düster. Armer Hakam, ich glaube, für ihn ist es am schlimmsten. Meistens hat er mit Ayla gesprochen, wir anderen müssen ihm wie Rentner erscheinen.« Ich spüre, dass er mit seiner freien Hand abwesend meine Haare nach hinten streicht, und ich lege meinen Kopf wieder auf seine Schulter. Plötzlich dringen wieder meine Bedenken wegen Selin in mein Bewusstsein.

»Josh? Ist Selin sauer auf mich?« Er macht eine abrupte Bewegung, seine Bartstoppeln streifen dabei mein Ohr und lassen mich erschaudern.

»Sauer? Weswegen denn?«, fragt er verständnislos, greift nach der zweiten Flasche Wein und schenkt uns wieder nach.

»Na ja, es ist vielleicht egoistisch, sich jetzt darüber Gedanken zu machen, aber ich habe das Gefühl, dass sie mir aus dem Weg geht, weil ich bei dem Unfall dabei war. Denkst du, dass sie ... ich meine, gibt irgendjemand *mir* die Schuld daran? Ich könnte das verstehen, ehrlich.« Ich drehe mich zu ihm, sehe in sein Gesicht und versuche in seinen Augen zu lesen, was er denkt. Die Angst muss mir ins Gesicht geschrieben stehen.

»Jen, niemand gibt dir die Schuld daran. Weder Mum noch Dad, noch Selin, und ich schon gar nicht. Du hast nur versucht, zu helfen, jeder kann das verstehen. Du darfst nicht denken, das irgendjemand dir die Schuld gibt.« Ich seufze und begebe mich wieder in meine Ausgangsposition. Als sich die Wärme von dem Wein in meinem Magen ausbreitet, bemerke ich erst, dass ich die Pizza gar nicht angerührt habe.

»Ich glaube, ich gebe mir selbst die Schuld daran«, gestehe ich schließlich, und die Wärme meiner Tränen brennt auf meinem Gesicht.

»Oh, Jen«, sagt Josh sanft und legt seinen Arm um mich. Wir sitzen friedlich nebeneinander, und ich höre dem gleichmäßigen Rhythmus seines sich unmerklich verlangsamenden Atems zu. Ich entspanne mich, höre endlich auf zu weinen, und mein Körper gibt dem Druck des Tages nach. Meine Augen werden schwerer.

Josh ist eingeschlafen. Ich nehme vorsichtig das halb volle Glas aus seiner Hand und stelle es auf den Boden. Die Uhr auf dem Videorecorder zeigt zehn Uhr an. Irgendwie wäre es jetzt nicht fair, ihn zu wecken, jetzt noch nicht. Ich stelle mein Glas vorsichtig ab, lehne mich zurück in seine Armbeuge und lege mein Gesicht an die Sofalehne. Ich werde einfach noch ein wenig vor mich hin dösen und ihn dann nach Hause schicken.

44. Kapitel

Ein stechender Schmerz schießt von meinem Hals in meine Schulter hinunter und weckt mich. Ich brauche ein paar Minuten, um meine Augen zu öffnen, dann zucke ich vor Schmerz zusammen und bewege leicht besorgt meinen Hals, bis ich ein Knacken spüre. Ich muss irgendwann eingeschlafen sein und meine Position verändert haben, denn nun liegt mein Kopf genau unter Joshs Kinn. Ich sehe auf die Uhr des Videorecorders. Zwei Minuten nach halb neun –, sehr gut, es ist noch nicht allzu spät. Abgesehen davon, dass es kurz nach zehn war, als ich das letzte Mal auf die Uhr gesehen habe, was bedeutet, dass es jetzt zwei Minuten nach halb neun Uhr morgens und nicht abends ist. Irgendwie haben wir beide es geschafft, zusammen auf einem Zweisitzer zehn Stunden lang zu schlafen. Du meine Güte.

Ein paar Sekunden starre ich in das schwache Licht, das durch die Vorhänge hindurchscheint, dann auf die eiskalte Pizza am Boden, die keiner von uns beiden angerührt hat, und dann wieder auf die Uhr des Videorecorders. Ein beunruhigend unwirkliches Gefühl überkommt mich. Ich kann es einfach nicht fassen, dass ich so vollkommen die Kontrolle über mich verloren und so lange geschlafen habe. Es ist dasselbe Gefühl, das einen überkommt, wenn man das Klingeln des Weckers überhört hat oder sich nicht mehr daran erinnern kann, was einem in der vergangenen Nacht passiert ist. Aber vermutlich geht es einem genauso, wenn man von Außerirdischen entführt wird, für ein paar Stunden einen Filmriss hat und ein Implantat eingesetzt bekommt. Wir müssen beide todmüde gewesen sein. Zwei Erwachsene auf einem Zweisitzer und dann noch zehn Stunden lang, das kann nur Müdigkeit bedeuten.

Ich höre noch ein paar Augenblicke Joshs gleichmäßigem Heben und Senken des Brustkorbes zu, bevor ich mich behutsam von ihm löse. Meine eine Gesichtshälfte schmerzt, als ich mich aufsetze, und ich bin mir sicher, dass sich gerade jetzt ein wunderbarer Abdruck seines Hemdknopfes auf meinem Gesicht befindet. Während ich vorsichtig unter ihm wegrutsche, bemerke ich, dass ich auf sein Hemd gesabbert habe. Toll.

Trotz all meiner Bemühungen, ihn nicht zu wecken, gelingt es mir nicht.

»Mmmm«, murmelt er verschlafen, greift mit noch geschlossenen Augen nach meinem Handgelenk und zieht mich wieder an sich.

»Josh!«, kreische ich, weil ich befürchte, er könne von irgendeiner anderen träumen und die Realität könnte ihn enttäuschen und mir peinlich sein. Er öffnet die Augen und blinzelt ein wenig, bevor sich langsam ein breites Lächeln über seine inzwischen noch länger gewordenen Bartstoppeln ausbreitet.

»Hallo, Jen, tut mir Leid. Wie viel Uhr ist es?«

»Morgens. So viel Uhr ist es. Kaum zu fassen, dass wir die ganze Nacht über auf diesem Sofa geschlafen haben.« Ich möchte, dass er genauso erstaunt ist wie ich.

»Ausgeschlossen! Na ja, vermutlich musste ich ein wenig Schlaf nachholen. Die ganze Nacht auf dem Sofa. Das nenne ich müde.« Er enttäuscht mich nicht. Befriedigt nicke ich und gehe mit steifen Gelenken in die Küche; ein kurzer Blick in den Flurspiegel bestätigt tatsächlich den Knopfabdruck in meinem Gesicht und zeigt mir eine Reihe von Schlaffalten. Genau das ist es, offiziell ist meine Haut bereits gealtert. Früher hätte ich nie Schlaffalten bekommen. Erst seit diesem Jahr.

Kurz darauf trudelt Josh hinter mir in die Küche, und wir starren dumpf auf den Kessel mit Wasser, das blubbert und kocht.

»Sollen wir nicht lieber ins ›Sunshine Café‹ gehen?«, fragt er, und ich nicke dankbar, denn ich weiß nicht, ob ich die nötige Koordinationsfähigkeit zwischen Augen und Händen aufbringen kann, um uns einen Tee zu machen. Schweigend schlüpfe ich in Schuhe und Mantel und genieße irgendwie die alten Klamotten, in denen ich noch stecke, den Kater, der in meinen Ohren dröhnt, und daneben das Gefühl, Josh schon so lange zu kennen, dass das alles völlig normal und unkompliziert erscheint.

»Josh, was bedeutet für dich alt?«, frage ich ihn, als wir die Treppe hinuntergehen. »Ich dachte immer, dass ich an meinem Lohn, den Hypotheken und der Anzahl meiner Kinder erkennen kann, wie alt ich bin. Doch heute Morgen ist mir klar geworden, dass ich es eher daran festmachen muss, dass meine Haut nicht mehr so elastisch wie früher ist. Ich habe die Haut einer alten Frau, also bin ich auch alt. Ich werde Klage erheben.«

»Gegen wen?« Er schüttelt den Kopf und lächelt mich nachsichtig an.

»Ach, keine Ahnung. »Boots«, »Oil of Olaz«, »Clinique«, »Clarins«. Das himmlische Wesen, das beschlossen hat, dass es zwischen Pickeln und Falten keine Zeit für einen perfekten Teint geben darf. So etwas eben.« Josh hält mir die Haustür auf, und ich trete in die feuchte Luft hinaus.

»Ich finde, dass du eine wunderbare Haut hast. Siehst du das da?« Er deutet mit dem Kopf auf eine dieser Telefonzellen an der Straßenecke. »Wenn ich so etwas sehe, fühle ich mich alt.«

»Beim Anblick einer Telefonzelle?« Ich bin überrascht. Vielleicht hat er ja irgendwann einmal den geheimen Wunsch gehegt, ein Ingenieur der britischen Telefongesellschaft zu werden, und denkt nun, dass er die Gelegenheit dazu verpasst hat.

»Nein, nicht die Telefonzelle, sondern diese Plakate da, mit der Werbung für eine neue Single von irgendeiner neuen Band.« Ich sehe mir das Plakat an, auf dem der Kopf eines Schweins, montiert auf einen Puppenkörper, zu sehen ist. Darauf steht: »Tomorrow Never Comes/Lacklustre«.

»Kapier ich nicht«, sage ich verwirrt. Zugegeben, heute Morgen kann ich mich noch nicht einmal daran erinnern, wie ich selbst heiße, trotzdem möchte ich gerne verstehen, was er damit meint.

»Ich eben auch nicht. Was ich damit sagen will, ist, dass ich nicht weiß, ob »Tomorrow Never Comes« der Titel der Single oder der Name der Band ist. Ich habe noch nie von ihnen oder ihm, wie auch immer, gehört. Es gab eine Zeit, und das ist noch gar nicht so lange her, da hätte ich schon von ihnen gehört noch bevor sie selbst von sich gehört hätten. Ich wäre auf ihre Konzerte gegangen und hätte vermutlich wahrscheinlich sogar ihren Bassisten gekannt. Ich wäre ihr größter Fan und Experte gewesen, bis sie in die Charts gekommen wären und ich sie abgeschrieben hätte, weil sie mir zu kommerziell geworden wären. Dagegen kenne ich mich jetzt überhaupt nicht mehr aus. Ich glaube, wenn man nicht mehr über aktuelle Musik informiert ist, ist das ein Zeichen dafür, dass man alt wird. Und wenn ich nicht mehr weiß, ob das, was auf dem Plakat steht, der Titel der Single oder der Name der Band ist, bedeutet das, dass *ich* alt geworden bin.«

Ich bedecke mein Gesicht mit den Händen und fange an zu jammern.

»Was ist denn jetzt schon wieder los?«, fragt Josh scheinbar besorgt.

»Wenn das wahr ist, was du sagst, dann bin ich Zeit meines Lebens alt gewesen!«, heule ich gespielt, spähe durch meine Finger hindurch und sehe, dass er lächelt. Dankbar lehne ich mich an seinen muskulösen Körper, und er legt freundschaftlich seinen Arm um meine Schultern.

Ein paar aufgewärmte Happen aus der Pfanne und ein paar Milchkaffees später werfe ich einen Blick auf die fettverschmierte Uhr an der Wand des »Sunshine Cafés« und mir fällt ein, dass Michael mich ja heute besuchen kommt. Ich bin übermüdet, abgestumpft und fühle mich ein wenig schwerfällig von den fettigen Genüssen, trotzdem denke ich, dass ich mich ruhig ein wenig mehr über seinen Besuch freuen könnte. Ich seufze und trinke den letzten Schluck Kaffee aus.

»Ich muss gehen«, sage ich zu Josh, der die letzten fünf Minuten schweigend versucht hat, sich eine Zigarette zu drehen.

»Echt? Ich dachte, du würdest nachher mit mir noch eine Runde durch den Park drehen?« Endlich bringt er eine seltsam geformte Zigarette zu Stande, sieht sie an und steckt sie sich dann hinters Ohr. Ich lächle ein wenig und denke, dass in meinem Zustand von Restalkohol und Müdigkeit ein Spaziergang mit Josh durch den Park genau das wäre, was ich jetzt gerne getan hätte, denn ich weiß, dass wir uns gegenseitig zum Lachen gebracht hätten oder einfach nur glücklich gewesen wären, still nebeneinander hergehen zu können. Man hat mir schon oft in meinem Leben vorgeworfen, dass ich ganz offensichtliche Warnsignale nicht bemerkt oder aber meinen Kopf in den Sand gesteckt habe, doch selbst ich, die die Dinge gerne so interpretiert, wie sie sie gerne hätte, weiß, dass ich mich nicht wirklich freue, Michael zu sehen. Ich denke, dass die ziemlich fragwürdigen Gründe, die ich angeführt hatte, um die Beziehung nicht beenden zu müssen, nun auch nicht mehr von Belang sind.

Aber wie dem auch sei – ich muss mich heute Morgen mit ihm treffen.

»Nein, ich muss gehen. Ich treffe mich mit jemandem.«

Josh sieht mich einen Augenblick lang an und sagt dann schnell: »Oh, verstehe, schon okay.« Er scheint etwas verärgert zu sein.

»Nicht mit irgendeinem Freund oder so«, höre ich mich sagen. »Nur mit einer Freundin. Ist schon seit Ewigkeiten abgemacht.«

»Okay«, sagt Josh, doch ich weiß, dass er mich bei einer Lüge ertappt hat und sich genauso darüber ärgert wie ich. Ich habe das Gefühl, ihn enttäuscht zu haben, deshalb schiebe ich hastig meinen Stuhl zurück und stehe auf.

»Na dann ... sag Selin, dass ich sie lieb habe und dass sie mich anrufen soll, wenn sie mich braucht. Und, äh, komm doch einfach mal wieder vorbei, wann immer du möchtest. Letzte Nacht war wirklich ... also, die Zeit mit dir war wirklich schön. Abgesehen von dem Sofaunfall und so.«

»Ja, ich komme gerne wieder vorbei. Das auf dem Sofa war das erste Mal, dass ich seit Aylas Unfall überhaupt wieder geschlafen habe. Danke, Jen. Es tut gut, mit jemand anderem als der Familie darüber zu reden. Du scheinst die Gabe zu haben ... na ja, was ich sagen will, ist, dass du wirklich eine gute Freundin bist.« Ungewollt erfüllt ein wenig Stolz meine Brust, und ich lächle scheu.

»Oh, danke. Gern geschehen. Also dann, wir sehen

uns.« Ich klinge wie ein Mädchen, das nach einem zweiten Rendezvous lechzt.

»Ja, wir sehen uns.« Und er klingt wie ein Weiberheld, der wieder auf der Suche nach einem ersten Rendezvous ist.

Mit dem Gefühl, mich im falschen Film zu befinden, verlasse ich verwirrt das Café. Vielleicht liegt es daran, dass ich schon seit ewigen Zeiten nicht mehr so lange mit ihm allein zusammen gewesen bin, und jetzt, wo es mal wieder dazu gekommen ist, fällt es ausgerechnet in eine Zeit der Trauer und gefühlsmäßigen Anspannung, und dennoch scheint es mir, als hätten sich meine Gefühle ihm gegenüber geändert. Ich fühle mich niedergeschlagen, ihn jetzt in einem so schlechten Zustand im Sunshine Café zurückzulassen, und fühle mich fast so, als würde ich ihn vermissen. Ich denke noch einen Augenblick lang über diese Gefühle nach. Sie ergeben einfach keinen Sinn. Die letzte Zeit ist wirklich sehr schwierig gewesen, wir sind alle nervös, aufgewühlt und durcheinander. Hinzu kommt, dass ich einen Kater habe, zu emotionell und fast dreißig bin – und trotzdem ist die Zeit mit Josh immer so herrlich unbeschwert. Wenn ich das nächste Mal nach jemandem Ausschau halte, mit dem ich einen neuen Versuch starten möchte, werde ich darauf achten, dass er ein wenig wie Josh ist. Im Ernst, was könnte sich ein Mädchen wohl mehr wünschen? Ich gehe in meine Wohnung zurück und lasse mir ein Bad ein. Vielleicht jemand, der so ähnlich ist wie Josh, vielleicht jemand, der genauso ist wie er. Vielleicht sogar gleich Josh selbst, denke ich plötzlich.

»Jennifer Gillian Greenway«, sage ich streng zu mir, »diese Zeit des emotionalen Ausnahmezustandes ist wirklich nicht der richtige Augenblick, um eine unerwiderte Jugendliebe wieder neu zu entfachen. Das wäre mit Sicherheit das Dümmste, was du jemals getan hast. Na ja, vielleicht außer eine Affäre mit einem Teenager zu beginnen.« Während die Badewanne sich mit Wasser füllt, betrachte ich mich im Spiegel, der langsam zu beschlagen beginnt. Nach und nach verschwindet mein Gesicht im Dampf und mit ihm jeglicher Sinn der Selbsteinschätzung, den ich je zu haben glaubte.

Während ich im dampfenden Wasser liege, denke ich an das letzte Mal, als ich nur mit einem Handtuch bekleidet aus der Dusche gestiegen war, um Michael an der Tür zu empfangen. Das scheint Jahre zurückzuliegen. Der fieberhafte Sex, in den wir uns Hals über Kopf gestürzt hatten, schien mir damals ein Wendepunkt zu sein, wie eine letzte Seite, die mich in ein neues Kapitel meines Lebens führte. Jenes Wochenende war mir wie eine Art Befreiung vorgekommen – warum habe ich dann beim Gedanken an seinen Besuch jetzt das Gefühl, eine Gefangene zu sein?

Und wieder habe ich nasse Haare und nur ein Handtuch um, als es an der Tür klingelt.

»Déjà-vu«, murmle ich vor mich hin und gehe zur Sprechanlage.

»Hallo?«

»Halli hallo, ich bin's!« Ohne zu antworten, drücke ich den Türöffner, renne in mein Zimmer, ziehe meine Jeans an und einen Pulli drüber – alles ohne Unterwäsche, aber immerhin weniger aufreizend, als ihn einfach nur mit einem Handtuch bekleidet zu empfangen.

»Hallo!«, schnauft er, als er durch die Tür kommt, und plötzlich ist mein ganzes Schlafzimmer von seiner Anwesenheit erfüllt. Ich lächle und kann nicht anders, als mich darüber zu freuen, ihn zu sehen. Er kommt auf mich zu und küsst mich heftig, seine Zunge ergreift Besitz von meinem Mund, und seine Hände schlüpfen sofort unter meinen Pulli.

»Mmm, feuchte Haut, ohne BH«, murmelt er, schiebt meinen Pulli nach oben, entblößt meine nackten Brüste und setzt sie der kalten Luft aus. Während er den Pullover unter meinem Kinn festhält und mich ansieht, fühle ich seltsam unbeteiligt ein erregtes Kribbeln in meinem Bauch, so, als sähe ich einen Film über mich selbst. Ich lasse ihn den Pulli über meinen Kopf und mich auf seinen Schoß ziehen, während ich ihm dabei zusehe, wie er an meinen Brüsten saugt und sie küsst, und höre schweigend seinem Seufzen und Stöhnen zu. Doch diesmal scheine ich an der Aktion nicht beteiligt zu sein, ich bin mein eigener Zuschauer und völlig fasziniert davon, wie fern ich doch dem Ganzen bin.

Ihn scheint meine emotionale Abwesenheit nicht zu stören, oder vielleicht bemerkt er sie auch gar nicht, also lasse ich es zu, dass er mir die Jeans auszieht, eine forschende Hand zwischen meine Schenkel schiebt, mich auf das Bett legt und sich eifrig freimacht. Ich lasse es zu, dass er mich mit seinem Körper und seinem Mund bedeckt. Als er schließlich in mich eindringt, will auch ich Sex, doch ich fühle mich so weit davon entfernt, ihn zu begehren, dass ich mich in meinem eigenen Bett wie eine Fremde fühle. Ich merke, dass er sich Zeit lassen will, doch meine Ungeduld treibt mich dazu, ihn anzustacheln, ich beginne, mich unter ihm zu bewegen und ihn dazu zu animieren, heftiger zuzustoßen, bis ich schließlich mit einem schnellen, aggressiven Zucken zum Orgasmus komme. Meine scheinbar so plötzlich entfachte Leidenschaft lässt auch ihn über die Grenzen treten. Er zittert, spannt seinen Körper an und entspannt sich dann wieder über mir. Es vergehen ein paar Sekunden, bevor er wieder aus mir herausgleitet und seinen Kopf zwischen meine Brüste legt.

»Das war wunderbar«, sagt er leise.

Ich sehe in den grauen Himmel draußen, und zum ersten Mal spüre ich die Macht, die man hat, wenn man jemanden nur zum Sex missbraucht. Mal abgesehen von den unreifen Gefühlen für Josh, weiß ich nun zumindest, was ich für Michael empfinde: Er ist ein wunderbarer, netter, lustiger Junge, doch alles, was ich von ihm wollte, war, mich aufheitern zu lassen, damit ich mich von meiner Hoffnungslosigkeit und von Owen befreien kann. Alles, was ich wollte, war seine Bewunderung und seinen Körper. Dafür habe ich ihm aber nie wirklich etwas zurückgegeben. Ich habe ihn fast genauso behandelt, wie Owen mich behandelt hat. Ayla ist tot, und das Leben ist einfach viel zu kurz, um uns beiden etwas so Falsches wie dies hier anzutun. Zum ersten Mal in meinem Leben muss *ich* die Entscheidung treffen und das Richtige tun.

»Michael«, sage ich zögernd und weiß zwar, was ich als Nächstes sagen, aber noch nicht, *wie* ich es sagen werde.

»Was?« Er hebt den Kopf und lächelt mich an.

»Michael, wir können uns nicht mehr sehen!« Er setzt sich mit einem Ruck auf, lächelt mich verwirrt an und versucht herauszufinden, ob ich ihn auf den Arm nehme.

»Was ... was meinst du damit?«, fragt er unsicher.

Ich mache mich bereit.

»Hör zu, du bist wirklich ein wundervoller, ein toller Mensch, aber ...« Ich sehe, wie sein Gesicht sich verdunkelt, doch ich schlucke und fahre fort.

»Michael, es ist nicht wegen dir. Es ist nur eine Frage des richtigen Zeitpunkts. Vieles ist passiert, das die Dinge für mich in ein anderes Licht gerückt hat. Ich habe mich lange

Zeit verloren und alleine gefühlt und wollte, dass du mich rettest. Das ist nicht fair, weder dir noch mir gegenüber. Tut mir Leid«, sage ich und meine es auch so.

Langsam geht ein süßes Lächeln über sein Gesicht.

»Das macht nichts. Das macht wirklich nichts. Dafür bin ich ja da, hier für dich.« Ich ziehe meine Hand unter seiner hervor und streiche mir mit der Hand über die Stirn. Schon vor Wochen, als wir im »Ye Old Parson's Nose« waren und ich ihn an jenem Abend mit nach Hause genommen habe, wusste ich, dass es so weit kommen würde. Ich wusste die ganze Zeit über, dass all die falschen Entscheidungen, die ich traf, uns eines Tages an diesen Punkt führen würden. An einen Punkt, an dem ich jemanden verletzen muss, damit ich nicht verletzt werde. Der Gedanke, dass ich etwas, und sei es auch nur das Geringste, mit Owen gemeinsam haben könnte, erschreckt mich zutiefst.

»Michael. Ich bin der Meinung, dass wir uns nicht mehr sehen können«, wiederhole ich. Sein Gesicht wird ernst, und er blinzelt zweimal heftig.

»Warum denn nicht? Ich meine, wir kommen doch gut miteinander klar, oder? Ist es ... ist es wegen dem Sex?« Ein solches Gespräch zu führen, kurz nachdem man Sex gehabt hat, muss ihn wirklich verletzen, aber ich glaube nicht, dass es etwas bringen würde, es noch weiter hinauszuzögern. Sein Blick ist so offen, so verletzt, dass ich mich beherrschen muss, um nicht wieder einmal mit aller Kraft die Realität zu verdrängen und ihn noch einmal in die Arme zu schließen.

»Nein! Mein Gott, nein! Der Sex mit dir war wunderbar, es war gerade fantastisch. Und genau deshalb ist mir klar geworden, dass ich nicht länger mit dir zusammen sein kann. Großartiger Sex ist einfach nicht genug. Michael, in ein paar Wochen werde ich dreißig, mir fehlt einfach das Gefühl, voranzukommen. Ich muss daran etwas ändern, selbst wenn ich das alleine tun muss. Mit dir würde ich in meiner Entwicklung stehen bleiben, zwar auf einem wunderbar sonnigen und glücklichen Fleckchen, aber ich würde stehen bleiben.« Ich beobachte sein Gesicht und suche nach den richtigen Worten, nach einem Weg, die Sache zu beenden, ohne ihn zu sehr zu verletzen. »Du und ich, das funktioniert einfach nicht. Wir passen nicht zusammen, ich meine, nicht auf emotionaler Ebene. Jedes Mal, wenn ich dich sehe, frage ich mich, was ich da eigentlich tue. Das ist doch nicht in Ordnung, so eine Beziehung möchte ich einfach nicht, Michael. Ich möchte eine, die Teil meines *ganzen* Lebens und nicht nur ein Anhängsel davon ist. Wenn ich überhaupt eine Beziehung möchte, dann muss es eine sein, die es mir ermöglicht, ich selbst und frei zu sein. Und nicht eine, über die ich mir pausenlos Sorgen machen muss. Ich möchte eine Beziehung, die ich nicht vor meinen Freunden und meiner Familie verheimlichen muss, in der ich nicht deiner Mutter vorspielen muss, dass ich das Mädchen aus der Theatergruppe bin. Ich denke, dass ich vielleicht auch einfach eine Zeit lang für mich alleine sein muss.« Ich zucke kraftlos mit den Achseln und beiße mir auf die Lippen. Zum ersten Mal in meinem Leben begreife ich, dass es keinen anderen Weg, keinen anderen Ort und keine anderen Umstände gibt, die diese Rede nach mehr als nur nach dumpfem Bedauern klingen lassen.

»Das war's dann?«, fragt er aggressiv und hat jedes Recht dazu. Als ich es laut ausspreche, klingt es auch in meinen Ohren so, als würde es sich nicht lohnen, für das, was wir haben oder hatten, zu kämpfen. Und die Wahrheit ist, dass ich es weder möchte noch kann.

»Ja, das war's«, sage ich, und meine Stimme klingt dabei kalt und distanziert.

»Es ist dir also völlig unwichtig, wie gut es zwischen uns läuft, wie gut wir zusammenpassen oder wie viel wir miteinander lachen. Wichtig ist dir, ob unsere Beziehung *vorzeigbar* ist.«

Ich weiß nicht, wie ich es ihm besser hätte erklären können, etwas, das ich gerade selbst erst zu verstehen beginne. Und ich will es auch gar nicht weiter versuchen. Der Schmerz und die Folgen, die unausweichliche Konsequenz meines Handelns, lasten einfach zu schwer auf meiner Zunge.

»Ich glaube, du solltest jetzt besser gehen«, sage ich müde, meide seinen Blick, steige aus dem Bett und fange an, mich anzuziehen.

»Jetzt warte doch. Ich werde das schon hinkriegen!«, schreit er, schlüpft ebenfalls aus dem Bett und in seine Kleider. »Ich kann dafür sorgen, dass es anders wird. Ich kann dafür sorgen, dass ich Teil deines Lebens werde. Ich schaffe das schon!«

Ich sehe ihn an und werfe ihm seine Turnschuhe zu.

»Ich glaube nicht, dass du das kannst«, sage ich mit bewusst kalter Stimme.

»Wir sind einfach Welten auseinander.« Ich gehe zur Haustür und halte sie auf. Verständlicherweise läuft er nicht gleich hinaus, sondern voller Ärger auf mich zu und bleibt ein paar Zentimeter vor mir stehen.

»Du irrst dich. Ich werde dir beweisen, wie viel du mir bedeutest!«, sagt er entschlossen. »Das wirst du schon sehen.« Und weg ist er, prallt gegen eine Wand und rennt dann die Treppe hinunter.

Ich gehe nicht zum Fenster, um ihm nachzusehen, ich gehe ins Wohnzimmer und blicke auf das Sofa, das immer noch den Abdruck von Joshs Kopf und Hals im Kissen aufweist. Ich lasse mich in die vertrauten Dellen sinken, schließe die Augen und massiere mir die pochenden Schläfen.

Habe ich Michael schlecht behandelt? War die Abfuhr schmerzvoller als notwendig? War ich grausamer und kälter als nötig? Hat es ihn verletzt, all das zu hören, kurz nachdem wir Sex gehabt hatten? Oder hätte es ihn vielleicht noch mehr verletzt, wenn ich noch länger damit gewartet hätte? Wäre vielleicht ein zusätzlicher Tag der Distanz und des Schweigens besser für ihn gewesen? Ich fühle mich mies und bin deprimiert, doch wie es eben immer ist, wenn man derjenige ist, der eine Sache beendet, fühle ich mich auch erleichtert. Wenigstens habe ich ihm keinen Post-it-Zettel hinterlassen.

So. Und wie geht es jetzt weiter?

Als Rosie später am Abend durch die Tür kommt, habe ich mich fast den ganzen Tag nicht vom Sofa fortbewegt. In letzter Zeit habe ich überhaupt recht viel Zeit auf dem Sofa verbracht.

»Hi«, ruft sie. »Hast du Selin gesehen?« Ich höre, wie sie geschäftig in ihr Zimmer und wieder heraus läuft. Ich befördere mich in eine aufrechte Position und schüttle den Kopf.

»Nein. Ich habe sie immer wieder angerufen. Dafür hab ich Josh getroffen. Er hat gesagt, dass sie bei ihren Eltern ist und dass ich mir keine Sorgen machen soll, na ja, trotzdem denke ich, dass er mir irgendwas verschwiegen hat. Wie war's bei deiner Mutter?«

»Sie scheint noch amerikanischer geworden zu sein. Nur, dass sie immer noch gertenschlank ist. Gute Gene, du weißt ja. Auch Hubby geht's gut. Mum hat mir zu einem Kaiserschnitt geraten, weil das ihrer Meinung nach weniger Aufregung mit sich brächte und ich mir über die Dehnung meiner Vagina keine Gedanken machen müsste. Sie hat gesagt – ich zitiere: ›Nun, Schätzchen, bis jetzt bist du noch nicht verheiratet, weißt du. Ich denke, du solltest wenigstens einen Ring an diesem Finger haben, bevor du dir deine Vagina ausleiern lässt.‹ Und das hat sie vor Hubby und ihrer Nichte gesagt. Demütigend.«

Mir fällt die Kinnlade herunter, bevor ich anfange zu kichern.

»Deine Mutter ist doch schon immer so gewesen«, sage ich. »Könntest du dir vorstellen, dass meine Mutter so was sagt? Kannst du dir vorstellen, dass meine Mutter das Wort ›Vagina!‹ auch nur in den Mund nimmt?« Wir müssen beide lachen. Rosies Mutter war schon immer eine glamouröse, schlanke, jugendlich gekleidete und sich ständig verändernde Frau. Als Rosies Vater sie verließ, zog sie einfach los, heiratete wieder und ging in die USA, sobald Rosie aus dem Haus war.

Meine Mutter hat meinen Vater dagegen mit vierzehn kennen gelernt und in einer Zeit geheiratet, als für eine Frau die Ehe alleine darin bestand, Mutter und Ehefrau zu sein, und für fast ein Vierteljahrhundert war sie besser als irgendjemand sonst darin – bis diese Sekretärin kam. Als mein Vater sie verließ, war meine Mutter verletzt und verwirrt, sozusagen fast k.o. gegangen durch einen Schlag, den sie nicht erwartet hatte. Sie wurde plötzlich in eine Arbeitswelt gestoßen, in die sie nicht wollte und die sie nicht verstand, nur um uns ein Dach über dem Kopf zu sichern. Aber sie schaffte es, sie hielt einen Job nach dem anderen durch, fand langsam Freunde und genoss ihr Arbeitsleben, bis sie schließlich in Pension ging. Trotzdem werde ich nie diese ersten Jahre vergessen, in denen uns der Teppich unter den Füßen weggezogen wurde. Das erste Mal in meinem Leben von der Schule nach Hause in eine leere Wohnung zu kommen, festzustellen, dass der Strom abgeschaltet und die Telefonrechnung nicht bezahlt worden ist, und vor acht Uhr ins Bett zu gehen, damit ich meine Mutter nicht weinen hören musste. Ich werde meinem Vater niemals verzeihen, dass er uns auf diese Weise im Stich gelassen hat. Wenn er schon gehen musste, warum dann auf diese schreckliche Art?

Ich reiße mich aus meinen Tagträumen und bestaune die unzähligen Kosmetikartikel, die Rosie auf dem Boden auszubreiten begonnen hat.

»Über deine Mutter kann man sagen, was man will, aber sie macht immer schöne Geschenke.«

»Ich weiß!« Und für ein paar Minuten riechen wir an Gesichtscremes, testen Lippenstifte und versprühen Parfüm, wie wir es vor etlichen Jahren in unseren Kinderzimmern mit »geliehenen« oder aussortierten »Avon«-Artikeln getan hatten.

»Herrgott, nächste Woche habe ich wieder eine dieser Schwangerschaftsvorsorgeuntersuchungen«, sagt Rosie beiläufig und bewundert die Regenbogenfarben verschiedener Lipgloss auf ihrem Handrücken, die Namen wie »Toskanische Gewürze« oder »Gletscher-Kirschen« tragen.

»Ach ja? Routineuntersuchung? Willst du, dass ich mitkomme?« Sie ignoriert meine Frage einfach.

»Weißt du, gestern bin ich im Gästezimmer von Hubby und meiner Mutter schweißgebadet aufgewacht und habe förmlich nach Luft geschnappt. Irgendwann habe ich mich dann beruhigt und überlegt, was los gewesen sein könnte. Und plötzlich begriff ich, dass es die Tatsache war, dass ich bald die Verantwortung für ein menschliches Leben übernehmen und es am Leben erhalten muss. Ich darf nicht vergessen, ihn oder sie zu füttern, anzuziehen, nicht fallen zu lassen oder im Bad oder Bus zu vergessen. Ich meine, ich habe natürlich schon vorher, als ich beschlossen habe, das Baby zu behalten, an nichts anderes denken können. Doch je näher das alles rückt, desto stärker spüre ich, wie sehr sich mein Leben verändern wird. Es wird nicht mehr einzig und allein mein Leben sein.« Ich höre schweigend ihrem Ausbruch zu und habe bereits angefangen, eine tröstliche Antwort für sie zu formulieren, als sie fortfährt: »Die Sache ist die, ich weiß einfach nicht, ob ich das alles alleine durchstehen werde. Und ich weiß auch nicht, ob ich das will.«

Ich schließe meinen Mund und schlucke. Chris.

»Was sagt denn deine Mutter dazu?«, frage ich gepresst.

»Sie hat einmal gesagt, dass man, wenn es um Ehe und Kinder geht, jede Chance nutzen sollte, bevor man alles aufgibt. Aber zu der Zeit hat sie auch ständig die Sendungen von Oprah Winfrey geguckt.« Sie lächelt mich hoffnungsvoll an.

»Ja, kann schon sein, aber du bist ja nicht verheiratet, Rosie, oder? Also was soll das alles?« Enttäuschung macht sich auf Rosies Gesicht breit, und sie packt die Kosmetikartikel wieder in ihre Tasche.

»Du willst es einfach nicht verstehen, stimmt's?«, sagt sie, während sie sich anschickt, in ihr Zimmer zu gehen. »Du musst mich nicht in die Klinik begleiten, Chris wird mitkommen.«

Ich tappe erschöpft in mein Zimmer und frage mich, wie viele Schläge unsere Freundschaft wohl noch verkraften kann und wie viele Brücken wir noch werden bauen können. Ich kann einfach nicht darüber hinwegsehen, wie falsch es für sie wäre, zu Chris zurückzugehen, und sie kann offensichtlich nicht erkennen, dass ich Recht habe. Mein Hals und meine Schultern schmerzen von der vielen auf dem Sofa verbrachten Zeit der letzten vierundzwanzig Stunden. Obwohl ich die meiste davon geschlafen habe, merke ich, dass ich am Boden zerstört bin. Ich bin froh, schlafen gehen zu können.

45. Kapitel

Ich stehe in einem Feld voller großer Blumen, deren Stängel bis an meinen Kopf reichen und deren Blüten mit ihrem schweren Duft mich wie Sonnenschirme vor der mittäglichen Sommerhitze schützen. Irgendwo vor mir höre ich ein fröhliches Kind lachen und meinen Namen rufen. Ich denke, dass ich mich verirrt habe.

»Jenny! Jenny!« Je öfter ich die Schreie höre, desto weiter scheinen sie sich zu entfernen, und immer wenn ich mich umsehe, komme ich mir noch einsamer und kleiner in dem nie enden wollenden Sommer vor.

»Jenny, wach auf! Um Himmels willen, wach auf!«

Ich schrecke hoch, sitze aufrecht im Bett und blinzle. Die Uhr zeigt halb zehn an. Rosie steht über mich gebeugt.

»Rosie, ich habe geträumt ...«, murmele ich leicht verwirrt, streiche mir die Haare aus meinen Augen und die Schlaffalten aus meinem Gesicht. »Es ist doch Sonntag, oder?«

»Ach ja? Na schön, auch ich dachte zu träumen, aber wie sich herausgestellt hat, steht da unten tatsächlich eine völlig verrückt gewordene Frau und besteht darauf, dass du sie sofort hereinlässt!« Rosie kling nicht besonders erfreut, und bei dem Gedanken an unser gestriges Gespräch zucke ich zusammen.

»Eine was?« Irgendwie kann ich mich noch nicht konzentrieren.

»Eine Frau, eine gewisse Frances Parrott. Sie hat Sturm geklingelt. Ich war gerade im Bad, aber nachdem du scheinbar überhaupt nicht aufwachen wolltest, habe ich mit ihr über die Sprechanlage gesprochen. Wer ist sie überhaupt? Sie will um jeden Preis mit dir reden. Und ehrlich gesagt scheint sie ziemlich sauer zu sein.«

Frances Parrott? Fran. »Nenn mich einfach Fran, Liebes.« Scheiße. Michaels Mutter. Es gibt nur einen Grund, weshalb Michaels Mutter hier auftauchen könnte.

»Ich werde das schon hinkriegen«, hat er gesagt, oder so ähnlich zumindest, als ich ihm als Grund, weshalb wir nicht zusammen sein können, genannt habe, dass ich eine richtige Beziehung will, die auch in der Öffentlichkeit Bestand hat. Also ist er an die Öffentlichkeit gegangen. Er hat es seiner Mutter erzählt.

»Sie ist ... äh, kannst du ihr nicht einfach sagen, dass ich nicht da bin?«, frage ich Rosie hoffnungsvoll, während ich aus dem Bett steige und mir dieselben Klamotten wieder anziehe, die ich schon gestern für Michael anhatte. Da der Pullover mir jedoch ein wenig zu sehr meine Brust betont, tausche ich ihn gegen einen weiten ein, obwohl ich genau weiß, dass es vermutlich schon zu spät ist, um noch einen guten Eindruck zu erwecken.

»Zu spät, sie weiß, dass du hier bist. Sie will umgehend hereingelassen werden, sonst ruft sie die Polizei. Die *Polizei,* Jenny?«, fragt Rosie wütend nach, falls mir die Lage bisher noch nicht richtig klar geworden sein sollte.

Ich gehe ein paar Mal in meinem Zimmer auf und ab und überlege, wie ich wohl am besten aus der Wohnung verschwinden könnte, ohne die Treppen zu benutzen.

»Jenny! Jetzt komm schon, krieg dich wieder ein. Rede gefälligst mit ihr. Wo ist überhaupt das Problem, schuldest du ihr etwa Geld oder was?« Ach, könnte ich bloß einen Scheck ausstellen, um aus der Sache herauszukommen.

»Eher oder was«, sage ich bitter, hole tief Luft und bereite mich darauf vor, in den sauren Apfel zu beißen. Ich gehe zur Eingangstür und hebe den Hörer der Sprechanlage ab.

»Hallo?«, sage ich nur.

»Miss Greenway, hier ist Michaels Mutter. Ich fordere sie auf, uns umgehend hereinzulassen!« Scheiße, sie hat ihn mitgebracht. Das wird ja immer schöner.

»Kommen Sie herauf«, sage ich kurz angebunden. Ich drehe mich zu Rosie um, die mich fragend aus der Küchentür heraus ansieht.

»Rose, dir wird jetzt etwas zu Ohren kommen, was du vielleicht ... überraschend finden wirst. Bitte würdest du dich einfach nur daran erinnern, dass ich dir alles erzählen wollte, und mir versprechen, dass du so lange warten wirst, bis du *meine* Version der Geschichte gehört hast?« Sie zieht ihre Augenbrauen auf eine Art und Weise in die Höhe, die offenbar so viel bedeuten soll wie »warum sollte ich?«, und schon erzittert hinter mir die Haustür, gegen die Mrs Parrott mit der Wut einer getäuschten Mutter schlägt.

Ich öffne die Tür.

»Sie Flittchen!«, zischt sie und rauscht an mir vorbei den Flur entlang. Flittchen? Wäre die Angelegenheit nicht so ernst gewesen, hätte ich wahrscheinlich darüber gelacht. »Was für eine Frau sind Sie eigentlich, dass Sie einen unschuldigen Buben zum Sex verführen? Sie widern mich an, Sie sind pervers, Sie sind nichts als ... als eine dreckige, ekelhafte Pädophile.«

Jetzt fühle ich mich gekränkt, Rosie sieht schweigend und voller Entsetzen zu, als ein tränenverschmierter Michael in das Wohnzimmer trottet und hinter seiner vor Wut überschäumenden Mutter stehen bleibt.

»Mrs Parrott, Michael ist achtzehn. Er ist alt genug, um

zu wählen, und alt genug, um für sein Vaterland zu sterben. Also ist er erst recht alt genug und darauf vorbereitet, Sex zu haben, mit wem es ihm beliebt, glauben Sie mir«, sage ich und bedauere sogleich die Auswirkung meiner letzten Worte. Ich sinke auf einen Stuhl, denn Mrs Parrott kocht jetzt schier über vor Wut.

»Er ist erst vor ein paar Tagen achtzehn geworden! Er ist noch ein Kind, ganz egal, was er selbst darüber denken mag. *Sie* wissen das, und *ich* weiß das. Sie sind in mein Haus gekommen, haben meine Gastfreundschaft missbraucht und mir ins Gesicht gelogen; wie konnte ich bloß so blind sein und nicht darauf kommen, dass man Ihnen jedes einzelne Ihrer dreißig Jahre ansieht, ich weiß es selbst nicht. Sie haben ihn verführt, Sie haben ihn dazu gebracht, zu lügen, und am Ende, ganz am Ende dann sogar darauf bestanden, dass er uns von Ihnen erzählt, weil Sie ihn sonst verlassen hätten. Was haben Sie eigentlich von uns erwartet, Miss Greenway? Was haben Sie erwartet? Eine Einladung zum Abendessen vielleicht? Oder sollten wir Sie auf den nächsten Elternabend mitnehmen? Vielleicht können *Sie* ja seinen Lehrern erklären, weshalb seine Noten so schlecht geworden sind? Können Sie das? Ich wette, Sie wussten genau, was er tat, statt zu lernen, stimmt's? Sie schmutzige ...« Scheinbar fällt ihr kein richtig schlimmes Wort mehr ein, mit dem sie mich hätte beschimpfen können, und als die letzte Schimpftirade endlich verpufft ist, starrt sie mich mit rotem Gesicht und offenem Mund an. Ich finde keine Worte, um mich zu verteidigen, ich hebe einfach meine Hände und strecke sie ihr abwehrend mit nach oben weisenden Handflächen entgegen. Dann lasse ich die Hände wieder in meinen Schoß sinken. Ich bin sprachlos. Was soll ich dazu sagen?

»Mama!« Michael streckt seine Hand nach ihr aus, doch sie schlägt sie fort. An den Flecken auf seinem gequält schauenden Gesicht und den Ringen unter den Augen kann ich ahnen, was für eine schreckliche Nacht er verbracht haben muss, und ich habe Mitleid mit ihm. Geduldig beginnt er, noch einmal seine Sicht der Dinge darzulegen.

»Ich hab dir doch schon gesagt, dass es nicht so war, Mum. Jenny wollte Schluss machen. *Ich* war derjenige, der nicht wollte, dass es zu Ende ist, *ich* war derjenige, der euch davon erzählen wollte. Ich wollte ihr beweisen, dass ich mich nicht für uns, für das, was wir haben, schäme.«

Sie schüttelt den Kopf mitleidig in seine Richtung, dreht sich dann wieder um und sieht mich zornig an.

»Oh, dann hatten Sie also Ihren Spaß mit ihm, ist es nicht so? Mal was Neues, und jetzt ist es Ihnen langweilig geworden?«

Ich sehe Rosie an. Sie schüttelt den Kopf, dreht sich um und verschwindet in ihrem Zimmer.

»Ich weiß nicht, was ich dazu sagen soll, Mrs Parrott«, sage ich ehrlich. »Ich sehe ein, wie das Ganze für Sie aussehen muss, aber es war wirklich nicht so, wie Sie denken.« Ich bin mir nicht sicher, ob das wirklich die Wahrheit ist, aber ich weiß, dass Michael genau das hören will. »Michael und ich mochten, mögen einander. Aber ich wusste, dass es niemals zwischen uns hätte funktionieren können, darum wollte ich die Sache beenden, bevor sie außer Kontrolle gerät und einer von beiden zu verletzt wird. Ich habe niemals vorgehabt, ihren Sohn auszunutzen, und ich glaube auch nicht, dass ich das habe. Unsere Beziehung hat einfach nicht funktioniert, das ist alles.«

Sie schüttelt den Kopf und nimmt ihre Tasche.

»Wenn Sie wirklich niemanden hätten verletzen oder

schädigen wollen, ›junge‹ Dame, dann hätten Sie dafür sorgen müssen, dass diese Farce erst gar nicht beginnt. Schließlich sind *Sie* die Erwachsene und kein Teenager mehr. Ich warne Sie, es mag vielleicht legal sein, aber wenn Sie es wagen sollten, sich noch einmal meinem Sohn zu nähern, werde ich eine richterliche Verfügung gegen Sie erlassen lassen, so schnell können Sie gar nicht schauen! Und glauben Sie mir, ich werde dafür sorgen, dass jeder, den Sie kennen, davon erfährt. Haben Sie mich verstanden?«

»Ich habe verstanden«, sage ich müde und fühle mich unfähig, mich zu verteidigen.

»Gut. Komm Michael, wir werden nicht eine Minute länger als nötig hier bleiben.«

Michael bleibt stehen und sieht mich einen Augenblick lang an.

»Komm jetzt, habe ich gesagt«, brüllt ihn seine Mutter an.

Er weicht nicht von der Stelle.

»Ich komme gleich runter, Mum. Ich möchte mich nur noch von Jenny verabschieden.« Sie sieht von ihm zu mir, und auf ihrem Gesicht spiegelt sich Verzweiflung wider, dann rennt sie zur Tür.

»Du hast genau eine Minute Zeit, bevor ich wieder heraufkomme und dich an den Haaren auf die Straße schleife«, faucht sie und verschwindet.

»Tut mir Leid«, sagt er, nur einen Schritt von mir entfernt, und lässt wie ein zehnjähriger Junge seine Arme an beiden Seiten hinabbaumeln. »Ich dachte, vielleicht ... ach, ich weiß auch nicht, was ich dachte. Ich wollte einfach nicht, dass es zwischen uns aus ist.« Ich stehe auf und nehme seine Hände in meine. Mitleid und Bedauern schnüren mir die Brust zu. Ich bedauere nicht die letzten paar Wochen, sondern die Tatsache, dass ich das hier alles verursacht habe.

»Michael, es ist nicht deine Schuld, sondern meine. Ich hätte niemals zulassen dürfen, dass das passiert.« Ruckartig löst er seine Finger aus meiner Hand, strafft seine Schultern und hebt ein wenig das Kinn.

»Sag das nicht! Sag das nie wieder! Ich habe mit dir meine schönste Zeit und mein erstes Mal verbracht. Das bedeutet mir alles. Ich bin kein beschissenes Kind mehr, weißt du. Ich habe genau gewusst, in was ich da geraten würde, und wollte es, weil ich *dich* wollte. Und ich habe schlechte Noten in der Schule, weil ich nicht gerne lerne. Ich hätte lieber Kunst als Physik nehmen sollen. Aber nein, mein Vater wollte unbedingt, dass ich ein naturwissenschaftliches Fach nehme.«

Über seine schwankende Stimme muss ich lächeln. Michael hat mich schon immer zum Lächeln gebracht. Wir halten uns wieder an den Händen, und die Erinnerung an die Berührung seines Körpers lässt mich zittern. Beide atmen wir schwer.

»Tut mir Leid, dass du *das alles* durchmachen musstest«, sage ich, mache eine ausholende Geste, und meine damit diesen Morgen. »Und dass du wahrscheinlich bis zu deinem einundzwanzigsten Geburtstag Hausarrest bekommen wirst.«

Er lacht. Wir lachen beide und umarmen uns.

»Ich werde dich niemals vergessen«, flüstert er in mein Haar. »Niemals!«

»Das will ich doch hoffen, nach der schönen Zeit, die wir miteinander verbracht haben.« Ich lächle, lege meinen Kopf zurück und sehe in seine braunen Augen. »Hätten die Dinge anders gelegen, wärst du genau der Richtige gewesen«, sage ich, und vielleicht stimmt das ja auch. Früher, bevor das Leben sich herangeschlichen und mich völlig verändert hat, hätte das vielleicht gestimmt. Er nickt und kramt mit den Händen in den Taschen seiner Combats.

»Hier, ich möchte, dass du das behältst. Ich kann sie nicht mehr hören, außerdem, na ja, ich finde, du solltest wenigstens eine etwas aktuellere CD in deiner Sammlung haben. Deine Glaubwürdigkeit ist echt an ihrem Tiefpunkt angelangt, Jen.« Er gibt mir seine David-Grey-CD, und ich schlucke den Kloß in meinem Hals herunter.

»Oh, danke«, sage ich leise und drücke die CD wie ein Plüschtier an meine Brust.

»Also dann, wir sehen uns«, sagt er, obwohl wir beide wissen, dass wir uns nicht mehr wiedersehen werden.

»Na klar«, sage ich trotzdem. »Schick mir 'ne Postkarte von der Uni.« Irgendwie klingt alles, was ich sage, abgedroschen, und es scheint mir unmöglich geworden zu sein, meine Gefühle in Worte zu fassen. Ich begleite ihn zur Tür, er beugt sich zu mir herab, küsst mich leicht und streicht dabei mit seinen warmen Lippen über meinen Mund. Dann dreht er sich um und stürmt die Treppe hinunter. Ich sehe ihm nicht nach. Schweigend stehe ich einen Augenblick lang da und betrachte das Cover der CD. Für einen Moment kommt mir wieder sein Bettsofa in den Sinn; einen verrückten Augenblick lang überlege ich, ihm nachzulaufen und ihn zu bitten, mit mir irgendwohin abzuhauen, wo das ganze Jahr Sommer ist. Ich höre, wie die Eingangstür unten zuschlägt. Ich möchte am liebsten in mein Zimmer gehen, die CD von David Gray einlegen, mich auf mein Bett legen und stumm an die Decke starren. Doch bevor ich das tun kann, muss ich noch ein, zwei Dinge erledigen.

»Das war doch der Dingsbums, stimmt's? Der Junge von der Party, den du am Soho Square wiedergetroffen hast.

Der Rotschopf.« Rosie sieht mich aus der Tür ihres Schlafzimmers am anderen Ende des Gangs ungläubig mit halb geöffnetem Mund und einem Blick an, der zwischen hysterischem Lachen und selbstgerechten Predigten schwankt. Was soll ich ihr nur sagen? Sie krümmt ihren Finger, zeigt auf mich und bittet mich, ihr ins Wohnzimmer zu folgen.

»Du willst mir also tatsächlich erzählen, dass du was mit dem Rotschopf hattest? Ich meine, du weißt schon, *heimlich*?« Während sie sich auf das Sofa fallen lässt, sieht sie mich an, als käme ich von einem anderen Planeten.

»Ich hatte vor, es dir zu erzählen. Ich meine, genau genommen sind wir gar nicht richtig miteinander gegangen, es hat sich irgendwie ergeben, weiß du. Erst war ich sehr verantwortungsbewusst und wollte ihm freundlich einen Korb geben, dann hat er mir auf der Rückbank eines Taxis die Klamotten vom Leib gerissen, du weißt ja, wie das läuft.«

Rosie bricht überraschenderweise in Lachen aus. Sie beginnt, anhand ihrer Finger eine Liste zu erstellen.

»Also – er ist so um die zwölf Jahre jünger als du. Als er geboren wurde, trugst du ... trugst du einen Volantrock und standest total auf Limahl.«

Ich unterbreche sie. »Ja, das weiß ich selber. Ich weiß, dass er zu jung für mich ist, und das ist auch der Grund, weshalb ich mich nur ein paar Mal mit ihm getroffen habe. Ich hatte nicht vor, in eine von Kilroys Sendungen zu gehen, in der es um verbotene Liebe geht, und unsere Verlobung bekannt zu geben. Aber eine Zeit lang hat dieser Altersunterschied echt keine Rolle gespielt. Er war so ... so erfrischend jung.« Ich versuche Rosie zu erklären, wie das mit Michael war, doch sie scheint ihre Gedanken nicht von der Tatsache lösen zu können, dass Michael und ich Sex miteinander hatten.

»Mein Gott! Du hast ihn entjungfert! Was für ein Gefühl ist es denn, es mit einer Jungfrau zu treiben? War es total beschissen? Musstest du dich auf ihn legen? Hast du schlapp gemacht, oder er?«

Ich lächle und schüttele den Kopf. Das Ganze erinnert mich an früher, als wir als Teenager beieinander übernachteten, und ich bin erleichtert, dass sie mich so einfach davonkommen lässt.

»Aber ehrlich, Rosie, du denkst auch immer nur an Sex, Sex und nochmal Sex. Eigentlich war er nach ein wenig Übung ziemlich gut.« Rosie drückt sich verlegen ein Kissen aufs Gesicht. Ich lächle. »Man kann sogar sagen, dass er das, was ihm an Fachkenntnis gefehlt hat, mehr als genügend mit seinem Standvermögen ausgeglichen hat!« Wir kichern beide, und ich setze mich neben sie aufs Sofa.

»Aber eigentlich meinte ich mit ›erfrischend‹ eher, dass er noch nicht vom Leben oder von anderen Beziehungen verwöhnt oder ihrer überdrüssig war. Er konnte noch immer das Wunder in diesen Dingen erkennen, die Möglichkeit einer Zukunft sehen. Nach Owen war es einfach schön, mit jemandem wie ihm zusammen zu sein. Ich gebe ja zu, dass ich damit teilweise auch versuchen wollte, mich darüber hinwegzutäuschen, dass ich bald dreißig werde und keinerlei Perspektive habe. So hat alles angefangen. Nun ja, wenn die Dinge vielleicht anders gelegen hätten, hätte ich mich vielleicht sogar in ihn verliebt. Und wenn er einmal fünf Minuten damit aufgehört hätte, über ›Star Wars‹ oder Heavy Metal zu quatschen.«

Rosie steckt sich das Kissen wieder in ihren Rücken, ihr Lächeln verschwindet. »Warum hast du uns denn nichts davon erzählt?« Ihre Stimme wechselt nun von neugieriger Ausgelassenheit zu einem leicht aggressiven Ton.

»Na, du weißt schon. Er ist eben ein Rotschopf«, sage ich und versuche sie zum Lachen zu bringen.

Sie lächelt, bleibt aber beharrlich bei der Sache. »Nein, mal im Ernst!« Ich sehe mich im Zimmer um und denke darüber nach, wie ich ihr am schonendsten beibringen kann, dass sie und Selin alles verdorben hätten, wenn sie davon erfahren hätten. Aus meiner Beziehung zu Michael wäre nie etwas so Ernstes geworden, dass man darüber hätte reden müssen, doch irgendwie kann ich mich nicht dazu überwinden, genau das zu sagen, und möchte nicht länger über dieses Thema reden, um nicht zu zeigen, wie aufgewühlt ich wegen dieser ganzen Sache noch bin.

»Na ja, und warum hast du uns nicht erzählt, dass Chris zu dir zurückkommen will?«, kontere ich unklug.

»Hab ich doch!«

Oh ja. Das hat sie. Plan B. »Okay, warum hast du uns erst nichts von dem Baby gesagt, obwohl du es schon seit ewigen Zeiten wusstest?«

Sie verdreht die Augen und schüttelt den Kopf. »Jen, das ist etwas ganz anderes, und das weißt du genau:«

Ich rutsche unruhig auf meinem Stuhl hin und her. »Also gut, wir erzählen uns eben nicht immer alles. Schließlich müssen wir das auch nicht. Ich habe meine Gründe, warum ich es nicht gesagt habe, okay? In letzter Zeit sind hier ein paar Dinge passiert, falls du das nicht bemerkt haben solltest. Es schien mir gemessen daran einfach nicht wichtig zu sein.« Ich denke an die E-Mails und Nachrichten von Owen, von denen ich auch nichts erzählt habe. Wenn man über Dinge spricht, heißt das aber auch, dass man akzeptiert, dass sie Wirklichkeit sind.

Rosie seufzt. »Es ist eben nur, dass wir uns normalerweise immer alles voneinander erzählt haben. Wir waren eng befreundet. Aber vielleicht willst du einfach nicht die

Wahrheit aus dem Mund von Leuten hören, die dich besser kennen als du selbst.«

Vielleicht, und vielleicht will ich auch jetzt nicht damit beginnen. »Du hast gut reden, du wolltest auch nicht darauf hören, was wir dir über Chris gesagt haben. Ich meine, du denkst immer noch darüber nach, zu ihm zurückzukehren, stimmt's? Nach allem, was er dir angetan hat?«

Rosie ist sichtlich empört und sieht mich an. »Du kennst ihn doch gar nicht richtig, du kennst nur die Seite von ihm, die mich verletzt hat und die ich ständig betont habe, um über das hinwegzukommen, was passiert war. Das ist aber nur *eine* Seite von ihm. Wenn man darüber hinwegsieht, dann ist er ... nun, schließlich bin ich nicht mit ihm zum Traualtar gegangen, weil ich dachte, das er ganz in Ordnung ist. Ich habe ihn geheiratet, weil ich ihn geliebt habe, wirklich geliebt habe. Und so eine Liebe löst sich nicht einfach nach ein paar Monaten auf. Und ich glaube, dass ich ihn noch immer liebe. Er sagt, dass auch er mich noch immer liebt, dass er damals vor allem davongelaufen ist, weil ihm alles zu viel geworden ist und er unsere Hochzeit für verfrüht gehalten hat, und dass er jetzt erst begriffen hat, was er fast verloren hätte. Er sagt, dass er jetzt erwachsen genug ist und damit umgehen kann, wie sehr er mich liebt. Mich und das Baby. Wenn man verletzt wird, muss man aus Selbstschutz so tun, als sei alles ein Fehler gewesen, und so schnell zu heiraten *ist* möglicherweise auch ein Fehler gewesen, doch je mehr ich darüber nachdenke, desto mehr glaube ich, dass das mit Chris und mir kein Fehler war, und je mehr ich darüber nachdenke, desto mehr wird mir klar, dass wir immer noch zusammengehören.«

Nach allem, was wir gemeinsam durchgemacht haben, kann ich einfach nicht glauben, dass sie nicht sieht, was ich sehe, oder sich daran erinnert, woran ich mich erinnere. Dass sie genau eine von Owens Reden schwingt, von denen sie selbst immer behauptet hat, dass sie purer Unsinn wären.

»Was sagst du denn da? Herrgott, Rosie, hast du vergessen, was er dir angetan hat? Hast du vergessen, dass er dir schon die Koffer gepackt hat, noch *bevor* du wusstest, dass er eine andere hat? Hast du vergessen, dass er dir vorgeworfen hat, wie lahm du im Bett bist, und dass der Gedanke daran, dass er bis zum Ende seines Lebens mit dir verheiratet sein müsste, ihn nahezu erstickt? Dass er dir gesagt hat, dass du zu sehr klammerst? Dass du zu anspruchsvoll bist? *Ich* kann mich noch gut daran erinnern. Ich kann mich noch an die endlosen Nächte und Wochen erinnern, in denen ich deinen Erzählungen darüber, was er zu dir gesagt und was er dir angetan hat, gelauscht habe. Herrgott, er kann sich doch noch nicht einmal um eine Katze kümmern, das arme Ding hat schließlich bei den Nachbarn Zuflucht gesucht, und er hat es noch nicht einmal gemerkt! Glaubst du denn, er wird sich um dich und das Baby kümmern, sobald der Reiz des Neuen einmal vorbei ist? Du bist wirklich ein dummes Ding! Du hast ja keine Ahnung.« Ich schüttele fassungslos den Kopf.

»Du scheinheilige Kuh!«, zischt Rosie plötzlich, ihre boshafte Bemerkung und ihr plötzlicher Hass treffen mich wie ein Peitschenschlag ins Gesicht.

»Die ganze Zeit über hast du mir Standpauken über Chris gehalten, hast mir gegenüber groß und allmächtig getan, während du hinter meinem Rücken, hinter unser aller Rücken ein Kind gefickt hast! Was, verdammt nochmal, hast du dir eigentlich dabei gedacht? Er ist gerade mal *achtzehn,* Himmelherrgott noch mal! Wenigstens habe *ich* mich bemüht, mein Leben als Erwachsene in den Griff zu bekommen. Du hingegen bist viel zu verkorkst, um es überhaupt nur zu *versuchen.* Du wirst weiterhin durch die Pubs und Clubs tingeln, dich von irgendwelchen nichtsnutzigen Scheißkerlen völlig ausnutzen lassen und in den nächsten zehn Jahren immer noch dein Geld mit einem Job ohne Zukunft verdienen.«

Ihre Darstellung von genau der Zukunft, vor der ich mich am meisten fürchte, bringt mich nur noch mehr in Rage.

»Aber immerhin würde es mir nicht einfallen, mein Leben mit einem Weiberheld zu verbringen! Hast du denn gar nichts dazugelernt? Du willst wohl so verbraucht und gestrandet wie unsere Mütter enden und wie ein Auslaufmodell gehandelt werden?«

Rosie schüttelt den Kopf, ihre Stimme senkt sich zu stiller Wut herab.

»Hast du schon mal gemerkt, dass deine Beziehung zu Männern vollkommen von deinem Vater geprägt ist? Jeder Mann, mit dem du je zusammen gewesen bist, hatte irgendetwas mit ihm gemein. Deine Beziehung zu Owen war nichts weiter als der Versuch, einen Ersatz für deinen Vater zu finden, jemanden, der älter war als du, der dir sagen konnte, wo es langgeht. Du glaubst, dass Owen dir dein Selbstwertgefühl genommen hat und dich fertig gemacht hat, aber in Wirklichkeit ist es dein *Vater* gewesen, und zwar von dem Tag an, an dem er dich verlassen hat. Owen hat lediglich mit den Scherben gespielt, die dein Vater zurückgelassen hat. Du beurteilst jede Beziehung nach dem, wie dein Vater dich behandelt hat. Du denkst, dass du es auch ohne ihn geschafft hast, aber das ist Blödsinn. Du bist niemals über ihn hinweggekommen. *Niemals.* Er ruiniert immer noch dein Leben, und er weiß es noch nicht einmal, und es interessiert ihn auch nicht.«

Ich schüttle den Kopf und bin sprachlos vor Ärger und Schmerz.

»Das ist nicht wahr«, flüstere ich heiser.

»Du kennst Chris gar nicht richtig, du siehst immer nur die eine Seite an ihm, die du aus meinen Erzählungen kennst«, wiederholt sie und steht auf, um zu gehen. Ich schüttle den Kopf und ziehe meine Knie unter mein Kinn.

»Tut mir Leid, dass ich dich verletzt habe, Jen, aber ich denke, es ist an der Zeit, dass du aufwachst und dich einmal im Spiegel betrachtest. Wir sehen uns später.« Die Tür schlägt zu, sie ist fort und lässt mich mit Michael, Owen und meinem Vater allein.

Ich liege jetzt schon seit zwei Stunden auf meinem Bett und starre auf die Gipsverzierungen an meiner Schlafzimmerdecke, doch ihre Wirbel und Spitzen haben bis jetzt keine neuen Geheimnisse enthüllt, die mich aus der Verwirrung hätten befreien können, in der ich mich befinde. Ich fühle mich fast für alles, was mir in den Sinn kommt, schuldig. Dafür, dass Michael sich schlecht fühlt, für die Aufregungen, die ich seiner Mutter beschert habe, dafür, dass ich zu spät zu Ayla gekommen und dass ich in den letzten Wochen so mit mir selbst beschäftigt gewesen bin, dass ich nicht mitbekommen habe, was in Selins Leben abläuft, und dass ich Rosie Kummer bereitet habe, obwohl sie schwanger ist und all meine Unterstützung bräuchte. Und zu allem Überdruss fühle ich mich daneben verantwortlich dafür, wie ich mich selbst behandelt habe, wie ich dank aller möglichen Ausflüchte und Entschuldigungen vor Owens Gespenst geflüchtet bin und so getan habe, als hätte ich alles hinter mir gelassen. Wem habe ich denn versucht, etwas vorzumachen? Nicht einmal ich selbst kann mich mehr dazu bringen, all das zu glauben. Nun, zumindest *jetzt* glaube ich daran, Owen hat nun nichts mehr mit meinem Leben, meinen Entscheidungen und Taten zu tun.

Ich weiß nicht, inwieweit Rosie mit meinem Vater Recht hat, ich weiß auch nicht, ob ich es wirklich wissen will. Eines weiß ich aber bestimmt: Mag er, sie oder irgendjemand sonst denken, dass es seine Schuld oder die Schuld von irgendjemandem sonst ist, dass ich heute da stehe, wo ich stehe – *ich* mache da nicht länger mit! Alles, was ich ab heute tue und wohin ich ab heute gehen werde, werde ich einzig und allein mir selbst zu verdanken oder zuzuschreiben haben.

Ich muss versuchen, die Lücken zu kitten, die Rosie und mich in den letzten Wochen so haben voneinander entfernen lassen.

Vielleicht ist das ja gar nicht so schwer; alles, was ich tun muss, ist zu versuchen, Rosie alles zu erklären, ich muss einen letzten Versuch starten und ihr verständlich machen, weshalb es ein Fehler wäre, zu Chris zurückzukehren, ich muss alles mit Selin besprechen, herausfinden, wie es ihr wirklich geht, und ihr von Michael erzählen. Das ist alles. Ich habe noch genau einen Monat Zeit, bevor ich dreißig werde, einen Monat, um herauszufinden, was ich mir tatsächlich von meiner Zukunft erhoffe. Einen Monat, um mich vielleicht für einen Kurs für Journalismus einzuschreiben und Fahrstunden zu nehmen. Das hieße, dass lediglich ein Ziel unerreicht bleiben würde, aber ehrlich gesagt, habe ich nie richtig daran geglaubt, es zu einer Jazz-Diva zu bringen. Unter uns gesagt: Ich bin noch nicht einmal richtig davon überzeugt, dass ich überhaupt singen kann.

Wenn man sich in Gedanken mit Freunden, Feinden oder Männern streitet, wird man nie unterbrochen. Meistens sind sie von den rhetorischen Fähigkeiten sehr beeindruckt, und man kann einen dramatischen Abgang hinlegen, bevor sie einem hinterherlaufen, sich mit absolut allem einverstanden erklären, was man gefordert hat, einen um Vergebung bitten und sich für die Erleuchtung bedanken, die man ihnen hat zuteil werden lassen. Ich bin Optimist. Das könnte alles immerhin eintreten. Doch für den Fall, dass es nicht passieren sollte, bin ich voll und ganz darauf vorbereitet, zu Kreuze zu kriechen. Ich will einfach nur meine Freundinnen wiederhaben.

46. Kapitel

Na schön, man muss sich wohl damit abfinden, dass im Leben nicht immer alles nach Plan verläuft.

In den vergangenen zwei Wochen habe ich Rosie kaum gesehen. An dem Tag, als Michaels Mutter morgens in unsere Wohnung gestürmt war, war sie erst sehr viel später zurückgekommen, und wir hatten uns lange und ernst angesehen, bevor sie sich setzte.

»Kannst du dich noch daran erinnern, wie wir immer am Freitagabend weggingen, den ganzen Samstag über im Pub herumhingen und abends wieder durch die Clubs tingelten?«, fragte ich sie, als ich mich plötzlich wieder mit der Aussicht konfrontiert sah, ein weiteres Wochenende alleine zu Hause verbringen zu müssen.

»Na und, die Dinge ändern sich eben«, sagte sie daraufhin ausdruckslos.

»Rosie, bitte, wir müssen verhindern, dass uns die Situation aus den Fingern gleitet«, warnte ich und war bereit, mit der Rede zu beginnen, die ich fast den ganzen Nachmittag über vorbereitet hatte. »Wir haben ein schweres Jahr hinter uns und vieles gemeinsam durchgemacht. Lass uns das nicht ausgerechnet jetzt und noch dazu wegen Männern aufgeben ...«

Doch Rosie hatte keine Lust, sich anzuhören, was ich zu sagen hatte. »Genau, lass uns das besser nicht tun. Okay? Ich gehe jetzt baden, wir sehen uns dann später.« In meinem Monolog abrupt unterbrochen, sah ich ihr nach, wie sie verschwand. Es hätte schlimmer kommen können, denke ich.

Seitdem lächeln wir uns über den Frühstückstisch hinweg an, und Rosie nimmt all ihre Anrufe in ihrem Schlafzimmer entgegen, falls sie überhaupt da ist, denn sehr oft ist sie das nicht. Ich frage mich, wo und mit wem sie sich herumtreibt?

Eines Tages zwang Georgie mich dann unter dem Vorwand, dass ich wertvolle neue Erkenntnisse für die Firma erlangen könnte, zu einer ausführlichen Besprechung mit Jackson. Thematisiert werden sollten die Fortschritte des Erfahrungsaustausches. Nach anderthalb Stunden bei Wasser als einziger Erfrischung hatte ich mir Jackson später im Gang vorgeknöpft und ihn gefragt: »Triffst du dich oft mit Rosie?«

Er sah mich von Kopf bis Fuß an und antwortete ausweichend: »Hin und wieder. Warum?«

Auf unserem Weg bis zu unseren Büros bohrte ich weiter.

»Also gut, Jackson, ich nehme an, wenn du dich oft mit Rosie getroffen hast, dann wirst du schon gewusst haben, warum«, habe ich darauf geantwortet und war davon überzeugt, dass sie sich wieder öfter mit Chris traf.

»Du willst damit andeuten, dass ich sonst mehr über deine Affäre mit dem Teenager, über das, was du von Chris hältst, euren letzten großen Krach und die frostige Atmosphäre bei euch zu Hause wissen müsste?«

»Oh«, antwortete ich nur schwach. »Nun, wenn du davon weißt, warum hast du nichts gesagt?«

»Weil ich Rosie sehr gerne habe. Und dich auch. Doch abgesehen davon und von meiner unglaublichen Intelligenz sowie meines Charmes, sieht es so aus, als ob keine von euch beiden mit mir ins Bett gehen wird, also scheint es mir ehrlich gesagt auch ziemlich bedeutungslos, mir Gedanken über euren letzten Kindergartenstreit zu machen.

Wenn mich wenigstens eine von euch beiden flachgelegt hätte, könnte ich zumindest so tun, als ginge mich das Ganze etwas an.«

Mir stand das Entsetzen wohl ins Gesicht geschrieben, denn er lachte plötzlich los und klopfte mir auf den Rücken.

»Ja, ja, *Männer,* hey?«, witzelte er und verdrehte dabei die Augen. »Nein, Blödsinn, willst du den wahren Grund wissen?«

Ich nickte.

»Okay, aber unterbrich mich nicht ständig, ja? Rosie und ich haben oft miteinander gesprochen. Sie war total sauer auf dich, klar, weil du in diese Geschichte mit dem Teenager verwickelt warst – über die ich nebenbei gesagt gerne mehr wissen würde – und ihr nichts davon erzählt hast, bis diese wild gewordene, axtschwingende Furie mittleren Alters aufgetaucht ist. Du weißt ja, ihr beide habt früher immer über alles miteinander gesprochen. Ich glaube, das hat ihr am meisten wehgetan. Aber es hat sie auch getroffen, dass du scheinbar nichts davon hören willst, was sie für Chris empfindet – vor allem, wenn man bedenkt, wie nahe ihr euch gestanden habt. Offenbar hast du dir ein Bild von ihm gemacht, das ihn als Monster degradiert, vor dem du sie bewahren musst. Nehmen wir mal an, dass sie am Anfang kräftig dazu beigetragen hat, dass dieses Bild entsteht, trotzdem, hey, du hast doch auch schon mal mit ein paar Typen Schluss gemacht, oder? Und auch du hast sie im Nachhinein vermutlich nicht gerade als besonders freundliche Typen beschrieben, aber nach ein paar Wochen, Monaten oder sogar Jahren hast du dir vielleicht auch gedacht, ›na ja, so schlecht waren sie doch gar nicht‹, stimmt's?«

Ich dachte an meinen Philosophenfreund, der mich verlassen hatte, denn einmal abgesehen von der Tatsache, dass ich ihn nicht liebte, wollte ich, dass er mich umso mehr liebte, deshalb belästigte ich ihn und drängte ihn in eine Bindung, zu der er nicht fähig war. Sechs Monate, nachdem wir uns getrennt hatten, traf er seine große Liebe. Er verlobte sich und legte sich Katzen zu. Jackson hat Recht – ich glaube auch nicht, dass er wirklich ein so übler, herzloser Bastard war. An seiner Stelle hätte ich vermutlich dasselbe getan. Doch bei Chris ist das was anderes.

Jackson fuhr fort. »Über dieses Thema haben wir in den letzten Wochen wirklich viel diskutiert, glaube mir. Ich habe jeden machiavellischen Trick bei ihr angewandt, um sie davon zu überzeugen, dass Chris nicht der Richtige ist, und um sie mit mir nach Hause zu nehmen, doch je mehr wir darüber geredet haben, desto mehr bin ich zu der Überzeugung gelangt, dass ich mich auch irren könnte, und umso deprimierter wurde ich auch bei der ganzen Sache. Je mehr ich über ihr ganzes Ehe- und Scheidungsfiasko nachdenke, desto mehr bin ich davon überzeugt, dass man es einfach als eine ganz gewöhnliche Lebensprüfung ansehen sollte und nicht als eine moderne Version einer Rachetragödie aus der Zeit Jakobs I. Ich habe Chris kennen gelernt und hasse ihn, aber nur deshalb, weil ich in Rosie verliebt bin. Mal objektiv? Also gut – er ist unreif, klar, und für meinen Geschmack ein wenig zu britisch. Vermutlich hätte er sich noch ein wenig länger umschauen und vergleichen müssen, um zu kapieren, was er an Rosie hat, aber er ist immerhin keiner, der Frauen schlägt. Er ist kein übler Kerl, nur fehlgeleitet. Er ist einfach ein Junge, der es einmal vermasselt hat und eine zweite Chance möchte.«

Wir blieben vor meinem aquariumähnlichen Büro stehen, und ich lehnte meine Stirn gegen das Glas.

»Jackson, du bist nicht dabei gewesen, als es passiert ist.

Du hast nicht gesehen, in welchem Zustand sie war. Wenn du sie gesehen hättest, würdest du mich verstehen«, sagte ich müde.

»Das kann schon sein. Ich will nur sagen, dass ich sowohl Rosie als auch dich sehr gerne habe. Ich möchte es mir mit keiner von euch beiden verderben, also gilt auch für dich – wenn du Redebedarf hast, können wir gerne über alles reden, vorausgesetzt es handelt sich nicht um eine weltweite Faktura im Eilverfahren. Aber ich werde mich nicht zwischen die Fronten begeben und dir erzählen, was sie im Detail gesagt hat und umgekehrt, oder eine Stellungnahme dazu abgeben. Das war das erste und letzte Mal, dass ich dir meine Sicht der Dinge dargelegt habe, okay?«

»Na schön.« Auch ich wollte es mir nicht mit Jackson verderben.

»Also, Kaffee aus der Bürokaffeemaschine oder ritueller Selbstmord mit dem Kuli?«

»Ritueller Selbstmord mit Kuli, bitte.«

Schließlich habe ich dann Selin getroffen. Sowohl Rosie als auch ich hatten ihr jeden zweiten Tag auf den Anrufbeantworter gesprochen, und eines unserer letzten spärlichen Gespräche war gewesen:

»Was von Selin gehört?«

»Nein, du?«

»Nein.«

Da ich mir mehr und mehr Sorgen um sie machte, beschloss ich eines Abends, auf dem Rückweg von der Arbeit an ihrem Bürofenster vorbeizugehen, und sah sie wie erwartet mit ihren schwarzen Haaren über den Schreibtisch gebeugt.

Ich rüttelte an der Tür, doch sie war verschlossen, also klopfte ich an die Scheibe. Sie sah mich einen Augenblick lang an und öffnete mir dann die Tür. Sie sah dünner und zerbrechlicher denn je aus.

»Selin, wir haben uns solche Sorgen um dich gemacht. Geht es dir gut?«

Sie lächelte, nahm meine Hand und drückte sie.

»Soweit es einem unter diesen Umständen gut gehen kann. Tut mir Leid, Jen, bitte nimm es nicht persönlich. Ich habe einfach ein wenig Zeit mit meiner Familie verbringen wollen. Ich habe eure Nachrichten alle erhalten und immer vorgehabt, euch anzurufen, aber irgendwie habe ich nie die Zeit dazu gefunden. Nach einer Weile fürchtet man sich vor Leuten, die einen pausenlos fragen, wie es einem geht. Aber nicht, dass ich nicht froh wäre, zu wissen, dass ihr euch Sorgen um mich macht oder so«, hatte sie eilig hinzugefügt.

»Ist schon in Ordnung«, sagte ich beruhigend. »Ich verstehe das.« Trotzdem verletzte es mich, dass sie mich nicht um sich haben wollte. Bei jeder Krise, die ich gehabt habe, habe ich sie immer um mich haben wollen, andererseits war mir auch noch nie etwas so Schreckliches widerfahren.

»Wie laufen die Dinge bei dir zu Hause?«, fragte ich. Obwohl es sie offensichtlich schmerzte, fragte ich sie danach, weil es wirklich nicht sehr viel mehr zu geben schien, wonach ich sie sonst hätte fragen können. Ich saß ihr gegenüber am Schreibtisch und sah auf ein Poster mit einer zypriotischen Meeresküste, das hinter ihrem Rücken an der Wand hing.

»Nun, die Stimmung ist ziemlich vernichtend ... du weißt schon. Der Schock ist jetzt vorbei; die Trauer ist geblieben und die Leere, ohne sie zu sein, auch. Erstaunlicherweise tut Mama ihr Bestes, sie scheint sich durch die ganze Geschichte hindurchkochen zu wollen – sie ist wie ein Fels in der Brandung, sie hält uns alle zusammen. Papa ist an Aylas Tod zerbrochen, ich glaube, er denkt, dass er sie enttäuscht, dass er irgendwie bei seinem kleinen Mädchen versagt hat. Hakam versucht verzweifelt, sich in seinem Zimmer zu verkriechen. Mit mir will er nicht sprechen, dafür verbringt er viel Zeit mit Josh. Sie spielen am Computer, schauen Videos und sprechen über die Sache. Josh tut ihm wirklich gut. Und was Josh betrifft, na ja, du hast ihn ja gesehen, nicht wahr? Er hat erzählt, dass er bei dir drüben gewesen ist. Ich glaube, es hat ihm gut getan. Er hatte sich anfangs total verausgabt, wollte nicht mehr schlafen. Jetzt kommt er jeden Tag zu Mum zum Abendessen, dann arbeitet er, malt, versucht rechtzeitig zur Ausstellung fertig zu werden – das ist seine Art, mit der Sache fertig zu werden, denke ich. So, nun weißt du, wie es uns ergangen ist.« Sie lächelt müde und lehnt sich dann in erschöpfter Resignation in ihrem Stuhl zurück. »Und du?«

»Mein Gott, Selin, du wirst es nicht glauben ...«, beginne ich, doch dann sehe ich die Ringe unter ihren Augen, ihren müden Blick und die Falten um ihren Mund herum und verstumme. »Nun, so wie es aussieht, ist Rosie immer noch hinter Chris her, kannst du das glauben? Tja, wir beide haben uns ziemlich darüber und über ein, zwei andere Dinge gestritten, aber die Einzelheiten werde ich dir ein anderes Mal erzählen. Ich sehe, du bist müde.«

Selin lächelt und sieht auf ihre Uhr. »Ich sollte wohl lieber gehen. Abendessen mit der Familie, weißt du.«

»Oh, na gut, ich werde dir nun nicht mehr alle fünf Minuten Nachrichten auf deinen Anrufbeantworter sprechen, jetzt habe ich dich ja gesehen. Du wirst mich schon anrufen, wenn du mich brauchst, nicht wahr? Falls du mich brauchst.« Ich stand auf und knöpfte meinen Mantel zu, denn draußen hatte es begonnen zu nieseln.

»Natürlich. Und falls wir uns vorher nicht mehr sehen sollten, sehen wir uns dann bei Joshs Ausstellung, oder?«

»Sicher. Okay, bis dann.« Als ich die Tür öffnete, lief ich direkt in Josh und seltsamerweise auch in jenen stillen, großen Freund von Mr Selin, der sich beim Begräbnis so aufopfernd um Selin gekümmert hatte.

»Hallo, Jen.« Josh lächelte mich an.

»Hallo«, antwortete ich. »Hallo«, sagte ich zu dem Freund, der mir grüßend zunickte.

»Wir sind gerade vorbeigekommen, um Selin abzuholen. Wie immer hat sie mal wieder zu viel gearbeitet. Nun komm schon, Schwesterchen. Mum hat wie eine Weltmeisterin gekocht.«

»Okay, ich komme schon, ich komme schon.« Plötzlich schien Selin wieder die Alte zu sein, und verwirrt beobachtete ich, wie sich ein breites Lächeln auf ihrem Gesicht ausbreitete, als der Freund der Familie durch das Büro auf sie zuging, sich auf die Kante ihres Schreibtisches setzte und begann, sanft mit ihr zu sprechen, während sie ihren PC ausstellte.

»Na schön, ich geh dann mal«, sagte ich zu Josh, ohne meinen Blick von Selin zu wenden.

»Okay«, sagte er. »Hast du Lust auf einen Drink im Laufe der Woche? Wir beide und Rosie, vielleicht im Pub? Und vielleicht auch Selin, wenn wir sie von ... zu Hause losreißen können.«

»Na klar, wäre schön, ruf uns an, wenn du es einrichten kannst.« Ich sah noch einmal Selin und den Mann an und schüttelte meinen Kopf. »Also dann, bis bald.«

»Bis bald.« Josh schlug mir praktisch die Tür vor der Nase zu.

Das war vor über einer Woche. Joshs Ausstellung ist nächsten Samstag, und wie es aussieht, werde ich bis dahin von keinem von beiden etwas hören. Und wieder mal ist heute Montag, ein triefend nasser dazu, und, okay, ich geb's ja zu – ich bemitleide mich selbst.

Ich glaube, die letzten Wochen hätten schlimmer sein können. Von Owen habe ich keine Nachrichten mehr bekommen, obwohl ich eines Abends, als ich auf dem Weg von der Arbeit nach Hause war, kurz dachte, ihn gesehen zu haben. Ich hatte den Eindruck, inmitten der Pendler seinen mir so bekannten blonden Haarschopf und sein kantiges Kinn erkannt zu haben, und mich schon auf eine Konfrontation vorbereitet, doch als ich noch einmal genauer hinsah, war da nur eine Masse aus grauen Regenmänteln und Regenschirmen. Als mir klar wurde, dass ich mir all das nur eingebildet hatte, machte ich mir den ganzen Heimweg über Sorgen und fragte mich, ob wohl mein Gehirn sein Bild in mir heraufbeschworen hatte, entweder, weil ich Angst vor einer finalen Auseinandersetzung mit ihm hatte oder weil er mir irgendwo tief drinnen fehlte.

Und dann kam ich eines Nachts, nachdem ich Kevin und Brian und einen gelangweilten Jackson, der sich Carlas neueste Bettgeschichten anhören musste, so lange ertragen hatte, wie es möglich war, spät, alleine, ein wenig beschwipst, vor allem aber müde und deprimiert aus dem Pub nach Hause und hatte einen Augenblick lang wieder das Gefühl, dass er da war.

Ausnahmsweise lag der sonst so verkehrsreiche kurze Abschnitt der Green Lanes, der zu der Straße führt, in der ich wohne, still und verlassen da, und als ich der Biegung der Straße folgte, sah ich, dass selbst die Lichter der Pizzeria »Gogo« aus waren. Einen Augenblick lang meinte ich, Owens mir so bekannten, strammen Schritt hinter mir gehört zu haben, der für ihn dank des metallenen Absatzes so charakteristisch war, den er sich immer auf seine Secondhandschuhe nageln ließ, doch als ich mich umdrehte, war die Straße leer. Ich stand einen Augenblick lang horchend da und blickte auf die leeren Schatten, lugte durch die dunstigen Fenster der Cafés und hielt nach einem bekannten Gesicht Ausschau, denn plötzlich hatte ich Angst, so alleine draußen in der Nacht zu stehen. Ich war nur noch ungefähr fünfzig Meter von meiner Haustür entfernt, doch ich rannte das ganze letzte Stück und blieb erst wieder stehen, als ich die Tür hinter mir zugeschlagen hatte.

Einen Augenblick lang stand ich am Fuße der Treppe und versuchte, wieder zu Atem zu kommen, dann musste ich lachen. Die viele Zeit, die ich zuletzt alleine oder in Gesellschaft meiner überwiegend schwachsinnigen Kollegen verbracht hatte, schien mich langsam ebenfalls verrückt zu machen. Selbst wenn Owen vorgehabt hätte, mir zu folgen – und ich bin mir ziemlich sicher, dass er inzwischen irgendeine andere Ablenkung gefunden hat –, hatte er doch überhaupt keine Ahnung, wo ich wohnte.

Nun sitze ich im Telefonsessel, höre dem Regen zu, der an der alten Doppelverglasung herunterrinnt, und starre auf das Telefon. Ich vermisse Michael, oder zumindest das, was ich mit ihm verbunden habe, oder vielleicht vermisse ich es auch einfach nur, darüber nachdenken zu können, was genau er mir eigentlich bedeutet. Eigentlich hatte ich nicht erwartet, dass unser letztes Wiedersehen auch tatsächlich das letzte wäre. Ich bin mir sicher, dass *ich* an Michaels Stelle Briefe geschrieben, angerufen oder zumindest noch ein paar Mal gebettelt hätte, bevor ich es endgültig aufgegeben hätte. Aber vermutlich besitzt Michael mehr Geistesgegenwart und Stolz, als ich ihm zugetraut hätte.

Heute Morgen war ich drauf und dran, seine Nummer von meinem Handy zu löschen, doch eine gewisse Sentimentalität hat mich davon abgehalten – und die Erinnerung an unseren ersten Kuss unter den Bäumen am Soho Square. Es klingt vielleicht kitschig, doch wäre er ein wenig älter gewesen, wäre er vielleicht der Richtige gewesen. Aber vielleicht hätten ihn genau diese zehn Jahre mit ihren Erlebnissen und den Erfahrungen, die er in der Liebe gesammelt hätte, auch zu jemandem gemacht, der jemanden wie mich gar nicht lieben kann.

Ich starre auf das Telefon. Ich erwarte keinen Anruf, und mir fällt auch niemand ein, den ich hätte anrufen wollen (obwohl ich meine Mutter anrufen sollte), trotzdem bin ich versucht, den Telefonhörer abzunehmen und zu kontrollieren, ob ein Freizeichen ertönt. Nur für den Fall.

Gerade als ich meine Hand ausstrecken will, klingelt es an der Tür, und ich zucke vor Schreck zusammen. Ich renne zur Eingangstür und nehme den Hörer der Sprechanlage ab.

»Hallo?«, frage ich außer Atem.

»Hallo, Jen, ich bin's. Hättet ihr, du und Rosie, vielleicht jetzt Lust auf ein Bier?« Es ist Josh. Ich unterdrücke mein Verlangen, den Hörer der Sprechanlage zu küssen. Ein Besucher!

»Rosie ist nicht da, aber ich würde mich freuen«, sage ich und klinge dabei in meinen Ohren ein wenig zu dankbar.

»Okay, ich warte hier unten auf dich. Bis gleich.«

»Aber Josh! Ich bin doch eine Frau! Egal ob Montagabend oder nicht, ich muss wenigstens meine Haare bürsten und etwas Make-up auflegen. Es regnet, und bis ich unten bin, wirst du klitschnass sein. Komm lieber rauf.« Ich drücke auf den Öffner, lasse die Tür angelehnt, schlüpfe in mein Schlafzimmer und suche nach meiner Bürste.

Als er in der Tür steht, habe ich meinen Kopf vornübergebeugt und versuche gerade, mein verfilztes Haar zu entwirren.

»Es wird eh niemand da sein, den du kennst, nur zwei betrunkene alte Männer, eine australische Barkeeperin und ich.« Ich werfe den Kopf in den Nacken und streiche die entwirrten Haarsträhnen aus meinem Gesicht.

»Man kann nie wissen«, sage ich langsam. »Außerdem tue ich das nicht für irgendwelche Männer, sondern für mich selbst.« Ich hebe stolz mein Kinn.

»Klar, natürlich.« Er lächelt und setzt sich auf meine Bettkante.

»Ganz ehrlich, Josh, es ist wirklich schön, einmal wieder aus dem Haus zu kommen und irgendwas zu unternehmen, was nichts mit Arbeit zu tun hat.« Hastig trage ich ein wenig Wimperntusche und Lipgloss auf.

»Und was ist mit dir? Wie geht's dir? Oder bist du es auch überdrüssig, dass die Leute dir diese Frage stellen?« Ich denke an Selin, die sich seit unserer letzten Unterhaltung nicht mehr bei mir gemeldet hat.

»Nicht unbedingt überdrüssig, nur irgendwie deprimiert über meine Unfähigkeit zu sagen, dass es mir besser geht. Langsam haben wir alle einen Weg gefunden, damit umzugehen – womit ich nicht sagen will, dass es kein Problem mehr für uns darstellt, doch es wird erträglicher, und irgendwie – ich weiß auch nicht, wie ich es erklären soll –, habe ich das Gefühl, das Ayla mich inspiriert. In den letzten zwei Wochen habe ich meine ganze Ausstellung neu konzipiert, ich habe drei neue Bilder hinzugefügt, die schnellste Arbeit, die ich je vollbracht habe, und vermutlich auch meine beste. Es gibt keine Bilder von ihr, aber es sind Bilder *für* sie, Bilder ihrer Seele, wenn das nicht zu kitschig klingt.«

Ich ziehe den Reißverschluss an meinen Schuhen hoch

und ziehe meine Jacke an. »Überhaupt nicht, ich kann es kaum erwarten, sie zu sehen.«

»Na ja, bis nächstes Wochenende musst du dich schon noch gedulden, außerdem ist eines von ihnen noch nicht ganz getrocknet.«

Als wir in die Nachtluft hinausgehen, freue ich mich, dass der Regen aufgehört hat und in ein leises Nieseln übergegangen ist, das schwach genug ist, dass ich nicht wieder hochgehen und meinen Schirm holen muss.

»Und was ist mit Selin? Konntest du sie nicht überreden, mit uns mitzukommen?«, frage ich zögernd.

»Selin? Oh nein. Sie wird gerade erst nach Hause gekommen sein, weißt du.«

Das Licht und die Wärme im »Rose and Crown« sind verlockend. Als wir den weiträumigen Pub betreten, sehe ich mich um. Nur zwei alte Männer und eine australische Barkeeperin sind zu sehen. Doch es ist noch früh, nicht einmal acht Uhr, vermutlich werden später noch ein paar hippe Einwohner aus Stoke Newington vorbeischauen – die sind zwar nicht so modelmäßig wie die aus der Ladbroke Grove und auch nicht so ausgeflippt wie die aus Brixton, aber auf unkonventionelle Art doch recht anziehend und freundlich.

»Was trinkst du?«, fragt Josh mich, und ich entscheide mich für einen »Whisky Mac«, mein Lieblingsgetränk bei schlechtem Wetter.

»Ich sollte mich wohl lieber nach einem Tisch umsehen und versuchen, der Meute zuvorzukommen«, sage ich ironisch, rutsche in eine gemütliche Ecke und ziehe meinen Mantel aus. Ich kann mich im Spiegel sehen. Die feuchte Luft hat mein Haar genau so gekräuselt, wie ich es am wenigsten mag, und meine Wimperntusche ist unter den Augen ein wenig verschmiert. Ich lecke über meinen Daumen, streiche ihn unter meinen Augen entlang, doch als ich erneut nachsehe, bemerke ich, dass das nur wenig bewirkt hat.

Josh setzt sich mit einem Pint Guinness mir gegenüber und stellt meinen Drink vor mich hin.

Wir sehen einander an.

»Wie geht's Dan?«, frage ich plötzlich.

Josh verdreht die Augen. »Du willst doch nicht etwa wieder *damit* anfangen, oder?«, fragt er verzweifelt.

»Neihein! Ich hab doch nur gefragt. Ich finde Dan eigentlich ganz nett, jetzt, wo ich über den Schrecken hinweggekommen bin, mit ihm mal ... gedingsbumst zu haben. Hä, hä!«, witzle ich theatralisch. Josh macht ein peinlich berührtes Gesicht und nimmt einen Schluck von seinem Bier.

»Ihm geht's gut, er arbeitet wie ein Irrer und ist schrecklich aufgeregt wegen Samstag. Im Grunde dreht sich sein ganzes Werk ausschließlich um seine Person, er macht Gipsabdrücke von seinen eigenen Körperteilen und kombiniert sie auf irgendeine kreative Art, keine Ahnung, was er damit ausdrücken will. Doch ein einziger Körperteil fehlt bis jetzt noch, das schiebt er immer auf, ich weiß auch nicht, warum, du vielleicht?«

Ich ersticke fast an einem Schluck Ingwerwein mit Whisky und pruste. »Nein! Armer Dan. Vielleicht solltest du ihm behilflich sein.«

Wir müssen beide lachen, und ich frage mich, ob ich wirklich gerade Joshs Intimbereich ins Gespräch gebracht habe. Auf jeden Fall ist Josh ein wenig rot geworden und nimmt noch einen guten Schluck Bier, rutscht unbehaglich auf seinem Stuhl hin und her, wechselt das Thema und sagt: »Wir haben eigentlich alle gedacht, dass Owen dich nach dem Umzug schikanieren würde, hat er das nicht?

Vielleicht ist er ja endlich aus deinem Leben verschwunden?«

Ich trinke zuerst meinen Drink aus und lasse die Wärme in meinen Brustkorb aufsteigen, bevor ich antworte.

»Na ja, nicht ganz, er hat mir eine Zeit lang E-Mails geschrieben und Nachrichten auf meinem Telefon hinterlassen. Aber das hat jetzt aufgehört«, versichere ich ihm. Josh beugt sich interessiert vor. »Was für E-Mails und Nachrichten denn? Wann? Und warum hast du nichts davon erzählt?«

»Ach, das war kurz vor dem Unfall. Ich hätte es ja erzählt, aber es schien mir nicht so ernst zu sein, eben wieder eine dieser typischen Aktionen von Owen. Ich habe seine E-Mails abblocken lassen, und seitdem hat er mir nicht mehr geschrieben. Wahrscheinlich war das sein letzter Versuch, meine Aufmerksamkeit zu erlangen, obwohl ich glaube ...« Ich denke an die beiden Gelegenheiten, bei denen ich dachte, ihn gesehen zu haben, möchte aber nicht allzu paranoid klingen.

»Nein, das war's.« Ich zucke mit den Achseln, stehe auf und gehe zur Bar.

»Nochmal dasselbe?«

Josh nickt und runzelt besorgt die Stirn.

»Bist du sicher«, fragt er eindringlich, als ich zurückkehre, »dass alles in Ordnung ist? Glaubst du nicht, dass er wieder wie bei diesem Mädchen, das ich kenne, ausflippen könnte?«

»Nein, nein. Im Ernst. Ich meine, wenn irgendjemand ihn kennt, bin ich das schließlich, oder?«, sage ich, fühle mich aber keinesfalls so sicher, wie ich dabei klinge, und frage mich, wie ich wohl das Thema wechseln kann.

»Solltest du es nicht vielleicht doch lieber der Polizei melden?«, fragt Josh besorgt.

»Und was soll ich sagen? Dass er mir ein paar plumpe E-Mails und ein paar dumme SMS geschrieben hat? Außerdem habe ich sie sowieso alle gelöscht.« Doch Josh sieht nicht so aus, als würde er das Thema einfach fallen lassen. »Hör zu, wenn noch irgendetwas vorfallen sollte, werde ich zur Polizei gehen. Sie werden zwar sagen, dass ich paranoid bin und eine blühende Fantasie habe, aber ich werde hingehen, okay?«

»Also gut.« Er nickt zufrieden, und wir beide nehmen einen herzhaften Schluck aus unseren Gläsern.

Als der Lokalbesitzer die Sperrstunde einläutet, durchdringt wohlige Wärme meine Brust bis in die Finger- und Zehenspitzen. Die Wärme des Whiskys und Joshs Gesellschaft haben mich in gute Laune versetzt, doch selbst das kann nicht über das Chaos hinwegtäuschen, in das ich momentan zu schlittern scheine.

»Komm«, sagt Josh, »ich bring dich nach Hause.« Draußen hat es aufgehört zu regnen, und die Nacht ist kalt geworden, ich hänge mich bei ihm ein und lehne mich an ihn, als wir die Albion Road hinabschlendern.

»Rosie hat eine Theorie, was mich betrifft«, sage ich ohne ersichtlichen Grund. »Die erklärt, weshalb ich ihre bevorstehende Wiedervereinigung mit Chris nicht akzeptieren kann und weshalb im Grunde meine ganzen Beziehungen nicht funktioniert haben.«

Josh sieht auf mich herab. »Klingt gut, vielleicht hilft es mir ja auch – wäre schön, wenn meine Beziehungen mal funktionieren würden. Also, um was geht's?«

»Sie meint, dass ich in jedem Mann, mit dem ich zusammen gewesen bin, eigentlich meinen Vater gesehen habe. Und in jedem Mann, dem sie und Selin begegnet sind, natürlich auch. Sie meint, dass ich unfähig bin, irgendjemandem zu vertrauen, dass ich meine Unsicherheiten immer auf den Mann projiziere, mit dem ich zusammen bin, und ihn folglich direkt dazu auffordere, mich wie ein Stück Scheiße zu behandeln. Was ich ehrlich gesagt für ein wenig weit hergeholt halte.« Tatsächlich hat Rosie das auch nicht exakt so gesagt, doch während der vielen Stunden, die ich auf meinem Bett gelegen und an die Decke gestarrt habe, habe ich meine eigenen Schlüsse aus dem Gespräch gezogen. Josh legt nachdenklich seinen Kopf zur Seite und knabbert an seiner Lippe.

»Dein Vater? Das ist eine sehr eindeutige Theorie, die ich schlecht auf mich selbst anwenden kann, obwohl ich es das nächste Mal vielleicht versuchen sollte, wenn wieder einmal eine Beziehung bei mir scheitert. ›Das ist nicht meine Schuld, sondern die von Jenny Grenways Vater – er hat sie wie ein Haufen Scheiße behandelt, und jetzt traut mir keine Frau mehr!‹ Na, wie findest du das?«

Ich muss lächeln, es fängt inzwischen wieder an zu regnen.

»Ich denke, es ist vermutlich purer Unsinn. Du nicht?« Wir biegen in die Straße ein, in der ich wohne, und Josh schweigt, bis wir die Eingangstür unseres Häuserblocks erreicht haben. »Also, findest du nicht?«, frage ich ungeduldig.

»Na ja, ich glaube nicht, dass du oder dein Vater für den ganzen Mist verantwortlich seid, den du mit Owen hast durchmachen müssen. Ich glaube, dafür ist einzig und allein Owen verantwortlich. Aber vielleicht hat sie ja irgendwie Recht damit, dass deine Vergangenheit in irgendeiner Form deine Entscheidungen für die Zukunft beeinflusst ...«

»Blödsinn«, schnaube ich und reiße die Tür auf. »Komm doch noch für ’nen Kaffee mit rauf«, sage ich und marschiere vor ihm die Treppen hinauf. Er willigt wortlos ein.

»Ich muss sagen, wenn man von dir behauptet, dass du

so leicht rumzukriegen bist, habe ich bis jetzt noch nichts davon bemerkt«, sagt er auf einmal in meinem Rücken.

»Nun, mit dir ist es ja auch anders, oder nicht?«, sage ich. »Du versuchst ja nicht, mit mir zu schlafen.«

Als wir in die Wohnung gehen, wische ich mir die Regentropfen aus dem Gesicht, gehe in die Küche, öffne die Küchenschränke und habe ganz vergessen, wonach ich eigentlich suche.

»Alles in Ordnung?«, fragt mich Josh sanft. »Du scheinst ganz schön verärgert zu sein.«

»Ich bin nicht auf meinen Vater sauer! Ich bin auf Rosie sauer, weil sie das als Ausrede benutzt, um ungeniert zu Chris zurückzukehren. Auf meinen Vater bin ich gar nicht sauer, die ganze Geschichte ist mir mittlerweile total egal. Das hab ich schon vor Jahren hinter mir gelassen – alles, alles ... was ... was ... er ... getan hat.« Am Ende bringe ich die Worte doch noch, wenngleich auch mit einem tiefen Seufzer, heraus. Warum trinke ich bloß Whisky? Danach muss ich immer weinen, das weiß ich.

»Scheißkerl, Scheißkerl, Scheißkerl«, höre ich mich selbst sagen, als ich auf den Küchenstuhl sinke. »Das ist nur der Whisky, bitte ignoriere mich, ich bin gleich wieder okay!«

»Jen, komm schon«, sagt Josh sanft, nimmt meine Hand und führt mich ins Wohnzimmer. Er drückt mich auf das Sofa und setzt sich neben mich. »Weine nicht, Liebling, nicht wegen ihm. Jetzt nicht mehr.«

»Tu ich ja gar nicht! Das ist der Whisky«, protestiere ich schluchzend, während mich eine weitere Tränenflut überkommt. »Das wollte ich gar nicht, es ist nur, es ist nur, weil es immer noch so verdammt wehtut, dass er mich nicht mehr wollte, oder meine Mutter oder meinen Bruder, nicht einmal seine Enkelkinder, niemanden von uns. Er hat uns einfach ersetzt, als hätte es uns nie gegeben. Dabei sollte ein Vater doch schließlich der Mann im Leben sein, der einen niemals verlässt, oder nicht? So wie dein Vater. Wie Mr Selin. Und wenn mein eigener Vater mich schon nicht mehr will, na ja, warum sollte mich dann überhaupt ein Mann wollen?« Ich höre ungläubig zu, wie die Wirkung des Whiskys mich meine Geheimnisse lüften lässt, und ich höre zu, wie meine Stimme vor Tränen rasselt. »Oh Gott, ignorier mich einfach, ich bin schon wieder betrunken und weinerlich!« Meine Stimme geht wieder hinauf, und ich scheine mich überhaupt nicht mehr beruhigen zu können.

»Mein Gott, Jen, komm her.« Er nimmt mich auf seine Knie, der Rest meiner Haltung bricht in seinen Armen zusammen, und ich bin unfähig, es noch länger zurückzuhalten. Ich vergrabe meinen Kopf an seiner Brust und seinem Geruch nach Ölfarbe, Guinness und Zigarettenrauch. Während ich weine, wiegt er mich liebevoll, streicht mir das Haar aus der Stirn, lässt es wieder fallen, streicht es erneut aus der Stirn und lässt es wieder fallen. Nach einer Weile weichen Anspannung und Schmerz von mir, ich sitze zusammengekauert zwischen seinen Beinen, habe meine Arme um seinen Hals geschlungen, seine Arme liegen um meine Hüfte. Ich schniefe, wische mir die Tränen aus den Augen und weiß, dass sie nun völlig von Wimperntusche verschmiert sein müssen.

»Jen, so darfst du nicht von dir denken.«

»Tu ich auch nicht!«, sage ich schwach. »Ich bin so dumm gewesen.«

»Nein, das bist du nicht, und diese Sache darf dich auch nicht dein ganzes Leben lang behindern. Dein Vater war ein Scheißkerl, ein echter Scheißkerl, weil er den Kontakt zu dir abgebrochen hat. Ein Scheißkerl und ein Feigling. Dich trifft keine Schuld, mit dir hat das gar nichts zu tun.

Du bist eine wunderbare Frau, eine wunderschöne und witzige Frau, und all das hast du allein dir selbst zu verdanken. Denk dran – ich kenne dich, seit du ein pummeliger Teenager warst, und glaube mir, du hast dich sehr verbessert. Die meisten Männer würden alles darum geben, mit dir zusammen zu sein. Jeder Mann. Nicht nur diese Soziopathen, von denen du glaubst, dass du für sie wie geschaffen bist. Du solltest damit aufhören und das nächste Mal nach etwas Besserem Ausschau halten. Du weißt schon, nach jemandem, der ein wenig fortgeschrittener in seiner Entwicklung ist.« Er bringt es fertig, dass ich schließlich lächle. Ich reibe mir die Augen mit meinem Handballen ab.

»Mein Gott, tut mir echt Leid. Das hat dir bestimmt gerade noch gefehlt, ausgerechnet jetzt den Babysitter für mich spielen zu müssen«, sage ich und sehe zu ihm auf.

Er grinst. »Eigentlich ist es fast schon eine Erleichterung, dass ich mich ein wenig um dich kümmern kann. Mein Macho-Image hat sowieso in letzter Zeit zu bröckeln begonnen.«

»Macho-Image! Was für ein Macho-Image, du bist eher ein kleiner Mädchen-Verführungskünstler!« Wir lachen beide erleichtert.

Doch nach dem Gelächter geschieht etwas Eigenartiges. Als wir einander ins Gesicht sehen und schweigend überlegen, was wir noch sagen können, spüre ich plötzlich seine Hand auf meiner Hüfte und seinen Oberkörper an meinen gelehnt. Ich kann mir gar nichts Unpassenderes mit jemand Unpassenderem als ihm und zu einer unpassenderen Zeit wie dieser vorstellen. Ich versuche, mich aus seinen Armen zu befreien, doch er hält mich fest. Bevor ich begreife, was passiert, hebe ich mein Kinn und bin nur noch wenige Millimeter von seinem Mund entfernt.

»Josh?«, kann ich gerade noch hervorbringen, bevor seine Lippen sich auf meine legen und – Gott stehe mir bei – ich seinen Kuss erwidere, ihn mit einem scheinbar aus dem Nichts kommenden, verzehrenden Verlangen zurück in die Sofakissen presse. Mit einer plötzlich aufwallenden emotionalen Erleichterung spüre ich, wie ich seinen Kuss immer leidenschaftlicher erwidere und mein Rücken sich wölbt, als er mit seiner kühlen Hand unter mein Top schlüpft und mit den Fingern meinen Rücken entlangfährt. Ich kann nicht denken, nur fühlen, und während er mich immer fester an sich drückt, höre ich aus den Tiefen seiner Brust ein leises Stöhnen, und mein Herz fängt an, wie wild zu hämmern.

Das Ganze dauert nur etwa ein paar Sekunden, bestimmt nicht mehr als eine Minute, doch ich fühle mich wie betäubt, mir ist alles egal, mich interessiert nur dieser Augenblick. Doch plötzlich scheint es, als würden wir beide gleichzeitig einen Schnappschuss von uns beiden aus der Sicht eines Dritten sehen, wir verkrampfen, reißen uns voneinander los, und die Realität holt uns genauso schnell wieder ein, wie die ungebremste Leidenschaft uns überkommen hatte. Ich springe vom Sofa herunter, als hätte ich mich verbrannt, streiche mir dabei meine Kleider und mein Haar glatt, drehe mich von ihm weg und starre aus dem Fenster auf die Green Lanes. Ich bin unfähig, irgendeinen Gedanken zu fassen.

»Herrgott nochmal, so ein Mist!«, sagt er ärgerlich zu sich selbst. »Ich bin doch wirklich ein verdammter Idiot.« Auch er steht jetzt, er war nur ein paar Sekunden nach mir vom Sofa gesprungen. Erst als ich einige Schritte von ihm entfernt stehe, begreife ich, dass ich mich deshalb so eilig aus seiner Umarmung befreit habe, weil ich so gerne weiter in seinen Armen gelegen hätte. Doch er hatte sich ebenso schnell aus unserer Umarmung befreit wie ich. Was muss er wohl von mir denken? Vermutlich, dass ich eine dumme, herzlose Schlampe bin.

»Jenny, ich wollte wirklich nicht, dass das passiert«, sagt er entschieden und greift nach seiner Jacke, die auf der Rückenlehne des Stuhles hängt.

»Nein, natürlich nicht. Das war nur ein Augenblick des Wahnsinns, wegen ... allem und so. Dem Whisky, meinem Vater. Ayla.«

»Ich meine, du darfst nicht vergessen ... Ich meine, ich bin nicht wie dein Vater oder Owen. Ich will einfach nicht ... Ich meine, was ich sagen will, ist, dass ich nicht der Typ bin, der ein Mädchen ausnutzt, wenn es unglücklich ist. Und gerade jetzt, wo wir beide aus verschiedenen Gründen so verwirrt sind ...«

Ich weiß wirklich nicht genau, was er damit sagen will, und auch ich ringe verzweifelt nach Worten. »Ja, ich meine, Sex zum gegenseitigen Trost ist gerade jetzt keine besonders gute Idee, oder?« Sein Gesicht verfinstert sich, und ich könnte mich für meine Bemerkung ohrfeigen. Wir haben uns ungewollt geküsst, und ich fange an, von Sex zu sprechen! *Sex.* Zum Sex wäre es natürlich nie gekommen. Es hatte zwar den Anschein, dass es zu Sex hätte kommen können, aber nicht dieser Art von Sex.

»Es war ein Fehler, aber –«, fängt er an, doch ich unterbreche ihn, bevor er etwas sagen kann, was ihm noch peinlicher sein könnte.

»Ich weiß, ich weiß. Vergessen wir einfach, dass es überhaupt passiert ist«, sage ich müde, als würde ich ein Mantra rezitieren, und bemerke, dass ich dabei verärgert und zynisch klinge, obwohl ich mich gar nicht so fühle.

Seine Miene versteinert sich, er blickt herab, um meinem Blick auszuweichen, und rennt dann zur Tür.

»Ja, das wird wohl den Umständen entsprechend das Beste sein. Ich muss sowieso gehen«, sagt er gepresst, geht den Flur entlang bis zur Tür und kann es offensichtlich kaum erwarten, von hier zu verschwinden. Mir liegt sehr viel daran, dass wir uns nicht verkrachen, nicht wir und nicht jetzt.

»Josh!«, rufe ich ihm nach, und er bleibt mit dem Rücken zu mir an der Tür stehen. Ich laufe ihm nach. »Josh. Hör zu, die letzten Wochen sind wirklich sehr schwer gewesen. Irgendetwas ist zwischen uns passiert, und es war ...« Ich weiß nicht, was ich sagen soll. Sexy? Aufregend? Spannend? Verwirrend? Mein Selbsterhaltungstrieb bremst mich davor, irgendetwas in dieser Richtung zu sagen. Ich kann nicht sagen, was am Ende seines Kusses stand, falls da außer Schmerz, Mitleid, Impulsivität oder Guinness überhaupt etwas stand. Ich will es nicht noch schlimmer machen.

Er wird rot.

»Es war ein Fehler«, nickt er und beendet meinen Satz. Dann öffnet er die Tür und ist verschwunden.

»Das wollte ich eigentlich nicht sagen«, denke ich laut, während ich mich innen an die Türe lehne.

In der Vergangenheit habe ich oft versucht, herauszufinden, was die besondere Mischung eines ersten Kusses ausmacht, und ich weiß genau, was ich in dem kurzen Augenblick, in dem wir uns geküsst haben, empfunden habe. Es war zwar falsch und aus heiterem Himmel heraus, aber ich habe, nun, ich habe Leidenschaft dabei empfunden. Echte, tiefe, emotionale Leidenschaft. Aber ich weiß nur zu gut, dass solche Gefühle einseitig sein können. Ich habe selbst schon auf beiden Seiten gestanden. Ich habe schon freundlich zugestimmt, wenn jemand davon geschwärmt hat, wie schön das mit uns beiden wäre, obwohl ich rein gar nichts dabei empfunden habe. Owen hat mich des Öfteren zurechtgewiesen, weil ich für seinen Geschmack im Bett zu emotional war. Am Ende habe ich gelernt, meine Gefühle beiseite zu lassen, ich meine die großen, die, die einem selbst und anderen Angst machen.

Als Josh und ich uns geküsst haben, habe ich genau die hungrige Leidenschaft in mir aufsteigen gespürt, von der ich ganz vergessen hatte, dass ich überhaupt im Stande bin, sie zu fühlen.

Aber was ist mit Josh? Josh, dem großen Bruder meiner besten Freundin. Josh, der absolut unfähig ist, eine Beziehung einzugehen, lächerliche gestreifte Hosen und regenbogenfarbene Schals trägt? Es kann doch nicht Josh sein, der solche Gefühle bei mir verursacht. Es kann auf gar keinen Fall Josh sein.

Erstens, weil es Josh ist, in den zu verlieben ich mir damals strikt verboten habe.

Zweitens, weil ihn vermutlich die Tatsache, dass ich ein solches Verlangen haben konnte, derart verstört, peinlich berührt und erschreckt hat, dass ihn das jetzt womöglich davon abhält, mit mir weiter befreundet zu sein. Und falls er doch einfühlsam genug und nicht angeekelt von mir ist, so hat der Kuss bei ihm jedoch offensichtlich nicht dasselbe bewirkt wie bei mir – so wie er aus der Haustür geflohen ist.

Ich muss einfach der Tatsache ins Auge sehen, dass ich ein Dummkopf gewesen bin, und die Sache hinter mir lassen. Wenn ich ihn das nächste Mal treffe, werde ich ihm freundlich, aber distanziert begegnen, werde ihn nicht in Verlegenheit bringen, sondern wir werden langsam zur Normalität zurückkehren, genau wie wir es nach meiner Sex-Eskapade mit Dan gemacht haben. Doch ihn in eine solche Verlegenheit zu bringen, wo er mich momentan so sehr als Freund braucht, nun, das schlägt doch wirklich dem Fass den Boden aus, nicht wahr? Das ist die Krönung all meiner Abenteuer, zu deren Repertoire offenbar auch gehört, Menschen zu verletzen und Freunde in die Flucht zu jagen. Das hab ich wirklich toll hinbekommen.

Vor meinem inneren Auge huscht Aylas Gesicht vorbei, wie sie mich von der anderen Straßenseite ansieht.

47. Kapitel

Der Rest der Woche ist mithilfe der Arbeitsroutine und der Abende in unserer fast immer leeren Wohnung an mir vorbeigerauscht. Am heutigen Samstagmorgen habe ich meine Augen mit ziemlichem Bedauern geöffnet. Heute Abend ist Joshs Ausstellung, entweder ich gehe hin und versuche, die Sache zu klären, oder ich gehe nicht hin, vergrabe mich hier für einen weiteren Tag und warte darauf, dass irgendetwas geschieht. Nein – ich muss gehen. Ich muss einen Weg finden, um die Dinge wieder ins Lot zu bringen.

Ich strecke meine Finger und Zehen unter dem Betttuch aus und höre dem Verkehr draußen zu. Wie in den letzten Wochen schon so oft, denke ich an Joshs festen Griff auf meinem Rücken und das kurze intensive Gefühl der Lust, und für ein paar Sekunden länger erlaube ich mir, an seinen Kuss zu denken, seinen heißen Atem und das leise Stöhnen. Er hatte doch gestöhnt, hatte etwas gefühlt, wollte den Kuss genauso sehr wie ich. Doch dann ist er so schnell verschwunden, vermutlich war er beschämt, dass es nichts weiter als eine körperliche Reaktion war, eine Reaktion, für die er sich kurz darauf geschämt hat.

Das Kribbeln der Lust bei der Erinnerung an diesen Augenblick verfliegt rasch und wird zum Schrecken. Mein Gott, mache ich denn mit meinen fragwürdigen Knutschereien vor niemandem halt?

Natürlich habe ich mir die heutige Szene mit unterschiedlichem Ausgang vorgestellt:

»Na schön, Josh, wir haben uns geküsst. Es war wunderbar. Und? Was sollen wir jetzt tun?«

»Die Sache ist die, Josh, dass mir bis jetzt noch nie richtig bewusst gewesen ist, wie groß du eigentlich bist und wie gerne ich an deinem Hals lecken würde. Ach, dir geht es genauso? Ist ja toll.«

»Josh, lass uns die Sache doch wie Erwachsene regeln. Wir haben uns geküsst. Voller Leidenschaft. Aber dafür müssen wir uns nicht schämen, wir können es ganz einfach hinter uns lassen. Oder wir können Sex miteinander haben, nur um sicherzugehen, dass das mit der Chemie und so reiner Zufall war.«

Und einmal hab ich sogar gedacht: »Die Sache ist die, Josh, dass ich mich in diesen Augenblicken mit dir vollkommen gefühlt habe.«

Glauben Sie mir, in der vergangenen Woche konnte ich an nichts anderes denken – an was hätte man auch anderes denken sollen, zwischen dem Ausstellen von Rechnungen, dem Beantworten eingehender Anrufe oder dem gelegentlichen Augenverdrehen zu Jackson über Carlas Kopf hinweg? Selin blieb weiterhin von der Bildfläche verschwunden. Vermutlich wäre sie aber auch nicht die Richtige gewesen, mit der ich dieses kleine Missgeschick hätte besprechen können, selbst wenn sie erreichbar gewesen wäre, denn schließlich darf man nicht vergessen, dass ich ihren Bruder durcheinander gebracht habe, der erst kürzlich eine seiner Schwestern verloren hat und äußerst verwundbar ist. Rosie hat nur drei Mal kurz in unserer Wohnung vorbeigeschaut, hat aber nicht viel geredet. Ich wette, sie ist nur erschienen, weil sie scharf darauf war, den Einblick in ein weiteres Liebesdesaster von mir zu erhaschen, das sie als weiteren Beweis für meine Unfähigkeit, mir ein Urteil über ihr Liebesleben zu bilden, angeführt hätte. Und sie hätte Recht gehabt, verdammt nochmal. Irgendwie habe ich seit dem Intermezzo mit Josh an nichts anderes mehr denken können, weil es mich von allem anderen abgelenkt hat, über das ich hätte nachdenken sollen. Aber Junge, Junge, was für eine Ablenkung!

Also habe ich mich darauf konzentriert, über diesen Kuss nachzudenken. Ich habe ihn aus jeder Perspektive, jedem Winkel beleuchtet. Ich habe in meinen Gedanken ständig die Unterhaltung wiederholt, die dazu geführt hat, den Augenblick kurz davor, die wunderbaren Augenblicke währenddessen sowie die betretenen, angespannten Augenblicke danach immer wieder Revue passieren lassen. Ich habe viel über den Josh nachgedacht, den ich zu kennen glaubte, und den Josh, den ich gerne besser kennen lernen würde. Ich habe an seine braunen Augen gedacht, die mich im Pub so besorgt angesehen haben, als ich von Owen erzählt habe, die Art und Weise, wie er sich scheinbar wirklich Sorgen um mich gemacht hat. Während der Betriebsbesprechungen habe ich gemerkt, dass ich an seine langen schlanken Finger dachte, die immer von Malfarbe bekleckst waren. Über Dinge, die ich immer gewusst, die ich aber nie richtig wahrgenommen habe, bis diese Finger über meine Haut geglitten waren. Ich habe an das Heben und Senken seiner Brust gedacht, in der Nacht, als wir Seite an Seite geschlafen haben, den Rhythmus seines Herzschlages, der mich in meinen ersten traumlosen Schlaf seit Ewigkeiten gewiegt hat. Seine Lachfältchen, die sich mit Stoppeln füllen, wenn er lacht, seine langen Beine und schmalen Hüften, die Art und Weise, wie sein V-Ausschnitt am Pullover Einblick in die leichten Einbuchtungen am Ende seines Halses gewährt. Und ich habe oft an den Tag gedacht, als er sich zwischen mich und Owen gestellt hatte, um mich zu beschützen, an seine Loyalität und Freundlichkeit. Die behutsame Art und Weise, wie er mit der Trauer seiner Familie umging, und an den Mut, mit dem er sich selbst den Dingen stellte. Und dann denke ich mir wieder, dass das jetzt alles vorbei ist.

Zum ersten Mal in deinem Leben hast du dich in jemanden verliebt, der es wert ist. Und er ist genau der, den du auf gar keinen Fall haben kannst.

Gut gemacht, Jenny Greenway.

Warum denn nicht? Nun, während all dieser Überlegungen in den vergangenen Tagen sind mir ein paar Dinge klar geworden. Wie Sie sicherlich bemerkt haben, ist mein Leben momentan eine einzige Katastrophe. Selbst wenn ich Josh gefalle, was wahrscheinlich nicht der Fall sein wird, gehöre ich nicht zu den Personen, mit denen er gerne eine Beziehung anfangen würde. Er weiß noch nicht einmal von Michael, aber er wird es ganz bestimmt herausfinden, und wenn es so weit ist, na ja, damit wird dann wohl jegliche Chance, die ich je bei ihm haben könnte, im Keim erstickt werden. Hemmungsloses, fast dreißigjähriges Mädchen verführt Teenager. Sehr verlockend. Er wird nicht mit jemandem zusammen sein wollen, dessen Leben sich in einem derartigen Schwebezustand befindet, und auch ich will nicht, dass er das will.

Das alles ist eine Art Offenbarung für mich, denn auf eine bestimmte Art und Weise hat er mir schon sehr lange etwas bedeutet, und genau deshalb kann und will ich mich nicht an seinen Hals werfen und alles verlieren. Ich werde es nicht riskieren, dass einer von beiden auf diese Weise verletzt wird, und ich gebe ehrlich zu, dass ich zum ersten Mal bereit bin, mich um der Sache willen in des Schicksals tiefste Gletscherspalte zu stürzen.

Es ist so, ich bin schon früher in Typen verliebt gewesen, wie zum Beispiel in diesen Freund, in den ich mich vor etlichen Jahren verliebt hatte, der aber nicht in mich verliebt war, und schließlich bin ich immer darüber hinweggekommen. Das ist also das Schlimmste, was passieren kann, Sie wissen ja, wie das läuft. Jedes Mal, wenn ich in den kommenden Monaten Josh begegnen werde, wird mein Bauch einen kleinen Satz machen, anfangs werde ich jede Unterhaltung als zweideutig empfinden, jeder Popsong wird mich an ihn erinnern, sogar »Steps«, und eines Tages wird das Kribbeln dann einfach verschwunden sein, wahrscheinlich infolge einer neuen Verliebtheit. Für den schlimmsten Fall also noch ganz erträglich, finden Sie nicht?

Es gibt aber auch noch den besten Fall.

Ausnahmsweise werde ich es einmal in meinem Leben schaffen, mit mir ins Reine zu kommen. Ich werde den Mut haben, meinen Job an den Nagel zu hängen und etwas zu tun, was ich schon immer gerne tun wollte – versuchen, in der Welt des Journalismus meinen Platz zu finden. Ich werde die Situation unter Kontrolle haben und ein für alle Mal über Owen und vielleicht sogar über meinen Vater hinwegkommen. Ich werde damit beginnen, mir etwas von meinem Leben zu versprechen, mir Ziele zu stecken, so wie Ayla gerade damit begonnen hatte. Doch anstatt darauf zu warten, dass sie mir in den Schoß fallen, werde ich etwas dafür tun, damit das geschieht.

Und ich werde heute Abend bei der Ausstellung damit beginnen, Rosie, Selin und mich, die wir uns verloren zu haben scheinen, einander wieder näher zu bringen. Irgendwie werde ich schon einen Weg finden, die Differenzen zwischen Rosie und mir auszuräumen und unsere kleine Gruppe wieder aufeinander einzuschwören.

Zuerst werde ich aber Josh aufsuchen, wir werden wie Erwachsene und reife Menschen darüber reden, was geschehen ist. Ich werde ihn nicht in Verlegenheit bringen, indem ich ihm erzähle, wie ich mich fühle, sondern dafür sorgen, dass es für ihn in Ordnung geht und wir mit unserer Freundschaft wieder an dem Punkt anknüpfen können, an dem wir vorher waren.

Und dann, aber nur vielleicht, wird Josh, wenn ein paar Monate vergangen sind und ich mit mir ins Reine gekommen bin und mir wieder in die Augen schauen kann, vielleicht noch einmal über diesen Kuss nachdenken, wird sehen, wie ich mich verändert habe, wird noch einmal darüber nachdenken, und dann – ja, dann könnte vielleicht irgendetwas zwischen uns entstehen.

Doch jetzt kommt das wirklich Wichtige daran: Falls es doch nicht geschehen sollte, wäre das auch in Ordnung, weil ich ja mittlerweile mit mir im Reinen bin.

Ayla war jung genug, um zu glauben, dass das Leben noch nicht einmal begonnen hat, sie war jung genug, um von ihm etwas zu erwarten, bevor sie überhaupt die Möglichkeit bekommen hat, herauszufinden, dass das Leben einzig und allein von einem selbst abhängt. Ich weiß, ich weiß, ich selbst habe nur noch eine Chance, um dafür zu sorgen, dass das geschieht, und ich werde sie nicht verpassen.

Bevor also irgendetwas mit irgendjemand anderem geschehen kann, muss erst einmal etwas mit mir selbst geschehen. Und zwar sofort.

48. Kapitel

Ich finde es toll, mich zum Ausgehen fertig zu machen. Das war schon früher so. Ich fand es schon immer toll, mich voller Erwartung und ganz nervös für ein erstes Rendezvous zurechtzumachen. Beim heutigen Abend handelt es sich zwar nicht um ein erstes Rendezvous, trotzdem bin ich nervös und brauche dieses Gefühl der Zuversicht, das infolge einer sorgfältigen Vorbereitung bei mir eintritt, darum bereite ich mich auch schon zwei Stunden, bevor ich die Wohnung verlassen muss, vor. Seitdem ich fünfundzwanzig bin, habe ich nie länger als fünfzehn Minuten gebraucht, um mich für einen Abend fertig zu machen. Doch das entspannt.

Ich verbringe eine halbe Stunde in meiner randvoll mit heißem Wasser und Schaum gefüllten Badewanne, rasiere mir die Beine und schmiere mich mit jeder Körpermilch ein, die ich in die Finger kriegen kann. Dann verwende ich sowohl Haarshampoo als auch Pflegespülung und tue etwas von Rosies Glanzlotion auf mein Haar, kämme es durch und lasse es ganz natürlich in der geheizten Wohnung an der Luft trocknen. Ich sehe auf die Uhr. Eine Stunde und fünfzig Minuten, bevor ich die Wohnung verlassen muss, eigentlich wirklich zu früh, um mein Make-up aufzulegen oder zu entscheiden, was ich anziehen soll. In der dampfenden Hitze des Badezimmers öffne ich die Türen der Hängeschränkchen und klappere die Fächer ab, sehe auf die über die Jahre hinweg aufs Geratewohl gekauften Produkte, die ich meistens nur einmal benutzt habe, und suche nach etwas Gutem, das ich mir noch genehmigen könnte. Ich könnte eine Gesichtsmaske auflegen, aber das ist zu riskant. Bei dem Glück, das ich habe, bekomme ich davon doch glatt noch Pickel. Ich glaube auch nicht, dass ich noch mehr Haarspray auf mein Haar sprühen oder es einer Vitaminkur aussetzen sollte, sonst sieht es am Ende noch schlaff und fettig aus. Ich habe meinem Gesicht bereits eine Ladung Retinal A (oder so ähnlich) verpasst, in der Hoffnung, das es die freien Radikale killt, bei denen ich immer an kleine anarchistische Freiheitskämpfer denken muss, die um das Recht kämpfen, mein Gesicht verrunzeln zu dürfen. Ich habe meine Augenbrauen gezupft, ich habe mein Make-up gewählt. Ich habe den glänzenden Highlighter ausgepackt, den ich gestern während der Mittagspause gekauft habe, der mich leuchtend (und nicht nass und schwitzig) aussehen lassen soll. Fehlt nur noch eines. Ich beschließe, mein Schamhaar zu rasieren.

Zwanzig sehr schmerzhafte Minuten später sehe ich meinen Kleiderschrank durch, um mich von dem stechenden Schmerz abzulenken, den ich im unteren Bereich verspüre. Wessen tolle Idee war das wohl wieder?

Also, ich war schon öfter auf einer Vernissage und bin mir vollkommen im Klaren darüber, dass ich nicht das typische bedruckte Sechzigerjahreoutfit anziehen werde, mit schwarzer Brillenfassung wie Nana Mouskouri oder verdächtig kurzen Stirnfransen, um mit den anderen Künstlerinnen konkurrieren zu können. Ich werde ein Seidenkleid mit Blumendruck anziehen, das ich schon lange nicht mehr getragen habe, und das genau genommen eigentlich ein Sommerkleid ist, das ich aber mit einer rüschenverzierten schwarzen Strickjacke und einem Paar burgunderfarbener Schuhe mit verspielten Absätzen aufpeppen werde. Das ist ein schönes Outfit mit Ausschnitt.

Sobald ich meine Garderobe zusammengesucht habe, lege ich mein Make-up auf. Ich verwende den glänzenden Highlighter. Und dann nehme ich mein gesamtes Make-up wieder ab und beginne noch einmal von vorne, diesmal ohne das glänzende Ding, welches, sieh an, sieh an, mich schwitzig und heiß aussehen lässt. Ich lege Eyeliner und zwei Schichten Wimperntusche auf, wie es auf der Verpackung steht. Ich nehme mein Augen Make-up wieder ab und trage es erneut auf, diesmal nur mit einer Schicht Wimperntusche, weil ich sonst aussehe, als hätte ich falsche Wimpern aufgeklebt. Endlich bin ich so weit, dass ich mich anziehen kann.

Fertig angezogen betrachte ich mich im Spiegel. Ich kann nicht sagen, ob ich jetzt besser aussehe, als wenn ich mir für die gesamte Prozedur nur weniger als eine halbe Stunde Zeit genommen hätte, aber zumindest bin ich bereit, den Abend anzutreten. Bereit, aber in südlicher Richtung ein wenig wund.

Ich habe den Stadtteil Hoxton noch nie gemocht, irgendetwas dort macht mich nervös.

Vielleicht sind es die hohen, dunklen Straßen voller umfunktionierter Lagerhallen, die meistens wie ausgestorben wirken, vielleicht aber auch die Tatsache, dass es hier eine Art Schule für Clowns gibt, die leicht das Vorbild zu einem Stephen-King-Roman sein könnten. Vielleicht sind es aber auch die gewollt unkonventionell wirkenden Gestalten, die an jeder Straßenecke aus den Pubs und Clubs strömen und in regelmäßigen Abständen ihre Kameradschaft hinausposaunen müssen und Plastikblumen im Haar tragen. Oder vielleicht liegt es auch daran, dass jedes Mal, wenn ich mit Joshs Künstlerfreunden in ein Gespräch verwickelt war, ihre Blicke schneller als eine Pfütze unter arktischen Umständen zu Eis erstarrten, sobald sie erfuhren, was für einer

Art von Arbeit ich nachging. Es liegt nicht daran, dass alles, was nicht mit Kunst zu tun hat, unvorstellbar für sie ist, sondern dass sie nie im Leben etwas so Banales wie meinen Job tun würden. Denn der Job sagt ja aus, wer man ist. Na schön, bis heute hätten sie damit vielleicht in irgendeiner Weise Recht haben können, doch das wird sich ab jetzt ändern.

Die Ausstellungsfläche und das Studio, das Josh und seine Freunde gemietet haben, liegen in einer ruhigen Nebengasse mit Kopfsteinpflaster. Hätte ich nicht ein entferntes Geräusch aus einer Garage irgendeines dunklen Gebäudes gehört, dem ich sogleich wie einer Leuchtrakete folgte, hätte ich vermutlich gedacht, die Adresse völlig falsch verstanden zu haben. Ich komme eine Stunde nach der offiziellen Eröffnungszeit und hoffe, dass bereits alle da sind, fürchte aber auch, dass sie sich inzwischen alle gegen mich verbündet haben. Der Bass wird langsam lauter und entwickelt sich zu einem Hardrocksong in voller Lautstärke. Ich suche in dem offenen Eingang nach einer Hausnummer, kann aber keine finden, also gehe ich einfach weiter und hoffe, nicht auf der falschen Party zu landen.

Offenbar befindet sich die Ausstellung im vierten Stock, der nur über eine Metalltreppe zu erreichen ist, und während ich mich nach oben kämpfe, schiebe ich mich an Horden halb besoffener Künstler vorbei, die schwankend über den Brüstungen hängen oder an die Wände gelehnt dastehen. Auf den Treppen kann ich niemanden entdecken, den ich kenne, doch sobald ich in den Hauptraum gelange, packt Dan mich am Arm und pflanzt einen wodkagetränkten Kuss auf meine Lippen. Ich reibe sie verärgert trocken und sehe auf meiner Hand das, was von meinem Lipgloss übrig geblieben ist.

»Alles klar, Schatz?«, fragt er und sieht an meinem Top

herunter. »Hast dich heute Abend ja ganz schön in Schale geworfen.« Er hingegen scheint mal wieder sein falsches Cockney-Image zur Schau zu tragen. Ich habe schon bemerkt, dass es unter Künstlern nicht ungewöhnlich ist, den Mittelklasseakzent ihrer Heimatgemeinden stehenden Fußes aufzugeben, wenn sie auf andere Leute ihrer Zunft treffen, die durch ihren Arbeiterklassen-Akzent mehr Glaubwürdigkeit besitzen als sie. Wenn sie sich nur alle zusammensetzen würden und sich vorher darüber einigen könnten, dann würden sie vermutlich herausfinden, dass alle hier Anwesenden irgendwie Sprösslinge eines Viscount oder so sind. Ich meine, wie viele Kinder von Kohleminenarbeitern oder Frittenbudenbesitzern kennen Sie denn, die es sich leisten können, sich nicht um zu bezahlende Rechnungen zu scheren, sondern den ganzen Tag damit verbringen, mit Acrylfarben zu hantieren? Obwohl das nicht ganz fair ist, denn Josh ist nicht so, er arbeitet hart, um sich und seine Kunst zu finanzieren, es muss also auch noch andere geben. Nur wahrscheinlich sind die nicht hier.

»Dan, hi. Wie läuft's denn? Ist der Typ von »Time Out« hier?«, frage ich.

Dan nickt und deutet auf einen Mann in einem glänzenden braunen Anzug mit einer Igelfrisur. »Bis jetzt hat diese verdammte Schwuchtel null Interesse für mich gezeigt, sondern die letzte halbe Stunde Josh festgenagelt.«

Ich nicke mild und suche den Raum nach bekannten Gesichtern ab.

»Was ist mit den Mädels? Sind sie hier?«, frage ich ihn etwas ängstlich.

»Klar, sie müssen irgendwo hier sein. Aber Josh hat eine Panikattacke bekommen und ist rauf in sein Studio verschwunden. Voll in Panik, der Gute. Armer Arsch. Beschissener Schock wegen Ayla.« Er betrachtet für ein paar Sekunden länger seine Flasche »Smirnoff Mule« und grinst mich dann an. »Haste Lust, später noch wohin zu gehen?«, fragt er mich mit all der professionellen Zweideutigkeit eines erfahrenen Casanovas.

Ich lächle und schüttle den Kopf. »Nein, danke, Dan, hör mal, wo ist denn Joshs Studio?« Er nimmt meine lässige Ablehnung mit der Gelassenheit desjenigen, der natürlich nicht wirklich etwas anfangen wollte, und deutet an die Decke.

»Nächster Stock, da ist ’ne Leiter, dann kletterst du durchs Dach, da ist ein Dachfenster und ...« Scheinbar muss man ein Kletterexperte sein, um sich an diesem Ort fortzubewegen, der ich nicht bin, vor allem nicht in diesen Schuhen.

»Und gibt es vielleicht auch noch einen gewöhnlichen Weg, um dorthin zu gelangen?«

Dan schaut verblüfft drein, denkt einen Augenblick nach und sagt dann, »Oh, na klar, du kannst wieder runtergehen, nächste Tür. Josh wird dir öffnen.« Er rülpst mir ins Gesicht und macht sich wieder auf die Suche nach einem anderen Objekt, das er abschleppen kann. Ich überlege mir beide Möglichkeiten und denke an meine Absätze, dann mache ich mich wieder auf den Weg an den Künstlern vorbei nach unten. Es scheinen schrecklich viele zu sein. Josh ist hoffentlich in diesem verflixten Studio, sonst kommt womöglich später noch Dan die Treppe herunter, wenn ich zurückkomme.

Der Durchgang zum Nebengebäude ist dunkel, innen scheint kein Licht zu brennen. Ich drücke lange auf die einzige Klingel, die ich entdecken kann. Niemand erscheint. Klar, wenn Josh niedergeschlagen ist, Panik hat oder aufgeregt ist, wie Dan gesagt hat, wird er sich noch nicht einmal die Mühe machen, nachzufragen, wer da ist. Er könnte sich aber genauso gut nebenan auf der Party im vierten Stock hinter irgendeiner Ecke befinden, die ich nicht mehr einsehen konnte, bevor Dan dann mich auf die falsche Fährte geschickt hat. Ich drücke noch einmal auf die Klingel und habe dann die Idee, mit den Fingern eine monotonere Version des Liedes »Can You Feel It« an die Tür zu klopfen. Die alte Sprechanlage knackt, und Joshs Stimme schallt auf die Straße. »Ja, bitte?« Er klingt nicht gerade erfreut.

»Josh, ich bin's, Jenny. Ich ... na ja, kann ich reinkommen?«

»Oh, Jen, tut mir Leid, dass ich dich so angefahren habe. Ich dachte, es wäre irgend so ein Trunkenbold von der Party. Komm hoch.« Ich rüttle an der verklemmten Tür, bis sie aufgeht, und befinde mich in dem Treppenhausschacht, der dem nebenan zum Verwechseln ähnlich sieht, nur dass es hier vollkommen dunkel ist.

»Gibt es irgendwo Licht hier«, rufe ich in die Dunkelheit.

»Nein, das haben wir noch nicht auf die Reihe bekommen; wir haben gedacht, dass wir diesen Eingang nicht benutzen würden. Fang schon mal an, die Treppen raufzugehen, ich werde dir entgegenkommen.«

Langsam gehe ich die Treppen hinauf, taste mich mit den Fingerspitzen an der Wand entlang und höre auf Joshs gleichmäßige und zuversichtliche Schritte, die mir im Treppenschacht entgegenkommen. Langsam gewöhnen sich meine Augen an die Dunkelheit, und ich kann die Umrisse seiner Figur über mir erkennen, die durch das Licht eines Raumes ein paar Etagen über uns von hinten beleuchtet wird.

»Hier.« Er streckt mir seine Hand entgegen, und ich nehme sie, umklammere seine Finger etwas stärker, als coole Zurückhaltung das erfordert hätte, folge ihm die Treppe hinauf und genieße die Wärme seiner Haut. Schweigend steigen wir die Treppen hinauf. Bis auf unsere Schritte und unseren Atem ist im Treppenschacht kein Laut zu vernehmen. In der Dunkelheit empfinde ich die Berührung durch Joshs Fingerspitzen noch intensiver. Sobald wir uns im Licht des Studios gegenüberstehen, verpufft die angenehme Stille unserer Wanderung durch das Treppenhaus und wird zu bedrücktem Schweigen.

»Also, wie ist es dir ergangen?«, frage ich mit gespielter Unbeschwertheit und blinzle im Neonlicht. Er scheint unfähig, mich anzusehen.

»Mir ist es ...« Er bricht ab und setzt wieder an. »Also, das ist schwierig, weißt du. Manchmal vergesse ich die Sache einen Augenblick lang, doch dann überrasche ich mich wieder dabei, wie ich darüber nachdenke, mich frage, was schief gelaufen ist. Warum ich so unglücklich bin? Und dann kommt alles plötzlich wieder hoch. Sie ist nicht mehr da. Dann kommen Schuldgefühle in mir hoch, dass ich sie auch nur für einen Augenblick vergessen habe. Und dann wollte ich dich anrufen und mich bei dir entschuldigen, dass ich dich geküsst habe, aber ich hatte einfach nicht den Mut dazu«, fügt er mit einem schuldbewussten Achselzucken schnell hinzu.

Allein schon die Tatsache, dass er den Kuss erwähnt, schnürt mir die Brust zu.

»Es gibt nichts, wofür du dich entschuldigen müsstest, und außerdem – wie du das mit Ayla meisterst, ist großartig, wirklich. Du darfst dich nicht schuldig fühlen, im Gegenteil, du musst stolz sein.« Behutsam gehe ich einen Schritt auf ihn zu, ich würde ihn gerne umarmen, habe aber das Gefühl, dass ich das nicht sollte. »Ist das der Grund, weshalb du nicht bei deiner Party bist?« So sehr ich auch darauf brenne, die Angelegenheit mit dem Kuss mit ihm zu klären, möchte ich mich doch zuerst vergewissern, dass es ihm gut geht.

»Ich bin dem Ganzen einfach nicht gewachsen. Alles, was ich bis jetzt gemacht habe, erscheint mir wie Kinderkram, wie eine Täuschung. Nichts daran ist Wirklichkeit, das ist einfach nur Zeug, über das ich mir in meinem Schlafzimmer einen heruntergeholt habe. Alles nichts als Scheiße. Mum und Dad und die anderen sind da unten, stehen um die Sachen herum und versuchen zu verstehen, was sie bedeuten sollen, ich bin dem einfach nicht gewachsen. Ich kann einfach nicht ertragen, dass sie auf etwas stolz sind, über das ich selbst nicht stolz sein kann.« Er schiebt seine Hände in die Hosentaschen und schüttelt den Kopf.

Während ich ihn ansehe, schnürt sich mir der Hals zu. Es ist fast unerträglich, ihn so leiden zu sehen. Ich suche verzweifelt nach einem Weg, um ihm zu helfen. »Ich kann verstehen, wie du dich fühlst, aber du hast wirklich hart für diese Ausstellung gearbeitet. Ayla hätte bestimmt gewollt, dass du auch stolz darauf bist, vor allem, weil du die Bilder für sie gemalt hast. Sie hätte nicht gewollt, dass ... dass ihr Tod etwas daran ändert, wie du über deine Arbeit denkst, mit der Ausnahme vielleicht, dir bewusst zu machen, wie wichtig es ist, dass du das Beste aus deiner Begabung machst.« Meine Stimme hallt von den weiß getünchten Ziegelwänden wider und klingt voller Plattitüden. Schließlich sage ich eindringlich: »Und wenn du das nicht einsiehst, musst du wenigstens deiner Familie zuliebe hingehen. Egal, was du denken magst, du hast die Pflicht, ihnen das Gefühl zu geben, dass du es wert bist, dass sie hier wegen dir erschienen sind.«

Endlich löst er seinen Blick von seinen Turnschuhen und

sieht mich an. »Ich weiß, dass du Recht hast. Übrigens, danke dass du gekommen bist; ich dachte schon, dass du keine Lust gehabt hättest, nachdem ...« Er senkt seinen Blick wieder auf seine Schuhe.

»Josh, wir müssen darüber sprechen, was passiert ist«, sage ich ernst und wehre mich dagegen, in letzter Minute die Nerven zu verlieren.

»Ja, ich weiß, dass es unverzeihlich war, es tut mir so Leid.« Grob fährt er mit der Hand über seinen rasierten Kopf.

»Nein, lass mich reden, ich habe schon den ganzen Tag dafür geübt. Also gut, wir haben uns geküsst. Und ... na ja ... es war ein wunderbarer Kuss.« Für diese plötzliche Offenheit könnte ich mich ohrfeigen, ich wollte das doch gar nicht sagen. Plötzlich sieht Josh mich an. Ich sammle mich unter seinen Blicken und versuche, um jeden Preis entschlossen zu wirken. »Aber es war zum falschen Zeitpunkt und am falschen Ort, ich habe geheult und dir Leid getan, und vielleicht hattest ja auch einfach du das Bedürfnis, irgendjemandem nahe zu sein. Wie auch immer, irgendwie ist es passiert, und ... Josh ... ich mag dich so gern. Ich könnte es nicht ertragen, unsere Freundschaft aufs Spiel zu setzen, weil dir peinlich ist, was passiert ist. Der Kuss war wunderbar, es gibt keinen Grund, dass dir das peinlich ist. Das wollte ich dir nur sagen. Wir haben uns geküsst – ich bereue es nicht, noch ärgere ich mich darüber, noch bin ich aufgebracht, ich wollte einfach nur, dass du das weißt, bevor wir es hinter uns lassen und wieder zur Normalität übergehen. So, jetzt habe ich es ausgesprochen.« Seine dunklen Augen sehen mich forschend an, als ständen in meinem Gesicht die Worte geschrieben, die zu sagen ich nicht im Stande gewesen war.

»Ich habe gedacht, dass du es irgendwie erraten hättest«,

sagt er und schüttelt dabei erstaunt den Kopf. »Doch selbst jetzt hast du nicht den geringsten Schimmer, stimmt's?«

Aus Angst, so nahe bei ihm wegen seiner magischen Anziehungskraft das Gleichgewicht zu verlieren, trete ich ein wenig zurück.

»Was willst du damit sagen?«, flüstere ich, eher voller Angst davor, dass er es nicht aussprechen könnte, als davor, was ich von ihm zu hören hoffe.

»Jenny, es ist mir überhaupt nicht peinlich, dass ich dich geküsst habe. Ich meine, ein wenig schon. Mir ist peinlich, dass ich dich in eine solche Lage gebracht habe, aber das ist auch schon alles.« Er holt tief Luft. »Verstehst du das denn nicht? Hast du denn nicht gespürt, wie sehr ich dich begehre? Wie sehr ich dich schon seit Monaten, seit sehr langer Zeit küssen möchte?«

Ich stehe wie angewurzelt da und lasse die Worte auf mich wirken. Ungläubigkeit schnürt mir die Kehle zu, und ich schlucke schwer.

Er lacht trocken und sieht an die Decke. »Ich weiß noch genau, wann es passiert ist; letztes Jahr bei irgendeiner Party, bei der wir alle waren und bei der wir einfach herumstanden und geredet haben, das Übliche eben. Dann bist du hereingekommen, die Jenny, die du schon immer gewesen bist, doch dich anzusehen hat mir plötzlich den Atem verschlagen, ich hätte dich so gerne berührt. Ich konnte es einfach nicht glauben, plötzlich stand eine der wenigen Frauen vor mir, mit der ich mich wirklich verstanden habe, und auf einmal die einzige, die ich wirklich mehr als alles andere auf der Welt wollte. Und du warst mit diesem verdammten Blödmann Owen zusammen.« Er schüttelt den Kopf, als wollte er sich aus seinen Gedanken wieder in die Gegenwart zurückholen, und sieht mich wieder an. »Ich hätte das nicht sagen sollen. Ich wollte es dir eigentlich leichter machen, aber na ja, wer nichts riskiert, der gewinnt auch nichts. Immer als dein bester Freund in deiner Nähe zu sein hat mich schließlich auch nicht sehr viel weiter gebracht, oder?«

Erstaunt lächle ich, das war doch früher immer *mein* Plan gewesen.

»Kurz gesagt, Jenny, ich will dich wirklich. Ich möchte, dass wir zusammen sind.«

Ich sehe mich um und lasse mich schnell auf einem Stuhl nieder. In meinem Kopf dreht sich alles, und das Herz pocht mir in den Ohren. Er will *mich!* Er. Will. Mich. Ich schüttle den Kopf und sehe ihn voller Erstaunen an. Das kann alles nicht wahr sein.

»Geht's dir gut?«, fragt er besorgt.

Mein hysterisches Lachen hallt von der hohen Decke wider. Ich nicke.

»Du wirst jetzt denken, dass ich total bescheuert bin, aber ich habe gedacht, dass du auf Rosie stehst!«

Er kommt schnell zu mir herüber und stellt sich neben mich. Die wenigen Zentimeter, die wir voneinander entfernt sind, scheinen die Luft zu elektrisieren. Ich möchte so, dass all das genau jetzt geschieht, doch vor allem möchte ich, dass es in der richtigen Weise geschieht.

»Josh, ich kann nicht glauben, was du da gerade alles zu mir gesagt hast, und ... na ja ... ich glaube – nein, ich bin mir *sicher* – dass auch ich dich will. Vielleicht habe ich das schon seit langem gefühlt, und es war mir einfach nur nicht bewusst, doch alles, was diese Woche geschehen ist, hat es mir endgültig klar gemacht.« Ich nehme all meinen Mut zusammen. »Aber hör zu, Josh, der Kuss kam nicht zum richtigen Zeitpunkt, und augenblicklich ist auch nicht der richtige Moment, um eine Beziehung mit dir zu beginnen.« Es bedarf aller meiner Anstrengung, um jedes meiner Worte genau zu formulieren. Josh schüttelt den Kopf und geht in die Hocke, bis unsere Gesichter auf gleicher Höhe sind.

»Wird es denn irgendwann einen richtigen Moment geben, um mich zu küssen, Jenny?«, fragt er mit leiser, sanfter Stimme. Ja, will ich sagen, ab jetzt jederzeit, doch ich weiß auch, dass es für uns nichts Schlimmeres gäbe, als kopfüber in diese Sache hineinzuschlittern. Ich werde den Menschen nicht mehr sagen, was sie hören wollen und was ich hören will. Hier ist die neue Jenny.

»Ich weiß nicht, Josh, ich weiß es noch nicht. Du bedeutest mir so viel. Ich ... ich habe diesen Kuss wirklich genossen, glaube mir. Aber in den letzten Wochen war alles so verrückt. Zuerst wieder Owen, und dann, na ja, du wirst es noch herausfinden. Ich habe mich mit jemandem eingelassen. Es ist jetzt vorbei, aber es war ziemlich kompliziert. Er war um einiges jünger als ich. Ich habe es geheim gehalten, weil ... na ja, ich weiß eigentlich auch nicht so genau, warum. Aber was ich eigentlich sagen will, ist, dass ich aus völlig falschen Motiven heraus in eine Art ›Beziehung‹ geschlittert bin und dabei jemandem wehgetan habe. Und ich möchte nicht, dass dir das auch passiert. Ich ...«

Ich weiß nicht, wie ich ihm erklären soll, was ich in seiner Gegenwart fühle. Jede Zelle meines Körpers ist sich seiner Nähe bewusst: sein Geruch, die Rundung seines Halses, sein langer, schlanker Oberkörper unter dem T-Shirt. Jede meiner verängstigten einsamen Körperzellen sehnt sich nach unbeschwerter Zuneigung, doch hier ist die neue Jenny, was ist, wenn ich wieder die falsche Wahl treffe? Das möchte ich Josh nicht antun.

Er beugt sich ein wenig zu mir herab. »Lass mich eines klarstellen. Du sagst, dass du dasselbe für mich empfindest, was ich für dich empfinde, warum können wir es dann nicht einfach genießen?«, fragt er sanft, fährt mit seinem

Finger meinen Arm entlang, und ich erschauere vor Verlangen.

»Josh, du kennst mich doch. Wahrscheinlich kennst du mich besser als irgendein anderer Mann in meinem Leben. Du weißt, dass ich gewisse Schritte für mich alleine gehen muss. Ich muss erst lernen, glücklich darüber sein zu können, ich selbst zu sein und stolz auf mich sein zu dürfen. Ich weiß, wie verletzt du bist, und dass du nicht weißt, wie das Leben nach Aylas Tod weitergehen soll. Ich weiß es auch nicht. Mir ist bewusst, wie schön es wäre, all das in genau diesem Augenblick zuzulassen. Ich meine, Herrgott nochmal, ich bin ohne den leisesten Schimmer, was du für mich empfindest, hier heraufgekommen, und alles, was du gerade zu mir gesagt hast, ist all das, wovon ich von dem Moment an geträumt habe, in dem wir uns geküsst haben. Doch zum ersten Mal in meinem Leben bin ich mir sicher, was richtig ist, und für beide ist das jetzt nicht der richtige Zeitpunkt, um eine Beziehung zu beginnen. Wir könnten damit alles kaputtmachen, und du bedeutest mir einfach zu viel, als dass ich das riskieren möchte. Ich bitte dich nicht darum, auf mich zu warten, während ich mit mir ins Reine komme, ich sage nur, dass wir uns selbst ein wenig besser verstehen müssen, bevor wir riskieren, in diese Geschichte verwickelt zu werden. Für mich ist wichtig, dass ich mich so sehe, wie ich wirklich bin, und nicht wie Owen, mein Vater oder sonst irgendjemand wollte, dass ich mich sehe.«

Ein freundliches Lächeln umspielt seine Lippen. Ich lasse es zu, dass er meine Fingerspitzen nimmt, und bekomme Gänsehaut auf den Armen.

»Jenny, du musst mich nicht darum bitten, auf dich zu warten. Ich würde ohnehin warten. Ich habe drei Mal deine Beziehung mit Owen scheitern sehen und gewartet, zwei oder drei andere Beziehungen scheitern sehen und gewartet, bis du mich wahrnimmst. Ich habe auch während deiner letzten Beziehung geduldig gewartet. Ich habe gewusst, dass es da jemanden gab. Bei dir gibt es immer jemanden, du hast Angst, alleine zu sein. Aber schon jetzt kann ich in dir das sehen, was du gerne verkörpern würdest. Ich kann die lebenslustige, süße und loyale Frau sehen, die mich so zum Lachen gebracht hat, dass ich weinen musste. Ich kann einen der wenigen Menschen sehen, der auch dann noch seine Hand nach mir ausstrecken kann, wenn ich so verletzt bin, dass ich mich am liebsten einrollen und sterben würde. Einer der wenigen Menschen, der mich so gerne hat, dass er es überhaupt versuchen will. Ich sehe eine Frau, die so sexy ist, dass es mich von den Socken haut, eine Frau, die es verdient hat, geliebt zu werden. Ich kann *dich* sehen, Jenny. Ich kann dich selbst dann sehen, wenn du dich selbst nicht sehen kannst. Also werde ich warten: Denn das, was du gesagt hast, macht Sinn, und wenn du mit dir ins Reine gekommen bist und mich dann so sehen kannst, wie ich dich sehe, dann wird sich das Warten gelohnt haben. Allein schon der Aussicht wegen, mit dir zusammen zu sein.«

Ich bin sprachlos und sehe ihm in die Augen, während er seinen Kopf zu mir neigt und mich zärtlich küsst. Nur unter größter Anstrengung bringe ich es fertig, meine Hände im Schoß liegen zu lassen und diesen süßen und vollkommenen Augenblick an mir vorbeiziehen zu lassen. Als wir uns trennen, entfährt uns beiden ein tiefer Seufzer, und wir sehen einander an.

»Aber lass dir nicht zu lange dafür Zeit, okay?«, sagt Josh sanft.

Ich nicke, lächle ihn an und lege meine Handflächen auf sein Gesicht, bevor ich mich schnell erhebe. »Komm jetzt, wir sollten besser zur Party zurückkehren, bevor wir wieder die Kontrolle verlieren.« Ich bin unsagbar glücklich und habe gleichzeitig schreckliche Angst. Die Menschen auf der Party sind jetzt genau das Richtige, um Distanz zu der Intensität dessen, was gerade passiert ist, herzustellen und den Moment aus der Ferne auszukosten.

»Okay, komm. Ich bringe dich auf dem kürzesten Weg hin.« Zehn Minuten und ein paar Furcht erregende Leiterabsätze später stehe ich wieder inmitten der Party, und er ist in der Menge verschwunden, hält sein Wort und lässt mir Freiraum. Mein Freiraum macht mir verdammt Angst.

»Jenny, Schatz!«, Mrs Selins Ruf lotst mich durch die Menge, und nach ein paar Ellenbogenstößen, Remplern und dem gezielten Einsatz meines Dekolletés befinde ich mich in Joshs Ausstellungsabschnitt. Josh scheint diesen Ort wie die Pest zu meiden und lieber eine angeregte Unterhaltung mit dem Mädchen zu führen, das ich letztens bei ihm zu Hause angetroffen hab. Es besteht kein Zweifel daran, dass sie auf ihn steht.

Alle sind da, und wenn ich *alle* sage, meine ich auch diejenigen, mit denen ich nicht gerechnet habe. Rosie ist gekommen und hat es sogar geschafft, ein atemberaubendes Outfit zusammenzustellen, ohne auch nur einmal zu unserer Wohnung zurückgekommen zu sein, starrt auf eines von Joshs Bildern und vermeidet es, in meine Richtung zu sehen. Jackson nickt mir über ihren Kopf hinweg zu, zwinkert und verdreht die Augen. Ich lächle ihn an und zucke verlegen die Achseln. Mrs Selin hat immer noch ihren Arm um meine Hüfte gelegt und führt mich zu ihrem lächelnden und sehr aufgeregten Ehemann.

»Jenny!« Er begrüßt und umarmt mich fest, drückt mir einen väterlichen Kuss auf die Stirn und lässt mich dann zu Selin gehen. Selin ist nicht alleine. Der große Mann von der Beerdigung, der übervorsorgliche Onkel oder wer auch immer er ist, steht wieder an ihrer Seite und hat seine Hand auf ihre Schulter gelegt. Die Belastungen der letzten Wochen stehen ihr ins Gesicht geschrieben, sie steht schweigend in der Menschenmenge und sieht unter dem Schatten dieses großen Mannes, der ein wenig über sie gebeugt steht, verängstig und alleine aus. Diesmal werde ich ihr zu Hilfe eilen.

»Entschuldigen sie mich bitte?«, herrsche ich ihn an, packe Selin beim Ellenbogen und ziehe sie fort. Sie folgt mir bereitwillig. Der große Mann fährt sich mit der Hand über den Mund und sieht erstaunt zu, wie ich sie fortbringe.

»Wer ist denn dieser Typ? Geht's dir gut?«

Sie schüttelt den Kopf. »Nein, nein, mir geht's gar nicht gut. Überhaupt nicht. Ich versuche alles, damit es mir gut geht. Wir alle versuchen das, angefangen bei Josh, aber ich habe so ein schrecklich taubes Gefühl. Ich ... oh mein Gott, Jenny, werden ab jetzt alle Tage meines Lebens so sein? Und sollte ich mir genau das nicht eigentlich wünschen? Sollte ich nicht immer den Schmerz fühlen müssen, sie nicht mehr bei mir zu haben? Ich glaube nicht, dass ich stark genug bin, um das ertragen zu können.« Sie spricht leise und sieht mich dabei aufmerksam an. Trotz der Zurückhaltung erstaunt mich dieser plötzliche Gefühlsausbruch. Typisch für Selin, sie duldet keine Übertreibungen in der Öffentlichkeit, selbst dann nicht, wenn sie um ihre Schwester trauert. Ich sehe durch die Menschenmenge und bemerke, dass der Mann uns immer noch beobachtet und drauf und dran ist, zu uns herüberzukommen.

»Komm«, sage ich schwach, »wir werden uns betrinken.«

Es überrascht mich keinesfalls, dass Danny an der Bar steht, jetzt völlig besoffen und stinksauer ist. »Dieses Arschloch hat es noch nicht mal für nötig gehalten, es sich ein zweites Mal anzusehen, dieser Arschwichser. Ich wusste es, ich hab gewusst, dass ich lieber ein beschissener Dichter hätte werden sollen.« Er zeigt dem im Gehen begriffenen »Time Out«-Journalisten den Stinkefinger hinterm Rücken. Dieser scheint zu Joshs Arbeiten hinüberzugehen.

»Mach dir nichts draus, Dan, niemand mochte Van Goghs Werk, erst nach seinem Tod, oder?«

Er schnaubt mich an. »Ich will aber nicht erst berühmt werden, wenn ich tot bin! Ich will jetzt berühmt werden, einen Haufen Geld machen, tolle Miezen abschleppen und ein Restaurant haben! Verdammtes Formaldehyd, verdammte tote Kuh und verdammtes zerwühltes Bett. Ich habe das zerwühlte Bett doch nur für diesen blöden Esel gemacht.« Er schmollt, wird aber von seiner Schimpftirade durch ein Mädchen, Typ junge Debütantin in kurzem Top, abgelenkt.

Während wir uns davonmachen, reiche ich Selin eine Flasche »Moscow Mule« und bin erleichtert, zu sehen, dass sie lächelt, während wir zu unserer Gruppe zurückkehren. Kurz bevor wir sie erreichen, halte ich sie fest und sage: »Selin, ich weiß auch nicht, wann, aber eines Tages *wirst* du im Stande sein, an Ayla zu denken, ohne dass du dabei Schmerz empfindest. Ich glaube aber nicht, dass das bedeuten würde, dass du sie deshalb weniger lieb hast. Ganz im Ernst.«

Sie drückt meine Hand und braucht einen Augenblick, um Haltung anzunehmen, bevor sie wieder zu dem großen Mann hinübergeht, zu dem sich inzwischen auch Josh und ihre Eltern gesellt haben. Sie stehen in einer kleinen Familiengruppe zusammen. Wer ist bloß dieser Mann?

Eines ist zumindest klar, Rosie hat Selin bisher noch nichts von unserem Streit erzählt. Ungewollt sehe ich Rosie an, ihre Neugier scheint die Oberhand über ihren Ärger gewonnen haben, sie sieht mich an, dann in Richtung des großen Mannes neben Selin und hebt fragend ihre Augenbraue. Ich schüttle den Kopf, um ihr klar zu machen, dass ich auch nicht mehr über ihn weiß, und dann ist unser kurzer Waffenstillstand auch schon vorüber, sie rümpft die Nase, wirft mir noch einen durchbohrenden Blick zu und wendet sich wieder Jackson zu. Ich glaube nicht, dass wir wirklich miteinander im Streit liegen. Ich glaube, dass wir mit uns selbst im Streit liegen. Oder nein, eigentlich bin ich wirklich ziemlich sauer auf sie.

Da ich mich an niemanden hängen kann, wende ich mich wieder Joshs Bildern zu. Im Gegensatz zu vielen seiner Kollegen befasst er sich nicht mit Installationskunst, sondern malt eher auf traditionelle Art. Er liebt das Gefühl und den Geruch von Farbe. Er mag ihre wunderbare Kraft. Mir gefallen seine Bilder, obwohl ich mir nie ganz sicher bin, ob sie mir aus den richtigen Beweggründen heraus gefallen. Ich mag seine Bilder, weil sie mutig und wunderschön sind, bin mir aber nicht sicher, ob das Grund genug ist. Ich habe ihn immer angebettelt, mir eines seiner Bilder zu schenken, aber damit hat er sich immer zurückgehalten. Vielleicht wartet er darauf, dass ich seine Bilder aus *seinem* Blickwinkel sehe. Die drei Bilder, die er nach Aylas Tod gemalt hat, sind spektakulär und wunderbar, ich wünschte, ich hätte die richtige Ausdrucksmöglichkeit und Kenntnis, um in Worte zu fassen, was ich bei ihrem Anblick empfinde.

»Was halten Sie davon?« Ich werde von dem »Time Out«-Typen aus meinen Gedanken gerissen, der anerkennend zu Joshs Bild hinübernickt. Mein Gott, ich weiß gar nicht, was ich sagen soll. Was ist, wenn ich Josh schade, indem ich jetzt etwas Dummes sage?

»Ich, äh ... nun ja, ich bin keine Expertin, aber die Bilder sprechen etwas in mir an ... wenn ich sie betrachte, *fühle* ich etwas.« Ich sehe ihn an und versuche herauszufinden, was er von meiner Ansicht hält. »Ehrlich gesagt, das meiste andere Zeug hier sieht mir eher aus, als wäre es im Kindergarten entstanden.«

Er lacht amüsiert und sieht sich um. »Na ja, so krass würde ich es auch wieder nicht ausdrücken. Aber hier ist schon ziemlich viel Spreu, die erst vom Weizen getrennt werden muss. Das ist ähnlich wie auf einer Suche nach einem Popstar – von vielen Hoffnungsträgern wünscht man sich, dass sie lieber als Zweitplatzierte bei irgendeiner örtlichen Karaokenacht in ihrem Pub geblieben wären.«

Ich mag ihn, er bringt mich zum Lachen. »Dann sind sie also der Journalist vom ›Time Out‹, stimmt's?«, frage ich.

Er schaut etwas selbstzufrieden drein und nickt. »So in der Art jedenfalls, eigentlich bin ich freier Mitarbeiter. Ich beschäftige mich mit den eher ausgefallenen Besprechungen hier und da und führe selbst eine Galerie hier in der Straße. Ich bin ständig auf der Suche nach neuen Talenten. Sind Sie seine Freundin?« Und er nickt wieder in Richtung des Bildes.

»Ich? Nein, nein, ich bin solo.« Er ist zwar ein wenig klein, hat dafür aber schöne, haselnussbraune Augen, und jawohl, ganz richtig, ich flirte mit ihm. Nur ein wenig, einfach auf die guten alten Zeiten.

»Wenn ich recht verstanden habe, sind Sie also keine Künstlerin?«, flirtet er zurück.

»Oh, woran haben Sie das nur erkannt?«, antworte ich schelmisch und täusche vor, beleidigt zu sein.

»Na ja, das mit den Kindergartenobjekten hat mich darauf gebracht.« Er lacht und sieht an meinen Top herab. Ich schüttle meine Haare von den Schultern, um ihm die Sicht nicht zu versperren.

»Okay, Sie haben Recht. Nein, ich bin keine Künstlerin.

Ich komme aus der Computerbranche und bin im Verkauf von Hardware tätig, aber ich habe mich entschlossen, beruflich einen anderen Weg einzuschlagen. Ich werde mich für einen Journalistenkurs einschreiben, wenn es sein muss, ganztags, und endlich den Beruf ergreifen, den ich schon immer machen wollte.« Er ist der Erste, dem gegenüber ich das laut ausspreche. Plötzlich habe ich Angst, es nicht zu schaffen, plötzlich erkenne ich, welchen Vorteil simple Kalkulationstabellen und eine Million Anrufe in der Art wie »Hallo, Sie sprechen mit der Verkaufsabteilung, was kann ich für Sie tun?« pro Tag haben.

Der »Time Out«-Mensch sieht mich wieder an, und ich bin mir ziemlich sicher, dass seine Bewunderung nicht unbedingt nur dem gilt, was ich gerade gesagt habe.

»Sehr gut, Sie sollten sich ruhig im Büro von ›Time Out‹ melden, vielleicht können Sie dort für ein paar Wochen ein Volontariat machen. So was ist wichtig für die Verbindungen. Wenn Sie wollen, könnte ich ja Ihren Namen erwähnen«, sagt er und beendet den Satz mit einer überschwänglichen Geste. Er muss wohl denken, dass er sich damit todsicher eine Knutscherei verdient hat.

»Echt? Das würden Sie wirklich für mich tun?« Beruhige dich und versuche, nicht allzu dankbar zu klingen.

»Na klar würde ich das, aber ich kann für nichts garantieren, okay? Also, nebenbei, wie lautet er?«

»Wie lautet wer?«, frage ich begriffsstutzig nach und bin nicht sicher, ob er mich gerade wieder nach dem Bild oder nach meiner Körbchengröße fragt.

»Ihr Name!« Sein Lachen grenzt an Herblassung.

»Jenny, Jenny Greenway«, füge ich schnell hinzu und sehe ihm dabei zu, wie er meinen Namen auf die Rückseite einer Visitenkarte schreibt.

»Jenny, und wie lautet Ihre Telefonnummer, Jenny?« Ich

gebe sie ihm und denke dabei, dass die Wahrscheinlichkeit, dass sie jemals auf dem Schreibtisch eines Zeitungsverlegers landen wird, vermutlich gleich null ist.

»Darf ich Sie mal anrufen?« Das Übliche.

Ich seufze und betrachte Joshs Hinterkopf, seine geschwungenen Schultern unter dem T-Shirt. Man kann nie wissen, vielleicht ist dieser Typ hier abgesehen von seinem Sexualtrieb doch ein ganz netter Kerl.

»Wie heißen Sie?«, frage ich mit einem höflichen Lächeln.

»Mike«, antwortet er. Herrgott nochmal, bitte nicht schon wieder. Es sollte doch noch andere Männernamen geben. Hat die für die Namensfindung verantwortliche Person nie daran gedacht, dass die begrenzte angelsächsische Auswahl an Namen bei einem durchschnittlich geselligen Mädchen im einundzwanzigsten Jahrhundert schon mal für Verwirrung und Kopfschmerzen sorgen kann?

»Mike, wirst du meinen Namen trotzdem erwähnen, auch wenn ich dir jetzt einen Korb verpassen muss? Ich finde dich zwar cool, aber leider habe ich erst vor kurzem mit jemandem Schluss gemacht, nachdem seine Mutter zu mir gesagt hatte, dass ich mich nicht mehr mit ihm treffen dürfte. Und ich bin mir sicher, dass du nicht mit einem bedürftigen, bindungsgeschädigten Mädchen aus einer gescheiterten Beziehung etwas zu tun haben möchtest, nicht wahr?«

Eilig macht er einen Schritt zurück und klappert fieberhaft sein Repertoire nach Entschuldigungen wie »ich muss jetzt gehen« ab. Wenn man in die Ecke gedrängt wird, funktioniert die Masche mit der Beziehungsphobie immer am besten.

»Also gut, ich schätze Ihre Ehrlichkeit. Natürlich werde ich Ihren Namen erwähnen, Jenny. Nun, äh, ich muss jetzt gehen, hab mir noch ein bisschen Kunst anzusehen. Viel Glück.« Und weg ist er, offensichtlich nicht gewillt, noch mehr Zeit in ein aussichtsloses Projekt zu investieren. Ich glaube kaum, dass er meinen Namen erwähnen wird, und nachdem ich ehrlich gesagt noch nie in den Genuss beruflicher Vetternwirtschaft gelangt bin, wüsste ich auch nicht, was ich damit anfangen sollte. Aber ich nehme mal an, dass ich trotzdem dort anrufen und mich erkundigen sollte, ob ich ein Volontariat bei ihnen machen darf. Ein Volontariat mit fast dreißig, nun, wessen Schuld ist das wohl?

Selin ist es gelungen, sich aus der Umklammerung ihres väterlichen Bewunderers zu befreien, und quatscht mit Rosie. Jackson muss zur Bar gegangen sein. Na schön, da wären wir also bei Brückenbauphase zwei.

»Kannst du das glauben?«, sagt Rosie ungläubig zu Selin, die sie mit offenem Mund anstarrt.

»Hi!«, sage ich so strahlend ich kann. Selin lächelt mich an, und ich bin sauer, dass Rosie ihr irgendetwas erzählt haben muss, was sie so zum Lachen gebracht hat, dass sie darüber sich selbst vergessen hat.

»Hallo, ich dachte, du hättest mal wieder jemanden im Schlepptau«, sagt sie strahlend.

»Ach nein, ich hab für ’ne Weile die Männer aufgegeben.« Ich sehe Rosie an.

»Ich habe beschlossen, erst einmal richtig erwachsen zu werden.« Rosie schürzt ihre Lippen und trommelt mit einem ihrer falschen Nägel an ihr Glas Wasser, sieht mich dabei aber nicht an.

»Aber wie dem auch sei, was kann Selin nicht glauben?«, frage ich und mache mich auf das Schlimmste gefasst.

»Jackson hat Rosie gefragt, ob sie mit ihm in die Staaten geht! Um dort mit ihm zu leben!«, ruft Selin aus.

Jetzt bleibt mir der Mund offen stehen. Nach meiner

Unterhaltung mit Jackson auf dem Büroflur vor ein paar Tagen war ich mir sicher, dass er die Hoffnung inzwischen aufgegeben hatte, sie doch noch rumzukriegen. Er muss wirklich sein Herz an sie verloren haben, um doch noch einmal diesen letzten Versuch zu starten. So etwas versuche ... hätte ich in der Vergangenheit versucht.

»Wahnsinn, er muss echt scharf auf dich sein«, untertreibe ich, bin aber froh, dass etwas geschehen ist, das ihre Gedanken von Chris abgelenkt hat.

»Ich kann natürlich nicht mit ihm mitgehen, ich kenne ihn ja erst so kurz, außerdem hatten wir, na ja, noch nicht einmal Sex miteinander«, sagt Rosie prüde.

»Ohhhhh«, sagen Selin und ich wie aus einem Mund. Wir wundern uns.

»Wie auch immer, ich kann eben nicht mit ihm mitgehen. Aber wir werden in Kontakt bleiben, wisst ihr, und vielleicht werden wir drüben Urlaub machen, wenn das Baby geboren und groß genug ist. Aber ich habe ihm weder das eine noch das andere bis jetzt gesagt, also pssst.« Sie presst ihren Zeigefinger auf ihre perlmuttglitzernden Lippen. Rosie ist der einzige Mensch, den ich kenne, dessen Lipgloss weder verklebt noch eintrocknet.

Selin nickt verschwörerisch, doch ich habe das Gefühl, eine gewisse Unsicherheit in Rosies Stimme vernommen zu haben. Das ist nicht Rosies Art. Wenn Rosie etwas will, geht sie einfach gerade darauf zu, langfristige Zukunftsplanung hin oder her. Auch sie muss einen zweiten Anlauf im Erwachsenwerden nehmen.

Wie auch immer, ich beschließe meinen Plan umzusetzen und uns wieder zusammenzuführen.

»Hör mal, Selin, komm doch einfach noch zu einem Schlummertrunk zu uns. Heiße Schokolade und Toast, so was wie eine Pyjamaparty. Was meinst du? Rosie, wolltest du zu Jackson gehen? Ich finde einfach, dass wir schon so lange nicht mehr zusammen gewesen sind, oder? Ich dachte, das wäre vielleicht eine gute Gelegenheit für ein ordentliches Gespräch.«

»Einverstanden, es gibt da Dinge, über die wir reden müssen«, sagt Rosie bedeutsam. Ich hoffe, sie meint damit, dass sie sich bei mir entschuldigen muss und dankbar meine Meinung und meinen Rat annehmen wird, was bedeuten würde, dass ich nicht mehr widerwillig ihre Lebensentscheidungen hinnehmen muss. »Ich wollte sowieso nach Hause kommen. Was meinst du, Selin?«

Selin sieht über ihre Schulter zu ihrer Familie hinüber und nickt. »Ja, klar. Ich habe euch auch etwas zu sagen.«

Heute Abend müssen wir Selin reden lassen. Die Sache darf nicht wieder zu einer Rosie- und Jenny-Show ausarten.

»Sollen wir gehen?«, frage ich.

Rosie holt ihr Handy. »Ich werde Kaled anrufen und mich dann von Jackson verabschieden«, sagt sie.

Als wir uns der Reihe nach von allen verabschieden, drückt Josh mich und küsst mich mustergültig auf die Wange. Die Erinnerung an die wenigen Minuten, die wir zusammen nebenan verbracht haben, hängt voller Verlangen zwischen uns, und wir wechseln einen schnellen Blick in gegenseitigem Gedenken. Ich werde nicht allzu lange brauchen, denke ich.

Plötzlich steht Rosie neben mir und wirft uns einen wissenden Blick zu. »Komm, Kaled steht schon draußen«, sagt sie und sieht Josh noch einmal an, bevor wir uns trennen.

Ich kann noch den Druck seiner Lippen spüren, als wir in die kalte Nacht hinausgehen.

49. Kapitel

Als wir zurück in der Wohnung sind, bereitet Rosie die Toasts vor, während ich Milch in einen Topf gieße und mehr als die angegebene Zahl an Teelöffeln Schokolade in unsere orangefarbenen Becher gebe.

Selin ist nebenan und sucht nach irgendetwas im Fernsehen, nehme ich an. Endlich sage ich zu Rosie: »Mir tut das alles so schrecklich Leid, vor allem, dass du in die Geschichte zwischen Michael und mir verwickelt worden bist. Das war wirklich Scheiße. Irgend so ein verrücktes Weib schneit urplötzlich in deine Wohnung hinein, schreit und plärrt herum, und anschließend ziehe ich noch wegen Chris über dich her. Tut mir wirklich sehr Leid, was ich gesagt habe. Ich meine, es tut mir Leid, *wie* ich es gesagt habe. Du hast Recht, es fällt mir schwer, den Chris zu erkennen, den du in ihm zu sehen glaubst, aber ich liebe dich und möchte nicht, dass du verletzt wirst. Es klingt vielleicht dumm oder impulsiv, aber mit Jackson abzuhauen scheint mir persönlich fast vernünftiger, als zu Chris zurückzukehren. Das ist alles.« Ich hebe ratlos meine Hände und gehe einen Schritt von ihr weg.

»Lass uns die Sache mit Chris einfach für eine Weile vergessen, okay? Tut mir Leid, was ich über deinen Vater gesagt habe. Das war nicht fair, und es stimmt auch nicht.« Rosie sieht mich dabei nicht an, während sie das sagt, denn wir wissen beide, dass nichts von dem eigentlich der Wahrheit entspricht. Trotzdem bin ich froh, dass sie sich entschuldigt hat. Als Gegenleistung biete ich ihr wenigstens teilweise eine Erklärung für die Geschichte mit Michael an.

»Ob du's glaubst oder nicht, ich habe mich mit Michael wirklich prächtig verstanden. Ehrlich. Er wird mir fehlen, die ganze Sache an sich ist sehr schmerzlich. Mehr, als ich erwartet hätte.« Erst jetzt, während ich es ausspreche, wird mir klar, dass ich zwar schon zu Beginn unserer Beziehung auf das Ende vorbereitet war, aber nicht darauf, wie ich mich danach fühlen würde. Es ist zwar nicht mit den traumatischen und herzzerreißenden Abbrüchen der Beziehung zu Owen zu vergleichen, aber mit echter Trauer und dem Gefühl, etwas verloren, ein Kapitel für immer geschlossen zu haben. Ich denke, Michael war so etwas wie ein Schwanengesang.

Rosie packt das Brot wieder weg und wirft einen Blick auf die siedende Milch.

»Ich verstehe nicht ganz, was zwischen dir und dem Rotschopf gelaufen ist, und ich will es auch gar nicht wissen. Es ging gar nicht so sehr um ihn oder sein Alter, was mich viel mehr gestört hat, ist, dass du den moralischen Zeigefinger auf Chris richtest, selbst aber die ganze Zeit genauso, wenn nicht sogar noch unverantwortlicher gehandelt hast. Obwohl die Überlegung, ein Leben mit dem Vater meines Babys zu verbringen, in Wirklichkeit keineswegs unverantwortlich ist. Wie dem auch sei, *das* war es, was mich so stinksauer gemacht hat. Außerdem weißt du genau, dass ich gerade jetzt bei fast allem heulen muss. Vor allem bei liebeskranken Teenagern und wütenden, rothaarigen Müttern. Ich habe gut verstehen können, wie sie sich gefühlt hat, sie wollte einfach ihr Baby beschützen.«

Ich lege versöhnlich meinen Arm um ihre Schultern. »Ich weiß, tut mir Leid, dass die ganze Sache hier ausgetragen wurde. Im Ernst. Und es tut mir Leid, dass ich so über

Chris hergezogen habe, aber das habe ich nur getan, weil ich dich liebe und nicht will, dass du verletzt wirst«, wiederhole ich mein Dementi.

Rosie gießt die Milch auf die Schokolade, und ich rühre um.

»Manchmal musst du die Dinge eben einfach objektiver beurteilen, findest du nicht?«, sagt sie, während sie den Toast und die Schokolade auf ein Tablett stellt und wir ins Nebenzimmer gehen. »Da wir gerade davon sprechen, heute Abend sollte Selin sich aussprechen dürfen, okay? Ich finde, wir beide sollten einmal für fünf Minuten unsere Probleme beiseite lassen.«

Wir sind uns beide darüber einig, und ich betrachte mich kurz in dem Spiegel im Flur, in dem man so wunderbar schlank aussieht, und denke: »Vielleicht tut es mir ja auch ganz gut, wenn ich für fünf Minuten einmal nicht an meine eigene Misere denke.« Typisch. Selbst wenn ich versuche, nicht an mich zu denken, denke ich wieder an mich, mich und nochmal mich.

Selin sitzt mit gekreuzten Beinen auf dem Fußboden. Der Fernseher ist ausgeschaltet. Sie sieht nervös aus. Ich reiche ihr einen Becher Schokolade und einen Teller mit Toast, doch sie rührt beides nicht an.

»Ich muss euch etwas sagen«, sagt sie unglücklich.

Rosie und ich sehen uns an und setzten uns dann zu ihr auf den Fußboden. Ich warte auf Selins ersten emotionalen Befreiungsschlag. »Mach dir keine Sorgen, okay«, versichere ich ihr. »Wir hören dir zu.«

Sie unterbricht sich, wühlt einen Augenblick in ihrer Tasche und holt dann zwei Marsriegel hervor. Sie schiebt sie über den Fußboden zu uns herüber. *Marsriegel.* Von *Selin.* Die ersten überhaupt. Die Bedeutung dieses Augenblicks darf nicht unterschätzt werden. Rosie und ich sehen einander an. Wir nehmen sie nicht, sondern sehen sie als Zeichen von Selins plötzlicher emotionaler Schwäche einfach nur an.

»Ich wollte es euch schon vorher sagen, aber ihr wisst ja, wie das ist.« Sie schweigt einen Augenblick und holt tief Luft. »Ich bin verlobt. Mit Adem. Dem Typen vom Begräbnis. Der, über den ihr mich ausgefragt habt. Er war heute Abend auch da. Wir sind verlobt. Wir werden heiraten. Das Ganze ist vor ein paar Wochen passiert, ich wollte es euch erzählen, aber dann ist Ayla überfahren worden. Während dieser ganzen Sache ist er mir nicht von der Seite gewichen, er hat es erträglicher für mich gemacht. So, da habt ihr es, ich hab's gesagt.« Sie lächelt uns nervös an.

Rosie und ich sehen einander verdutzt an, dann die Marsriegel und dann Selin. Das hatte ich nicht erwartet, seltsamerweise bin ich enttäuscht.

»Diesen alten Kerl?«, sage ich unverblümt.

»So alt ist er auch wieder nicht. Sechsundvierzig.« Sechzehn Jahre älter als sie. Ein größerer Altersunterschied als zwischen mir und Michael. Ich versuche mich an die letzten paar Wochen zu erinnern, aber wir haben uns nur selten gesehen. Wann ist sie diesem Mann begegnet und wie?

»Das ist alt, Selin. Wer ist dieser Mann? Du kannst uns doch nicht einfach aus heiterem Himmel erzählen, dass du heiraten wirst? Handelt es sich etwa um eine arrangierte Heirat? Weiß seine Frau etwas davon?«, frage ich begriffsstutzig, und alter Ärger steigt leise in mir hoch.

»Nein! Ich meine, nein, die Hochzeit ist nicht arrangiert worden. Und er ist auch nicht mehr verheiratet. Ich habe ihn getroffen, als ich mit Dad unterwegs war, an einem unserer Polo-Abende. Dad kennt ihn schon seit Jahren. Wir haben uns langsam besser kennen gelernt.« Sie lächelt wie zu sich selbst. »Er ist wirklich nett, freundlich und liebevoll. Nach Aylas Tod ist er wirklich wunderbar zu mir gewesen. Übrigens, er ist euer Vermieter.«

»Unser Vermieter?« Ich hätte es ahnen müssen, wenn ich bloß nicht so ichbezogen und Selin nicht so verdammt geheimnistuerisch gewesen wäre. Ja, ja, ich weiß schon, ausgerechnet ich sage das.

Rosie nimmt ihren Marsriegel, begutachtet ihn und schüttelt dann verwirrt den Kopf. »Fünfzehn Jahre lebst du ohne Sensationen vor dich hin, und dann auf einmal das. Ich glaub, ich pack's nicht, du heiratest jemanden, den du kaum kennst und der fast dein Vater sein könnte? Ehrlich gesagt sind das Dinge, die ich eher Jen zutrauen würde. Sag, das ist doch nicht etwa deine Art, dich über Aylas Tod hinwegzutrösten, oder?«, fragt sie.

Selin sieht entsetzt aus. »Was, du meinst als Reaktion auf meinen Schmerz? Wie kannst du nur so etwas sagen? Ich weiß schon seit Wochen davon, ich habe einfach nur nicht den richtigen Zeitpunkt gefunden, um euch davon zu erzählen.«

»Aber Selin, ich meine, was ist mit der Leidenschaft, der Aufregung und Lust, gemeinsam die Welt zu entdecken? All diese Dinge eben«, frage ich sie verständnislos. Sie muss doch erkennen, dass sie nicht einfach auf ihr junges Leben verzichten kann.

»Ach ja, all das Zeug, das du mit und zwischen Owen so gemacht hast? Herumvögeln und dich vor die Säue werfen, meinst du?« Selin verliert ihre Geduld und fährt uns an. »Oder du Rosie, all dieses Hochzeitsgetue, das du mit Chris veranstaltet hast, die drei Minuten, die ihr beide verheiratet gewesen wart, bevor er dich für die Liebe seines Leben rausgeschmissen hat? Zwischen mir und Adem gibt es Leidenschaft *und* romantische Liebe. Es ist nur eben einfach nicht diese Art von Abhängigkeit, in die ihr euch so gerne verwickeln lasst. In dem festen Glauben und der Sicherheit, dass die gute alte zuverlässige Selin schon da sein und die Bruchstücke wieder aufsammeln wird, denn seien wir doch mal ehrlich, dafür war ich doch immer gut genug, oder? Ich *liebe* Adem und *werde* ihn heiraten. Das war's. Meine Familie freut sich für mich, auch wenn ihr das nicht könnt. Und ihr wundert euch noch, warum ich euch nichts davon erzählt habe? Erstens – seit Wochen habt ihr mir gar nicht die Gelegenheit gegeben, richtig mit euch darüber zu reden, weil ihr nie da wart, und falls doch, musstet *ihr* reden, weil entweder die eine oder die andere von euch mal wieder in irgendein Chaos verwickelt war. Ihr habt mich nie gefragt, stimmt's? Ihr habt euch nie gefragt, wie *ich* mich fühle, selbst jetzt tut ihr das nicht. Und zweitens wusste ich genau, wie ihr darauf reagieren würdet, ihr Heuchlerinnen. Rosie, du hast gerade gesagt, dass ich fünfzehn Jahre lang überhaupt keine Sensationen vorzuweisen gehabt hätte. Aber eigentlich wart ihr beide zu sehr mit euch selbst beschäftigt, um überhaupt zu bemerken, was ich tue. Aber ich *hatte* ein Leben außerhalb meiner therapeutischen Tätigkeit für euch. Adem gehört zu meinem Leben dazu und ist ein sehr viel befriedigenderer Teil als ihr beide zusammen.« Ihre Augen blitzen vor Wut. Sie springt vom Boden auf und setzt sich auf die Sessellehne.

Rosie und ich sehen einander in stummer Verwunderung an. Keine von uns beiden hatte auch nur die leiseste Ahnung, dass Selin sich so fühlen könnte. Wir vermuteten nur, zumindest ich tat das, dass in Selins Welt alles immer im Lot war. Alles, bis das mit Ayla passiert ist. Ich hätte nie gedacht, dass es da noch andere Dinge geben könnte. Ich fühle mich schrecklich.

»Aber, er ist doch so alt«, sage ich nachdenklich. Ich kriege das eben einfach nicht in meinen Kopf.

Rosie hingegen wandelt ihren Schock in Ärger um und lässt die Bombe platzen. »Hör zu, Selin. Chris und ich sind vielleicht über einen steinigen Weg gelaufen, aber das haben wir jetzt auf die Reihe gekriegt.« Rosie greift in ihre eigene Tasche und wirft wie Spielchips zwei weitere Marsriegel auf den Haufen. »Wir werden es noch einmal miteinander versuchen. Ich werde wieder zu ihm ziehen.«

»Was?«, schreie ich, und all meine guten Vorsätze sind verpufft. »Du willst es noch einmal mit ihm versuchen? Du bist doch total bescheuert, ihr beide seid total bescheuert. Du und Selin. Du bist ja krank.«

Rosie wirbelt zu mir herum und zeigt mit dem Finger auf mein Gesicht. »Ich weiß gar nicht, warum *du* so überheblich tust, du hast doch seit wer weiß wie lange hinter unserem Rücken mit einem elf Jahre jüngeren Typen gefickt! Und dann all die Scheiße von wegen Männer aufgeben und so. Ich habe dich heute Abend mit Josh beobachtet, auch ihn hast du um deinen kleinen Finger gewickelt, stimmt's? Du wirst ihn so lange an der Nase herumführen, bis er dich langweilt, ist es nicht so?«

Angespanntes Schweigen senkt sich über den Raum. Nett von dir, Rosie, denke ich.

Selin sieht mich an. »Ist das wahr?«

»Na ja, so ungefähr. Ich wollte euch heute Abend davon erzählen.« Ich halte meine Marsriegel unter einer Zeitschrift versteckt. Sie jetzt zu enthüllen scheint mir sinnlos zu sein.

»Das mit Michael wollte ich euch erzählen ...«

»Du meinst das Kind von der Party, den Rotschopf aus dem Park?«

»Ja, ich ...«

»Du Heuchlerin! Warum ist für dich so was okay, für mich aber nicht?«, unterbricht sie mich zornig.

»Weil das mit Michael nur eine kurze Episode war. Du hingegen planst, dein Leben für immer mit einem Pensionär zu ruinieren!«, kontere ich reflexartig zu meiner Verteidigung, was Selin nur noch wütender macht. Die ganze Sache entwickelt sich überhaupt nicht so, wie ich geplant hatte.

»Woher willst du das wissen? Seit wann bist *du* Expertin dafür, sich nicht das Leben zu ruinieren?« Sie ist aufgestanden und brüllt mich jetzt an. »Und was ist mit Josh? Warum hast du beschlossen, ausgerechnet jetzt mit ihm herumzumachen? Er ist dir doch total egal, stimmt's? Du selbstsüchtige, arrogante kleine Nutte!«

Mein Gesicht brennt, als wäre ich geohrfeigt worden. »Josh und ich haben die Dinge geklärt. Wir kommen gut damit zurecht. Es gibt also gar keinen Grund, dass du zu seiner Verteidigung eilst«, argumentiere ich und merke, wie lahm ich klinge. Ich weiß, dass ich versuchen sollte, die Dinge ein wenig zu entschärfen und zu erklären, stattdessen sehe ich, dass ich jede Gelegenheit, um dies zu tun, vergeudet habe.

Selin geht zur Tür. »Oh, er hat dir also wieder gestattet, über ihn hinwegzutrampeln. Na schön, ich werde dir jetzt mal was sagen. Ich werde nicht zulassen, dass du deine Klauen in ihn vergräbst, hast du mich verstanden? Dieses kleine Hirngespinst kannst du also vergessen, du wirst ihn nie wieder auch nur berühren.« In ihrer Wut wirft sie einen Becher heißer Schokolade um. »Und was dich betrifft, Rosie, von dir und deinen dummen Sprüchen habe ich auch genug. Geh doch zurück zu deinem Chris. Viel Glück. Aber falls es fehlschlagen sollte, dann lass mich bitte damit in Ruhe, okay? Ich möchte keine von euch beiden je wieder auf meiner Türschwelle sehen. Meine Beratungsstunden sind vorüber. Für immer. Und ganz nebenbei – danke für euer Verständnis. Ich hab immer geahnt, dass die ganzen Jahre, die ich für euch da gewesen bin, sich nicht lohnen würden. Ja, ganz genau.«

Sie schlägt die Eingangstür so heftig zu, dass die Bilder an den Wänden wackeln und der Nachbar an die Wand klopft, vermutlich kurz vor einem Nervenzusammenbruch aufgrund der vielen Türschläge in den letzten Wochen.

»Vielen Dank, dass du mich da mit hineingezogen hast, Rosie«, sage ich verbittert, sauer auf sie und sauer darauf, dass ich die Situation nicht besser in den Griff bekommen habe.

»Das hast du dir schon selbst zu verdanken, Schätzchen«, sagt sie schelmisch und greift nach ein paar Tüchern, um die Schokolade aufzuwischen. Ihre mustergültige Selbstzufriedenheit macht mich ganz krank.

»Und du bist drauf und dran, deinem Baby etwas anzutun, was du später bitter bereuen wirst. Und ich dachte schon, du würdest eine gute Mutter werden. Ein Witz ist das.« Noch bevor ich irgendetwas dagegen tun kann, habe ich es ausgesprochen.

Rosie dreht sich mit finsterer Miene zu mir um und schleudert zornig die nassen Tücher in meine Richtung. »Nein, Jen. Ich bin kein Witz. *Du* bist einer. Du bist Owen drei Jahre lang hinterhergelaufen, obwohl jeder außer dir wusste, dass er sich einen Scheißdreck aus dir gemacht hat, du hast mit jedem geschlafen, den du in die Finger bekommen konntest, außer mit dem einzigen anständigen Mann, der sich wirklich etwas aus dir gemacht hat, und dann hast du ein Kind gefickt. *Das* ist ein Witz. Ha, verdammte Scheiße, ha.« Und schon ist sie in ihrem Zimmer verschwunden.

Ich klaube die mit Schokolade durchtränkten Tücher auf und werfe sie weg, dann stecke ich mir einen Marsriegel in die Tasche.

Noch nie zuvor haben wir uns so gestritten. Wir sind noch nie so herzlos und gleichzeitig so ehrlich zueinander gewesen. Ich habe das Gefühl, als sei alles verschwunden, als sei die Festung unserer Freundschaft wie Zuckerguss in sich zusammengestürzt. Ich sehe keinen Weg, dorthin zurückzukehren, wo wir einmal standen. Doch wenn wir damals so glücklich dabei waren, uns anzulügen, wenn wir so blind gegenüber unseren Hoffnungen und Schmerzen waren, gibt es dann überhaupt noch etwas, wohin man zurückkehren sollte?

Ich krieche in mein Bett, mache das Licht aus, esse im Dunkeln den Schokoladeriegel und grüble über alles nach, was Rosie und Selin gesagt haben. Nichts von dem, was sie gesagt haben, hat allzu sehr sein Ziel verfehlt, doch es gab einmal eine Zeit, da wäre ein solcher Streit unmöglich zwischen uns gewesen.

Was ist bloß schief gelaufen?

50. Kapitel

Es ist Donnerstag, und seit letztem Samstag habe ich weder Rosie noch Selin gesehen. Ich nehme an, dass Rosie bei Chris ist und Selin mir einfach aus dem Weg geht. Rosie ist einmal in die Wohnung gekommen, als ich bei der Arbeit war, und hat mir einen Post-it-Zettel an der Haustür hinterlassen. Ich bin mir sicher, sie hat die Ironie dieser Situation genossen.

»Bin am Wochenende zurück, um meine restlichen Sachen abzuholen. Zahle die Miete bis Ende des Monats, bitte kümmere dich um die Rückgabe der Kaution. R.«

Bisher war mir noch nicht einmal bewusst geworden, dass, wenn Rosie auszieht, ich mir eine andere Wohnung suchen muss. Ich bin schon so ewig daran gewöhnt, meine eigenen vier Wände zu haben, und jetzt sieht es womöglich so aus, dass ich in eine erschwingliche Wohngemeinschaft mit Fremden zurückkehren muss, die wahrscheinlich psychotisch sind, Putzpläne aufstellen und ihre Namen auf die Milch schreiben. Mein Gott, nur noch ein paar Wochen bis zu meinem dreißigsten Geburtstag und ich werde wieder zur Studentin. Alles okay, beruhige dich, beruhige dich, tief durchatmen. Ich werde das schon hinkriegen.

Die ganze Woche über habe ich mir überlegt, die beiden anzurufen und Frieden mit ihnen zu schließen. Mein Finger schwebte mehr als einmal über beiden Telefonnummern, doch jedes Mal habe ich es mit der Angst bekommen und auf kindische Weise verweigert, dass immer ich den ersten Schritt tun muss. Immer. Diesmal komme ich auch alleine zurecht. Außerdem haben sie zwar Recht damit, was sie über mich gesagt haben, aber ich auch mit dem, was ich ihnen vorgeworfen habe. Unter solchen Umständen ist es sehr viel schwieriger, in die Defensive zu gehen.

Das Einzige, wozu ich im Stande gewesen bin, ist, mein Leben ein wenig in Ordnung zu bringen, womit ich meine, dass ich den Versuch gemacht habe, ihm eine gewisse Richtung zu geben, anstatt es einfach so im Schwebezustand dahingleiten zu lassen.

Die Prospekte für den Journalistenkurs sind zusammen mit einer Einladung zu einem Abend der offenen Tür angekommen, bei dem sich jeder persönlich dazu äußern soll, weshalb er sich für den Journalismus entschieden habe. Der Kurs dauert drei Monate und kann nur ganztags besucht werden, das bedeutet also, dass ich meinen Job an den Nagel hängen muss.

Die Aussicht, meine Arbeit aufzugeben, erscheint mir einerseits wie ein Traum, doch die Tatsache, dass ich ohne Job mit einem Minimum dessen auskommen müsste, was ich bisher zum Leben gehabt habe, überhaupt nicht. Josh ist der einzige Erwachsene, den ich kenne, der keinen richtigen Job hat, aber er trägt auch keine hübschen Schuhe, besitzt nicht siebenundvierzig verschiedene Lippenstifte und keine drei bis zum Limit ausgereizten Kreditkarten. Ich habe mehr Schulden als ein Ministaat. Wenn ich meinem Traum folge, ist das vielleicht der letzte kleine Stoß, der mir gefehlt hat, um mich endgültig von den Rückzahlungsraten direkt in das bis jetzt noch nicht von mir betretene Land der Kreditunwürdigen zu führen. Ich werde die Zeitungen nach Geldverleihinstituten abklappern müssen, bei denen man auch dann Geld geliehen bekommt, wenn man in einem Auto wohnt, das einem noch nicht einmal gehört. Doch wenn ich den Kurs jetzt nicht besuche, muss ich bis nächsten April warten. Das gäbe mir allerdings immerhin noch ein paar Monate Zeit, um Geld beiseite zu schaffen. Geld beiseite schaffen – ein ganz neues Konzept.

Ich habe deshalb das Antwortformular mit meinem Einverständnis, an dem Abend teilzunehmen, vor mir liegen und bin unschlüssig. Ich halte den Kuli in der Hand. Ich werde es später ausfüllen.

Heute ist Jackson nach New York zurückgekehrt, ein wenig früher als geplant, aber vermutlich aufgrund Rosies Ablehnung. Wir sind ein letztes Mal zusammen zum Mittagessen gegangen, bevor er abgeholt und zum Flughafen gebracht wurde. Er schien gut in Form zu sein, dennoch glaube ich, dass er nur versteckt hat, wie schlecht er sich in Wirklichkeit fühlte.

»Jackson, tut mir wirklich Leid, mein Freund, aber so sehr es mir auch gefallen hätte – du weißt, warum sie beschlossen hat, nicht mit dir nach New York zu gehen. Außerdem kennt ihr beide euch doch kaum.«

Er hatte genickt und in seinem Kaffee gerührt. »Ich weiß schon, aber ganz ehrlich, ich glaube, wir hätten es schaffen können. Herrgott, Jenny, man ist einfach nicht darauf vorbereitet, sich so im Handumdrehen in ein schwangeres englisches Mädchen zu verlieben. Ich meine, wir haben noch nicht einmal Sex miteinander gehabt! Gott bewahre, dass die, die das Buch ›The Rules‹ geschrieben hat, in diesem Punkt wirklich Recht haben könnte. Weißt du, ich hätte mich an Plan A halten sollen.«

Ich lachte. »Ach ja, und wie sah Plan A aus?«

»Na ja, dich zu verführen und eine nette Affäre mit dir zu beginnen, bis ich wieder nach Hause fahre, ist doch klar.« Er verdrehte die Augen und lachte dabei, aber ich glaube, dass er es irgendwie schon ernst gemeint hat.

»Du wolltest mich verführen?« Ich lachte. »Das finde ich ja ganz schön arrogant. Ich stand ja noch nicht einmal auf dich«, log ich. »Außerdem habe ich mich zu der Zeit mit jemand anderem getroffen. Also stand ich gar nicht zur Verfügung«, fügte ich äußerst sittsam hinzu.

»Ach stimmt ja, der Teenager. Schatz, ich hätte ihn noch übertroffen, lass dir das gesagt sein.« Diesmal haben wir beide gelacht, trotzdem bin ich rot geworden, und meine Backen haben mit den letzten Überbleibseln meiner leichten Verknalltheit für ihn zu glühen begonnen.

»Wenn Rosie nicht aufgetaucht wäre und deine schändlichen und oberflächlichen Pläne zunichte gemacht hätte. So ein Mist, wenn ich nur gewusst hätte, dass ich auch noch wegen etwas anderem mich mit ihr hätte streiten können!« Ich habe dabei zwar gelacht, doch als ich aus dem Fenster in den Sprühregen des frühen Nachmittags sah, seufzte ich tief.

»Du weißt, dass sie sehr mutig ist, aber ich habe das Gefühl, dass sie wahnsinnige Angst davor hat, dass alles schief gehen könnte«, hatte Jackson ernst gesagt.

Ich zuckte die Achseln.

»Sie vermisst euch alle sehr«, sagte er hinter meinem Rücken.

Ich drehte mich zu ihm um und sah ihn an. »Sie weiß ja, wo sie mich finden kann«, sagte ich störrisch. »Oder zumindest wo ich bin, bis ich aus der Wohnung rausmuss, die ich wegen ihr nicht mehr bezahlen kann.«

Jackson schüttelte den Kopf, sah auf die Uhr, stand auf und zog seinen Mantel an.

»Ich muss los. Hör zu, bei euch ist in letzter Zeit alles ein wenig drunter und drüber gegangen. Ihr hattet wirklich eine schreckliche Zeit. Ihr braucht jetzt einander mehr als zuvor. Eine von euch muss den ersten Schritt tun«, betonte er und genoss dabei sichtlich seine Rolle als väterlicher Berater.

Wie ein missmutiger Teenager wandte ich ein: »Aber warum ausgerechnet immer ich? Warum muss immer ich den ersten Schritt tun?«

Jackson beugte sich zu mir, fuhr mir durch die Haare und küsste mich auf den Mund.

»Weil ich schließlich irgendjemandem einen Vortrag halten muss, und du bist die Einzige von euch drei Hohlköpfen, die hier ist. Und weil es dir ins Gesicht geschrieben steht, dass auch du sie vermisst.«

Wieder zuckte ich die Achseln, stand auf und drückte ihn zum Abschied. »Du wirst mir fehlen«, sagte ich und meinte es auch so.

»Auch du wirst mir fehlen, aber in sechs Monaten werde ich wiederkommen, und dann werde ich vielleicht über Rosie hinweggekommen sein und du über ... wer immer es gerade sein wird, und vielleicht können wir dann über diese Affäre sprechen, von der ich dir gerade erzählt habe.«

Wieder habe ich lachen müssen und ihn dann beiseite gestoßen. »Jackson, ich habe nie gesagt, dass ich mit dir schlafen will!«

Er sieht mich noch einmal lange und intensiv an. »Liebling, sag niemals nie.«

Jetzt ist er vermutlich schon in New York City. Er fehlt mir. Im Augenblick war er einer der wenigen, mit dem ich reden konnte.

Noch etwas habe ich getan – ich habe mich bei einer Fahrschule angemeldet. Morgen Abend werde ich meine erste Fahrstunde haben. Ich habe absichtlich Freitagabend gewählt, denn dann habe ich wenigstens etwas, womit ich mich tagsüber beschäftigen kann, und bin nicht gezwungen, auf Fragen von Freunden, was ich denn am Abend vorhätte, Dinge wie »ach, gar nichts« antworten zu müssen.

Und während ich meine Karriere plane, auf die Autobahn fahre und mich nicht mit meinen Freundinnen versöhne, denke ich an Josh. Josh, Josh, Josh. Und an unser kurzes Intermezzo auf dem Sofa und das Zusammentreffen auf der Party. Es fällt mir unglaublich schwer, Josh gegenüber meine Entschlossenheit zu bewahren, sodass ich mich sogar dabei ertappe, wie ich auf das Telefon starre und in Gedanken unaufhörlich beschwörend wiederhole: »Ruf mich an, Josh, ruf mich an, Josh.«

Ich bin so in meine neue Rolle als liebestolle Jungfer vertieft, dass ich beim Klingeln des Telefons förmlich aufspringe und fast meinen Tee auf die noch immer leere Ablage verschüttet hätte.

»Hallo?«

»Hi, Jen, ich bin's, Josh. Alles okay bei dir?« Der Klang seiner Stimme verursacht mir ein Kribbeln im Bauch. Josh, den ich immer an seiner Stimme erkenne und der sich trotzdem verpflichtet fühlt, seinen Namen zu nennen, wenn er mit mir telefoniert, Josh, der meine Wangen zum Glühen bringt. Er scheint gut gelaunt zu sein.

»Äh, du meinst, wie es mir abgesehen von der Katastrophe geht, die sich erst kürzlich in meinem sozialen Leben ereignet hat? Mir geht es gut. Und dir?« Ich habe meine Meinung geändert, ich will nicht mehr vernünftig sein, ich muss unentwegt an dich denken, du fehlst mir, willst du gleich rüberkommen und Sex mit mir haben? Murmle ich unhörbar in das Mundstück meines Kopfhörers.

»Ach, du wirst das schon schaffen. Das hast du immer«, sagt Josh aufmunternd und ist sich meines leisen Appells nicht bewusst. »Es tut mir Leid, weißt du, dass ich dir nichts von Adem erzählt habe. Aber Selin wollte es euch persönlich sagen. Er ist wirklich ein netter und verlässlicher Kerl, weißt du«, fügt er loyal hinzu.

»Na, gut. Wir werden ja sehen.« Ich wette, Adems Exfrau und Kinder denken ganz anders darüber.

»Wie auch immer, der Grund, weshalb ich dich anrufe, ist«, ich spüre ein leichtes Flattern der Vorfreude, das Josh mich fragen könnte, ob ich mit ihm ausgehe, und das über meinem Kopf schwebende Damoklesschwert des bevorstehenden Wochenendes vertreiben wird, und ich weiß, dass meine Willenskraft unter diesem Druck im Bruchteil einer Sekunde brechen wird, »dass ich wissen wollte, ob du heute die ›Time Out‹ gelesen hast?«

»›Time Out‹? Nein. Ich brauche die ›Time Out‹ nicht mehr, ich habe ja keine Freunde«, sage ich und frage mich, ob er vielleicht irgendeinen coolen Club aufgetan hat, in den wir gehen könnten, oder vielleicht ein neues Restaurant in der Stadt.

»Die Kritik von der Ausstellung?« Ich hatte total vergessen, dass die ja heute erscheinen sollte. Ich könnte schwören, dass selbst Josh meine Selbstbezogenheit auf die Nerven geht.

»Oh, mein Gott, Josh, tut mir Leid. Was steht denn drin?« Ich halte den Atem an.

»Hey, sie war echt gut, wirklich gut. Es steht drin, dass das Kollektiv ein paar gute Ideen gehabt hat, die es wert gewesen sind, gesehen zu werden, aber das Beste daran ist, dass er meinen Namen erwähnt hat. Hör zu: ›Der Maler Josh Mehmet verwendet Ölfarbe und Leinwand zwar auf traditionelle Weise, aber da ist es mit dem Gewöhnlichen auch schon vorbei. Er hat ein ganz erstaunliches und bezauberndes Gefühl für Formen und Farben und einen gefühlvollen und leidenschaftlichen Stil, der auf Anhieb gut beim Publikum ankam‹.«

»Oh, Mann, Josh, das ist ja großartig. Gefühlvoll und leidenschaftlich. Stell dir das mal vor!« Ich stelle ihn mir nur zu gut dabei vor, wie er gefühlvoll und leidenschaftlich zu mir ist, und atme tief durch.

»Ja, und heute habe ich sogar ein Bild verkauft. Das für hundertfünfzig Piepen!« So, da wären wir, er wird mich einladen, damit ich seine neue Glückssträhne mit ihm feiere.

»Josh, das ist ja fantastisch, wollen wir das irgendwo feiern?«, fordere ich ihn auf.

»Nein, momentan nicht, danke. Zum Feiern bin ich einfach noch nicht in der richtigen Stimmung, außerdem habe ich bis jetzt noch gar keine Zeit gehabt. Der Typ von ›Time Out‹ ist daran interessiert, ein paar meiner Werke in seiner Galerie auszustellen. Wir treffen uns morgen. Ich muss auch noch was fertig malen, bevor mich das Entsetzen lähmt und zu einer künstlerischen Blockade führt!« Er lacht, und ich versuche, meine Enttäuschung zu verbergen. Wie es scheint, denkt dieser Mann also auch noch an etwas anderes als an mich. Diese geheimen Bewunderer sind also auch nicht mehr das, was sie mal waren. Doch von meinem leeren Wochenende einmal abgesehen, freue ich mich wirklich für ihn, er hat es verdient.

»Josh, das ist ja großartig. Danke, dass du es mir gesagt hast.«

»Kein Problem. Das klingt jetzt zwar albern, aber irgendwie habe ich das Gefühl, als würde Ayla dahinter stecken. Als würde sie mir dabei helfen, weiterzumachen. Klingt das jetzt dumm?« Seine Stimme klingt plötzlich sehr jung und verletzlich.

»Nein, das klingt überhaupt nicht dumm. Keineswegs.« Wir hören beide einen Augenblick lang unseren Atemzügen zu.

»Was die vergangene Nacht betrifft ... alles, was ich gesagt habe, ist ...«

Mir stockt der Atem, und gespannt warte ich auf das, was er zu sagen hat. »Ja?« Ich habe Angst.

»Na ja, alles, was ich gesagt habe, habe ich auch so gemeint, und je mehr ich über das nachdenke, was du gesagt hast, desto mehr glaube ich, dass du Recht hast und dass wir noch ein wenig warten sollten. Die Tatsache, dass du so darauf bestanden hast, hat mir klar gemacht, dass auch dir die Sache wichtig ist. Das gibt mir ein gutes Gefühl. Und zum ersten Mal seit einer Ewigkeit sehe ich wieder optimistisch in die Zukunft.«

Mein Herz schmilzt dahin, und ich bin froh, dass ich es geschafft habe, wenigstens einmal meine Klappe zu halten. »Ich auch«, sage ich nur.

»Wir sehen uns dann bald, okay? Ruf mich an«, sagt er. Ich verabschiede mich von ihm und lege auf.

Es klingelt an der Tür. Ich erwarte niemanden, Rosie hatte gesagt, dass sie vor dem Wochenende nicht nach Hause kommen würde. Vielleicht ist sie ja zur Besinnung gekommen und kehrt mit eingezogenem Schwanz zurück.

»Hallo?«, rufe ich durch die Sprechanlage.

»Jenny? Hallo. Hier ist Adem. Ich denke, wir sollten uns über die Wohnung unterhalten.«

Das Herz sinkt mir in die Knie.

»Habe ich das richtig verstanden, dass du bald ausziehen wirst?«

Rosie muss ihn bereits angerufen haben. Die gute alte Rosie.

»Ja, komm rauf«, sage ich ausdruckslos. Ich lasse die Tür einen Spaltbreit offen, gehe zurück ins Wohnzimmer und lasse mich auf das Sofa fallen.

»Hallo? Darf ich reinkommen?«, ruft er durch den Flur. Seine Höflichkeit wurmt mich.

»Ja! Ich bin im Wohnzimmer«, fauche ich. »Du weißt ja vermutlich, wo das ist.«

Er taucht in der Tür auf und setzt sich auf den Stuhl neben dem Telefon.

»Eigentlich bin ich seit dem Kauf der Wohnung nicht mehr hier gewesen. Sieht ziemlich gut aus.« Er lächelt mich an. Ich muss zugeben, dass seine Lachfältchen ziemlich nett sind. Zumindest ist er nicht auseinander gegangen, wie viele Männer in seinem Alter, sondern immer noch schlank, und hat auch noch fast alle Haare auf dem Kopf. Also gut, kommen wir zum Geschäft.

»Also, ich muss leider ausziehen. Ende des Monats. Können wir bitte unsere Kaution zurückbekommen? Zwei Schecks wären wunderbar.« Ich glaube nicht, dass er mir einen persönlichen Besuch hätte abstatten müssen, um das zu klären, und ich möchte, dass er so schnell wie möglich wieder aus der Wohnung verschwindet, damit ich wieder alleine Trübsal blasen kann.

Adem rutscht auf seinem Stuhl hin und her, beugt sich nach vorne und schlägt seine Hände zusammen, als wollte er beten. »Jenny, eigentlich wollte ich mit dir über Selin sprechen.«

Ich seufze hörbar. »Im Ernst?«, antworte ich mit eisigem Desinteresse.

»Du glaubst vermutlich, dass sie verrückt ist, einen so alten Mann wie mich zu heiraten.«

Ich nicke. »Ehrlich gesagt, ja.«

»Ich nehme an, dass du dich fragst, wie um alles in der Welt wir zusammengekommen sind ...?«

»Nein, eigentlich nicht. So etwas habe ich schon tausendmal vorher gesehen. Sobald Männer ins mittlere Alter kommen, verlassen sie ihre Frauen und Kinder und hauen mit der erstbesten Jüngeren ab, die blind oder dumm genug ist, mit ihnen zu vögeln. Und die Männer vergessen dann, dass sie jemals eine Familie gehabt haben.« Mein lieber alter Dad, nach all den Jahren bricht er mir immer noch das Herz.

»Ja, Jenny, es stimmt, ich war verheiratet.«

»Ich glaube nicht, dass ich noch mehr hören will«, sage ich.

»Bitte. Lass mich ausreden. Ich bin Andrea begegnet, als ich zweiundzwanzig war. Sie war achtzehn. Ich wohnte damals noch nicht lange in London, und sie arbeitete als Barkeeper in einem Pub. Ich hatte noch nie zuvor jemanden wie sie gesehen. Sie war so voller Leben. Ein wirklich hübsches, blondes Mädchen. Lebhaft, weißt du. Zwei Monate lang ging ich jeden Abend in den Pub und bestellte mir eine Cola – ich hatte damals noch keine Arbeit, darum saß ich an ihrem Tresen und versuchte, so lange wie möglich mit dem Getränk auszukommen, einfach nur, damit ich mit ihr reden konnte.«

Das ist wirklich die billigste Geschichte, die ich je gehört habe. »Ich bin mir sicher, die Erinnerungen werden Andrea an dem Tag trösten, an dem du deine zweite Frau heiraten wirst.«

Er sieht auf seine Hände hinab, holt tief Luft und fährt fort.

»Schließlich habe ich Arbeit auf dem Bau gefunden und mir gedacht, dass ich sie jetzt wenigstens ordentlich ausführen könnte, also ging ich zum Pub, fand aber nicht den Mut. Ich dachte, dass ich mir einen Drink bestellen würde, nur einen, und dass ich sie dann ansprechen würde, aber der Zeitpunkt schien mir nie der richtige zu sein. Als sie sagte, dass das Lokal jetzt geschlossen würde, war ich bereits ziemlich betrunken und dachte, dass es das dann wohl gewesen sei. Ich hatte es vermasselt, sie musste denken, dass ich ein Idiot war. Gerade als ich mich anschickte, zu gehen, marschierte sie aber um den Tresen herum und sagte zu mir: ›Wolltest du mich etwa ausführen, oder was?‹ Ich war so sprachlos, dass ich einfach nur genickt habe. ›Gut‹, hat sie gesagt. ›Freitag habe ich frei, wir treffen uns hier um sieben, wir können zusammen essen gehen.‹ Und dann hat sie mir die Arme um den Hals gelegt und mich auf den Mund geküsst. Drei Monate später waren wir verheiratet.« Er lächelt wie zu sich selbst, als er die Geschichte erzählt, dieser Heuchler.

»Was du also sagen willst, ist, dass du viel zu jung geheiratet hast, dass ihr euch gar nicht richtig gekannt habt und dass du nach zwanzig seltsamen Jahren endlich begriffen hast, dass es niemals funktionieren kann?«

Bei meinen Worten zuckt er zusammen, endlich ist es mir gelungen, ihn zu treffen. Das sind genau die Dinge, die ich meinem Vater nie gesagt habe. Er schluckt und sieht mich an.

»Drei Jahre später war sie tot. Wir wollten ein Baby haben. Doch damals gab es all diese Untersuchungen und Gesundheitsvorsorgen für Frauen noch nicht. Sie hatte Gebärmutterkrebs und wusste nichts davon, bis es zu spät war. Als die Krankheit diagnostiziert wurde, war bereits nichts mehr zu machen. Innerhalb von drei Monaten ist sie gestorben.«

Das Rasseln der Heizung erfüllt die Stille. Seine erste Liebe hat also auf tragische Weise geendet. Doch das macht es auch nicht viel besser.

»Tut mir Leid«, sage ich. Mir tut aber eher die arme Andrea Leid.

»Nun, mit der Zeit hat es immer weniger wehgetan, und

ich habe mich mit anderen Frauen getroffen, doch nie war eine dabei, die mein Herz hätte singen lassen wie Andrea, bis ich auf Selin traf. Sie ist ganz anders als Andrea, so mutig und unabhängig und zugleich so schüchtern und nett. Sie hat mir mein Herz zurückgegeben. Ich liebe sie, Jenny. Ich liebe sie mit aller Leidenschaft, zu der ein Mensch fähig ist. Sie denkt, dass ich wahnsinnig bin, hierher zu kommen und dir all das zu sagen. Sie dachte auch, ich sei verrückt, Rosie das alles zu erzählen. Sie denkt, dass das außer uns niemanden etwas angeht. Aber ich sehe auch, wie verletzt sie ist. Ich weiß, dass sie viel zu dickköpfig ist, um zu versuchen, es euch zu erklären, also habe ich sie so weit gebracht, dass ich es euch erzähle. Ich hoffe, dass du eines Tages im Stande sein wirst, unsere Beziehung gutzuheißen. Gott weiß, die letzten Wochen waren traurig genug, aber wir haben uns gegenseitig gestützt und machen einander glücklich, wirklich glücklich.«

Ich nicke schweigend. Es ist nicht leicht, seine Meinung von einem auf den anderen Moment zu ändern, selbst nach so einer Geschichte, aber ich glaube, dass er das ehrlich meint, was er sagt. Ich glaube auch, dass Selin Recht hat, es geht mich wirklich nichts an. Es erinnert mich einfach nur an längst vergangene Zeiten, als ich mich von meinem Vater als meinem Vater verabschiedet habe.

»Vergiss nicht, dass ich dich liebe, Schatz«, hat er einmal gesagt. Das habe ich nie vergessen. Er schon. Richtig, man muss es überwinden.

»Adem, tut mir Leid, dass ich so grob gewesen bin. Wenn Selin nicht darauf bestanden hätte, die ganze Sache vor uns geheim zu halten, wären wir wahrscheinlich nicht so sauer geworden und hätten voreilig falsche Schlüsse gezogen. Es wird zwar eine Zeit lang dauern, bis ich mich daran gewöhnt habe, aber wenn Selin glücklich ist, dann bin auch ich glücklich für sie«, füge ich zögernd hinzu. »Was hat Rosie gesagt?«

»Sie hat viel geweint, Selin hat das jedenfalls gesagt. Und dann hat sie mehr oder weniger das gesagt, was du gesagt hast. Die beiden haben zwei Stunden am Telefon verbracht, um die Sache durchzusprechen.« Ich unterdrücke einen Anflug von Eifersucht. Warum zuerst Rosie? Wo bleibt mein zweistündiges Telefongespräch? Aber ich sehe ein, dass es dieser Tage fast unmöglich ist, Rosie und mich an ein und demselben Ort anzutreffen, also gehe ich großzügig darüber hinweg.

»Ich werde versuchen, mich wieder mit Selin zu vertragen, das verspreche ich. Ich werde sie heute Abend anrufen.«

Er nickt und lächelt. »Gut, aber da gibt es noch etwas. Die Wohnung.«

Das Herz wird mir wieder schwer, und ich sehe mich in der Wohnung um, die mir inzwischen ans Herz gewachsen ist.

»Ich möchte mich um diese Jahreszeit nicht darum bemühen, neue Mieter zu finden.«

Ich will ihm gerade sagen, dass es zu keiner Jahreszeit in London schwierig ist, neue Mieter zu finden, doch mein Instinkt sagt mir, den Mund zu halten.

»Ich schlage also vor, dass ich die Miete bis zum neuen Jahr halbiere. Bis dahin hast du vielleicht eine neue Mitbewohnerin gefunden oder es hat sich irgendetwas anderes ergeben, und wir werden die Lage neu besprechen. Im Gegenzug ist die Tatsache, dass du hier wohnen bleibst, für mich auch eine Sicherheit, dass die Leitungen nicht einfrieren und Überschwemmungen verursachen können.«

Aha, so ist das, er will sich meine Freundschaft mit einem

beispiellosen Akt der Freundlichkeit erkaufen, stimmt's? Nett. Aber egal, ich werde doch nicht dem Glück die Tür ins Gesicht schlagen, wenn es nach so langer Zeit schon einmal bei mir anklopft.

»Adem, das ist wirklich nett von dir. Danke. Danke vielmals.«

»Du musst dich nicht bei mir bedanken. Na ja, ich muss jetzt wieder gehen.«

Diesmal stehe ich auf und begleite ihn bis zur Haustür.

»Da wäre noch was«, sagt er, eine Hand bereits auf der Türklinke.

»Was denn?« Er wird doch jetzt nicht alles verderben, indem er als Gegenleistung für die Miete Sex von mir verlangt, oder?

»Hier draußen wartet noch jemand, der dich sehen will.«

Er öffnet die Tür, vor der Selin mit einer Flasche Wein im Schoß auf der Treppe sitzt.

»Selin!«, sage ich lächelnd.

Sie steht auf und macht einen Schritt auf mich zu. »Jen, es tut mir so Leid, Schatz. Ich habe wirklich gemeine Sachen zu dir gesagt.«

»Und ich erst! Meine waren noch viel gemeiner!« Wir versinken beide in einer dicken Umarmung, lösen uns wieder und lächeln dumm.

»Hast du Lust, die hier mit mir zu teilen?«, fragt sie und hält mir die Weinflasche entgegen.

»Na klar, gerne. Kommt rein ihr zwei, ich hole ein paar Gläser.«

Ich renne in die Wohnung zurück.

»Nein, für mich nicht. Die ist nur für euch beide. Macht es euch bequem«, sagt Adem. Er küsst Selin und winkt uns über die Schulter zu, als er die Treppen hinunterläuft.

Zurück in der Wohnung, sehen Selin und ich einander

an und brechen in Tränen aus. In den letzten Tagen waren wir beide sehr angespannt.

Ein paar Minuten später sitzen wir auf dem Sofa, halten unsere Gläser Wein in der Hand, und Selin sieht sich die College-Prospekte an.

»Das finde ich toll, du solltest das unbedingt machen. Ich bin so stolz auf dich, dass du endlich einmal die Initiative ergreifst.«

Ich lächle verlegen und habe natürlich auch das »endlich einmal« nicht überhört. »Na ja, ich glaube, ich werde es machen. Aber ich muss schon mehr dazu tun, als einfach nur anwesend zu sein. Ich muss ›aktives Interesse‹ zeigen. Ich sollte also besser nebenbei irgendwo ein Volontariat machen. Ich wünschte mir wirklich, damit nicht erst so altersschwach angefangen zu haben.«

Selin tätschelt meinen Kopf. »Besser jetzt, als wenn du tot bist.« Ihre eigenen Worte schmerzen sie, sie verzieht das Gesicht und nimmt einen herzhaften Schluck Wein.

»Wie geht es deiner Familie?« Ich habe immer gedacht, dass eine solche Trauer derart überwältigend sein muss, dass die ganze Welt stehen bleibt und man nie mehr so denken und fühlen kann wie vorher. Doch das tut man, und wenn man sich daran erinnert, fühlt man sich schuldig dafür, dass man normal weiterlebt.

»Immer gleich«, antwortet sie. Offensichtlich ist sie nicht im Stande, für ihren Schmerz andere Worte zu finden. Ich nicke und halte ihre Hand.

»Ich weiß«, sage ich.

Sie nippt noch einmal an ihrem Glas und setzt sich gerade auf.

»Ich muss zugeben, Jen, dass ich schon fast die Hoffnung aufgegeben habe, dass du in deinem Leben noch einmal die Initiative ergreifst. Ich dachte, du würdest für immer in diesem schrecklichen Job bleiben und darauf warten, bis sie dich zum Chef der Büroklammern befördern würden, oder so was. Ich habe inzwischen wirklich gedacht, dass dir das gefallen würde.«

»Eine Weile hat das ja auch gestimmt. Ich habe sehr lange gebraucht, um mich zu motivieren, aber jetzt hab ich's geschafft. Ich bin bereit, die Sache anzupacken. So wie ich meine Glückssträhne kenne, werde ich zwar nach sechs Monaten zu Georgie zurückkehren, sie um einen Job anbetteln und dann vielleicht für Carla arbeiten müssen, aber wenigstens werde ich es dann versucht haben«, sage ich mit gespielter Munterkeit, und das werde ich wirklich.

»Du hast also wirklich vor, hinzugehen, Kontakte zu knüpfen, die örtlichen Zeitungen abzuklappern und etwas von deinen Ferien für ein Volontariat zu opfern«, fasst es Selin für mich zusammen, nur für den Fall, dass ich dazu nicht selbst nicht in der Lage sein sollte.

»Yes, Sir«, sage ich und mache einen Pseudosalut. »Und morgen habe ich eine Fahrstunde«, füge ich stolz hinzu.

»Himmelherrgott nochmal, du hast ja ein Tempo am Leibe wie der Teufel persönlich. Hast du dich etwa auch zu einem kleinen Auftritt bei Ronnie Scott angemeldet?«

Ich sehe sie von der Seite an. »Was meinst du damit?«, frage ich misstrauisch.

»Damit meine ich all die Dinge, die du eigentlich vor deinem dreißigsten Geburtstag erledigt haben wolltest: Eine ordentliche Karriere machen, Autofahren lernen, Nachtclub-Diva sein.«

»Ich habe dir doch nie vom Singen erzählt, oder? Oder vielleicht doch?«, sage ich vorsichtig. Lieber Gott, vielleicht hat sie mich ja irgendwann zufällig unter der Dusche singen hören.

»Doch, weißt du noch? In der Nacht, als wir in deiner alten Wohnung waren? Wir haben eine Flasche Jack Daniels gefunden, die Owen nach einem seiner Saufgelage dagelassen hatte, und haben ›Richtig oder Falsch‹ gespielt. Wie dem auch sei, du hast uns von deinem Traum erzählt, nur einmal in deinem Leben vor einem richtigen Publikum singen zu dürfen, und dann hast du uns deine Version von ›I Will Survive‹ vorgesungen. Ich gebe zu, dass Gloria Gaynor sich in der Nacht keine großen Sorgen hat machen müssen! Allerdings verbessert purer Whisky auch nicht gerade die Stimmbänder, außer man heißt Janice Joplin oder Bonnie Tyler. Und dann hast du eine Ewigkeit geheult. Bei Whisky musst du immer heulen, stimmt's?«

Ich lache, hätte mir aber gewünscht, nicht ausgerechnet dieses Geheimnis mit meinen besten Freundinnen teilen zu müssen. Ich weiß, dass das reine Luftschlösser sind, aber zumindest hab ich mir jahrelang die Zeit damit vertrieben, doch wenn andere davon wissen, schein es umso törichter zu sein.

»Mein Gott, ich hasse Leute, die sich an peinliche Dinge nach einem Abend mit viel Alkohol und ›Richtig oder Falsch‹ erinnern. Ich erinnere mich nie daran, es ist einfach unfair. Du hättest mir zum Beispiel ohne weiteres erzählen können, dass du eine heimliche Vorliebe für schmutzige Herrenunterhosen mit Eingriff hast, ich hätte mich nicht daran erinnert. Aber wie dem auch sei, das alles war natürlich reine Erfindung, damit ich eine Antwort parat hatte.«

Selin schüttelt den Kopf. »Natürlich, alles klar.«

Ich teile die letzten Tropfen Wein auf unsere Gläser auf und greife nach meiner Tasche, um zu sehen, ob ich noch genügend Bargeld für eine weitere Flasche Wein habe.

»Nehmen wir mal an, du hättest das nicht einfach nur so dahingesagt, sondern würdest tatsächlich auf die Bühne gehen und singen. Was würdest du singen? Welches ist der Song, den du am liebsten singen würdest? ›I Will Survive‹?«

Ich lache, lasse mich aber dennoch von ihrer Begeisterung anstecken. »Nein, ich würde keinen Discotitel singen. Das ist zwar die beste Tanzmusik, aber zum Singen nicht so geeignet wie, sagen wir mal ... ein klassischer Soultitel von Aretha Franklin. ›Respect‹. Ja – ›Respect‹ von Aretha Franklin. *Das* ist ein geiler Song. *Den* würde ich singen«, träume ich mit offenen Augen vor mich hin.

»Cool«, sagt Selin. »Ich würde Bonnie Tylers ›Total Eclipse of the Heart‹ singen.«

Ich schüttle verzweifelt den Kopf, doch bevor ich etwas dagegen tun kann, schleicht sich dieser Titel in meinen Kopf und wird mich vermutlich als Ohrwurm die ganze Nacht hindurch verfolgen. Angesichts der unbeschwerten und friedlichen Stimmung zwischen uns möchte ich sie schließlich doch noch etwas fragen.

»Selin«, sage ich zögernd. »Du würdest es mir doch sagen, oder? Du würdest mir sagen, wenn du ... Was ich sagen will, ist – wenn du denken würdest, dass ich für Aylas Tod verantwortlich bin, würdest du mir das sagen, oder? Denn seit dem Unfall habe ich mir sowieso schon die Schuld daran gegeben. Ich könnte das verstehen, weißt du, trotzdem muss ich es wissen.«

Selin sieht mich entsetzt an.

»Du fühlst dich dafür verantwortlich? Mein Gott, Jenny, nein!« Selin blinzelt mit den Augen ein paar Tränen weg und schüttelt erschrocken den Kopf. »Vielleicht war ich, kurz nachdem es passiert war und ich dich dort angetroffen und nicht richtig verstanden habe, warum du dort warst, und ich dich deshalb irgendwie für einen Augenblick mit dem Unfall in Verbindung gebracht habe, sauer auf dich, aber ich war sauer auf jeden. Doch niemals habe ich *dir* die Schuld daran gegeben. Je mehr ich darüber nachgedacht habe – und in letzter Zeit habe ich wirklich über fast nichts anderes nachgedacht –, desto glücklicher bin ich, dass du bei ihr warst. Ich bin froh, dass das Letzte, was sie gesehen hat, das Gesicht eines Menschen war, den sie kannte und dem sie vertraute. So hat sie sich nicht so alleine gefühlt«, sagt sie sanft und nimmt meine Hand.

Keine von uns beiden sagt ein Wort. Das schwerelose Gefühl der Erleichterung, das mich durchflutet, nimmt den Schutzschild meiner eigenen Trauer von mir, und ich sehe die Welt ohne Ayla so intensiv wie noch nie. Lange sitzen wir schweigend da und hören dem fernen Verkehrslärm zu. Nach ungefähr zehn Minuten muss ich noch etwas Wichtiges sagen, um die Dinge in Ordnung zu bringen.

»Selin?«

»Ja, Süße?«

»Ich wollte mich nur noch mal entschuldigen und dir sagen, dass du Recht hattest. Ich war wirklich eine schreckliche Freundin. Lange war alles so einseitig. So eine Freundin habe ich nie sein wollen. Ich wollte dir immer die gleiche Freundin sein, die du für mich gewesen bist, und von jetzt an werde ich das auch sein. Das alles tut mir so Leid. Wenn ich mich jemals wieder so verhalten sollte, dann mach mich drauf aufmerksam und sag mir, dass ich damit aufhören soll, okay?«

Selin lächelt mich nachsichtig an. »Okay, Jen«, sagt sie.

»Selin?«, sage ich wieder in demselben Ton.

»Ja, Jen«, wiederholt sie.

»Würdest du mich wirklich umbringen, wenn ich irgendwann in der Zukunft ... ich meine, wenn alles sich ein wenig geklärt und beruhigt hat, wenn Josh und ich es miteinander versuchen würden? Weißt du, mir ist klar geworden, dass ich ihn wirklich sehr gerne habe.« Den letzten Satz sage ich ein wenig schnell dahin. »Aber sag ihm das nicht.«

»Also gut, lass mich überlegen. Magst du ihn denn, weil er ein wunderbarer, begabter, großzügiger Mensch ist, oder etwa, weil er der erste erwachsene Mann seit Owen ist, der nett zu dir ist?«

»Ersteres«, sage ich ehrlich. »Ganz ehrlich – und wohl auch deshalb, weil ich aus unerfindlichem Grund aufgehört habe, ihn als deinen Bruder zu sehen, sondern als eine Sexbombe aus Fleisch und Blut.«

Selin kichert und drückt sich die Hände auf die Ohren. »Jenny! Er ist trotzdem immer noch mein Bruder!«, schreit sie.

»So«, sage ich verdutzt und muss vor Überraschung und Freude lachen. »Dann wirst du mich also nicht umbringen?«

Selin sieht mir geradewegs in die Augen. »Nein, ich würde dich nicht umbringen, wenn ihr beiden es miteinander versucht. Aber solltest du ihm jemals wehtun oder ihn an der Nase herumführen, dann werde ich dich umbringen. Das Gleiche gilt übrigens für ihn.«

»Dann kann es ja gar nicht schief gehen«, sage ich mit einem fröhlichen Grinsen. Wir schweigen einen Augenblick und sehen auf unsere Weingläser.

»Selin?«, sage ich erneut.

»Mmmm?«, murmelt sie, als müsse sie ein drei Jahre altes Kind ertragen.

»Und was soll ich mit Rosie machen? Ich meine, wir beiden haben uns jetzt versöhnt, und ihr beide habt euch auch versöhnt. Auch ich sollte versuchen, mich mit ihr zu versöhnen, nicht wahr?« Schließlich suche ich in meiner Tasche, finde aber nur ein paar Pence. Ich stehe auf, um den

Kessel auf den Herd zu stellen, was für meine belastete Leber wahrscheinlich sowieso das Beste ist.

»Ja, ich denke schon. Ich glaube, das solltest du wirklich tun. Und wenn du schon dabei bist, solltest du vielleicht gleich auch noch ein Kinderliedchen singen. Das scheint mir irgendwie angebracht«, sagt sie trocken.

»Okay, okay, Reife scheint in letzter Zeit wohl nicht so mein Ding gewesen zu sein, aber das ist nicht nur meine Schuld. Es ist einfach der Druck, den man auf der Schwelle zu einem neuen Jahrtausend hat – zumindest, wenn man so alt ist wie ich. Das ist wirklich wahr, es gibt sogar ein Buch darüber. Zu große Auswahl, das ist das Problem.« Selin hebt skeptisch ihre berühmte Augenbraue. »Ich weiß nicht, ob ich mich mit ihr versöhnen kann. Ich meine – Chris. *Chris?*«, sage ich verzweifelt, als hätte mein Protest in den vergangenen Wochen meine Sichtweise nicht schon genügend erklärt. Ich stehe auf, um in die Küche zu gehen.

»Ich weiß. Ich weiß. Aber Rosie und ich haben darüber heute früh ein gutes Gespräch geführt«, ruft sie mir nach, während ich den Flur entlanggehe. »Sie weiß genau, was sie tut, und scheinbar haben die beiden irgendwie wieder zueinander gefunden. Ich glaube, sie will es einfach nochmal versuchen und nicht ihr ganzes Leben damit verbringen, sich zu fragen, ob es vielleicht doch funktioniert hätte oder nicht. Wenn ich in der letzten Zeit irgendwas begriffen habe, dann ist es, dass das Leben für solchen Kinderkram einfach zu kurz ist. Ich glaube, wir müssen unsere Vorbehalte herunterschlucken und für sie hoffen, dass es funktioniert. Außerdem glaube ich, dass Chris sich vielleicht doch irgendwie geändert hat.« Sie ist mir mittlerweile in die Küche gefolgt.

»Und was ist, wenn nicht? Was ist, wenn es nicht funktioniert? Würdest du ihr trotzdem wieder die Türen zu deinem Therapiezentrum öffnen?«

»Natürlich würde ich das, das würden wir schließlich alle füreinander tun. Das ist nicht nur mein Verdienst, aber ich bin die Einzige, die noch keinen Scheiß gebaut hat«, sagt sie stolz.

Ich lege ihr ein Geschirrtuch über die Schulter und lächle. »Du bist also wirklich glücklich mit Adem. Rundherum – wirklich ganz im Ernst?«

»Damit willst du doch eigentlich fragen, ob der Sex mit ihm gut ist, oder?«, fragt sie neckend und sieht mich von der Seite an.

»Genau«, sage ich. Ist doch klar.

»Es ist super mit ihm: Jedes Mal hundert und eine Möglichkeit, zum Orgasmus zu kommen, wie im ›Company Magazin‹. Ich sag dir, Jen, ich habe vielleicht nicht so viel Erfahrung wie du, aber ich kann Qualität erkennen, wenn ich darauf stoße. Also – du weißt, was ich meine.«

Wir brechen beide in ein schulmädchenhaftes Gekicher aus. Selin öffnet die Hängeschränkchen.

»Mein Gott, ich bin fast verhungert, hast du irgendwas zum Knabbern da?«, fragt sie hoffnungsvoll. Ich öffne eine Schublade und hole sechs ungeöffnete Marsriegel hervor.

»Hier bitte, such dir einen aus.«

51. Kapitel

Trotz der Aussicht auf ein Wochenende ohne Verabredung bei einem Nachmittagsfilm auf BBC 2, mit einem Trip zu »Sainsbury«, für den ich mein Ausgeh-Make-up auflege, und mit dem Versuch, endlich das Buch zu Ende zu lesen, das ich schon seit dem letzten Jahr oder sogar schon länger lese und das nach Ansicht der anderen das überhaupt beste Buch aller Zeiten sein soll, habe ich das Gefühl, dass heute, Freitag, ein recht positiver Tag gewesen ist.

Erstens, und das macht mich am glücklichsten, habe ich mich wieder mit Selin vertragen. Natürlich bedeutet das nicht, dass wir dieses Wochenende gemeinsam verbringen, Adem nimmt die meiste Zeit in Anspruch, aber zumindest ist wieder die alte Ordnung hergestellt worden. Zweitens habe ich heute Morgen meine Bürotür von innen abgeschlossen und einen Brief mit einer Anfrage für ein Volontariat aufgesetzt, den ich in Kopie an »Time Out«, die »Hackney Gazette« und alle anderen lokalen Zeitungen, die mir in den Sinn kamen, geschickt habe, in der Hoffnung, sie würden nicht allzu sehr über mein Alter lachen. Dann schrieb ich eine persönliche Stellungnahme an das College, in der ich all meine Berufserfahrung auflistete (künstlerische Freiheit), und schickte mein Antwortschreiben los.

Der Rest meines Büronachmittags wurde durch Carlas neueste Eroberung erträglicher gemacht, denn statt ihres gewöhnlichen Freitagstrips zu »Ann Summers«, oder wo sie sonst ihr Outfit kauft, zu machen, ging sie stattdessen zum Supermarkt und kam mit bereits vorbereiteten Leckereien zurück. Heute Abend hat sie ihr erstes Rendezvous zu Hause, und sie gestand mir, dass sie ziemlich nervös sei, während sie zu meiner Freude auf meinem Schreibtisch ein Paket Salat, frische Pasta, fertige Carbonarasauce, eine Flasche Pinot Grigio und Tiramisu aufstapelte, das aussah, als würde es am liebsten schleunigst in einem Kühlfach verschwinden.

»Ich habe noch nie vorher für einen Typen gekocht, weißt du«, hatte sie vertrauensvoll zu mir gesagt. »Glaubst du, die Sachen hier sind okay?«

»Mmmmm, sieht lecker aus«, lächelte ich sie an.

»Ich möchte auf keinen Fall, dass etwas schief läuft, nicht heute Abend!« Ihre Stimme zitterte.

Gesegnet sei sie, dachte ich, offensichtlich scheint sich unter dieser aufgetakelten Oberfläche doch ein sensibler Kern zu verstecken. »Das soll also eine ›ganz spezielle Nacht‹ werden, stimmt's, Carla?«, sage ich in vertraulichem Ton, als wäre ich ihre ältere Schwester.

»›Spezielle Nacht‹? Ach, du meinst, ob wir zum ersten Mal ficken werden? Nein, nein, ich hab ihn schon gefickt. Es wird nur die erste Nacht sein, in der wir es in einem Bett tun. Zumindest hoffe ich, dass wir verdammt nochmal vögeln werden, das ganze Zeug hier hat mich schließlich fast fünfzehn Pfund gekostet.«

Sensibler Kern? So viel also dazu.

Auf dem Heimweg dachte ich gründlich über Rosie und Chris nach und versuchte, meine Gefühle zu ergründen. Alle sagen, dass ich mich in dieser Sache irre. Sogar Selin, die sich niemals irrt, ist zu dieser Auffassung gekommen. Alle sagen, dass wir Chris noch eine Chance geben sollten, selbst Jackson, der immerhin versucht hat, Rosie so schnell wie möglich auf einen anderen Kontinent zu verfrachten. Sogar Jackson sagt das, der sie so gern hat und am Ende doch zurücktreten musste. Er wäre sicher nicht zurückgetreten, wenn er nicht gewusst hätte, dass es nur zu ihrem Besten war. Und selbst Michael, Gott beschütze ihn, schien Chris nicht als die Verkörperung des Bösen zu sehen, auch nicht nach dem, wie ich ihn ihm beschrieben hatte.

Wenn ich mich wirklich dazu durchringe und darüber nachdenke – und Sie wissen ja, wie sehr ich das hasse –, dann glaube ich fest, dass meine größten Einwände immer noch ihre Gültigkeit haben; Chris hat Rosie wirklich fertig gemacht. Doch tief in mir drinnen denke ich auch, dass ich eifersüchtig war. Ich denke, dass ich irgendwie nicht wollte, dass Rosie eine zweite Chance mit Chris bekommt. Ich wollte nicht, dass sie die Möglichkeit hat, all die Fehler in ihrer Beziehung wieder gutzumachen, die ich nicht mehr habe gutmachen können. Selbst bei Rosie, die ich so sehr liebe, wollte ich nicht, dass sie die Möglichkeit hat, dieselben Wunden in ihr zu heilen, von denen ich dachte, dass sie bei mir niemals wieder heilen könnten – den Schaden, den Owen und, jawohl, den mein Vater bei mir angerichtet haben. Ich wollte, dass wir beide unsere Wunden für immer mit uns tragen. Es ist natürlich immer noch schwer für mich, mich mit dem Gedanken abzufinden, doch jetzt, da ich begriffen habe, dass ich auch ohne die beiden ein ganzer Mensch sein kann, fange ich an, die Dinge auch aus Rosies Blickwinkel zu sehen. Ich denke, ich könnte mich bei Chris auch geirrt haben, und das Erste, was ich morgen tun werde, ist, meinen Stolz herunterzuschlucken, sie anzurufen und ihr das zu sagen. Ich brauche nur noch eine Nacht, um sicherzugehen, dass ich alles richtig überdacht habe, um sicher zu sein, dass wir alles ohne einen weiteren Krach zwischen uns klären können.

Und zur Krönung eines produktiven Tages bin ich gerade von meiner ersten Fahrstunde zurückgekommen. Ich finde, dass es ganz gut gelaufen ist: Ich habe immerhin keinen Unfall gebaut. Der Fahrlehrer, Jim heißt er, hat mir zwar empfohlen, insgesamt zwanzig Fahrstunden anstatt nur zehn zu nehmen, doch wenn man bedenkt, dass ich noch nicht einmal wusste, wo man den Schlüssel zum Starten hineinsteckt, hätte es schlimmer kommen können. Ich habe ihm versichert, dass ich schnell lerne, sobald ich den Dreh herausgefunden habe.

»Das wollen wir auch verdammt nochmal hoffen«, hatte er gescherzt, »mir sind nicht mehr sehr viele Haare auf dem Kopf geblieben.« So ein Witzbold.

Und hier ist er nun, mein Freitagabend allein zu Hause.

Ich habe das dumpfe Gefühl, dass er längst nicht so langweilig werden wird, wie ich vermute, aber das hat vermutlich mit meinem Blutzuckerspiegel zu tun, nachdem ich einen riesigen Aero-Riegel verdrückt und eine ganze Dose zuckersüßer Cola getrunken habe, anstatt mir eine vernünftige Tasse Tee zu machen. Ich habe mir eine Flasche Wein gekauft, doch irgendwie wirkt das einsame Trinken an einem Freitagabend sehr viel bedürftiger und verzweifelter, als wenn man an irgendeinem anderen Wochentag abends alleine etwas trinkt. Also habe ich ihn erst mal zum Kühlen in den Kühlschrank gestellt. Ich werde im Laufe des Abends entscheiden, wie bedürftig und verzweifelt ich tatsächlich bin.

Ich habe ein Bad genommen, liege auf dem Sofa und lackiere mir die Fingernägel, während das Freitagabendprogramm im Fernsehen an mir vorbeiläuft. Ich schaue ein paar Sekunden lang ein langweiliges Musikprogramm mit einer Top-Ten-Liste an, die sich samt und sonders auf eine schreckliche Heavymetalmusik bezieht, und denke dabei an Michael. Irgendetwas in mir will meinem letzten unheilvollen Gefühl hinterherlaufen und versuchen, ihn auf seinem Handy anzurufen, nur um zu testen, ob es möglich wäre, ihn dazu zu bringen, seiner Mutter irgendeine Geschichte zu erzählen, ihn in den nächsten Zug um zwanzig nach neun von Twickenham nach London zu lotsen und in meine Arme laufen zu lassen. Einen Augenblick lang stelle ich mir wieder vor, wie er durch die Haustüre kommt, und gebe mich ein wenig der Erinnerung hin. Doch um ganz ehrlich zu sein, will ich ihn nur deshalb anrufen, weil ich herausfinden möchte, ob ich immer noch Macht über ihn habe, nicht weil er mir fehlt, das überhaupt nicht.

Das klingt aber gar nicht gut. Ich glaube, ich werde doch die Flasche Wein köpfen.

Als ich mit dem Wein aus der Küche komme, höre ich schon das Titelthema einer Wiederholung der Serie »Friends«. Während ich das erste Glas Wein trinke, verbringe ich eine Viertelstunde damit, herauszufinden, wer mit wem vögeln will und ob der, – oder diejenige auf ihn steht oder nicht. Ich weiß es nicht, doch das zweite Glas Wein scheint das alles unwichtiger werden zu lassen, und ich stelle irgendwann überrascht fest, wie ich laut kichere.

Gegen zehn ertappe ich mich dabei, dass ich an Josh denke. Ruf mich an, hat er gesagt. Er meinte damit, dass *ich* ihn anrufen müsse. Er ist so darauf bedacht, unsere Abmachung einzuhalten und mir aus dem Weg zu gehen, bis ich »mich selbst gefunden« habe, dass er *mir* die Last auferlegt, den ersten Schritt zu tun. Nun, wir leben im einundzwanzigsten Jahrhundert, ich bin mir ziemlich sicher, dass er mich schon nicht auslachen oder abwimmeln wird, also gehe ich mal davon aus, dass ich es schaffen werde. Wenn die Zeit reif dafür ist, was sicherlich noch nicht in fünf Minuten sein wird, werde ich schon den Mut dazu aufbringen.

Inzwischen versuche ich zu verstehen, warum sich meine Gefühle für ihn so radikal verändert haben.

Es ist schon seltsam, ein Mädchen zu sein, also muss man ein wenig Geduld mit mir haben. Dass man sich von der einen oder anderen Person angezogen fühlt, kann durch die seltsamste und klitzekleinste Sache verursacht werden. Nehmen wir zum Beispiel einmal Dan. Ha, ha, nein, aber mal im Ernst. Ich kenne Josh schon fast mein ganzes Leben lang und habe ihn immer gemocht – er bringt mich zum Lachen, er kann gut zuhören, und für einen Künstler tanzt er auch recht gut –, aber ich habe niemals wirklich auf ihn gestanden, abgesehen von der kurzen Zeit als Teenager, und selbst damals geschah das irgendwie aus einer sicheren Distanz heraus. Damals, als man noch Fantasien über Jungs hatte, in denen es keine schlimmere Vorstellung gab, als dass man beim Küssen mit den Nasen aneinander stößt. Doch jetzt sind zwei Dinge geschehen, wegen denen ich ihn jetzt mit anderen Augen sehe. Erstens, weil wir uns geküsst haben – und das war definitiv ein Kuss, nach dem ich hätte mit ihm ins Bett gehen können, daran besteht kein Zweifel –, und zweitens sein Hals.

Um genau zu sein: sein Hals und seine Schultern. Seine warme, olivfarbene Haut, die kleinen Einbuchtungen an seinem Halsansatz, die in seine starken breiten Schultern übergehen. Seit seiner Vernissage letzte Woche habe ich daran gedacht, mit meiner Zunge über diese beiden Aushöhlungen zu fahren. Bei mir fängt es immer mit einer bestimmten Körperstelle an – bei Michael waren es die Hände, aber es sind auch schon mal Arme, Augen, Ohren und der Hals gewesen. Oh, mein Gott, dieser Hals.

Ein Gefühl des Leichtsinns überkommt mich, ich greife in meine Tasche, hole mein Handy heraus, schalte es ein und durchsuche meine Telefonnummern, bis ich bei Joshs Nummer ankomme. Ich könnte darauf drücken und ihn jetzt gleich zu mir bitten. In einer halben Stunde oder so könnte ich die Freuden seines Oberkörpers für mich entdecken. Doch irgendetwas sagt mir, dass Sex mit einem frustrierten und betrunkenen Mädchen nicht unbedingt das ist, was Josh von mir möchte, und auch ich will nicht, dass er das will, also lasse ich mein Handy in die Tasche zurückgleiten und begnüge mich mit meinen Fantasien.

Jetzt, nachdem ich festgestellt habe, dass ich nicht nur ziemlich heiß auf Josh bin, sondern ihn auch wirklich mag, sollte ich mir wahrscheinlich Gedanken über die moralische Seite machen – darüber, wie es ist, mit jemandem zu gehen, mit dem ich schon seit ewigen Zeiten befreundet bin –, doch plötzlich fühle ich mich ziemlich schläfrig, außerdem ist morgen ja auch noch ein Tag. Man kann schließlich nicht von mir erwarten, dass ich jahrelang unterdrückte und verleugnete Gefühle einfach so kurzerhand über Bord werfe, oder?

Das Schöne an einem frühen Bad ist, dass ich mir nur noch die Zähne putzen muss und dann ins Bett fallen kann. Ich mache die Heizung an, und weil ich zu müde bin, um mir einen Pyjama anzuziehen, krieche ich nackt in mein Bett, strecke mich auf dem sauberen Laken aus und knipse meine Nachtischlampe aus.

Als ich auf dem Rücken liege und darauf warte, aus der Dunkelheit die gewohnten Schatten heranzukriechen zu sehen, lächle ich wie zu mir selbst. Mein Abend hat sich zwar als nicht so aufregend herausgestellt, wie ich zunächst angenommen hatte, aber ich habe immerhin beschlossen, eines Tages – recht bald, und falls er nicht aus irgendeiner grausamen Wendung des Schicksals heraus seine Meinung geändert haben sollte – mehr über den nackten Josh herauszufinden. Und das ist ein aufregender Gedanke.

Ich kann nicht atmen. Ich sitze in der Falle. Ich sitze unter einem Felsbrocken oder auf einem Baum in der Falle. Es ist dunkel, ich kann nicht atmen, ich winde mich und kämpfe, kann mich aber nicht bewegen. Ich zwinge mich, aufzuwachen.

Ich kann nicht atmen.

Ich blinzle in der Dunkelheit. Eine Hand wird auf meine Nase und meinen Mund gepresst. Das Gewicht einer anderen Person lastet auf dem Bett. Auf mir.

Wieder blinzle ich. Ich schlucke.

Ich *bin* wach.

»Hallo, Jenny, ich habe dir ja gesagt, dass wir uns bald wiedersehen werden«, flüstert Owen mir ins Ohr.

52. Kapitel

Meine erste Reaktion ist, mich freizukämpfen, doch er hat mich fest aufs Bett gedrückt, sodass ich mich nicht bewegen kann. Meine Bettdecke ist das Einzige, was mich von ihm trennt. Angst habe ich bis jetzt noch keine, ich schlafe ja noch halb, wahrscheinlich bin ich sogar noch halb betrunken. Ich habe keine Ahnung, wie viel Uhr es ist, und keine Ahnung, wie er hier hereingekommen ist, alles, was ich weiß, ist, dass er jetzt hier ist. Bis jetzt habe ich noch keine Angst, ich bin nur verärgert. Was hat er hier um diese Zeit vor? Ich versuche, meinen Kopf zu drehen und seine Hand abzuschütteln, doch seine Finger graben sich in meine Backen. Ich spüre noch keinen Schmerz, höre aber auf, mich zu bewegen. Ich fühle keinen Schmerz, weiß aber, dass er mir gerade welchen zufügt.

»Ich werde jetzt meine Hand wegnehmen, schrei nicht! Wenn du schreist, werde ich sehr böse, und du weißt, was das bedeutet.«

Ich nicke stumm. Sein Atem stinkt nach Alkohol und seine Finger nach kaltem Rauch.

Während er langsam seine Hand von meinem Mund nimmt, schnappe ich gierig nach frischer Luft. Er greift über mich hinweg nach der Nachttischlampe.

Ich sehe mich im Zimmer um und lausche dem gleichmäßigen, vertrauten Verkehrslärm auf den Green Lanes.

Er ist hier. Ich träume nicht. Er ist in meiner Wohnung.

Jetzt habe ich Angst.

»Du hast es ja immer bei Licht bevorzugt, stimmt's?«

Bisher hatte er mit gespreizten Beinen auf mir gesessen, jetzt setzt er sich hinter mich und lächelt mit demselben nachsichtigen, etwas gönnerhaften Lächeln auf mich herab, das er immer aufgesetzt hat, wenn er mir Wein eingeschenkt, mir ein Abendessen gekocht oder ein Geschenk gemacht hat. Ich weiß nicht, ob ich etwas sagen soll, oder vielleicht lieber nicht. Ich ziehe einen Arm unter der Decke hervor und schlage sie so weit es geht zurück.

»Du bist so zurückhaltend, das war doch noch nie eine deiner herausragendsten Eigenschaften«, grinst er.

Bei der Erinnerung daran zucke ich zusammen. Was will er? Ist er wegen Sex hergekommen, will er mir etwas antun? Ich atme tief durch, denn ich weiß, wie reizbar er ist, wie schnell seine Laune umschlagen kann. Versuche rationell und clever zu sein. Spreche leise und mit neutraler Stimme. Ich will ihn nicht provozieren.

»Ich bin einfach nur überrascht, das ist alles. Ich hatte nicht erwartet, dass du auf diese Art und Weise hier aufkreuzen würdest.« Ich versuche zu lächeln.

»Nun, lass mal überlegen, du willst nicht persönlich mit mir sprechen, du willst nicht am Telefon mit mir sprechen, du antwortest auf meine E-Mails nicht. Ich hatte doch gar keine andere Wahl, Jenny. Ich musste dich sehen, und du hast mir keine andere Wahl gelassen.«

Ich möchte ihn gerne fragen, wie er herausgefunden hat, wo ich wohne, traue mich aber nicht, ich habe zu große Angst, ihn zu verärgern, weil ich ihn damit daran erinnern könnte, dass er es ja nicht wissen sollte.

»Tut mir, tut mir Leid. Ich wollte dich nicht einfach aussperren. Ich habe nur ... nur versucht, über dich hinwegzukommen. Du weißt, wie schwer mir das fällt.« Wenn ich seinem Ego schmeichle, wird er sich vielleicht beruhigen.

Plötzlich beugt er sich zu mir herab, bis sein Gesicht nur

noch Millimeter von meinem entfernt ist; sein nach Alkohol stinkender Atem lässt mich nur mit Mühe ein Würgen unterdrücken. Seine Hände greifen nach meinen Handgelenken. Ich bin mir nicht sicher, doch seine Pupillen scheinen die Iris seiner Augen völlig auszufüllen, vermutlich kokst er auch.

»Ich möchte gar nicht, dass du über mich hinwegkommst, du kleine Schlampe«, zischt er. »Ich liebe dich immer noch, verstehst du das nicht?« Ich spüre, wie er sich unter der Decke mit seinem Knie einen Weg zwischen meine Beine bahnt und sie langsam auseinander zwingt.

Ich werde nicht zulassen, dass er mir das antut! Nicht kampflos. Denke nach, bleibe ruhig. Du kennst ihn schließlich.

»Owen, das wusste ich nicht. Das letzte Mal, als es zwischen uns aus war, hatte so etwas Endgültiges. Ich habe wirklich gedacht, dass du mich nicht mehr willst.« Ich versuche ruhig und regungslos liegen zu bleiben, ich will mich nicht bewegen. Fieberhaft denke ich nach: Wo ist mein Handy? Im anderen Zimmer. Ist irgendetwas hier? Irgendetwas Schweres, die Weinflasche vielleicht? Sie ist nicht in Reichweite. Ich darf ihn nicht wütend machen. Er scheint weder ein Messer noch sonst eine Waffe bei sich zu haben. Aber er ist groß, größer als ich. Und er hat Kraft.

»Deshalb bin ich ja hier«, sagt er und drückt seine Lippen auf meinen Hals. »Um dir zu zeigen, wie sehr ich dich immer noch begehre.« Eine seiner Hände gibt mein Handgelenk frei und beginnt sich ihren Weg unter die Decke zu bahnen, eine für mich unerträgliche Erinnerung an unser übliches Vorspiel steigt in mir auf.

Ich werde nicht zulassen, dass er mir das antut!

»Owen, warte!«, rufe ich herrischer, als ich es beabsichtigt habe.

Er zieht seine Hand weg und sieht mich an. »Nun komm schon, du weißt doch, wie gern du von mir gefickt wirst«, sagt er sanft.

»Hör zu, du sagst, dass du mich liebst, und du weißt, was ich für dich empfinde. Aber das alles geht mir ein wenig zu schnell, wir können nicht einfach so mir nichts dir nichts wieder zusammen ins Bett gehen. Wir müssen miteinander reden. Lass mich was anziehen. Ich werde uns einen Tee machen. Lass uns die Sache besprechen.«

Er sieht mich prüfend unter seinen rot geschwollenen Augenlidern an. Ich dränge weiter.

»Schon alleine an der Tatsache, dass du hier bist, kann ich erkennen, wie sehr du mich magst, aber ich stehe noch ein wenig unter Schock. Wir müssen die Sache besprechen, so wie wir das immer getan haben. Ich wette, du hast mir vieles zu sagen, stimmt's?«

Selbst jetzt, in betrunkenem Zustand und unter dem Einfluß von Drogen, hat Owen sich tief in seinem Inneren nicht verändert und ist immer noch der Owen, der es liebt, seiner eigenen Stimme zuzuhören. Mit einem einzigen Satz hüpft er vom Bett und setzt sich in eine Ecke des Zimmers.

»Typisch Frau – sie wollen immer umworben werden. Also schön«, sagt er. »Zieh dich an. Wir reden. Ich werde dich eben nachher wieder ausziehen.« Ich beginne zu ahnen, dass er es mir nicht zugestehen wird, eine eigene Entscheidung zu treffen. In seinem von Drogen verwirrten Blick kann ich erkennen, dass selbst eine Vergewaltigung kein Hindernis für ihn wäre. Mein Instinkt rät mir, vor ihm zurückzuschrecken, mich zusammenzurollen oder zu verstecken, stattdessen versuche ich, ruhig zu bleiben, und ziehe mich so schnell wie möglich an, ohne Owen dabei anzuschauen. Ich habe Angst, deshalb lasse ich es zu, dass er mich dabei beobachtet, und halte ihn auf diese Weise erst einmal ruhig. Noch immer warte ich darauf, von meinem Wecker aus diesem Albtraum gerissen zu werden. Noch immer warte ich darauf, dass sich die kurzen Augenblicke der Verwirrung einstellen, die ich immer brauche, um zu begreifen, dass alles nur ein Traum war.

Er folgt mir in die Küche, und ich setze den Kessel auf. Ich könnte ihm heißes Wasser ins Gesicht schütten, aber das würde ihn nicht fertig, sondern höchstens wütend machen. Er würde wieder auf mich losgehen. Ich öffne die Besteckschublade und hole einen Teelöffel heraus, ich könnte mit einem Messer auf ihn losgehen, doch er ist stärker als ich, er könnte es stattdessen gegen mich richten. Alles, was ich im Augenblick machen kann, ist, ihn in Sicherheit zu wiegen und mich so vor ihm zu schützen. Ich sehe auf die Uhr des Mikrowellenherdes, es ist fast halb vier. Bis zur Morgendämmerung ist es noch lange hin. Plötzlich muss ich daran denken, dass Frauen meistens von Männern, die sie gut kennen, vergewaltigt und ermordet werden. Ich drehe fast durch. Tränen steigen mir in die Augen, als ich ihm den Rücken zukehre. Ich bekomme weiche Knie, der Wein, den ich am Abend getrunken habe, steigt mir hoch, und noch bevor ich etwas dagegen tun kann, übergebe ich mich in die Küchenspüle.

Sofort steht Owen neben mir und streicht mir das Haar aus der Stirn. Ich zwinge meinen Magen zur Ruhe, rücke ein Stückchen von ihm ab und wische mir mit dem Handrücken den Mund ab.

Er reicht mir ein Glas Wasser.

»Das muss die Aufregung sein«, sagt er, und etwas in seinen Augen sagt mir, dass er genau weiß, was er tut, und jeden Augenblick davon genießt. Gierig kippe ich das Wasser herunter und mache mich wieder daran, den Tee zuzubereiten. Bloß ruhig bleiben.

»Lass uns ins Wohnzimmer gehen«, sage ich. Wenn ich bloß an mein Handy kommen könnte ... Ja, was dann? Was wäre denn, wenn ich an mein Handy gelangen könnte? Immer einen Schritt nach dem anderen.

Ich setze mich auf das Sofa, klemme die Teetasse zwischen meine Knie, die Tasche steht nun zwischen meinen Füßen. Ich versuche, mich an den gestrigen Abend zu erinnern. Ist mein Handy an? Ja. Wen habe ich zuletzt angerufen?

Owen bleibt genau mir gegenüber in der Mitte des Zimmers stehen und fängt an, auf und ab zu gehen.

»Jenny, du musst wissen, dass mich dieses ganze arrogante Getue von dir sehr verletzt hat. Dass du gedacht hast, du könntest mich einfach so fallen lassen – als hättest du die Wahl. Du hast aber überhaupt keine Wahl, du gehörst mir, *ich* treffe die Entscheidungen.«

Ich nicke und denke wieder an den Vorabend zurück. Ich wollte Josh anrufen, genau. Ich habe seinen Namen auf dem Display aufgerufen, hatte dann aber nicht den Mut, die Sache durchzuziehen, und habe mein Handy wieder in die Tasche gelegt. Falls die Batterie nicht völlig leer ist, steht jetzt auf meinem Display ›Josh, anrufen?‹. Ich kann ihn natürlich nicht wirklich anrufen, aber vielleicht kann er ja etwas von dieser Unterhaltung mithören, vielleicht weiß er Bescheid, vielleicht versteht er ja, was los ist, und kann Hilfe holen. Vorausgesetzt, er ist überhaupt da, hat sein Handy angeschaltet, ihn weckt das Klingeln und es geht nicht die Mailbox dran. Das ist alles, woran ich im Augenblick denken kann. Ich tue so, als würde ich meinen Tee austrinken, und beuge mich herab, um die Tasse auf den Boden zu stellen. So schnell ich kann, greife ich mit der anderen Hand in meine offene Tasche, finde mein Handy zuoberst liegen und drücke die O.K.-Taste. Dann setze ich mich wieder langsam und ganz vorsichtig auf, um Owen nicht abzulenken.

Vielleicht kann Josh ja helfen. Wenn er begreift, was hier vor sich geht.

»Du bist die Einzige, Jenny, die Einzige, die mir wirklich jemals etwas bedeutet hat, die mir jemals das gegeben hat, was ich brauche. Also kann ich dich doch nicht einfach so gehen lassen, oder?« Während Owen weiterspricht und sich langsam in sein Thema einzufinden scheint, bemühe ich mich, den leisen Klingelton zu erhaschen, gleichzeitig voller Angst, er könne ihn auch hören. Es scheint eine Ewigkeit zu läuten, bevor es still wird, ich glaube am anderen Ende eine leise Stimme zu hören. Entweder Josh hat abgehoben, oder es ist eine automatische Ansage. Was jetzt? Wenn er tatsächlich am anderen Ende ist, darf ich nicht zulassen, dass er einfach auflegt.

»Owen!«, sage ich so laut ich kann, ohne aggressiv zu wirken. »Ich verstehe ja, wie du dich fühlst, aber du kannst doch nicht einfach in meine Wohnung eindringen und erwarten, dass zwischen uns alles wieder in Ordnung ist. Erwarten, dass wir einfach so Sex miteinander haben.« Das ist nicht das, was Owen hören will, aber es ist genau das, was Josh hören soll. Falls er mich überhaupt hören kann. Aus meiner Tasche ist jetzt kein Geräusch mehr zu vernehmen.

»Hör mal, du dumme kleine Schlampe, ich musste doch schließlich irgendwie deine Aufmerksamkeit erregen, Himmelherrgott nochmal. Ich habe ja alles andere vorher bereits versucht. Wenn du dich darüber ärgerst, dann musst du dir selbst die Schuld daran geben. Ich habe weiß Gott versucht, vernünftig mit dir zu reden. Du hast einen großen Fehler begangen, als du geglaubt hast, mich einfach ignorieren zu können, Jenny. Das kann ich nicht leiden.

Und du weißt genau, wie sehr es mich ärgert, wenn ich die Beherrschung verliere. Nun, ich schätze, wir haben uns jetzt lange genug unterhalten, vielleicht sollte ich dir jetzt ganz einfach zeigen, wie gern ich dich habe.«

»Okay, okay, warte. Ich verstehe jetzt. Lass uns darüber reden. Lass uns reden.« Er setzt sich neben mich auf das Sofa, nimmt meine Hände in seine und redet – er ist es natürlich, der redet. Ich höre seine Worte, versuche aber gleichzeitig, sie nicht an mich heranzulassen, und während mir seine schrecklichen Pläne klar werden, sitze ich einfach nur regungslos und seltsam ruhig da, obwohl die Angst langsam meinen ganzen Körper zu ergreifen beginnt. Ich warte darauf, das zu tun, von dem ich weiß, dass es meine letzte Chance sein wird. Über seine Schulter hinweg sehe ich zu, wie langsam die Minuten auf der Uhr des Videorecorders verstreichen, jede Minute scheint eine Stunde zu dauern. Ich nicke, pflichte ihm bei, beruhige ihn – sechs Minuten. Ich sitze regungslos da, während er mir über das Haar streicht, und gebe ihm Recht, dass ich ihn noch immer liebe und niemals einen anderen lieben werde – elf Minuten. Ich halte den Atem an und schlucke, als er mein Kinn ergreift, mein Gesicht zu sich dreht und mit seiner Zunge meinen Mund öffnet – vierzehn Minuten.

Ich blinzle, um meine Tränen zurückzukämpfen, während er mir ins Ohr flüstert: »Ich kann nicht mehr länger darauf warten.«

Siebzehn Minuten. Und keine Hilfe in Sicht. Ich werde nicht zulassen, dass er mir das antut! Dies ist meine letzte Gelegenheit.

Ich atme tief durch und versetze ihm mit aller Kraft und allem Ärger, den ich aufbringen kann, einen Faustschlag mitten auf den Hals und stürme los. Er erwischt mich an der Wohnzimmertür. Ich falle, und nach einem schmerzhaft dumpfen Aufschlag merke ich, dass ich mir die rechte Schulter verrenkt habe; von ganz weit her spüre ich Schmerz. Angeekelt sieht er mich an und setzt sich mit gespreizten Beinen auf mich. Ich öffne meinen Mund, um zu schreien, doch noch bevor ich das tun kann, füllt sich meine Mundhöhle mit Blut. Er hat mich *geschlagen*. Er wird mich schlagen, und ich habe nicht mehr die Kraft, mich dagegen zu wehren. Ich schließe die Augen und bete: »Bitte mach, dass es bald vorbei ist, und lass mich nicht sterben.« Er hat gewonnen.

Da dröhnt auf einmal das lauteste Geräusch, das ich jemals vernommen zu haben glaube, durch die Wohnung. Ich sehe, dass die Tür aus den Angeln gehoben worden ist, und plötzlich ist das Zimmer voller schreiender Männer.

»Zurück, auf den Boden! Auf den Boden!« Owen wird vor meinen Augen von zwei Polizeimännern auf den Boden gedrückt. Ihnen folgen noch ein paar Dutzend andere hinterher. Ich ziehe meine Knie Schutz suchend unter mein Kinn und sehe ihnen dabei zu. Eine Polizistin kauert sich neben mich, hilft mir auf und bringt mich in mein Schlafzimmer.

»Alles gut, meine Liebe, jetzt ist alles gut. Hat er ...?« Unfähig, etwas zu sagen, schüttle ich den Kopf und sehe zu, wie Owen abgeführt wird.

»Du verdammte Hure, du verdammte Nutte, ich werde dich umbringen, das schwöre ich dir, ich werde dich umbringen!« Das waren seine letzten Worte an mich. Ich sehe die Frau an, die neben mir sitzt, und öffne meinen Mund, kann aber nicht sprechen.

»Geht es wieder? Gut haben Sie das gemacht! Ihr Freund hat uns sofort benachrichtigt, wir haben das Gespräch am Telefon mitgehört. Wir sind so schnell wie möglich hierher gekommen. Gerade noch rechtzeitig, und Ihnen scheint es gut zu gehen.« Sie scheint eher sich selbst als mich damit beruhigen zu wollen. Ich fühle weder meine Zehen noch meine Finger und kann nicht sprechen.

»Alles in Ordnung, meine Liebe, der Krankenwagen ist schon unterwegs. Wir werden Sie ins Krankenhaus einliefern und kontrollieren, ob alles in Ordnung ist. Ach ja, hier ist Ihr Freund. Es geht jetzt wieder, nicht wahr?«

Ich nicke und hoffe, dass sie endlich ihren Mund hält. Plötzlich kniet Josh vor mir. Ich zucke zusammen, als er mich an meinen Schultern packt, doch dann lege ich meine Arme um seinen Hals und lasse mich von ihm festhalten.

»Sind wir rechtzeitig gekommen?«, flüstert er. »Jen, du musst es mir sagen, hat er dir wehgetan?«

Ich schüttle den Kopf, und Erleichterung macht sich auf seinem Gesicht breit.

53. Kapitel

Nachdem ich ein paar Monate lang eine schrecklich unkommunikative Tochter war, bin ich nun seit ein paar Tagen bei meiner Mutter, sitze auf ihrem braunen Samtsofa und sehe dabei zu, wie sich langsam der Winter in ihren Garten zu schleichen beginnt.

Mein Bruder und meine Mutter haben mich zusammen vom Krankenhaus abgeholt. Ich habe mir nichts gebrochen, sondern nur ein paar Prellungen zugezogen und hinten im Mund einen Zahn verloren. Seitdem fahre ich immer wieder mit der Zunge an dem leeren Loch entlang und reibe mir dabei den Mund wund. Morgen wird Mum mich zum Zahnarzt bringen, so wie sie das immer getan hat, als ich noch ein Kind war. Ich möchte nicht hingehen, so wie ich das als Kind auch nicht wollte.

Owen sitzt in Untersuchungshaft. Die Polizei hat Anklage erhoben. Das Ganze erscheint mir nun ziemlich unwirklich.

Am Morgen (oder war es Nachmittag?), nachdem es passiert war, bin ich aufgewacht und habe in Joshs Gesicht gesehen. Wir haben einander feierlich und stumm einen Augenblick lang angeschaut, dann hat er gesagt: »Ich werde deine Mutter verständigen.« Er hat sich über mich gebeugt und mir galant den Handrücken geküsst, bevor er gegangen ist. Seitdem habe ich ihn nicht mehr gesehen, er hat ein paar Mal angerufen, aber ich denke, dass ich momentan einfach nicht weiß, was ich sagen soll.

Im Krankenhaus hat man mir irgendwas gegeben, Medikamente, damit ich mich entspannen kann und um mir den dumpfen Schmerz in meinem Kiefer und meiner Schulter zu nehmen. Ich fühlte mich losgelöst von allem, richtig gut. Meine Mutter hat jedoch jedes Mal geweint, wenn sie mir ins Gesicht gesehen hat. Es hat nicht gut ausgesehen, nehme ich an. Geschwollen und geprellt.

»Ich kann es selbst nicht glauben, Schatz, aber scheinbar benötigen sie dein Bett«, sagte sie ärgerlich, und ihre Tränen tropften auf mein Bettzeug.

»Mum, wahrscheinlich stimmt das. Mir geht es doch auch wieder ganz gut, oder? Ich hab nur ein paar Schnitte und Prellungen«, sagte ich sanft und in der Hoffnung, sie ein wenig aufzumuntern.

Wieder hatte sie geschluchzt und mich so fest an sich gedrückt, dass ich zusammenzuckte.

»Du warst so mutig! Wenn ich daran denke, was alles hätte passieren können, gefriert mir jetzt noch das Blut in den Adern. Nun, der Arzt kommt gleich, um dich zu entlassen, und wir sollten dich vorher besser anziehen.« Ich sah auf den Pulli und die Jeans, die ich in der vorherigen Nacht so eilig übergestreift hatte. Es erscheint mir immer noch wie ein Traum, selbst währenddessen war es mir so erschienen.

Die Polizei kam, sie wollte Erklärungen, Kontrollen, Doppelkontrollen. Sie wollten genau wissen, was wann passiert war. In dem Augenblick ergriff zum ersten Mal eine eisige Furcht meine Brust. Ich schüttelte mit dem Kopf, nein.

»Jenny, wir möchten nur sichergehen, dass wir so viele Beweise wie möglich haben. Das könnte uns wirklich dabei helfen, ihn einzusperren.«

Steif vor Entsetzen schüttelte ich wieder meinen Kopf. »Nein, sie haben ihn in meiner Wohnung dabei überrascht, nachdem er sich gewaltsam Zutritt verschafft, mich verprügelt und fast vergewaltigt hat. Wenn das nicht ausreicht, was dann? Nein. Jedenfalls nicht jetzt.«

Ich wusste, dass all das früher oder später passieren würde. Ich wusste, ohne dass mir das irgendjemand sagen musste, dass Owen mich wochenlang auf Schritt und Tritt verfolgt hatte. Die ganze Zeit über, während ich wegen Michael oder Josh auf Wolke sieben schwebte, war er mir dicht auf den Fersen geblieben und hatte seinen Zugriff geplant.

Alle Dinge wurden für mich geplant: Telefonanrufe und Beurlaubung von der Arbeit, solange ich wollte. Adem versprach, umgehend ein neues Schloss an der Wohnung anzubringen, sobald die Polizei ihre Arbeit erledigt haben würde. Ich wurde zu meiner Mutter gebracht.

Sie bringt mir gerade eine Art »Kinderteller« herein, mit solchen Dingen füttert sie mich, seit ich hier bin. Diesmal Röstbohnen auf Toast mit einem Glas Milch.

»Hier mein Schatz. Du musst was essen. Ich hab dir ein paar von diesen kleinen Kuchen mitgebracht, die du hinterher immer so gerne isst.« Sie tätschelt meinen Arm und setzt sich mir gegenüber hin.

»Gefällt dir die Sendung ›Neighbours‹?«

Sie gefällt mir nicht, was mir gefällt, ist mein Gesicht Richtung Wand zu drehen und die Augen zu schließen, aber ich weiß, dass *sie* die Sendung mag. Seit Mum in Pension ist, haben sich ihre Vorlieben, was das Fernsehen betrifft, ebenso zur Routine entwickelt wie die, den Hund Gassi zu führen.

»Klar, warum nicht.« Ich merke, wie sich das beruhigende Gefühl von Kindheit in mir ausbreitet, und sehe dem Wind dabei zu, wie er draußen den Regen gegen die Bäume peitscht. Mums Hund Horatio presst seine Nase gegen die Glastür. Er sieht mich und Mum abwechselnd erwartungsvoll durch seinen struppigen Pony an, hebt wie bei einem kleinen Tanz seine Pfoten und gibt dabei aufgeregte, schrille Belltöne von sich, die nur schlecht zu einem Hund seiner Größe und seines Alters passen.

»Ach, du bist es«, sagt Mum zu ihm, steht auf und öffnet ihm die Tür.

»Und nachdem du draußen warst, willst du sicherlich wieder mit deinen nassen Pfoten über den Boden hier tappen. Kein Wunder, dass der Teppich völlig ruiniert ist.« Während sie schimpft, überzieht ein mildes Lächeln ihr Gesicht. Während er ein wenig später auf der Suche nach Futter in die Küche tappt, hinterlassen seine großen weichen Pfoten tatsächlich kleine Pfützen auf dem Teppich.

»Dein Mittagessen macht ihn unruhig«, erklärt mir Mum. »Er weiß genau, dass er keine *baked beans* mag, es ist lediglich der Geruch. Der macht ihn ganz verrückt, aber ich wette mit dir, er würde sie nicht anrühren, wenn ich jetzt rübergehen und ihm welche hinwerfen würde, der verrückte alte Hund, und am Ende müsste ich sie dann wieder wegschmeißen.« Ich lächle sie an. Ich bin mir sicher, sie treibt mehr Aufwand um diesen Hund, als sie jemals um uns getrieben hat, als wir noch klein waren. Sie sieht zur Küchentür.

»Na gut, es sind noch ein paar übrig. Vielleicht sollte ich doch mal kurz rübergehen und nachsehen, ob er seine Lebensgewohnheiten geändert hat. Auf seine alten Tage könnte er ja auf den Geschmack gekommen sein.«

Ein plötzlicher Windstoß schmeißt den Regen wie eine Hand voll Steine gegen die Fensterscheiben, und ich erschaudere. Ich kann mir nicht vorstellen, zurück an meine Arbeit zu gehen. Ich kann mir nicht vorstellen, zurück in meine Wohnung zu gehen, ob sie dann nun ein neues

Schloss hat oder nicht. Ich kann mir noch nicht einmal vorstellen, dieses Haus zu verlassen und zum Zahnarzt zu gehen, und ich kann mir definitiv nicht vorstellen, den psychologischen Betreuer zu treffen, der mir zugewiesen worden ist. Alles, woran ich jetzt denken kann, ist dieses Sofa hier, die Bäume vor dem Fenster und die dicken schwarzen Wolken darüber.

Ich habe drei Jahre lang Zeit gehabt, diesen Moment, diesen Blick auf Owens Gesicht zu vermeiden, den er hatte, als er mich geschlagen hat. Ich weiß nicht genau, ob ich es noch richtig in Erinnerung habe oder ob es ein Albtraum ist, der sich in meiner Erinnerung festgesetzt hat, aber immer, wenn ich die Augen schließe, wenn ich sein Gesicht sehe, dann weiß ich, dass er mich in diesem Augenblick am liebsten tot gesehen hätte. Drei Jahre hatte ich fast täglich die Gelegenheit und die nötigen Hinweise darauf, dass etwas mit Owen nicht stimmte. Ich hatte unzählige Gelegenheiten, heil aus der Sache herauszukommen und mich in Sicherheit zu bringen. Ihn dazu zu bringen, mich gehen zu lassen, bevor er so wurde, wie er jetzt ist. Bevor er so viel Ärger und Hass auf die Welt anstauen konnte, dass es zu diesem Ausbruch kam. Ich hatte drei Jahre lang Zeit, es ist einzig und allein meine Schuld. Ich habe es einfach nicht kommen sehen. Das heißt, ich wollte es nicht kommen sehen, ich habe es vor mir selbst nicht zugelassen.

Ich schrecke auf, als Horatio schlimmer als jeder Rottweiler zu bellen beginnt, und höre, wie er zur Haustüre läuft. Ich stelle meinen Teller auf das Kaffeetischchen und drücke mir ein Kissen gegen die Brust. Wieder Polizei? Owen? Allein der Gedanke daran, egal wie irrational er auch sein mag, lässt mein Herz wie wild klopfen.

»Wir erwarten doch niemanden, oder?«, sagt Mum neugierig. »Das wird doch nicht etwa wieder dieser Typ von dem Katalog da sein. Ich habe es ihm doch schon tausend Mal gesagt: Ich bin nicht an Sonderangeboten aus ihrem Schuhlager interessiert. Horatio, wenn er es ist, hast du meine Erlaubnis, ihn zu beißen.«

Sie hält Horatio zwischen ihren Beinen fest und öffnet die Tür einen Spaltbreit. Das Hinterteil des Hundes wackelt an der Stelle, wo für gewöhnlich der Schwanz gewesen wäre, wenn er kein Englischer Schäferhund gewesen wäre.

»Hallo, Schatz! Was für eine nette Überraschung!«, sagt Mum, dann wird ihre Stimme etwas leiser und vertraulicher. Überwältigt von der freudigen Erregung über diesen Besucher, rennt Horatio zurück ins Wohnzimmer und sieht sich nach einem Geschenk um. Er entdeckt meinen Toast auf dem Tisch, schnappt ihn sich und hinterlässt eine klebrige Spur von *baked beans* hinter sich, als er mit seinem Schatz davonrennt, um ihn dem Neuankömmling zu überreichen.

»Oh, hallo, du bist aber ein Süßer«, höre ich Rosie in der Diele zu ihm sagen, und schon steht sie vor mir und hält mir vorsichtig den glitschigen Toast zwischen Daumen und Zeigefinger entgegen.

»Möchtest du das zurückhaben?«, fragt sie mich lächelnd.

Ich nicke zum Hund hin, der einen Tanz um ihre Absätze herum aufführt. »Ich glaube, ich weiß, wer das lieber hätte.«

Horatio schnappt es ihr aus den Fingern und zerrt es unter den Tisch – vermutlich, um es zu ermorden, bevor er es frisst.

»Ich mache euch einen Tee«, ruft meine Mutter aus der Küche. »Außerdem hab ich auch noch Kekse. Oder Kuchen. Kekse oder Kuchen, Mädels?«

»Weder noch, danke Mum.«

Rosie setzt sich neben mich, und einen Augenblick lang schauen wir uns beide die »Neighbours« an, die sich gerade in Schwimmmontur streiten.

Alle haben mich angerufen, seit ich hier bin. Josh, Selin, Rosie und sogar Jackson. Doch ich bin einfach nicht im Stande gewesen, mit ihnen zu sprechen. Ich bin nicht im Stande gewesen, etwas zu finden, was ich hätte sagen können. Und nun ist Rosie höchstpersönlich hier. Sie sieht gut aus, die Ränder unter ihren Augen scheinen fast verschwunden zu sein, und die leichte Wölbung ihres Bauches hat sich nun zu einem richtig runden Ball ausgewachsen.

»Bist du mir böse, dass ich gekommen bin?«, fragt sie zögernd.

»Nein, natürlich nicht.« Ich bin wirklich erleichtert, sie zu sehen.

»Ich meine – danke, dass du gekommen bist. Wir haben uns ja nicht gerade in Freundschaft getrennt.« Alles, was wir einander an den Kopf geschmissen haben, scheint nun bedeutungslos zu sein. Es scheint es noch nicht einmal wert zu sein, dass man darüber redet. Ein Blick zwischen uns genügt, und stillschweigend sind wir uns einig, die ganze Sache ohne weitere Diskussion auf sich beruhen zu lassen.

»Selin meinte, dass wir noch warten sollten, bis du dich im Stande fühlst, darüber zu reden oder nach Hause zu kommen. Du weißt ja, wie einfühlsam sie ist. Aber, na ja, ich habe mich für die Holzhammer-Methode des Elefanten im Porzellanladen entschieden. Ich habe gesagt, ›ich muss mit Jen von Angesicht zu Angesicht reden. Sie muss wissen, dass ich sie liebe. Dass ich immer noch ihre Freundin bin, egal was passiert ist‹. Also bin ich hergekommen.« Sie zuckt die Achseln und grinst.

Ich sinke tief ins Sofa zurück. »Wie geht's dir? Wie läuft's mit Chris?«

Rosie lächelt und nickt. »Er wartet draußen im Auto«, sagt sie ruhig. »Mir geht's gut. Ich fange an, mich richtig wohl mit dem Baby zu fühlen. Und Chris ... na ja, zurzeit läuft es wirklich gut. Aber ich behalte die Sache im Auge. Lebe immer nur von einem Tag zum nächsten. Ich bin auf das Schlimmste gefasst, aber optimistisch genug für das Beste. Ich denke, dass er erwachsen geworden ist, weißt du. Endlich.« Ich nicke und hoffe von ganzem Herzen, dass sie das bekommt, was sie sich wünscht.

»Aber ich bin nicht hierher gekommen, um von mir zu reden. Ich will über dich reden.« Ich bereite mich auf verständnisvolle Fragen vor, auf die ich keine Antwort weiß. In den letzten Tagen habe ich eine leise Ahnung davon bekommen, was Selin und ihre Familie nach Aylas Tod haben durchmachen müssen.

»Ich meine, dieser Scheiß-Owen, so ein Arschloch, oder? Was für ein Dreckskerl!« Sie sieht mich mit einem derart übertriebenen Entsetzen an, sodass ich zu kichern beginne.

»Ich meine, wir haben doch immer schon gewusst, dass er ein Idiot ist, aber dass er jetzt auch noch ein Wichser ist ...? Das hätte ich nicht gedacht.« Rosie schlägt ihre Hände vor ihren fluchenden Mund, als meine Mutter mit einem Tablett mit Tee hereinkommt und es auf dem Kaffeetischchen abstellt. Sie sieht uns lachen und lächelt Rosie dankbar an.

»Ich wusste doch, dass du sie aufheitern kannst, du hast schon immer den Bogen rausgehabt. Hier sind die Kekse. Aber gebt dem Hund keine davon, er hat heute schon genügend bekommen. Na schön, vielleicht könnt ihr ihm ein paar aufheben.« Und schon ist sie wieder fort. Horatio kommt unter dem Tisch hervor, setzt sich zwischen Rosie und mich und fixiert uns abwechselnd mit seinen braunen Augen. Ich denke daran, was Rosie gerade gesagt hat, und der unbeschwerte Augenblick ist wieder verflogen.

»Hast du es wirklich nicht kommen sehen, Rose? Ich meine, ehrlich nicht? Ich denke immer, dass ich so irrsinnig viel Zeit gehabt habe, es kommen sehen zu müssen, doch selbst als es mir endlich klar geworden war, selbst als ich es wusste, habe ich so getan, als würde ich es nicht sehen. Ich habe mich selbst getäuscht und habe angenommen, dass sich das Problem einfach in Luft auflösen würde. Ich habe das Gefühl, dass es meine Schuld ist.« Ich streiche mir das schmutzige Haar aus der Stirn und drehe es zu einem Knoten, um es mir aus dem Gesicht zu halten.

»Sag das nie wieder! *Nie wieder,* hörst du? Es ist nicht deine Schuld. Niemand von uns weiß, was hinter der nächsten Ecke lauert, niemand von uns. Wir hoffen und beten nur immer, dass es nichts Schreckliches sein möge. Vielen ganz normal lebenden Menschen stoßen pausenlos schreckliche Dinge zu. Einfach so, aus heiterem Himmel.« Sie beißt in einen Schokoladenkeks und wirft dann die andere Hälfte Horatio hin, der sie in einer Sekunde verschwinden lässt.

»Was für beschissene Wochen, nicht wahr?« Sie beißt erneut in einen Keks und gibt die andere Hälfte Horatio, heute ist offenbar sein Tag. »Ich meine, zuerst werde ich von meinem Ex schwanger, der nicht mehr mein Ex ist, dann hast du eine heimliche Affäre mit einem Teenager. Selin plant eine heimliche Hochzeit, na ja, jetzt ist sie ja nicht mehr so geheim. Übrigens, da ich ihr kürzlich dabei geholfen habe, die Einladungen zu schreiben, kann ich mit ziemlicher Sicherheit sagen, dass das Festzelt mittlerweile vom Mond aus zu sehen sein wird. Und weißt du was –

wenn sie es tatsächlich schaffen sollte, uns in diese fuchsiafarbenen Brautjungfernkleider zu stecken, die sie sich für uns ausgesucht hat, werden auch wir vom Mond aus zu sehen sein.« Sie hält einen Augenblick inne und sieht in ihre Tasse Tee. »Und dann Ayla und du.«

Ich zittere, als sie Ayla erwähnt.

»Kannst du glauben«, fährt sie fort, »dass wir erst vor wenigen Monaten so wie immer am Soho Square saßen und uns darüber beklagt haben, dass nie etwas passiert? So vieles hat sich seitdem verändert. Und keiner von uns hat es kommen sehen. Aber du hast es geschafft, Süße, das ist das Wichtigste! Du hast nicht zugelassen, dass er gewinnt. Du solltest stolz auf dich sein.«

Ich seufze schwer. Ich möchte ihr die Wahrheit sagen. »Die Sache ist die, Rosie – in dem Augenblick, als die Polizei durch die Tür gekommen ist, nein, eigentlich schon kurz davor, hatte ich aufgehört, zu kämpfen. Ich war an einem Punkt angelangt, an dem es mir egal war, was er mir antat. Ich hätte ihn tun lassen, was er tun wollte. Ich wollte einfach leben. Ich habe verdammt nochmal aufgegeben.« Von irgendwoher überkommt mich so etwas wie Scham, Entsetzen und Angst. Rosie legt tröstend ihre Arme um mich, und ich schluchze in ihr Haar. Horatio legt seinen Kopf in meinen Schoß und lehnt sich solidarisch an mich. Ich weine.

Endlich bin ich wieder ruhig. Rosie sieht mich an. Ihre Wimperntusche läuft ihr über die Backen.

»Du weißt doch, dass ich wegen allem und jedem heulen muss«, entschuldigt sie sich. »Du wirst dich doch psychologisch betreuen lassen, nicht wahr?«

»Das wäre wohl besser. Aber ich weiß nicht, ob ich es wirklich will.«

Sie sieht mich verärgert an und greift nach einem weiteren Keks. Doch die sind alle mitsamt dem Hund verschwunden.

»Jenny Greenway, wenn du dir ins eigene Fleisch schneiden willst – bitte! Aber komm bitte nicht zu mir gelaufen, wenn du in fünfzig Jahren entdeckst, dass du jetzt was falsch gemacht hast.« Ich muss über ihren mütterlich klingenden Ton lachen. »Im Ernst, versuch es wenigstens, okay? Wenn es schrecklich ist, dann werden wir uns etwas anderes überlegen, um dir zu helfen. Vielleicht Yoga oder Gesellschaftstanz. Okay?«

»Okay«, sage ich widerwillig, mit der Aussicht im Nacken, mit weiteren Aktivitäten tyrannisiert zu werden, die noch schlimmer als eine Therapie sind.

»Versprochen?«

»Versprochen, werdende Mama.«

Sie nickt zufrieden und tätschelt ihren Bauch.

»Wann kommst du zurück?« Sie stellt genau die Frage, die ich bis jetzt geschickt umschiffen konnte.

»Äh, na ja, ich weiß auch nicht genau. Ich glaube, Mum muss noch eine Weile nach mir sehen und –«

»Ja, ja, klar, eine Weile, aber in ...«, sie rechnet kurz nach und verdreht die Augen zur Decke, »in sechzehn Tagen hast du Geburtstag. Du wirst *dreißig.*«

»Das weiß ich selbst, Rose, vielen Dank.« *Dreißig.*

»Gut, bis dahin sind es noch über zwei Wochen. Deine Mutter kann nach dir sehen, du kannst mit der Therapie beginnen, und dann kommst du nach London zurück, wir gehen alle zusammen aus oder schmeißen eine riesige Geburtstagsparty für dich. Cool. Du bist sozusagen die Erste von uns, die die heilige Grenze überschreitet, das muss stilgerecht gefeiert werden. Außerdem bist du uns das schuldig, denn wir müssen schließlich sehen, wie sich das anfühlt. Das mit den dreißig und so.«

Ich runzle die Stirn und schlage ihr zum Spaß auf den Arm.

»Du schlägst also eine schwangere Frau«, sagt sie. »Nett. Ach, bevor ich es vergesse, hier, deine Post.« Sie reicht mir ein paar Rechnungen und zwei cremefarbene Umschläge, in denen sich die Mitteilung befindet, dass mich sowohl »Time Out« als auch die »Hackney Gazette« zu einem Volontariat willkommen heißen. Ich muss nur noch anrufen und die Termine vereinbaren. Es ist doch komisch, wie sich plötzlich die Zukunft zu gestalten beginnt, wenn man es am wenigsten gebrauchen kann.

»Mal sehen«, sage ich und schiebe die Briefe hinter ein Kissen.

Rosie ist nun richtig verärgert, springt hastig auf und beugt sich über mich. »Steht in diesen Briefen das, was ich annehme? Ja? Du wirst doch wohl anrufen, oder?« Ich presse meine Lippen zusammen und sehe aus dem Fenster. »Du kapierst es nicht, stimmt's? Jetzt hör mir mal gut zu – du hast nicht zugelassen, dass Owen in der Nacht die Kontrolle über dich gewinnt, du hast es geschafft, Josh anzurufen, du hast Owen zum Reden gebracht, du hast bis zum letzten Augenblick dafür gesorgt, dass er ruhig blieb. Was ändert es denn, dass du, kurz bevor Hilfe kam, keinen Ausweg mehr gesehen und aufgegeben hast? *Du* hast dafür gesorgt, dass Hilfe kommt. *Du* hast Owen in dieser Nacht besiegt, Jenny, aber wenn du nicht ins Leben zurückkehren, wenn du solche Chancen wie die, die du eben im Sofa versteckt hast, nicht wahrnehmen willst, dann wird *er* dich besiegt haben. Für immer. Und außerdem haben wir alle mal wieder bitter nötig, dass wir wieder ruhig schlafen können, verdammt nochmal!«

Ich seufze, fische die Briefe aus dem Sofa und lese sie erneut. Ich bin müde, meine Beine schmerzen vor Anspannung und schlaflosen Nächten, mein Brustkorb und mein Kiefer tun weh. Doch sie hat Recht. Bevor das hier passiert ist, hatte ich ein neues Kapitel aufgeschlagen, ich hatte begonnen, Fortschritte zu machen, zum ersten Mal, seitdem ich erwachsen bin, kann ich den Weg vor mir klar erkennen. Ich will Owen nicht die Genugtuung lassen, mich zurückgeworfen und mich klein gehalten zu haben. Ich lebe und bin von den Geschehnissen unberührt. Ich erwarte nicht, dass es ganz einfach wird, darüber hinwegzukommen, aber ich werde versuchen, es zu schaffen, ich werde nicht ausgerechnet jetzt aufgeben.

»Okay, okay. Bis dahin werde ich zurück sein«, sage ich entschlossen zu Rosie.

»Also dann. Gut.« Sie nickt, setzt sich wieder und drückt mich an sich.

»Weißt du, was ich über alles, was passiert ist, denke?«

Ich zögere, sie danach zu fragen, glaube aber, dass es mir nicht gelingen wird, höflich das Thema zu wechseln.

»Es ist irgendwie so, als wäre alles, was passiert ist, wie diese Sache da, du weißt schon.«

Verblüfft schüttle ich den Kopf. »Was für eine Sache?«, frage ich sie. Ich merke, dass die Schwangerschaft ihr Kurzzeitgedächtnis in keinster Weise verbessert hat.

»Na, so wie diese Sache, die wir gemacht haben, als wir aufs Land gefahren sind, um uns selbst zu finden. Wie dieses tote Barmädchen aus ›EastEnders‹. Wie hieß sie doch gleich? Tiffany?«

Jetzt ist mir alles klar. »Du meinst ›Epiphania‹, das Dreikönigsfest!«, sage ich und lache laut los. Herrje Rosie.

»Genau, das Dreikönigsfest. Richtig. Ich bin zwar nicht religiös, aber trotzdem denke ich, dass man sich klar machen sollte, dass es immer einen Grund dafür gibt, weshalb die Dinge so geschehen, wie sie geschehen. Viele Leute lassen ihr Leben einfach an sich vorbeiziehen, ohne zu bemerken, wie kostbar und einzigartig es ist. Ich glaube, niemand von uns wird diesen Fehler noch einmal begehen. Du etwa?«

Das ist etwas, was ich mit ganzem Herzen verneinen kann.

»Nein, auf keinen Fall. Du bist zwar total durchgeknallt, aber du hast Recht. Wir sind es Ayla, deinem Baby und uns selbst schuldig, unser Bestes zu tun.«

»Genau, nur weiter so, Schwesterherz.«

Ich hänge mich bei ihr ein und lege meinen Kopf auf ihre Schulter.

»Noch etwas macht mir Sorgen, wenn ich an meinem Geburtstag ausgehe«, sage ich ruhig zu ihr.

»Was denn, Süße?«, fragt sie mich freundlich.

»Ich habe keine Ahnung, was ich anziehen soll.«

54. Kapitel

Na ja, es könnte für einen gewöhnlichen Dienstagabend in Stoke Newington vielleicht etwas zu viel des Guten sein, doch hier stehe ich nun in einem knöchellangen, tiefroten, eng anliegenden, ärmellosen Samtkleid und schwarzen, langen, mit einer Federbordüre versehenen Samthandschuhen im »Vortex Jazz Café«. Könnte sein, dass ich etwas zu elegant wirke, doch Selin und Rosie waren so wild entschlossen, uns drei aufzudonnern, dass es mir nicht fair erschienen wäre, nicht mitzumachen, vor allem, weil beide sich mir zu Ehren mit Pailletten und Glitter geschmückt haben und Seidenblumen im Haar tragen. Außerdem, seien wir doch mal ehrlich – es war noch nie viel Überzeugungskraft notwendig, um mich dazu zu bringen, glamourös auszusehen. Selbst die Jungs – Josh, Dan, Adem und Chris – haben sich alle Mühe gegeben. Josh trägt eine alte schwarze DJ-Jeans aus den Siebzigern und dazu ein rosafarbenes gerüschtes Hemd, in dem er ziemlich cool und süß aussieht.

Ich habe den ganzen Tag über Chris und Rosie zusammen beobachtet. Er fasst sie mit Samthandschuhen an. Manchmal sehen sie sich an und lächeln, als wollten sie sagen: »Alles wird gut.« Ich glaube, beide haben Angst, doch selbst ich muss zugeben, dass da so etwas wie Liebe im Spiel sein muss. Ich verdränge die Schatten meiner eigenen Beziehungskrisen, betrachte die beiden mit neuen Augen und glaube einen Hoffnungsschimmer in ihrer Zukunft erkennen zu können.

Ich bin dreißig. Schon den ganzen Tag. Bis jetzt scheint das gar nicht so übel zu sein. Ich habe nicht plötzlich über Nacht weiße Haare bekommen, keine Krähenfüße um die Augen, und auch meine Brüste haben nicht etwa der Schwerkraft nachgegeben und sind mir auf die Zehen geplumpst. Die Erleichterung, die mich ergriffen hatte, als ich heute Morgen in den Spiegel gesehen habe, hat mir erst einmal klar werden lassen, dass ich die ganze Zeit über etwa ebenso sehr meinem großen Tag entgegengefiebert habe wie die ganze Welt dem Milleniumsabend. Doch wie sich herausgestellt hat, ist die Welt nicht untergegangen. Ein wenig hat natürlich schon die Gefahr bestanden, dass das Ganze eine Enttäuschung wird – wenn meine Freunde nicht diesen Abend für mich organisiert hätten.

Der Veranstaltungsort war anscheinend Joshs Idee gewesen. Er hat einen Freund, der heute Abend mit seiner Rhythm-and-Blues-Band auftritt, die sogar Bläser und eine angeblich fantastische Sängerin Namens Coco dabeihat. Sein Freund, er scheint unter dem Namen Jake, die Lunge bekannt zu sein, der Trompete spielt, hat ihm von dem Konzert hier erzählt, und wie sich herausgestellt hat, findet es genau an meinem Geburtstag statt. Was für ein glücklicher Zufall.

»Ich dachte, das wäre mal eine schöne Abwechslung zu dem gewöhnlichen Getingel durch die Clubs, Rosie bekommt einen Sitzplatz, und selbst Adem könnte es gefallen. Das fällt eher in seine Zeit«, hatte Josh zu mir gesagt, als mir verkündet wurde, was sie für mich geplant hatten. Wir haben gekichert, bis Selins eisiger Blick uns hatte verstummen lassen. Ich muss auch zugeben, dass ich vor allem an Adem schätze, dass er sich mehr mit der Musik auskennt, die ich mag, als ich selbst.

Für einen Wochentag ist das Lokal gerammelt voll, und

die Atmosphäre ist großartig. Die Musik ist erste Klasse, die Sängerin wunderbar und das Gefühl von Joshs Blicken auf mir lässt ein Kribbeln über meinen Rücken laufen. Hm, schöööön.

Selin schlüpft neben mir auf den Stuhl. »Und, verbringst du eine schöne Zeit, Süße?«, fragt sie und gießt mir noch etwas Champagner ein.

»Ja, wirklich schön, danke, genau das habe ich gebraucht: Eine gute, alte, turbulente Nacht wie früher, gekleidet wie ein Filmstar. Alle hier müssen denken, dass wir total durchgeknallt sind. Hey, langsam mit dem Champagner. Ich will nicht zu früh betrunken sein.«

Selin lächelt in sich hinein. »Nur noch ein wenig Mut antrinken, das ist alles«, und auch sie füllt sich ihr Glas nochmal voll. »Wenn du das nicht brauchst, ich brauche es, darauf kannst du wetten.« In einem Zug leert sie ihr Glas.

»Mut antrinken, *ich?* Das brauch ich nicht. Schließlich fühle ich mich jetzt wieder auf dem richtigen Weg.« Nett von ihr, dass sie denkt, ich könnte wegen heute Abend nervös sein.

Sie kräuselt die Nase, als die sprudelnden Champagnerblasen sie dort kitzeln, und unterdrückt ein Kichern. »Ich weiß. Hör zu, hast du nicht nächste Woche ein Vorstellungsgespräch für deinen Kurs?«

Ich nicke glücklich. »Ja, und das mit dem Volontariat habe ich auch geklärt. Und ich hatte gestern bereits meine zweite Fahrstunde. Diesmal hat der Fahrlehrer sehr viel weniger ängstlich dreingeschaut.«

Sie legt ihren Arm um meine Schultern und sieht mir in die Augen.

»Ich bin so stolz auf dich, das weißt du doch, oder?«

Rosie nutzt den Augenblick und hängt sich über den Tisch hinüber bei uns ein. »Und ich auch, ich bin auch stolz auf dich«, sagt sie eifrig, um nicht ausgeschlossen zu werden.

»Na ja, vielen Dank für die Blumen, aber ich bin auch auf euch beide stolz.« Und noch bevor ich weiß, wie mir geschieht, höre ich mich schon sagen: »Ich liebe euch, Mädels. Ehrlich.« Wir lachen alle ironisch, doch insgeheim wissen wir, dass wir es genau so meinen.

»Ab heute werden wir nichts mehr voreinander verbergen, okay? Das ist den ganzen Ärger einfach nicht wert. Okay?«, fragt Selin eindringlich.

»Klar, ab heute«, pflichte ich ihr bei. »Ich weiß gar nicht, warum ich das eine Zeit lang mal nicht getan habe«, füge ich seufzend hinzu.

Rosie und Selin sehen einander an. »Also, ab heute keine Geheimnisse mehr!«

Wir lösen uns aus unserer Umarmung, ich sinke zurück in meinen Stuhl und wiege meinen Kopf zu einer funkigen Version von »Nowhere to Run To«. Ich sehe, dass Josh mir mein Glas noch einmal nachfüllt, während er seinen Mund an mein Ohr legt, und ich lächle.

»Verbringst du eine schöne Zeit?«, fragt er sanft.

Ich drehe mich auf meinem Stuhl um und nehme seine Hand. »Eine wunderbare Zeit – das hier ist genau das, was ich gebraucht habe. Danke, dass du das alles organisiert hast, Josh.«

Sein Lächeln lässt mein Herz vor Freude springen, und noch bevor ich darüber nachdenken kann, was ich tue, nehme ich sein Gesicht in meine Hände und küsse ihn. Die Blechbläser haben sich gerade bereit gemacht, ein wildes Getöse anzustimmen, die Luft vibriert und ist erfüllt von Musik, die die angenehmsten Gefühle in einem weckt; mein Körper fühlt sich plötzlich von einer Freude und Lust erfüllt, wie ich sie schon lange nicht mehr gefühlt habe.

Wir gehen wieder auseinander, berauscht von unseren Gefühlen, der Hitze und der Musik. Ich lecke mir die Lippen und genieße seinen Geschmack. Ich sehe mich um, um die Reaktion der Mädchen einschätzen zu können, doch beide sind verschwunden, Gruppenausflug für kleine Mädchen, nehme ich mal an.

»Ich bin so froh, dass du das jetzt getan hast«, sagt er mit einem trockenen Grinsen.

»Na ja, es schien mir der richtige Zeitpunkt zu sein, nach all der Zeit. Mir schien er perfekt.« In glücklicher Gewissheit vor dem, was folgen wird, lächle ich in seine Augen.

Er hat plötzlich etwas Verschlagenes im Blick, was geht hier vor sich? Hat er etwa seine Meinung geändert? Er nimmt meine Hände und küsst meine Fingerspitzen. Oder hat er seine Meinung doch nicht geändert?

»Er ist perfekt, und falls ich den Abend überleben sollte, kann ich es kaum erwarten, dich nach Hause zu bringen, um ihn noch perfekter zu machen. Was ich damit eigentlich sagen will, ist – ich bin so froh, dass du mich jetzt geküsst hast, denn in ungefähr zwei Minuten wirst du mich wahrscheinlich umbringen wollen.«

Ich schüttle den Kopf und lache. »Wovon redest du überhaupt?«

Er nickt zum Podium, und als ich mich umdrehe, erfüllt der mir wohl bekannte Anfang von »Respect« die Luft mit musikalischer Energie.

»Oh, du lässt etwas für mich spielen!«, sage ich aufgeregt über die Schulter zu ihm. »Das ist echt süß von dir.«

»Sehr verehrte Damen und Herren«, sagt Coco in das Mikrofon, während sie von der Bühne kommt und zwischen den Tischen entlanggeht und gleichzeitig die Musik um uns herumwogt, »wir bekommen oft Geburtstagswünsche, doch dieser hier ist ein wenig ausgefallener.« Ich lächle Josh an, während sie sich ihren Weg zu uns bahnt. Ich habe ihn noch nie so nervös erlebt. Was macht ihm bloß so zu schaffen?

»Denn heute Abend werde nicht *ich* diejenige sein, die den Geburtstagswunsch singen wird, oh nein.« Die Menge antwortet mit einem begeisterten Beifallsruf, als sie neben mir ankommt. Die Scheinwerfer beleuchten unseren Tisch.

Chris, Dan und Adem kichern hilflos drauflos.

»Re, re, re, re, re, re re Respect!« Die Backgroundsänger setzen ein, ehrlich gesagt hört sich das ein wenig dürftig an. Wo sind bloß Rosie und Selin?

»Oh, just a little bit, Oh, just a little bit. Re, re, re, re, re, re, re, re Respect!« Ich schaue zur Bühne.

Da also sind sie. Auf der Bühne und betätigen sich als Backgroundsängerinnen. Ich bin vollkommen verwirrt, aber sicher, dass ich keine Drogen genommen habe.

»Josh, was ist hier los? Bin ich etwa in einer Episode von ›Ally McBeal‹ gelandet?«, frage ich ihn vorsichtig. Er rückt mit seinem Stuhl ein wenig von mir fort. Coco macht mit ihrer perfekt manikürten Hand eine einladende Geste zu mir herüber.

»Denn heute Abend, meine Damen und Herren, wird das Geburtstagskind selber singen!« Meine Kinnlade klappt herunter, und entsetzt starre ich Coco an. Sie lächelt mir aufmunternd zu.

»Hier, meine Damen und Herren, sind ›Jenny and the Jennettes‹!« Die Menge bricht in Gelächter aus und applaudiert. Meine Kinnlade klappt bis zu meinem Dekolleté herunter, und ich greife wie eine Ertrinkende nach einem Rettungsring nach meinem Champagnerglas. Coco reicht mir das Mikrofon, noch bevor ich darüber nachdenken kann, wie ich ablehnen soll.

»Geh, Schatz, geh hinauf!«, sagt sie mit einem ermutigenden Lächeln und ihrem Sheffield-Akzent. Ich sehe wieder zur Bühne. Rosie und Selin tanzen zu ihrem Gesang. Selin winkt, zwinkert mir zu und formt neckisch einen Haken mit ihrem Finger, um mich auf die Bühne zu locken.

»Ich bring dich um!«, sage ich, noch immer fassungslos, zu Josh und zucke zusammen, als ich merke, dass ich ins Mikrofon gesprochen habe. Die Menge applaudiert vor Vergnügen. Josh grinst bis über beide Ohren, und seine offensichtliche Freude macht es mir schwer, ihm wirklich böse zu sein. Das und die lähmende Angst, die meine Brust ergriffen hat.

»Ich wollte einfach nur, dass du die Möglichkeit hast, all die Dinge zu tun, die du eigentlich bis zu deinem dreißigsten Geburtstag tun wolltest. Ich wollte, dass du morgen die letzten dreißig Jahre Revue passieren lassen und sehen kannst, wie weit du es gebracht hast – und dann ein neues Kapitel aufschlägst. Mit mir. Also, dann mal los! Mach schon, deine Freundinnen warten schon auf dich. Komm schon, du weißt, dass du es kannst. Ich weiß auch, dass du es kannst.«

Ich halte das Mikrofon von meinem Mund weg und beuge mich zu ihm.

»Ich bring dich dafür um, doch das ist das Süßeste und Unglaublichste, was jemals jemand für mich getan hat! Also, ich warne dich: Kurz nachdem ich mich blamiert und dich umgebracht habe, werde ich mich hoffnungslos in dich verlieben, und du wirst mich nie wieder loswerden.«

Seine braunen Augen sehen mich einen Augenblick lang ernst an.

»Warnung beherzigt und ignoriert. Ich habe mich schon vor langer Zeit in dich verliebt. Jetzt geh!«

Ich leere schnell sämtliche Champagnergläser, die in

Reichweite stehen, bis auf den Boden und erhebe mich zum donnernden Applaus.

»Gott sei Dank«, ertönt Rosies Stimme über die Lautsprecher. »Ich dachte schon, ich würde hier tanzen müssen, bis die Wehen einsetzen.«

Das Publikum lacht und klatscht erneut. Ich sage warnend ins Mikrofon: »Nachdem ihr das hier gehört habt, werdet ihr sicher nicht mehr lachen. Tut mir Leid, Aretha.«

Ich drohe den Mädels mit dem Finger, als ich auf die Bühne gehe, muss aber gleichzeitig lachen. Ich kann nicht glauben, dass ich das hier tue. Jake, die Lunge sieht mich fragend an, er will wissen, ob ich bereit bin.

Also gut – jetzt oder nie. Ich bin bereit. Ich nicke ihm zu. Ich atme tief durch und denke an die Zukunft.

»R.E.S.P.E.C.T. Find out what it means to me.«

»Selten habe ich mich so amüsiert.«
Marian Keyes, Autorin von SUSHI FÜR ANFÄNGER

Lydia ist im siebten Himmel: Zum ersten Mal in ihrem Leben passt sie in Größe 38, hat die richtige Haarfarbe, und ihr Freund hat sie nicht drei Tage vor Ferienbeginn versetzt. Darum ist es auch unwichtig, dass die Karibikinsel ein wenig schäbig aussieht und Abe auch nicht der Mann ihrer Träume ist. Bis Abe von einem Tauchgang nicht zurückkehrt und Lydia entdeckt, dass mit ihm drei Millionen Dollar aus dem Familienvermögen verschwunden sind. Lydias einzige Chance, Abe und die Millionen wiederzufinden, ist Liam, ein ehemaliger Rettungstaucher. Liam will eigentlich nur seine Ruhe, doch Lydia ist hartnäckig ...

ISBN 3-404-15044-9

BASTEI LÜBBE

»Temporeich, witzig und unwiderstehlich.«
Cosmopolitan

Lizzie Jordan blickt freudig der Zukunft entgegen: Sie erwartet eine glanzvolle Karriere an einem Londoner Theater und freut sich darauf, bald Mrs. Adams zu werden. Ja, Lizzie weiß, was die Zukunft ihr bringen wird. Sie glaubte es zumindest ... Einen Monat später lebt sie als Single in einer gammeligen WG in Venice Beach, Kalifornien, jobbt als Kellnerin in einer Transvestitenbar und hat das erste Engagement – allerdings nicht an einem Theater: Sie gibt vor, die Verlobte eines bekannten Regisseurs zu sein, der eigentlich schwul ist, aber seiner im Sterben liegenden Mutter eine letzte Freude machen will. Doch die Aussicht auf eine baldige Hochzeit ihres Sohnes und Enkelkinder lässt die alte Dame auf wundersame Weise wieder genesen ...

ISBN 3-404-15078-3

BASTEI LÜBBE

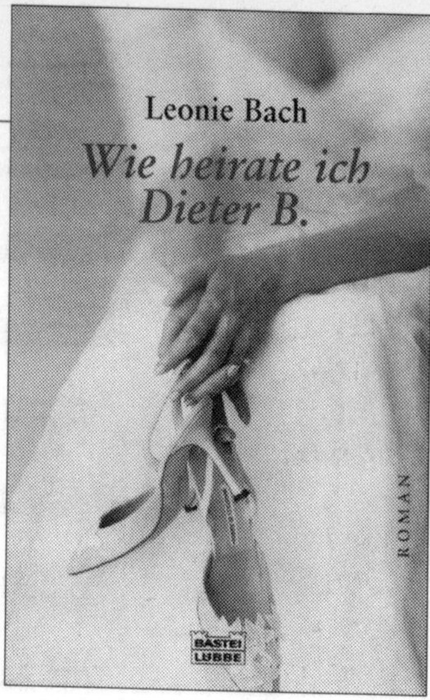

Hier können Sie lernen, wie Sie es problemlos in die Luderliga schaffen

Der als Intellektuelle ver- und als Schmuddelkind bekannte Dieter B. weiß, was Frauen glücklich macht: Sein kleiner Dieter und nichts als die Wahrheit. Stimmt das? – Es soll höchst unvernünftige Frauen geben, die es besser wissen und mehr als ihn und Kleindieter wollen. Zum Beispiel sein Geld, seine goldene Kreditkarte und eine Kontovollmacht. Vanessa (25), talentiertes Luder und Maskenbildnerin, will an dem Punkt weitermachen, an dem ihr großes Vorbild Verona F. sich mit einer Blitzscheidung und einer halben Million zufrieden gegeben hat. Ein Mann wie Dieter B. – reich und etwa so gescheit wie sein kleiner Dieter – muss doch zu heiraten und richtig arm zu machen sein ...

ISBN-3-404-16251-X

BASTEI LÜBBE